ULLSTEIN

Das Buch

Man schreibt das Jahr 1815, und nach langer Zeit herrscht erstmals Frieden für die Schiffe, die unter der Flagge Großbritanniens Großes geleistet haben. Für die meisten Teerjacken ist es nicht einfach, ihr Auskommen an Land zu verdienen, und nur wenige Schiffe bleiben im Dienst Seiner Majestät. Zu den Glücklichen gehören die Männer auf der *Unrivalled* unter Kapitän Adam Bolitho. Die Fregatte, bestückt mit 46 Kanonen, erhält Order, unter den Schiffen der skrupellosen Sklavenjäger ein für allemal aufzuräumen, eine Mission, die sich einfacher anhört, als sie ist. Das bekommt auch Adam Bolitho schmerzlich zu spüren, als er auf die mit allen Wassern gewaschenen Menschenhändler und ihre wendigen Schnellsegler trifft ...
Der zweite Band aus der neuen Bestsellerserie um den jungen Kapitän Bolitho.

Der Autor

Alexander Kent kämpfte im Zweiten Weltkrieg als Marineoffizier im Atlantik und erwarb sich danach einen weltweiten Ruf als Verfasser spannender Seekriegsromane. Seine marinehistorischen Romanserien um Richard Bolitho und die Blackwood-Saga machten ihn zum meistgelesenen Autor dieses Genres neben C. S. Forester. Seit 1958 sein erstes Buch erschien *(Schnellbootpatrouille)*, hat er über 50 Titel veröffentlicht, von denen die meisten bei Ullstein vorliegen. Sie erreichten bisher eine Gesamtauflage von über 25 Millionen und wurden in 14 Sprachen übersetzt. Alexander Kent, dessen wirklicher Name Douglas Reeman lautet, ist Mitglied der Royal Navy Sailing Association und Governor der Fregatte *Foudroyant* in Portsmouth, des ältesten noch schwimmenden Kriegsschiffs.

Die deutschsprachigen Taschenbuchausgaben der Werke Alexander Kents sind exklusiv bei Ullstein versammelt.

Alexander Kent

Hatz ohne Erbarmen

Adam Bolithos Jagd auf die Sklavenschiffer

Roman

Aus dem Englischen
von Uwe D. Minge

Ullstein

Besuchen Sie uns im Internet:
www.ullstein-taschenbuch.de

Umwelthinweis:
Dieses Buch wurde auf chlor- und säurefreiem Papier gedruckt.

Ullstein Verlag
Ullstein ist ein Verlag des Verlagshauses
Ullstein Heyne List GmbH & Co. KG
Deutsche Erstausgabe
2. Auflage 2002

Titel der englischen Originalausgabe:
Relentless Pursuit (William Heinemann, London)
Übersetzung: Uwe D. Minge
Umschlaggestaltung: Hansbernd Lindemann, Grafikdesign, Berlin
Titelabbildung: Geoffrey Huband
Gesetzt aus der Sabon
Satz: Buch-Werkstatt GmbH, Bad Aibling
Druck und Bindearbeiten: Ebner & Spiegel, Ulm
Printed in Germany
ISBN 3-548-25441-1

Inhalt

Für Dich, Kim,
mit all meiner Liebe
und einer gelben Rose …

Die Schoten waren hart gefroren,
und sie schnitten in die blossen Hände;
Die Decks waren wie Rutschbahnen, auf
denen die Seeleute kaum stehen konnten ...

Aber ich konnte in der Dunkelheit
und der Kälte nur daran denken,
dass ich im Begriff war, meine Heimat
und meine Leute zu verlassen, die alt
zu werden begannen.

Robert Louis Stevenson
Aus »Weihnachten auf See«

Kein Weg zurück

Plymouth, das immer einer der wichtigsten und strategisch äußerst günstig gelegenen Häfen Englands gewesen war, machte einen seltsam stillen Eindruck. Es wirkte irgendwie bedrückt, als wäre es besetzt worden. Sogar der Plymouth Sound, der für seine reißenden Gezeitenströme und unkalkulierbaren, schweren Böen berüchtigt war, bot ein ruhiges Bild, wenn man von ein paar vereinzelten weißen Katzenpfötchenwellen absah, die eine leichte ablandige Brise aufkräuselte.

Es war kalt, die Luft war scharf wie die Klinge eines Messers, und nur ein paar vereinzelte Boote aus dem Ort schienen an diesem Tag auslaufen zu wollen.

Und es war mitten im Dezember, sechs Monate nach dem Tag, an dem sich die Nachricht des Sieges bei Waterloo wie ein Lauffeuer im Land verbreitet hatte. Die Folge war der endgültige Sturz des korsischen Tyrannen gewesen, der die Macht so lange in seinen Händen gehalten hatte. Knaben waren in dieser Zeit zu erwachsenen Männern herangereift, Ackerknechte und Stallburschen hatten sich in erfahrene Soldaten und Matrosen verwandelt.

Jetzt war alles vorüber, und Seehäfen wie Plymouth, die so vieles geleistet und so viel gegeben hatten, waren von der plötzlichen Realität des Friedens und seiner Folgen wie betäubt. Sogar als der mittägliche Kanonenschuß die Stille zerriß und das Echo vom Hoe bis zur alten Batterie am Penlee Point rollte, erhoben sich nur wenige Möwen kreischend über die Wasseroberfläche. »Die Geister der toten Matrosen« wurden sie von den Seeleuten genannt. Vielleicht fühlten sie sich auch so.

Hier hatten große Flotten und mächtige Geschwader die Anker gelichtet und waren in alle Winkel dieser Welt ausgelaufen, wo Englands zahlreiche Feinde warteten. Berühmte Namen wie Aboukir, Kopenhagen und Trafalgar waren in den Herzen und den Köpfen der Menschen lebendig gewesen, besonders bei denen, die nicht kämpfen mußten und keinen geliebten Menschen hatten, der sich den gnadenlosen Breitseiten stellen mußte, die, ohne einen Unterschied zu machen, das Leben der Freiwilligen und der Männer, die in den Dienst gepreßt worden waren, vernichteten. Am Ende des Krieges hatte die Flotte ihre größte Stärke erreicht, sie umfaßte zu diesem Zeitpunkt zweihundertvierzig Linienschiffe, schätzungsweise dreihundertsiebzehn Fregatten und zahllose andere Fahrzeuge. Die Flotte war bereit und in der Lage gewesen, jede Aufgabe zu erfüllen, die Ihre Lordschaften in der Admiralität ihr zuweisen sollten.

Es lagen auch jetzt Schiffe hier, sogar eine große Zahl. Es war Sonntag, aber in anderen Zeiten hätte das keinen Unterschied gemacht, wenn die Mittagskanone abgefeuert worden wäre. Es wären Flaggensignale auszutauschen gewesen, Chronometer hätten überprüft werden müssen, und die tägliche Routine wäre fortgesetzt worden.

Aber heute erinnerten viele dieser selben Schiffe an Geisterschiffe, bei einigen waren die oberen Rahen an Deck gefiert und Boote waren zur Einlagerung an Land gebracht worden. In einigen Fällen waren die Wunden des letzten verzweifelten Seegefechts noch nicht einmal repariert. Es sah aus, als wären die Besatzungen einfach fortgehext worden. Schiffe, die schon aufgelegt worden waren, warteten darauf, als Hulken oder als Lager für überflüssige Ausrüstungen ihre Verwendung zu finden, andere würden schwimmende Gefängnisse werden. Und einige waren – vielleicht – dazu ausersehen, wieder in den Kampf zu ziehen.

Nur ein kleines Boot bewegte sich mit einem erkennbaren Zweck und Ziel. Es war eine Gig, die Riemen hoben und senkten sich präzise und ohne Hast. Die Crew sah mit den geteerten Hüten und den blauen Uniformjacken ziemlich smart aus. Der Bootssteuerer hatte eine Hand an der Pinne, neben ihm stand ein Midshipman[1], der mit seinen Augen die schmale Passage zwischen den schweigenden Schiffen der Phantomflotte suchte. Und auf der Heckducht, den schweren Bootsmantel über die Schultern zurückgeworfen, um seine glänzenden Epauletten zu zeigen, saß der Kommandant, der sich über die Bedeutung dieses Tages im klaren war.

Kapitän zur See Adam Bolitho blickte nicht zu den vorbeigleitenden Schiffen hinüber, aber es war ein Augenblick, den er nie vergessen würde. Er kannte die Namen von vielen dieser Schiffe, wahrscheinlich sogar von allen. Sie lagen jetzt still und verlassen da, ihre leeren Geschützpforten glotzten wie tote Augen, aber Bolitho vermeinte noch die Schreie und das wilde anfeuernde Gebrüll zu hören, die sich in die dunklen Erinnerungen an den Krieg auf See eingenistet hatten.

Die Seehäfen waren voller lebendiger Erinnerungen in Form von Krüppeln und Blinden und Männern, denen nichts anderes übrig blieb, als auf den Straßen zu betteln. Und es würden jetzt noch sehr viel mehr werden, jetzt, nachdem die Flotte bis auf die Knochen abgespeckt wurde. Der Mut und die Opfer dieser Männer zählten nichts mehr. Adam packte den alten Degen unter seinem Mantel bis seine Finger schmerzten. Gefühle wie Stolz und Ärger beherrschten ihn an diesem bitterkalten, klaren Tag.

Er drehte sich um und sah nach oben, als die Gig den Schatten eines verankerten Vierundsiebzigers durchquerte. Es war ein alter Zweidecker wie die *Hyperion*. Gegen

1 Midshipmen: Kadetten und Fähnriche. (Anm. d. Ü.)

den fahlen wolkenlosen Himmel sah er eine einsame Gestalt oben auf dem Laufgang stehen, die auf die vorbeipullende Gig hinunterblickte. Er hob sehr langsam seinen Hut und hielt ihn grüßend über seinen Kopf, bis ihn der vorspringende Spiegel dem Blick entzog. Ein Wachmann? Jemand, der noch eine Zuflucht in einer Welt fand, die ihn bereits ausgespieen hatte? Oder nur ein Gespenst?

Er hörte, wie der Midshipman versuchte, seine Kehle frei zu bekommen. Es war ein Neuer: Sie waren sich zum erstenmal begegnet, als die Gig ihn an der Queen's Treppe abgeholt hatte. Wieder so ein junger Hoffnungsvoller, der jetzt unter den Augen seines Kommandanten vor Nervosität flatterte. Adam hatte den besorgten Blick von Luke Jago, seinem Bootssteuerer, bemerkt. Dieser Mann würde nie zulassen, daß etwas schiefging. Gleichgültig was er selbst dachte oder tat: Er wußte genau, was dieser Tag für seinen Kommandanten bedeutete. Genauso wie Jago immer wußte, wo und wann er seinen Kapitän abholen mußte, auch ohne daß ein Flaggensignal empfangen oder irgendwelche Instruktionen gegeben wurden.

Adam Bolitho spürte, daß die Pinne leicht gelegt wurde, und blickte über die Köpfe der Ruderer hinweg über die ganze Bootslänge. Der Atem der Männer hing wie Dampf in der kalten Luft. Wie an jenem ersten Tag – es war gerade etwas länger als ein Jahr her und am selben Ort gewesen. Er starrte auf sein Schiff.

Als ich das Kommando übernahm.

Er war zwei Wochen von dem Schiff abwesend gewesen und hatte kaum Zeit gefunden, über das verflossene Jahr nachzudenken. Die Seegefechte, die Triumphe und der Schmerz, offizielle Besuche und andere, die jedenfalls für ihn nicht weniger wichtig gewesen waren ... Und die ganze Zeit hatte er auf diesen Augenblick gewartet: *zurückzukommen.* Es war, als würde er wieder zu einem Ganzen zusammengesetzt. Trotzdem war es so etwas wie ein Schock. Das Schiff war während seiner Abwesenheit verholt worden und lag jetzt gut klar von allen anderen Schiffen vor Anker, und sogar sein Aussehen war eine echte Überraschung. Die übliche dunkle Farbe am Rumpf war durch Weiß ersetzt worden, so daß die Linien und schwarzen Geschützpforten an beiden Seiten ein sogar noch auffälligeres Schachbrettmuster bildeten, das klar und sauber von den verschmutzten und verlassenen Rümpfen in der Nähe abstach.

Seiner Britannischen Majestät Fregatte *Unrivalled* mit sechsundvierzig Kanonen war das erste Schiff, das den neuen Friedensanstrich erhalten hatte. Sie war auch das erste Schiff mit diesem Namen in der Schiffsliste der Marine.

Adam Bolitho stand im Boot auf, als sich der helle Rumpf über den hochgestellten Riemen auftürmte. Und er war ihr erster Kommandant. Etwas anderes zählte nicht.

Der Bugmann hatte eingehakt, und die Ehrenwache würde warten, die Gesichter, gleich ob vertraut oder neu an Bord, würden bereit sein, den Kommandanten zu begrüßen.

Was hatte ich erwartet? Daß man mir das Schiff wegnehmen würde?

Er blickte zu dem Midshipman hinüber, aber der Name des Jungen wollte ihm nicht einfallen.

»Das haben Sie gut gemacht.«

Der Junge errötete, und Jago bemerkte: »Mr. Martyn lernt schnell, Sir.«

Adam nickte, das war Jagos Art. Das nächste Mal würde er sich selbst des Namens erinnern.

Die Pfeifen zwitscherten, und er hörte das Klatschen der Musketenkolben, als die Wache der Royal Marines ihre Waffen präsentierte.

Es war alles so, wie er es sich vorgestellt hatte. Die Flagge kräuselte sich vor dem klaren Himmel. Die Gesichter der Seeleute waren immer noch vom Einsatz der *Unrivalled* unter der Sonne des Mittelmeeres gebräunt. Der Geruch nach frischer Farbe hing in der Luft, so wie an jenem anderen Dezembermorgen vor einem Jahr.

Er sah und roch nichts davon.

Zurück zu sein war alles, was zählte.

Leutnant Leigh Galbraith kam langsam unter der Poop der *Unrivalled* hervor und ließ seine Augen über das Deck gleiten. Alles war in bester Ordnung. Er hatte sichergestellt, daß nichts dem Zufall überlassen blieb. Heute kehrte der Kommandant zurück, seine eigene Zeit als zeitweiliger Befehlshaber würde in Kürze beendet sein.

Er kniff die Augen zusammen, als das harte Licht vom Wasser reflektiert wurde. Er hatte sich um das Schiff herumpullen lassen, gleich nachdem die Matrosen zur Arbeit gepfiffen worden waren, und war immer noch von dem neuen Erscheinungsbild der Fregatte überrascht. Es würde einige Zeit dauern, bis man sich an die neue Farbe gewöhnt hatte, sie wirkte fast frivol verglichen mit den vermurten Hulken in der Nachbarschaft. Nur ein geschultes Auge konnte die neuen Planken erkennen, mit denen die schweren Beschädigungen entfernt worden waren, die die *Unrivalled* bei dem heftigen Gefecht mit der *Triton* vor wenigen Monaten erlitten hatte. Ein paar Reparaturen waren in Gibraltar ausgeführt, der Rest war dann hier in Plymouth erledigt worden, an dem Ort, an dem *Unrivalleds* Leben begonnen hatte. Wo man auch Galbraith selbst eine zweite Chance gegeben hatte. Er hatte Glück gehabt, und er wußte es. Zu einem Zeitpunkt, an dem die gesamte Flotte arg dezimiert wurde – auf die Hälfte, wie man mancherorts hörte –, hätte er seinem Schöpfer auf den Knien danken und die Bitternis den anderen, weniger Glücklichen überlassen sollen.

Galbraith war einunddreißig Jahre alt und hatte neunzehn Jahre seines Lebens in der Marine verbracht. Er kannte nichts anderes und hatte auch nie etwas anderes gewollt außer einem eigenen Kommando. Und das hatte man ihm gewährt. Sein vorheriger Kommandant hatte ihm die besten Zeugnisse ausgestellt, und sein Lohn war die kleine Brigg *Vixen* gewesen. Kein Schiff des Fünften Ranges wie die *Unrivalled,* aber es war seins gewesen und der erste wichtige Schritt auf dem Weg zu der begehrten Beförderung zum Kapitän zur See.

Er sah Partridge, den Bootsmann, der seine großen Fäuste in die Hüften gestemmt hatte, während er nachdrücklich erklärte, welche Arbeiten er im Vortopp erledigt haben wollte. Man muß Gott für solche Männer wie Partridge danken, dachte er. Sie bildeten das Rückgrat eines jeden Kriegsschiffs, sie waren die wirklichen Profis. Partridge und Stranace, der Stückmeister, der wahrscheinlich der älteste Mann an Bord war, und natürlich Joshua Cristie, der Segelmeister, der beste, den Galbraith jemals kennengelernt hatte. Ein Mann, der niemals ein Wort zuviel sagte, aber wenn er sprach, dann mit voller Autorität und in der absoluten Kenntnis um die Gezeiten, der Sterne und des Windes, die sein Lebensinhalt waren.

Worüber sich der Erste Leutnant der Fregatte, Galbraith, sehr bewußt war und was ihm am meisten Sorgen machte, war die Tatsache, daß ihnen mehr als fünfzig Männer an der vollen Besatzungsstärke fehlten, und das, obwohl sie sich in einem Marinehafen befanden. Er lächelte grimmig. Oder vielleicht gerade deswegen.

Außer denen, die sie verloren hatten, weil sie in der letzten Schlacht gefallen oder schwer verwundet worden waren, waren einige abgemustert oder waren auf andere Schiffe gegangen. Aber ein paar Männer der alten Stammbesatzung waren geblieben, sogar ein paar der harten Knochen, wie Campbell, der für seine Verachtung und seine Frechheit gegenüber jeder Autorität schon mehrfach mit Auspeitschungen nicht nur bei diesem Einsatz bezahlt hatte. Es schien ihm eine perverse Genugtuung zu bereiten, seinen vernarbten Rücken vorzuführen, der aussah, als wäre er von einem wilden Tier zerfleischt worden. Er war ein gefährlicher Mann, und trotzdem war er einer der ersten gewesen, der sich freiwillig gemeldet hatte, als es darum ging, die Schebeken der Korsaren anzugreifen, bei denen sie längsseits gepullt waren und die genug Sprengstoff an Bord gehabt hatten, um alle Männer an Bord in die Hölle zu blasen. Campbell war ein Fels in der Brandung gewesen, aber er würde jeden schief angrinsen, der ihm unterstellte, daß er aus einem Gefühl für Pflicht oder Disziplin gehandelt hätte.

Es gab noch andere, die wie Campbell waren. Männer, die behaupteten, ganz allgemein alles zu hassen, für das die Navy stand, und ganz besonders die Offiziere, die deren leibhaftige Verkörperung waren. Warum also waren sie geblieben, als sie eine Gelegenheit gehabt hatten, den Dienst zu quittieren?

Galbraith sah Luxmore, den Hauptmann der Abteilung Royal Marines, der mit einem seiner Sergeanten sprach. Was auch immer um sie herum vorging, gleichgültig wie überfüllt das Schiff war, irgendwie blieben sie immer eine geschlossenen Gesellschaft. Ihre Quartiere wurden sogar »die Kasernen« genannt. Luxmore hatte viele Gefechte gesehen, und er verfügte über eine ausgezeichnete Personalakte bei den Marines. Vielleicht war das genug. Galbraith blickte zur Seite. Oder beglückwünschte er sich zu seiner vorgezogenen Beförderung? Der höfliche Hauptmann Bosanquet war an jenem Tag gefallen. *Ihm geht es also letztendlich nicht anders wie mir* ... Man war dankbar, überlebt und ein Schiff unter den Füßen zu haben, weil man Angst vor dem Unbekannten hatte.

Er entdeckte den kleinen Napier, den Kabinenjungen, der eine Pause machte und zum Land hinüberblickte.

Wahrscheinlich kannte er die Gedanken des Kommandanten besser als jeder andere. Er war vierzehn Jahre alt, sehr ernst und arbeitete für sein Alter sehr schwer, er war ganz offensichtlich Kapitän Bolitho sehr ergeben. Was für eine ungewöhnliche Beziehung, dachte Galbraith. Bolitho war kein unkomplizierter Charakter, den man leicht verstehen konnte und der sich manchmal für seine Unduldsamkeit entschuldigen mußte. So als ob ihn irgend etwas oder irgend jemand vorantrieb. Und trotzdem schien er für Napier immer Zeit zu haben, um ihm etwas zu erklären, zu beschreiben, mit ihm durchzuarbeiten. *Das ist der einzige Weg, wie der Junge die Seefahrt wirklich lernen wird,* hatte er einmal gesagt, fast als würde er etwas aus seiner eigenen Jugendzeit in dem Jungen sehen. Die mußte stürmisch verlaufen sein, nach allem, was Galbraith so gehört oder selbst herausgefunden hatte. Wie bei dem letzten Seegefecht, als Bolitho hinter einer feindlichen Fregatte hinterhergejagt war, die von diesem abtrünnigen Spanier, Martinez, kommandiert wurde. Bolitho hatte vorsätzlich das Flaggensignal seines Admirals, auf Station zu bleiben, falsch interpretiert, denn die Verfolgung hätte von einer kleineren Fregatte übernommen werden sollen, die aber von Anfang an seglerisch und in der Bewaffnung unterlegen gewesen wäre. Es war ihnen gelungen, das Handelsschiff *Aranmore* zu retten, das hochrangige Passagiere an Bord gehabt hatte. Er blickte zur Gangway hinüber und erinnerte sich daran, wie Bolitho die Hand der Lady gehalten und geküßt hatte. Sie hatte sich den Anschein gegeben, als wären sie ganz allein auf dem Deck.

Galbraith begann, auf dem Deck auf und ab zu wandern, dabei hatte er die Hände hinter dem Rücken verschränkt. Hatte sie Bolitho an das Mädchen erinnert, das er zu heiraten gehofft und dann verloren hatte, als er einem eigenen Kommando Vorrang gegeben hatte?

Galbraith war sich Bolithos Widerstreben bewußt, sich

jemandem an Bord seines neuen Kommandos persönlich anzuschließen. Er hatte eine Fregatte verloren, die *Anemone,* als er mit einem überlegenen amerikanischen Schiff kämpfte. Er war in Gefangenschaft geraten und aus dieser wieder geflüchtet. Es schien, daß er seit jener Zeit unfähig war, auf jemanden zuzugehen und zu vertrauen.

Und dann gab es da noch eine andere Seite an diesem Mann, einen ganz starken Kontrast. Cristie hatte Galbraith von dem Tag erzählt, als er sich in aller Öffentlichkeit im Gegensatz zum Kommandanten befunden hatte. Für Cristie war das eine nahezu unerhörte Sache. Galbraiths Einheiten für den Überfall hatten sich zwischen nahezu unbekannten Inseln befunden, und der Segelmeister hatte dem Kommandanten pflichtgemäß klargelegt, daß er es für unklug erachtete, *Unrivalled* in ein Fahrwasser zu steuern, das praktisch nicht vermessen war und wo die Gefahr bestand, daß sich das Schiff den Rumpf aufschlitzte. *Das lag in der völligen Verantwortung des Kommandanten ...*

Cristie hatte sich nach der erfolgreichen Rettung der Angriffstrupps darauf beschränkt auszuführen: »Er war völlig verrückt. ›Lieber will ich in der Hölle schmoren, als Galbraith in den Händen der Heiden sterben lassen!‹ hat er gesagt. Ich halte nicht viel vom Beten, aber ich sagen Ihnen, fast hätte ich es getan!«

Und dann hatten sie zusammen in der Kirche von Falmouth gestanden, damals, als *Unrivalled* zum erstenmal Anker geworfen hatte. Die Kirche war voller Menschen gewesen, ebenso die Straßen, aber es herrschte völliges Stillschweigen zu Ehren des Mannes, der auf See geblieben war, der berühmte Onkel des Kommandanten, Sir Richard Bolitho.

Lady Catherine Somervell war bei ihnen gewesen. Sie war einmalig schön, aber so allein – trotz der riesigen Menschenmenge um sie herum. Wo mochte sie wohl jetzt sein? Was würde aus ihr werden? Aus der Frau, die der feinen Gesellschaft getrotzt hatte, die Sir Richards Geliebte und Inspiration gewesen war und die das Herz der Menschen Englands gewonnen hatte.

Das Deck bewegte sich leicht, und er sah das Schiff in seinen Gedanken so klar vor sich, wie es am Morgen ausgesehen hatte. Ein Vollblut. Wie die geschnitzte Inschrift unter der Galionsfigur besagt: *Second to None.*[1]

Unrivalled wartete jetzt darauf, auszulaufen. Sie war das erste und wahrscheinlich auch das letzte Schiff ihrer Art. Bei der Werft, in der sie auf Kiel gelegt, gebaut und zu Wasser gelassen worden war, hatte Galbraith ihr einziges Schwesterschiff gesehen. Es hatte dieselben eleganten Linien und war der Stolz jedes am Bau beteiligten Handwerkers. Aber jetzt war es aufgegeben, unfertig – tot.

Er starrte über das Deck, über die beiden Reihen der Achtzehnpfünder, ihre Taljen und Stopper waren straff und sauber. Er erinnerte sich an Massie, der nach ihm der dienstälteste Offizier in der Messe gewesen war, der Sohn eines Admirals und ein Artillerieoffizier von Kopf bis Fuß, aber jemand, den man nie richtig einschätzen konnte. Ruhig und kontrolliert, sogar an dem Tag, als er getötet worden war, erschossen, als er seine Männer um sich geschart hatte.

Er war hier in Plymouth durch Leutnant Varlo ersetzt worden, der ein völliger Gegensatz zu ihm war, lebhaft, gesprächig und Mitte zwanzig. Er mußte über einigen Einfluß verfügen, denn ein Bordkommando war in diesen Zeiten so wertvoll wie pures Gold. Galbraith hatte für sich entschieden, daß er sich bei Varlo Zeit lassen würde. Er hätte fast gelächelt. Vielleicht hatte er das vom Kapitän übernommen.

Er kehrte auf seinem Weg wieder um, als das Echo der

1 Second to none (engl.): besser als jeder andere. (Anm. d. Ü.)

Mittagskanone traurig über das Wasser und die zuschauenden Veteranen donnerte. Sogar ohne die große altmodische Uhr, die er stets bei sich trug, würde Kapitän z.S. Bolitho immer auf die Minute pünktlich sein.

Er hörte die scharfe, gereizte Stimme des Midshipman Sandell, der einen seiner Männer zusammenstauchte. Sie hatten ungefähr ein Defizit von fünfzig Männern, die ihnen zur Komplettierung ihrer Besatzung fehlten. Kleine Tyrannen wie Sandell würden allerdings keinen Verlust für irgend jemanden darstellen.

»Gig ist in Sicht!«

Das kam von Bellairs, dem Dritten Leutnant, der der älteste Midshipman gewesen war, als *Unrivalled* in Dienst gestellt worden war.

Das würde eine Herausforderung für ihn sein, überlegte Galbraith. Ein paar der alten Teerjacken würden in ihm noch immer nur einen nutzlosen »jungen Herren« sehen, die weder Fisch noch Fleisch waren, und ständig nach Fehlern bei ihm suchen. Aber es war eine Wahl gewesen, die sich angeboten hatte, und Bellairs hatte sich gut in der Offiziersmesse eingelebt und schien für die Veränderung seiner Lebensverhältnisse dankbar zu sein.

Galbraith lächelte wieder und marschierte zur Relingspforte. Die Marineinfanteristen waren angetreten und standen in zwei makellosen Reihen stramm, dabei schwankten sie leicht, um die schwachen Bewegungen des Schiffes auszugleichen. Er entdeckte O'Beirne, den stattlichen Schiffsarzt, der den Niedergang hinabrannte, hinunter in das Orlopdeck, auf dem sich sein Reich befand. Dort waren einige Männer gestorben, aber andere hatten überlebt.

Er sah die Gig zurückkehren, sie wurde gerade um eines der aufgegebenen Schiffe gepullt. Bolithos Bootssteuerer war auch so ein Rebell, jedenfalls hatte es zuerst diesen Anschein gehabt ... Das Boot drehte in Richtung der Großmastpüttings, der Bugmann stand schon mit dem erhobenen Bootshaken aufrecht bereit.

»Royal Marines! Achtung! Stillgestanden!«

Die Bootsmannsmaaten befeuchteten ihre silbernen Pfeifen mit ihren Zungen und blickten scharf auf die Relingspforte.

Galbraith packte seinen Degen und preßte ihn an die Seite. Zwei Wochen lang hatte er die Verantwortung für das Schiff und für jede Minute des Dienstes getragen. Er hatte Reparaturen zum Ende bringen lassen, Ausrüstung übernommen, Wasser gebunkert, außerdem Pulver und Kugeln verstaut. Männer waren eingeschworen und eingekleidet worden. Das alles war meilenweit entfernt von dem, was er auf anderen Schiffen erlebt hatte. Auf denen hatten die armen Teufel, die von den Preßgangs an Bord gebracht worden waren, stets ihre eigenen Lumpen so lange abtragen müssen, bis sie ihnen buchstäblich vom Leibe fielen, bevor ein jammernder Zahlmeister davon überzeugt werden konnte, daß er Kleider aus der Sloppkiste des Schiffes an sie ausgeben mußte.

Und jetzt war diese Verantwortung wieder von ihm genommen. Der Kommandant war zurückgekehrt.

Galbraith trat vor, die Hand lag an seinem Hut, als die Pfeifen zur Begrüßung schrillten und die Marines ihren Drill abspulten. Er beobachtete den Kommandanten, als dieser durch die Eingangspforte kletterte.

Bolithos Augen wanderten schnell nach oben und schauten dann über das ganze Schiff.

Adam nahm seine Hand und schüttelte sie. »Das waren zwei lange Wochen.« Er blickte zu den anderen Offizieren hinüber und dann über die volle Länge des Decks.

Galbraith wartete, er fühlte sich wieder sehr allein. Sie hatten so viel zusammen in dem einen Jahr erlebt, Gefechte und Triumph, aber auch Enttäuschung und Schmerz. Er war überrascht, sogar beschämt. Denn dieser Mann, der in einem Augenblick so jungenhaft sein konnte, war so finster entschlossen gewesen, als er die Entscheidung gefällt hatte, die sie alle betraf, und er war noch immer sehr weit entfernt von ihm, so unbekannt.

Galbraith erkannte das Gefühl wieder, den alten Feind, den er schon begraben wähnte: Neid.

»Willkommen an Bord, Sir!«

Es war vorüber.

Adam Bolitho ging zu dem schrägen Fenster der Heckkabine und starrte auf die Reede hinaus. Die anderen Schiffe sahen durch das nasse, beschlagene Glas sogar noch desolater aus. Es war kalt, was man im Dezember auch nicht anders erwarten konnte, sie befanden sich schließlich weit entfernt vom Mittelmeer, von Malta oder Algier. *Unrivalled* war eine große Fregatte, und die einzige Wärme spendete ihr Kombüsenofen.

Er sollte daran gewöhnt sein, es akzeptieren oder ignorieren, er wußte, daß ihn Galbraith beobachtete, seine große Gestalt leicht unter den Decksbalken nach vorne gebeugt. Der junge Napier lief gerade durch den Schlafraum, Bolitho konnte seinen Schatten wandern sehen, während er die Kisten seines Kapitäns auspackte. Zweifellos hielt der Junge ein Ohr gespitzt, um sofort zur Stelle zu sein, falls er benötigt werden sollte.

»Sie haben alles hervorragend erledigt, Leigh.« Bolitho drehte sich gerade noch rechtzeitig von der feuchten Scheibe weg, um den Ausdruck auf den ausgeprägten Gesichtszügen mitzubekommen. Galbraith fiel es immer noch schwer zu akzeptieren, daß der Kommandant ihn mit seinem Vornamen anredete. In der Zeit der Abwesenheit war die Barriere wieder gewachsen. Vielleicht war sie auch niemals wirklich verschwunden gewesen.

»Haben sich die neuen Leute eingewöhnt?«

Galbraith schien die Antwort sorgfältig abzuwägen,

als ob ihn die Frage in die Zeit zurückversetzt hätte, als alle, er und die meisten anderen Männer, damit beschäftigt gewesen waren, ihre Befehle abzuarbeiten, ihren Platz auf dem Schiff, in ihrer kleinen Welt zu finden.

»Ich habe die Offiziere angewiesen, sich in der Messe bereitzuhalten.«

»Ja, ich werde zu ihnen sprechen müssen.« Bolitho fröstelte und lief ruhelos auf die andere Seite. Anspannung, Erregung oder war es nur die Tatsache, daß er in den letzten Tagen nur wenige Stunden Schlaf gefunden hatte? Er dachte über Galbraiths Worte nach. *In der Offiziersmesse.* Er hatte die sich kräuselnde Rauchfahne gesehen, die aus dem Kombüsenschornstein aufstieg, und hatte den kräftigen, aromatischen Geruch des Rums geschnuppert, als er an Bord gepfiffen wurde. Kleinigkeiten, aber sie waren sehr real. Das erinnerte ihn auch daran, daß er seit dem vorangegangenen Abend nichts mehr gegessen hatte. Er sagte übergangslos: »Männer! Wir müssen noch mehr Männer an Bord bekommen. Wir können sie ausbilden.« Das klang fast bitter. »Wir haben ja alle Zeit der Welt dafür!«

»Ich habe bei der Einteilung der Wachen getan, was ich konnte, Sir. Eine Mischung aus alten Hasen und grünen Jungs in allen Teilen des Schiffes.«

Adam erwiderte: »Man hat mir gesagt, daß wir eventuell ein paar erfahrene Leute in Penzance auftreiben könnten.« Er blickte wieder aus dem Heckfenster und versuchte, das Unvermeidliche zu akzeptieren. »Eine der großen Reedereien wurde gezwungen, sich dem Zwang der Stunde zu stellen. Es sind so viele erfahrene Matrosen an Land geworfen worden, daß man es sich anscheinend leisten kann, sorgfältig auszuwählen!« Er nahm einen weiteren Anlauf. »Ich habe ein paar Plakate herstellen lassen. Usher kann sich der Sache annehmen.«

Er starrte auf den kleinen leeren Tisch neben der Eingangstür, wo Usher, sein Sekretär, immer gesessen hatte. Immer schweigend und aufmerksam hatte er sich Notizen gemacht oder Briefe kopiert, stets hatte er ein zusammengeknülltes Taschentuch in einer Faust, mit dem er tapfer seine Hustenanfälle zu unterdrücken versuchte. Er war ein nervöser Mann, der früher Assistent bei einem Zahlmeister gewesen war, aber er schien völlig deplaziert in der beengten Umgebung eines Kriegsschiffs. Außerdem war er an den Lungen erkrankt, was auf einem Kriegsschiff nur allzuoft passierte. Wie der Schiffsarzt es fast poetisch ausgedrückt hatte, war Usher jeden Tag ein Stückchen gestorben.

»Vergeben Sie mir.« Es klang, als ob er mit dem kleinen Sekretär gesprochen hätte, der schließlich auf der Heimreise von Gibraltar gestorben war, nur einen Tag bevor sie die Küste Cornwalls in Sicht bekommen hatten. Sie hatten ihn auf See beigesetzt. Es hatte keine Hinweise auf ein Zuhause oder Angehörige gegeben.

Bolitho blickte auf die geschwungenen Decksbalken und die Reflexionen des weiß und schwarz karierten Bodenbelags. Das Schiff war Ushers Zuhause gewesen, seins auch. Er mußte plötzlich schmerzvoll an das große graue Haus in Falmouth denken, um das sich Leute herumdrängten. Sie waren voller Freundlichkeit, menschlicher Wärme und Neugierde. Er berührte den Degen an seiner Hüfte und löste ihn aus dem Gehänge. Das war eine ständige Erinnerung, wenn er denn einer bedurft hätte. Genauso die alten Porträts im Haus, die voller wissender Gesichter waren, auf einigen waren Schiffe im Hintergrund zu sehen, auf anderen nicht. Aber der Degen immer.

Wie leer das Haus gewesen war. Bryan Ferguson war überglücklich gewesen ihn zu sehen und hatte versucht, ihn nicht mit der Unterzeichnung von Dokumenten zu belästigen, die sich auf das Gut und die Bauernhöfe bezogen, auf denen Menschen lebten, die immer gewußt hatten, daß es einen Bolitho gab, der sich um sie kümmern würde, oder seine Lady, solange er selbst auf See war.

Adam Bolitho hatte vorgehabt, einen Ausflug nach Fallowfield zu machen, um das kleine Gasthaus, das Old Hyperion, zu besuchen, aber Ferguson hatte ihn überzeugt, das zu unterlassen. Die Straßen waren morastig und dazu auch noch unsicher. Er hatte selbst Eis an Orten gesehen, wo im nächsten Jahr wieder Rosen blühen würden ... Die Rosen von Catherine. Oder war Ferguson besorgt über das Problem gewesen, das Allday haben könnte, wenn sie sich so unerwartet begegneten? *Oder er selbst*?

Galbraith sah den Widerstreit der Gefühle auf dem Gesicht des Kapitäns. Wie ein junges Füllen, so hatte ihn mal jemand beschrieben. Das Haar war so dunkel, daß es fast schwarz war, der Mund, der sehr entschlossen sein konnte, sogar hart. Andererseits konnte er auch manchmal Empfindungen zeigen. So wie jetzt eben, als Ushers Namen erwähnt wurde. Das war der entscheidende Unterschied. Er empfand etwas für die Leute, die er führte und befehligte. Auf einigen der Schiffe, auf denen Galbraith gedient hatte, war das nicht so gewesen. Obwohl: schroff, ungeduldig, starrköpfig, Adam Bolitho hatte in den Monaten, in denen sie zusammen Dienst getan hatten, jede dieser Charaktereigenschaften an den Tag gelegt. Aber Galbraith fühlte sich geehrt, daß er manchmal auch die andere Seite dieser jugendlichen Kopie des berühmten Richard Bolitho hatte sehen dürfen.

Adam meinte: »Ich werde es Ihnen überlassen, die Rekrutierungsabteilungen zu kommandieren. Denken Sie daran, wir sind auf der Suche nach Männern, wir müssen nicht um sie *bitten.*« Er lächelte schnell. »Das war überflüssig, Leigh. Ich bin heute ein schlechter Gesellschafter.«

Galbraith wollte gerade darauf antworten, als er so etwas wie eine unausgesprochene Warnung spürte. Adam

Bolitho hatte ursprünglich in Penzance oder doch in der unmittelbaren Umgebung gelebt. War das die Ursache dafür, daß er sich der Rekroutierung nicht selbst annahm? Er sagte: »Das kann ich problemlos erledigen, Sir. Unsere Seesoldaten werden sich gut anstellen.«

Adam hatte ihm kaum zugehört. »Ich habe mit dem Kommandierenden Admiral in Plymouth gesprochen. Um genau zu sein, zweimal.«

»Vizeadmiral Keen, Sir. Sie kennen ihn seit langer Zeit, glaube ich mich zu erinnern, Sir?«

»Ja.« Er sah den Kabinenjungen in der Tür und befahl ihm: »Bring mir etwas Heißes, bitte!« Er legte den Degen auf die Bank. »Und auch den Cognac, denke ich.«

Die Tür schloß sich. Nur der Wachposten der Marineinfanteristen stand zwischen dem Kommandanten und dem restlichen Schiff.

»Im Vertrauen gesagt.« Adam Bolitho hob die Hand, wie um etwas abzuwehren. »Aber es muß zwischen uns bleiben.« Er blickte wieder zur Tür hinüber, so als würde er ein Husten erwarten oder eine von Ushers übergenauen Erläuterungen über das, was er gerade tat. »Wir werden morgen Plymouth verlassen.« Er blickte Galbraith direkt an. »Schafft das irgendwelche Probleme für Sie?«

Galbraith erwiderte: »Nein, Sir!« Er sah, wie die dunklen ruhelosen Augen wieder zu dem alten Degen zurückkehrten.

»Nach Penzance, wo uns weitere Befehle erwarten werden, und dann weiter nach Gibraltar.« Er versuchte zu lächeln. »Wenn wir Glück haben, gibt es dort besseres Wetter.« Aber es mißlang ihm.

Galbraith straffte sich plötzlich. Das waren keine Routinebefehle. Sie kehrten nicht zur Flotte zurück oder schlossen sich einem der örtlichen Geschwader an. Er dachte an die vielen aufgelegten Schiffe. Oder besser: an das, was von ihnen noch übrig war.

Adam fuhr schnell fort: »Sierra Leone. Ich werde die vollständigen Anweisungen erhalten, wenn Ihre Lordschaften der Meinung sind, daß ich für den Einsatz bereit bin.«

Galbraith wartete ab. Es war wie eine brennende Lunte – dieser Tag damals zwischen den Inseln, die Sprengladungen explodierten, es hätte ein Himmelfahrtkommando werden können, eine unbekümmerte und ambitionierte Operation. Er rief sich wieder in Erinnerung, was Cristie ihm erzählt hatte. *Ich will lieber in der Hölle schmoren, als Galbraith in ihren Händen sterben lassen!*

Sierra Leone. Für Galbraith und die meisten anderen Seeoffiziere bedeutete das, den Kampf gegen den Sklavenhandel zu führen. Aber diesen Gedanken konnte man jetzt vergessen, denn *Unrivalled* war viel zu groß und kampfkräftig, um in endlosen ergebnislosen Patrouillenfahrten verschlissen zu werden. Dafür waren Schoner und Briggs üblicherweise die erste Wahl.

Er war überrascht, daß ihm dieser Gedanke nichts ausmachte. Das Schiff, *ihr* Schiff, kehrte wieder in den aktiven Dienst zurück. Alles war vollständig repariert worden, und sie waren komplett ausgerüstet. Wenn sie jetzt noch ein paar Freiwillige zusammenbrächten, dann würden sie bereit sein. Sie wären dann wieder eine schlagkräftige Kriegsmaschine.

»Ich würde das Schiff einhand segeln, Sir, um von diesem Friedhof wegzukommen.«

Adam lächelte. Es war viel besser, wie Galbraith zu sein. Er mußte plötzlich wieder an Keen in dem geräumigen Haus denken, das über dem Meer und der Landschaft thronte, die sich wie ein unendliches Panorama ausbreitete. Dort war er noch mit Keens Frau Zenoria kurz vor ihrem tragischen Tod spazierengegangen. Keens zweite Frau Gilia hatte ihm diesmal eine äußerst herzliches Willkommen bereitet. Ihre Freude war nur von Keens Stolz bei der Ankündigung übertroffen worden, daß im Frühjahr mit Nachwuchs zu rechnen war. Es war klar, daß Gilia Valentine Keen nie etwas davon erzählt hatte, was sie von der Liebe Adams zu ihrer Vorgängerin wußte, die sich von einer Klippe gestürzt hatte, nachdem ihr und Keens Sohn gestorben war.

Falls Keen etwas von der geheimen Geschichte vermutete, dann verbarg er es gut. Er hatte ihre Gespräche auf *Unrivalleds* Rückkehr in den Dienst und ihren Einsatz gegen die zum Feind übergelaufene Fregatte *Triton* beschränkt. Nur einmal war Adam kurz irritiert gewesen, als Keen etwas über ein »verdammt gutes Stück Arbeit« gesagt hatte, als sie den großen ehemaligen Holländer gestellt und zerstört hatten. Durch die Rettung der *Aranmore* hatten sie der Regierung die Verlegenheit erspart, mit dem Dey von Algier über die Freilassung von Geiseln verhandeln zu müssen. Ein überschwenglicher Bericht über die Jagd und das Gefecht war von Sir Lewis Bazely, einem der Passagiere, verfertigt worden, von dem man sagte, daß er ein guter Freund des Premierministers war.

Keens Frau hatte ihren Kommentar dazugegeben: »Bazeley? Er hat eine sehr schöne junge Frau, glaube ich.«

Und Keen hatte eingeworfen: »Du hast sie doch schon früher mal nach Malta gebracht, Adam.«

Die Diskretion eines Admirals – oder war er immer noch ein Freund? Er war früher einmal Sir Richard Bolithos Flaggkapitän gewesen und noch länger davor einer seiner Midshipmen. *So wie ich.* Galbraith wußte wahrscheinlich alles oder hatte sich einiges zusammengereimt.

Bolitho traf eine Entscheidung. »Ich habe Sie wieder für ein eigenes Kommando vorgeschlagen, Leigh.«

»Das wußte ich nicht, Sir.«

Adam zuckte mit den Schultern. »Irgend jemand könnte es zur Kenntnis genommen haben.« Er blickte zur Tür, als Napier sie mit einem Fuß aufschob. Er hatte sogar die quietschenden Schuhe für diesen besonderen Tag abgelegt. »Ich komme in einer Stunde in die Offiziersmesse.«

Galbraith verließ die Kabine und stöhnte auf, als sein Kopf gegen einen der Decksbalken stieß; es war, als ob jemand nach ihm gerufen hätte.

Der Kommandant benötigte jeden ausgebildeten Mann, den er bekommen konnte. Der Zweite Leutnant war ein unbeschriebenes Blatt, und Bellairs hatte sich kaum an seinen neuen Rang gewöhnt. Der wichtigste Offizier auf einem Schiff war unter diesen Umständen natürlich der Erste Leutnant, besonders wenn er so erfahren war.

Galbraith rieb sich den Kopf und grinste reumütig. »Aber er hätte mich gehen lassen, wenn mir ein Schiff angeboten worden wäre!«

Das Gesicht des Postens der Marineinfanterie verzog sich leicht indigniert unter dem Schild seines Ledertschakos.

Ein Offizier spricht laut mit sich selbst. Und sie hatten noch nicht mal den Anker aufgeholt!

Galbraith entspannte sich wieder. Das war etwas, was er den anderen erzählen mußte. Er bahnte sich seinen Weg in die Offiziermesse und warf dem Messesteward seinen Hut zu. Alle Augen waren auf ihn gerichtet, obwohl alle vorgaben, völlig desinteressiert zu sein. *Man wird mir niemals ein eigenes Kommando anbieten.* Er wiederholte diesen Satz lautlos. Aber der Neid war verschwunden.

Vizeadmiral Keen zog den schweren Vorhang zur Seite und starrte auf die ruhelosen Wasser des Sundes hinaus. Die See würde draußen bei diesem stetigen Nordost viel bewegter sein, wenn die *Unrivalled* noch bei Helligkeit die Reede verlassen und sich ihren Weg hinaus auf die offene See suchen würde. Er dachte an die anwachsende Zahl von außer Dienst gestellten Schiffen und verabschiedeten Männern. Draußen auf See war man besser dran. Auf jeder See.

Irgendwo in dem großen Haus hörte er Stimmen, Gelächter, Menschen, die sich amüsierten, die ermuntert oder auf Abstand gehalten wurden, je nachdem wie es die Umstände verlangten. Es gab Zeiten, in denen es ihm noch immer schwer fiel, das Unmögliche zu akzeptieren. Er war der jüngste Vizeadmiral seit Nelson. Zwei Kapitäne zur See, sechs Leutnants und eine veritable Armee von Schreibern und Dienern standen ihm zur Verfügung, wahrscheinlich konnten es auch mehr werden, falls er den Wunsch vor der Admiralität äußern sollte.

Aber wie bei dem Kapitän, der heute an diesem kalten Dezembermorgen überwiegend seine Gedanken okkupierte, lag die Verantwortung letztendlich bei ihm. Es war nur zu hoffen, daß beim Besuch der *Unrivalled* in Penzance ein paar Männer dazu gebracht werden konnten, anzumustern. Männer, die sich wahrscheinlich kein Leben unter dem strengen und rigiden Regiment eines Kriegsschiffs des Königs vorgestellt hatten.

Er dachte an Sir Graham Bethune, der denselben Rang wie er selbst innegehabt hatte. Sie hatten beide einmal als Midshipmen unter Sir Richard Bolitho gedient. Keen war an Bord von Bolithos Fregatte *Undine* zum Leutnant befördert worden, als sie Segel in Richtung Indien gesetzt hatten, in eine Welt, die ihm damals noch völlig unbekannt gewesen war. Er war ohne zu zögern mitgefahren, so wie jetzt der frisch beförderte Leutnant, den er an Bord der *Unrivalled* gesehen hatte. Seine Gedanken rankten um ein Gesicht und einen Namen: Bellairs. Er würde ein guter Mann werden, wenn Adam Bolitho den Schmerz überwinden konnte. Er mußte seinem Ruf gerecht werden. Er dachte daran, was Penzance für Adam bedeuten würde. *Er muß durch einen tadellosen Lebenswandel auch viel vergessen machen …*

Die Marine würde sich verändern müssen. Sie würde sich an diesen neuen, unsicheren Frieden zu gewöhnen haben und an die zerbrechlichen Beziehungen zu Alliierten, die für lange Zeit Feinde gewesen waren. Er spürte, wie der Wind gegen die Fenster drückte, aber es war mollig warm in diesen riesigen Räumen. Warm und sicher … Er dachte an die zahllosen Berichte und Rechnungen, die er geprüft hatte, seit er Flaggoffizier geworden war. Es war für ihn noch immer nicht möglich, sich nicht davon berührt zu fühlen. Er hatte sich selbst immer als ein Teil des Ganzen gefühlt, egal ob es sich um eine Flottenschlacht oder ein Gefecht Schiff gegen Schiff handelte, wie bei Adams Kampf gegen die abtrünnige *Triton*. Der Mann hatte Rhodes Befehle mißachtet, aber der Erfolg gibt dem Mutigen recht. Manchmal. Admiral Rhodes Versuch, die Batterien des Deys zu zerstören, war ein kostspieliger Fehlschlag gewesen. Die Gefangennahme von Geiseln hätte weitere Unternehmungen damals unmöglich gemacht.

Eine neue Attacke wurde jetzt geplant, diesmal sollte der Angriff von einer ganzen Flotte vorgetragen werden, und ein geborener Kämpfer, Lord Exmouth, war schon ausgesucht worden, um sie zu befehligen. Aber Rhodes war nachtragend. Es gab eine Art Netz des Bösen. Rhodes Cousin war in einem Asyl gestorben, die Syphilis hatte ihn irre werden lassen. Sie hatte schon vorher seine Chancen zerstört, Sir Richards Flaggkapitän auf der *Forbisher* zu werden. Keen runzelte die Stirn. Das war alles unter den Teppich gekehrt worden, dafür hatte Rhodes gesorgt. Aber er würde es nie vergessen.

Und der Admiral auch nicht, dessen Sohn Midshipman unter Adams Erstem Leutnant gewesen war, als dieser sein erstes und einziges Kommando innegehabt hatte. Der Junge hatte den Tod eines Matrosen verursacht, und Galbraith hatte ihn an Land gesetzt, wo er auf die gerichtliche Untersuchung warten sollte. Das Ganze war unter den Teppich gekehrt worden, und der Midshipman war nur auf ein anderes Schiff versetzt worden. Alles war vergessen – aber nicht von seinem Vater. Galbraith würde wohl nie wieder ein eigenes Kommando bekommen, es sei denn, ein Wunder geschah. Er erinnerte sich an die Intensität in Adams Augen, als er sich für Galbraith eingesetzt hatte. *Hätte ich als sein Kommandant unter diesen Umständen das auch getan?*

Er hörte, daß die Tür geöffnet wurde, hörte das Rascheln ihres Kleides und spürte ihre Hand auf seinem Arm. Er war sosehr ein Teil des Ganzen. Und jetzt hieß das wohl, an die Zukunft des Kindes zu denken.

Sie erkundigte sich: »Hast du schon mit ihm gesprochen, Val?«

So nannten ihn nur sehr wenige. Nur Richard und seine Catherine – und damals Zenoria.

Er legte seine Hand auf ihre und lächelte: »Ist das so offensichtlich zu erkennen, Gilia?«

Sie blickte auf die See hinaus. Auch das konnte sie mit ihm teilen. Sie war viele Male mit ihrem Vater gesegelt, der ein renommierter Schiffskonstrukteur war. Es war gut, daß er nicht hier war, um zuzusehen, wie die vielen stolzen Schiffe wie die Veteranen auf der Straße um ihr nacktes Überleben betteln mußten.

»Er wird alles gut überstehen, Val. Ich fühle das ganz deutlich.«

»Ich weiß. Er ist einer unser besten Fregattenkommandanten und ein Kämpfer obendrein.« Er versuchte das Thema zu wechseln. Adam würde noch viel lernen müssen. *Das mußten wir alle.* »Aber ich bin mir meiner nicht selbst sicher.«

Er spürte, wie ihr Griff auf seinem Arm fester wurde. »Schau, Val, da ist sie!«

Sie warteten schweigend, beobachteten das Muster der weißen Schaumkronen, hörten, wie der Wind an der Dachrinne von Boscawen House zerrte.

Und da war das Schiff! Seine Marssegel und großen Hauptsegel leuchteten im abnehmenden Licht rosa. Adam nutzte den Vorteil, den der Wind ihm bot, um sich erst frei vom Kap zu segeln, bevor er weitere Segel setzte. Sogar von hier oben konnte man gelegentliche Spritzwasserwolken erkennen, die hoch über das Vorschiff und die Vorstagsegel aufstiegen. Aber Keen sah alle Einzelheiten so deutlich vor sich, als ob er dort unten wäre. Auch die schön geschnitzte Galionsfigur, ein nacktes Mädchen, das seine Hände hinter dem Kopf und der vollen Haarpracht verschränkt hatte und seine Brüste herausfordernd in Richtung des Horizonts zeigte.

Er hätte gerne gesehen, wie der Anker aus dem Grund gebrochen und schnell zum Kranbalken empor gehievt wurde. Wahrscheinlich war ein Mann mit einer Fiedel dabeigewesen, der den Takt für die im Kreis stampfenden Füße vorgegeben hatte. Einige der Männer waren sicher noch so unerfahren, daß ihnen das eine gute Hilfe auf dem schlüpfrigen Deck gewesen war. *So wie wir es sooft auf so vielen Ozeanen erlebt haben.* Es war immer der größte Augenblick – abgesehen von dem des Landfalls.

Da draußen würde es jetzt die ersten bösen Gedanken des Bedauerns geben. Es war bestimmt schon Weihnachten, bevor die Männer genau Bescheid wußten …

Er konnte spüren, wie sie seinen Arm drückte, und wußte, was sie dachte. Daß sie zusammen waren, und mit Gottes Gnade würde es ihr erspart bleiben, sein Schiff so auslaufen zu sehen. Und nicht zu wissen, ob er je wieder zurückkehren würde. Wie so viele andere. Wie Richard und Catherine.

Und jetzt Adam, der allein war.

Er hörte mehr Stimmen. Eindringlinge.

»Ich gehe hinunter, Val. Du wirst sicherlich noch eine Weile bleiben.« Er drückte sie.

»Nein, *Unrivalled* hat das Kap gerundet. Adam wird jetzt darauf drängen, daß mehr Segel gesetzt werden.«

Sie gingen Arm in Arm zur Tür, vorbei an den großen dunklen Gemälden von Kriegsschiffen, Geschützrauch, Feuer und stolzen Flaggen. Aber kein Schmerz, kein Blut war darauf zu sehen. Der jüngste Vizeadmiral seit Nelson und seine bezaubernde Gattin waren bereit für andere Pflichten.

Aber als plötzlich eine der Fensterklappen ratterte, schaute sich Keen um, obwohl er genau wußte, daß die *Unrivalled* inzwischen außer Sicht war.

Und er war in Gedanken dort.

Das beste Schiff der Flotte

Kapitän Adam Bolitho löste den Kragen seines schweren Bootsmantels und drückte den Hut fester auf sein schwarzes Haar, als er an der Straßenecke eine Pause einlegte. Um sich neu zu orientieren oder um sich zu wappnen. Er wußte es selbst nicht.

Der Wind von der Mounts Bay wehte immer noch eisig, war aber deutlich abgeflaut, seit die *Unrivalled* vor zwei Tagen ihre letzten Schläge auf die Reede gemacht hatte. Sie hatte sich erst auf dem einen Bug, dann auf dem anderen vorwärtsgekämpft, ihre gerefften Segel hatten protestierend gekracht und geknallt. Es war eine Erleichterung gewesen, den Anker ins Wasser klatschen zu hören und die Stadt Penzance hell und klar in der Wintersonne vor sich zu sehen.

Eine Erleichterung oder eine Warnung? Er schüttelte sich ärgerlich. Er würde es durchstehen. Er hörte seinen Bootssteuerer schwer atmen, als ob der Mann diese körperliche Anstrengung nicht gewohnt war, die der steile Anstieg vom Hafen bedeutet hatte. Man konnte bei Luke Jago schwer sagen, ob er neugierig war oder sich heimlich amüsierte. Dieser Mann hatte die Marine immer gehaßt – und die Offiziere dazu. Und trotzdem war er noch immer im Dienst. Nach all den Kämpfen und dem Wahnsinn der Schlachten war er geblieben. Und er war Adam ein Freund, ein guter Freund.

Adam wandte sich um, als zwei Jungen vorbeirannten. Einer trug ein roh geschnitztes Modellboot, der andere eine Piratenflagge, sie lachten und stießen einander an, ohne sich im geringsten um irgend etwas in dieser Welt an diesem kalten Vormittag eine Woche vor dem Weihnachtsfest Sorgen zu machen.

Einer blieb stehen und starrte die beiden blau gekleideten Männer an, die ihre Hüte schräg gegen den Wind gestellt hatten.

Er rief: »Wollen Sie ein gutes Schiff kaufen, Käpt'n, Sir?«

Jago schüttelte die Faust. »Verdammte Lausebengels!«

Und beide rannten weiter. Adam blickte ihnen hinterher, er meinte sich selbst zu sehen. Gespenster aus der Vergangenheit ... So wie diese Straße, so fremd und doch so vertraut. Er hat fast vermutet, Gesichter zu sehen und Stimmen zu hören, die er kannte. Er sollte umkehren und diese Gegend sofort verlassen. Galbraith war mit seinen Rekrutierungsabteilungen unterwegs, das war selbst in besseren Tagen keine beneidenswerte Aufgabe gewesen. Jeder erinnerte sich noch heute an die Preßgangs; Männer wurden auf offener Straße ergriffen, sogar aus ihren Wohnungen verschleppt, wenn ein Offizier Angst hatte, vor seinem Kommandanten mit leeren Händen erscheinen zu müssen.

Wie Falmouth lebte Penzance aus und von der See. Man konnte den Fischgestank riechen, und an heißen Tagen hingen Netze zum Trocknen aus. Hanf, Teer und immer die See im Hintergrund. Wartend. Er war nur ein Junge gewesen wie die beiden, die gerade vorübergelaufen waren, als er Penzance verlassen hatte. Er hatte das Stück Papier fest umklammert, das er den Leuten geben sollte, die er in Falmouth finden mußte. Er war nie wieder zurückgekehrt, außer einmal, als er mit einem der Pferde aus dem Besitz der Bolithos die zwanzig Meilen von Falmouth her- und dann sofort wieder zurückgeritten war. Aber für den kleinen Jungen waren die zwanzig Meilen zu Fuß endlos und eine Tortur gewesen. Vor zwei Tagen hatte er nun die stolze Silhouette des St. Michaels Mount vor dem Steuerbordbug gehabt. Aber nicht als verängstigter, nervöser Junge, sondern als Kommandant einer Fregatte war er zurückgekommen. Er dachte an die Befehle, die er fast sofort bekommen hatte, kaum daß der fallende Anker der *Unrivalled* eine Wolke von Spritzwasser über die Back versprüht hatte. Warum also Zeit vergeuden? Warum alte Zweifel neu nähren und schmerzliche Erinnerungen wecken?

Er drehte sich um und wollte gerade etwas sagen, als er den hohen Kirchturm sah, der sich klar und scharf gegen den blassen Winterhimmel abzeichnete. Er gehörte zur Kapelle von St. Marien. Es war, als fühlte er eine Hand auf seiner Schulter ... Er erinnerte sich genau daran, was sich die alten Männer über diesen Kirchturm erzählt hatten, der so schön und schlank, so zierlich an dieser sturmumtosten Küste Englands stand. Die Alten hatten die Angewohnheit, zu Beginn jeder neuen Sturmsaison Wetten darüber abzuschließen, wann er zusammenstürzen würde. Diese alten Männer waren längst tot, aber die Kapelle von St. Marien und ihr fragiler Kirchturm standen immer noch.

Hier waren nicht viele Menschen auf der Straße unterwegs. Es war Markttag, daher würden die meisten, die einen riskanten Handel betrieben, den Schnäppchen auf der Market Jew Street hinterherjagen. »Hier entlang.« Er blickte zu den nahen Häusern hinüber, kleine Details schossen ihm durch den Kopf, er erinnerte sich an vieles, was er damals gehört hatte, und an das, was ihm seine Mutter erzählt hatte. Seinerzeit hatten Schiffe Penzance angelaufen, um eine volle Ladung an Kupfer, Zinn und Granit zu übernehmen. Sie waren häufig aus den Niederlanden gekommen und hatten ihren Ballast gelöscht, der aus holländischem Sandstein bestanden hatte, bevor sie sich auf die Heimreise gemacht hatten. Nichts wurde damals verschwendet, und sogar noch jetzt sah er Häuserfronten, die anstatt des üblichen Granits aus holländischem Sandstein erbaut waren.

Auf seinem Weg vom Hafen hatte er ein paar der Plakate gesehen, die Galbraith hatte kleben lassen. Einige waren abgerissen, andere waren sorgfältig abgelöst worden, vielleicht als eine Art Souvenir. Er hatte auch Blicke aufgefangen: Das hier war ein Seehafen, und jeder kannte die kampfkräftige Fregatte, die vor Anker lag. *Auf der Suche nach Männern.* War es jemals anders gewesen? Und alle wußten, daß Adam der Kommandant war.

Er hätte sich daran erinnern sollen, daß ein Markttag ein sehr schlechter Zeitpunkt war, um einen Mann zu finden, der seine Unterschrift für ein Leben im Dienst auf einem Schiff des Königs hergab. Außerdem war gleichzeitig eine Rekrutierungsabteilung der Armee unterwegs. Adam hatte den Sergeanten gesehen, wie er vor einer der örtlichen Kneipen stand und Männer zu überreden versuchte, die schon mehr Ale gebechert hatten, als ihrer persönlichen Zukunft gut tat, falls sie ihr Zeichen auf den Vertrag machten, um Soldat zu werden.

Galbraith hatte bis jetzt zwanzig Männer zusammenbekommen. Die Hälfte davon stammte aus dem Knast des örtlichen Richters. Sie glaubten, daß das Leben auf See immer noch besser wäre als das im Gefängnis oder nach der Deportation. Die Realität würde den einen oder anderen wie ein Schock treffen. Er hatte gehört, wie Cristie, der alte Segelmeister, ärgerlich geknurrt hatte: »Der ganze Haufen besteht nur aus Galgenvögeln!«

Adam blieb draußen vor der Kirche stehen und blickte zur Wetterfahne empor. Südöstlicher Wind. Perfekt zum Auslaufen. *Um von hier zu verschwinden.*

Jago zögerte, dann zog er seinen Hut, als Adam durch die hohen verwitterten Türen trat. »Soll ich mit hinein kommen, Sir?«

Adam hörte ihn kaum. »Wenn du möchtest.«

Die Kirche war leer bis auf zwei alte Weiber, die zusammen auf einer der Kirchenbänke saßen. Beide trugen die traditionellen Kappen, an die er sich aus seiner Kindheit erinnern konnte. Jung oder alt, die Frauen trugen große Fischkörbe, die von verstärkten Bändern um ihre Köpfe gehalten wurden. Damit belieferten sie die Dörfer in der Nähe der Stadt oder verkauften darin den Fisch frisch aus der See von kleinen Karren herunter in den Straßen. Keine der Frauen blickte auf, als die Schuhe der Männer auf dem gefliesten Boden klapperten.

Jago blieb vor einer Statue stehen, die einen örtlichen Würdenträger darstellte, wie er vermutete. Er beobachtete seinen Kapitän und wartete ab.

Adam verharrte unter einem der Fenster und starrte auf die Gedenktafel. Er wußte, daß Kerenza schön gewesen war. Aber über die Jahre hinweg hatte er sich immer nur an jenen letzten Tag erinnert, als sie ihn fortgestoßen und ihn angefleht hatte, sie zu verlassen und sich auf den Weg nach Falmouth zu machen. Sie war krank und hatte im Sterben gelegen, aber wie immer hatte sie zuerst an ihn gedacht. So wie sie sich nur für ihn verkauft hatte. Er erzitterte, die Stille um ihn herum wurde ihm bewußt, ebenso die Ruhe auf den Straßen, durch die sie gerade gegangen waren. Alles schien viel enger zu sein, als er es in Erinnerung gehabt hatte.

Adam streckte impulsiv seine Hand aus, wie Jago es bei ihm schon sooft gesehen hatte, nach einem Freund, nach einem Untergebenen. *Nach mir.*

Die Gedenktafel war schlicht und einfach. Trotzdem hatte sie einen ziemlichen Ärger mit dem Steinmetz und der Kirche provoziert.

Aber Adam hatte sich durchgesetzt.

In liebevoller Erinnerung an Kerenza Pascoe, die 1793 starb. In Erwartung seines Schiffs.

Das war alles. Mehr hatte man einer Frau mit ihrem Ruf nicht zugestanden.

Adam berührte den Stein und lächelte. Er war überrascht, daß es ihm nicht schwer fiel.

»Ich bin gekommen, Mutter. Gott sei dir gnädig.«

Dann wandte er sich um und schritt zum Eingang zurück.

Jago warf einen schnellen Blick auf die Gedenktafel. Kein Titel, keine Einzelheiten. Nur der Name einer Frau und etwas über ein Schiff. Er war irgendwie froh, daß sein Vater ihn gezwungen hatte, lesen und schreiben zu lernen, als er ein Knabe gewesen war und auf einem Schoner gearbeitet hatte, der von Dover aus segelte. Notfalls mit Schlägen hinter den Ohren, wann immer er nicht freiwillig wollte. Rückblickend stellte er fest, daß es das einzige war, wofür er seinem Vater dankbar sein konnte, einem Tyrannen, der gestorben war, als er betrunken in ein Dock gefallen war. So sagte man.

Aber lesen zu können verschaffte einem Mann einen großen Vorteil. Als Bootssteuerer des Kommandanten genoß Jago das Privileg, über die Decks gehen zu dürfen, wann und wie er wollte. Sehr zum Ärger einiger der älteren Mannschaftsmitglieder und junger Schnösel wie Midshipman Sandell. Ein Blick in die Karte oder in eines der Logbücher hielt ihn immer auf dem laufenden. *Wann, wo, wie.* Einige der Männer an Bord waren ignorante Strohköpfe, hatten hohle Birnen. Was sie anging, konnte sich das Schiff genausogut auf dem Mond befinden.

Jago dachte an die beiden alten Frauen, die gebetet hatten, Fischweiber, wie man sie hier nannte, und fragte sich, was für Befriedigung ihnen das verschaffte. Er hatte auf See Gebete gehört, nachdem irgendein armer Hund in seine Hängematte eingenäht worden war und über die Seite geworfen worden war, wie so viel anderer Abfall auch. Worin lag der Sinn?

Jago spürte die Brise auf seinem Gesicht, als sie wieder auf die Straße traten, und sah, wie der Kapitän die Schultern straffte, aber nicht – wie er vermutete –, um sich gegen den Wind zu stemmen.

Die Frau, der in der Kirche gedacht wurde, war Kapitän Bolithos Mutter gewesen. Jago kannte die Geschichte zum größten Teil und hatte sich den Rest zusammengereimt. Bolitho hatte Glück gehabt. Er gehörte zu einer guten Familie, und sein Onkel würde in den Geschichten der Seeleute genausolange weiterleben wie Nelson, sagten einige Leute. Aber er hatte wirklich viel Glück. Er hatte sein Schiff riskiert, seinen Ruf, vielleicht seine Karriere, weil er geflohen war und die Befehle seines Admirals mißachtet hatte, und das alles wegen einer Frau, die auf der *Unrivalled* gereist war. Jago hatte sie beobachtet, wie sie mit dem Kapitän die Klingen gekreuzt und Blicke gewechselt hatte.

Und Glück war es auch, daß Adam ein Schiff hatte in diesen Tagen, da die Navy jeden Tag Schiff um Schiff verkleinert und die Besatzungen an den Strand geworfen wurden, um dort, so gut wie sie es vermochten, für sich selbst zu sorgen. Bis der nächste verdammte Krieg ausbrach, dachte Jago düster. Dann würde es wieder süße Versprechungen hageln, um die armen Teerjacken zurück auf die See zu locken.

Er blickte an den Häusern empor, an denen sie vorbeigingen. Die meisten Kapitäne zur See würden versuchen, ihre Vergangenheit zu ignorieren, falls sie einen schwarzen Punkt in ihrer Vita hatten. So wie Sir Richard und seine »skandalöse Geliebte« und sein Bruder, der aus der Navy desertiert war, um für die Amerikaner zu kämpfen, Hugh Bolitho, der den Kommandanten der *Unrivalled* gezeugt hatte, den letzten Sproß dieser alten Seemannsfamilie, wie man sich zuraunte. *Aber der hier nicht.* Er scheute vor jeder Art von unverdientem Vorteil zurück. Adam Bolitho hatte ihn mit in die Kirche genommen. Und aus irgendeinem Grund war das wichtig gewesen.

Sie hatten die Stelle erreicht, wo sich die See vor ihnen wieder weit öffnete, um sie zu grüßen. Sie glänzt wie poliertes Zinn und funkelt schmerzend in den Augen, überlegte Adam, sogar für Männer wie *Unrivalleds* erfahrensten Ausguck, Joseph Sullivan, dessen unwahrscheinliche Fähigkeiten ihn die *Triton* hatte finden lassen. Sullivan war einer der älteren Besatzungsmitglieder, der von allen respektiert wurde, nicht zuletzt deshalb, weil er bei Trafalgar dabei gewesen war, obwohl er nur selten davon sprach. Adam war ihm dankbar, daß er auf dem Schiff geblieben war. Aber Sullivan hatte ihn nur mit seinen klaren Augen angeschaut, die wie die Augen eines sehr viel jüngeren Mannes aus seinem wettergegerbten Gesicht leuchteten.

»Wohin sollte ich auch gehen, Käpt'n?«

Und da lag das Schiff. Es schien, von diesem abgehobenen Punkt aus gesehen, aus Glas zu bestehen. Es war ein eigenartiger Gedanke, daß Bellairs, der jüngste Leutnant, solange der einzige Offizier an Bord war, bis die Rekrutierungskampagne zu Ende war und der Anker wieder kurzstags gehievt wurde. Er hatte jetzt das, wovon er immer geträumt hatte – das Kommando. *Wie die meisten von uns.* Hatte er Glück gehabt oder war er nur einfach in die Schuhe toter Männer geschlüpft? Wer vermochte das zu sagen. Massie, der Zweite Leutnant, war getötet worden. Der Dritte Leutnant, Daniel Wynter, hatte das Schiff verlassen, um in die Fußstapfen seines Vaters in der Politik zu treten. Das Parlamentsmitglied hatte die Karriere seines Sohnes in der Marine immer verabscheut und daraus auch kein Geheimnis gemacht. Mit seinen Tod hatte er letztlich doch noch seinen Willen durchgesetzt.

Der neue Leutnant, Varlo, schien erfahren zu sein und stammte aus einer Familie mit Marinetradition. Er war außerdem ein paar Monate lang Flaggleutnant eines Konteradmirals auf dem Nore gewesen. Galbraith hatte wenig über ihn zu sagen gewußt, außer daß er seinen Pflichten gut nachkam. Er hielt auf Distanz, bis sich das Thema erledigt hatte. Sein Kapitän hatte einmal versucht, ihn in ein persönliches Gespräch zu verwickeln.

Es war unmöglich gewesen.

Adam drehte sich um und starrte zu dem Schiff hinüber, bis seine Augen tränten. Er hätte an Bord bleiben sollen. Es gab für ihn mehr als genug zu tun, bevor das Schiff wieder auslaufen konnte. Warum also ...?

Er hörte Jago lässig sagen: »Was ist denn das?«

Etwas in seinem Tonfall und der Eindruck, daß er mit einer Hand den kurzen Dolch mit der breiten Klinge, den er immer bei sich trug, lockerte, vermittelten Adam das Gefühl, daß Gefahr im Verzug sein könnte – wie schon so viele Male zuvor. Aber er irrte sich, denn von den beiden Gestalten, die vor einem Paar offener Torflügel warteten, ging keine Gefahr aus.

Ein Mann war groß und gut gebaut, obwohl er seine Schultern merkwürdig verdrehte. Er war ungefähr genauso alt wie Adam und trug eine Augenklappe, die aber nicht die schreckliche Narbe verdecken konnte, die über sein Gesicht bis zum Hals hinunterlief. Ein Auge mußte ihm herausgerissen und das Fleisch bis auf den Knochen aufgerissen worden zu sein. Er hatte nur einen Arm.

Seine Begleiterin war eine junge Frau, die eine Kappe und eine Schürze trug. Sie hielt den Arm des Mannes, ihr Gesicht war feindselig.

»Was ist los, Kumpel?« Jago stand sehr entspannt da, aber eine Hand ruhte auf seinem Gürtel.

Der Mann trat einen Schritt vor und versuchte etwas zu sagen: Seine Stimme war unverständlich, fast klang sie wie erdrosselt, aber er redete unaufhörlich.

Das Mädchen mischte sich ein: »Ich habe dir gesagt, daß du dich von denen fernhalten sollst! Ihnen ist es egal! Ich habe es dir gesagt!« Aber sie schluchzte, der Ärger war nur eine Maske für etwas anderes.

Adam sagte: »Es ist schon in Ordnung. Es war mein Fehler – ich war in Gedanken gerade viele Meilen weit entfernt.«

Er trat näher, hatte aber das Gefühl, als wäre er an der Stelle festgefroren. Ein Mann seines Alters, verkrüppelt, halb blind, kaum in der Lage zu sprechen. Nicht einfach nur ein Überlebender, sondern ein Opfer. Dann stellte er leise fest: »John Powers, Vortoppgast.« Er streckte seine rechte Hand aus, aber wechselte dann zur anderen, um dem einarmigen Mann entgegenzukommen.

Der Kopf des Mannes drehte sich weiter herum, so daß das eine Auge sein ganzes Gesicht auszufüllen schien. Dann sprach er, langsam, mit schmerzhaftem Keuchen zwischen jedem Wort, und die ganze Zeit hielt das Mädchen seinen Arm, starrte ihm ins Gesicht, teilte seine Qualen, so wie es das jeden Tag tun mußte.

»Nicht … getötet … Sir.« Er nickte langsam, erinnerte sich, sah es wieder vor sich. »Man … sagte mir … daß … Sie hier … sind.« An seiner Kehle waren noch weitere tiefe Narben. »Mußte ... einfach ... kommen ..., um ... sicher ... zu sein ...«

Adam sagte zu Jago: »John Powers diente auf meiner *Anemone,* als wir sie an die Yankees verloren. Ein Tag, den ich nie vergessen werde.«

Das Mädchen hob eine Hand, um ihrem Gefährten das Haar aus dem Gesicht zu streichen. Sie bettelte: »Laß uns zurückgehen, Johnny. Die anderen werden schon auf uns warten.«

Adam fragte: »Wo arbeiten Sie?«

Sie deutete über die Schulter nach hinten. »Dort in der Kneipe. Wir haben einen Platz zum Schlafen. Wir brauchen niemanden!«

Der verkrüppelte Mann, der einer der besten Toppmatrosen in der Besatzung der *Anemone* gewesen war, sagte: »Wasche ... Töpfe ... ab ... und ... andere ... Sachen ... Sir.«

Adam steckte die Hand in die Tasche, aber sie fuhr ihn scharf an: »Ich habe ihn hergebracht, weil er darauf bestand! Wir brauchen Ihr Geld nicht, *Sir!*«

Sie zog ihn herum und schob ihn in Richtung des offenen Tors. Adam konnte Gesichter erkennen, die aus einem schmalen Fenster blickten, Becher wurden voller Interesse im stabilen Gleichgewicht gehalten.

Der Mann, dessen Name Powers war, versuchte es nochmals: »Die *Anemone* war das verdammt beste Schiff in der ganzen Flotte!« Er stammelte nicht ein einziges Mal.

Jago starrte ihnen hinterher und dann zum Kapitän, schließlich zuckte er mit den Schultern, seine Hand löste sich vom Griff der Seitenwaffe. »So etwas passiert, Sir. Wir erleben das immer wieder. So ist das Leben.« Er spürte das Bedürfnis in sich aufsteigen, seine Hand auszustrecken, um ihn am Arm zu berühren, wie er es sooft bei Adam gesehen hatte, und ihn damit irgendwie zu beruhigen.

Adam blickte ihn an, sein dunkles Haar flatterte im Wind, obwohl er sich daran erinnern konnte, daß er den Hut gezogen hatte. »Manchmal müssen wir daran erinnert werden.« Er blickte zu dem alten Kirchturm hinauf. »*Stolz.*«

Nur ein Wort. Mehr war auch nicht nötig.

Leutnant Galbraith hielt seine Hände vor das knisternde Holzfeuer. Es war gegen Mittag, aber er fühlte sich, als ob er schon tagelang auf den Füßen gewesen wäre, und er war müde, enttäuscht und frustriert. Er nickte dem Wirt zu und nahm das angebotene Glas, spürte, wie ihm der Inhalt wie flüssiges Feuer über die Zunge floß, und fragte sich, woher der Schnaps kommen mochte. Die Schmuggler würden Konjunktur haben, jetzt, da der Krieg mit Frankreich vorüber war. Jedenfalls für den Augenblick.

Er hörte die Stimmen der kleinen Gruppe der Royal Marines, die die Rekrutierungsabteilung begleitet hatte, sie tönten laut und sorglos durch den benachbarten Schankraum. Korporal Bloxham sorgte dafür, daß sich keiner seiner Männer betrank oder daneben benahm, er hatte dafür einen sicheren Blick. Er war der Meisterschütze der Abteilung. Galbraith erinnerte sich an die letzte Stunde auf dem blutigen verwüsteten Deck der *Triton.* Der Kapitän hatte versucht, seinem Diener zu helfen, der von einem Holzsplitter getroffen worden war, dadurch konnte er dem feindlichen Kommandanten nicht in den Arm fallen, der auf ihn zielte, um ihn zu töten. Es war wie auf einem Miniaturbild anzusehen gewesen, der verletzte Junge lag in Bolithos Armen, der alte Degen zeigte nutzlos über das Deck, und dann war da Bloxham, ganz ruhig und konzentriert, als ob er sich mit seiner zuverlässigen Muskete auf irgendeinem Schießstand fände.

Ja, Korporal Bloxham hatte stets ein wachsames Auge auf seine Leute. Er kalkulierte sicherlich ein, daß ihm der

Streifen eines Sergeanten in nicht allzu langer Zeit winken konnte.

Galbraith blickte sich in dem niedrigen Raum mit den rauchgeschwärzten Bildern und den polierten Messingteilen um. Er seufzte. Noch ein Halt und dann war es vorbei. Er blickte düster auf das geleerte Glas. Es war eine verdammte Zeitverschwendung. Drei Männer! Genauer gesagt, ein Mann und zwei Jungen – das entsprach wohl eher der Realität. *Zeitverschwendung*. Die Tür flog auf, und er versuchte seinen Kopf und den Körper zu entspannen.

Irgend etwas schien Leutnant George Varlo zu beunruhigen. Galbraith kannte ihn kaum und akzeptierte, daß dies zum größten Teil an ihm lag, und trotzdem ... Varlo war wachsam, scharfäugig und effizient. Er war flink auf den Füßen wie ein Tänzer oder jemand, der gewöhnt war, den Degen mit Spaß zu führen – oder auch im Ernst. Seine blonden Haare waren kurz geschnitten und sehr gepflegt, letzteres galt auch für seine Kleidung: der perfekte Offizier. Galbraith war normalerweise kein intoleranter Typ, aber Varlo vermittelte ihm das Gefühl, in fast allen Dingen ungeschickt und linkisch zu sein.

Vielleicht lag es daran, daß er Flaggleutnant bei irgendeinem Admiral gewesen war. Oder war es vielmehr so, daß er vielleicht gerade wegen dieser Fähigkeiten zum Flaggleutnant befördert worden war? Aber er dachte an George Avery, der gefallen war, als sie das feindliche Schiff geentert hatten, und an seine eigenen Worte, die er zu Kapitän Bolitho gesagt hatte: »Ich glaube, daß er gewußt hat, daß er sterben würde. Er hatte seinen Lebenswillen vollständig aufgegeben.« Nein, der hier war kein bißchen so wie Avery ...

Varlo blickte sich mit einem dünnen Lächeln auf den Lippen um. »Ich habe Mr. Rist befohlen, die anderen im Auge zu behalten, bis wir bereit sind, abzumarschieren.«

Galbraith antwortete: »Rist weiß, was zu tun ist!«

Er verhielt sich dumm. Unfair. Woher sollte Varlo wissen, wie Rist, der beste Steuermannsmaat des Schiffes, war? Zum Beispiel an jenem Tag, als sie den Bootsangriff zwischen den Inseln gestartet hatten. Da war Rist ein starker Fels in der Brandung gewesen, sogar als sie an dem falschen Strand gelandet waren.

Der Wirt tauchte wieder neben ihnen auf. »Auch ein Glas, Sir?«

Varlo schüttelte den Kopf. »Später.«

Galbraith meinte: »Ich möchte noch eins.« Er spürte die Mißbilligung Varlos und fügte scharf hinzu: »Das ist genau das, was ich jetzt brauche.« Er nahm einen neuen Anlauf. »Der nächste Sammelpunkt liegt in der Market Jew Street.« Er öffnete sein Notizbuch. »Da muß früher mal eine jüdische Gemeinschaft gelebt haben.«

Varlo studierte amüsiert sein Gesicht. »Eigentlich nicht. Das stammt nämlich mehr aus dem alten Dialekt Cornwalls, *marhas you,* was soviel heißt wie der Donnerstagsmarkt.« Das Lächeln wurde breiter. »Oder jedenfalls so ähnlich!«

Galbraith entgegnete kurzangebunden: »Das wußte ich nicht.«

Varlo hob verbindlich die Schultern. »Woher sollten Sie auch? Das ist auch nicht wirklich unser Problem, nicht wahr?«

Von der Straße klangen Rufe und Jubelrufe. Der Rekrutierungssergeant der Armee kehrte nach seinem Fischzug zurück in die Kaserne. Seine Beute war vermutlich zu betrunken, um zu wissen, worauf sie sich eingelassen hatte.

Galbraith sagte: »Vielleicht haben wir morgen mehr Glück.«

Varlo fragte ihn ohne Umschweife: »Sie sind seit der Indienststellung an Bord der *Unrivalled*? Und auch der Kommandant?« Wieder spielte das kleine Lächeln um seine Mundwinkel. »Ohne Zweifel ist er ein Mann aus Cornwall.«

»Ja.«

»Wie ist er? Man hört so viele Geschichten, wie Sie sicher am besten wissen, aber wenn wir fern von England und der Flotte sind, ist es nur vernünftig, auf alles vorbereitet zu sein.« Er wollte Galbraith herauslocken, ihn dazu bringen, Farbe zu bekennen, und er genoß es.

Galbraith antwortete: »Er ist der beste Kommandant, unter dem ich bis jetzt gedient habe. Er hat hohe Maßstäbe und erwartet, daß man sie erfüllt.« Er versuchte zu lächeln, um die nächsten Worte ins richtige Verhältnis zu setzen. »Das gilt auch für einen Mann aus Cornwall.«

Varlo nickte nachdenklich. »Danke für die Warnung. Wenn es denn als solche gemeint war.«

Rist, der Steuermannsmaat, plierte zu ihnen herüber. »Fertig, Sir!«

Galbraith packte seinen Hut, richtete sich auf und rückte den Degen zurecht. Hinter Varlo stand vermutlich jemand mit Einfluß. Ein Flaggleutnant und jetzt auf eine gute Fregatte versetzt, während so viele andere aufgelegt wurden. *Einfluß.* Mit der Aussicht, ein eigenes Kommando zu bekommen. Galbraith nickte dem Wirt der Schänke dankbar zu. *Wie ich.* Er spürte die salzige Luft auf seinen Lippen. Zurück auf die See. Er war begierig darauf auszulaufen.

Adam Bolitho ließ seine Hand über den glatten, kalten Stein der Kaimauer gleiten, geschliffen und poliert durch Wettereinflüsse aller Art. Friede oder Krieg waren hier ohne jede Bedeutung. Er tastete nach seiner Uhr, aber dann erinnerte er sich und mußte plötzlich an den Jungen denken, der ihn um Erlaubnis gebeten hatte, die Einzelteile behalten zu dürfen, nachdem die Musketenkugel die Uhr in tausend Teile zerschmettert hatte. Sie hatte sein

Leben gerettet. *Die kleine Meerjungfrau,* so nannte man diese Uhr.

Morgen würden sie auslaufen. Es war nicht die Reise nach Westafrika, die ihn unruhig machte, oder die zahllosen Anforderungen und Herausforderungen, die ein Schiff, das immer noch unterbemannt war, für ihn bereit hielt. Er hatte schon Kommandos inne, seit er dreiundzwanzig Jahre alt war. Er war auf die meisten Schwierigkeiten vorbereitet.

Sein Problem war der morgige Tag: hier auszulaufen, wo er geboren worden und aufgewachsen war; erzogen von der Frau, deren Namen er auf dem Gedenkstein in der Kirche berührt hatte; der Ort, an dem er – schon als Kind – gelernt hatte, für sich selbst zu sorgen. Und trotzdem hatte er ihn niemals als Heimat empfunden. Falmouth und das große Haus, das ihm jetzt rechtmäßig gehörte, auch wenn noch einige juristische Formalitäten zu erledigen waren, das war seine Heimat. Falmouth und die See, wo immer sie ihm winkte.

Sobald die *Unrivalled* wieder auf See war, würde er genug Zeit finden, um über sich selbst und seine sentimentalen Gefühle zu lachen. *So etwas passiert, Sir.* Er dachte an Jagos Worte in der Kirche. *So ist das Leben.* Jago war jetzt unten und musterte die Besatzung der Gig und stellte wahrscheinlich seine eigene Entscheidung in Frage, daß er als Bootssteuerer an Bord geblieben war.

Er seufzte. Galbraith würde sehr bald zurückkommen. Sie würden zusammen ein Glas trinken, sobald sie wieder an Bord waren. Er mußte an die Weinkisten aus der St. James Street denken, sie waren Catherines Geschenk gewesen, als die *Unrivalled* in Dienst gestellt worden war. Das war eine Ewigkeit her. Er hörte Jagos Fußschritte auf den Steinstufen. Es war Zeit.

Aber Jago schüttelte den Kopf. »Ich dachte, ich sollte besser kommen und es Ihnen sagen, Sir. Da unten ist ein

Gentleman, der mit Ihnen sprechen will.« Er fügte grob hinzu: »Darauf besteht, besser gesagt.«

Adam biß sich auf die Lippen. Wieder so einer wie der verkrüppelte ehemalige Toppgast und das Schreckgespenst auf der vermurten Hulk. Zu viele Erinnerungen.

Jago schaute ihn grimmig an. »Er sitzt unten im Postenhaus der Küstenwache, Sir. Ich kann ihm sagen, daß er abhauen soll, wenn Sie das wollen.«

»Nein, ich komme.«

Der Raum war fast dunkel, das Feuer glühte nur noch schwach im Kamin.

Adam trat in den schwachen Lichtschein, der durch das einzige Fenster fiel, und meinte: »Ich hörte, Sir, daß ...«

Die würdevolle Gestalt, die vor dem Fenster saß, hatte runde Schultern, eine goldfarbene Brille war nach oben in die Stirn geschoben worden.

Adam streckte beide Hände aus. »Daniel Yovell! Wie kommen Sie denn hier her?«

Yovell kam auf die Füße und trat auf ihn zu, dabei zog er seine Brille mit einer Gebärde auf den ihr gebührenden Platz, an die sich Adam nur zu gut erinnern konnte. Ein studierter Mann, der mit und für seine Bibel lebte. Früher war er Schreiber seines Onkels gewesen, danach sein Sekretär und Freund. Und auch der von Catherine.

Yovell erklärte: »Als Sie Falmouth besuchten, war ich geschäftlich in Bodmin. Ich hörte erst davon, als ich wieder zurückgekehrt war. Bryan Ferguson war sehr erregt darüber, daß man Ihren Aufenthalt verkürzt hat. Es gab noch so viele Dinge, na ja, Sie verstehen schon ...« Er brach ab.

»Es tut gut, Sie zu sehen, alter Freund.« Sogar das erinnerte ihn wieder an Allday.

»Ich hörte, daß Ihr Schiff hier einlaufen wird. Wie Sie wissen, laufen Neuigkeiten schnell, Sir, besonders unter Seeleuten.«

Es war schwer, sich jemanden vorzustellen, der weniger nach einem Seemann ausschaute als Yovell. Gebückt, devot und sanft. Yovell hatte früher zu Sir Richards *kleiner Mannschaft* gehört, wie er die Runde genannt hatte. Man hatte ihm dann eine kleine Hütte überlassen, die an das große Haus angrenzte. Er war für Ferguson, dem einarmigen Verwalter des Anwesens, zu einer großen Hilfe geworden. Auch ein im Kampf verkrüppelter Veteran.

»Was kann ich für Sie tun?«

Yovell lächelte, es war, als ob eine dunkle Wolke vom Angesicht der Sonne weggezogen wäre. Er antwortete: »Ich habe einen Brief für Sie. Er hat seine Zeit gebraucht, seinen Weg nach Falmouth zu finden, fürchte ich.«

Adam nahm ihn, sah die Marken und offiziellen Anmerkungen. *Von Catherine.*

»Ich habe überlegt, ob ich ihn mit dem Boot hinüberschicken soll, aber ich entschied mich dann dafür, zuerst mit Ihnen zu sprechen.«

Adam drehte den Brief in den Händen hin und her. Sie hatte ihn nicht vergessen.

Jago stand noch immer mit gekreuzten Armen in der Tür, sein Gesicht war ausdruckslos. Yovell sah ihn streng an. »Dieser Bursche da hat doch tatsächlich gesagt, daß ich hier Schutz suchen sollte, weil das besser für jemanden in meinem Alter wäre!«

Jago grinste schief: »Das war nicht respektlos gemeint, Sir!«

Adam drehte sich um, verärgert über eine Unterbrechung. Draußen rief Galbraith nach seinen Männern, und da waren noch andere Stimmen, laut und aufgeregt.

Jago meinte geduldig. »Ich wollte es Ihnen gerade sagen, Sir. Wie es scheint, haben wir ein paar Rekruten aufgetan. Freiwillige!«

Yovell beobachtete Adam, seine Augen blickten warm

und traurig zugleich. »Ich habe mir nichts dabei gedacht, aber diese Männer sind mit dem Postschiff von Falmouth herübergekommen. Mit mir.«

»Kenne ich einen von ihnen?«

»Vielleicht nicht. Aber alle haben unter Sir Richard gedient.«

»Mein Gott.« Adam blickte hinter ihm vorbei. Er wußte und verstand, was das Yovell gekostet haben mußte. Dieser Mann hatte seinem Onkel näher gestanden als irgend jemand anderer.

Und jetzt war da auch noch ein Brief von der Frau, die ihn geliebt hatte.

Er sagte: »Ich werde zu den Männern hinausgehen.« Blind lief er über das vertraute Kopfsteinpflaster. Es war wie ein Teil aus einem Traum. *Die Rettungsleine.*

Yovell polierte seine Brille mit einem Taschentuch und bemerkte: »Es schien mir das Richtige zu sein. Der Brief brachte mich auf die Idee.« Er fügte nicht hinzu, daß Allday nichts davon gewußt hatte.

Adam kam zurück, unerklärlich verstört und bewegt. Harte Hände hatten sich ihm entgegengestreckt, als er zwischen ihnen hindurchgegangen war. Alle Männer hatten Tätowierungen und verwitterte Gesichter, jeder war ein erstklassiger Seemann.

Es war, als ob er alle schon lange gekannt hätte, aber in seinem Inneren wußte er, daß sie alle einen anderen Bolitho gesehen und gehört hatten, während er zu ihnen gesprochen hatte. Er sagte ruhig: »Das war eine sehr gute Sache, die Sie da gemacht haben.« Zu Jago gewandt fuhr er fort: »Ist die Gig bereit?«

Jago nickte. »Wir warten auf Ihren Befehl, Sir!«

Adam blickte dem rundschultrigen Mann zu, der in seiner ruhigen Art alles verändert hatte. »Werden Sie eine Weile in Penzance bleiben?«

Yovell zuckte mit den Schultern und schien sich fast entschuldigen zu wollen. »Ich habe ein paar Sachen mitgebracht, Sir. Man hat mir erzählt, daß Sie kürzlich Ihren Sekretär verloren haben, daher dachte ich, daß ich Ihnen vielleicht meine Dienste anbieten könnte, bis Ihnen etwas Besseres über den Weg läuft.« Er lächelte, aber an seiner Ernsthaftigkeit bestand kein Zweifel. An seinem inneren Bedürfnis.

»Sind Sie sicher, Mann? Das hier ist kein Linienschiff, müssen Sie wissen!«

Yovell erwiderte ganz ernsthaft: »Ich war Sir Richards Schreiber, bevor ich sein Sekretär wurde. Ich kann mich anpassen, sogar in meinem Alter.«

Jago nahm die Seekiste des Neuankömmlings auf und folgte ihnen hinaus in die schneidende Luft. Er hatte das Gesicht des Kapitäns gesehen, als sich die neuen Männer um ihn geschart hatten, so als ob das der Beginn eines großen und ehrenvollen Unternehmens wäre. Auf dem Gesicht lag derselbe Ausdruck wie der, den er in der nahen Kirche gesehen hatte.

Er wurde an den Händedruck erinnert, der – für ihn – die Sache zwischen ihm und dem Kapitän entschieden hatte. Und er war froh darüber.

Adam Bolitho legte seine Hand auf die Lafette eines der Achtzehnpfünder, mit denen er seine Kabine teilte, und spürte die Bewegung unter seiner Handfläche. Das war etwas, an das er sich noch nicht gewöhnt hatte und auch noch nie akzeptiert hatte, nämlich daß ein Schiff lebte und auf seine eigene Weise antwortete. Er schüttelte den Kopf, verdrängte die Vorstellung und blickte sich in der Kabine um. Der junge Napier war fleißig gewesen, denn nichts lag mehr herum, alles war an seinem Platz.

Er fragte sich, wie viele Männer von *Unrivalleds* Besatzung jetzt wohl bereits Bedauern und Beklemmung fühlten. Es war einfach, darüber zu lachen; für die alten

Hasen war das immer ein gefundenes Fressen, nach ein paar Bechern Rum auf ihrem Meßdeck ihre Witze zu reißen.

Unrivalled war bereit zum Auslaufen. Sie fieberte danach.

Der Wind raumte etwas, was es einigen neuen Männern erleichterte, sich an das komplizierte Manöver des Auslaufens zu gewöhnen. Keiner vergißt dieses erste Auslaufen. Alle anderen – außer einem selbst – scheinen genau zu wissen, was von ihnen erwartet wird ...

Adam hörte das Schrillen der Pfeifen, das Schiff wurde unruhig, zerrte an seinem Ankerkabel, der voll beladene Rumpf stemmte sich gegen die Kraft der Männer, die an den Spillspaken arbeiteten. Ja, es gab sicherlich an diesem kalten Vormittag im Dezember ein paar verzagte Herzen an Bord.

Er ging von der Kanone fort, als er jemanden sprechen hörte, dabei klopfte er auf seinen alten abgetragenen Uniformrock, um sich zu vergewissern, ob er alles, was er brauchte, bei sich hatte, und blickte nochmals zu dem kleinen Schreibtisch hinüber, an dem er sein persönliches Logbuch führte. Er hatte Catherines Brief sorgfältig zwischen die Seiten gelegt, um die Falten, die auf dem langen und beschwerlichen Wege entstanden waren, herauszupressen.

Mein lieber Adam. Er konnte ihre Stimme hören, er versuchte, sich vorzustellen, wie sie diesen Brief geschrieben hatte. Wie sie sich fühlte, was sie tat. Wie sie ausschaute.

Sie hatte George Avery erwähnt und hatte ihm gedankt, daß er sie von diesem Tod informiert hatte. Sie war nur kurz am Rande auf die Reaktion von Sillitoe eingegangen, dem Onkel von Avery. Aber es war klar genug gewesen, daß sie bei Sillitoe war. Sie hatte von seiner Stärke, seinem Schutz gesprochen und davon, daß sie ihn bei irgendwelchen geschäftlichen Unternehmungen begleitete.

Adam war immer noch von seiner eigenen Dummheit überrascht, seiner grenzenlosen Naivität. Nachdem was sie erduldet hatte, den Kummer und die offene Feindseligkeit, war es ein wahres Wunder, daß sie ihm überhaupt geschrieben hatte.

Mit einem halben Ohr lauschte er auf das plötzliche Trampeln der Füße an Deck, die Rufe der Unteroffiziere, die ein paar verwirrte Neulinge auf ihre Stationen scheuchten. Sie würden es noch lernen; sie mußten es. Er erinnerte sich an die trockenen Formulierungen seiner letzten Befehle.

Sie werden angewiesen, unverzüglich nach Freetown, Sierra Leone, zu versegeln und sich in den Besitz aller aktuellen Informationen bezüglich der Forts und Siedlungen an besagter Küste zu bringen. Sie werden nach besten Kräften den Kommandierenden Offizier des Patrouillengeschwaders unterstützen, und zwar in jeder Weise, die Sie mit diesen Befehlen für vereinbar halten.

Auf der Reise würde die *Unrivalled* Funchal auf Madeira anlaufen, um die Vorräte zu ergänzen und auch, um vielleicht mehr Sinn in diesen Befehl zu entdecken.

Der Sklavenhandel war eine Tatsache, obwohl er offiziell von Britannien verboten war. Er war zu einem schweren Verbrechen gebrandmarkt worden, um der Antisklavenbewegung im Parlament und anderswo einen Gefallen zu tun.

Es würde also auf eine Demonstration der Stärke hinauslaufen. Er fragte sich, wie Galbraith und die anderen es sehen würden. Sie waren sicher, waren glücklich, ein Bordkommando zu haben. Sie hatten sich davon selbst in Falmouth und Penzance überzeugen können.

Für die praktischen Typen unter ihnen, wie Cristie, den Segelmeister, beschränkte sich alles auf die geloggten

Seemeilen, günstige Winde und das Vertrauen in die Sterne. Für Tregillis, den Zahlmeister, ging es um Essen, Getränke und eine Minimierung von Verschwendung von beidem während dieser Meilen, um genug in Reserve zu haben, wenn ein Notfall eintrat.

Adam zupfte an seinem Hemd und spürte das Medaillon auf seiner Haut. Catherines schöner Hals und die Schultern, die hohen Wangenknochen ... Es war vorbei, weil es nie richtig begonnen hatte. Und mehr gab es auch niemals. Sie würden sich vielleicht nie wieder treffen. Vielleicht existierte sie überhaupt nur in diesem Medaillon.

Napier trat aus der Schlafkammer. Wie Adam beobachtete, versuchte er vorsichtig und leise über das leicht schwankende Deck zu gehen.

Er sah es jetzt wieder vor sich. Der Junge stand auf dem Deck der *Triton,* dann fiel er, ein zackiger Splitter steckte wie ein häßlicher Pfeil tief in seiner Hüfte. Die *Triton* war wie viele andere holländische Schiffe aus Teakholz erbaut, ein Baustoff, der den englischen Seeleuten verhaßt war. Die Splitter galten als giftig, sie riefen den tödlichen Wundbrand hervor, der sich mit beängstigender Geschwindigkeit ausbreitete. Sogar O'Brian war darüber beunruhigt gewesen. Er hatte den Jungen in Gibraltar an Land geben wollen, wo man in der Lage gewesen wäre, ihm eine bessere Pflege angedeihen zu lassen.

Aber Napier hatte darauf bestanden, daß er auf dem Schiff bleiben wollte. Er hatte für diesen Entschluß leiden müssen und würde die Narben von O'Brians Chirurgenkunst ein Leben lang mit sich herumtragen.

O'Brian hatte ihn gewarnt: »Du wirst immer humpeln, mein Junge!«

Napier war mindestens ebenso starrsinnig gewesen. Und wie es schien, konnte es ihm gelingen, das Humpeln zu überwinden.

Adam berührte wieder das Medaillon und öffnete es

vorsichtig. Catherine hatte keine Adresse beigelegt. Es schien so, als ob sie ihn nur wissen lassen wollte, daß sie da war. Wie an dem Tag des Begräbnisgottesdienstes in Falmouth, als Galbraith ihn gefragt hatte, ob er bei ihm an Bord kommen könnte.

Adam blickte Napier an. »Es ist soweit.«

Er hörte die gedämpften Glockenschläge von acht Glasen und über die langsamen gleichmäßigen Schläge das Klappern der Ankerspillpalls. Er dachte an die Männer, die mit Yovell gekommen waren, um anzumustern. Wie ging es ihnen jetzt? Und Yovell selbst?

Er hatte sich eingerichtet, als ob er niemals der See den Rücken gekehrt hätte. Er teilte sich eine winzige Kammer, die auch als Lager für die Akten des Zahlmeisters diente, mit Ritzen, dem Gehilfen des Zahlmeisters. Das war ein Holländer, der einen überraschenden, aber sehr wichtigen Anteil bei der Rolle und dem Zweck der *Triton* während der letzten Seeschlacht gespielt hatte. Adam spürte, daß Yovell ein tiefes Bedürfnis gehabt hatte, aus seiner hart erworbenen Sicherheit auszubrechen, um an etwas teilzuhaben, das für ihn von noch größerem Wert war.

Napier fragte: »Darf ich mit Ihnen nach oben kommen, Sir?«

Adam lächelte: »Bedauerst du etwas?«

Der Junge überlegte eine Weile, sein Gesicht war ernst. »Hier ist mein Platz, Sir.«

Sie gingen durch die Tür, wo der Posten der Seesoldaten bereits in Habtachtstellung stand und sich wahrscheinlich wünschte, daß er an Deck bei seinen Kumpels sein könnte.

Adam tippte an seinen Hut in Richtung der Männer an der Reling des Achterdecks und blickte dann nach vorne zu dem sich langsam drehenden Ankerspill. Sein Zwilling drehte sich im Gleichtakt im Zwischendeck mit. Die Fiedel spielte auf, der Vorsänger des Shanties klopfte den

Takt mit dem Fuß, aber sein Gesang ging im Knarren und dem Rattern der Blöcke im Rigg unter.

Cristie arbeitete mit seinen Steuermannsmaaten, Galbraith stand an der Reling und der junge Bellairs am Fuß des aufragenden Großmasts. Hier achtern waren die Marines versammelt, ihre Uniformröcke leuchteten im dunstigen Licht außergewöhnlich grell. Sie warteten mit der Achterschiffswache darauf, die Schoten und Brassen am Kreuzmast und dem Besansegel zu bedienen. Es war der einfachste Mast des Schiffes. Wie die alten Teerjacken meinten, war das wirklich das einzige, wozu sie taugten. Und ganz vorne, den einen Arm ausgestreckt und von der schönen Galionsfigur in seiner Bewegungsfreiheit eingeschränkt, stand der neue Leutnant, Varlo, und beobachtete, wie das ruckende Ankerkabel an Bord kam. Und der junge Midshipman Cousens betrachtete mit dem großen Signalfernrohr das Land. Er war der Nachfolger von Bellairs und wahrscheinlich der nächste Kandidat für eine Beförderung, falls sich die Gelegenheit dafür ergab. Wenn er Glück hatte.

Adam nickte Galbraith zu. »Der Wind ist beständig. Stand by!«

Er erinnerte sich an seine eigenen Worte am Tag vor dem Gefecht. *Vertraut mir.* So viele Male.

Die Stimme eines Midshipman ertönte. Sie gehörte Martyns, das war derjenige, der mit Jago in der Gig gewesen war. »Anker ist kurzstags gehievt, Sir!« Er wiederholte Varlos Ruf vom Vorschiff, seine Stimme überschlug sich zu einem schrillen Quieken.

Adam sah, daß einer der Rudergänger kurz seinen Blick vom flatternden Wimpel im Masttopp löste, um seinem Kumpel schnell zuzugrinsen.

»Ankerspill! Achtung!«

Weitere Rufe und rennende Füße.

»Vorsegel setzen!«

Adam riß sich zusammen. Der Augenblick war gekommen.

»Aufentern und Marssegel setzen!«

Das Ankerkabel kam an Deck, es kam jetzt viel williger ein. Oder war das nur sein Herzschlag? Er blickte zur Küste hinüber. Kaum ein Segel war unterwegs. Aber viele Augen würden sie heute beobachten. Einige würden erleichtert sein, andere würden bereits den bohrenden Schmerz der Trennung fühlen.

Er mußte an den verkrüppelten Seemann denken, der bei ihm auf der *Anemone* gedient hatte, dem Schiff, auf dem so viel begonnen und das ihm den Weg nach oben eröffnet hatte. Ein gebrochener Mann, der mit seiner Frau von einem Tag zum anderen lebte, zwei verlorene Seelen, eine brauchte die andere.

Sie würden heute an der Pier stehen.

Männer eilten an ihm vorbei, einer hielt inne, um ihn anzustarren. Der Kommandant.

»Wie ist er?«

Der Ruf kam vom Vorschiff. »Anker ist aus dem Grund!«

Adam spürte das Deck erzittern und wischte sich etwas Spritzwasser aus dem Gesicht, als das Schiff seinen Klüverbaum vor der zeitlosen Barriere des St. Michael's Mount auf und ab stampfen ließ. Kleine Details fielen ihm auf. Cristies Hand deutete auf einen neuen Mann, der sich mit seinem vollen Gewicht in das Rad warf, um das Ruder hart über zu legen. Rauhe Rufe erklangen oben über seinem Kopf, wo die Segel von den Rahen fielen, sich mit Wind füllten und dann mit beblähten Bäuchen voll standen. Blöcke quietschten, Männer holten an den Brassen, um die langen Rahen weiter herum zu trimmen, damit die Segel den Wind hielten. Der Ruderkopf dröhnte wie eine riesige Kesselpauke.

»Recht so, wie sie geht!«

Adam blickte sich wieder um. Das dort drüben mußte das Dorf Newlyn sein, und die *Unrivalled* drehte in diesem Moment nahezu auf der Stelle, aber der Ort verschwamm im Dunst und im fliegenden Spritzwasser.

»Südwest-zu-West, Sir!«

Galbraith, der mit seinen Händen vor dem Mund einen Trichter geformt hatte, damit seine Stimme weiter tragen sollte, brüllte: »Mehr Männer an die Luvbrasse des Vormarssegels, Mr. Partridge! Und etwas Beeilung!«

Adam packte die Reling des Achterdecks. Er erinnerte sich plötzlich an die Nacht, als Napier gekommen war und ihm gesagt hatte, daß das Mädchen nur so dalag. Und an das, was später geschehen war, in Malta ... Eine gefährliche Verrücktheit, potentiell nicht weniger gefährlich als ein Teaksplitter oder die Kugeln, die im Laufe der Monate ... der Jahre so viele niedergestreckt hatten ...

Er stieß sich von der Reling ab und ging steifbeinig zur Luvseite hinüber. Er wußte, daß Jago ihn beobachtete. Der Mann stand in der Nähe der Signalgasten, nur für den Fall, daß er benötigt würde, aber er war sorgfältig darauf bedacht, das nicht zu zeigen. Vielleicht war das seine Stärke ...

Adam befahl: »Steuern Sie Südwest, bis wir gut klar vom Kap sind, Mr. Cristie!« Er sah die Zustimmung des Mannes.

Zu Galbraith rief er hinüber: »Wir setzen jetzt sofort das Groß und die Fock!«

Das Schiff legte sich weiter über, ein paar nackte Füße rutschten aus, einige Männer kamen ins Rutschen, weil sie zu sehr damit beschäftigt gewesen waren, zum Land hinüberzublicken, das bereits im Dunst verschwand.

Es gab auch Tritte und Flüche. Führung und Kenntnisse würden nach und nach folgen.

»Kurs liegt an, Sir! Voll und bei!«

Adam ging im Geiste die Berechnungen durch, die er

angestellt und mit dem schweigsamen Segelmeister abgestimmt hatte. Mit einer Unterbrechung in Funchal sollte *Unrivalled* die Reise an die Westküste Afrikas in ungefähr einem Monat geschafft haben. Eher weniger.

Er blickte in die Höhe, von wo weitere Rufe aus dem Großmasttopp zu hören waren. Galbraith schaute ebenfalls nach oben, schien aber zufrieden zu sein. Drill, Drill und noch mehr Drill. Auf einem Schiff des Königs gab es keine Passagiere. Aber Zeit für die Ausbildung und für die Vorbereitung.

Adam überschattete seine Augen und starrte nach Steuerbord achteraus, aber das Land war nur eine verwaschene, mißgestaltete Linie. Er berührte das Medaillon unter seinem klatschnassen Hemd.

Und es war an der Zeit zu vergessen.

Er war frei.

»Auf diesem Schiff zu dienen ...«

Leutnant Leigh Galbraith blieb am Fuß des Niedergangs stehen, hing kurzzeitig an den Handläufen und schätzte die Stimmung und die Möglichkeiten des Schiffes ab, das ihn erwartete. Es war vier Uhr in der Frühe oder kurz davor, aber Zeit schien jede Bedeutung verloren zu haben. Sogar in der Mittelwache war er von dem Ruf »Alle Mann!« aus seiner Kabine geholt worden, um nochmals die Segelfläche zu verkleinern. Die See bot den Anblick jagender Gespenster, die Wogen rauschten am Rumpf wie ein wilder Gezeitenstrom entlang.

Sein ganzer Körper schmerzte, und er konnte sich nicht daran erinnern, wann er sich das letzte Mal warm und trocken gefühlt hatte. Das Ganze dauerte jetzt schon fünf Tage, das war nicht lange, wenn man bedachte, was sie mit diesem Schiff schon geleistet hatten. Er lächelte bitter und vermeinte wieder die Worte des Kommandanten zu hören: *Das war damals.*

Sogar die Handläufe fühlten sich klamm an, und Galbraith' Magen zog sich zusammen, als er hörte, wie sich ein Mann übergab. Er kletterte den Rest der Treppe hinauf und wartete darauf, daß der Wind ihn begrüßte. Es dauerte ein paar weitere Sekunden, bis sich seine Augen an die Dunkelheit gewöhnt hatten, dann sah er sie: die nassen, zusammengedrängten Gestalten der Wachgänger, die drei Rudergänger, die wie ein Standbild wirkten, so wie sie sich an das große Doppelrad klammerten. Ihre Augen leuchteten gelegentlich im Licht des Kompaßlichts auf, wenn sie nach oben in das eisenharte Segeltuch blickten, das hart heruntergerefft war. Sie kämpften ihren harten einsamen Kampf gegen die See und das bockende Ruder.

Varlo wartete auf ihn, eine schlanke Gestalt, die in einem schiefen Winkel auf dem Deck wie festgewurzelt stand, als ob nichts ihn davon vertreiben könnte.

Galbraith hörte sich Varlos Bericht an, obwohl die Karte in seinem Kopf wie eingraviert war, sogar während der unbehaglichen Zeit in der schaukelnden Koje, wo die See neben seinem Kopf dröhnte.

Neunhundert Seemeilen lagen hinter ihnen, seit sie aus der Bucht von Mounts Bay ausgelaufen waren. Er hatte das Gefühl, daß es zehnmal so viele waren. Sie hatten sich klar von Brest gehalten und hatten sich dann durch die Biscaya gekämpft, das schlechte Wetter hatte sie verfolgt, ohne ihnen eine kleine Erholungspause zu gönnen. Es war erstaunlich, daß sie so weit gekommen waren, ohne einen Mann zu verlieren oder einen ernsthaften Schaden zu erleiden. Es gab allerdings viele Verletzte, besonders unter den Landratten, die noch nie zuvor einen Fuß an Deck irgendeines Schiffes gesetzt hatten. Tapfere Verrückte nannte sie der Schiffsarzt O'Beirne. Männer, die von den Brechern, die über den Laufgang brandeten, von den Füßen gerissen oder gegen einen Poller geschleudert wurden. Im schlimmsten Fall auch gegen eines der Geschütze. Andere, die unaufmerksam waren, wurden von einem unerwartet ausrauschenden Ende, das durch einen Block lief, von einer Schlinge wie in einer Falle gefangen. Ein Mann konnte seine Finger an dem Block verlieren, oder seine Haut konnte mitsamt dem Fleisch bis hinab zum Knochen von dem Tau abgeledert werden.

Varlo sagte: »Süd-zu-Ost, Sir!« Kurz und formell, vielleicht um Galbraith daran zu erinnern, daß seine Wache darauf wartete, abgelöst zu werden. »Der Wind weht wie bisher auch.«

Galbraith zuckte zusammen, als ihm eine Spritzwasserdusche ins Gesicht klatschte. In der Karte war alles klar. *Unrivalled* befand sich über dem vierzigsten Breitenparallel achtzig oder neunzig Meilen nordwestlich von Lissabon. Aber selbst Cristie hegte daran seine Zweifel und murmelte: »Ich würde mich bedeutend besser fühlen, wenn ich etwas sehen könnte!« Das war für seine Verhältnisse ein verdammt großes Zugeständnis.

Galbraith sagte: »Der Wind läßt nach.«

Das Wasser strömte noch immer von den Wanten, aber es peitschte nicht mehr über das Deck wie zuvor. Galbraith stöhnte. War das erst drei Stunden her? Er wartete einen Moment und stützte sich auf die Reling des Achterdecks. Seine Augen konnten jetzt alle Einzelheiten erkennen, das Deck und das Rigg hoben sich hell gegen das brodelnde Wasser ab, das längsseits an der Bordwand vorbeigurgelte. Er zeigte plötzlich nach vorne. »Diese Männer dort. Was machen die da?«

Varlo erwiderte leichthin. »Sie schöpfen die Boote aus, diese faulen Hunde. In Zukunft werden sie wissen, daß sie während meiner Wache ihre Füße nicht einschlafen lassen!«

Rist, der Steuermannsmaat der Morgenwache, rief: »Die Wache ist achtern angetreten, Sir!«

Das war ein guter Mann. Auch scharfsinnig und klug genug, um die Spannung zwischen den Offizieren zu bemerken.

Galbraith knurrte: »Die meisten Männer sind unerfahren! Sie können nicht erwarten, daß sie alles in fünf Tagen lernen, Mann!«

»Ich sehe keinen Sinn darin, sanft mit ihnen umzugehen, Sir!«

»Überlassen Sie das bitte mir, Mr. Varlo! Machen Sie jetzt weiter und schicken Sie diese Männer unter Deck!« Sie blickten sich wie Gegner an, alles andere war ohne Bedeutung. »Oder melden Sie sie zur Bestrafung. Gehen Sie den offiziellen Weg!«

Varlo drehte sich um und ging, ohne eine weiteres Wort zu sagen, zum Niedergang.

Galbraith blickte auf die schwingende Kompaßrose, um sich zu beruhigen. Er war ärgerlich, weil er selbst wußte, daß er zu heftig reagiert hatte. Oder war es eher deshalb, weil Varlo davon anscheinend unbeeindruckt geblieben war?

Rist bemerkte: »Wir könnten beim ersten Tageslicht ein paar Männer nach oben schicken, Sir. Nach diesem kleinen Stürmchen dürfte es sicher das eine oder andere zu spleißen geben.« Er tat sein Bestes, um die Kluft zu überbrücken.

Galbraith nickte. »Aye, das werden wir tun. Danke.« Er ging auf die andere Seite, wo er wieder alleine war.

Rist seufzte. Ein Deckoffizier stand immer zwischen den Stühlen, das war seine Aufgabe. Galbraith war ein guter Erster Leutnant, dazu auch noch ein tapferer. Aber Varlo ... der war einfach nur gefährlich.

Nur noch ein paar Tage, dann würden sie Madeira sichten, falls nicht, dann würde Mr. Cristie sehr genau wissen wollen, warum nicht! Das würde fürs erste die

Spannung aus der Sache nehmen, jedenfalls für einige Zeit. Ein paar Gläser von dem schweren roten Wein und verstohlene schnelle Blicke von den Frauen ...

Jemand rief dringlich nach ihm, und er wandte sich ab. Der ewige Traum der Seeleute.

Adam Bolitho setzte seine Unterschrift unter einen weiteren Brief und blickte mißmutig auf den Stapel, der neben ihm auf dem Schreibtisch lag. Alle waren in Yovells leichter runder Handschrift geschrieben. Sein Sekretär saß ihm gegenüber, die goldgefaßte Brille wieder einmal auf die Stirn geschoben.

»Ich habe mir gedacht, daß Sie vielleicht etwas voreilig gewesen sind, als Sie mir in Penzance Ihre Dienste angeboten haben. Ich dachte mir, daß Sie es vielleicht sehr bald bereuen würden.« Er lächelte, die Anspannung war verflogen. »Jetzt bin ich Ihnen nur noch dankbar!« Seine Gedanken wanderten zurück nach Falmouth in das große graue Haus. »Bryan Ferguson wird mich verfluchen, weil ich Sie angenommen habe.«

Yovell betrachtete ihn nachdenklich. »Es war an der Zeit, Sir. Ich wußte es schon ein paar Tage nach meiner Rückkehr. Ich schaffte es, noch ein paar Kleinigkeiten mit meinem Rechtsanwalt zu klären«, er blickte zur Seite. »Es ist eine andere Welt, die meine ist es nicht.«

Adam lehnte sich in seinem Stuhl zurück und spürte die Sonne, die durch die Heckfenster schien, auf seiner Wange. Das Glas war dick und die Wärme eine Illusion. Aber es war genug, nach den langen Tagen voller Wind und einer wütenden See. Er hörte gedämpfte Rufe vom Deck und das Geräusch von neuem Tauwerk, das längs Deck über die Planken gezogen wurde. Bereit gespleißt und dann nach oben zu den oberen Rahen gehievt zu werden, wo es eingeschoren wurde, um ein paar Sturmschäden zu beheben. Und morgen würden sie Madeira in Sicht bekommen. Für viele Männer auf der *Unrivalled* würde es der erste Landfall sein. Das entschädigte sie vielleicht für die überstandenen Strapazen, die vielen Stöße und Beulen, die sie hatten ertragen müssen. Jedenfalls hatte *Unrivalled* nicht einen einzigen Mann verloren. Dazu bestand auf der ersten Überfahrt immer ein großes Risiko.

Adam dachte an die Briefe, die er in Funchal an Land geben würde, wo sie der nächste Kurier nach England dann aufnehmen sollte. Yovell hatte ihm bei einigen Schreiben mit gutem Rat zur Seite gestanden. Gab es etwas, was dieser Mann nicht konnte oder was er nicht verstand? *Eine andere Welt, nicht die meine.* Das Gut mußte verwaltet werden. Die Bauernhöfe mußten kontrolliert und die Pächter angespornt werden. Vor seinem inneren Auge hatte er das Zimmer gesehen, von dem aus man weit über die See blicken konnte und in dem die Porträts von Cheney und Catherine hingen. Das ganze Haus war voller Erinnerungen und Hoffnungen, aber trotz alledem war es ein leeres Haus.

Yovell beobachtete ihn, verfolgte die sich abwechselnden Gefühle, die er erwartet und vielleicht auch gefürchtet hatte. Es war für ihn nicht leicht gewesen, und bei mehr als einer Gelegenheit hatte er seinen gesunden Menschenverstand angezweifelt, der ihn in diese Situation gebracht hatte. So wie Adam ihm vorher warnend gesagt hatte, war *Unrivalled* kein Linienschiff, und in den langen Nächten, als sich das Schiff rollend und stampfend seinen Weg gebahnt hatte, war er manchmal der Verzweiflung nahe gewesen. Doch er war überrascht, wie schnell man ihn an Bord akzeptiert hatte. Vielleicht lag es daran, daß ihn niemand von früher kannte. Er sah, daß Adam in Richtung des Skylights blickte und wieder angespannt war, denn sein Ohr schien einen falschen Ton im gleichbleibenden Chor aus Wind und Rigg herausgehört zu haben. Die meisten sahen in ihm nur den Kommandanten, die höchste Autorität, soweit die Seeleute an Bord betroffen waren. Er war der Mann, der Beförderungen aussprechen konnte, der belohnen, auspeitschen und jeden von ihnen vernichten konnte, wenn er wollte. Nur in Momenten wie diesem konnte man den wahren Menschen erkennen, die Unsicherheiten und Zweifel, den seltenen nachdenklichen Ausdruck in seinen dunklen Augen, wenn seine Gedanken sich von der Rolle gelöst hatten, die auszufüllen man von ihm erwartete.

Yovell war ein geduldiger Mensch und hatte immer lange damit gewartet, sich geduldet, bevor er sein endgültiges Urteil bildete. Er drehte den Kopf, als sich die Tür öffnete. Der junge Diener, Napier, betrat die Kabine. Von Napier hatte Adam mal leichthin gesagt: »Er hat keinen Vater, der sich um ihn kümmert, und es ist mir niemals geglückt, die Gedanken seiner Mutter herauszubekommen, wie sie sich die Zukunft ihres Sohnes vorstellt, falls sie denn welche hat. Er kann lesen und schreiben, und er hat Mut, er ist richtig tapfer.« Yovell hatte den gleichen Ausdruck seiner Augen dabei gesehen, mit dem Adam an Falmouth dachte. Er hatte damals hinzugefügt: »Sehen Sie bitte zu, was Sie für ihn tun können.«

Einfach nur so. Es würde nur sehr wenige geben, die diese Seite ihres Kommandanten zu sehen bekamen.

Napier meldete: »Ich habe Ihren besten Uniformrock bereitgelegt, Sir.«

Adam blickte auf, seine Gedanken kamen wieder zurück an Bord. »Das hätte ich beinahe vergessen, ich bin heute zum Abendessen in der Offiziersmesse eingeladen. Mr. Cristie hat mir versichert, daß das Wetter dafür ruhig genug bleiben wird.« Er schaute die beiden an. »Sie können sich hier breit machen, solange ich mich unterhalten lasse.«

Er ging zur Heckbank hinüber und stützte sich mit beiden Händen auf der Rückenlehne ab. Er beobachtete, wie die See Spritzwasserfahnen vom Ruderblatt wegfliegen ließ. Ein Schwarm Möwen stieg in die Höhe und stieß dann wieder lautlos herab, ihre Umrisse wurden von dem salzverklebten Glas verwischt. Sie warteten auf Abfälle aus der Kombüse. Wahrscheinlich hatten sie ihre Nester auf Madeira.

Der Junge stellte zwei Gläser neben die Flasche auf den Tisch, dann verschwand er lautlos in der benachbarten Kabine.

Yovell wartete ab. Irgendwie wußte er, daß das der wirkliche Grund für die Spannung war, die schnellen Gefühlswechsel, das eifrige Bemühen, irgendeine Lösung für die Routineprobleme des Schiffes zu finden. Sogar während sie den Berg von Briefen und Berichten zusammen abgearbeitet hatten, hatte er es gespürt.

Irgend etwas trennte sie, es stand wie eine Barriere zwischen ihnen. Und es war das Motiv, das sie anfangs zusammengebracht hatte.

Adam begann ruhig: »Das ist ein gutes Schiff. Ich bin ein glücklicher Mann, daß ich es kommandieren darf. Dafür gibt es viele Gründe, aber der wichtigste ist, daß ich es brauche.« Er lächelte, aber nur kurz, so daß Yovell wieder eine gewisse Jugendlichkeit aufblitzen sah, das Abbild seines Onkels. »Es waren so viele Menschen da, an jenem Tag. Ich gehörte nicht dazu.«

Yovell hockte still auf seinem Stuhl, spürte es, fühlte es.

Adam fuhr fort: »Manchmal habe ich das Gefühl, daß er mir noch sehr nahe ist.« Er nickte vor sich hin. »Ich habe das mehrfach deutlich gespürt. Da ist immer die Hand, die sich mir entgegenstreckt. Ich habe darüber noch mit niemandem gesprochen, außer ...« Er wandte sich von dem Fenster ab. »Erzählen Sie.«

»Ich war auch nicht dort.« Yovell polierte seine Brillengläser, wahrscheinlich ohne sich bewußt zu sein, daß er sie abgenommen hatte. »Ich habe im Lazarett bei den

Verwundeten assistiert. Ich habe mit einigen von ihnen gebetet. Aber irgend etwas veranlaßte mich, an Deck zu gehen, obwohl er mir immer befohlen hatte, mich frei von den Kanonen zu halten.« Er schaute Adam an, aber seine Augen schienen in weite Ferne zu blicken. »Sie jubelten alle, und ein paar feuerten ihre Musketen als Siegeszeichen ab. Aber auf dem Deck herrschte völlig Stille, das ganze Getöse fand irgendwo da draußen statt.«

Adam nickte, aber er unterbrach ihn nicht.

»Es war vorbei. Ich kniete mich auf dem blutigen Deck nieder – und ich habe gebetet. Nicht für ihn, sondern für uns. Ich werde das nie vergessen.«

In der angrenzenden Schlafkabine drückte Napier an die Latten der dünnen Abtrennung, eine Hand ruhte auf dem schönen Uniformrock, der in Plymouth an Bord gebracht worden war. Er sollte den alten ersetzen, den der Kapitän an jenem Tag getragen hatte, als sie das feindliche Schiff geentert hatten und der Splitter in Napiers Bein gefahren war. Der Kommandant hätte an diesem Tag getötet werden können, so wie sein Onkel, von dem sie drüben gerade sprachen. Aber er ist mir zur Hilfe gekommen, er hat sich zuerst um mich gekümmert, dachte er. Er schaute auf die schwingende Koje, in der der Kapitän der Rebellen, Lovatt, gestorben war und dabei dachte, daß ich sein Sohn wäre. Kapitän Bolitho hatte sich sogar auch noch darum gekümmert. So wie er sich auch Gedanken darüber gemacht hatte, warum seine Mutter auf seine Briefe nicht antwortete. Seit ihr Sohn auf der *Unrivalled* war, schien sie andere Dinge im Kopf zu haben. Einen Mann! Sie hatte nicht lange gebraucht, ihn zu vergessen. Aber wie konnte man von Kapitän Bolitho erwarten, daß er so etwas Schales, Herzloses verstand?

Es konnte nicht ewig währen. Nichts dauert ewig. Seine Mutter hatte ihm das oft genug gesagt. Andere Schiffe und vielleicht eines Tages …

»Sie haben gerufen, Sir?«

Sie bewegten sich nicht, und Napier wurde klar, daß sie ihn weder gehört noch nach ihm gerufen hatten.

Er blieb ganz still stehen und spürte das gleichmäßige Heben und Senken der Kabine um ihn herum. Und er war ein Teil davon.

Leutnant James Bellairs drehte seine Schulter in den Wind und blickte auf seine Liste. Sie war von Wache zu Wache weitergegeben worden und kaum noch zu entziffern. Glücklicherweise waren nur noch wenige Namen darauf übrig. Midshipman Deighton stand dicht neben ihm, die Stirn voller Konzentration gefurcht. Lernte er, hörte er zu, oder gab er nur vor, interessiert zu sein? Das war schwierig zu entscheiden. Bellairs war selbst noch kürzlich Midshipman gewesen, so daß er sich noch oft dabei ertappte, wie einer von ihnen zu denken, besonders wenn es ihm oblag, einem der jungen Herren etwas zu erklären.

Er kannte das alte Argument: Wir mußten es auf die harte Art lernen, warum sie nicht auch? Es konnte sein, daß er auch so werden würde. Eines Tages.

Er versuchte es nochmals: »Der Erste Leutnant möchte die Zahl der Faulenzer reduzieren, bevor wir unseren Bestimmungshafen erreichen. Es werden mehr Männer zum Geschützdrill benötigt.«

»Wie ist das da in Sierra Leone, Sir?« erkundigte sich Deighton.

Bellairs trommelte mit einem Fuß ungeduldig auf das Deck. Deighton war neu auf dem Schiff, hatte aber schon eine Menge Erfahrung, weil er auf einer anderen Fregatte gedient hatte, die jetzt zur Überholung aus dem Dienst genommen worden war. Mit fünfzehn Jahren brachte ihm der erfolgreiche Abschluß seines vorherigen Einsatzes eine Stellung vor den meisten anderen ein. Er war reserviert, ja fast ein wenig in sich gekehrt, aber er hatte bewiesen, was er unter Feuer leisten konnte. Er lächelte selten. Bellairs wußte, daß das seinen Grund in den Gerüchten hatte, die um den Tod seines Vaters kursierten, der ein amtierender Kommodore gewesen war. Gefallen vor dem Feind. Er hatte darüber reden hören. Aber jetzt munkelte man offen, daß er in Wirklichkeit von einem seiner eigenen Männer in den Rücken geschossen worden wäre. Es war ein Schiff mit Kapitän z.S. Adam Bolitho als Kommandant.

Er ließ sich Deightons Frage durch den Kopf gehen. »Ach, das ist einer dieser rauhen, schnellebigen Orte, verstehen Sie.« Er war noch niemals dort gewesen.

Deighton bemerkte ein paar Gestalten oben auf dem Poopdeck. »Dort oben sind Sie, Sir.«

Bellairs wartete, daß der Stückmeistersmaat Williams zu ihnen herübergeeilt kam. Zwei Männer und ein Junge. Letzterer war nicht nur blaß, seine Haut wirkte richtiggehend weiß.

Williams meldete: »Cooper, Dixon und Ede, Sir.«

Bellairs musterte sie. Nur drei neue Leute, nichts Ungewöhnliches, außer ... Er schaute Williams an, aber dessen Gesichtsausdruck verriet nichts. »Sie werden sich morgen bei Mr. Varlos Erster Division melden. Geschützdrill ist auf einem Kriegsschiff das wichtigste und ...« Er blickte den bleichen Jungen an. »Fühlen Sie sich nicht wohl, Cooper?«

Der Mann am anderen Ende der Gruppe rief: »Ich bin Cooper, Sir!« Er grinste breit.

Das war ein schlechter Anfang gewesen. Bellairs fuhr scharf fort: »Ich habe Sie etwas gefragt, Ede – ist das jetzt richtig?«

Landratten, ohne jede Erfahrung, sie wirkten irgendwie deplaziert. Bellairs versuchte, das ganz nach hinten in seinen Kopf zu schieben. Er war jetzt Leutnant. Er mußte in allen seinen Entscheidungen fest, aber gerecht sein.

In seiner kurzen Dienstzeit hatte er schon alle Typen kennengelernt. Die harten Kerle und Feiglinge, die Freiwilligen und Gepreßten, die Gottesfürchtigen und die Lügner. Aber diese Männer fielen aus jedem Schema heraus. Sie waren aus dem Gefängnis entlassen worden, um auf einem Schiff des Königs zu dienen. Es handelte sich insgesamt um etwa zwanzig Männer, und diese drei waren noch immer ohne eine richtige Station auf dem Schiff.

Ede murmelte: »Ich war krank, Sir.«

Williams zischte: »Sprich lauter, Junge!«

Bellairs blickte auf seine Liste. »Der Arzt hat Sie für diensttauglich erklärt.«

»Jawohl, Sir.«

»Nun gut.« Bellairs blickte über seine Schulter hinweg. »Arbeiten Sie fleißig und kommen Sie immer Ihren Pflichten nach, dann haben Sie nichts zu befürchten!«

Er ging wieder nach achtern und sagte zu Deighton: »Er wird es bald gelernt haben.« Er bremste sich gerade noch rechtzeitig, sonst hätte er hinzugefügt: Wir mußten es alle lernen.

Deighton blickte zu den dreien neben Williams zurück. Es ist seltsam, daß der Dritte Leutnant nichts bemerkt hat, dachte er. Der Junge, der auf den Namen Ede hörte, kann nicht einfach nur krank gewesen sein. Er war völlig verängstigt. Er schob den Gedanken zur Seite. Sie waren auf dem Weg nach Sierra Leone, und überall kreisten die Gespräche um den Sklavenhandel. Und heute wurde er, Richard Deighton, in die Offiziersmesse eingeladen. Vielleicht war das der erste Schritt …

Er mußte wieder an Ede denken. Sogar als die Kanonen gedonnert hatten und die Männer vor ihm niedergemäht worden waren, war er nicht ängstlich gewesen. Jedenfalls nicht so, wie man es erwartet hätte. War es das Bedürfnis gewesen, etwas zu beweisen? Vielleicht. Nein, es ging tiefer als nur das. Aber anders als der Junge mit dem Namen Ede hatte Deighton stets nur vor einem Mann Angst gehabt: vor seinem eigenen Vater.

Er mußte plötzlich an die Art denken, wie ihn der Kommandant behandelt hatte, als er in Malta auf das Schiff gekommen war. Als hätten sie etwas gemeinsam, als würden sie ...

»Ich hoffe, ich langweile Sie nicht zu sehr, Mr. Deighton?« Bellairs hatte sich umgedreht, um ihn zu mustern.

Deighton legte die Hand an den Hut. »Achtung, Sir!«

Bellairs lief weiter. Er fühlte sich jetzt wieder als richtiger Leutnant.

Das Abendessen in der Offiziersmesse der *Unrivalled* war erstaunlich gut. Der Hauptgang war das Rückenstück eines Hammels, der im letzten Augenblick vor dem Auslaufen an Bord gebracht worden war. Dazu gab es eine bemerkenswert kräftige Sauce, die eine Erfindung des Kochs war. Das frische Brot aus Devon und Cornwall war bereits aufgegessen, aber Schiffszwieback, Käse und eine Auswahl verschiedener Weine machten das Mahl zu einer gelungenen, ausgelassenen Angelegenheit. Als junger Leutnant hatte sich Adam oft gefragt, wie sich ein Kommandant fühlte, wenn er in die Offiziersmesse eingeladen wurde. Er war dann ein Gast auf seinem eigenen Schiff. Sogar jetzt war er sich seiner Gefühle noch nicht ganz sicher. Auf der kleinen Brigg, die sein erstes Kommando gewesen war, oder auf dem häßlichen Mörserschiff, das sie vor Algier gesehen hatten, war das Zusammenleben ohnehin sehr beengt. Auf einer Fregatte, auch wenn der Raum recht knapp bemessen war, galten dieselben Beschränkungen und Besonderheiten wie auf einem mächtigen Linienschiff.

Nur zu Zeiten wie jetzt, wenn der Wein freizügig floß, sah man die andere Seite der Medaille, die Männer hinter ihren Rängen und erlernten Rollen. Sie waren sehr individuell. Zum Beispiel Cristie, dessen Familie in derselben bescheidenen Gasse gewohnt hatte wie Lord Collingwood. Oder O'Beirne, der Schiffsarzt, der jetzt mit seiner Tabakspfeife in der Luft herumstocherte, um einen Punkt in einer seiner endlosen irischen Geschichten herauszustreichen, die er gerade zum besten gab. Er war ein guter Chirurg, der seinen Wert schon viele Male unter Beweis gestellt hatte, sowohl in, nach und während einer Seeschlacht oder wenn er an den hundertundein Zipperleins herumkurierte, die auch den erfahrensten Seemann anfielen, während er seiner Arbeit nachging.

Adam lehnte seinen Rücken gegen die Stuhllehne und merkte, daß er zu viel gegessen hatte. Es war kein Vergleich gewesen zu dem, was seine Gefährten hinuntergeschlungen hatten, er hatte mehr aus Gewohnheit mitgehalten. Als Kommandant konnte er frei wählen, was und wann er etwas essen wollte. Zuwenig zu essen war genauso gefährlich wie zuviel zu trinken, wenn es niemanden gab, der einen animierte oder zurückhielt. Er blickte auf seinen neuen Uniformrock hinunter, der von demselben Schneider in Plymouth gemacht worden war wie der, den er getragen hatte, als er *Unrivalled* in Dienst gestellt hatte. Den hatte er verschlissen, als sie den letzten Kampf mit der *Triton* ausgekämpft hatten. War das schon ein Teil der Bolitho-Legende, oder war das die tollkühne Gleichgültigkeit der Gefahr gegenüber, die ihn eines Tages töten würde? fragte er sich.

Jedenfalls hing die Uniform lose um seinen Körper herum, obwohl der Schneider darauf beharrt hatte, daß er sie nach den Originalmaßen genäht hätte.

Adam hörte das schrille Gelächter von einem der drei Midshipmen, die an diesem Abend, als ihr Kommandant anwesend war, in die Offiziersmesse eingeladen worden waren. Es kam vom Jüngsten, Hawkins, der erst zwölf Jahre alt war. Die *Unrivalled* war sein erstes Schiff. Er war der Sohn eines Kapitäns zur See, der Enkel eines Vizeadmirals. Adam mußte an Napier denken. Zumindest würde Hawkins keine Zweifel über *seine* Zukunft hegen.

Adam starrte in das Glas, aber er konnte sich nicht erinnern, wann es das letzte Mal gefüllt worden war. Es würde bald an der Zeit sein, sich zu bedanken und sich zurückzuziehen. Galbraith mußte an Deck gehen und die Wache, den Wind und das Wetter kontrollieren. Das würde den anderen die Gelegenheit geben, frei zu reden und zu diskutieren, was sie wollten, ohne fürchten zu müssen, die verbotene Brücke zu überqueren: die Befehlskette.

»Darf ich Sie etwas fragen, Sir?« Das war Varlo, der den größten Teil des Abends sehr still gewesen war.

Er war ein guter Wachoffizier und hatte es nie versäumt, um die Erlaubnis einzukommen, die Segel zu reffen oder wegzunehmen zu dürfen, wenn das seiner Meinung nach geboten war. Einige Leutnants würden eher die Masten aus dem Schiff segeln, als den Kommandanten zu stören, aus Angst, daß es ihnen vielleicht als Mangel ihrer Fähigkeiten oder Schiffsbeherrschung ausgelegt werden konnte. Und trotzdem ...

Er sagte: »Legen Sie los, Mr. Varlo.«

Varlo lehnte sich vor, sein sauber frisiertes Haar schimmerte glänzend im Licht der Laterne.

»Sklaverei ist illegal, Sir. Die meisten Großmächte haben sich darauf geeinigt. Ich habe in der *Gazette* gelesen, daß sogar die Portugiesen akzeptiert haben, daß der Äquator die Grenze für den Handel darstellen soll.« Er blickte den Tisch entlang, eine Hand schwebte theatralisch in der Luft. »Aber wie können wir dieses Gesetz durchsetzen? Wir werden weniger Schiffe und noch weniger erfahrene Offiziere in den führenden Stellen haben, die über das Wissen und die Autorität verfügen, eine derart großräumige Operation durchzuführen.«

Adam antwortete: »Genau das ist es, was wir herausfinden müssen – das ist der Zweck dieser Expedition, so wie ich es sehe.«

Varlo lächelte schnell. »Viele Menschen in England stimmen mit diesem Gesetz nicht überein. Sie waren und sind noch immer gegen dieses Gesetz, so wie es das Parlament passiert hat …«

Hauptmann Luxmore lehnte sich vor und goß sich etwas Wein über seinen Ärmelaufschlag. Glücklicherweise paßte der Farbton ideal zum Scharlachrot seines Uniformrocks. »Mach keine Sprüche mehr darüber, George! Überlaß das den verdammten Politikern!«

Adam erwiderte: »Ich verstehe Ihren Standpunkt, Mr. Varlo. Einige Leute verstehen das Problem überhaupt nicht. Andere sehen vielleicht in der Sklaverei den einzigen Weg, um in den Ländern, für die wir verantwortlich sind, arbeiten und Güter produzieren zu können. Es ist ein altes Argument, aber es verliert an Gewicht, wenn man es gegen die Tatsache der Sklaverei selbst setzt.«

Galbraith mischte sich ein: »Ich habe sagen hören, daß es den Negern viel besser geht, wenn sie in einem christlichen Land arbeiten, als wenn man sie in ihrer natürlichen barbarischen Umgebung beläßt.« Sein Gesicht hatte einen nachdenklich besorgten Ausdruck. »Aber es wird schwer herauszufinden sein, was die wirklichen Vor- und Nachteile sind.«

Varlo nickte, zufrieden. »Eine enorme Aufgabe – wie ich schon sagte, und eine angemessene Verantwortung für einen jeden Kapitän.«

Er hielt inne, seine Hand schwebte noch immer mitten in der Luft, als Adam sein Messer energisch auf dem Tisch niederlegte.

»Wir haben ein stolzes Schiff, Mr. Varlo.« Er blickte den langen Tisch entlang. Das war nicht so gelaufen, wie er es geplant hatte. »Und jetzt, dank Ihrer gemeinsamen

Anstrengungen, haben wir auch die Zahl an Männern, die wir brauchen. Man kann wohl sagen, daß die Zustände in der Navy zeitweise nicht viel besser als in der Sklaverei waren.« Er blickte in sein Glas. Es war leer. »Die Verhältnisse werden sich ändern, langsam. Ein Mann wird aus allen möglichen Gründen Seemann. Vielleicht weil er hungrig und ohne Arbeit oder bei der Arbeit an Land unbrauchbar ist. Er kann auch auf der falschen Seite des Gesetzes stehen.« Er sah, daß Cristie nickte. »Er könnte sogar von Träumen nach Ehre angelockt werden. Unsere Mannschaft ist wahrscheinlich nicht besser oder schlechter als irgendeine andere, die sie kennengelernt haben, aber es liegt an uns ganz allein, sie zu einer wertvollen Kampfeinheit zusammenzuschweißen. Um diesem Schiff zu dienen.«

Varlo lächelte. »Danke, Sir.«

Adam hielt seine Hand über das Glas, als der Messesteward an seine Seite gehuscht kam. Es war an der Zeit. Varlo hatte entweder geplant oder zufällig seinen Punkt gemacht. Nur wenige Menschen kümmerten sich heutzutage darum, was an der Sklaverei Recht oder Unrecht war. Sie gehörte zum Leben. *Solange die Sklaven nicht schlecht behandelt werden ...* Er hatte James Tyacke über dieses Thema sprechen hören, und er dachte zurück an die Antisklavereipatrouille, wo für ihn alles begonnen hatte. Als er zum erstenmal mit Richard Bolitho zusammengetroffen war und wo sich sein Leben verändert hatte. *Er hat mir meinen Stolz wiedergegeben. Meinen Lebenswillen.*

Er war an der Tür der Offiziersmesse angelangt, Gesichter strahlten ihn an, einige glänzten in der feuchten Luft. All die Trinksprüche, die Geschichten, die kleine enge Welt, die die ihre war. Und die ihres Kommandanten.

Galbraith folgte ihm und bemerkte: »Vielen Dank, Sir, daß Sie gekommen sind.« Er lächelte schief. »Ich möchte mich für den Zweiten Leutnant entschuldigen. Irgendwie war es auch mein Fehler.« Er erklärte das nicht weiter. »Ich werde froh sein, wenn wir endlich wieder vernünftige Arbeit haben werden.«

Adam nickte dem Wachposten der Seesoldaten zu, dann betrat er seine Kabine. Nur zwei Laternen brannten noch. Er sah, daß sein Bootsmantel in der Nähe seines Schlafraums hing, dabei erinnerte er sich an das Mädchen, das eine Haarlocke in einer seiner Taschen zurückgelassen hatte. Wo ist sie, fragte er sich. Lachte sie jetzt über die kurze, aber gefährliche Liaison in Malta? Er mußte verrückt gewesen sein. Das hätte ihn sehr teuer zu stehen kommen können. *Es hätte mich das Schiff kosten können ...*

Aber er hatte die Haarlocke aufgehoben. Er sah ein Glas, das in einer Ecke des Schreibtisches festgekeilt stand. Der Cognac vibrierte im Rhythmus von Wind und Ruder. Er berührte das Medaillon unter seinem Hemd, bevor er sich weiter in der Kabine umblickte, so als erwarte er, jemanden zu sehen oder zu hören. Dann hob er das Glas an die Lippen und dachte an den Trinkspruch, den alle in der Offiziersmesse vermieden hatten auszubringen: »Auf die Freunde, die heute nicht unter uns sein können!«

Verlaß mich nicht. Die Stimme war seine eigene.

Die Nachmittagssonne balancierte genau über dem Mastknopf des Großmasts. Sie strahlte so gleißend, daß sie die Augen zu blenden drohte. Die Vormittagswache war abgelöst worden und jetzt unter Deck in ihren Messen, um zu essen. Der schwere Geruch nach Rum hing noch immer in der Luft. Während des Tages hatte der Wind etwas gedreht und war abgeflaut, so daß das Schiff auf der Stelle stillzuliegen schien. Die Decks waren fast trocken, das war das erste Mal, seit sie England verlassen hatten. Für jede Landratte mochten die Aktivitäten auf dem Oberdeck ziellos und zufällig aussehen, gemessen an der Dringlichkeit der ständigen Anforderungen, zu denen die Männer wieder und wieder auf ihre Stationen gerufen worden waren, um Segel zu kürzen oder irgendwelche eilige Reparaturen oben im Rigg durchzuführen.

Aber für die professionellen Seeleute war das Deck »der Marktplatz«, und jedes geübte Auge konnte schnell die vielfältigen und verschiedenartigen Aktivitäten erkennen, die in allen Teilen des Schiffes das tägliche Leben bestimmten.

Der Segelmacher und seine Männer saßen mit untergeschlagenen Beinen wie die Schneider auf dem Deck, und ihre Nadeln und Segelmacherhandschuhe hoben und senkten sich im Gleichtakt. Kein Stück Segeltuch wurde jemals weggeworfen. Segel mußten repariert und Sturmschäden vor dem nächsten Sturm oder Orkan ausgebessert werden. Kleine Stücke wurden als Flicken verwendet; für einfache, aber zweckdienliche Beutel oder um neue Hängematten herzustellen; um darin die Toten zu den Fischen zu schicken.

Die verschiedenen Arbeitsgruppen des Bootsmanns bewegten sich über das Schiff, sie fetteten die Scheiben der Blöcke, ersetzten Jolltaue oder überbeanspruchtes und gealtertes Tauwerk, sie reparierten Boote, besserten den Farbanstrich aus, wo immer es nötig war. Gelegentlich bedeckten die Männer ihre Augen gegen die Sonne und blickten scharf über den Bug zu den niedrigen, gewellten Haufen, die sich purpurfarben und dunkelblau gegen den scharfen Strich der Kimm abhoben. Sie sahen aus wie sehr tiefhängende Wolken, aber es waren keine Wolken. Es war Land.

Die Winddrehung, für die die Segel hart angebraßt werden mußten, um den Wind zu halten, hatte alles verändert. Die alten Teerjacken verstanden das nur zu gut.

Kein Kommandant würde sich im Schutz der Dunkelheit in einen ausländischen Hafen schleichen wollen, ohne seine Flagge zu zeigen. Die Klügeren wußten, daß Madeira aus fünf Inseln bestand, mit all den Risiken, die das bei der Ansteuerung für den Kapitän mit sich brachte.

Also würde man morgen anlanden.

»Achtung! Geschütze klar machen!«

In der Zwischenzeit würden die Arbeit und der Drill fortgesetzt werden.

Nur zwei Kanonen wurden genutzt, um die neuen Leute einzuweisen, es handelte sich um die ersten beiden ganz vorne an *Unrivalleds* Backbordseite. Das Schiff trug insgesamt dreißig Achtzehnpfünder auf beiden Schiffsseiten verteilt, sie machten die Hauptbewaffnung aus. Sie stellten auch das größte Toppgewicht dar, das sich schnell bei jeder Art von hoher Welle oder Dünung bemerkbar machte. Als das Schiff gebaut wurde, hatten die Konstrukteure in ihrer Weisheit angeordnet, daß die Rohre der Achtzehnpfünder kürzer gegossen wurden als sonst üblich. Sie hofften, daß das verminderte Gewicht die Stabilität bei schlechtem Wetter verbessern würde, und was für Ihre Lordschaften noch viel wichtiger war, im Gefecht.

An der ersten Kanone wischte sich der Geschützführer Isaac Dias mit dem Handrücken über den Mund und starrte düster auf die neben ihm stehende Gruppe. Dias war stämmig und hatte einen mächtigen Brustkorb, er war ein erfahrener Geschützführer, sowohl auf der *Unrivalled* als auch auf den Schiffen, auf denen er früher gedient hatte. Sein Geschütz gehörte zur ersten Division, und daher war es üblicherweise das erste, das den Gegner unter Feuer nahm. Er trug sein strähniges Haar zu einem altmodischen Zopf geflochten. Wenn er sein Hemd auszog, dann sah man, daß sein Körper an vielen Stellen Narben von Splittern und Schlägereien aufwies. Er war überall dicht behaart, sah furchterregend aus und war unglaublich häßlich, aber dessenungeachtet war er der beste Geschützführer des Schiffes – und er wußte es.

Er blinzelte zur Bramstenge hinauf und schätzte den Winkel zum Horizont hin ab. Sie standen auf der Luvseite des Schiffes. Es war nicht gerade viel Wind, aber das Ausrennen der Kanonen durch die geöffnete Geschützpforte würde trotzdem recht schweißtreibend und kraftzehrend werden. Er blickte über die wartenden Männer weg. Man wurde als Artillerist *geboren.* Man wurde keiner, nur weil ein verdammter Offizier befahl, daß man es sein mußte.

Jemand murmelte: »Hier kommt der Ärger, Isaac.«

Dias grinste. Das ließ ihn sogar noch häßlicher aussehen. »Er wird uns sicher erzählen, was wir zu machen haben, hä!«

Der personifizierte Ärger näherte sich in der Gestalt von Midshipman Sandell, der mit seinem üblichen hüpfenden Gang herankam, als ob er schon über sein eigenes Achterdeck schreit, dachte Dias bei sich.

Aber Dias war ein alter Hase. Er wußte über die jungen Gentlemen Bescheid und auch, wie weit man gehen konnte. Allerdings war Sandell nicht wie viele andere, denn er liebte es tatsächlich, gehaßt zu werden – und gehaßt wurde er. Wenn er irgendwann einmal zum Leutnant befördert werden würde, dann würde er das Leben für alle Untergebenen zur Hölle machen. Es blieb also nur zu hoffen, daß ihn der Tod ereilte, bevor es dazu kam.

Sandell stellte sich mit in die Hüften gestemmten Armen auf, seine Lippen waren geschürzt, was vielleicht ein Lächeln darstellen sollte. »Sie kennen Ihre Stationen. Auf meinen Befehl hin besetzen Sie diese, und zwar zackzack!« Die letzten Worte hatte er scharf hervorgestoßen, dann drehte er sich um und deutete mit dem Zeigefinger auf einen, der verblüfft ausgesehen hatte.

»Name?«

Es war der junge Ede, der in der gleißenden Sonne sogar noch fahler aussah.

»Ede, Sir.«

Sandell betrachtete ihn scharf. »Ich erinnere mich. Ja. Sie sind derjenige, der nicht aufentern wollte, als es befohlen wurde!«

Ede schüttelte den Kopf. »Nein, Sir, ich war zu der Zeit davon befreit.«

Sandell nickte. »Natürlich. Höhenangst nennen es manche.« Er schaute sich um. Ein paar Männer hatten aufgehört zu arbeiten, um zuzusehen oder zuzuhören. Midshipman Deighton stand mit weiteren Neulingen am zweiten Geschütz. Sandell begann die allgemeine Aufmerksamkeit zu genießen. Er befahl scharf: »Geschützführer! Auf die Station, jetzt! Gesicht zur Geschützpforte!«

Dias sagte: »Ich kenne meine Station, Mr. Sand'll!«

Sandell zischte: »San-dell, verdammt! Ich werde Sie im Auge behalten, Dias, alter Hase oder nicht!«

Dias blickte zur Seite, um sein Grinsen zu verbergen. Es war aber auch wirklich zu einfach mit diesem aufgeblasenen Trottel.

Sandell räusperte sich. »Auf die Stationen! Jetzt!« Er schlug mit dem Starter[1], den er immer bei sich trug, einem Mann über die nackte Schulter, dann fügte er hinzu: »Im Gefecht könnte es sein, daß Sie selbst das Kommando übernehmen müssen, weil alle anderen getötet worden sind. Denken Sie daran, Sie Affe!«

Der Name des Mannes war Cooper, und er war zusammen mit Ede aus Bellairs Liste herausgepickt worden. Sie hatten im selben Gefängnis gesessen.

Cooper duckte sich nach unten und blickte auf die Handspake, die ihm am nächsten lag. Aber Sandell pfiff

1 Starter: kurzes Tauende, mit dem die Untergebenen angetrieben wurden, um ihnen »Beine zu machen«. (Anm. d. Ü.)

bereits wieder einen anderen an, daher konnte er nicht das heiße Feuer in Coopers Blick sehen. Fast nur zu sich selbst murmelte der: »Und du wirst der erste sein, den es erwischt.«

Der Drill setzte sich fort, ein paar Männer der regulären Geschützbesatzung machten alle notwendigen Bewegungen vor, bevor sie ihre Plätze mit den Neuen tauschten.

Sandell hatte beobachtet, daß Dias zum Vormast geschaut hatte, und rief: » Klar zum Ausrennen!«

Dias beugte sich tief nach vorne, um sein Gewicht wirkungsvoll einzusetzen, aber Sandell rief: »Sie nicht, Dias! Sie sind gerade gefallen!«

Es war eine anstrengende Arbeit, die Rücken und Muskeln waren nicht daran gewöhnt, die schwere Kanone zu bewegen. Die bloßen Füße rutschten auf dem Deck, als es sich wieder zur Seite neigte, der Achtzehnpfünder zog an seinen Taljen, um die Anstrengungen der Männer vergleichsweise lächerlich aussehen zu lassen.

Am zweiten Geschütz brüllte Deighton: »Zusammen, Jungs! Zieht!«

Die beiden Kanonen rollten zu ihren Geschützpforten und kamen rumpelnd in Position.

»Zielen! Fertig! Feuer!« Sandell klopfte den Takt mit seinem Starter, so, als ob nur er allein die ungeladenen Kanonen im Gefecht sehen konnte. Er schlug wieder nach dem jungen Ede. »Laß nicht los, du Idiot! Häng dein Gewicht richtig rein!« Er schlug ihn wieder, und Ede stolperte und fiel, seine Beine lagen unter der Lafette.

»Beleg das!« Die Stimme klang scharf und befehlend. »Geschütz sichern!« Es war Leutnant Varlo, der während seines Deckrundgangs über das Gangbord seine Augen überall hatte. Er blieb direkt an der ersten Kanone stehen.

Sandell rief aufgebracht aus: »Das hat er absichtlich gemacht, Sir!« Er machte eine Handbewegung in Richtung von Ede. »Nichts wie Ärger mit diesem Kerl, schon seit wir angefangen haben!«

Varlo befahl: »Stehen Sie auf, Ede.« Dann setzte er hinzu: »Wäre dieses Geschütz im Einsatz gewesen, dann wäre es durch den Rückstoß nach dem Abschuß binnenbords geschleudert worden, und Ihre beiden Beine wären zerschmettert worden.« Er sah ihn ruhig an, aber die Worte waren für den Midshipman bestimmt. »Haben Sie das verstanden?«

Ede nickte verstört.

Varlo blickte zum Fockmast. »Höhenangst, was? Das wird nicht das letzte Wort sein können. Das hier ist ein Kriegsschiff. Wir müssen uns alle auf einander verlassen können.« Er blickte Sandell kalt an. »Wir haben gar keine andere Wahl.«

Ein Bootsmannsmaat legte seinen gekrümmten Zeigefinger grüßend an die Stirn. »Die besten Empfehlungen des Kommandanten, Mr. Varlo, Sir, Sie können den Drill jetzt einstellen lassen.«

Varlo nickte. »Machen Sie weiter.« Er sah wieder Ede an. »Sie haben keine Wahl. Denken Sie daran!«

Die anderen rückten eng zusammen, die reguläre Geschützmannschaft blickte auf, so als ob ihre eigenen Fähigkeiten und Geschicklichkeiten in Frage gestellt waren.

Isaac Dias spuckte in die Hände. »Auf geht's, Jungs, jetzt wollen wir ihnen mal zeigen, wie man es richtig macht.«

Das folgende Gelächter schien den Fluch zu brechen, obwohl niemand Sandell nachblickte, der nach achtern schlenderte, dabei war er kaum in der Lage, seine Wut unter Kontrolle zu halten. Nur Ede blieb zurück. Er drückte eine Hand auf seinen Arm, da wo Sandells Taustarter ein Zeichen hinterlassen hatte.

Deighton war auch schon fast dabei wegzugehen, als ihn irgend etwas veranlaßte zu sagen: »Ich hatte auch

Angst davor, nach oben zu gehen.« Er überlegte, was war los mit ihm? Aber er fügte noch hinzu: »Es hat lange gedauert. Aber ich habe viel von den alten Jan Maaten gelernt, ich habe ihnen zugesehen, wie sie es machen. ›Eine Hand für das Schiff‹, sagen sie immer, aber die andere ist immer für dich.«

Ede starrte ihn so fassungslos an, als ob er gerade erst realisiert hätte, daß er da war. »Aber ... Sie sind ein Offizier, Sir ...« Er schaute nach achtern und schaute sich nach Sandell um.

Deighton erwiderte: »Das macht keinen Unterschied, da oben.« Er mußte plötzlich an die Unduldsamkeit seines Vaters denken. »Kommen Sie mit mir in den Hundewachen nach oben.«

Der Junge starrte noch immer ungläubig in das Gewirr der Takelage mit dem kraftlos killenden Vormarssegel, und er spürte die Angst und noch etwas mehr. »Würden Sie das machen, Sir?« Es klang fast bittend, fast verzweifelt. »Nur wir beide?«

Deighton grinste erleichtert, aber über wen wußte er nicht.

»Ich werde es versuchen, Sir, wenn Sie meinen ...« Ede konnte nicht weitersprechen.

Deighton packte seinen Arm. »Ganz sicher.« Dann ging er weg, mitten auf den Marktplatz. Er wußte nicht, wie Dankbarkeit aussah, aber er wußte jetzt, wie man sie erfühlte. Er dachte an die Worte des Kapitäns in der Offiziersmesse. *Die Verhältnisse werden sich ändern. Langsam.*

Es war eine Herausforderung für sie beide.

Nach der blendenden Glut der Sonne, den verwirrenden Reflexionen, die von einem blauen Himmel gesandt wurden, umfing sie die Nacht wie ein schwarzer Mantel.

Galbraith wanderte gelegentlich von einer Seite des

Achterdecks zur anderen und war erstaut, daß es ihn immer noch bewegte nach den vielen Wachen, die er schon gegangen war, nach den vielen Seemeilen, die er schon im Kielwasser geloggt hatte. Das Schiff war tipptopp in Ordnung. Er blickte nach oben durch das Rigg, auf die fledermausartigen Schatten der Marssegel, die sich in der schwachen Brise kaum bewegten. Kein Mond stand am Himmel, aber die Sterne erstreckten sich von Horizont zu Horizont. Er lächelte in sich hinein. Und er hatte sich immer noch nicht daran gewöhnt.

Er blickte zu den Rudergängern hinüber, einer stand am Ruder, die anderen hielten sich in der Nähe bereit. Joshua Cristie, der Segelmeister, ging kein Risiko ein, er war nur selbst gerade eben unter Deck gegangen. Es hatte fast den Anschein, als wäre das sein Schiff. Es war ähnlich wie bei den Geschützführern, die er während des Drills beobachtet hatte. Sie verteidigten ihren Besitzstand und waren verärgert bei unnötigen Einmischungen. Er hatte sich vorhin über die neuen Midshipmen geäußert, über den Jüngsten ganz besonders. Cristie hatte ihnen Unterricht gegeben, hatte mit ihnen die Mittagshöhe genommen, und es würde noch einige Zeit vergehen, bevor sie ihn würden zufriedenstellen können. Über Midshipman Hawkins hatte er bemerkt: »Der sollte noch zu Hause sein und mit seinen Spielzeugsoldaten spielen! Haben Sie den Sextanten gesehen, den ihm seine Eltern mitgegeben haben? Ein echtes Schmuckstück. Aber nichts für einen zwölfjährigen Jungen, der sich daran seine Zähne ausschlägt.«

Galbraith hatte geantwortet: »Sie waren ungefähr im selben Alter, als sie an Bord geschickt wurden, haben Sie das vergessen?«

Cristie war ungerührt geblieben: »Das war etwas anderes. Das war ganz etwas anderes. Für uns.«

Galbraith spürte, wie das Deck erzitterte, und sah, daß das Ruderrad leicht gelegt wurde. Der Rudergänger beobachtete den kleinen Verklicker, ein kleines Windfähnchen, das aus Kork und Federn bestand und auf der Luvseite an der Reling befestigt war. In einer dunklen Nacht und bei einer solch leichten Brise stellte er die beste Hilfe für die Augen eines gut ausgebildeten Rudergängers dar, um die Windrichtung festzustellen.

Ausgebildet: das bringt es auf den Punkt, dachte er. So wie der Drill mit den Segeln und im Rigg und auch die Arbeit mit den Booten. Man brauchte Zeit für die brandneuen Rekruten. Mit den alten Hasen war es etwas anderes, zum Beispiel mit diesem wilden Tier Campbell und diesem Geschützführer. Er hatte gesehen, wie dessen Augen hinter Sandells Rücken böse gefunkelt hatten. Es konnte gut sein, daß sie den Sinn des Ganzen nicht mehr einsahen, jetzt, da kein wirklicher Feind da war, den man im Auge behalten und bekämpfen mußte.

Der Zustand konnte sich aber schon morgen ändern. Sie hatten das schon einmal erlebt, damals als Napoleon aus seinem Käfig auf Elba ausgebrochen war. Galbraith schaute zu dem schwach erleuchteten Skylight hinüber, der Kapitän war also noch wach. Vermutlich dachte er über dasselbe Problem nach. Sein Onkel war damals getötet worden. Ein Kreuz in der Seekarte – mehr war nicht geblieben. Nicht besser und nicht schlechter, so hatte er die Besatzung der *Unrivalled* beschrieben. Galbraith dachte an Varlos Bemerkung über die Verantwortung eines Kommandanten nach. Warum hat mich das so berührt, wie es der Fall gewesen war? dachte er. Varlo schien niemals unbedachte Bemerkungen zu machen. Alles hatte seinen Grund, mußte überdacht werden.

Er hob das Teleskop aus seiner Halterung und richtete es über den leeren Finknetzen aus. Über die Schulter sagte er ruhig: »Wir sollten die Mittelwache warnen, Mr. Deighton. Diese Lichter dort drüben gehören Fischern, wenn ich mich nicht sehr irre.«

Er hörte den Midshipman etwas murmeln. Es waren winzige Lichter, viele Meilen entfernt, sie erinnerten an Glühwürmchen, die sich fast in den Sternen verloren. Es wäre eine sichere Wette, wenn man darauf setzte, daß jeder Einzelne schon von der stetigen Annäherung der *Unrivalled* wußte. Er fügte hinzu: »Erinnern Sie mich daran, daß ich eine Eintragung ins Logbuch mache.«

»Aye, Sir.«

Er mochte Deighton nach allem, was er von ihm wußte. Der Mann hatte seinen Wert im Gefecht schon mehr als bewiesen, und der Kommandant hatte Bemerkungen darüber gemacht. Galbraith schreckte aus seinen Gedanken auf. *So wie mein damaliger Kommandant positiv über mich geschrieben hat, als er mich für ein eigenes Kommando vorgeschlagen hat.*

Er hörte, daß der Midshipman mit dem Bootsmannsmaaten der Wache redete. Er mußte daran denken, was er während der Hundewache beobachtet hatte, als Deighton mit dem jungen Decksbauern, der Höhenangst hatte, nach oben ins Rigg geklettert war. Niemand sonst hatte davon große Notiz genommen, aber Galbraith hatte zugesehen und sich daran erinnert, wie er selbst zum erstenmal während eines Sturms im Kanal aufgeentert war. Er lächelte. Das war eine Million Jahre her. Und er hatte zugesehen, wie die beiden wieder zurück an Deck gekommen waren. Sie waren nur bis in den Vortopp geklettert, dabei hatten sie Marswanten vermieden, an denen ein Mann nur von seinen Fingern und Fußspitzen abhing, die ihn vor dem Fall in die Tiefe bewahrten.

Eine Stimme murmelte: »Der Käpt'n kommt nach oben, Sir!«

Es gab Männer, die warnten niemals einen Offizier. Wenn man es richtig betrachtete, dann war das der einzige Beweis, daß man in den Augen der Mannschaft etwas wert war. Er war überrascht, daß der Kommandant ohne Uniformrock nach oben kam, sein Hemd blähte sich im sanften Wind.

Der Rudergänger meldete: »Kurs Südsüdost liegt an, Sir!«

Galbraith wartete ab, er spürte die Anspannung, die Rastlosigkeit in diesem Mann, so als ob er außer sich wäre. Als würde er getrieben, immer vorwärts getrieben.

Adam sagte: »Eine schöne Nacht. Der Wind steht ausreichend beständig durch.« Er drehte sich um, damit er zur Seite sehen konnte, und Galbraith sah das Medaillon im Licht des Kompasses glitzern. Warum trug er es, nachdem es ihm von Sir Richard Bolithos Flaggleutnant Avery übergeben worden war? Bevor er selbst auf diesem Deck getötet worden war.

Der Kapitän mußte etwa so alt sein wie er selbst, und die schöne Lady war älter, außerhalb seiner Reichweite, falls das die Kraft sein sollte, die ihn umtrieb.

Adam bemerkte: »Lassen Sie alle Männer im Morgengrauen auf ihren Stationen antreten. Ich erwarte, daß das Schiff absolut einwandfrei aussieht. Falls und wenn wir Zeit haben, möchte ich, daß wir den Bootsdrill weiter perfektionieren. Die Gewässer, in die wir bestimmt sind, sind für Kriegsschiffe nicht sonderlich geeignet.«

Galbraith wartete. Der Kommandant dachte voraus. Ging seine Befehle nochmals durch, siebte alle Gründe durch und bedachte die unausgesprochenen Dinge. *Nach dem billigen Ermessen des Kommandanten zu entscheiden.*

Adam sagte plötzlich: »Ich habe mich heute über die Arbeit des jungen Deighton gefreut. Er hat ein gutes Beispiel gegeben. Gott weiß, daß ein paar dieser armen Teufel wenig genug haben, was sie aufrecht hält.« Er wandte sich um, und Galbraith konnte fast seinen Blick in der Dunkelheit spüren. »Ich habe für kleine Tyrannen nichts übrig, Leigh. Achten Sie darauf, wenn Sie es ermöglichen können.«

Galbraith hörte die Schuhe des Kommandanten auf dem Niedergang klappern. Ihm entging nichts. Aber etwas fraß in ihm, um diese Zeit hätten die meisten anderen Kommandanten längst geschlafen. Er stellte fest, daß das Licht unter dem Kabinenskylight noch immer glühte, und seine Frage blieb unbeantwortet.

Besessen

Frank Rist, der dienstälteste Steuermannsmaat der *Unrivalled*, preßte eine Hand auf den Rahmen einer geöffneten Luke und starrte auf die Farben und die sich im Wasser reflektierenden Bewegungen im Hafen von Funchal. Er war schon mehrere Male auf Madeira gewesen, einem Ort, an dem immer schnelle Geschäfte mit leichtsinnigen Seeleuten gemacht wurden, sogar wenn sich die Preise mit dem ersten Blick auf ein Schiff des Königs verdoppelten.

Er spürte die Wärme des Holzes durch seine Handfläche, das war ein Gefühl, dessen er niemals überdrüssig wurde. Er lächelte still, als ein Boot mit grellbunt bemalten Tonwaren längsseits auf der Stelle trieb. Offensichtlich war man dort taub gegenüber den gebellten Warnungen, sich frei zu halten von einer der »Bulldoggen« von Hauptmann Luxmore.

Er zog den Kopf zurück in den Kartenraum und wartete ab, bis sich seine Augen wieder an das Dämmerlicht unter den niedrigen Decksbalken nach der blendenden Helle des Wasserspiegels gewöhnt hatten. Er rieb sie sich mit den Knöcheln und versuchte das Gefühl zu vertreiben. Er spürte es immer dann, wenn er in die Karte bei ungünstigen Lichtverhältnissen oder im Schein einer kleinen Lampe auf dem Achterdeck während der nächtlichen Wachen gucken mußte. Wie die meisten Seeleute war Rist daran gewöhnt, in weite Fernen zu blicken, um die Peilung eines Kaps oder Hügels zu nehmen oder die letzten Meilen einer Ansteuerung abschätzend zu überwachen, wie es auch an diesem Morgen der Fall gewesen war.

Er hörte die Schritte des Ersten Leutnants über seinem Kopf und das Schrillen einer Bootsmannspfeife, als eine weitere Hieve mit Ausrüstungsgegenständen binnenbords geholt wurde. Zweifellos zählte der Zahlmeister jedes einzelne Stück und verglich es mit seiner Liste, so als ob er alles aus seiner eigenen Tasche bezahlen müßte.

Die *Unrivalled* war ein gutes Schiff für ihn, trotz der Lücken in ihrer Besatzung. Die neuen Männer waren entweder alte Teerjacken, die freiwillig für einen weiteren Einsatz angemustert hatten, oder sie waren völlig unausgebildet für den Seedienst, wie der junge Ede, der den Kartenraum säuberte, so als ob sich das Schiff noch immer außerhalb jeder Landsicht befinden würde. Oder hatte er nur Angst, mit diesen Booten und Menschen in Kontakt zu kommen, die draußen im Hafen herumlungerten?

Ede war noch so jung, und Rist machte sich Sorgen, als er darüber nachdachte. Er war ein guter Steuermannsmaat und der dienstälteste hier an Bord. Er versuchte den Gedanken zur Seite zu drängen. Er war auch einer der ältesten Männer der Besatzung. Rist war zweiundvierzig Jahre alt, davon hatte er auf verschiedensten Schiffen achtundzwanzig Jahre auf See verbracht. Er war gut vorwärtsgekommen, besser als die meisten. Aber er würde sich damit abfinden müssen, daß er, falls dem alten Cristie nicht ein anderes Schiff angetragen wurde oder der Mann tot umfiel, die Hoffnung auf eine Beförderung in den Wind schreiben mußte. Und jetzt kam auch noch das

Problem mit seinen Augen, das unter Seeleuten weit verbreitet war. Er ballte die Fäuste.

Er blickte zu dem Jungen hinüber, der immer noch so bleich aussah, trotz der Sonne, die sie vom südlichen Ende der Biscaya an begleitet hatte. Ede hatte schlanke, fast zarte Hände, sie schienen besser zu einem Mädchen zu passen als zu einem jungen Burschen, der zum erstenmal auf die See hinausfuhr. Er konnte lesen und schreiben und war Lehrling bei einem Instrumentenhersteller in Plymouth oder in der Nähe gewesen.

In der Marine war es für gewöhnlich besser, nicht zuviel über die Vergangenheit eines Mannes zu wissen. Wichtig war, was er jetzt tat, wie er zu den Dingen stand, die auf einem Kriegsschiff wirklich zählten, oder sich ihnen widersetzte. Wenn es darauf ankam, dann waren der Mut und die Loyalität der Macker[1] ausschlaggebend. Rist blickte sich im Kartenraum um. *Old Cristies zweites Heim.* Man konnte noch immer die Farbe und den Teer riechen, die während der Reparatur nach der letzten schweren Schlacht verarbeitet worden waren.

Er blickte wieder durch die Luke hinaus. Eine spanische Fregatte lag unweit vor Anker. Sie hatte ihre Flagge gedippt, als *Unrivalled* neben sie geglitten war. Es war schwer, sich daran zu gewöhnen. Er schüttelte den Kopf. Vor gar nicht langer Zeit hätte ihr junger Feuerkopf von einem Kommandanten »Schiff klar zum Gefecht!« anschlagen und die Kanonen ausrennen lassen, noch bevor die armen Spanier ihre Siesta hätten beenden können!

Rist dachte über die zahlreichen Gerüchte nach, die in der Messe kursierten. Für die meisten war Sklaverei nur ein Wort. Einige sahen darin eine Möglichkeit, zu Prisengeldern oder sogar an Kopfgeld für befreite Sklaven zu

1 Bezeichnung an Bord für Kumpel, Kameraden etc. (Anm. d. Ü.)

kommen, jedenfalls behaupteten die Zwischendeckadvokaten, daß es so etwas geben sollte.

Rist hatte sich schon für eine andere Möglichkeit entschieden. Falls die *Unrivalled* in das Geschehen verwickelt werden sollte, was bei den beengten Gewässern allerdings ziemlich unwahrscheinlich war, dann konnte sie Prisen aufbringen, und jedes dieser Schiffe würde einen Prisenkapitän benötigen. Kapitän Bolitho würde für diese Aufgabe keinen Leutnant abstellen können, und die Midshipmen waren entweder dafür zu jung oder zu inkompetent. Das würde genau die Chance sein, die er benötigte. Er konnte weit und breit keine andere sehen.

Er drehte sich um und rief: »Wenn der Master sieht, daß Sie so ein gutes Stück in der Hand halten, dann hängt er Ihre Eingeweide zum Trocknen in die Takelage, mein Junge!«

Ede blickte ihn über den Sextanten hinweg an, er war gerade dabei gewesen, ihn wieder an seinen angestammten Platz in einem abgeschabten Kasten zu verstauen, und erwiderte fast scheu: »Ich bin darin geübt, mit diesen Dingen umzugehen, Sir. Es ist ein Modell von Parson, eines der ältesten, das ich je gesehen habe.«

Während der plötzlich eingetretenen Stille sah Rist den Schmerz in Edes Augen und fragte sich, was da wohl alles schiefgelaufen war. Versuchter Mord, so erzählte man sich. Seine Jugend und noch irgend etwas anderes hatten ihn vor dem Galgen bewahrt. Rist schob die Gedanken zur Seite. *Es war vorbei.* Ede bezahlte den Preis wofür auch immer. Schließlich fragte man auch nicht nach Vergebung, wenn man die Eingeweide eines Feindes mit einem Entermesser oder Seitengewehr aus dessen Körper hackte!

Rist erkundigte sich: »Wie sieht es dann mit Vergrößerungsgläsern aus? Für die Kartenarbeit und ähnliches.« Er drehte sich weg. Jetzt bist du weit genug gegangen, du alter Idiot, dachte er.

Aber Ede erwiderte: »So etwas kann ich reparieren, Sir. Ich habe einmal welche für meinen …« *Meinen Chef* hätte er beinahe gesagt. Für den Mann, den er beinahe erstochen hätte.

Rist nickte. »Ich werde mit dem Ersten Leutnant reden. Ich kann dir nichts versprechen, aber wir könnten hier eine Arbeit für dich finden.« Er fügte beleidigend hinzu: »Alles, um einen gewissen nichtsnutzigen Holzkopf aus meinem Weg zu halten.« Er erwähnte Sandell nicht namentlich. Das mußte er auch nicht.

Rist dachte an Galbraith, wie sie zusammen bei dem Überfall an der afrikanischen Küste gewesen waren. Die explodierenden Sprengladungen. Die Schebeken verwandelten sich in Feuerbälle, nachdem sie sich eilig in Sicherheit gebracht hatten. Er mochte den Ersten, sie kamen gut miteinander aus. Galbraith grübelte genau wie er über die dahinschwindenden Chancen auf eine Beförderung nach. Andere bekamen sie, als ob sie ein angestammtes Recht darauf hätten. Vielleicht weil sie jemanden kannten …

Er hörte die Glocke auf der Back und dachte an den Rum, der jetzt in der Messe der Deckoffiziere verteilt wurde. Er war eingeteilt worden, danach ein Boot an Land zu bringen und als Begleitung bei dem neuen Schreiber des Kapitäns dort zu bleiben. Das war ein komischer alter Kauz. Anschließend wollte er versuchen, ein bestimmtes Haus wiederzufinden. Dort könnte er ein wenig Entspannung bei einem der Mädchen finden. Er war zweiundvierzig, aber er war der Meinung, daß er noch nicht so alt aussah.

Er blickte wieder durch die offene Luke auf ein Schiff, das an seinem Ankerkabel schwoite und dabei einen perfekten Zwilling zu seinem Spiegelbild abgab. Es zeigte die portugiesische Flagge, das war schon ein Witz, wenn man es recht bedachte. Alle Großmächte hauten gewaltig auf die Pauke, um die Sklaverei abzuschaffen, und Portugal am lautesten. Rist lächelte verkniffen. Und gleichzeitig verschifften die Portugiesen mehr schwarzes Elfenbein als jemals zuvor.

Er blickte im dunstigen Sonnenlicht auf seine Hände.

Ein Sklavenhändler also. Er wandte sich ab. *Und ich war früher einer von ihnen ...*

Kapitän z.S. Bolitho kletterte durch die Eingangspforte der *Unrivalled* und machte eine Pause, um das Achterdeck und die schlaff herunterhängende Flagge zu grüßen, die sich kaum im Windzug bewegte. Als er an der Ehrenwache vorbeimarschierte, spürte er, wie ihm der Schweiß den Rücken hinunterlief und sich über dem Koppel sammelte, und trotz des geschäftigen Nachmittags an Land, dem umständlichen Ritual beim Zusammentreffen mit dem Gouverneur, um das Schiff einzuklarieren, damit es Frischwasser und Verpflegung übernehmen konnte, fühlte er sich sonderbar aufgekratzt. Vielleicht lag es daran, daß er wieder zurück an Bord war, wo er sich auskannte.

Die Gesichter um ihn herum schienen ihm so gut bekannt, daß sie schon an Bord hätten gewesen sein können, als das Schiff zum erstenmal seinen Kommandowimpel gesetzt hatte, damals, als die Welt noch so anders gewesen war. *Für alle.* Trotzdem war sich Adam natürlich der Tatsache bewußt, daß einige der Männer erst in Penzance an Bord gekommen waren. Bereuten sie es? War es nur eine impulsive Entscheidung gewesen, hatten sie nach etwas gesucht, daß sie schon verloren geglaubt hatten?

Galbraith begrüßte ihn und meldete: »Das Frischwasser wird von zwei Leichtern im Laufe des morgigen Vormittags herausgebracht, Sir.« Seine ausgeprägten Gesichtszüge waren voller Fragen, aber er fügte nur noch hinzu: »Zwei Mann zur Bestrafung, Sir.« Es klang wie eine Entschuldigung. »Sie haben an der Pier gearbeitet, haben sich betrunken. Dann gab es eine Schlägerei.«

Adam blickte an ihm vorbei. Er hatte das Gefühl, daß die Hitze durch das straffe Rigg und die sauber aufgetuchten Segel herabdrückte. »Wer hatte den Befehl?«

»Mr. Midshipman Fielding, Sir. Er ist normalerweise sehr gut in solchen Dingen. Er ist noch jung ...«

»Ein Grund mehr, warum man ihn respektieren und nicht in Schwierigkeiten bringen sollte.« Fielding war der Midshipman, der Adam früher einmal aus einem Traum geweckt hatte. Es war immer derselbe Traum. Eine weitere Erinnerung. Er fuhr fort: »Kümmern Sie sich darum, sobald wir auf See sind.«

Er überdeckte seine Augen, um die anderen Schiffe in der Umgebung zu studieren. Zum größten Teil handelte es sich um kleinere einheimische Küstenfrachter, die ohne Schwierigkeiten den Hafen auch bei einer leichten Brise verlassen konnten. Er dachte an die Menschen, die er am Hafen gesehen hatte. Die neugierigen Gesichter. Was hatten sie ausgedrückt? Waren sie interessiert oder indifferent gewesen? Es war unmöglich, es genau zu sagen. Da waren beispielsweise die spanischen Offiziere von der Fregatte, die auf Besuch weilte. Eine Gruppe hatte an der Kaitreppe auf ihr Boot gewartet. Sie hatten ihre Hüte gezogen, ein paar hatten sogar höflich gelächelt. War es wirklich so einfach, konnte man so leicht vergessen, konnte man die Wildheit und Verbissenheit der Schlachten einfach so auslöschen, die sie alle zusammen erlitten hatten? *Kann ich es*?

Er sah, wie Partridge, der Bootsmann mit dem tonnenförmigen Brustkasten, seinen Maaten Anweisungen gab. Es würde also eine Auspeitschung geben. Wenn es dazu kam, dann bildeten die Kriegsartikel und die dünne Linie der Marineinfanteristen die letzte Bastion, die die Autorität eines Kommandanten verteidigte. Er drehte den Kopf, überhörte, was Galbraith ihm sagen wollte.

Es war Partridge, er hatte seine massiven Fäuste in die Hüften gestützt. Ein amüsiertes Grinsen lag auf seinem von der Sonne geröteten Gesicht. »Der Eimer da drüben mag ja einen komischen portugiesischen Namen haben, mein Sohn, aber ich kenne ihn seit vielen Jahren.« Er schien erst jetzt zu bemerken, daß Adam zuhörte, und erklärte: »Es geht um die Brigantine da hinten, Sir. In den guten alten Tagen hieß sie *Rebecca.* Sie hat zum erstenmal das Salzwasser in Brixham gekostet.«

Adam blickte ihm über die breite Schulter. Das war das fehlende Steinchen im Mosaik, das Gesicht in der Menge, das man so leicht übersieht.

»Sind Sie sicher?«

Parker, einer der Bootsmannsmaaten, grinste breit: »Der vergißt so etwas niemals, Sir!«

Partridge schien zu merken, daß es sich hier nicht nur um eine gelangweilte Unterhaltung handelte. »Mein Vater hat auf der Werft in Brixham gearbeitet, Sir. Es gab eine Menge Ärger wegen des Geldes, und so hat dann schließlich jemand anderer für die Fertigstellung der *Rebecca* bezahlt.« Seine Augen wurden schmal. »Ich erinnere mich hauptsächlich an das Rigg. An die zusätzlichen Leesegel. Das wird selten verlangt, es sei denn, man hat zusätzliche Männer an Bord, die damit umgehen können. Sie steckte in allerhand Schwierigkeiten, hat sich sogar ein Rennen mit den Zollmöpsen geliefert. Dann ist sie plötzlich aus Brixham verschwunden. War einfach weg.« Er blickte in die Gesichter um sich herum. »Bis jetzt.«

Galbraith meinte: »Sie hat keine Ladung übernommen, seit wir hier vor Anker gegangen sind, Sir. Und sie hat auch keine Ladung gelöscht. Hafenzeit kostet Geld. Es sei denn ...«

Adam berührte seinen Ärmel. »Kommen Sie mit!« Er

blickte nochmals über das Wasser. Vielleicht hatte es so sein sollen. Oder vielleicht würde er es alleine herausfinden müssen. Es war keine Post oder Nachricht für die *Unrivalled* da gewesen. Nichts. Also, warum hatte die Brigantine mit dem schwarzen Rumpf seine Aufmerksamkeit so erregt? Sogar ihren Namen *Albatroz* hatte er sich gemerkt, als die Gig ihn hinter ihrem Spiegel zurück an Bord gepullt hatte. »Sie haben ein gutes Gedächtnis, Mr. Partridge. Das kann uns eine große Hilfe sein.«

Partridge rieb sich sein Kinn, dann sagte er nachdenklich: »Nun, sie segelt nicht in Ballast, Sir. Ich schätze, daß sie sich vor dem Morgengrauen aus dem Staub machen wird. Ich könnte eine Gruppe guter Männer zusammenstellen und hinüberpullen ...«

Er blickte an sich herunter, überrascht, daß der Kapitän seinen Arm packte.

»Auf ein portugiesisches Schiff in einem portugiesischen Hafen, Mr. Partridge? Das übersteigt unsere Möglichkeiten. Einige könnten sogar der Meinung sein, daß es genau das wäre, was bestimmte Personen erhoffen, daß wir tun.« Plötzlich lächelte er. »Aber wir werden sehen, wer zuletzt lacht.«

Galbraith folgte ihm unter die Poop, sah, wie er zur nächstgelegenen Leiter hinüberblickte, als ob er sich an etwas erinnerte.

»Lassen Sie *Alle Mann* pfeifen, Leigh. Mr. Partridge könnte recht haben. Ich möchte so bald wie möglich klar von der Reede sein. Wir werden die Boote zum Verholen benutzen, falls das nötig sein sollte.« Er schenkte ihm wieder eines seiner seltenen Lächeln. »Meine Befehle sagen ganz eindeutig, *ohne jeden Verzug*. So soll es sein.« Er betrat seine Kabine und zögerte. »Es war keine Post für das Schiff an Land, Leigh, weder neue noch alte. Eines Tages wird sie uns gewiß einholen!« Aber das Lächeln wollte nicht wiederkommen. »Wenn

Sie mich jetzt entschuldigen wollen, ich habe einen Brief zu schreiben.«

Er ging zu den Heckfenstern hinüber und blickte auf die Schiffe in der Nähe. Auf seinem Weg, um dem Gouverneur seine Aufwartung zu machen, hatte er einen kleine Marktbude gesehen, man konnte sie wirklich kaum einen Laden nennen. Aber sie hatte ihn an eine andere auf Malta erinnert, an dem er in einem Anflug von Unbekümmertheit das kleine silberne Schwert gekauft hatte, auf dessen Rückseite er das Wort *Schicksal* hatte eingravieren lassen. So wie ein dummer, liebeskranker Midshipman. Aber sie hatte es genommen und es getragen. Bei ihm und für ihn. Und sie war hier gewesen, in dieser Kabine, auf diesem Schiff.

Er setzte sich und riß sich das Hemd auf, um seinen Körper abzukühlen. Schicksal. Vielleicht war auch das nur eine andere Art von Traum.

Daniel Yovell steckte seine Schreibfeder zur Seite in das kleine Tintenfaß und zog ein Taschentuch heraus, um seine Stirn abzuwischen. Es sah schmutzig und zerdrückt aus, aber er war Fahrensmann genug, um den Wert von Frischwasser einschätzen zu können, gleichgültig wie groß das Schiff war. Er hörte das vertraute Trampeln von Füßen an Deck über seinem Kopf, das Bellen von Befehlen, die Antwort der quietschenden Blöcke und des straff gespannten Tauwerks. Er hatte es immer zugelassen, daß alles für ihn ein vollständiges Geheimnis geblieben war, etwas, das außerhalb seines täglichen Lebens lag. Sogar hier drinnen in der Staatskabine war es brüllend heiß, das Deck bewegte sich kaum, die Schatten lagen schräg über den Decksbalken und Spanten – ohne sich zu bewegen.

Er blickte über den Rand seiner Brille und sah den Kommandanten an seinem Schreibtisch lehnen. Er hatte die Hände auf die Karte gestützt, ein Messingzirkel lag dort, wo er ihn gerade hatte hinfallen lassen. Es war über eine Woche her, daß sie Funchal verlassen hatten, dabei hatten sie einen günstigeren Wind vorgefunden, als sie erwarten durften.

Yovell nahm die Feder wieder in die Hand und war froh über seine Freiheit, in diesen Teil des Schiffes kommen und gehen zu dürfen, wann und wie er wollte. Und über das Privileg, hier wohnen zu dürfen, ohne belästigt zu werden.

Dabei beobachtete er Adam Bolitho, der mit einer Hand über die Karte strich, als ob er seinen Weg erfühlen wollte. Als ob er etwas ausprobieren wollte. Vielleicht bereitete er sich auf ein unbekanntes Hindernis vor? Nur hier in seinem persönlichen Quartier schien der Kommandant seinen geheimen Zweifeln Raum zu lassen, der Unsicherheit. Wie an jenem Tag, als sie Funchal verlassen hatten, nachdem sie feststellen mußten, daß die portugiesische Fregatte heimlich den Anker gehievt und aus dem Hafen geschlüpft war.

Die Wasserleichter waren zum Schiff herausgekommen, und wieder einmal hatte Yovell die Stimmung des Kapitäns gespürt. Warum vergeudeten sie Wasser, wenn sie besser auf See sein sollten, um die geheimnisvolle *Albatroz* zu jagen und zu stellen?

Aber es war die richtige Entscheidung gewesen. Wasser hatte hier denselben Wert wie Goldstaub. Entlang dieser unsichtbaren Küstenlinie konnte es viele Wochen dauern, bis man wieder die Gelegenheit bekam, neuen Nachschub zu fassen.

Und die Brigantine? Wie die meisten Besatzungsmitglieder der *Unrivalled* kam er langsam zu der Überzeugung, daß sie eher eine Notwendigkeit als eine Gefahr darstellte. Man konnte schon den Eindruck bekommen, daß man hier draußen völlig verlassen war. Jeden Tag war der Horizont wie leer gefegt. Vom Masttopp erklang kein Ruf des Ausgucks. Er sah, daß sich Adams Hand wieder bewegte, der Zirkel maß irgendeine Entfernung ab. Yovell kannte auch die andere Seite des Kapitäns, trotz der Zweifel, die er – wie auch immer – an dem Zweck ihres Auftrags haben sollte. Er hatte den Ersten Leutnant angewiesen, die Zeit des Ausgucks im Topp zu verkürzen.

»Sie sind meine Augen. Ich möchte, daß Sie jederzeit frisch und aufmerksam sind.«

Und Yovell erinnerte sich daran, daß Galbraith nach achtern gekommen war, um für den neuen Mann Ede die Erlaubnis einzuholen, bei den Steuermannsmaaten arbeiten zu dürfen. Dafür schien er eher geeignet zu sein als für den allgemeinen Decksdienst.

Einige Kommandanten hätten ihren Ersten Leutnant einfach angewiesen, sich darum zu kümmern und sie nicht mit solchen Lappalien von ihren wichtigen Aufgaben abzuhalten. Kapitän Bolitho hatte gesagt: »Ich habe den Bericht gelesen. Ich glaube, daß es eine vernünftige Idee ist. Halten Sie mich auf dem laufenden.«

Als eine Wache auf die andere folgte, übernahm die tägliche Routine völlig die Herrschaft über das Schiff. Segel- und Geschützdrill, außerdem Bootsmanöver, wenn die *Unrivalled* bekalmt unter dem wolkenlosen Himmel auf der Stelle lag. Irgendwann schließlich hatte sich eine leichte nordwestliche Brise ihrer erbarmt. Aus Gründen der Disziplin und der Notwendigkeit, gewöhnten sie sich aneinander. Man machte halt das Beste draus.

Trotz seiner tief verwurzelten Vorsicht überraschte sich Yovell oft dabei, daß er Vergleiche anstellte. Er hatte miterlebt, wie Sir Richard Bolitho versucht hatte, persönliche Distanz zu der harten Realität der Auspeitschungen zu halten. Als Admiral waren ihm die Traditionen und das Spektakel der Auspeitschungen erspart geblieben, das war etwas gewesen, an das er sich in den vielen Jahren des Dienstes vom Midshipman bis zum Flaggoffizier nie gewöhnt hatte. *Mein Admiral von England,* so hatte ihn mehrere Male Lady Somervell genannt. Das war ein Geheimnis zwischen ihnen beiden und etwas, das ihr sehr teuer war.

Adam Bolitho konnte nicht fernbleiben. Ein Kommandant mußte den Befehl zu der anstehenden Bestrafung geben und nach den Kriegsartikeln verfahren, die die Macht über das Leben eines jeden Mannes an Bord hatten. Die alten Muschelrücken nahmen es leicht. *Man bekommt ein kariertes Hemd an der Gangway,* lautete ihre saloppe Beschreibung einer Auspeitschung, gleichgültig, was sie von der tatsächlichen oder mangelnden Berechtigung der Bestrafung hielten. Harte Knochen wie Campbell trugen ihre eigenen Narben von diversen Auspeitschungen stolz wie Ehrenzeichen zur Schau. Auch Jago, der Bootssteuerer des Kommandanten, der einmal ungerechtfertigt ausgepeitscht worden war, zeigte die Narben trotzig vor, sogar den Autoritäten, denen er diente und loyal ergeben war.

Adam Bolitho stand inmitten seiner Offiziere an der Reling des Achterdecks, während die Bestrafung ihren Fortgang nahm. Das Rasseln der Trommeln. Der Profos, der jeden Streich laut mitzählte. Der Bootsmannsmaat, der die Katze schwang. Wahrscheinlich machte der Mann sich weniger Gedanken über das Opfer als um die saubere Ausführung seines Auftrages, *ohne Furcht und Ansehen,* wie Partridge es ausdrückte.

Keiner der beiden Männer, die zur Strafe anstanden, war neu in der Marine. Nachdem jeder seine zwei Dutzend Schläge erhalten hatte, wurden sie losgeschnitten und unter Deck in das Krankenrevier gebracht. Sie hatten während der Prozedur keinen Mucks von sich gegeben.

Es war schon seltsam, überlegte Yovell, denn der Midshipman, der in die betrunkene Rauferei verwickelt gewesen war, wäre beinahe ohnmächtig geworden. Ein Schatten fiel über seine Schreibtischplatte, der Kapitän blickte auf ihn hinunter.

»Nur noch ein paar Tage, alter Freund.« Adam schaute zum Skylight empor. »Wirklich kein Wunder, daß die Westafrikastation so unbeliebt ist. Für uns ist es schlimm genug, aber stellen Sie sich die Verhältnisse auf den Schiffen der Antisklavereipatrouille vor. Das sind zum größten Teil kleine Schiffe: Briggen, Schoner und sogar Kutter.« Er dachte plötzlich an James Tyacke, der auf solchen Patrouillenschiffen Dienst getan hatte. *Der Teufel mit dem halben Gesicht,* hatten ihn die Sklavenhändler genannt. Tyacke, der Flaggleutnant bei seinem Onkel auf der *Forbisher* geworden war. Er wandte sich vom Schreibtisch ab, ärgerlich darüber, daß der Gedanke seinen Schutzwall durchbrochen hatte.

Und Tyacke war wieder hierher zurückgekehrt. Auf einer Fregatte, die aber nicht als solche eingesetzt wurde. Adam hatte einen langgedienten Leutnant gehört, der diesen Posten so beschrieben hatte: »Das ist nur etwas für die Getriebenen und die Verfluchten.«

Er hörte Napier, der hinter der Tür ohne Schuhe herumlief, weil auch er die Hitze spürte. *Oder weil er mich nicht stören will.* Er blickte auf Yovells Schultern. Bin ich so unduldsam, so besessen? Er spazierte zu den Heckfenstern hinüber, dabei spürte er, daß sich das Deck etwas weiter auf die Seite neigte. *Wind.* Aber als er einen Fensterflügel öffnete, fühlte sich der Luftzug auf seinem Gesicht an, als ob er aus der Klappe eines Hochofens schlagen würde. Er starrte auf das blaue Wasser, die niedrigen Wellen, die sich in Richtung des Schiffes brachen, und sah kleine silbrige Pfeile, fliegende Fische, also waren hier auch Haie unterwegs. Wieder etwas Neues, woran sich die neuen Männer gewöhnen mußten. Viele konnten aber ohnehin nicht schwimmen.

Es war, als würde man ins Nirgendwo hinein segeln. Die Befehle waren äußerst vage abgefaßt. Der dienstälteste Offizier in Freetown sollte sie interpretieren – oder aber der Agent der Krone, wie man diese neue Dienststellung großspurig nannte. Wahrscheinlich handelte es sich um einen Zivilisten, dem man diese Position als Belohnung oder Fluchtweg angeboten hatte.

Er wandte der gleißenden Hitze wieder den Rücken zu und blieb abrupt vor dem Schreibtisch stehen. »Was war das?«

Yovell plierte zu ihm hoch. »Ich habe nichts gehört, Sir.«

Adam lauschte auf die Geräusche des Riggs und das gelegentliche Poltern, das von dem großen Ruderblatt verursacht wurde. Er ballte die Fäuste. Segeln nach nirgendwo.

Draußen erklangen Schritte, dann meldete der Posten der Seesoldaten: »Der Erste Leutnant, Sir!«

Galbraith trat ein, seine Stirn wies einen roten Streifen auf, wo er vorher seinen Hut tief in die Stirn herunter gezogen hatte, um seine Augen zu beschatten.

»Was ist los?«

Galbraith warf einen Blick auf Yovell, als wollte er ihn einbeziehen. »Meldung vom Masttopp, Sir. Segel vor dem Backbordbug. Abhaltend.«

Adam wollte schlucken, wollte seinen Mund befeuchten. Er konnte beides nicht. Mühsam stieß er hervor: »Lassen Sie *Alle Mann* pfeifen, Leigh. Lassen Sie die Bramsegel setzen. Meine Empfehlung an Mr. Cristie. Ich würde ihn gern unverzüglich im Kartenraum treffen.« Er sah den anderen Mann ruhig an. »Es kann sich um jedes beliebige Schiff handeln.«

Aber es schien ansteckend, sogar Yovell nickte und beugte seinen Oberkörper vor.

Galbraith grinste breit. »Das glaube ich nicht, Sir!«

Adam schnappte sich seine Notizen und schlenderte

zur Tür, hielt dort aber nochmals inne und blickte nach achtern, wo sich Yovell als blaue Silhouette gegen das strahlende Blau des Hintergrunds abzeichnete. Er sagte schlicht: »Wenn Sie demnächst das Bedürfnis haben sollten zu beten, mein Freund, dann wäre ich Ihnen dankbar, wenn Sie für mich ein gutes Wort einlegen würden.«

Dann war er verschwunden, und zum erstenmal, solange er sich erinnern konnte, fühlte sich Daniel Yovell der Sünde des Stolzes schuldig.

Leutnant George Varlo sprang aus den Wanten des Besanmasts herunter. Sein Hemd war mit schwarzen Teerflecken verschmiert. Jeder auf dem Achterdeck war eifrig mit seinen Aufgaben beschäftigt, so wie schlecht vorbereitete Schauspieler, dachte er ärgerlich. Alle vermieden es sorgfältig, ihm in die Augen zu schauen, aber ohne jeden Zweifel amüsierten sie sich köstlich über seine mitgenommene und schmutzige Erscheinung.

Er schaute nach oben in die Bramsegel, die sich jetzt frei im stetigen Nordwest blähten. Die Matrosen waren gerade dabei, wieder abzuentern, und rutschten die Backstage hinunter, während die Landratten und Neulinge den sicheren Weg über die Wanten mit den Webeleinen wählten. Dabei wurden sie von Rufen und Anfeuerungsschreien begleitet, da die Masten miteinander wetteiferten.

Der Wimpel im Masttopp zeigte mit seiner langen Zunge zum südlichen Horizont, und Varlo spürte, wie das Schiff wieder zum Leben erwachte und seine Backbordverschanzung dem Wasserspiegel zuwandte.

Der Ausguck im Masttopp hatte ein Segel gemeldet. Viele Meilen entfernt. Sogar nachdem er in die Luvwanten geklettert war, war es Varlo aber nicht möglich gewesen, es auszumachen. Eine Wüste aus blitzendem Wasser. Und sogar, wenn sich der Ausguck nicht getäuscht haben sollte …

Er drehte sich um und sah, wie Galbraith den Niedergang heraufgeklettert kam. Stark, verläßlich und so populär, wie ein Erster Offizier nur sein konnte, ohne sich gemein zu machen, dachte er. Und trotzdem waren sie Rivalen und würden auf diesem Schiff und auch jedem anderen immer Fremde bleiben.

Galbraith ging gemächlich zum Kompaß und konsultierte ihn, nachdem er den Stand der neuen Segel kontrolliert hatte. »Die Wolkenkratzer der *Unrivalled«* wurden sie von den alten Teerjacken genannt. Sie waren das erste, was man von einem Freund oder Feind zu sehen bekam, wenn er sich über die Kimm schob.

Varlo war sechsundzwanzig Jahre alt. Er blickte zu Midshipman Hawkins hinüber, dem jüngsten und neuesten Mitglied des Gunrooms[1], er war eigentlich noch ein Baby, aber eines mit einem wunderschönen Sextanten, den sogar der Segelmeister bewundert hatte. Er konnte kaum glauben, daß er selbst auch jemals so ein ignorantes Kerlchen gewesen sein sollte, sogar in den grundlegenden Kenntnissen der Seemannschaft und Marinedisziplin. Er ging wieder an die Bordwand und spürte, wie seine Schuhe an den Nähten zwischen den Decksplanken kleben blieben, und auch sein verschwitztes Hemd klebte ihm am Körper wie eine zweite Haut.

Er dachte plötzlich an seinen Vater. Es war nach den langen Kriegsjahren allgemein so, daß viele Familien auseinandergerissen worden waren und nur noch durch Erinnerungen oder gelegentliche Briefe zusammengehalten wurden. Sein Vater war Kapitän zur See gewesen, mit bemerkenswerten Meriten. Varlo mußte sich eingestehen, daß er das meiste über ihn von anderen erfahren hatte. Wenn er es recht bedachte, dann wurde ihm klar, daß er

1 Gunroom: Messe der Midshipmen auf dem Orlopdeck. (Anm. d. Ü.)

seinen Vater wahrscheinlich nur etwa ein halbes dutzendmal in seinem Leben zu Gesicht bekommen hatte. In gewisser Weise war er überwältigend gewesen, meistens ernst, zu wenigen Gelegenheiten aber auch von einer großartigen Herzlichkeit. Jedes Mal war er ihm wie ein anderes Porträt erschienen – eben ganz verschieden.

Varlos Vater war vor zehn Jahren bei einem Schiff-Schiff-Gefecht in Westindien gefallen. Er hatte nicht lange genug gelebt, um stolz auf seinen einzigen Sohn zu sein, als der schließlich sein Offizierspatent bekommen hatte.

Varlo hörte, wie jemand sagte: »Der Kapitän kommt an Deck, Sir.«

Da spürte er es wieder. Es war wie ein unkontrollierbarer Ärger. Würden sie mich warnen, wenn sie mich hassen? dachte er.

Er wartete ab, während Kapitän Bolitho die Windrichtung und den Stand jedes einzelnen Segels überprüfte.

Old Cristie war zusammen mit dem Kommandanten an Deck gekommen, sein Gesichtsausdruck verriet nichts. In der Offiziersmesse war es genau dasselbe. Das Orakel. Während andere leere Phrasen über die Möglichkeit von Prisengeldern droschen oder von der Versetzung auf bessere Stationen träumten, hielt er sich immer abseits. Außer wenn er bei seinen Karten war, oder wie jetzt, wenn er die Stimmung des Kommandanten wie den Verlauf der Tiden oder die Drehung des Windes zu ergründen suchte.

Varlo hatte an Bord niemanden gefunden, mit dem er sich unterhalten oder treffen konnte, zumindest nicht auf dem Niveau, das er für sich in Anspruch nahm. Auch nicht mit O'Beirne, dem Schiffsarzt, der ein stiller Zuhörer war und Informationen und indiskrete Enthüllungen hortete, um sie später vielleicht in eines seiner Garne einzuspinnen oder in seinen endlosen irischen Witzen zu verwenden. Nicht mit Leutnant Bellairs, der zwar einen scharfen Verstand hatte, aber noch zu stolz auf seinen neuen Rang war. Im Herzen war er immer noch ein Midshipman. Wie Cristie, der alte Deckoffizier, der in der Offiziersmesse aß und die Privilegien teilte. Aber ihre Lebensumstände waren zu verschieden. Und dann war da noch Galbraith. Mutig und ganz offensichtlich allgemein respektiert, der sich aber nach einem eigenen Kommando verzehrte. Eben ein Rivale.

Plötzlich hörte er den Kapitän fragen: »Wer ist der Ausguck im Topp?«

Galbraiths Antwort erfolgte prompt: »Sullivan, Sir.«

Bolitho murmelte: »Ich frage mich ...« Er sah Cristie an. »Lassen Sie zwei Strich anluven. Wenn der Wind durchstehen sollte ...« Wieder ließ er den Satz unvollendet.

»An die Brassen! Bewegung! Bewegung!«

Bolitho nahm ein Teleskop aus dem Gestell und blickte kurz zu Varlo hinüber.

»Wenn er ausreißt, dann können wie ihn abfangen.«

Varlo sah ihm zu, wie er das Fernglas nach Luv richtete. Er trat zur Seite, als ein paar Seeleute sich hastig an ihm vorbeidrängten, sie keuchten vor Anstrengung, während sie die Kreuzmastbrassen durchholten, die Seesoldaten schlossen sich ihnen an.

Varlo hatte die meisten Geschichten schon gehört, die die Person des Kapitäns umgaben. Auch die über Adams berühmten Onkel, der an Bord seines Flaggschiffs getötet wurde, genau in dem Augenblick, als Napoleon von Elba geflüchtet war. Und auch die Adams Vater, Kapitän Hugh Bolitho, einem Verräter an seinem Land, der in der revolutionären Marine Amerikas gedient hatte.

Adam war nicht verheiratet, aber man munkelte, daß er bei den Frauen hoch im Kurs stand. Alles Klatsch? War er so ruhig und gelassen, wie er sich jetzt gab, als er sich umdrehte, um einem jungen Seemann zuzulächeln, der in einen Korporal der Marines hineingerannt war und dann stehenblieb, um sich zu entschuldigen?

Der Seesoldat, der wie ein Berg gebaut war und höchstwahrscheinlich nichts gespürt hatte, antwortete mit gleicher Förmlichkeit. »Eine Hand für das Schiff, Kumpel!«

Spritzwasserfahnen flogen über die Neunpfünder auf dem Achterdeck, nur um unverzüglich in der gnadenlosen Sonne zu trocknen.

»An Deck! Das Schiff setzt mehr Segel!«

»Das werden wir dann auch machen. Lassen Sie die Fock setzen, Mr. Galbraith. Schicken Sie mehr Männer an die Großmastbrassen.« Er blickte sich kurz um, als der Rudergänger rief: »Ost zu Süd, Sir! Voll und bei!«

Unrivalled lief gut, die Luvreling hob sich bis in Höhe des Horizonts und blieb dann so. Der große Schatten der Fock breitete sich aus und legte sich auf die herumeilenden Gestalten an den Schoten und Brassen.

Ein guter Wind, der über das Backbordachterschiff einfiel. Mehr Spritzwasser flog durch die Luft. Varlo beobachtete, daß ein paar Matrosen ihre Körper verdrehten und grinsten, als sie wie von Regen durchnäßt wurden. Er erkannte einen von ihnen wieder, es war einer von den beiden, die ausgepeitscht worden waren. Aber er genoß den Augenblick mit seinen Mackern. Männern, die er kannte und denen er vertraute. Vielleicht die einzigen Menschen, auf die das zutraf.

Varlo drehte sich energisch weg, ärgerlich über sich selbst. Es war unmöglich, das zu vergleichen.

»Mr. Varlo?« Adam Bolitho kam weder näher, noch schien er sein Fernglas zu senken. »Ich schlage vor, daß Sie nach unten gehen und sich ein frisches Hemd anziehen.«

Varlo sah, wie sich Galbraith umdrehte, und plötzlich stand er stocksteif da. War er überrascht? Schockiert? Dann sah ihn Bolitho an und runzelte die Stirn.

»Es kann harmlos sein, aber wir müssen wissen, was es

mit diesem Schiff auf sich hat. Was immer wir unternehmen, wir werden unpopulär sein. Sowohl bei denen, die ihr Geld mit dem Sklavenhandel verdienen, als auch bei jenen, die Geld dadurch verlieren, daß wir da sind.« Er lächelte. »Sie sind heute der Mann des Königs, Mr. Varlo. Ziehen Sie sich entsprechend an.« Er setzte das Glas wieder an. »Mein Kabinensteward wird Ihnen eines von meinen Hemden geben, falls Sie eines benötigen sollten. Ich habe die Mangelwirtschaft der Messestewards nicht vergessen!«

Varlo schluckte schwer. Er wußte nicht, was er sagen sollte. Sogar Galbraith schien überrascht zu sein.

Varlo versuchte es nochmals. »Ich soll an Bord des Schiffes gehen, Sir?«

Bolithos Kinnladen verspannten sich, dann erwiderte er fast leichthin: »Nehmen Sie die Jolle. Ich schlage vor, daß Sie Mr. Rist mitnehmen. Er ist ein alter Fuchs, wenn es darauf ankommt, Schiffe zu durchsuchen!«

Er reichte das Teleskop, fast warf er es, Midshipman Hawkins zu und fuhr fort: »Ich habe es gesehen.« Er schaute sich auf dem Achterdeck um, zog die Männer ins Vertrauen. »Es ist die *Albatroz,* wie ich es vermutet habe.« Varlo hatte schon einen Fuß auf der Treppe des Niedergangs, als ihn die Stimme innehalten ließ. »Seien Sie vorsichtig. Seien Sie auf der Hut, wenn Sie an Bord gehen.«

Varlo duckte seinen Kopf unter die Kimming und hörte nicht mehr, wie Galbraith sagte: »Ich könnte drüben an Bord gehen, Sir!«

Auch vernahm er die leise, aber scharfe Antwort nicht.

»Vielleicht sind Sie zu erfahren, Leigh, wer weiß? Sie wissen doch, es ist meine Verantwortung.«

Er sah Jago an der Luvtreppe stehen, mit einem Fuß auf der obersten Stufe. Sein Kopf drehte sich witternd herum, als ob er nach Gefahren suchte.

Adam wandte sich an die Männer: »Das ist ein anderer Krieg, meine Freunde, aber er ist genauso tödlich wie jene, die wir schon ausgefochten haben.«

Später dachte Galbraith, daß er mit sich selbst gesprochen hatte. Und zu seinem Schiff.

Die Gehetzten und Verdammten

Adam Bolitho konnte sich nicht daran erinnern, wie oft er schon in die Luvwanten geklettert war, um sich einen besseren Überblick auf die Brigantine zu verschaffen, oder wie lange es her war, seit sie das Schiff gesichtet hatten. Er hatte mit dem Gedanken gespielt, ganz in den Topp aufzuentern, wo Sullivan, der Ausguck mit den Adleraugen, die Annäherung der beiden Schiffe relativ komfortabel beobachten konnte.

Aber es war jetzt nicht die Zeit dafür. Der Wind hatte noch weiter aufgefrischt, er konnte die Leichtigkeit spüren, mit der sich der Rumpf der *Unrivalled* durch und über die neu entstehenden flachen Wellen schob. Der Wind war ein Verbündeter, er war aber auch eine potentielle Bedrohung. Sogar ohne sein kleines Fernglas – der junge Napier hatte es als das sogenannte Spionageglas bezeichnet – hatte er die Brigantine gesehen, die vor dem Backbordbug ablief. Sie flüchtete nicht, sondern lief recht hoch am Wind, preßte Höhe, dazu hatte sie jedes Taschentuch an Segelfläche gesetzt. Dabei lag sie so weit über, wie sich jedes andere Schiff bei dem Segeldruck auch auf die Backe gepackt hätte.

Er schaute jetzt über die ganze Länge seines Kommandos. Alle Männer, die nicht an den Brassen und Fallen beschäftigt waren, beobachteten das Geschehen. Wahrscheinlich schlossen sie Wetten darauf ab, wie dieser ungleiche Wettlauf ausgehen würde. Die neuen Männer waren ganz offensichtlich ziemlich aufgeregt.

Er mußte zugeben, daß die *Albatroz* hervorragend gesegelt wurde. Ihr Skipper wußte genau, was er tat. Dadurch, daß er sich dichter und dichter an den Wind heranstahl, hielt er sich die Chance offen, zu wenden und hinter dem Heck der *Unrivalled* durchzubrechen. Wenn er damit Erfolg hatte, dann konnte er auf die Dunkelheit warten und dann mit ein wenig Glück vollständig entkommen. Er hatte dann den ganzen Ozean vor sich. Wenn er mit einer Damenbrise nach Südosten ablief, dann konnte er der Fregatte nicht entkommen, aber falls der Wind weiter auffrischte, dann würde es unmöglich werden, ein Boot auszusetzen und bei dem anderen Schiff mit Aussicht auf Erfolg längsseits zu gehen.

Er kann uns nicht bekämpfen, also warum muß er weglaufen? Doch nur, wenn er etwas zu verbergen hat!

Ein portugiesisches Schiff, das aus einem portugiesischem Hafen ausgelaufen war, sollte eigentlich nichts zu befürchten haben. Im letzten Übereinkommen war immerhin widerstrebend zugestanden worden, daß die Portugiesen weiter in ihren eigenen Besitzungen Sklaven laden und verschiffen durften, vorausgesetzt, sie lagen südlich des Äquators.

Adam ging zur Reling, an der Cristie und zwei seiner Steuermannsmaaten in eine heftige Diskussion verwickelt waren, aber sie mußten ihre Stimmen erheben, um sich über dem Dröhnen der Segel und den Geräuschen des Wassers, das fast auf Höhe der Geschützpforten vorbeirauschte, verständlich zu machen.

Einer, er hieß Woodthorpe, fluchte: »Diese Hunde haben aber auch alles Tuch gesetzt, einschließlich der verdammten Schürze des Kochs. Sie werden uns entwischen, verdammt sollen sie sein!«

Cristie bemerkte den Kommandanten und sagte

barsch: »Zwei Meilen, Sir. Noch eine Stunde und wir haben den Kerl zu fassen, aber falls er weiter so hoch luvt und dann wendet, dann ...« Er schüttelte den Kopf. »Sie wissen, was dann passieren wird.«

Ein paar Männer hörten zu, und seine eigenen Worte schossen Adam wieder durch den Kopf: *Es ist meine Verantwortung*. Er überschattete seine Augen, um nach oben zu den Rahen zu blicken, auf den pulsierend zitternden Druck der Bramsegel, die jetzt die Sonne verdeckten und so die Veränderung der Richtung anzeigten. Cristie hatte seinen Punkt gemacht.

Adam befahl: »Der Stückmeister soll nach achtern kommen.«

Rist, der Steuermannsmaat, zeigte grinsend seine kräftigen Zähne. »Mr. Stranace ist jetzt hier, Sir!«

»Old Stranace« wurde er nur hinter seinem Rücken genannt. Er kam aus dem Schatten des großen Besansegels herausgeschlurft, und eine Hand fuhr über seine Stirn. Sein Gesicht war eine einzige Ansammlung von Falten, und seine Jahre auf See, von denen er einen großen Teil gebeugt in den Pulvermagazinen verbracht hatte, mit genug Pulver um ihn herum, um ihn und das gesamte Schiff in die Luft zu jagen, hatten ihm zu einer ständig gebeugten Haltung verholfen. Aber seine Augen waren so scharf wie die Sullivans und sein Schätzvermögen, seine kostbare Artillerie betreffend, hatte nicht gelitten. Er fragte: »Zwei Meilen, haben Sie gesagt, Sir?« Er bleckte seine ungleichmäßigen Zähne. Ob es ein Grinsen oder Verachtung war, ließ sich nur schlecht beurteilen. »Weniger, würde ich sagen.« Er nickte vor sich hin. »Wollen Sie, daß ich ihm die Masten wegpuste?«

Adam starrte über das Wasser, um Zeit zu gewinnen. Was würden die Leute in England dazu sagen, fragte er sich. Sie hatten ihre festen Vorstellungen von den Männern mit den Herzen aus Eichenholz oder dem sicheren

Schild, wie William Pitt einmal die Navy genannt hatte. Was würden sie sagen, wenn sie das hier sehen würden? Den Kommandanten der Fregatte in einem schmuddligen Hemd, das einen Riß an einer Schulter hatte, ohne Hut, ohne Degen oder goldene Litzen, die ihn aus der Menge der Umstehenden heraushoben. Und dann noch Old Stranace, gebeugt, mit schütterem grauen Haar und in formlosen Fellpantoffeln, die er im oder vor dem Magazin als Schutz gegen die Funken trug.

Adam überlegte laut: »Wenn ich den Kurs ein paar Grad nach Süden ändere, dann wird uns der Wind noch weiter auf die Seite legen.« Er sah, wie die Augen des Stückmeisters schnell über die Achtzehnpfünder der Backbordbatterie wanderten, die See war kaum zu erkennen, als sich das Schiff über seinen eigenen Schatten neigte.

Dann grunzte der Alte: »Ich werde das Stück höchstpersönlich richten, Sir. Die Nummer Eins an Backbord.«

Adam setzte noch eins drauf: »Ich will, daß er aufstoppt, das ist alles.«

Er war sich nie sicher, ob ihn Old Stranace überhaupt hören konnte. Der Mann hatte so viele Breitseiten über sich ergehen lassen und bei zahllosen anderen Gelegenheiten das Donnern der Kanonen um und in den Ohren gehabt, sei es beim Feuern des Saluts oder beim Versenken einer flüchtenden Schebeke, so daß er höchstwahrscheinlich ziemlich taub war. Im übrigen war das unter Tiefwasserseeleuten weit verbreitet.

Aber heute schienen seine Ohren gut genug zu funktionieren. »Ich werde ihm die Luft aus den Segeln schießen, Sir!«

»Achterdeck! Achtung! Klar an den Brassen!«

»Ruder nach Lee! Recht so! Neuer Kurs: Südost!«

Cristie rieb sich das stoppelige Kinn und sah dem Stückmeister nach, der mühsam die Treppe in Lee nach unten kletterte und dabei die Namen der Männer mit seiner krächzenden Stimme brüllte, die aber mühelos die Geräusche des Windes und des Riggs übertönte.

Cristie äußerte: »Der Skipper der *Albatroz* wird annehmen, daß wir aufgeben.« Er klang, als ob er der neuen Lage mißtraute.

Inzwischen hatte sich die *Unrivalled* auf dem neuen Kurs eingependelt, und die erste Kanone in Luv war fast feuerbereit, ihre Bedienungsmannschaft kniete und beugte sich über das Stück wie die Anhänger einer heidnischen Religion bei einer kultischen Handlung.

Old Stranace war selbst Geschützführer gewesen. Es mußte vor langer, langer Zeit gewesen sein, aber er hatte nichts vergessen. Sorgfältig wählte er eine Kugel aus dem Netz mit der Bereitschaftsmunition aus und betastete sie mit beiden Händen, dann wechselte er sie gegen eine andere aus und unterzog sie demselben Ritual, bis er schließlich zufrieden war. Er überwachte sogar das Einbringen der Treibladung und das Feststampfen mit dem Pfropfen sowie das Einbringen der Kugel, erlaubte es aber einem Mann seiner Mannschaft sie festzurammen.

Cristie stellte trocken fest: »Er wird ganz sicher auch nicht das Feuersteinschloß benutzen. So ein alter abgefischter Hundesohn!«

Adam fand keine Zeit, über die einerseits in seinen Worten mitschwingende Zuneigung und das andererseits herauszuhörende Amüsement nachzudenken. Anders als der Hammer einer Muskete, der durch eine starke Feder ausgelöst wurde, arbeiteten die Kanonen an Deck mit einer Reißleine, an der der Geschützführer kräftig riß. Wenn dabei kein ausreichend kräftiger Funken entstand, kam es zu einer Fehlzündung. Dieses Risiko war so groß und weitverbreitet, daß im Gefecht immer eine mit Sand gefüllte Pütz bereitstand, in der glimmende Lunten steckten.

Adam hob wieder das Spionageglas an die Augen und

wartete ab, daß sich die Brigantine über dem blauen Wasser wie ein großer rächender Vogel abzeichnete.

»Bereit, Sir!« Das war Galbraith, seine Stimme klang ungewohnt verzagt.

Adam blickte zu der kleinen Gruppe, die sich um den Achtzehnpfünder ganz vorne gleich hinter der Back scharrte. Die Geschützpforte war schon geöffnet und die Kanone war ausgerannt worden, zusätzliche Männer warfen ihr Gewicht in die Taljen, um die Waffe ganz hinauszuwuchten. Adam sah, daß Old Stranace seine Hand auf den Unterarm eines der Männer legte. Er gab die Anweisungen für die Handspaken, die die Höhenrichtung besorgten und die Mündung in die größte Überhöhung brachten. Schließlich war er zufrieden.

Falls der Schuß ein Volltreffer werden sollte, würden die Auswirkungen äußerst schwerwiegend sein. Falls er weit daneben gehen sollte, würde das allerdings nicht weniger nachteilig werden. Adam fragte sich nur kurz, ob die Männer auf dem Deck der Brigantine bemerkt hatten, daß sich hier etwas für sie in Vorbereitung befand. Eine große Fregatte mit sechsundvierzig Kanonen der stärksten Marine der Welt hielt ab. Gab die Jagd auf. *Und würde das wirklich etwas ausmachen*?

Er verschloß sich vor diesem Gedanken. »Feuer frei, wenn das Ziel aufgefaßt ist!«

Er beobachtete, daß Stranace für ein paar kurze Sekunden nach achtern schaute. Er mußte die Verantwortung nicht tragen. Dann sah Adam, wie sich sein Arm mit der Geschwindigkeit eines Blitzes bewegte, eine Rauchwolke schoß in die Höhe, es sah fast so aus, wie wenn Dampf aus einem heißem Rohr zischt. Er spürte, wie sich sein Magen zusammenzog. *Fehlzündung*.

Dann gab es einen scharfen Knall und der Achtzehnpfünder schien zum Leben zu erwachen, er sprang förmlich binnenbords, rollte das abwärts geneigte Deck hinunter, bis ihn die Broken und Taljen abbremsten und schließlich die Lafette zu einem ruckenden Stopp brachten.

Niemand bewegte sich, um zum Auswischer zu greifen, um die Bohrung zu reinigen. Es hatte fast den Anschein, daß der einzelne Schuß alle paralysiert hätte. Dann war so etwas wie ein langer Seufzer zu hören, der sich in einen wilden Schrei verwandelte, als sich eine hohe Wassersäule, weiß und solide, gegen das dunkle Wasser abzeichnete und dicht neben dem Achterschiff der Brigantine hoch in den Himmel wuchs. Aus dieser Entfernung war es allerdings unmöglich, den genauen Einschlagsort der Kugel festzustellen.

Aber Everett, der Sergeant der Seesoldaten, rief begeistert aus: »Etwas näher und die verdammten Hurensöhne könnten jetzt schon ein Wettschwimmen mit den Haien veranstalten.«

Adam befahl: »Bringen Sie das Schiff bitte zurück auf Kurs, wenn es Ihnen recht ist.«

Rist rief: »Sie kürzen die Segel, Sir!«

»Lassen Sie die Bootsmannschaft antreten und informieren Sie bitte den Bootsmann.« Adam zupfte an seinem Hemd. Es hatte nicht wie seine eigene Stimme geklungen. Was hatte er erwartet? Und was hätte er getan?

Er sah wieder hinüber. Die Brigantine drehte bei, ihre Segel waren durcheinandergeraten, während man sich darauf vorbereitete, weitere Anordnungen zu bekommen.

Varlo stand in seiner unmittelbaren Nähe: »Fertig, Sir!«

Adam hörte ihn kaum. »Dann sollten Sie wohl besser loslegen, nicht wahr!«

Leutnant Varlo machte einen weiteren Versuch, mit seinen Füßen Halt in der schlingernden Jolle zu finden, mußte dazu aber Halt an der Schulter des Bootssteuerers suchen. Es war harte Arbeit, das Boot hinüberzupullen, denn es gierte und stampfte in den aufeinanderfolgenden brechenden Wellenbergen und Trögen. Spritzwasser peitschte über die Ruderer wie Regenschauer.

Varlo brüllte: »Rührt hier keine Erbsensuppe um, legt euch richtig rein!«

Rist saß zwischen zwei bewaffnete Seeleuten eingeklemmt auf der Heckducht, er hatte seine Augen zum Schutz gegen das Spritzwasser zu Schlitzen zusammengepreßt. Mißtrauisch beäugte er die killenden Segel der treibenden Brigantine und rechnete mit dem Unerwarteten.

Er spürte noch immer die Bitterkeit und die Verstimmung der Bootsbesatzung. Es war eine handverlesene Crew, er hatte jeden Mann persönlich ausgewählt. Es waren gute, erfahrene Seeleute – jeder einzelne. Keiner würde zusammenbrechen oder Fersengeld geben, wenn es zu einer Schießerei kam oder gar Schlimmeres geschah. So könnten sie beispielsweise mit einer Ladung Schrapnells beschossen werden. Aus dieser Entfernung genügte ein Schuß, um die Jolle zu versenken. Es war gleichgültig, was die *Unrivalled* darauf erwiderte, den Männern in der Jolle würde es nicht mehr helfen.

Er erfaßte den Blick des Schlagmanns, dann sah er, daß dieser wegblickte, nach achtern, während er sich in seinen Riemen legte, wahrscheinlich schaute er zum Schiff zurück. Er ist besser, nicht zurückzublicken, wenn man eine Sache erst angefangen hat, dachte Rist. Das Schiff schien so weit entfernt zu sein. Er blinzelte wieder zu der Brigantine hinüber. Sie konnte mehrere Geschütze tragen, vielleicht sechs, aber keines war ausgerannt oder bemannt. Jedenfalls bis jetzt.

Varlo rief: »Wir legen auf der Leeseite an!«

Rist schluckte schwer. Er kannte Varlo nicht wirklich. Eines aber war jedenfalls sicher: Bei dieser Aufgabe segelte er in einem ihm unbekannten Fahrwasser. Er war der Flaggleutnant irgendeines Admirals gewesen. Also war er mehr daran gewöhnt, die richtigen Leute herauszupicken, die seinen Herrn und Meister treffen und unterhalten durften, als seine eigentliche Arbeit als Seeoffizier zu verrichten.

Er stellte fest: »Das Schiff schwingt immer noch herum, Sir. Aber die Püttingeisen bieten die besten Möglichkeiten!«

Varlo wandte sich um und blickte ihn an, als ob er nach einem Zeichen von Kritik oder Aufmüpfigkeit suchte. »Das sehe ich!« Er packte wieder die Schulter des Bootssteuerers, als das Boot einen heftigen Satz machte. Dann fuhr er fort: »Ich vermute, daß man an Bord kein Wort Englisch spricht?«

Rist hätte fast gegrinst. »Das spielt keine Rolle, Sir!« Er klopfte auf den Griff des kurzen Säbels, den er unter seinem Rock trug. »Diese Sprache hier wird deutlich genug sein!«

Die Brigantine war jetzt hoch über ihnen, jedenfalls erschien das so. Sie konnten bereits das Klappern loser Teile im Rigg und das Knattern der schlagenden Segel über dem Dröhnen der See und dem Quietschen der Riemen hören. Rist sah genau hin und versuchte unbeeindruckt zu bleiben. *So wie bei all den anderen Gelegenheiten.* Ein dummer Fehler würde genügen. Ein Mann, der seine Pistole durch eine Panne verlor – das war alles, was nötig wäre …

Aber zuerst kam die Seemannschaft.

»Bug!« Er hielt den Atem an, als der Bugmann seinen Riemen einnahm und ihn gegen den Bootshaken vertauschte. Gerade rechtzeitig, denn so wie die See jetzt lief, hätte die Jolle im nächsten Augenblick genausogut gegen den Rumpf des Schiffes getrieben werden können, wo die Riemen zerbrochen wären. Ein Desaster!

Rist sah, daß der Steuerer ihn fest anblickte, seine Augen blinzelten kaum. Sie waren nahe genug. Die Pinne wurde herumgedrückt, und das Boot drehte in Richtung des gerundeten Rumpfs der Brigantine.

»Auf Riemen!« Varlo hatte sich erholt. »Riemen ein!«

Sie waren längsseits, das Wasser zwischen dem Boot und dem Schiff spritzte in die Höhe. Die Männer packten ihre Waffen, ein paar starrten zu der nächstgelegenen Geschützpforte hinauf.

Varlo rief kurz: »Mir nach, Mr. Rist!«

Rist stolperte hinter ihm her, packte hier nach einer Schulter, bediente sich dort einer helfend gereichten Hand. Es lief alles verkehrt. Es war verrückt, daß sie beide gleichzeitig an Bord gingen. Man könnte sie töten, während sie an Bord kletterten. Jetzt, in diesem Augenblick.

Das war der Augenblick, in dem es ihm wie Schuppen von den Augen fiel. Varlo würde es nie, auch nicht in zweihundert Jahren, zugeben, aber er brauchte ihn.

Im nächsten Augenblick zogen sie sich hoch und über die Verschanzung. Männer mit neugierigen Gesichtern schienen an allen Seiten aus dem Deck emporzuwachsen. Rist spürte die Feindseligkeit wie einen physischen Angriff.

Dann dröhnte eine Stimme: »Mit welchem Recht entern Sie mein Schiff?«

Varlo, der seinen Degen gezogen und auf die Matrosen gerichtet hatte, wirkte völlig deplaziert in seinem vom Spritzwasser durchweichten blauen Uniformrock. Irgendwie hatte er es immerhin geschafft, bei dem Aufstieg seinen Hut auf dem Kopf zu behalten.

Seine Stimme klang völlig ungerührt und gelassen. Wie bei einer Parade. Oder, dachte Rist, vor einem Exekutionskommando. Er würde in jeder Situation immer derselbe sein. »*Im Namen des Königs!*«

Der Rest des Enterkommandos war an Bord geklettert, sah sich um und hielt die Waffen bereit. Darauf verstanden sich die Männer aus langer Erfahrung. Jetzt eine falsche Bewegung, und es würde Blut fließen. Rist ging nach vorn. *Aber nicht unser Blut.* Er schaute durch die Wanten und sah die *Unrivalled* zum erstenmal, seit sie abgelegt hatten.

Er hatte vorher noch nie an ein Schiff als Schönheit gedacht. Als ausgebildeter Seemann sah man es unter so vielen verschiedenen Gesichtspunkten. Er drehte sich um, als Varlo seine kleine Rede beendete, in der er ihr Recht erläutert hatte, das Schiff anzuhalten und zu durchsuchen, und die Tatsache deutlich gemacht hatte, daß dies dem Kapitän der *Albatroz* auf Grund des besagten Abkommens gut bekannt sein müßte.

Rist musterte den Kapitän prüfend. Er war breit und schwer gebaut, ohne dabei übergewichtig zu sein. Alles pure Muskelmasse. Ein Mann, der seine Möglichkeiten ganz gewiß auch nutzen konnte und wollte. Er war ungefähr in seinem Alter, schätzte Rist, aber das Gesicht war so wettergegerbt und von der Sonne verbrannt, daß er jedes Alter haben konnte. Doch Rist war sich einer Sache absolut sicher, der Mann war so sicher ein Engländer, wie er selbst einer war. Er hatte einen harten, aber vage vertrauten Akzent, so wie Loveday, der Küfer der *Unrivalled.* Loveday stammte aus London und war vorher ein Fährmann auf der Themse im Bezirk Limehouse gewesen. Dann war er freiwillig zur Marine gewechselt oder war von einem übereifrigen Leutnant in den Dienst gepreßt worden. Denn als Fährmann war er sicherlich im Besitz einer der überaus wertvollen Freistellungen gewesen.

Varlo befahl scharf: »Stellen Sie Posten auf!« Er deutete auf eine von mehreren Drehbassen. »Stellen Sie einen Mann hierher!«

Der Kapitän protestierte: »Das ist ein portugiesisches Schiff, Leutnant. Wir beteiligen uns nicht am Schmuggel oder an ungesetzlichem Handel.« Er hob lässig die Schultern. »Aber Sie können gerne meine Schiffspapiere überprüfen.«

Rist beobachtete ihn aufmerksam. Der Mann schien sehr selbstsicher, aber er mußte die *Unrivalled* erkannt haben. Schließlich war sie das Schiff, das schon in Funchal den Eindruck erweckt hatte, als würde sie gerne den Portugiesen durchsuchen. Warum also hatte er versucht zu flüchten? Sie würden ihn auf jeden Fall geschnappt haben und hätten sein Schiff aus dem Wasser gepustet, wenn er auch nur einen einzigen Schuß abgefeuert hätte. Wurde man mit Sklaven an Bord aufgebracht, hatte man eine Chance davonzukommen, weil man eine bestimmte Zeit zur Verteidigung hatte, weil kein kurzer Prozeß gemacht wurde. Aber wenn man auf ein Schiff des Königs feuerte, war das eine ganz andere Sache. Das war Piraterie und ein Grund für den Galgen – und das ganz schnell!

Sein eigener Gedanke schoß Rist wieder durch den Kopf. *Geschenkte Zeit.*

Varlo rief den Bootsmannsmaaten heran und gestikulierte vor ihm herum, als ob der ein unerfahrener Rekrut wäre. Das Schiff sollte durchsucht werden.

Rist schaute auf den massigen Körper des Skippers der Brigantine. Der unterhielt sich mit einem anderen Mann, wahrscheinlich mit seinem Steuermann, der aussah wie einer dieser Preisboxer, die man in den eher zwielichtigen Häfen rund um das Mittelmeer fand, vierschrötig, kahlköpfig und halslos. Seine nackten Arme waren so dick wie die Beine eines Knaben. Er mochte Türke sein. Der Mann sah jetzt zu ihm hinüber, Rist konnte seinen Blick fast körperlich fühlen. Er war wie ein Schwert aus Stahl. Gnadenlos.

Varlo kam zu ihm geschlendert. »Nun werden wir sehen, nicht wahr?« Er packte sein Taschentuch und tupfte sich den Mund ab. Er schien außer Atem zu sein.

Rist deutete mit dem Kopf zu den beiden Männern am Ruder hinüber. »Was ist mit dem Skipper, Sir?«

Varlo mußte seine Gedanken erst neu ordnen. »Der?

Sein Name ist Cousens. Engländer. Das war es denn auch schon. Es wird vom Kommandanten abhängen ...« Er brach ab, als zwei Matrosen aus einer Luke auftauchten und einer ihnen zurief: »Da unten ist nichts, Sir!«

Varlo wischte sich wieder über den Mund. »Da muß etwas sein. Er ist schließlich geflüchtet.« Er starrte in die schweigende Runde. »Ich kann nicht einfach sein Wort als bare Münze nehmen!«

Rist wartete ab. Dieselbe Unsicherheit. *Aber niemals ein Entgegenkommen.* Er wurde plötzlich ärgerlich. Natürlich war dieses Schiff ein Sklavenjäger. Die frische Farbe und das neu geteerte Rigg besagten gar nichts. Natürlich war das Schiff leer, denn wahrscheinlich war es unterwegs zu einer der zahllosen Inselchen, die sich entlang der atlantischen Küste erstreckten. Dort warteten die größeren Schiffe, um ihre Geschäfte mit der wertvollsten Ladung der Welt auszuhandeln und abzuwickeln.

Er hatte das alles gesehen und war einer der Schinder gewesen. Er hatte damals seine Augen und Ohren vor der inhumanen Behandlung verschlossen. Männer, Frauen und manchmal auch Kinder waren in die dunklen Laderäume gepfercht worden, wo die Lebensbedingungen so schlecht waren, daß man es nicht beschreiben konnte. *Und ich habe aktiv dabei geholfen.* Er versuchte seinen Ärger unter Kontrolle zu bekommen. *Überlasse es doch einfach Leutnant Varlo. Du wirst keinen Dank und keine Anerkennung dafür bekommen, wenn du seine Arbeit machst.*

Ein weiterer Seemann meldete: »Leer, Sir.«

Lawson, der Bootssteuerer der Jolle, berührte seinen Arm und zischte: »Der Kommandant wird inzwischen schon Feuer spucken!« Er genoß es.

Dann murmelte er: »Achtung, schwere Böen!«

Damit war der Skipper der *Albatroz* gemeint, der sehr zuversichtlich schien und sogar im Vorübergehen eine im

Anschlag gehaltene Muskete zur Seite drückte, um zu der kleinen Gruppe zu gelangen, die an der Hauptluke stand.

»Ich habe zu arbeiten, ich muß Geld verdienen, damit ich meine Männer bezahlen kann!« Er machte keinen Versuch, seine Verachtung zu verbergen. »Wir haben für Sie gestoppt, weil Sie auf mein Schiff geschossen haben. Aber meine Arbeitgeber werden das an einem höheren Ort vortragen, der weit über Ihrem Achterdeck steht!«

Varlo knarrte scharf: »Wie können Sie es wagen, so mit mir zu sprechen ...« Er blickte hinunter, als ihn Rist am Ärmel zupfte. Er sah aus, als hätte man ihn geohrfeigt.

Rist sagte ruhig: »Sie hatten eine sehr bewegte Überfahrt, Käpt'n. Wir mußten uns ziemlich anstrengen, um Sie zu stellen!« Er packte wieder Varlos Rock und war sich dessen mehr bewußt als seiner eigenen Selbstbeherrschung.

»Sieh an, Sie können also auch sprechen?« Hinter dem Skipper zog der glatzköpfige, halslose Steuermann eine Grimasse, die zweifellos als Grinsen gedacht war.

Rist lächelte. »Ich bin mein ganzes Leben lang zur See gefahren.« Er spürte, wie ihn Varlo anfunkelte, zweifellos konnte er es nicht fassen, daß es ein Untergebener wagte, sich einzumischen. »Eine Sache hat man mir unter Androhung der Todesstrafe beigebracht: Mache niemals Feuer in schwerem Seegang. Es gibt nichts, was nicht warten kann, bis man schön ruhig vor Anker liegt!« Er wandte sich zur Seite und erklärte Varlo ruhig: »Pech, Sir. Ich konnte ihn riechen, als wir an Bord kamen. Ich habe es nicht sofort begriffen, aber jetzt.«

Varlo sagte: »Erklären Sie es mir.«

Rist befahl dem Bootsmannsmaaten: »Selby, nehmen Sie zwei Männer mit in den großen Laderaum hinunter.« Er hob eine Hand. »Ja, ich weiß, daß er schon einmal durchsucht worden ist.«

Selby blickte seinen Kollegen düster an und brummte: »Ich habe den Pechkocher gesehen, Sir. Er war am Abkühlen, daher dachte ich, es wäre das Beste, es dabei zu belassen.«

Rist berührte den Griff seines Seitengewehrs und ließ den Mantel zur Seite rutschen, daß man die Waffe im letzten Sonnenlicht matt schimmern sah. »Kippen Sie ihn aus. Ihr anderen bleibt da stehen, wo ihr euch befindet!« Zu Lawson gewandt fügte er hinzu: »Halten Sie das Signal klar!« Er rechnete damit, daß ihn Varlo jeden Augenblick niederbrüllen konnte, ihn vielleicht wegen Insubordination unter Arrest stellte, allerdings bezweifelte er, daß die anderen Männer diesem Befehl Folge leisten würden. Es war jetzt kein Routinejob mehr. *Das übliche Los der Matrosen, bei dem am Ende nichts herauskam.*

Rist schaute den Skipper der Brigantine scharf an und sagte fast sanft: »Falls Sie irgendwelche Tricks versuchen wollen, *Kapitän Cousens,* dann verspreche ich Ihnen, daß Sie als erster ins Gras beißen werden!«

Es dauerte noch einmal endlose zehn Minuten. Die Zeit kam Rist vor wie eine Stunde oder noch länger. Auf der anderen Seite des gleißenden Wasserstreifens hatte die *Unrivalled* nochmals gewendet. Ihr Bug zeigte jetzt beinahe auf das kleinere Schiff, so als warte sie darauf, loszustürzen, falls es noch länger dauern sollte oder ein schmutziger Trick versucht werden sollte, welcher der *Albatroz* Zeit geben würde, das noch länger herauszuzögern, von dem Adam Bolitho inzwischen überzeugt war, daß es sich um einen von ihm verursachten Fehler handelte.

Rist sah, daß Varlo einen Schritt vorwärts machte, als Selby wieder an Deck zurückkehrte. In der Hand hielt er etwas, das wie ein Bündel geteerter Lumpen in einer Zange aussah. Varlo schwieg, und niemand bewegte sich. Die Geräusche und die normalen Geräusche an Bord schienen überlaut zu sein.

Rist befahl: »An Deck damit!«

Das Metall war so mit teilweise angetrocknetem Pech verschmiert, daß es alles hätte sein können. Rists Waffe lag ganz ruhig in seiner Hand, allerdings konnte er sich kaum erinnern, daß er sie gezogen hatte.

»Langsam, *Mister* Cousens. Ich möchte Sie wirklich nicht hier und jetzt aufschlitzen, aber so wahr mir Gott helfe, wenn es nötig sein sollte, dann werde ich es tun!«

Selby schüttelte ein paar weitere Stücke Metall aus, eiserne Handschellen. Rist starrte sie an. *Für jene erste schreckliche Reise in die Fremde.*

Es war Varlo, der das Schweigen brach.

»Sehr gut, Lawson. Übermitteln Sie *Unrivalled* das vereinbarte Signal.«

Rist atmete lang und tief durch. Das war knapp gewesen.

Freetown war der größte natürliche Hafen auf dem afrikanischen Kontinent. Er war immer mit Schiffen jeder Größe gefüllt und ein Alptraum für jeden erfahrenen Navigator, der die Ansteuerung zum erstenmal meistern mußte. Einige der größeren Handelsschiffe, die Ladung löschen oder an Bord nehmen wollten, waren von Leichtern und örtlichen Händlern umgeben. Unterdessen wanden sich stattliche arabische Daus und kleinere Küstensegler durch das Gewirr der Muhrings, ganz offensichtlich ohne jeden Respekt vor den Ausweichregeln.

Etwas abseits von den Frachtern lag die Fregatte an ihrem Ankerkabel. Ihr schwarzer, dunkler Umriß zeichnete sich fast perfekt auf dem Wasser ab, das sich kaum bewegte. Die Sonnensegel befanden sich in Position, sie standen weiß und straff gespannt in dem gnadenlosen Brand der Sonne. Auch Windsäcke waren ausgebracht, um sogar den leichtesten erfrischenden Lufthauch nach unten in die beengten Verschläge der Decks zu leiten. Sie hatte eine schöngeschnitzte Galionsfigur, die einen wildblickenden Turmfalken mit weit ausgebreiteten Schwingen darstellte, sein Kopf war leicht zur Seite gedreht, so als wollte er sich jeden Augenblick in die Luft erheben.

Und tatsächlich handelte es sich um Seiner Britannischen Majestät Fregatte *Kestrel* mit achtunddreißig Kanonen, obwohl jedes geübte Auge sofort erkennen konnte, daß einige ihrer Geschützpforten leer waren, sogar ohne die üblichen hölzernen Dummies, die den Eindruck vermitteln sollten, daß das Schiff über seine volle Armierung verfügte. Ein paar Matrosen arbeiteten oben auf den vierkant gebraßten Rahen mit den sauber aufgetuchten Segeln. Ihre Körper waren tief gebräunt. Andere versuchten ein schattiges Plätzchen unter den Sonnensegeln oder den hart durchgesetzten Teilen des Riggs zu finden. Eine weiße Kriegsflagge hing achtern an der Heckreling und bewegte sich kaum. Der Kommandantenwimpel im Masttopp hob sich von Zeit zu Zeit etwas an und züngelte wie eine Peitsche herum, wie um die drückende Hitze Lügen zu strafen. Alle ihre Boote lagen im Wasser längsseits des Rumpfes, um die Dichtigkeit aller Nähte zu gewährleisten. Jeweils ein Wachposten der Royal Marines patrouillierte über die Laufplanken, ihre scharlachrote Uniform schien sie nicht zu behindern, ihre ganze Konzentration war darauf gerichtet, nach Dieben Ausschau zu halten. Es war nicht ungewöhnlich, daß sich Schwimmer einem festgemachten Langboot näherten, den Festmacher durchschnitten und dann ungesehen und ohne Alarm auszulösen mit ihrer Beute verschwanden. Ein Ersatz war schwer zu bekommen, daher würde der Marineinfanterist keine Sekunde zögern, seine Muskete einzusetzen, wenn jemand einen solchen Versuch während seiner Wache unternahm.

Außer durch den Lion's Mountain unterschied sich diese Reede von keinem anderen Ankerplatz an der westafrikanischen Küste. Zusammengedrängte weiße Behausungen und ein paar Eingeborenenhütten am Wasser, im Hintergrund zog sich das unendliche Grün des Unterholzes und Waldes dahin, das nur darauf zu warten schien, sich sein Territorium von den Eindringlingen wieder zurückzuholen. Das ganze Panorama schien sich im Hitzedunst zu bewegen, Staub war auch in der Luft. Man konnte ihn zwischen den Zähnen spüren, sogar hier draußen auf dem Schiff des Königs.

Für einige der neuen Leute hatte das Ganze noch etwas von einem Abenteuer an sich. Fremde Sprachen und der Lärm, das wimmelnde Gewirr des Hafenlebens, das war etwas völlig Fremdartiges für die Männer der Dörfer und Bauernhöfe Englands.

Bei anderen waren die endlosen Patrouillen über alle Maßen verhaßt. Die Routine der Handhabung des vom Salz harten Segeltuchs in der glühenden Hitze, wieder und wieder während jeder Wache, um die leichten tropischen Winde auszunutzen. In den Flautezeiten harkten sich die Männer bei der kleinsten Provokation, was wiederum unvermeidlich eine Bestrafung nach sich zog. Und immer die Angst vor dem Fieber, etwas, was an dieser unendlichen Küste nie weit entfernt von den Gedanken der Männer war … Nur wenige konnten den tieferen Sinn erkennen, der hinter den Unbequemlichkeiten und der Monotonie stand.

Einer davon war der Kommandant der *Kestrel.* Er stand jetzt in der Heckkabine, zum Teil im Schatten. Er beobachtete das ungeordnete Gewimmel des Verkehrs im Hafen mit professionellem Interesse. Kapitän zur See James Tyacke war daran gewöhnt, obwohl sein Einsatz bei der Antisklavereipatrouille ein Neubeginn gewesen war. Er strich über das heiße Holz. Und es war ein neues Schiff.

Obwohl sie als Schiff der 5. Klasse eingeordnet war, hatte man die *Kestrel* auf ihre neue Rolle vorbereitet. Ein

Drittel ihrer schweren Bewaffnung hatte man entfernt, um mehr Platz für die zusätzliche Ausrüstung zu schaffen, die sie bei den ausgedehnten Seetörns benötigen würde. Auch verfügte sie über eine vollständige Besatzung, genug, um Expeditionen an Land zu unternehmen, wenn es nötig werden sollte, und für Prisenbesatzungen, falls sich die Gelegenheit ergab, ein Sklavenschiff aufzubringen.

Tyacke war ein alter Fuchs in diesem Geschäft. Er hatte sein erstes eigenes Bordkommando auf einer kleinen Brigg bekommen, mit ihr hatte er seine Gewitztheit gegen die Sklavenhändler eingesetzt. Er berührte die verunstaltete Seite seines Gesichts, die wie weggebrannt war, nur das Auge war unverletzt geblieben. Ein Wunder, hatte man in Haslar[1] gesagt. Das war nach der großen Seeschlacht bei Aboukir gewesen, Nelsons weithin widerhallendem Sieg über die französische Flotte, der Napoleons Pläne durchkreuzt hatte, Ägypten zu erobern und weiter nach Osten vorzudringen. Die Schlacht am Nil nannte man sie heute, allerdings hatten die meisten Menschen sie wahrscheinlich schon vergessen. Tyacke konnte inzwischen sogar schon ohne Bitterkeit daran denken, was ihm lange für völlig unmöglich erschienen war. Er berührte wieder seine Haut. Das Erbe. Es hatte ihm unter den Sklavenhändlern den Spitznamen »der Teufel mit dem halben Gesicht« eingebracht.

Damals war alles ganz anders gewesen. England hatte sich im Krieg befunden, und die Antisklavereipatrouille mußte hinter allem anderen zurückstehen. Die Sklavenhändler waren sehr aktiv gewesen, Krieg her und Krieg hin, aber die Justiz handelte schnell und hart – wenn sie einen zu fassen bekam.

Jetzt nach dem Friedensschluß gab es scheinheilige

1 Haslar: britisches Marinelazarett und Invalidenheim. (Anm. d. Ü.)

Forderungen der ehemaligen Feinde nach strikten Kontrollen, was aber nicht nur den Sklavenhandel betraf, sondern auch die Rechtsprechung. *Unwiderlegbare Beweise für jedes Verbrechen.* Das Wort eines Kommandanten und seiner Offiziere reichte nicht mehr aus. Daher dauerte jetzt alles länger und kostete mehr Geld. Manche würden es niemals lernen.

Er versteifte sich, als er ein Fahrzeug entdeckte, das sich anscheinend mit der Geschwindigkeit einer Schildkröte auf die Reede hinaus bewegte. Eine Pyramide aus fahler Leinwand, jedes Segel war fachmännisch getrimmt, um auch den leisesten Windhauch in diesem windstillen Hafen einzufangen. *Nach England bestimmt.* Er konnte jetzt endlich daran ohne Bedauern denken, ohne seine Motive hinterfragen zu müssen.

Um es genauer auszudrücken, war dort der kürzlich ernannte Agent der Regierung an Bord, den man nach Freetown geschickt hatte, um sich über die Fortschritte zu informieren, welche die Marine mit ihren Antisklavereipatrouillen gemacht hatte. Das hiesige Klima hatte ihn fast augenblicklich umgehauen, der Suff hatte den Rest besorgt. Er würde nicht mehr lange zu leben haben, nachdem das Schiff ihn in England an Land gesetzt hatte. Jetzt blickte er sich in der Kabine um. Spartanisch würden sie einige nennen, sie gab nur wenige Anhaltspunkte über den Charakter und die Tapferkeit des Kommandanten der *Kestrel* preis.

Der Regierungsagent war bald nach seiner Ankunft an Bord gekommen. Tyacke sah es noch genau vor sich. Besorgt, ernsthaft, wahrscheinlich sogar wirklich interessiert an seiner Aufgabe. In der Regel überließen es Ihre Lordschaften dem für die betreffende Station verantwortlichen Admiral oder Kapitän, was zu tun war. Die zivilen Autoritäten, das Außenministerium, waren keinesfalles zuständig.

Das Gebiet auch nur zu beschreiben, das einer ständigen Kontrolle bedurfte, hatte sich als eine Barriere herausgestellt. Es gab nur knapp eine Handvoll Kriegsschiffe wie die *Kestrel,* und zum größten Teil war man angewiesen auf kleinere Fahrzeuge wie Briggen und Schoner. Das Gebiet erstreckte sich von zwölf Grad nördlich des Äquators bis etwa fünfzehn Grad südlich dieser Linie. Sogar das Heranziehen der Karte hatte nicht ausgereicht, um das dem Agenten begreiflich zu machen, daher hatte Tyacke versucht, ihm die Ausdehnung wie folgt zu beschreiben: als ob die Schiffe der Marine von der nördlichen Spitze Schottlands nach Süden durch die Straße von Dover segeln müßten und dann wieder hinauf nach Norden bis zum Clyde. Das hatte zwar einigen Eindruck gemacht, aber er bezweifelte, daß es noch viel Sinn ergeben würde, wenn der Bericht schließlich London erreichte.

Er hörte Schritte, fest und bestimmt. Sie gehörten John Raven, seinem Stellvertreter. Er war alt für seinen Rang, aber das lag daran, daß er über den harten Weg aus dem Zwischendeck aufgestiegen war. Wenn diese Männer gut waren, dann gab es keine besseren. Und John Raven war gut.

Sie hatten zunehmend Respekt voreinander bekommen, als individuelle Persönlichkeiten, als Männer. Wenn es etwas Persönliches zu besprechen gab, dann verließ es nie den engen Raum dieser Kabine. Anders als auf vielen anderen Schiffen, wo die Marotten des Kommandanten und seine Schwächen allgemeiner Tratsch der Offiziersmesse und des ganzen Schiffes waren. Raven war verheiratet gewesen, war es aber nicht mehr. Er hatte auch auf Briggen gedient und kam mit der beengten Vertraulichkeit kleiner Fahrzeuge gut zurecht. Und zweifellos wußte er alles über seinen Kommandanten, wie dessen Gesicht am Nil verbrannt worden war, als er sein Mädchen verloren und es wiedergefunden hatte.

Er wandte sich in Richtung der Tür, als der Posten rief: »Der Erste Leutnant, Sir.«

Er lächelte. »Neuigkeiten, John?«

Raven war kräftig gebaut, sein Gesicht war noch erstaunlich jung, was im krassen Gegensatz zu seinem Haar stand, das völlig grau war.

»Das Wachboot ist längsseits gekommen, Sir. Die *Seven Sisters* kommt von der Patrouille zurück. Sie berichtet, daß die Fregatte *Unrivalled* ihre letzten Schläge hereinmacht.« Er zögerte und blickte in die blauen Augen seines Kommandanten. Anfangs war es unmöglich gewesen, nicht auf die schreckliche Entstellung zu starren, aber er hatte fast sofort nach der Kommandoübernahme festgestellt, daß Tyacke in der Lage zu sein schien, sich daran zu gewöhnen. Die Augen wirkten etwas abschätzig. Die *Seven Sisters* war eine ihrer Briggen, aber darum ging es nicht.

»*Unrivalled,* Sir. Sechsundvierzig Kanonen.« Er machte eine Pause, sah aber, wie Tyackes Gesichtsausdruck weich wurde.

»Ja, ich kenne sie. Sie wird von Kapitän zur See Adam Bolitho kommandiert.«

Er wandte sich ab, um dem Wachboot zuzuschauen, das kräftig an Backbord um das Heck gepullt wurde. Man sagte ganz allgemein, daß die Navy eine Familie wäre. Liebe sie oder hasse sie, verdamme sie oder stirb für sie, aber es bleibt immer deine Familie.

Er dachte an das letzte Mal in England, als die *Kestrel* in Falmouth angelegt hatte. Er hatte vorgehabt, Lady Somervell zu besuchen. Er bemerkte weder, daß er wieder mit der Hand über sein Gesicht fuhr, noch daß Raven ihn beobachtete und vielleicht etwas Neues entdeckte. Er dachte an den Tag, als sie an Bord seines Schiffs gekommen war und ihn geküßt hatte – auf die verbrannte Gesichtshälfte – und das vor der versammelten Mannschaft. Und die Männer hatten sie dafür geliebt.

So wie ich auch.

Er war sich immer noch nicht schlüssig darüber, ob er erleichtert gewesen war, als er erfahren hatte, daß sie abwesend war – sie sei in London, hatte man ihm gesagt. Offensichtlich war keiner von ihnen beiden in der Lage gewesen, mit der Situation fertig zu werden. Dasselbe, was sie früher zusammengeführt hatte, zwang sie jetzt auseinander.

Jetzt war es nur noch eine Erinnerung.

Aber John Allday, der Bootssteuerer von Sir Richard, seine »Eiche«, war in Falmouth an Bord gekommen. Er hatte in dem Sessel gesessen, neben dem jetzt John Raven stand. Admiral Richard Bolitho war an jenem Tag, den Tyacke nie vergessen würde, in seinen Armen gestorben.

Sie blickten beide zu dem offenen Skylight hinauf, als eine Pfeife trillerte. Die Männer wurden zu irgendeiner Aufgabe auf das Vorschiff gerufen.

»Ich wußte, daß eine weitere Fregatte zu uns stoßen würde.« Er lächelte. »Vielleicht ist es an der Zeit, mit dem Weglaufen aufzuhören?«

Eine halbe Stunde vor Sonnenuntergang ließ die *Unrivalled* ihren Anker fallen.

Der Zeuge

Trotz der Hitze schien es im Kartenraum der *Unrivalled* fast kühl zu sein, jedenfalls verglichen mit dem Achterdeck darüber. Adam Bolitho wartete neben dem Tisch, während der Segelmeister ein paar Notizen in sein Logbuch eintrug. Die beiden Männer waren für das Mittagsbesteck an Deck gewesen, aber da die Sonne fast vom Zenit über dem Masttopp herunterbrannte, war es ziemlich schwierig, sich zu konzentrieren. Sogar die Midshipmen mit ihren Sextanten hatten unter ungewöhnlich gedämpfter Stimmung gelitten. Es war, als würde man ohne Ziel segeln.

Adam beobachtete Cristies stark gebräunte Hände, die meisten Menschen bezeichneten sie als grobschlächtig. Und trotzdem waren die Notizen, genauso wie seine sorgfältig eingezeichneten Peilungen und Berechnungen, fast zierlich. Adam seufzte. Es war so, wie er es sich gedacht hatte. Sie hatten über achthundert Seemeilen geloggt, seit sie Freetown verlassen hatten. Erst waren sie nach Südosten gesegelt, dann wieder nach Osten in den Golf von Guinea hinein. Und sie hatten beinahe neun Tage dafür gebraucht. Die *Unrivalled* war nicht konstruiert und gebaut, in solchen Gewässern zu segeln und zu kämpfen gegen die Amerikaner mit ihren schlagkräftigen Fregatten, die größer und besser bewaffnet waren als die meisten britischen Schiffe. *Unrivalled* war unter den entsprechenden Bedingungen schnell und hatte ihre Beweglichkeit im Nahkampf mehr als nur einmal unter Beweis gestellt. Aber das hier ... Er ballte beide Fäuste und spürte, daß sein Hemd wie ein nasser Lappen an seinem Rücken klebte. Dieses Schneckentempo war eine echte Geduldsprobe.

Er dachte an seine Begegnung mit James Tyacke, bevor er seine Befehle bekommen hatte, die ihn wieder hinaus auf die See schickten. Er starrte auf die Karte und wischte sich den Schweiß aus den Augen, um sich selbst zu beruhigen. Er selbst war darauf vorbereitet gewesen, Tyacke wiederzusehen, aber er wußte, daß die Ankunft der *Unrivalled* für den Kapitän eine Überraschung gewesen sein mußte. Viele Male hatte er sich ihr Wiedersehen in die Erinnerung zurückgerufen, seitdem sie Freetown hinter sich gelassen hatten. Die Begrüßung war warmherzig, aber vorsichtig gewesen, irgendeine Verstimmung stand unausgesprochen zwischen ihnen, die vielleicht stärker war, als er hatte zugeben wollen.

Tyacke hatte sein Bestes getan, um ihm die vordringlichsten Probleme der Antisklavereipatrouille zu erläutern, und hatte ihm sogar ausführliche Berichte zu dem Thema geliefert, auch über einige der anderen Schiffe und deren Kommandanten, mit denen Adam auf seinem Weg zusammentreffen könnte. Tyacke machte aus seiner Abneigung, daß er im Hafen bleiben mußte, kein Geheimnis. Der Kommodore der Station, Arthur Turnbull, war mit einem der Patrouillenschoner in See gegangen. Das war so seine Art, hatte Tyacke erläutert. Er konnte augenscheinlich die Notwendigkeit nicht einsehen, in Freetown zu bleiben, angekettet an eine Verwaltung an Land – das war ganz und gar nicht sein Ding.

Adam hatte schon viele Kapitäne dieses Kalibers kennengelernt. Sie wurden plötzlich zum Kommodore oder zum Flaggoffizier befördert, in den meisten Fällen kam das völlig unerwartet, und so sehnten sie sich nach der vom Land abgeschirmten persönlichen Autorität eines eigenen Kommandos: einem Schiff.

Jedenfalls hatte Tyacke, bis Turnbull zurückkehrte, den Oberbefehl. Offensichtlich haßte er diese Aussicht.

Es waren Berichte über mehrere verdächtige Schiffe in ihrem Gebiet eingegangen. Der Ozean war weit, aber wie Tyacke ausgeführt hatte, waren die Orte, an denen mit Sklaven gehandelt und dann an Bord gebracht werden konnten, allgemein bekannt. Allerdings waren einige selbst für einen Kutter kaum zugänglich.

Es hatte seit Monaten in der Luft gelegen. Die Skipper der Sklavenschiffe wurden immer unverschämter und begannen, gegeneinander zu agieren, um eine volle Ladung zu bekommen. Ihre Schiffe waren extra für diesen einen Zweck gebaut worden, konstruiert für den Einsatz bei den leichten Winden, die in diesen Breiten vorherrschten. Dagegen bot die britische Marine ältere Schiffe auf, die für die Blockade von Ushant konstruiert worden waren oder auch all die anderen französischen Häfen, in denen Kriegsschiffe stationiert waren. Sie mußten dort schwere Stürme abreiten. Ein paar Schiffe wie die *Unrivalled* waren der Aufgabe gewachsen und kleine Einheiten in die Flüsse und Lagunen schicken, um dort die Sklavenhändler zu stellen, bevor sie das offene Wasser erreichten und zu den Märkten in Brasilien und Kuba segelten.

Tyacke hatte geäußert: »Diplomatie hat viele Fallen, Adam. Gute Absichten und Geldgier gehen oft Hand in Hand. Und da Turnbull auf See ist, scheint der amtierende Gouverneur unwillig zu sein, auch nur seinen kleinen Finger zu rühren!«

Und außerdem wurde jeden Tag mit dem Eintreffen eines neuen Regierungsagenten gerechnet. Würde sich damit die Lage verbessern? Offensichtlich bezweifelte Tyacke das ganz entschieden.

»Laß mich mit der *Kestrel* wieder hinaus auf die See, Adam. Die Diplomaten sollen in ihrem eigenen Saft schmoren.«

Adam nahm plötzlich war, daß Cristie irgend etwas zu ihm gesagt hatte.

Cristie grinste ihn schief an. »Noch ein paar Tage, Sir. Vielleicht fünf, dann werden wir die Insel St. Thomas sichten.« Er klopfte auf die Karte und wartete ab, bis sich Adam über sie gebeugt hatte. »Der längste Schlag in dem Patrouillengebiet. Und danach ...«

Adam nickte. »Danach werden wir nach Freetown zurückkehren.« Er spürte, wie ein Schweißtropfen auf seinen Handrücken klatschte. Sogar dann konnte es sein, daß es ihnen nicht gelang, mit dem Kommodore Kontakt aufzunehmen. Und was dann? Weitere Befehle?

Er versuchte sich zu erinnern, was Tyacke in seinen Befehlen über St. Thomas geschrieben hatte. Es war eine kleine portugiesische Insel, direkt auf dem Äquator gelegen. Kaum zwanzig Meilen lang. Unbedeutend. Er streckte den Rücken und runzelte nachdenklich die Stirn. Von dort waren bereits Zehntausende von Sklaven verschifft worden. Geschützt von der Klausel, die es Portugal erlaubte, seine eigenen Häfen für den Handel mit menschlicher Ladung ohne jede Einschränkung zu benutzen, sofern sie südlich des Äquators lagen. Das war purer Wahnsinn, und es war ganz offensichtlich ungerecht. Er zuckte mit den Schultern und sagte: »Ich frage mich, was mit unserer Prise, der *Albatroz,* passieren wird?«

Cristie zwinkerte nicht einmal mit den Augen. Er hatte sich an die gelegentlichen Gedankensprünge und Zweifel seines Kommandanten gewöhnt. Seltsamerweise schien ihm das den Mann eher auf- statt abzuwerten. Er hatte Leutnant Varlos Prahlereien über die Brigantine gehört, die sie nach Freetown eingebracht hatten. Den Eindruck, den das machen würde. Sein Kumpel Rist hatte gereizt gesagt: »Ein paar Handschellen? Man braucht mehr als das, um einen Hundesohn wie diesen Cousens vor Gericht zu bringen!«

Cristie hatte das alles gespeichert. Rist wußte mehr, als er zugab. Aber er hatte wahrscheinlich recht. Da es für jeden befreiten Sklaven eine Prämie gab, konnten ein Kommandant und seine Besatzung damit rechnen, daß sie sich eine Summe teilen konnten, die von sechzig Pfund für einen männlichen Sklaven bis zu zehn Pfund für ein Kind reichte. Das Prisengericht würde als Beweis allerdings mehr als nur ein paar eiserne Handfesseln sehen wollen.

Aber das Geld war alles, woran die meisten Seeleute dachten.

Es war komisch mit Rist, überlegte Cristie. Er würde gerne Prisenkommandant sein wollen, denn das war die einzige Möglichkeit für einen Mann in solcher Laufbahn und in seinem Rang, weiter nach oben zu kommen, aber er war von der *Albatroz* ärgerlich und irgendwie besorgt zurückgekommen. Das sah ihm nicht ähnlich. Er war ein ausgezeichneter Steuermannsmaat und ein guter Freund, auf den man sich verlassen konnte, wenn man ihn brauchte. Und auf einem Kriegsschiff war das während der meisten Zeit der Fall.

Adam bemerkte nicht, wie sich der Segelmeister amüsierte. Er studierte das offene Logbuch, die Eintragungen und die Beobachtungen, die Positionen des Schiffes und die Kurse, die Bestrafung eines Mannes, die Ausgabe des Grogs. Die Lebensgeschichte der *Unrivalled.*

Es war das Datum. Es war fast ein Jahr her, daß sein Onkel, Sir Richard Bolitho, gefallen war. Auch Tyacke mußte daran gedacht haben, aber er hatte es nicht erwähnt.

Adam spürte das Medaillon an seiner Haut kleben.

Catherine.

Er ging zu dem geöffneten Fenster hinüber und blickte zu der querab gleichförmig verlaufenden Küstenlinie des Landes hinüber. An einigen Stellen war es dunstig, an anderen klar und scharf konturiert. Gab es dort Männer, die sein Schiff beobachteten, fragte er sich. Er hatte die verspielten Delphine an diesem Morgen vor dem sich langsam vorwärtsschiebenden Bug der *Unrivalled* gesehen und die Möwen, die zu müde zu sein schienen, um von der Wasseroberfläche zu starten, als das Schiff sie passierte. Die heiße stehende Luft bebte kaum merklich. Es war mehr ein Gefühl als ein Geräusch. Er richtete sich auf.

Auch Cristie drehte sich um. Nackte Füße klatschten über ihren Köpfen auf das Deck, als die Wache an Deck in Bewegung kam. Er studierte das Profil des Kommandanten und dachte plötzlich ganz unerwartet an sein Zuhause am Tyne. Dort würde es jetzt wahrscheinlich schneien. Und es war vermutlich bitterkalt.

Aber alles, was er sagte, war: »Geschützfeuer, Sir!«

Leutnant Galbraith ging langsam zu den Finknetzen an Backbord und legte das Teleskop darauf auf, das er gerade aus seinem Gestell neben dem Kompaßhaus genommen hatte. Er zuckte zusammen, als die Sonne auf seine Schultern brannte, sobald er aus dem Schatten des Besan getreten war. Er hatte den Midshipman Deighton polternd den Niedergang hinuntergejagt, aber er wußte in seinem Inneren, daß der Kommandant die fernen Echos vernommen hatte.

Er ignorierte das Stimmengemurmel in seiner Nähe, hörte trotzdem die Spekulationen, denn alles stellte eine willkommene Unterbrechung in der Erstarrung des endlosen Wachegehens dar.

Er fluchte unterdrückt. Die Linse seines Glases war völlig mit Feuchtigkeit bedeckt. Der Ausguck im Masttopp konnte aber vielleicht etwas erkennen. *Es war Geschützfeuer gewesen!* Nicht anhaltend, aber schnell. Jetzt herrschte wieder völlige Stille.

Er hörte die Stimme des Kapitäns und lächelte in sich hinein. *Also habe ich mich nicht geirrt.*

»Bringen Sie das Schiff einen Strich höher an den Wind, wenn es das vertragen kann. Mr. Deighton, hoch in den Topp mit Ihnen und unterhalten Sie sich mit dem Mastknopf!« Er wandte sich ab und mußte den Midshipman mit einem grimmigen Gesicht angeschaut haben, denn er setzte hinzu: »Ein zusätzliches Augenpaar kann schließlich nicht schaden.«

Galbraith brüllte durch seine trichterförmig aneinandergelegten Hände: »Pfeifen Sie die Männer an die Brassen, Mr. Partridge.«

Auch Cristie war plötzlich da. »Bramsegel setzen, Sir?« War es eine Frage oder eine versteckte Erinnerung? Man konnte sich dessen bei dem alten Segelmeister nie sicher sein.

Adam nickte. »Ja, alle Toppgasten nach oben. Kurs Ostnordost!«

Galbraith wartete ab, bis sich aus dem einsetzenden

Durcheinander wieder ein geordneter Ablauf entwickelt hatte. Toppgäste schwärmten wie die Affen die Wanten empor, die Seesoldaten standen an den Brassen des Kreuzmasts. Ein Steuermannsmaat hielt seinen Hut so, daß er die Kompaßrose vor der strahlenden Sonne schützte, damit der Rudergänger den Steuerstrich und den durchlaufenden Kurs erkennen konnte.

»Ruder nach Lee!«

Die großen Doppelräder des Ruders wirbelten quietschend herum, wie alles andere waren sie knochentrocken. Galbraith leckte sich die Lippen und versuchte in dieser unmöglichen Situation nicht an einen Humpen voller Bier zu denken.

Er fuhr hoch, als sich ein weiteres Geräusch am Rumpf brach. Nur eins. Ein Schiff in Not? Hatte es Feuer an Bord?

Adam trat zu ihm an die Finknetze. »Von der Küste zieht zuviel feuchter Dunst herauf. Und in jedem Fall ...« Er beendete den Satz nicht, als Deighton von oben rief: »An Deck! Segel an Backbord voraus, Sir!« Er machte eine Pause, vielleicht teilte ihm der Ausguck gerade etwas mit, dann fuhr er fort: »Sehr *knapp* vor dem Bug. Sir! Hält auf das Land zu!«

Cristie ließ sich vernehmen: »Das Gebiet hier ist nicht gerade übermäßig gut kartographiert. Wir werden in Kürze dicht genug unter der Küste stehen.«

Irgend jemand murmelte: »Ich wette, daß diese Hundesöhne das auch wissen!«

Galbraith ließ das durchgehen. Ein paar Geräusche, das vage Sichten eines Schiffes, das wahrscheinlich ziemlich klein war und es daher wagen konnte, weit unter Land zu segeln, und dennoch hatten diese Männer um ihn herum ihm schon eine Form und Persönlichkeit gegeben. Es war etwas, das man hassen konnte.

Adam packte ein Fernglas und kletterte wieder in die

Wanten. Die Küstenlinie hatte sich nicht verändert und glitt langsam im Hitzedunst vorbei. Kein Wunder, daß Männer in der Wüste verrückt werden konnten. Er zwang sich, die geteerten Taue zu ignorieren, die durch seine Hosen wie erhitzte Schmiedeeisen brannten.

Es war tatsächlich ein Schiff, vielleicht hatte es zwei Masten, aber es war nicht sehr groß. Er begann es schon im Glast der flirrenden Hitze zu verlieren. Er biß sich auf die Lippe. Das Schiff hatte ganz klar einen deutlich besseren Strich des Windes erwischt als die *Unrivalled,* soviel war sicher.

Es war Zeitverschwendung. Aber die Geräusche mußten eine Ursache haben.

»Hoch mit den Bramsegeln, jetzt!« Er blickte nach oben, es überraschte ihn, daß sich gerade in diesem Augenblick das Großbramsegel mit einem lauten Knall von seiner Rah löste und sich aufblähte. Wind. Es war wie ein gutes Omen. Er hörte das Quietschen der Steuerung und sah, daß einer der Rudergänger sich umwandte, um seinen Kumpel anzugrinsen.

»Das wird das alte Mädchen zum Laufen bringen, Ted!«

Adam ging auf die gegenüberliegende Seite, sein Kopf war mit den wenigen Informationen beschäftigt, die ihm zur Verfügung standen. Eine Explosion. Nur eine. Und trotzdem hielt ein Fahrzeug von der Stelle ab, wo sie ausgelöst worden war. Verspürte Adam Angst oder Schuldgefühle? Da gab es wohl keine Wahl.

Er wußte, daß Cristie ihn beobachtete. Sicherlich dachte der Segelmeister an das letzte Mal, als sein Kommandant das Schiff durch ein Fahrwasser gebracht hatte, das ihnen kaum bekannt gewesen war. Auch Adam dachte oft daran zurück. Er hatte den Atem angehalten, als der große Schatten von *Unrivalled* sich unerbittlich für eine letzte Umarmung vom Meeresgrund heraufgeschoben hatte. Es war ein ungeheuerliches Risiko gewesen, und Galbraith wußte das besser als jeder andere. Es hatte an jenem Tag sein Leben gerettet.

Er blickte zur Kriegsflagge auf, die von der Piek auswehte. Der Wind würde nicht durchstehen, aber solange er blies ...

Deighton rief wieder von oben: »An Deck!« Seine Stimme schien zu versagen. »Dort ist etwas im Wasser, Sir! In derselben Peilung!«

»Was zum Teufel denkt er, was er da oben tut?« Varlo war auf dem Deck erschienen.

Adam legte seine Hände trichterförmig zusammen und wartete ab, als sich ein plötzlicher Windstoß in der Leinwand zu einem sanften Lüftchen abschwächte.

»Sagen Sie mir, was Sie sehen! Lassen Sie sich Zeit!« Irgendwie wußte er sicher, daß es Sullivan war, der sich da oben befand. Der Seemann, der bei Trafalgar unter »Unserem Nel« gekämpft hatte und der immer noch an einem schönen Modell seines alten Schiffes, der *Spartiate,* arbeitete, kannte seinen Job. Es war eigenartig, wie sich ein Gedanke mit dem anderen verband. Die *Spartiate* war eine französische Prise, die von Nelson vor Aboukir sieben Jahre vor Trafalgar genommen worden war. Das letzte Flaggschiff von Sir Richard Bolitho, die *Forbisher,* war auch eine Prise gewesen. Fühlten Schiffe das?

»An Deck!«

Adam starrte den Großmast hinauf, sah die Bestrebungen des Midshipman, seine Anstrengungen, ruhig zu bleiben.

»Wrackteile, Sir. Sehr klein und ...«

Adam murmelte leise: »Sag es mir. Nur unter uns!« Es wurde ihm nicht klar, daß er zu sich selbst gesprochen hatte. Ebensowenig sah er Galbraiths mitleidsvollen Blick.

»Blut, Sir.«

Cristie überlegte laut: »Wie kann das sein? Sogar mit einem Teleskop kann er unmöglich in der Lage sein, zu erkennen ...« Er brach ab, als sein dienstältester Maat Rist barsch feststellte: »Doch, das kann er, wenn nur genug davon da ist!«

Adam faltete die Arme vor der Brust. »Mr. Cousens, entern Sie auf und bringen Sie ihn herunter.« Er blickte dem Signalfähnrich fest in die Augen. »Vorsichtig, wenn ich bitten darf, haben Sie mich verstanden?« Er drehte sich nicht um. »Lassen Sie die Bramsegel wegnehmen, Mr. Galbraith, und lassen Sie die Jolle klar zum Wegfieren machen.« Er zählte die Sekunden, dann sagte er: »Geh selbst, Leigh.« Dann überquerte er das Achterdeck und stellte sich neben den Segelmeister. »Ich werde jede Vorsichtsmaßnahme ergreifen, Mr. Cristie.« Er versuchte zu lächeln. »Aber schicken Sie einen guten Mann mit dem Lot in die Rüsten, das wird Ihnen helfen, Ihr Gewissen zu beruhigen.«

Alle Männer, die nicht beschäftigt waren, hatten sich umgedreht, als Midshipman Deighton aus den Wanten an Deck heruntersprang und zum Kommandanten hinüber marschierte.

Adam sagte: »Das haben Sie gut gemacht, Deighton. Jetzt erzählen Sie mir den Rest. Lassen Sie sich ruhig Zeit dabei.«

Er sah, daß Jago an der Luke stand. Der würde wissen, was zu tun war.

Der Midshipman begann stockend: »Ich ... Ich dachte, es wäre die See, Sir, die ihre Farbe verändert. Aber es breitete sich aus und breitete sich immer weiter aus.« Er blickte in das Wasser, unfähig zu glauben, was er gesehen hatte. »Es lebte alles, Sir.« Er ließ den Kopf sinken und sagte mit leiser Stimme: »Sullivan meint, daß es Haie wären, Sir. Hunderte ...«

Jago war zur Stelle und führte den Jungen zu einer Pütz mit Feuerlöschwasser, er war dabei keineswegs zimperlich und zeigte auch kein Mitleid. »Hier, spuck hier rein!«

Deighton wäre wahrscheinlich zusammengebrochen, wenn man ihn mit Glacéhandschuhen angefaßt hätte.

Es schien eine Ewigkeit zu dauern. Das Schiff glitt durch den von der Küste wegsetzenden Strom und hinterließ kaum eine gekräuselte Welle hinter seinem Heck. Und die ganze Zeit über schien sich vor dem Schiff die See zu öffnen, verfärbt von treibenden, rosa getönten Flecken, mit dunkelroten Ranken, die wie Seegras an die Oberfläche strebten, um dann an den bruchstückhaften Teilen des Treibgutes entlangzuwandern. Zerbrochene Spieren, ein kieloben treibendes Boot, Planken und Segeltuchfetzen, die meisten waren verkohlt. Und in der Mitte trieb wie zufällig ein Lukendeckel, auf dem eine menschliche, lang ausgestreckte Gestalt lag. Sie starrte in die Sonne, als ob sie gekreuzigt war. Varlo murmelte unterdrückt: »Der wird sicher auch tot sein!«

Dann war Partridge zu hören, der Bootsmann, plötzlich und ärgerlich: »Beschreien Sie es nicht, Sir! Der arme Teufel trägt denselben Uniformrock wie Sie!«

Adam befahl: »Drehen Sie bitte bei. Mr. Varlo übernehmen Sie bitte die Wache. Klar zum Aussetzen der Jolle. Lawson, suchen Sie sich ihre Crew zusammen, vergeuden Sie keine Zeit, um nach Freiwilligen zu fragen! Wir haben nicht viel Zeit!«

Er blickte über die Finknetze. Die See schien wieder zum Leben zu erwachen, als zwei oder mehr Haie die Wasseroberfläche durchbrachen. Irgendwie wirkten sie geschmeidig und graziös. Obszön in ihrer Ekstase.

Er wußte, daß der Midshipman zuschaute, mit dem Kopf nickend, wie um Jago zu beruhigen oder vielleicht auch sich selbst. Ihre Augen trafen sich, und Adam lächelte ihm aufmunternd zu. Die Sache machte ihn krank, aber es war wichtig, vielleicht lebenswichtig für diesen Jungen, der eines Tages ein Offizier des Königs sein würde. Und er würde sich daran erinnern.

Unrivalled drehte unruhig in den Wind, ihre Segel killten kaum protestierend, so als ob sie froh wäre, daß sie sich von den unsichtbaren Mördern fernhalten konnte. Adam hörte kaum, wie das Boot vom Achterschiff ablegte, aber er sah, daß Galbraith im Heck stand und sich nach vorne beugte, um mit Lawson, dem Bootssteuerer, zu sprechen.

Dann nahm er ein Fernglas und richtete es sorgfältig aus. Die Jolle, Galbraiths Kopf und Schultern sprangen groß in das Bild, einer der Ruderer schielte in das gleißende Licht, als er sich kräftig in seinen Riemen legte. Dann glitt der Ausschnitt weiter über die kleinen Stücke des Treibguts bis hin zum Lukendeckel. Als er ihn erfaßt hatte, bemerkte er, wie ein Hai dagegen stieß, ihn leicht anhob, um die leblose Gestalt ins Wasser zu stoßen. Partridge hatte recht. Der Mann trug den Uniformrock eines Leutnants zur See. *Es war, als würde man sich selbst sehen.* Jemand stieß rasch den Atem aus, als der Mann einen Arm über den Rand des Lukendeckels fallen ließ.

Ein anderer rief aus: »Er lebt!«

Der Hai stieß wieder gegen die Lukenabdeckung, das brutale halbmondförmige Maul war im Okular des Teleskops deutlich sichtbar.

Eine letzte Hoffnung oder ein zögernder Instinkt, wer wollte das sagen, nach allem, was der Mann gesehen und erlitten haben mußte? Aber er bewegte den Arm wieder, so daß der Hai vorbeischoß und dabei das trübe Wasser peitschte. Er drehte unverzüglich um, um wieder anzugreifen.

Adam ließ das Glas sinken und wischte sich die Stirn ab. Es war ihm, als wäre er gerade selbst der See entkommen. Die Jolle war jetzt angelangt, der Überlebende wurde zwischen dem Schlagmann und der Heckducht gestaut.

Adam hörte die tiefe Stimme des Schiffsarztes, der seinen Assistenten Anweisungen gab. Er ging zum Kompaßhaus hinüber, seine Füße klebten fast an dem schmelzenden Pech fest. Vielleicht konnten sie herausbekommen, was geschehen war und warum. Er schüttelte sich ungeduldig. »Sobald wir das Boot wieder eingesetzt haben, können Sie das Schiff wieder auf den alten Kurs bringen.«

Er blickte zum sich kräuselnden Kommandowimpel empor und sah, wie sich Sullivans Silhouette vor dem wolkenlosen Himmel abzeichnete, während er zu ihm hinunterblickte. Adam hob eine Hand zum Gruß, dann wandte er sich wieder Cristie zu. Der Rest würde warten müssen. Das Schiff kam immer zuerst.

Cristie beobachtete seinen Kommandanten und war zufrieden. Einen kurzen Augenblick lang war er besorgt gewesen – jetzt war es vorbei.

Der Kapitän war wieder er selbst.

Und das Schiff kam zuerst.

Denis O'Beirne, der Schiffsarzt der *Unrivalled,* hatte schon seine Hemdsärmel aufgerollt und gestikulierte ohne Hast, als wollte er deutlich machen, daß es mehr auf die Sorgfalt als auf Eile ankam. Adam stand in einer Ecke des Lazaretts, als die Sanitäter den Überlebenden auf den Tisch bugsierten, ihre Gesichter waren angespannt, zeigten aber keine Gefühle. Sie waren abgehärtet. Sonst würden sie diesen Dienst auch nicht ertragen.

Adam haßte die Geräusche und Gerüche dieses Ortes. Das war etwas, woran er sich nie hatte gewöhnen können, auf keinem Schiff. Er hatte Männer gekannt, die gebetet und darum gebettelt hatten, daß man sie auf dem Deck zum Sterben liegenlassen sollte, nachdem sie in der Schlacht verwundet worden waren. Das war ihnen besser erschienen, als sich der Säge und dem Messer unten im Orlopdeck zu überantworten. Er lauschte mit einem Ohr auf die Geräusche, die von oben irgendwie gedämpft und wie weit entfernt herunterklangen.

Galbraith war jetzt wieder Wachoffizier und drehte das Schiff herum, um die schwache ablandige Brise zu nutzen. Er hatte schnell berichtet: »Sein Name ist Finlay, Sir. Leutnant auf der *Paradox*. Er war Prisenkommandant auf einem aufgebrachten Sklavenschiff mit einer kleinen Crew. Dann ist er wieder ins Delirium abgedriftet, und ich konnte ihn nicht mehr verstehen. Ich glaube nicht, daß er mitbekommen hat, wie wir ihn an Bord gezogen haben.«

Adam beobachtete O'Beirnes kräftige Hände, die wie verlängerte Werkzeuge seines Kopfes die Untersuchung vornahmen. Er war ein großer Mann, schwierig in vielerlei Hinsicht, aber seine Hände waren klein und sehr stark. Die Gestalt auf dem Tisch konnte bereits tot sein, ein Arm hing wieder schlaff an der Seite herunter. Die Haut war hochgradig verbrannt, eine blaugraue Beule prangte auf der Stirn, wo er niedergeschlagen worden war.

Adam zwang sich, die wenigen verfügbaren Fakten zu prüfen. Die *Paradox* war einer der Schoner der Antisklavereipatrouille. Ein paar Sekunden lang fragte er sich, warum ihm der Name so bekannt vorkam, dann fiel es ihm wieder ein: *Paradox* war in Tyackes Bericht erwähnt worden als das Schiff, das Kommodore Turnbull benutzte, um die Grenzen seines Patrouillenbereichs zu besuchen. Es war ein kleines Schiff, daher war dieser Leutnant wahrscheinlich sein Kommandant gewesen. Es mußte sich demnach um eine große Prise gehandelt haben. Aber wo befand sich die *Paradox* jetzt? Und warum hatte sie das Sklavenschiff nicht eskortiert?

Er hörte ein Stöhnen und sah, daß der Mann mit dem Namen Finlay zu verhindern suchte, daß ihm O'Beirnes Assistenten den Uniformrock auszogen. Vielleicht stellte er sich in seinem gemarterten Gehirn vor, daß das Kleidungsstück das letzte Bindeglied zu seiner Identität war.

O'Beirne sagte halb zu sich selbst: »Das ist eine schlimme Wunde an der linken Hüfte, von einem Messer. Tief und infiziert.« Er legte eine Hand auf Finlays Schulter. »Ganz ruhig, Sie befinden sich unter Freunden.« Er nickte seinen Männer entschlossen zu, und der Uniformrock wurde heruntergezogen.

Plötzlich sagte Finlay, und seine Stimme war erstaunlich kräftig: »Ich muß den Kommandanten sprechen ...«

O'Beirne blickte auf seinen dienstältesten Sanitäter, die Instrumente glitzerten im Licht der schwankenden Laterne wie eine böse Bedrohung. Er sagte: »Der Kommandant ist hier. Er hört Ihnen zu!« Er sah zu Adam hinüber. »Ein paar Worte, Sir?«

Adam trat an den Tisch und sah, daß der Mann versuchte, seine Augen auf ihn einzupeilen, darum kämpfte, seine Sinne beisammen zu halten.

»Mein Name ist Bolitho, ich kommandiere dieses Schiff.« Er legte ihm eine Hand auf den Arm. Die Haut war kalt und feucht.

Der Mann war jetzt nackt, und Adam brauchte sich nicht umzusehen, um zu wissen, daß die anderen Männer ihre Positionen eingenommen hatten, bereit, den Verwundeten herunterzudrücken und ihn festzuhalten, was auch immer es kosten sollte. Nur ihre Schatten bewegten sich, hüpften über die weiß gepönten Holzwände wie Dämonen.

Der Mann murmelte undeutlich: »Neu hier draußen.« Er versuchte es wieder, hielt inne, während eine Hand aus dem Nichts erschien und seinen Mund mit einem nassen Tuch abtupfte. »Wir stellten ein Sklavenschiff.« Er stöhnte und bewegte seinen Kopf von einer Seite zur anderen. »Vor drei Tagen, ich ... ich kann mich nicht erinnern. Der Kommodore war bei uns an Bord. Wir hatten es durch Glück aufgebracht.«

»Was geschah danach?«

»Ich übernahm das Kommando. Die Entermannschaft, zehn gute Männer und der junge Mr. Coles. Sein erster Versuch.« Er preßte seine Augen fest zusammen. »*Paradox* mußte uns verlassen. Ich weiß nicht mehr warum. Wir sollten, wie befohlen, nach Freetown weitersegeln.«

O'Beirne unterbrach ihn plötzlich: »Ich kann Ihnen nicht mehr viel Zeit zugestehen, Sir.«

Adam blickte ihn an. »Nur noch eine Minute.«

Finlay sagte plötzlich: »Dann entdeckten wir das andere Schiff, das sich uns näherte. Eine Brigg. Unter spanischer Flagge. Daran war nichts Ungewöhnliches.« Er erinnerte sich, sah alles wieder ganz deutlich vor sich. »Dann zogen sie plötzlich eine schwarze Flagge in die Höhe und rannten ihre Geschütze aus. Ich hatte die Mannschaft des Sklavenschiffs einschließen lassen und unter Bewachung, aber der arme Coles muß unvorsichtig geworden sein. Sie brachen aus und griffen meine Männer an. Nach wenigen Minuten war alles vorüber.«

Adam spürte, wie sich die Männer hinter ihm verspannten, und sah, daß O'Beirne in seinen Instrumentensack faßte. Er drängte weiter: »Die Sklaven, was passierte mit ihnen?«

Finlay ließ seinen Kopf auf den Tisch zurückfallen, seine Augen waren plötzlich trübe. Er war geschlagen, am Ende. »Es waren über zweihundert. Die meisten waren in Handschellen, wir hatten nicht die Zeit, sie zu befreien. Aber sie wußten, daß sie gerettet waren. Einige von ihnen versuchten das durch Gesang auszudrücken.«

Adam realisierte, daß die Augen jetzt direkt in die seinen blickten.

»Sie müssen Ihre Toppsegel gesichtet haben, Kapitän Bolitho. Ich war machtlos.« Er versuchte seine Hüfte zu berühren und bemerkte jetzt wahrscheinlich zum erstenmal, daß man ihn festhielt. »Sie haben meine Männer auf der Stelle abgeschlachtet. Bei dem jungen Coles hat es länger gedauert. Sogar noch da draußen auf dem Floß vermeinte ich seine Schreie zu hören. Wie ein Mädchen, das gefoltert wird, dachte ich. Sie müssen mich für tot gehalten haben. Dann war da diese Explosion. Sie müssen überall Sprengladungen angebracht haben, bevor sie das Schiff aufgaben. Dann war ich plötzlich im Wasser. Ich glaube, irgend jemand hat mich auf das Floß gezogen. Ich ... ich kann mich nicht erinnern. Und dann waren da die Haie. Als das Sklavenschiff unterging, hörte ich die Menschen schreien. Es ist dort flach. Die Haie werden sie erwischt haben, bevor sie ertrunken sind, die armen Hunde!«

Er sprach nicht weiter und wehrte sich auch nicht, als ihm ein Lederstreifen zwischen die Zähne geschoben wurde und das Messer aus dem Beutel auftauchte.

Adam verließ das Lazarett und dachte an den ihm unbekannten Midshipman, den man zu Tode gefoltert hatte, und die Seeleute, die man wie die Schweine auf einem Schlachthof abgestochen hatte. Und er dachte an Midshipman Deighton, der ihn entdeckt hatte, den großen, sich ausbreitenden Blutfleck, der die Stelle markierte, an der über zweihundert hilflose Gefangene zerrissen worden waren.

Sie würden niemals erfahren, wer Finlays unbekannter Retter gewesen war. Wahrscheinlich war auch er von den Haien zerfleischt worden.

Er hörte Finlays unterdrückten Schrei und wollte zu ihm zurückgehen, und sei es auch nur, um ihm zu versichern, daß er und seine Männer gerächt werden würden. Aber stattdessen ging er an Deck, sein Mund war trokken, so als ob er sich wie Deighton übergeben hätte.

Dann war alles wieder wie vorher. Ein schneller Blick nach oben sagte ihm, daß die Rahen so gebraßt waren, daß die Segel die schwache Brise einfingen, aber die Flagge bewegte sich kaum.

Galbraith stand neben der Backbordleiter, machte sich aber bereit, zur Seite zu treten, als der Kommandant erschien. Niemand blickte zu ihm hin, doch Adam wußte, daß jede seiner Bewegungen beobachtet wurde.

Der Kabinensteward Napier wartete neben Jago. Der Junge zögerte und bewegte sich dann auf ihn zu. Er balancierte vorsichtig ein Tablett auf der Hand, ein sauberes Tuch war darüber gedeckt.

»Das war sehr umsichtig, David.« Er bemerkte nicht, daß Napier bei der Erwähnung seines Vornamens zusammenzuckte. Es war ein Glas Weißwein, der durch die Lagerung irgendwo unten in der Bilge noch fast kühl war. Jedenfalls bis jetzt. Er sah zu Galbraith hinüber und zuckte mit den Schultern. »Sie sind alle umgebracht worden.«

Dann stürzte er das Glas hinunter. Seine Augen wurden so von der Sonne geblendet, daß sie tränten, vielleicht aber auch von etwas anderem, das stärker war als er und das er nicht länger unter Kontrolle halten konnte. Er sah, wie sich O'Beirnes massige Gestalt die Treppe zum Achterdeck hinaufschob, sich dort umguckte, wie er es immer tat, wenn er ihn an diesem Ort besuchte. Er sah anders aus als der Mann vorhin im Krankenrevier. Seine Welt war zerbrochen.

O'Beirne stellte fast nebenbei fest: »Ich habe ihn verloren, fürchte ich, Sir. Ich weiß nicht, wie er es geschafft hat, so lange am Leben zu bleiben.« Er spuckte die Worte fast heraus. »Vergiftet. Vorsätzlich, wenn ich mein Studium nicht vergebens absolviert habe.« Er drehte sich nur kurz um, als der Segelmacher und einer seiner Sanitäter gemeinsam über das Hauptdeck gingen. Ein Begräbnis also. Der Leichnam mußte gut beschwert werden, damit er die Reise in die ewige Dunkelheit schnell hinter sich brachte. Sanft fügte er hinzu: »Kurz bevor es zu Ende mit ihm ging, sah er mich an.« Er lächelte, und das ließ ihn unendlich traurig erscheinen. »Er sah mir genau in die Augen, und er fragte, *wo waren Sie*?« Er schüttelte den Kopf. »Dann ist er gestorben.«

Was hatte der Mann damit gemeint? Seinen eigenen Kommandanten? Dieses Schiff?

Adam drehte sich im nächsten Augenblick abrupt um und starrte achteraus. Die See war wieder glatt. Der Fleck war verschwunden.

In der Dämmerung sichtete der Ausguck ein Segel im Osten. Es war die *Paradox*. Morgen bei Tageslicht war ein Rendezvous angesagt. Aber vorher, als die purpurnen Schatten des Sonnenuntergangs sich plötzlich ausbreiteten, setzten sie Leutnant Finlay in dem Ozean bei, der entschieden hatte, daß er der einzige Zeuge eines schrecklichen Geschehens bleiben sollte.

Als er das Gebetbuch schloß, hörte Adam Worte in sich nachklingen, und er wußte, daß er sie niemals vergessen würde: *Wo sind Sie gewesen*?

Kommodore Arthur Turnbull ging leichtfüßig über den schwarz und weiß gewürfelten Teppich aus Segeltuch, er blieb nur kurzzeitig stehen, um einen der Decksbalken über seinem Kopf zu berühren.

»Ich genieße die Raumhöhe, Bolitho, Raum zum Aufrechtstehen, anstatt sich ständig ducken zu müssen, um seinen Skalp zu retten. Man gewöhnt sich auf kleinen Schiffen daran, hat man mir versichert.« Das schien ihn zu amüsieren. »Die Nachteile überwiegen bei weitem die Vorteile, würde ich sagen.« Er drehte sich um, so daß er mit dem Rücken zu den Heckfenstern stand, die Bewegung war leicht und ohne jede Anstrengung – genau wie Turnbulls Gang. »Sie haben alles richtig gemacht, Bolitho. Wir wären völlig unvorbereitet gewesen, hätten Sie nicht sofort gehandelt.«

Die tanzenden Reflexionen umrahmten ihn, und durch

das gleißende Licht draußen war es völlig unmöglich, sein Gesicht zu erkennen, seine Haltung einzuschätzen.

Turnbull war jünger, als Adam erwartet hatte, oder jedenfalls sah er so aus. Aber er war ein Kapitän zur See mit hohem Dienstalter. Tyacke hatte Adam im Vertrauen erzählt, daß Turnbull, bevor er nach Freetown versetzt worden war, Kommandant eines Dreideckers gewesen war. Dort hatte er sich bewährt. Doch schon in der kurzen Zeit, seit er an Bord war, hatte Adam die Ruhelosigkeit gespürt, eine Ungeduld, die in einem seltsamen Kontrast zu seiner Selbstsicherheit stand.

Finlay, der am Abend zuvor sein Seebegräbnis bekommen hatte, war der Erste Leutnant der *Paradox* und genauso alt gewesen und hatte denselben Rang wie sein Kommandant gehabt. Turnbull hatte dem Bericht über die Rettung und den anschließenden Tod aufmerksam gelauscht, aber dazu lediglich geäußert: »Der Kommandant der *Paradox* wird den Burschen vermissen, fürchte ich. Aber so ist das nun mal.«

Es war Adam seltsam vorgekommen, daß man ihn nicht aufgefordert hatte, an Bord des Schoners zu kommen, der jetzt langsam hinter dem Heck der *Unrivalled* auf und ab kreuzte. Es war ein schmuckes, gut geführtes Schiffchen, und er konnte sich gut vorstellen, wie sich zwei Offiziere auf dem beengten Raum näher kommen konnten und sich aufeinander verlassen mußten. Vielleicht hatte es Turnbull deshalb vorgezogen, diese Unterredung hier stattfinden zu lassen, außerhalb der Hör- und Sichtweite der Männer, mit denen Finlay während seiner letzten Patrouille zusammengelebt hatte. Jedenfalls war es die letzte für Finlay und sein Prisenkommando gewesen.

»Das andere Schiff, Sir, handelt es sich vielleicht um einen bekannten Sklavenhändler?«

Turnbull hob die Achseln. »Ich denke an drei mögliche

Schiffe zur Auswahl.« Er führte das nicht weiter aus. »Er hat die Prise zurückerobert und hatte vor, sie wieder in den Schutz des Landes zu bringen, wo die Ladung dann auf ein größeres Schiff transferiert werden sollte. So wie es aussieht, hat nun niemand von der Sache profitiert, und wir haben eine Prise verloren.« Er setzte sich auf einen Stuhl und schlug die Beine übereinander. Wieder wanderten seine Augen in der Kabine umher, als würde er etwas suchen. »Ihre Ankunft auf der Station ist von einiger Bedeutung, Bolitho. Endlose Patrouillen sind nicht genug. Wir müssen die Sklavenhändler dort angreifen, wo sie sich sicher fühlen – in ihren Schlupfwinkeln. Wir müssen sie zerstören, bevor sie unsere Anstrengungen als einen nutzlosen Aufwand erscheinen lassen, den London nur betreibt, um das Gesicht zu wahren.« Er sah zu Napier hinüber, der mit einem Tablett und einigen Gläsern vorsichtig durch die Kabine ging. Der Junge wartete neben dem Tisch und hielt seine Augen von dem Besucher abgewendet.

Turnbull sagte plötzlich: »Natürlich kennen Sie Kapitän Tyacke schon seit längerer Zeit. Er war ja wohl der Flaggleutnant Ihres Herrn Onkel?« Schnell redete er weiter. »Aber er hat einen großen Teil seiner Fähigkeiten hier draußen gelernt. Ich denke, er wird hier Kommodore werden, sobald ich meine Zelte abbreche, sofern Ihre Lordschaften zustimmen.« Wieder schien ihn etwas zu amüsieren. »Tyacke ist der einzige Mensch, den ich auf dieser von Gott verfluchten Station getroffen habe, dem es hier richtig zu gefallen scheint!«

Adam entspannte sich, einen Muskel nach dem anderen. Turnbull ließ ihn gerade wissen, wie gut informiert er über alles und alle war, die unter seinem Kommando standen. Und aus der letzten Bemerkung ging eindeutig hervor, daß er sich in Gedanken bereits mit seiner nächsten Aufgabe beschäftigte. Adam goß zwei Gläser Wein

ein, während sich Napier getraute, den Kommodore zum erstenmal anzusehen.

Turnbull meinte: »Das ist ein schönes Schiff, Bolitho. Ihr Personalakte belegt das, wie ich glaube. Eine Fregatte wird Ihnen Ruhm einbringen, aber was darüber hinaus geht, da bin ich mir nicht so sicher.« Er nippte an seinem Wein und lächelte fein. »Sie haben Funchal angelaufen, wie ich sehe, der Wein ist gut, würde ich sagen, aber für meinen Geschmack etwas zu süß.« Er wechselte wieder das Thema. »Wenn wir nach Freetown zurückkehren, wird der neue Regierungsagent sicherlich angekommen sein, und ich beabsichtige, ihn mit der Notwendigkeit zu beeindrucken, daß ein paar scharfe Angriffe durchgeführt werden müssen, und zwar auf die Gebiete, in denen die Sklaven gesammelt werden. Der Handel gedeiht, die Preise steigen von Tag zu Tag, und einige der Händler verschärfen die Situation dadurch, daß sie die örtlichen Häuptlinge bestechen, damit sie ihnen Sklaven besorgen.« Er blickte auf, seine Augen waren scharf. »Er besticht sie mit Musketen. Und Sie wissen genausogut wie ich, wohin das führt.«

Es klopfte an der Tür, und der Wachposten rief: »Der Midshipman der Wache, Sir!«

Napier eilte zur Tür, seine bloßen Füße erzeugten auf dem bemalten Segeltuch kein Geräusch. Turnbull zog seine Uhr heraus. Sie schien in der Kabine zu leuchten, und Adam vermutete, daß sie mit Diamanten besetzt war. Er würde sicher sehr amüsiert sein, falls er erfahren würde, daß der Kabinenjunge immer eine zerbrochene Taschenuhr mit sich herumtrug, auf der eine kleine Meerjungfrau eingraviert war. Sie war völlig unbrauchbar, aber trotzdem schien sie dem Jungen alles zu bedeuten. Der Gedanke ärgerte ihn plötzlich. Er war genauso unfair und unduldsam wie sein Besucher. Im selben Atemzug wußte er aber auch, wie verschieden sie waren. Nicht einmal hatte

Turnbull das leichteste Anzeichen von Mitleid mit den ermordeten Sklaven oder der Prisenbesatzung der *Paradox* gezeigt. Der Verlust der Prise und seines persönlichen Anteils an dem Kopfgeld schien ihn mehr zu ärgern.

Midshipman Deighton betrat die Kabine, seinen Hut hatte er unter den Arm geklemmt. »Mit den besten Empfehlungen von Mr. Galbraith, Sir, der Wind frischt auf.« Er blickte nach oben, als an Deck Füße polterten. Vielleicht erinnerte er sich daran, was er vom Masttopp aus gesehen hatte. War das erst gestern gewesen?

Turnbull ließ sich wieder hören: »Ich sollte mein Boot rufen, Bolitho. Wir sollten den günstigen Wind ausnutzen!« Dann wurde er wieder ernst. »Sobald wir frei vom Land sind und genug Seeraum gewonnen haben, werden wir den Südostpassat finden, der uns die Passage um ein paar Tage verkürzen wird.«

Adam sagte: »Machen Sie weiter, Mr. Deighton. Ich werde sofort an Deck kommen. Lassen Sie das Boot des Kommodore längsseits kommen!«

Er fragte sich, warum Turnbull sich nicht entschlossen hatte, während der Rückreise seinen Breitwimpel auf der *Unrivalled* zu setzen. Über so vielem lag hier ein Mantel des Geheimnisvollen, ein Hauch von Verwegenheit und Wagemut, den er für seine jetzige Rolle wohl als angemessen empfand.

Die Tür schloß sich, und Turnbull fragte leichthin: »Deighton? Sein Vater wurde getötet, nicht wahr? Er war auch Kommodore.« Er lachte wieder glucksend. »Ich werde gut auf mich aufpassen müssen.« An der Tür sagte er abrupt: »Ich werde es zu schätzen wissen, wenn Ihr Schreiber zwei Kopien Ihres Berichtes fertigstellt, bevor wir Freetown erreichen. Er wird nützlich für mich sein, und wie ich sicher annehme, wird der neue Agent der Krone darauf brennen, ihn zu lesen, wenn er vom Schicksal des Prisenkommandos hört. Das war ein Akt der Piraterie und nichts anderes, das kann auch kein Stehkragenträger im Außenministerium zu ignorieren wagen, dieses Mal nicht!«

Adam geleitete ihn zum Niedergang, er war heilfroh darüber, daß er endlich verschwand.

Turnbull schaute zurück in die verwaiste Offiziersmesse, und wieder entging seinen Augen nichts. Vielleicht erinnerte er sich in diesem Moment an ein Gesicht oder an irgendein Ereignis in seiner Vergangenheit. Er bemerkte: »Der Agent der Krone ist, oder besser, war auch Seeoffizier – das könnte ein Vorteil für uns sein – hoffe ich.« Er drehte sich noch einmal um, einer der perfekt blank geputzten Schuhe ruhte schon auf der Leiter. »Herrick. Konteradmiral Thomas Herrick, sagt Ihnen der Name etwas?«

Adam mußte sich an dem Handlauf festhalten, um sein Gleichgewicht zu halten. Turnbull verschwand. Er hatte keine Antwort erwartet. Er kannte sie bereits.

Wieder an Deck zurück, war Adam immer noch geschockt. Die Männer, die an der Eingangspforte standen oder zackig zur Seite traten, als er vorbeiging, trugen plötzlich alle die Gesichter von Menschen, die er einmal gekannt hatte. *Die kleine Mannschaft.* Es waren jetzt nur noch sehr wenige. Und Thomas Herrick war einer der ersten gewesen. Es gab so viele Fragen, die unbeantwortet und ungeklärt waren. Es war wie bei einigen von Cristies Berechnungen, diese sauber gezogenen Linien in der Karte, die irgendwie aufeinander zuliefen und sich immer wieder und wieder trafen. Da war das Schiff, das zerstört worden war, und schreiende, eingeschlossene Männer und Frauen, die von den gierigen Haien in die Tiefe gerissen wurden. Da waren Tyacke, der unfähig gewesen war, über die Erinnerung zu sprechen, die sein Leben noch immer beherrschte, und George Avery, der deshalb gestorben war. Und jetzt Thomas Herrick! Verschwunden für viele Jahre. Der beste und älteste Freund seines Onkels.

Adam lüftete seinen Hut als Gruß für den Kommodore, und die Pfeifen zwitscherten den Ehrensalut, als die Seesoldaten die Musketen präsentierten.

Wenn man den Tatsachen nüchtern ins Auge schaute, dann konnte Turnbull mehr als zufrieden sein. Eine makellose Führungsakte und das nötige Dienstalter, um ihn für den nächsten Schritt zu empfehlen – den Admiralsrang. Während so viele andere ins Leere liefen, weil die Marine abgebaut wurde, hatte Turnbull eine große Zukunft in Reichweite vor sich.

Adam schaute zu, wie das Boot von der Bordwand weggepullt wurde. Der Kommodore blickte nicht zur *Unrivalled* zurück. Adam setzte wieder seinen Hut auf und erinnerte sich an die beiden kaum berührten Gläser Madeirawein in seiner Kabine. Zurückblickend war es schwer, den wahren Mann hinter der Autorität zu erkennen. Alles, was er bei dem Mann gespürt hatte, war Neid gewesen.

Geheimnisse

Unrivalleds Gig legte elegant längsseits der durchgesackten, von der Sonne ausgebleichten Pier an und hakte ein. Luke Jago schob seinen Hut nach hinten und starrte auf die Häuser der Wasserfront, auf einem von ihnen wehte der Union Jack. Zwei rotberockte Seesoldaten suchten jedes Stückchen Schatten, den sie in dem gewölbten Eingang finden konnten. Dann warf er einen Blick auf Midshipman Deighton, der das Kommando über die Gig hatte. Er hatte nie wieder etwas über das blutige Wasser gesagt, die rührend kleinen Wrackteile, die am Ort des Geschehens von dem Gemetzel übriggeblieben waren. Er machte sich gut, und sogar Jago mußte zugeben, daß er so etwas wie Bewunderung für ihn fühlte. Das war das höchste der Gefühle, zu dem er sich hinreißen lassen konnte.

Er wartete ab, als Kapitän Bolitho auf die Pier kletterte. Der Kommandant trug seinen besten Uniformrock, den Dreispitz und saubere Hosen. Das offene Hemd und die abgewetzten Lederstiefel gehörten woanders hin. Jago unterdrückte ein Grinsen.

Adam murmelte: »Nicht zu weit für einen Spaziergang.« Er drehte sich um, damit er noch einen Blick auf das Schiff werfen konnte, das sich ordentlich und gefährlich von der Masse der Handelsschiffe und den geschäftigen Küstenseglern abhob. Sonnensegel und Windsäcke waren aufgeriggt, und ein paar Boote lauerten in der Nähe, um ihre Waren anzubieten, sie gaben die Hoffnung niemals auf.

Jago beobachtete Adam, er erinnerte sich an seinen Gesichtsausdruck, den Wechsel der Stimmung, nachdem sie am Morgen vor Anker gegangen waren. Es passierte, nachdem Kapitän Tyackes Erster Leutnant sofort an Bord gekommen war, so als hätte er den Zeitpunkt ihrer Ankunft auf die Minute genau vorher gewußt. Dann hatte Jago es selbst gesehen. Ihre Prise, die portugiesische *Albatroz,* war aus Freetown verschwunden. Freigegeben, hieß es, wegen eines kleinen rechtlichen Details, einem »juristischen Krümel« hatte Cristie das genannt. Er wußte, daß die meisten Besatzungsmitglieder der *Unrivalled* ganz sicher damit gerechnet hatten, daß sie ihren Anteil am Prisengeld bekommen würden. Sie hatten es in ihren Träumen schon längst wieder ausgegeben.

Aber das war nicht das Problem gewesen. Es saß irgendwo tiefer, es war etwas Persönliches. Vielleicht kannte er den Kommandanten besser, als er selbst wußte, und konnte seine Gefühle in einem Maße erspüren, wie er es nie für möglich gehalten hatte. Wahrscheinlich hatte er das auch gar nicht gewollt. Wie der junge Deighton, dessen Vater, der Kommodore, von seinen eigenen Männern getötet worden war. Sie teilten das Gefühl, aber es blieb strikt privat.

Er sah zu den Menschen hinüber, die sich auf der Hauptstraße am Hafen drängten. Schwarze, braune, so viele Farben, wie es Flaggen im Hafen gab.

»Ich gehe voraus, Sir.« Er warf einen Blick ins Boot zurück, als Deighton unsicher fragte: »Was soll ich machen, Sir?«

Jago runzelte die Stirn. »Halten Sie das Boot möglichst im Schatten. Und falls irgendeiner dieser Hurensöhne versucht, etwas zu stehlen ...« Er konnte es bei Deighton nicht so brutal sagen, daher lächelte er ihn an. »Sie haben einen hübschen Dolch an ihrem Gürtel, Mr. Deighton. Benutzen Sie ihn!«

Adam kletterte die letzten Stufen nach oben und blickte auf die Stadt, den Staub, den Hitzedunst, der sich dahinter wie der Rauch eines Holzkohlenfeuers aus den Wäldern erhob. Als er die *Unrivalled* an ihren Ankerplatz gebracht hatte, hatte er ein anderes Schiff gesehen, das bereits an den Murings lag. Wahrscheinlich war es ungefähr eine Stunde vor ihnen eingelaufen. Es handelte sich um eine Brigg. Sie war stark gebaut und war typisch für die kleinen Schiffe, die als Mädchen für alles in der Flotte dienten. Tyacke hatte sie vermutlich auch gesehen und fühlte sich vielleicht an sein erstes Kommando erinnert. So wie ich an das meine, dachte Adam. Aber es handelte sich um eine Kurierbrigg aus England, ihr narbiger Rumpf und der verwitterte Zustand sagten mehr als alle Worte über das Seegebiet aus, das er so gut kannte. Grau, stürmisch: der ewige Feind. Männer arbeiteten hoch oben auf den Rahen, schlugen neue Segel unter oder sandten die Überreste der vergangenen Reise an Deck, damit sie dort repariert werden konnten.

Eine Kurierbrigg. Also würde irgend jemand Post bekommen. Männer, die nicht schreiben und lesen konnten, würden sich ihre Briefe auf dem Meßdeck vorlesen lassen, während andere, die vermutlich niemals Nachrichten von zu Hause erhielten, dabeisitzen und zuhören würden. Das Gefühl teilen würden.

Adam hielt neben einer großen, gefährlich ausschauenden Hieve mit Ladung an und versuchte mit den Gedanken, die ihn ganz besonders beschäftigten, ins Reine zu kommen. Tyacke hatte es für wichtig genug gefunden, seinen Leutnant Raven zu ihm zu schicken, damit Adam sich vorbereiten konnte. Oder hatte er ihn warnen wollen?

Konteradmiral Thomas Herrick – für jeden anderen stand der Name nur für einen beliebigen weiteren Admiral, vielleicht noch nicht einmal das. Aber Adam kannte Herrick schon so lange, wie er sich erinnern konnte. Nach Art der Navy. Man hatte sich mal hier mal dort getroffen, wie in einer Familie. So war es eben in der Marine, das sagten alle ...

Adam konnte nicht verstehen, daß Valentine Keen, jetzt Hafenadmiral in Plymouth, es nicht gewußt, ihn nicht vorgewarnt hatte. Keen hatte sowohl mit Richard Bolitho als auch mit Thomas Herrick zusammen gedient, wahrscheinlich öfter, als er zählen konnte. Es war nur ein paar Wochen her, seit Adam Keen und dessen Frau besucht hatte. Während die *Unrivalled* ihre Überholungsarbeiten in Plymouth durchgeführt hatte, hatte Keen nichts gesagt. Er mußte davon gehört haben, daß Herrick als Kronagent bestellt worden war, warum nur hatte er es nicht erwähnt? Adam hatte es schon seit langer Zeit gespürt, daß es zwischen den beiden eine Art atmosphärische Abkühlung gegeben hatte. Herrick hatte Keen vor langer Zeit einmal vor eine Untersuchungskommission gebracht, was diesen sehr verbitterte. Inzwischen hatte Keen Herrick im Rang überflügelt und noch eine ganze Reihe weiterer vielversprechender Aufstiegsmöglichkeiten vor sich. Es bestand ganz gewiß keine Notwendigkeit, wegen dieser alten Sache noch irgendwelche Animositäten zu pflegen.

Adam war verletzt und war es in seinem Inneren immer noch, daß Keen ihm diese Tatsache verschwiegen hatte. Zählte der Rang wirklich so viel mehr als Freundschaft? Er erinnerte sich plötzlich an den kurzen Besuch in Falmouth, als Ferguson ihn davon abgehalten hatte, nach Fallowfield zu fahren, um John Allday im Old Hyperion zu besuchen. In einem ruhigen Augenblick hatte ihm Ferguson erzählt, was Allday ihm über den Tag berichtet hatte, an dem Sir Richard Bolitho von einem Scharfschützen niedergestreckt worden war.

Er hatte von Alldays tiefsitzendem Schmerz gesprochen, als der versucht hatte, ihm seine Gefühle zu erklären, und wie er und der Admiral ... sein Freund ..., trotz der vielen Männer um sie herum, trotz des Schreckens der Seeschlacht ... »ganz allein« gewesen waren.

»Er ist schnell von uns gegangen, Bryan. Dann hat er mich plötzlich angeschaut und mich gefragt, wo Herrick sei. Irgendwie hatte er erwartet, ihn bei sich zu sehen, verstehst du?«

Seinen ältesten Freund.

Adam schüttelte sich, wie um die Erinnerung daran loszuwerden, dann knurrte er: »Wir sollten es hinter uns bringen!«

Jago hob die Schultern. Wieder eine andere Stimmung. Er hatte Kapitän Bolitho wie einen jungen Löwen in der Hitze des Gefechts gesehen, trotzdem war er noch immer in der Lage, die Hand eines sterbenden Matrosen in die seine zu nehmen. Er hatte ihn in einem Augenblick größter Verzweiflung ausrufen hören: »Kann man den Männern denn nicht erlauben, in Würde zu sterben? Was ist daran so falsch?« Und ein anderes Mal hatte er gehört, wie seine Stimme gebrochen war, als er die Gebete für einen Mann bei einem Seebegräbnis las, den er kaum gekannt hatte.

Er hörte, wie die Wachposten mit ihren Füßen aufstampften, als sie die Habtachtstellung einnahmen. Gleichgültig ob Plymouth, Gibraltar oder auf dem Deck eines Flaggschiffs, die »Hummer« änderten sich nie. Adam lächelte. Sogar in dieser Hitze. Sie hatten keine Gefühle, keinen Sinn für etwas anderes.

»Kapitän Bolitho, Sir?« Ein Leutnant war aus dem Haus getreten, um ihn zu begrüßen, auf seinem Gesicht lag ein einstudiertes Lächeln.

Adam sagte zu Jago: »Es wird nicht lange dauern, Luke.« Das war wieder so etwas. Er benutzte seinen Vornamen ganz natürlich, wie ein Freund, nicht wie ein Vorgesetzter, geschweige denn wie ein Kapitän zur See. So als ob er den Mann wirklich kennen würde, und so, daß dieser niemals einen ungerechtfertigten Vorteil daraus ziehen würde. Nicht wie andere. Die meisten.

Jago schaute ihm nach, wie er im Schatten des Eingangs verschwand, dann sah er sich nach einem geeigneten Platz zum Warten um. Die Leute würden auf den Kapitän schauen und nur die Epauletten sehen, dachte er. Auf den Fregattenkommandanten, der alles hatte, der jeder Frau den Kopf verdrehen konnte. Er mußte an die eine denken, die sich Lady Bazeley nannte, so stolz und so wunderschön. Und es natürlich auch wußte. Und als er sie zusammen gesehen hatte – sie war halbnackt gewesen, ihr Kleid klebte an ihrem Körper, da hatte er gewußt, daß mehr dahinter steckte. Er schaute sich um, als zwei eingeborene Frauen vorbeigingen, jede balancierte ohne Anstrengung einen großen Korb auf ihrem Kopf, sie rollten mit den Augen in Richtung der schwitzenden Wachposten. Das war genau das, was der Kapitän brauchte, aber da war er nicht der einzige. Jago klopfte sein Jackett glatt.

Adam folgte dem Leutnant den Flur entlang, ihre Absätze knallten auf dem gefliesten Boden seltsam laut. Es ist ein altes Gebäude, dachte er, das an zeitweilige Besetzungen und Benutzungen gewöhnt ist. Es fiel ihm nicht schwer, sich diesen Ort vorzustellen, als er nur von der See und dem Dschungel umgeben gewesen war. Wer war zuerst gekommen? Händler und Kaufleute, vielleicht auch Missionare? Schließlich war das Militär gekommen, um sie zu beschützen. Immer wieder. Die Händler und Missionare mochten jetzt verschwunden sein, aber das Militär und die Flagge blieben immer.

»Hier hinein bitte, Sir.« Der Leutnant öffnete eine Tür und meldete: »Kapitän Bolitho, Sir.« In einem ruhigeren, fast vertraulichen Ton fügte er hinzu: »Ungefähr zehn Minuten, Sir.«

Als sich die Tür hinter ihm schloß, fand sich Adam in einem Halbdunkel wieder, jedenfalls erschien ihm das so, nach dem lichtüberfluteten Weg vom Landungssteg. Es war ein langer, schmaler Raum, ein Fenster nahm fast die ganze Breite der einen Wand ein, aber es war fest mit Sonnenblenden verschlossen, durch deren Schlitze nur ein Minimum an Sonnenlicht hereinfallen konnte. Adam mußte mehrere Sekunden still stehen bleiben, um sich zu orientieren. Dann sah er Konteradmiral Thomas Herrick am weitest entfernten Ende des Fensters stehen, sein Kopf war halb zur Seite gedreht, als ob er den Geräuschen des Hafens lauschen würde.

»Bitte, setzen Sie sich doch«, er deutete zu einen Tisch. »Ich kann Ihnen ein Ingwerbier anbieten, und diesen kleinen Luxus verdanke ich der örtlichen Garnison der Armee.«

Es war dieselbe Stimme. Aber als sich seine Augen an die Dunkelheit gewöhnt hatten, konnte Adam kaum glauben, daß das derselbe Mann war. Allerdings war er auf etwas in dieser Art vorbereitet gewesen. Er wußte, wie Herrick gelitten hatte, nachdem man ihm den Arm amputiert hatte, und daß der Tod seiner über alles geliebten Frau

Dulcie sein Herz gebrochen hatte. Aber in seinem Gedächtnis hatte Adam immer noch das Bild des Mannes gehabt, den er die meiste Zeit seiner Dienstzeit gekannt hatte, und das, was er über ihn von anderen gehört hatte, hauptsächlich von seinem Onkel. Tapfer, loyal und stur bis zum Starrsinn, aber immer ein Mann, dem man unbesehen sein Leben anvertrauen konnte. Herrick mußte sich den Sechzigern nähern, dieser Mann, der auf Grund seiner niedrigen Herkunft nie damit gerechnet hatte, jemals zum Kapitän zur See befördert zu werden, geschweige denn den Rang eines Flaggoffiziers zu erreichen.

Adam erkundigte sich: »Geht es Ihnen gut, Sir?«

Herrick zog an einer Kordel neben sich und öffnete die Blenden etwas weiter. Adam konnte erkennen, wieviel Mühe es ihm bereitete, er sah, wie gebeugt die Schultern waren, so als ob ihm der Stumpf seines rechten Arms noch immer erhebliche Beschwerden bereitete. Sein Haar war völlig ergraut, aber als er sich von dem hellen Sonnenlicht abwendete, blickte er in dieselben hellblauen Augen, an die er sich die ganze Zeit erinnert hatte.

Herrick begann: »Die *Unrivalled* wird das Geschwader hier erheblich verstärken. Eine ›zeitweilige Einrichtung‹, so etwas wie die Demonstration unserer Stärke als ernstgemeinter Versuch, dem Vertrag zum Durchbruch zu verhelfen. Wie ich gehört habe, hat Kommodore Turnbull einen Schlachtplan. Ich werde gleich wieder mit ihm zusammenkommen.«

Adam verspannte sich. Also war Turnbull bereits hier gewesen, um mit Herrick zu sprechen. Bevor irgend jemand seine Darstellung des brutalen Mordes an den Sklaven und den britischen Seeleuten in Zweifel ziehen konnte.

Herrick fuhr in demselben Ton fort, dem jede emotionelle Färbung fehlte: »Die Marine wird eine große Zahl kleiner, schneller Fahrzeuge benötigen, um den Sklavenhandel zu unterbinden. Ich bin darüber informiert, daß mindestens eine neue Bark an der Küste operiert. Sie ist schnell, gut bewaffnet und kann dreihundert oder mehr Sklaven auf schnellen, profitablen Reisen transportieren. Und dann sind da noch andere, eine davon haben Sie ja mit der *Unrivalled* aufgebracht.«

Adam wartete ruhig ab. Es war gar keine Frage, Herrick war seit seiner Ankunft in Freetown keineswegs untätig gewesen.

Herrick ging zum Tisch und goß ein Glas Ingwerbier ein. »Die *Albatroz* ist selbstverständlich ein Sklavenschiff, daran gibt es gar keinen Zweifel. Aber sie gehört einer portugiesischen Reederei, sie kann durch die Ausrüstungsklausel nicht festgenagelt werden, die unsere Regierung als allgemein verbindlich durchsetzen möchte. Handschellen sind ein Hinweis, aber nicht länger, so scheint es, ein ausreichender Beweis.« Dieses Mal versuchte er seine Mißbilligung nicht zu verbergen. »Piraterie ist eine ganz andere Sache, aber das brauche ich Ihnen ja nicht zu erklären. Die Menschen in England beginnen noch nicht einmal, die Schlechtigkeit und Verworfenheit dieses miesen Geschäfts zu begreifen. Das ist wie bei den Straßenräubern, die manchen als Helden erscheinen, aber jene, die unter ihren Überfällen zu leiden haben, sehen das ganz anders! Ich habe oft davor gewarnt, als ich noch mit …« Er hielt ärgerlich abrupt inne und ging zum Fenster zurück, das Ingwerbier ließ er unberührt zurück.

Zum erstenmal fühlte Adam so etwas wie Mitleid. Beinahe hätte Herrick ihren Namen ausgesprochen.

Herrick fuhr fort: »Ich jedenfalls habe nie eine Träne vergossen, wenn diese Kerle am Galgen strampelten!«

Adam erinnerte sich an die Bitternis, die sein Onkel bei einer Gelegenheit empfunden hatte, als Herrick seine Mißbilligung der »Liaison«, wie er es nannte, mit Catherine deutlich gezeigt hatte.

Und trotzdem, als Herricks Frau Dulcie sterbend mit Typhus daniedergelegen hatte, den sie sich geholt hatte, als sie spanischen Kriegsgefangenen auf in der Nähe liegenden Hulken helfen wollte, wäre sie völlig alleine gewesen, wenn Catherine nicht gewesen wäre. Yovell, der jetzt da draußen im Hafen auf dem Schiff saß, hatte sie begleitet, wenn sie das Haus besuchte, in der Herricks Frau daniederlag. Sie hatte ihm verboten, zu bleiben und sein eigenes Leben zu riskieren, aber sie hatte ihn losgeschickt, um Hilfe und ärztliche Behandlung zu organisieren. Und Catherine war bis zum Ende an Dulcies Seite geblieben. Sie hatte sich um alle ihre Bedürfnisse gekümmert, hatte sie gewaschen, hatte ihre beschmutzte Kleidung gewechselt, obwohl sie wußte, daß jede Stunde sie selbst in größere Gefahr brachte.

Sein Onkel hatte davon sowohl mit Sorge als auch mit Stolz gesprochen. Jetzt in diesem dunklen stickigen Zimmer, in dem ein Fächer wie von einer unsichtbaren Hand bewegt hin und her schwang, schien es, als wäre es gestern gewesen.

»Wir haben eine gewaltige Aufgabe übernommen, Sir.«

Herrick sah ihn direkt, vielleicht sogar mißtrauisch an. »Ich habe diese Herausforderung übernommen, weil ich die Untätigkeit nicht länger ausgehalten habe!« Seine Stimme klang heftig, als würde er etwas durchleben, das ihm zu nahe ging, als daß er es einfach zur Seite schieben konnte. »Ihre Lordschaften haben meinen Namen für diese Position vorgeschlagen als einen Offizier, dem man zutrauen kann, daß er diese Aufgabe ohne Angst vor jemanden oder Vorteile für sich selbst durchführen kann, so wie ich es immer während meiner Dienstzeit zu halten versucht habe.« Er drehte sich weg, sein leerer Ärmel, der mit einer Nadel hochgesteckt war, zeichnete sich deutlich gegen das gefilterte Sonnenlicht ab. »Und auch, weil ich einen hervorragenden Sündenbock abgebe, falls sich die Notwendigkeit dafür ergibt.«

Auf dem Flur erklangen Stimmen, und Adam konnte sich den Leutnant vorstellen, der draußen vor der Tür lauschte.

Herrick sagte abschließend: »Sie werden Ihre Befehle vom Kommodore innerhalb von zwei Tagen bekommen. Sie werden zu keiner Zeit das bevorstehende Unternehmen mit irgend jemanden besprechen, mit Ausnahme Ihrer Offiziere, und auch mit denen sprechen Sie nur über die groben Umrisse Ihrer Instruktionen.«

»Sie sind alle sehr erfahren, Sir.« Adam fühlte sich unerklärlich irritiert. Weshalb er abwehrend klang …

Herrick stellte fest: »Ich kenne Ihre Akte. Die Affäre vor Algier und auch der Kampf mit der abtrünnigen Fregatte haben Ihnen alle Ehre gemacht. Aber Sie haben sich das Recht herausgenommen, die Signale Ihres Admirals zu ignorieren, sie so zu interpretieren, wie Sie es für richtig erachteten. Als Ergebnis haben Sie ein wertvolles Handelsschiff gerettet und was noch mehr zählt, damit auch einige sehr wichtige Passagiere. Als Geiseln hätten sie zumindest alle weiteren Verhandlungen mit dem Dey von Algier unmöglich gemacht.«

»Ich habe getan, was ich unter den gegebenen Umständen für richtig hielt, Sir.«

Herrick warf einen schnellen Blick zur Tür. »Sie haben Glück gehabt. Sie würden mich in einem ähnlich gelagerten Fall bei weitem nicht so verständig finden.«

Die Tür öffnete sich einen Spalt breit, aber Herrick sagte scharf: »Warten Sie!« Sie schloß sich wieder.

Dann ging er durch das Zimmer, die eine Schulter bildete unbewußt einen Buckel, so wie man es bei so vielen Veteranen sah, die Adam in Hafenstädten Englands beobachtet hatte. Er sagte plötzlich ruhig: »Ich habe nicht vorgehabt, daß unser Treffen so verlaufen soll.« Er hob eine

Hand in die Höhe. »Nein, hören Sie mir zu. Vielleicht bin ich zuviel allein. Ich wollte mit Ihnen davon nicht sprechen – nicht jetzt und nicht hier. Aber Sie werden wissen, besser als jeder andere, was Ihr Onkel für mich bedeutet hat. Er hat es nie vergessen, und ich werde es ebenfalls nie tun. Wie alle bedeutenden Männer. Und er war ein bedeutender Mann. Obwohl er der letzte gewesen wäre, der es zugegeben hätte, hat er sich Feinde gemacht. Sie sind weitaus hinterlistiger und verräterischer als jene, die uns aus diesem oder jenem Grund mit Pulver und Kugeln bedrohen. Seien Sie also gewarnt. Haß stirbt nicht … genau wie die Liebe.« Dann, plötzlich, reichte er ihm die ausgestreckte Hand. »Ich könnte mir hier keinen besseren Kommandanten vorstellen.« Er lächelte, »Adam«.

Es war das Traurigste, was Adam seit langer Zeit erlebt hatte. Er verließ den abgedunkelten Raum, ohne die verschwommenen Gestalten wahrzunehmen, die draußen darauf warteten, daß sie zur Audienz vorgelassen wurden.

Wie ein Fremder.

Es wäre weitaus besser gewesen, wenn er tatsächlich ein Fremder gewesen wäre. Er blieb an einem der anderen Fenster stehen und berührte den alten Degen an seiner Hüfte. Herrick hatte ihm einst erzählt, wie er mit Bolitho wieder nach Falmouth zurückgekehrt und dabei war, als Kapitän zur See James Bolitho diesen Degen an seinen Sohn weitergegeben hatte. Ein Kommandant und sein Erster Leutnant … Was war aus dem harten starrköpfigen jungen Mann geworden?

Kommodore Arthur Turnbull trat aus einer der Türen und blieb stehen, um ihn zu beobachten. Adam vermutete, daß er diesen Moment genau abgepaßt hatte, um ihn abzufangen.

»Er war wie immer rauh, nicht wahr?«

Adam betrachtete ihn ruhig. »Er war sehr offen zu mir, Sir.«

Turnbull schien fast zu lächeln. »Das sagt eigentlich alles, Bolitho.« Er schaute auf die Tür, vor der der Leutnant bereits wieder mit einer neuen Liste lauerte. »Dann werde ich genauso offen sein. Konteradmiral Herrick ist hier, um uns zu beraten. Aber vergessen Sie niemals, ich habe das Kommando.«

Adam lauschte seinen Schritten hinterher, die ohne Eile den Korridor hinunterklapperten, sehr selbstsicher und zuversichtlich. Er nahm seinen Hut vom Tisch und rammte ihn auf sein ungebändigtes Haar.

Und unbarmherzig.

Er entdeckte Jago am Eingang, wo immer noch die beiden Wachposten standen wie zuvor. Nur der Schatten war weitergewandert.

Was hätte wohl John Allday gesagt, hätte er gerade eben Herrick gehört?

Dann sah Adam *Unrivalled* an ihrem Ankerkabel schwoien. Sie war der Traum eines jeden Schiffbauers. Menschen veränderten sich, Schiffe nicht. Und dafür war er plötzlich sehr dankbar.

Adam Bolitho lehnte sich in den tiefen Sessel zurück und lauschte auf die andere Welt hinter der weiß gestrichenen Tür, vor der der unvermeidliche Wachposten stand.

Es war Abend, wieder dieser Wechsel von Farben und Mustern, die anscheinend in Freetown üblich waren. Der Himmel war von einem intensiven Ocker, bedeckt mit langen zerrissenen Bannern aus dunklen Wolken, die sich weiterbewegten, noch während er sie beobachtete. Cristie hatte behauptet, daß sie ein Vorbote für bessere Windverhältnisse wären. Morgen vielleicht, wenn *Unrivalled* ihren Anker hieven würde, um den Hafen zu verlassen.

Durch das dicke Glas der Heckfenster konnte er die Ankerlichter der vermurten Schiffe sehen, die mit der zunehmenden Dunkelheit heller wurden. Morgen also. Vielleicht hatte Cristie mit seiner Vorhersage recht. Adam dachte an Tyackes *Kestrel.* Sie hatte Stunden gebraucht, um von der Reede freizukommen. Einmal hatte man sogar die Boote zu Wasser gelassen, um das Schiff zu schleppen und das Ruder steuerfähig zu halten. Draußen vor der Ansteuerung war sie bewegungslos liegengeblieben, jedenfalls schien das so, anscheinend war sie völlig bekalmt gewesen. Das mußte für jeden Mann an Bord eine schwere nervliche Belastung gewesen sein, besonders aber für Tyacke. Kommodore Turnbull war schon früher ausgelaufen, ohne daß sein Breitwimpel über dem eleganten Schoner *Paradox* wehte. Adam fragte sich, wie wohl die Besatzung mit dem Tod ihrer Bordkameraden fertig wurde. Galbraith hatte ihm erzählt, daß bereits ein Offizier versetzt worden war, um die Stelle des toten Finlay einzunehmen. Für ihn würde es noch schwerer werden, denn es war seine erste Reise unter lauten Fremden.

Adam blickte in die Akte auf seinem Schoß: Fakten und Zahlen sowie drei mögliche Ortsangaben, von denen vermutet wurde, daß sich die Sklavenhändler dort zu einem Treffen versammeln könnten. Die meisten der Informationen stammten entweder von Handelsschiffen oder von den hartarbeitenden Briggen und Schonern des Patrouillengeschwaders, und Adam wußte aus frustrierenden Erfahrungen, daß das meiste davon pure Spekulation war. Er mußte wieder an Herrick denken. Der hatte oft von seinem Schicksal als der *launischen Dame Glück* gesprochen. Das war jetzt nur noch schwer zu glauben.

Adam nahm den Brief in die Hand und drehte ihn in seinen Händen hin und her. Er war weit gereist und mußte Cornwall ungefähr zur selben Zeit verlassen haben, als *Unrivalled* aus Penzance ausgelaufen war.

Er hatte ihn schon zweimal gelesen. Es war ihm auch möglich gewesen, sich Tante Nancy vorzustellen, wie sie ihn geschrieben hatte, wie sie ihr Gesicht verzog, wie er es sooft bei ihr gesehen hatte, wenn sie einen Brief komponierte. Nancy ... er konnte an sie nie als Lady Roxby denken, wie es das Wappen im Briefkopf verlangte.

Sie ließ niemals zu, daß er vergaß, daß sie immer da war, in der Umgebung, die er so gut kannte, und an ihn dachte. In derselben Art und Weise wie sie immer an ihren Bruder Richard geschrieben hatte.

Sie lebte jetzt allein in jenem Haus auf dem Landbesitz, der an das Anwesen der Bolithos angrenzte. Ihr Ehemann, den man liebevoll oder auch mit anderen Gefühlen den König von Cornwall nannte, war ganz plötzlich gestorben, ein Mann, der ein volles, stürmisches Leben gelebt und es bis zum Exzeß ausgeschöpft hatte. Er war der örtliche Friedensrichter gewesen, und mehr Menschen als nur einige wenige hatten mit ihrem Leben dafür bezahlt, daß man sie vor seinen Richterstuhl gebracht hatte. Er hatte mitgeholfen, die Heimwehr auszuheben, als für England täglich die konkrete Gefahr bestanden hatte, daß die Franzosen eine Invasion versuchen könnten. Außerdem hatte er eine Vorliebe für Frauen gehabt, aber Adam hatte ihm niemals vergessen, daß er der erste gewesen war, der Catherine zu Hilfe gekommen war, als sie Zenorias zerschmetterten Körper in ihre Arme gebettet hatte.

Und da war da noch die Nancy, die ihn wie ihren eigenen Sohn begrüßt hatte, als er den ganzen Weg von Penzance zu Fuß zurückgelegt hatte, nachdem seine Mutter gestorben war. Er wußte, daß Roxby Zweifel über seine Identität gehabt hatte. Auch das hatte sie geändert.

Nancy hatte ihm über Elizabeth geschrieben, das Kind, das seine Cousine war. Er hatte niemals in dieser Weise an sie gedacht. Er lächelte. Sie war wohl kaum noch ein Kind, sie mußte inzwischen vierzehn Jahre alt sein oder würde es im Juni werden. Im selben Monat, in dem er seinen eigenen Geburtstag feierte. Elizabeth war Nancys Patenkind, und es konnte keine bessere Patentante geben. Sie würde ihr die Liebe und die Fürsorge geben, der sie bedurfte. Aber Nancy konnte auch sehr pingelig sein – und ihr entging nichts. Das Mädchen war in guten Händen.

Nancy hatte ihm von ihrem letzten Besuch im Haus der Bolithos geschrieben, das mußte kurz nach seinem kurzen Aufenthalt in Falmouth gewesen sein. Sie hatte damals Elizabeth mitgenommen und ihr die Familienporträts gezeigt. Adam fragte sich, wie sie ihr das Bild von Catherine erklärt hatte.

Es ist Tradition in dieser Familie, daß jeder ein Porträt von sich anfertigen läßt. Es wäre richtig und angemessen, wenn Du dafür sorgen würdest, daß das Deinige neben den anderen hängen würde. So, als ob sie sein Widerstreben spüren würde, hatte sie hinzugefügt, *um meinetwillen, wenn schon aus keinem anderen Grund.*

Sie hatte einen kleinen Zettel beigelegt, auf dem unter einer Zeichnung eines Strandes und einem Segel weit draußen auf der See etwas in Elizabeths Handschrift stand. Auch der Rücken eines Mädchens war zu erkennen, das offensichtlich das ferne Schiff beobachtete.

Die Handschrift war gut ausgeprägt und wirkte seltsam erwachsen.

Mein lieber Cousin,

ich würde Dich so gerne sehen. Das ist ein Bild von Deinem Schiff. Es kehrt heim.

Die Unterschrift lautete *Elizabeth.*

Adam faltete das Papier zusammen und war seltsam bewegt. Sie war in guter Obhut. Nancy und ihre Anwälte würden dafür sorgen. Ansonsten hatte sie alles verloren.

Er mußte wieder an die kleine Zeichnung denken. Es war unheimlich: So viele Frauen hatten schon auf das erste Zeichen eines heimkehrenden Schiffes gewartet oder beteten, sobald eines den Hafen verlassen hatten. Nancy verstand das. Sie stammte aus einer Familie von Seeleuten, und als junges Mädchen war sie in einen Midshipman verliebt gewesen, der Richards bester Freund in seinen frühen Jahren als »junger Gentleman« gewesen war. Sie hatte gelernt, Roxby zu lieben, aber sie hatte den jungen Mann nie vergessen, der Falmouth besucht hatte und der ihr genommen worden war.

Er blickte wieder in ihren Brief.

Catherine hat mich besucht. Sie hat Vizeadmiral Keen und seine Frau im Boscaween House besucht. Ich hoffe und bete dafür, daß sie in Zukunft etwas Glück finden möge. Mein Herz begleitet sie.

Er blickte auf und sah, daß ihn Napier von der Tür der Pantry aus beobachtete. »Ja?« Dann winkte er mit dem Brief und milderte seinen Ton. »Du hast keinen solch scharfen Empfang verdient, worum geht es?«

Napier rieb einen Fuß an dem anderen Bein. »Wollen Sie nichts essen, Sir?«

Adam stand auf und beobachtete ein Boot, das unter dem Heck der *Unrivalled* vorbei gepullt wurde. Das Wachboot. Ihr eigenes. Galbraith hatte die Notwendigkeit der Geheimhaltung nicht in Frage gestellt, das würde er auch nie tun.

Adam faltete den Brief zusammen. Also hatte Keen auch von Catherines Besuch gewußt. Er blickte den Tatsachen ins Auge. Sie war mit Sillitoe dort gewesen, es mußte so gewesen sein. Sie brauchte jemanden. Er starrte geistesabwesend zu dem geschlossenen Skylight hinauf. In der Kabine war es wie in einem Ofen, die brennenden Lampen zogen jedoch die Insekten an wie Honig die Bienen. Die stachen. Er seufzte. Es war ein weiter Weg von Nancys Falmouth bis hierher.

Ihm wurde bewußt, daß Napier ihn immer noch beobachtete. »Ein paar Scheiben Schweinefleisch, David, du weißt ja, wie ich es mag ...«

Der Junge nickte ernst. »Dünn geschnitten, hellbraun mit Krümeln von Schiffszwieback gebraten.« Er spendierte sich eines seiner seltenen Lächeln. »Und mit schwarzem Sirup!«

Er eilte fort.

Adam öffnete das Skylight ein paar Zoll und hörte das Summen der Stimmen. Die Männer der Freiwache verbrachten ihre Zeit an Deck, erfreuten sich an dem Anblick des fremden Landes, genossen die Brise, gleichgültig wie schwach diese auch sein mochte. Auch eine Violine war zu hören, aber diesmal ohne den Vorsänger der Shanties. Sie wurde gut gespielt, es war eine dieser traurigen Melodien, die die Seeleute so mochten.

Etwas stach ihn ins Handgelenk, und schnell schloß er das Skylight wieder. Er hörte, daß Napier sich auf den Weg zur Kombüse machte, ohne Zweifel war er erstaunt darüber, daß sein Kapitän sich mit einem solch spartanischen Mahl zufrieden gab, wo er doch jederzeit an Land viel Besseres hätte genießen können.

Bolitho hatte begonnen, einen Brief an seine Tante zu schreiben, er würde ihn heute abend beenden, bevor er in seine Koje eintörnte. Morgen würden sie wieder nach See hin auslaufen. So wie diese konvergierenden Linien auf Cristies Karten. Wo trafen sie sich und zu welchem Zweck?

Er trat durch die innere Tür und blickte prüfend und nachdenklich auf den alten Degen, der an seinem Platz hing und das Licht der Laterne auf sich zog. Napier kümmerte sich auch darum.

Er hatte oft über den Degen nachgedacht, lange bevor es auf ihn übergegangen war. Er war auf so vielen der Porträts zu sehen ... Er lächelte traurig. *Und er wäre meinem Vater übergeben worden.* Er erinnerte sich an Herricks bittere Worte: *Haß stirbt nie. Genauso wenig wie die Liebe.*

Er sah das Glas auf seinem Schreitisch, den Cognac, den Napier immer dorthin stellte.

Es war eine Warnung gewesen.

Frank Rist, Steuermannsmaat, schloß die Tür des Kartenraums und machte sich auf den Weg zum Niedergang. Er hatte die Karten überprüft, die Cristie für die Ausreise von Freetown während eines Tages oder so benötigen würde. Diese Kontrolle war niemals notwendig, aber Cristie erwartete es immer. Nichts sollte dem Zufall überlassen werden. Rist hatte die Gelegenheit wahrgenommen, das neue Vergrößerungsglas auszuprobieren, das der junge Ede für ihn hergestellt hatte. Es ist verblüffend, dachte er. Aus ein paar Resten, wie Ede erklärt hatte. *Resten.* Es sah aus, als wäre es in einem erstklassigen Instrumentenmachergeschäft hergestellt worden, und irgendwie wußte er, daß Ede es für ihn speziell hatte anfertigen wollen. Daß es ihm ein *Bedürfnis* gewesen war, wäre wahrscheinlich die bessere Formulierung dafür gewesen. Es war seine Art, auf etwas zu warten, anstatt um einen Gefallen zu bitten, wie andere das taten. Er war ein ruhiger, fast sanfter Junge, der ganz gewiß nicht in diese rauhe, brutale Umgebung gehörte, die nur ein erfahrener alter abgebrühter Salzbuckel als eine enge Kameradschaft anerkennen konnte.

Man konnte sich Ede nur schwer als gefährlichen Totschläger vorstellen, obwohl Rist gehört hatte, daß er angeklagt und verurteilt worden war, weil er seinen Arbeitgeber mit einer Schere schwer verwundet hatte. Das Gericht hatte auf versuchten Mord erkannt. Jemand hatte ein gutes Wort für ihn eingelegt und ein geringeres Strafmaß vorgeschlagen, und das Opfer hatte dem nicht widersprochen, was seltsam genug war. Denn jung oder nicht, normalerweise wäre er gehängt worden.

Ede war mit den Händen sehr geschickt. Rist hatte gesehen, daß sogar Joseph Sullivan es ihm gestattet hatte, einige winzige Teilchen an dem Modell der *Spartiade* zu befestigen. Und Rist wußte, daß Sullivan, der normalerweise ein ruhiger und in sich gekehrter Mann war, jeden bewußtlos geschlagen hätte, der es gewagt hätte, seine

Arbeit auch nur zu berühren. Er setzte sich auf eine Kanone und blickte über den Hafen, der jetzt in tiefer Dunkelheit lag. Ein paar Boote waren noch unterwegs, aber die meisten hatten den Versuch längst aufgegeben, bei der *Unrivalled* längsseits zu gehen. Es war kein Geheimnis, daß Frauen üblicherweise durch die Geschützpforten an Bord der Schiffe geschmuggelt wurden, sogar über das Ankerkabel, um unentdeckt, aber gut genutzt bis zur Morgenwache zu bleiben. Aber das lief auf der *Unrivalled* nicht. Seesoldaten waren an den Eingangspforten, dem Vorschiff und den Laufgängen postiert und auch in dem Wachboot draußen, nur um sicher zu gehen.

Unrivalled ging jetzt wieder mit einem bestimmten Auftrag in See. Aber alles war besser, als hier in diesem Hafen zu verrotten. Er hatte oft und lange über die Prisenbesatzung nachgedacht, die so furchtbar abgeschlachtet worden war. Es waren Männer gewesen so wie diese hier an Deck, die ihr Garn spannen und sich die Zeit vertrieben. Nach einer Mahlzeit, die aus salzigem Rindfleisch aus dem Pökelfaß, hartem Schiffszwieback bestanden und die man mit dem sauren roten Wein des Zahlmeisters hinuntergespült hatte, dem Matrosentod, wie ihn die Männer nannten. Jetzt waren sie in der Laune, um zu klönen und sich über die kaltblütigen Mörder aufzuregen. Und jetzt hatten sie noch einmal mehr die Prise *Albatroz,* auf die sie Wetten setzen konnten.

Rist sah zu den Lichtern an Land hinüber und fragte sich wieder, ob es dort drüben wohl Menschen gab, die von dem bevorstehenden Einsatz wußten, der am nächsten Tag beginnen sollte. Er versuchte seine Bedenken zu verscheuchen. *Falls es so ist, dann wissen die mehr als wir!* Aber er konnte nicht darüber lachen.

Er würde niemals die Gefahren seines Geschäfts geringschätzen. Als sie die *Albatroz* unter dem Kommando des allmächtigen und allwissenden Leutnants Varlo geentert hatten, war er bis in die Fußspitzen angespannt und auf alles vorbereitet gewesen. An Bord hatte er dafür gesorgt, daß sofort zwei der Drehbassen geladen und feuerbereit gemacht und nach binnenbords gedreht wurden. Beim ersten Anzeichen von Ärger hätten die »Gänseblümchenmäher« das Deck sauber und frei gepustet wie den Teller eines armen Dorfpastors.

Jemand von der Prisenbesatzung mußte nachlässig oder zu selbstsicher geworden sein. Das Erscheinen des zweiten Schiffes hatte das Gleichgewicht aus der Balance gebracht. Er hatte gehört, wie ein paar der Männer rausgerufen hatten: »Es war doch gar nicht nötig, daß sie unsere Kumpels umgebracht haben! Sie hätten sie doch einfach laufen lassen können!«

Rist wußte es besser. Es gab *jeden* nur erdenklichen guten Grund, sie zu töten.

Es war geschehen, als sie in Freetown angekommen waren und das Prisenkommando durch eine Wache von Soldaten aus den Kasernen der örtlichen Garnison ersetzt wurde. Der große Skipper mit dem harten Gesicht, Cousens, hatte ausgerufen: »Ihr werdet uns hier nie und nimmer festhalten können!« Dann, als Varlo in die Jolle geklettert war, hatte er, an Rist gewandt, scharf hinzugefügt: »Dich kenne ich doch von irgendwo her, nicht wahr?« Und er hatte gelächelt, schmierig gegrinst: »Keine Angst, Kumpel, es wird mir ganz sicher einfallen, dann werden wir weitersehen.«

Es war unwahrscheinlich. Aber es war nicht unmöglich. Nach all den vielen Jahren gab es viele, an die er sich kaum noch erinnern konnte, und wieder andere, die er immer noch zu vergessen suchte. Es war eben einfach nicht völlig unmöglich.

»Sie haben die Wache, glaube ich?«

Rist wußte, daß das Varlo war. Man wußte so etwas einfach. »Sir?«

»Zeit für die Ronde. Schicken Sie nach einem Bootsmannsmaaten und dem Profos!«

Niemals ein »bitte« oder ein Dankeschön. Rist konnte den Geruch nach Alkohol in Varlos Atem riechen. Vielleicht würde er eines Tages eine Leiter hinunterfallen und sich seinen verdammten Hals brechen.

Die *Albatroz* war abgesegelt. Wahrscheinlich bekamen die *Unrivalleds* sie nie wieder zu Gesicht.

Er drehte sich um, als zwei weitere Männer auf dem Niedergang erschienen. Einer war der Erste Leutnant, der andere war Hawkins, der jüngste und neueste Midshipman an Bord.

Varlo meldete: »Ich bin dabei, die Ronde zu machen, Mr. Galbraith.«

Rist entspannte sich, einen Muskel nach dem anderen, froh über die Unterbrechung. Das leidige abendliche Ritual der Ronde, wenn der Leutnant der Wache das Schiff hinsichtlich aller Aspekte der Sauberkeit und Sicherheit kontrollierte. Von den Messedecks zu den Magazinen, dann zu den Arrestanten, wenn es denn welche gab, die immer eine Extraarbeit aufgebrummt bekamen.

Galbraith befahl: »Die Männer werden zwei Stunden früher als üblich gepurrt. Beide Wachen werden verpflegt, bevor die Boote eingesetzt werden. Bei acht Glasen wird der Anker gehievt.«

Rist konnte beinahe den Austausch der funkelnden Blicke spüren. Zwischen den beiden herrschte kein inniges Verhältnis.

Galbraith fuhr in einem eher informellen Tonfall fort: »Und Mr. Hawkins wird zum erstenmal bei der Ronde dabei sein, habe ich gehört?« Der Junge stammelte etwas, und Galbraith fügte hinzu: »Erinnern Sie sich immer daran, wenn Sie im Meßdeck sind, daß es zwar ein Teil des Schiffes ist, aber es ist zugleich *das Zuhause der Seeleute.* Respektieren Sie das bitte, so wie Sie das ganz bestimmt auch woanders tun würden.« Rist verzog keine Miene. Das ist auf Varlo gemünzt, dachte er. Der Kleine war zu jung, um auch nur irgend etwas zu wissen.

Galbraith sah der kleinen Gruppe hinterher, und bald darauf konnte er das schrille Zwitschern der Pfeifen hören, er stellte sich die Männer in ihren Messen vor, die an ihren blank geschrubbten Messetischen hockten, alle losen Gegenstände waren weggestaut, die illegalen Flaschen mit dem gehorteten Rum vor den suchenden Augen der Offiziere gut versteckt.

Es waren Männer, die kämpften und falls notwendig auch töteten, wenn es ihnen befohlen wurde. Auch starben, wenn die Karten falsch verteilt waren. Harte und rauhe Männer wie Isaac Dias, der Geschützführer, der den Einschlag eines Schusses mit großer Genauigkeit vorausberechnen konnte, obwohl er weder Schreiben noch Lesen konnte. Und Sullivan, der bei Trafalgar dabeigewesen war, und Campbell, der seine Narben auf dem Rücken wie ehrenvolle Kriegsverletzungen herzuzeigen schien. Und blutjunge Kerlchen wie Napier, der Steward des Kommandanten, der irgendwie unberührt von all der Gewalt und der rüden Sprache um ihn herum blieb. Er fragte sich, ob sich Adam Bolitho darüber klar war, was er für den Jungen bedeutete.

Es ging weit über Heldenverehrung hinaus. Oder der junge Mann, den er zusammen mit Rist hatte stehen und sprechen sehen, der jetzt eine Arbeit hatte, von der er etwas verstand und die er nützlich im Kartenhaus verrichten konnte. In gewisser Weise stellte das eine Zuflucht vor der Vergangenheit dar, die ihn immer noch verfolgen mußte.

Er runzelte nachdenklich die Stirn. Und Rist selbst. Er hatte wahrscheinlich enger mit ihm zusammengearbeitet als jeder andere. Außer vielleicht mit dem Kommandanten …

Aber Rist war immer noch ein Fremder, trotz des gegenseitigen Respekts, den man sich zollte.

Er balancierte auf seinen Hacken und blickte nach oben zum Masttopp, der Verklicker war kaum sichtbar gegen die Sternenwolken und kleinen Wolkenfetzen.

Aber er konnte es *fühlen*. Das Schiff lebte unter seinen Füßen. Die Wanten und das laufende Gut, die Blöcke klapperten und ratterten in der leichten ablandigen Brise. Und eine Brise war wirklich das höchste, als was man es bezeichnen konnte.

Morgen konnte alles anders sein. Er mußte an Varlo denken. Den Mann würde er niemals völlig durchschauen, und ihm wurde klar, daß es zum größten Teil sein eigener Fehler war. Er war der Erste Leutnant. Meßdeck oder Offiziersmesse, Held oder Verbrecher, man erwartete von ihm, daß er den Wert eines jeden Mannes und auch seine Schwächen genau einzuschätzen verstand.

Varlo war der Adjutant eines Admirals gewesen. Er sollte seinen Lebensplan und seine Karriere eigentlich in trockenen Tüchern haben. Irgend etwas war da ganz erheblich schief gelaufen. Man munkelte, daß es einen anderen Offizier das Leben gekostet hatte. Ein Kampf, ein Duell, ein Unfall? Vielleicht wußte das noch nicht einmal der Kommandant genau.

Varlos Admiral hatte ihn offensichtlich genug geschätzt, um ihm seine Position auf der *Unrivalled* zu verschaffen, und das zu einer Zeit, in der es fast unmöglich war, eine derartige Chance zu bekommen. Oder vielleicht, und er wußte, daß er dabei war, schon wieder unfair zu werden, vielleicht, vielleicht hatte der Admiral das alles nur arrangiert, um nicht selbst in eine peinliche Geschichte verwickelt zu werden?

Er erinnerte sich an die Rückkehr des Kapitäns nach dem Besuch im Gebäude des Hauptquartiers, gleich dort drüben auf der anderen Seite des schwarzen Wasserstreifens. Konteradmiral Herrick ... Galbraith hatte kaum etwas über ihn gehört. Außer, daß er Sir Richard Bolitho gekannt hatte und einmal wegen unkorrekten Verhaltens und Vernachlässigung seiner Dienstpflichten vor einem Kriegsgericht gestanden hatte. Das war wenig genug, um daraus Schlüsse zu ziehen.

Vielleicht hatte Kapitän Adam Bolitho es treffend zusammengefaßt, als er ihm über ihre neuen Befehle Mitteilung gemacht hatte.

»Ich bin nicht traurig, wenn wir Freetown den Rücken kehren können, Leigh. Lassen Sie uns endlich wieder auslaufen!«

Auf seine Weise hatte er für das ganze Schiff gesprochen.

Im Gefecht

Kapitän zur See Adam Bolitho beschattete seine Augen, um zum killenden Besansegel hinaufzublicken und dann zum Verklicker auf dem Masttopp. Er konnte das Deck unter seinen Füßen erzittern fühlen, als das Ruder langsam auf den einfallenden leichten Windstoß zu reagieren begann. Das Ruderrad knarrte, als zwei Matrosen mit nacktem Oberkörper ihr Gewicht in die Speichen warfen.

»Recht so wie sie geht!« Das war Cristie, seine Augen flitzten vom Kompaß zu den killenden Toppsegeln. »Nordwest-zu-West!«

Adam ließ seine Arme hängen, sein Kopf war durch die Hitze müde, durch die langsame Reaktion der hohen Segelpyramiden und durch die immer – immer – immer monotone Küstenlinie vor Augen. Wieder waren sie im Golf von Guinea, und es hatte sie beinahe zwei Wochen gekostet, um sich auf diese Position vorzuarbeiten, einem

Kreuz in der Karte südlich des Nigerdeltas und ein paar hundert Meilen nördlich der berüchtigten Insel St. Thomas, wo die Sklaven verladen und in aller Eile auf den Weg gebracht wurden, sobald sie vom Festland herübertransportiert worden waren.

Nur eine Handvoll Schiffe, verstreut über die Ansteuerungs- und Fluchtrouten, wie die Schlinge einer Falle. Auf einer Karte war es einfacher, Turnbulls Strategie nachzuvollziehen. Tyackes *Kestrel* lag im Osten auf ihrer Position. *Unrivalled* war im Westen, dazwischen befanden sich die Briggen und Schoner, die die Flottille bildeten und miteinander in Kontakt zu bleiben versuchten.

»Lassen Sie die Lose aus der Leevormastbrasse nehmen, Mr. Fielding! Ihre Leute bewegen sich heute wie alte Weiber!«

Galbraith Stimme klang ungewöhnlich scharf. Adam marschierte zu den Finknetzen hinüber und starrte hinaus auf die leere See. Also kosteten die endlosen Strapazen, das Schiff zu halsen, den Kurs während jeder Wache einen Strich oder so zu ändern, nur um die kleine Mütze voller Wind in den Segeln zu behalten, sogar seinen Ersten Leutnant Nerven. Die Matrosen waren willig, aber Langeweile, salziges Schweine- oder Rindfleisch aus dem Faß und die Notwendigkeit, Wasser zu sparen, verlangten ihren Preis. Die üblichen Wasserfässer, aus denen die Männer sich eine Mugg voll nehmen konnten, um den Mund auszuspülen und dadurch die Illusion einer Erfrischung zu bekommen, waren verschwunden. Wachen der Marineinfanterie waren unter Deck postiert, um sicherzustellen, daß die täglichen Rationen strikt eingehalten wurden.

Adam drehte sich etwas zur Seite, um der warmen Brise zu erlauben, seinen Körper durch das offene Hemd zu umfächeln. Er fragte sich, wie der Kommodore an Bord des Topsegelschoners *Paradox* klar kam, auf dem

»Flaggschiff«. Er hatte gehört, wie ein paar der alten Teerjacken den Schoner verächtlich so genannt hatten. Gleichgültig welchen Mangel und welche Unbequemlichkeiten sie auf der *Paradox* auch haben mochten, der Kommodore war vermutlich immer sauber und adrett.

Adam machte sich so seine Gedanken über den Kommandanten der *Paradox*. Er hatte irgendwie von irgend jemand erfahren, daß sein Name Hastilow war. Er war Leutnant und war wie viele seiner Altersgenossen auf dieser Station schon sehr alt für diesen Rang. Er und Finlay, sein Stellvertreter, waren seit zwei Jahren zusammen gefahren. Auf dieser Station mußte einem das wie eine Ewigkeit vorkommen. Sie wären wie Brüder gewesen, hatte Galbraith gehört. So ist das eben bei der Navy, dachte Adam, es gibt immer jemanden, der Bescheid weiß oder dem man irgendwann wenigstens einen Teil der ganzen Geschichte erzählt hat. Hastilow war außerdem sehr motiviert, fast als ob die Antisklavereikampagne ihn persönlich anging. Es war nicht schwierig, sich vorzustellen, wie er sich jetzt fühlte.

Adam sah, daß Leutnant Varlo an der Steuerbordbatterie der Achtzehnpfünder Geschütz für Geschütz inspizierte. William, einer der Stückmeistersmaaten, war an seiner Seite. Er meinte, daß William zu Galbraith aufgeblickt hätte, als sie bei ihm vorbeigingen. William war ein guter Mann. Er war zusammen mit Rist bei dem Überfall auf die Insel dabei gewesen, als die Schebeken zerstört worden waren. Aus diesem Grund bestand zwischen ihnen jetzt eine festere Bindung als zwischen den anderen. Unbewußt ballte er die Fäuste. *Als ich dieses Schiff riskiert habe.*

Die Rudergänger wurden abgelöst, der letzte Toppgast rutschte an einem Backstag herunter, ihre Arbeit oben war erledigt. Bis die Pfeife wieder ertönte.

Adam betrachtete immer noch das unendliche Panorama des glitzernden Wassers. Kein Wunder, daß Männer, durch den Durst zur Verzweiflung getrieben, der ewig lauernden Versuchung nachgegeben hatten, ihre Qualen durch das Trinken von Seewasser zu lindern. Er hatte zwei Männer sterben sehen, verrückt geworden und nicht wiederzuerkennen, nachdem sie genau das getan hatten.

Außerdem gab es immer noch eine zweite Verführung. In der Nacht, wenn das Schiff einen Hauch kühlerer Luft zu bieten hatte und alle Geräusche durch die Blaken der Kabine gedämpft wurden, gab es kein Gesetz, das einen Kommandanten davor schützte, daß er von einem anderen Naß zu viel trank. Das war langfristig gesehen keineswegs weniger gefährlich.

Und die Nacht brachte noch andere Formen des Leidens. Wenn Adam nackt in der Koje lag, seine Glieder in Schweiß gebadet waren und er sich unfähig sah, Schlaf zu finden, dann lauschte er auf jedes Geräusch und interpretierte es, völlig unabhängig davon, wie leise und unwichtig es war. Es war, als würde sich das Schiff selbst steuern. Und im Schlaf kamen dann die Träume, einer ganz besonders. Das Mädchen, das ihm zuwinkte und ihn aufwühlte, manchmal seinen Namen rief, ihm die Hand reichte. Ihn neckte und zum Narren hielt. Allerdings blieben die Gesichter verschwommen, unkenntlich: Zenoria oder Catherine, keine von beiden war jemals seine Geliebte gewesen, oder sogar die begehrenswerte Lady Bazeley, Rozanne, die mit einer ungestümen Leidenschaft genommen und gegeben hatte, die sie beide überrascht, vielleicht sogar schockiert hatte?

Er dachte an die kleine Gedenktafel in der Kirche von Penzance. *Oder ist es am Ende meine eigene Mutter*? Bei solchen Gelegenheiten war er dankbar, daß Napier es sich angewöhnt hatte, das Schränkchen zu verschließen, in dem der Cognac gelagert wurde.

Adam lief langsam nach achtern, seine Füße vermieden unbewußt aufgeschossene Leinen und Ringbolzen im Deck. Er stellte sich seine Tante vor, die liebe Nancy, wie sie den Brief las, den er in Freetown an Land gegeben hatte. *Sicher versucht sie sich vorzustellen, was wir hier machen. Während wir hier tagein tagaus hin und her wenden, Woche um Woche. Und dabei langsam verrückt werden und uns fragen, warum wir uns das antun. Wir könnten auch schon tot sein, wenn sie den Brief endlich lesen kann.*

»An Deck! Segel an Steuerbord voraus!«

Männer, die sich eben entschlossen hatten, sich in den Schatten eines Niedergangs oder einer Verschanzung zu verkriechen, oder andere, die gerade mit dem Trimmen der großen Rahen fertig geworden waren und sich jetzt auf den Weg ins Meßdeck gemacht hatten, um dort eine kleine Pause zu machen, hielten inne und starrten zum Masttopp.

War es ein Freund, ein Feind, eine Prise oder ein Opfer? Es spielte keine Rolle. *Unrivalled* war auf dem glitzernden Ozean nicht länger allein.

Adam kehrte an die vordere Reling des Achterdecks zurück. »Man wird nach uns suchen, Leigh. Sonst würde es inzwischen schon einen anderen Kurs genommen haben.« Er dachte laut, nur undeutlich war ihm bewußt, daß viele Männer zuhörten. Sie beobachteten ihn, ihre Gesichter waren gebräunt oder durch die Sonne verbrannt.

»Wir sollten unseren Kurs zwei Strich nach Steuerbord ändern. Das wird es unserem Freund erleichtern, unseren Kurs zu kreuzen. Er hat weniger Wind, als wir zur Zeit unter unseren Rockschößen haben.«

Adam grinste und fühlte, daß sich seine Lippen verzogen, als ob die Anstrengung ihn Blut hatte schmecken lassen. Aber es war ansteckend.

Ein Witzbold rief: »Könnte wieder eine Prise sein, Käpt'n! Diesmal zu gleichen Teilen!«

Einige lachten und boxten ihren Freunden auf die Arme, was noch vor wenigen Sekunden mit einem vollen Schwinger beantwortet worden wäre.

»Lassen Sie die Männer an die Brassen pfeifen! Wir werden Nordost-zu-Ost steuern!«

Leinen und Fallen erwachten zum Leben, schlängelten sich durch die Blöcke, als immer mehr Männer auf ihre Stationen rannten, die allgemeine Lethargie war für den Augenblick vergessen.

»Legt das Ruder! Recht so, Jungs! Schön langsam!«

»Alles vorbereiten, damit wir unser Erkennungssignal vorheißen können!« Das war Midshipman Cousens, der sich seiner Stellung als Verantwortlicher der Signalmannschaft sehr bewußt war.

Genauso schnell folgte: »Kommando zurück, Mr. Cousens! Jeder hier in dieser Gegend kennt *dieses* Schiff!« Leutnant Bellairs, der noch vor kurzer Zeit die Arbeit von Cousens gemacht hatte, stoppte den Eifer des Jungen.

Adam wurde Zeuge des schnellen Wortwechsels und spürte so etwas wie Stolz in sich aufsteigen. Der blieb immer. Wie bei Galbraith oder dem junge Napier und auch dem kriegsversehrten Seemann, mit dem er in Penzance zusammengetroffen war. Stolz auf die *Anemone,* das Schiff, das ihm das angetan hatte, ihn aber nichtsdestoweniger als ganzen Mann entlassen hatte.

»Nordost-zu-Ost liegt an, Sir!«

Adam sah, daß sich Cristie ein paar Notizen in sein persönliches Logbuch machte. Die Linien treffen sich irgendwo auf der Karte, dachte er. Es würde wahrscheinlich zu nichts führen, nur ein paar Worte auf einer Seite …

Die Verantwortung des Kommandanten war allumfassend. Er bemerkte, daß Cristie innehielt, um ihn anzuschauen. War es vielleicht das Datum? Hatte er sich erinnert?

Adam nahm seine Wanderung wieder auf. Alles, was er tun konnte, war zu warten, um dann zur rechten Zeit die Entscheidungen zu treffen. An diesem Tag war sein geliebter Onkel gefallen. Er nickte einem Matrosen zu, der gekonnt ein Fall aufschoß, allerdings nahm er dessen Erstaunen nicht wahr.

Luke Jago sah zu, wie die Jolle längsseits verholt wurde, dann drehte er sich um, um zu dem Schoner hinüberzublicken, der beigedreht in Lee der Fregatte lag. Das Signal *Kommandant an Bord melden!* war sofort wieder weggenommen worden, nachdem *Unrivalled* es bestätigt hatte. Jago war immer noch wütend darüber. Der Breitwimpel des Kommodore schimmerte wie Seide im Masttopp der *Paradox*. Wie Cristie es ausgedrückt hatte, hätten sie von da drüben eine Nachricht herüberrufen können, verdammt noch mal!

Jago hörte Galbraith einen Bootsmannsmaaten heranrufen und wußte, daß der Kommandant heraufkam. Dieser verdammte Turnbull, wer zum Teufel denkt er, der er ist? fragte er sich. Er war überrascht gewesen, daß der Kommandant weder Überraschung gezeigt noch beleidigt reagiert hatte, als er das Signal gesehen hatte. Jago schaute ihn sich jetzt an und war im großen und ganzen zufrieden. Er trug seinen alten ausgeblichenen Uniformrock und hatte sich lose ein Halstuch umgebunden. Jago lächelte in sich hinein. Der Kommodore mochte denken, was er wollte.

Er sagte: »Ich hätte die Gig ausbringen lassen können, Sir.«

»Das hätte zu lange gedauert. Man kann es mit den Zeremonien auch übertreiben!« Adam berührte seinen Hut, um die Wehrenwache zu grüßen, und blickte Galbraith direkt an. »Vielleicht ist das Warten vorüber!«

Die Jolle schien in ein tiefes Wellental zu fallen, als sie von den Rüsten ablegte und die Riemen zum erstenmal ins Wasser bissen.

Adam drehte sich herum, damit er zu seinem Schiff zurückblicken konnte. Wie groß es vom Boot aus erschien! Die Rahen und die killenden Segel verdeckten das Land völlig. Es wirkte niemals so groß, wenn man sich den Raum mit über einhundertfünfzig Seeleuten und Marineinfanteristen teilen mußte. Er rückte sich auf der Ducht zurecht, um das andere Schiff zu mustern. Es sah schmuck aus, hatte eine flache Silhouette und vermittelte das Gefühl von Geschwindigkeit. Ein schönes Kommando für einen jungen Offizier, der den ersten Fuß auf der Karriereleiter hatte. Aber für einen wesentlich Dienstälteren wie Hastilow mochte das Ganze schon wesentlich anders aussehen.

»Bug!« Dann knurrte Jago unterdrückt: »Ich bin bereit, Sir.«

Ihre Augen trafen sich.

»Daran habe ich nie gezweifelt.«

Hastilow wartete, um ihn in Empfang zu nehmen, als er über die Verschanzung kletterte.

»Willkommen an Bord, Kapitän Bolitho.«

Hastilows Augen drückten allerdings das genaue Gegenteil aus. Er war groß und schlank, beinahe dünn. Sein langes braunes Haar war nach hinten zurückgebunden, er folgte dabei einer Mode, die nur noch bei alten Seeleuten üblich war. Aber die Augen waren ganz anders: dunkel, fast schwarz im grellen Sonnenlicht. Sie lagen tief in den Höhlen und blickten mißtrauisch, als wäre er vor irgend etwas auf der Hut.

Er fügte hinzu: »Der Kommodore ist unten.« Dann folgte mit einer winzigen Pause: »Sir.«

Beide waren Kommandanten eines Schiffes Seiner Majestät, und doch waren sie innerlich meilenweit voneinander entfernt. Der Leutnant zur See und der Kapitän zur See. Ein Schoner und ein Schiff der 5. Klasse. Für gewöhnlich spielte das keine Rolle, wenn sich Männer unter diesen Umständen trafen. Hier war das offensichtlich anders.

Adam folgte dem Offizier nach achtern, warf aber einen scharfen Blick auf die Seeleute, die an Deck arbeiteten oder auf ihren Stationen klar standen, um die Segel wieder zu trimmen, sobald das Schiff wieder Fahrt aufnehmen sollte. Alle waren so durch die Sonne und den Wind gebräunt, daß man sie für Afrikaner halten konnte. Es war eine große Besatzung für so ein kleines Schiff. Sie wurden für Prisenkommandos gebraucht. Und er konnte eine Feindseligkeit spüren als würde er aus einer anderen Welt kommen, die sie alle verabscheuten. Wahrscheinlich dachten sie alle an die Männer, die abgeschlachtet worden waren.

Er konnte fast Finlays Worte hören: »*Wo waren sie*?«

Unter Deck war es sehr dunkel, und Adam wurde an sein Zusammentreffen mit Herrick erinnert. Die dichten Sonnenblenden, die schmalen Streifen Sonnenlicht, die Hand, deren Finger unruhig neben dem Tablett mit dem Ingwerbier auf dem Tisch an seiner Seite trommelten.

Die Kabine war klein, die Decke war so niedrig, daß Adam sich bücken mußte. Es gab ein Skylight, so daß Kommodore Turnbull wie auf dem Präsentierteller in einem Strahl staubigen Sonnenlichts saß. Er war, wie Adam erwartet hatte, so makellos gekleidet, als würde er auf einem Linienschiff residieren.

»Ein glückliches Zusammentreffen, Bolitho.« Turnbull deutete auf die Heckbank, und sogar das sah bei ihm elegant aus. »Sie sind in aller Eile gekommen.« Seine Augen bewegten sich nur leicht, schienen aber auf Bolithos abgetragenem Rock und verschwitztem Hemd zu verweilen. »Kapitän Tyacke wird inzwischen auf seiner Position sein.« Fast ohne sich zu bewegen, zog er eine Karte, die auf einem Stuhl lag, heran und breitete sie auf dem Schreibtisch aus. »Hier und dort, so wie geplant. *Unrivalled* wird eine Position an der südwestlichen Ansteuerung einnehmen.« Er klopfte auf die Karte, als ob er jeden Punkt betonen wollte. »Die Sklavenschiffe sind dort, im Flußdelta, wie man uns berichtet hat. Drei Schiffe, vielleicht auch mehr. Es ist ein wahrer Irrgarten von Fahrwassern und Sandbänken, das gibt den Banditen Sicherheit, aber es ist gefährlich für jedes etwas größere Schiff.« Er lächelte sanft. »Aber was sage ich Ihnen das, Sie wissen das natürlich!« Er fuhr schnell fort: »Ich beabsichtige, die Kerle abzufangen, bevor sie das offene Meer erreichen. Natürlich könnten sie auch versuchen, sich weiter flußaufwärts zurückzuziehen. In diesem Fall würde alles etwas länger dauern.« Er blickte sich in der abgedunkelten Kabine um, als würde er sie zum erstenmal sehen. »Hastilows Männer verstehen ihre Arbeit ausgezeichnet. Sie verstehen es, die meisten Sklavenhändler auszusegeln und ihre Karronaden zu benutzen, um klarzustellen, wer die besseren Argumente hat.«

Adam beugte sich über die Karte und studierte die Position, auf der *Unrivalled* Posten beziehen würde. Es war fast exakt dort, wo es Cristie vermutet hatte. Ein gefährlicher Platz vor einer Leeküste. Schlimmer noch, wenn man auf eine der Sandbänke lief.

Turnbull fuhr fort: »Sie werden ankern!«

Adam studierte weiter die Karte und fragte sich, warum Hastilow nicht zu der Besprechung gebeten worden war – auf seinem eigenen Kommando.

Turnbull schien sein Schweigen als Zweifel zu deuten. »Die Sklavenhändler kennen diese Durchfahrten und Strände weitaus besser als wir. Aber sobald sie draußen auf See sind, sieht die Sache schon ganz anders aus. Meine neuesten Informationen besagen, daß diese Schiffe sich darauf vorbereiten, Sklaven nach St. Thomas zu transportieren, so wie ich es angenommen habe. Dort werden die Gefangenen auf ein größeres Schiff umgeladen. Aber wir werden die Schiffe vorher abfangen und nehmen. Keines darf entkommen!«

Adam lehnte sich zurück und spürte, wie sich der Schoner um ihn herum bewegte. Er gab zu bedenken: »Sie könnten versuchen, in der Nacht durchzubrechen.«

Warum hatte er das Offensichtliche ausgesprochen? Um sich selbst Zeit zu verschaffen? Turnbulls Plan ergab einen Sinn. Falls das Schlimmste eintrat und sie nur eines der Sklavenschiffe festnageln konnten, dann zeigte ihre Aktion den anderen jedenfalls ganz deutlich, daß die Navy aktiv wurde, und das direkt »vor ihrer eigenen Haustür«, wie es Jago ausgedrückt hatte.

Turnbull bückte sich und öffnete ein Schränkchen. »Ich hoffe, daß sie das tun werden, aber ich bezweifle es. Hastilow meint, daß sie sich mit dem ersten Tageslicht aufmachen werden.« Er zog von irgendwo eine Flasche hervor und dazu auch zwei Gläser und sah Adam über den Tisch hinweg fragend an. »Kein Madeira, das verspreche ich Ihnen.«

Adam sah zu, wie er zwei ordentliche Streifen einschenkte. Cognac. Was störte ihn nur an dem Mann? Er war zuversichtlich und umgänglich genug. Er sah die schönen Manschetten, die glitzernde Litze auf dem Uniformrock. Sah so das Gesicht der neuen Marine aus? Er war sogar jünger als Hastilow.

»Mal angenommen, daß sich die Situation nicht entscheidend verändert, bevor wir handeln können, dann beabsichtige ich, einen Angriff im frühen Morgengrauen durchzuführen.« Er nippte langsam, aber regelmäßig an seinem Cognac. »Dann werden wir uns zumindest nicht auf diesen verdammten Wind verlassen müssen!«

Eine oder zwei Sekunden lang meinte Adam, daß er sich verhört hätte.

»Ein Landungsunternehmen, Sir?«

Turnbull goß sich einen weiteren Drink ein. »Sie überraschen mich auf mehrere Arten, Bolitho. Ein Bursche mit Ihren Erfahrungen ... Ich hätte gedacht, daß Sie sich mit derartigen Taktiken bestens auskennen.« Er schüttelte den Kopf. »Immer den Kampf suchen, heißt meine Taktik!« Er schob die Karte zur Seite. »Hastilow versteht mich. Er ist scharf auf die Arbeit, und er will Rache nehmen.«

»Eine Bootsexpedition, Sir?« Es war, als würde Adam die Stimme eines anderen Menschen hören.

Turnbull beobachtete ihn neugierig. »Sie haben wohl auf etwas anderes gehofft? Ein Seegefecht oder eine Verfolgungsjagd? Sie sind also im Herzen ein Fregattenkapitän reinsten Wassers!« Er gluckste wieder leise. »Ich werde die *Unrivalled* ganz sicher dafür noch brauchen, aber der erste Schlag wird auf meine Art geführt werden. Die Brigg *Seven Sisters* wird da sein, und die *Kittiwake* bildet die Reserve.« Er blickte auf, seine Augen waren ganz fest auf Adam gerichtet. »Ich werde den Angriff auf der *Paradox* anführen.«

Adam hörte Stimmen oben an Deck und stellte sich Jago in der Jolle vor. Die Männer auf der *Unrivalled* warteten gespannt auf das Ergebnis dieser Besprechung. Er dachte an die Küstenlinie, die jetzt viel näher verlief, irgendwie bedrohlich, oder spielte ihm da seine Einbildung einen bösen Streich? Vielleicht wegen des Bootseinsatzes, der sogar unter besten Bedingungen in einem Desaster enden konnte. Er blickte den Kommodore wieder an. Alles war bereits entschieden. Man konnte die Spannung in dem Mann fast körperlich fühlen.

Turnbull zog einen großen Umschlag hervor. »Für Sie, Bolitho.« Er grinste breit. »Für den Fall, daß mir etwas Unerfreuliches passieren sollte.« Er wurde wieder ernst. »Ich werde jetzt mit Ihnen nicht zusammen an Deck gehen. Ich muß noch ein paar Einzelheiten regeln. Ich bin sicher, daß unser neuer Kronagent immer vollständig informiert werden möchte.«

Damit war Adam entlassen.

Hastilow erwartete ihn, um ihn von Bord zu geleiten, und konnte seine Ungeduld kaum verbergen. Seine tiefliegenden Augen starrten auf den dicken Briefumschlag unter Bolithos Arm. Dann stellte er grob fest: »Also hat es Ihnen der Kommodore gesagt, Sir?«

»Das meiste.«

Hastilow knurrte: »Wir werden den Sklavenhändlern eine Lektion erteilen, die sie niemals vergessen werden!« Er schien seine Wut nur mit größter physischer Anstrengung unter Kontrolle halten zu können, dann trat er zur Seite, damit Adam über die Verschanzung klettern konnte.

Adam bemerkte, daß ihn die Besatzung des Schoners beobachtete, wie er ihr Schiff verließ. Feindselig, voller Verachtung, froh darüber, daß er wieder auf sein Schiff zurückkehrte.

Vielleicht hatte Turnbull recht. Es war seine Art von Einsatz. Aber Adam ging der verrückte wilde Blick nicht aus dem Sinn. *Rache.* Er dachte an den abtrünnigen Kapitän, der an den Folgen seiner Verletzungen in der Staatskabine der *Unrivalled* gestorben war. Vielleicht hatte der Mann am Ende doch recht gehabt. Er hatte von Eitelkeit gesprochen.

Nach den abgedunkelten Lampen im Kartenhaus schien es auf dem Achterdeck pechschwarz zu sein. Aber das hielt nicht lange an. Adam ging nach vorn an die Achterdecksreling und blickte über die ganze Länge des Schiffs, schließlich konnten seine Augen einzelne Umrisse und Grüppchen von Matrosen ausmachen, die auf ihren Stationen ausharrten. Bleiche Umrisse an den Kanonen und dem vertrauten Gewirr des Riggs. Noch einen weiteren langen Tag hatte die *Unrivalled* sich frei vom Land gehalten, hatten die leichten Winde genützt, um sich mühselig auf dem einen oder anderen Bug zu ihrer zugewiesenen Position zu verholen, ohne dabei ihren Generalkurs für das endliche Zusammentreffen aus dem Auge zu verlieren. Wenn man von dem gelegentlichen Klatschen des Segeltuchs absah oder dem Knarren des Ruders, konnte man meinen, daß das Schiff bewegungslos dalag. Auf dem Deck brannte nirgendwo Licht, daher wirkte der schwache Schimmer der Kompaßbeleuchtung wie ein Leuchtfeuer.

Es war immer dasselbe, versuchte Adam sich einzureden. Man fühlte, wie sich die Masse des Landes wie eine gigantische Falle von beiden Seiten heranschob. Aber er hatte die Umrisse der Karte fest in seinem Kopf gespeichert. Die meisten der anonymen Gestalten vertrauten ihm blind. Sie würden tun, was man ihnen sagte, wenn die Zeit dafür gekommen war. Nur Cristie würde es besser wissen und seine eigenen Befürchtungen mit den Fähigkeiten seines Kommandanten vergleichen.

Adam bewegte sich wieder nach achtern und sah die weißen Kreuzgurte der Seesoldaten, die sich deutlich gegen das dunkle Wasser außenbords abhoben. Sie waren bewaffnet und bereit, zusammen mit den anderen, den besten Schützen, die irgendwo über ihren Köpfen in den Marsen stationiert waren.

Er zuckte erschreckt herum, als ein großer Fisch die Wasseroberfläche durchbrach und dann wieder mit einem sprühenden Feuerwerk von leuchtenden Wassertropfen herabklatschte. Er spürte, daß seine Lippen trocken waren. Er konnte den Duft von Rum riechen, das war alles, wofür die Männer noch Zeit gefunden hatten, nachdem das Kombüsenfeuer gelöscht worden war. Er versuchte klar zu denken. War das wirklich erst zwei Stunden her?

Er hörte Cristie mit einem seiner Maaten murmeln und dann den Ruf: »Bereit zum Loten, Sir!«

»Weitermachen!« Er stellte sich den Lotgast vor, der vorne in den Rüsten stand und das große Lot schwang, vor und hinter seinen Standplatz, um es dann mit Schwung weit nach vorne zu schleudern. Lot und Leine würden dann bei der langsamen Fahrt des Schiffes schnell voraus im Wasser verschwinden. Er ging wieder an die Reling und stützte sich mit seinen Handflächen darauf ab. Sie fühlte sich kühl und feucht an. In ein paar Stunden würde sie wieder wie glühendes Eisen sein. Er zuckte zusammen, als es weiter vorne erneut klatschte, als ob wieder ein Fisch gesprungen wäre.

Die Stimme des Lotgasten erklang klar und ohne erkennbare Hast: »Kein Grund, Sir!«

Er klang fast ein wenig gelangweilt. Sogar Galbraith schien über diese Vorsichtsmaßnahme etwas überrascht gewesen zu sein. Zweifellos war er der Meinung gewesen, daß sein Kommandant hier etwas übertrieb.

Adam blickte nach oben in die Bramsegel, die mit Ausnahme der Stagfock die einzigen Segel waren, die für das letzte Wegstück der Annäherung gesetzt waren. Sonst konnte es passieren, daß irgendein Fischer, der nachts in seinen Geschäften unterwegs war, die Fregatte gesichtet hätte. Er biß die Zähne zusammen. *Und was soll ich dann tun*? Turnbull war kein Narr und würde keine unnötigen Risiken eingehen. Der Horizont schien schon heller zu werden, in einer Stunde würden die *Paradox* und die anderen Schiffe mit der Durchführung des Angriffsplans beginnen.

Er dachte wieder an Hastilow, der erfahren genug und scharf darauf war, seine Männer und seinen Freund zu rächen. Würde er sich von einem ranghöheren Offizier wie Turnbull beeinflussen lassen, dessen letztes Bordkommando ein Linienschiff gewesen war?

»Dreizehn an der Marke!«

Dreizehn Faden. Cristie würde überschlägliche Berechnungen durchführen. *Unrivalled* hatte einen Tiefgang von drei Faden, dazu kam ein Sicherheitszuschlag, aber bei so vielen Sandbänken und nicht betonnten Untiefen konnte man sich nie ganz sicher fühlen.

Er hörte, daß irgend etwas schwer auf das Deck fiel, gleich darauf ertönte eine Folge sehr unfeiner Verwünschungen von demjenigen, der dort die Verantwortung trug.

Die Männer der Ankerabteilung waren auf dem Posten, der Anker war klar zum Fallen und konnte jederzeit geworfen werden. Sobald sie vor Anker lagen, würde Galbraith das Ausrennen einer Heckleine überwachen, die um das Schiff herumgenommen und dann am Ankerkabel angeschlagen werden würde. Ein verankertes Kriegsschiff, sogar ein so kampfkräftiges mit einer so gut gedrillten Mannschaft wie die der *Unrivalled* war fast wehrlos gegen geruderte Boote, die sich dem Schiff von achtern nähern und direkt in den ungeschützten Spiegel feuern konnten. Die Schebeken hatten ihnen diese simple Lektion wieder deutlich in das Gedächtnis gebracht, und Adam hatte sie nicht vergessen, ganz gleich, was Galbraith davon halten mochte. Er sah die Karte wieder deutlich vor seinem inneren Auge. Es gab so viele Nebenfahrwasser, die vom Hauptstrom abzweigten und über kurz oder lang in das offene Wasser einmündeten.

»Zehn Faden an der Markierung!«

Galbraith war zu ihm getreten. »Es wird gleich soweit sein, Sir.« Es klang fast wie eine Frage.

Adam antwortete ihm nicht direkt. Wenn sie zu weit draußen ankerten, mochte es für jedes Sklavenschiff, dem es gelungen war, Turnbull zu entwischen, Dutzende von Fluchtwegen geben.

»Noch nicht.« Er ging zum Kompaßhaus hinüber und blickte dann zum Großmarssegel hinauf. Er konnte jetzt seine gesamte Breite erkennen. Die Sonne schien über den Hügeln, die Cristie sich so sorgfältig notiert hatte. Danach ...

»Über acht!« Das klang jetzt überhaupt nicht mehr gelangweilt.

Es war nicht schwierig, sich den Meeresgrund vorzustellen, wie er sich gnadenlos in die Höhe schob, um den Kiel der *Unrivalled* grüßend zu umfangen.

Adam schielte auf den kleinen Verklicker und war sich bewußt, daß der Rudergänger ihn scharf im Auge behielt.

Cristie bemerkte bedeutungsschwer: »Der Wind frischt ein wenig auf, Sir.«

Adam bedachte das. Cristie verschwendete nie seine Zeit mit unnützen Bemerkungen. Und auch er konnte die sich verstärkende ablandige Brise spüren, hörte sie in den Segeln. Für Turnbulls Boote würde es harte Arbeit bedeuten, direkt gegenan zu pullen. Die Sklavenschiffe, wenn denn noch welche vor Ort waren, würden sie zu ihrem Vorteil ausnützen können. Vielleicht hatte sich Turnbull bereits dafür entschieden, abzuwarten und es ihrer Beute zu überlassen, den ersten Zug zu machen. Als er diesen Gedanken abwog, wußte er sofort, daß das nicht so sein würde. Er erinnerte sich laut an etwas, was auch sein Onkel einmal laut vor sich hin gesagt hatte: »Das einzige, worauf sich ein Kommandant verlassen kann, ist das Unerwartete!«

Er war überrascht, daß sich seine Stimme so gelassen anhörte.

»Drehen Sie das Schiff in den Wind, Mr. Galbraith. Wir wollen ankern!«

Die notwendigen Befehle wurden nur mit einem Minimum an Lautstärke gegeben, und Männer, die noch vor ein paar Wochen sich jeden Schritt und jeden Handgriff hatten mühsam überlegen müssen, eilten mit einer Leichtigkeit an die Brassen und Schoten, als hätten sie ihr ganzes Leben lang nichts anderes gemacht.

»An die Leebrassen! Klar zum Aufschießen!«

Adam faßte nach dem Medaillon unter seinem Hemd und war erstaunt, daß es nicht da war. Er hatte es in den Tresor getan, wo es bleiben sollte, bis auch diese Aktion nur noch eine Episode in Mr. Cristies Logbuch war.

Aber er fühlte sich seltsam, anders. Das Schiff war klar zum Gefecht, aber kein einziges Geschütz der Hauptbewaffnung war geladen. War er übervorsichtig? *Oder wurde er knülle,* wie die alten Teerjacken es ausdrücken würden?

Er lauschte auf das laut protestierende Segeltuch, als die Matrosen es mit Fäusten bändigten. Er beobachtete die beiden Offiziere der Seesoldaten, die neben den Bootsknacken standen.

Der Lotgast kam über den Laufgang nach achtern. Über seiner Schulter hing die sauber aufgeschossene Lotleine. Midshipman Deighton stand neben Mr. Galbraith ... Woran mochte er denken?

»Laß fallen Anker!«

Adam sah die Spritzwasserwolke vorne unter dem Kranbalken an Backbord in die Höhe steigen und hörte Varlo den Namen eines Mannes rufen.

Dann sah er das Land, das langsam vor dem Bug vorbeischwang, die nackten Schultern der schönen Galionsfigur hoben sich plötzlich von den Hügeln ab, die immer noch im tiefen purpurroten Schatten lagen.

»Anker hat gefaßt, Sir, Schiff hat eingetörnt!«

Adam sah, daß Napier mit dem Jungen, Ede, redete. Er gestikulierte, als ob er ihm erklärte, was da vorne am Gangspill passierte. Ein Junge mit einer Mutter, die ihm nicht länger schrieb und aufgehört hatte herausfinden zu wollen, wie es ihrem Sohn erging, und ein Junge, der so sicher und geschickt mit den Händen war, aber versucht haben sollte, seinen Arbeitgeber umzubringen ...

Er lächelte kurz. Und sie waren bereit.

Daniel Yovell stand unter einer der Achterdeckstreppen, seinen Hut hatte er in die Stirn gezogen, um seine Augen vor den ersten kräftigen Sonnenstrahlen zu beschatten. Er mochte keine Hitze, machte aber für sie keine Abstriche an seiner Kleidung. Sein Vater war darin ebenso pingelig gewesen, soweit er sich daran erinnern konnte. Was die Kälte fern hält, hält auch die Hitze fern, war seine Lebensweisheit gewesen. Er wußte, daß der Spruch für die Besatzung der *Unrivalled* ein steter Quell der Heiterkeit war, aber auch daran war er gewöhnt.

Er atmete tief durch, während er zusah, wie sich das goldene Licht über die leicht bewegte Wasseroberfläche ausbreitete. Gleichzeitig verlieh es der Küstenlinie mit ihren Hügeln und dem dunklen Grün des Waldes weiter drinnen im Land Leben. Das war die Stunde des Tages, die er nur ungern verpaßte. Ihn drückten dann keine Verantwortlichkeiten oder Pflichten. Er konnte einfach zuschauen und alles genießen. Er hatte es zunehmend geschafft, sich der normalen Hektik und Betriebsamkeit eines Kriegsschiffs zu entziehen.

Eines der Boote hatte jetzt eine lange Leine von achtern nach vorne zum Bug gepullt, wo sie am Ankerkabel angeschlagen wurde. Er hatte gehört, daß es dazu bestimmt war, das Schiff herumzudrehen, falls das nötig sein sollte. Nur so konnte man die Kanonen auch in andere Richtungen zum Einsatz bringen, falls sich das als notwendig erweisen sollte.

Yovell hörte, wie Partridge, der Bootsmann, ein paar Männer an den Spillspaken des Ankerspills zusammenstauchte.

»Wat sachste, Robbins, det is harte Arbeet? Wenn der

Wind een bißken zulecht, dann wird et verdammt viel härter werden, det kannste glooben!«

Ohne sich umzudrehen oder aufzublicken, konnte Yovell Kapitän Bolitho mit einem der Offiziere sprechen hören. Ruhig, unaufgeregt. Aber in der Staatskabine hatte Yovell die andere Seite Adams gesehen. Nicht die des Kommandanten, sondern die des Mannes, der sich Sorgen über alles machte und der daher oft besorgt war.

Wie damals, als der Kommandant in Freetown nach dem Besuch im Hauptquartier an Bord zurückgekehrt war. Nachdem er mit Konteradmiral Herrick zusammengetroffen war. Yovell wußte sehr viel über Herrick und hatte mit ihm zusammen gedient, als er Sir Richard Bolithos Sekretär gewesen war. Starrsinnig, unglaublich stur – aber mit einem scharfen Gespür für das, was richtig oder falsch war. Er hatte von Herricks Weigerung gewußt, Lady Somervell zu akzeptieren – Catherine. Von seiner Unfähigkeit, die wahre Stärke und den Wert dieser Frau zu erkennen, der weit über die Tatsache hinausging, daß sie Bolithos Geliebte gewesen war.

Er fühlte sich privilegiert, daß er sich von ihren wunderbaren Eigenschaften hatte überzeugen können. Er hatte Catherines Mut in dem offenen Boot nach dem Verlust der *Golden Plover* erlebt. Es war ihr unmöglich gewesen, ihr körperliches Unbehagen zu verbergen, ihre geborgten Seemannsklamotten hatten kaum ihren Körper vor den Blicken der vielen Männer im Boot verbergen können. Trotzdem hatte sie es verstanden, alle anzufeuern und ihnen Mut zuzusprechen. Die meisten hatten damals jede Hoffnung auf ein Überleben aufgegeben. Yovell hatte Trost in seiner Bibel gefunden, aber selbst er war von Momenten der Anfechtung und Zweifeln heimgesucht worden.

Er hatte Adam Bolitho darüber reden hören, daß die Navy so etwas wie eine große Familie war. Auch Richard

Bolitho hatte sich in diesem Sinn geäußert. Es war kein reiner Zufall, daß die andere Fregatte, die in Freetown vor Anker gelegen hatte, als sie wieder in Freetown angekommen waren, unter dem Kommando von James Tyacke gestanden hatte. Tyacke mit seiner Brigg *Larne* hatte die Männer seinerzeit in dem offenen Boot gefunden und sie vor dem sicheren Tod gerettet.

Und jetzt war dort Thomas Herrick. Yovell schien es gerade erst gestern gewesen zu sein, als er Catherine zu Herricks Haus in Kent begleitet hatte, wo sie dessen Frau in den gnadenlosen Fängen des Typhus vorgefunden hatten. Sir Richards Ehefrau Belinda hatte sich erst dort aufgehalten, war aber sofort abgereist, nachdem sie die Art der Krankheit erkannt hatte.

Er hatte gehört, daß Herrick damals um Entschuldigung für sein Verhalten nachgesucht hatte. Es kam Yovell hart an, daß er das kaum glauben konnte.

Galbraith kam nach achtern geschritten und blieb stehen, um ihm mitzuteilen: »Es ist nichts zu sehen, fürchte ich.« Er blickte zu den Männern am Gangspill hinüber. »Aber ich vermute, daß dafür immer noch genug Zeit ist.« Er wandte sich halb zur Seite: »Sie entern auf, Sullivan?«

Der Matrose nickte. »Der Käpt'n hat mich darum gebeten, Sir.« Er hörte sich besorgt an. »Ich hasse diese Gegend. Ich bin hier schon einmal gewesen – vor langer, langer Zeit.« Seine klaren Augen blickten abwesend in die Ferne, sahen wieder schon lange vergangene Ereignisse vor sich. »Wir waren an Land gepullt, um Wasser zu holen. Diese Teufel fingen einen unserer Jungs. Der Käpt'n schickte die Seesoldaten an Land, aber es war zu spät. Sie hatten ihm die Augenlider abgeschnitten, so daß er sie als Schutz gegen die Sonne nicht mehr schließen konnte, dann banden sie ihn über einen Ameisenhaufen und sahen zu, wie er starb. Es muß lange Zeit gedauert haben, Sir.«

Sie sahen ihm nach, als er wie ein junger Mann in die Wanten sprang, bevor er in den Großtopp aufzuentern begann. Yovell nahm die Brille ab und wischte sich das Gesicht mit einem großen Taschentuch ab.

»Ich staune immer wieder darüber, daß solche Männer wieder und wieder zur See zurückkehren nach dem, was sie alles gesehen haben!«

Galbraith grinste. »Er unterscheidet sich überhaupt nicht von uns!« Er berührte Yovells dicken Arm. »Oder auch von Ihnen, was das angeht!«

»An Deck! Segel im Nordosten!«

Galbraith rannte fast die Treppe hinauf, wo er sah, daß Bolitho schon durch das Fernglas schaute. Sullivan mochte es dem anderen Ausguck übelnehmen, daß er die Meldung vor ihm gemacht hatte.

Galbraith nickte Midshipman Cousens zu, als der ihm sein eigenes Teleskop offerierte. Er hörte Bolitho sagen: »Das ist die *Paradox*. Sieht schmuck aus.«

Galbraith justierte das Fernglas sorgfältig. Was er sah, kam ihm zuerst etwas eigenartig vor. *Unrivalled* lag ja vor Anker, und das andere Schiff schien viel weiter draußen zu stehen. Aber das war eine Illusion. Die *Paradox* hielt auf die größere der beiden Einfahrten zu, sie wendete ziemlich flott, obwohl der ablandige Wind um fast einen Strich rückgedreht hatte. Sie hatte alle ihre Boote im Wasser, entweder im Schlepp oder längsseits. Das würde beim Manövrieren nicht gerade hilfreich sein. Galbraith biß sich auf die Lippe. Der Dunst des Morgens löste sich langsam auf. Er bewegte das Glas langsam weiter und sah einen weiteren Turm von Segeln, der Rumpf des Schiffes war noch von Nebel oder Rauch verborgen, so als hätte es gerade eine geräuschlose Breitseite abgefeuert. Das mußte die *Seven Sisters* sein. Er schaute wieder zur *Paradox* hinüber. Er konnte sie jetzt genauer sehen. Der Breitwimpel ist bei weitem zu groß für das kleine

Schiffchen, dachte er. Sie hatte ihre Segelfläche verkleinert, und er konnte sehen, daß eines der Boote, dann noch ein zweites längsseits geholt wurden. Waffen blitzten, als die Männer an Bord gingen.

Adam Bolitho bemerkte: »Das ist zu früh! Die Ruderer werden erschöpft sein, noch bevor sie die Boote in die richtige Position bringen können!«

Galbraith übergab Cousens das große Signalteleskop mit den Worten: »Behalten Sie den Kommodore im Auge!« Er schaute nach vorn. Alle Arbeiten waren eingestellt worden, und die meisten Männer standen entweder an den Geschützen klar oder hingen in den Wanten. Sie wirkten wie Zuschauer, die mit dem Geschehen nichts zu tun hatten.

»An Deck!« Diesmal war es Sullivan. »Segel in Sicht, Sir!«

Adam hob wieder das Fernglas, während gleichzeitig Cristie ausrief: »Da ist noch einer, gut frei in der Einfahrt!«

Paradox war wieder unterwegs, ihre Segel veränderten ihren Umriß, als sie auf den anderen Bug ging.

Cousens rief heiser: »Signal vom Kommodore, Sir! Feind in Sicht!«

Adam schreckte zusammen, als eine der Kanonen über die sich kräuselnde Wasserfläche donnerte. Gedämpft und schwach, ohne gefährlich zu wirken.

Die *Paradox* mußte dicht zu den anderen Fahrzeugen aufschließen und ein paar Salven in sie hineinschießen, denn es machte keinen Sinn, Widerstand zu leisten, besonders da die *Seven Sisters* bereits mehr Segel setzte.

Adam ging schnell an die Reling, er sah kaum die Marineinfanteristen, die dort neben oder an den Finknetzen in Bereitschaft standen. Er fühlte sich hilflos, da er vor Anker lag und keine Unterstützung bringen konnte.

Er wandte sich abrupt ab und fragte: »Wie lange

werden wir diese Position vor dem Ankerkabel beibehalten?«

Cristie antwortete wie aus der Pistole geschossen: »Ungefähr eine Stunde, Sir. Dann sollten wir zu schwoien beginnen.«

Adam blickte starr auf die grüne Landmasse. Zwischen der *Unrivalled* und den ersten Sandbänken befand sich ein Fahrwasser. Es war nur halb in der Karte eingezeichnet, aber ohne jeden Zweifel waren die Sklavenhändlern damit vertraut und auch die, die für sie auf die Jagd gingen. Auch Hastilow mußte diesen Küstenabschnitt besser als die meisten anderen kennen. Flüßchen und Strände, Einfahrten und Ankerplätze, an denen auch die größten Schiffe völlig ungestört liegen konnten.

Wieder feuerte die *Paradox*. Sie zielte auf die Segel. Falls das Schiff mit Sklaven vollgepackt war, wäre es der pure Mord gewesen, in den Rumpf zu schießen.

»An Deck! Ein drittes Segel kommt durch die Ausfahrt, Sir!«

Adam hörte, wie Galbraith knurrte: »Sie haben es verschlafen! Sie können es nicht mehr rechtzeitig schaffen!«

Er drehte sich erschrocken um, als er Cristie sagen hörte: »Es mag mir ja nicht zustehen, Sir, etwas zu sagen, aber ...«

Später erinnerte sich Adam daran, daß er den Segelmeister völlig überrascht hatte, als er ihn am Ärmel packte, als wollte er ihn schütteln: »Raus damit! Was stimmt nicht, Mann?«

»Die *Paradox* scheint sich falsch zu verhalten!« Dann fügte er fester hinzu: »Nein, ich bin mir jetzt dessen verdammt sicher.«

Adam rief: »Mr. Galbraith lassen Sie *Schiff klar zum Gefecht* anschlagen, und lassen Sie die Steuerbordbatterie laden!« Er hielt eine Hand in die Höhe, wie ein Reiter, der sein Pferd beruhigen will. »Aber die Stücke nicht ausrennen lassen!« Er wirbelte herum und bemerkte, daß ihn Jago anstarrte, als ob er auf etwas wartete. »Du hast mir angeboten, die Gig ausschwingen zu lassen, erinnerst du dich? Dann mach das jetzt, Backbordseite.«

Er spürte seinen Steward, Napier, an seiner Seite und streckte eine Hand aus, um ihn an der Schulter zu pakken. Die ganze Zeit über verfolgte er den konvergierenden Weg der Segel, sie wirkten wie die Rückenfinnen von Riesenhaien, die sich einem Opfer näherten. »Hol mir meinen Rock und den Degen, David.«

»Sir?« Napier blickte ihn an, ohne ihn zu verstehen.

Adam drückte ihm die Schulter. Ein Junge, auf den jede Mutter stolz sein konnte.

»Sie könnten es sich doch immerhin zweimal überlegen, ehe sie auf einen Kapitän des Königs schießen!«

Galbraith mußte seine Worte gehört haben. Das dringliche Gerassel der Trommeln, die die Männer auf die Gefechtsstationen rief, erstarb. Die Zuschauermenge hatte sich wieder zu den geordneten und bewährten Mustern zusammengefunden. Das Schiff erschien plötzlich ungewöhnlich still, das gelegentliche Donnern der Geschütze wirkte völlig unwirklich. Er rief außer sich aus: »Das werden sie nicht tun, Sir!« Sein Gefühlsüberschwang ließ ihn am ganzen Körper zittern.

Dann war ein allgemeiner erschrockener, vielstimmiger Chor mit einem erschrockenen Aufstöhnen zu vernehmen. Jemand rief: »Sie ist aufgelaufen! Die *Paradox* sitzt auf Schiet!«

Er sah an Galbraith vorbei und sah es mit eigenen Augen. *Paradox* drehte sich herum, ihre Toppstenge kam von oben, gerade in dem Moment, als er hinüberblickte. Alles lief wegen des großen Abstands geräuschlos ab, war deshalb aber nicht weniger schrecklich anzusehen.

»Wissen Sie, Leigh, ich glaube, daß wir keine andere Wahl haben!« Dann fuhr er mehr zu sich selbst gewandt fort: »Das hatten wir nie!« Als er wieder hinüberschaute, war die *Paradox* entmastet. Ein Wrack.

Die *Seven Sisters* konnten nicht rechtzeitig eintreffen, und die anderen Schiffe von Turnbulls Flottille würden alle Hände damit zu tun haben, um den übrigen Sklavenschiffen den Weg abzuschneiden.

Da blieb nur noch die *Unrivalled,* und die lag impotent vor Anker. Sie war nicht mal in der Lage, in das andere Fahrwasser einzulaufen, ohne dasselbe Schicksal wie die *Paradox* zu erleiden.

»Alle Geschütze sind geladen, Sir!«

Adam streckte seine Arme aus, damit ihm Napier beim Anziehen des Uniformrocks helfen konnte. Dann nahm er den alten Degen und dachte wieder an die Worte des Abtrünnigen. War es Angabe, Mut oder Eitelkeit?

Cousens rief: »Sie feuern auf die Boote der *Paradox,* Sir!« Er klang, als ob ihm übel wäre – und der Zorn ihn packte.

Das kurze, dumpfe Bellen der Karronaden, die mit Kartätschen geladen waren und auf Kernschußweite abgefeuert wurden, dröhnte über das Wasser. Von Turnbulls stolzem Plan waren nur blutige Fetzen übriggeblieben.

Er befahl: »Die Männer an das Gangspill, Leigh. Wir wollen mal sehen, was wir heute tun können.« Er blickte ihm direkt in die Augen. »Zusammen!«

Hecht im Karpfenteich

Adam Bolitho zwang sich dazu, ganz still stehen zu bleiben. Sein Uniformrock schabte an der Achterdecksreling, während er über *Unrivalleds* Deck hinweg auf das Hauptfahrwasser schaute. Die anderen Schiffe nutzten immer noch den Vorteil der ablandigen Brise, ihre Segel fielen kaum einmal ein, als sie den Kurs leicht änderten, ihre Umrisse überlappten sich und wurden vom harten Sonnenlicht verzerrt. Er hörte weitere Schüsse, sie ertönten leiser und vereinzelt, wurden von Scharfschützen abgegeben, wie Adam vermutete, die auf alles schossen, was im Wasser schwamm und die Salve der Karronaden überlebt hatte. Die *Paradox* war unter dem Einfluß von Wind und Gezeitenstrom herumgeschwungen, saß aber weiter fest auf der Sandbank. Der ihr am nächsten stehende Sklavenjäger beschoß sie mit zwei Kanonen, als er sie passierte, aber es erfolgte keine Antwort.

Das dritte Schiff ging über Stag, daher war es jetzt zum erstenmal richtig zu sehen, seit es die Durchfahrt verlassen hatte. Es war natürlich eine Brigantine, woran Adam auch niemals einen Zweifel gehegt hatte.

Cristie knurrte unterdrückt: »Es ist die verdammte *Albatroz!*«

Sein Maat fügte schnell hinzu: »Und diesmal ist sie wahrhaftig nicht leer, bei Gott!«

Adam ließ sich vernehmen: »Lassen Sie Ihre Männer niederknien und halten Sie sie außer Sicht, Mr. Varlo.«

Er brauchte Bewegung, am liebsten wäre er in die Wanten geklettert, um einen besseren Überblick zu haben, aber er tat es nicht. Er benötigte kein Teleskop, um festzustellen, daß die Brigg *Seven Sisters* gewendet hatte und dabei war, ihren Kurs so zu ändern, daß sie auf einen konvergierenden Kurs mit dem ersten Sklavenschiff kam. Wie mußten sie dort drüben feixen. Zuerst der Schock, als sie die *Paradox* gesichtet hatten, und dann auch noch die ankernde Fregatte! Die Szene hatte sich dann aber sicher schnell mit lauten Jubelrufen gefüllt. Die Leute würden sich noch in Jahren darüber lange Geschichten erzählen, und mehr und mehr Sklavenhändler würden sich daraufhin dem Risiko unterziehen.

»Achtung! Klar das Gangspill, Mr. Galbraith! Holen Sie die Lose aus der Spring.« Er hob die Stimme nicht an. »Machen Sie den Geschützführern klar, wie wichtig es ist, hoch in das Rigg zu zielen und nicht tiefer!«

»Hievt, Jungs! Hievt!«

Adam sah, daß Leutnant Bellairs mehr Männer von achtern nach vorne beorderte, damit sie am Gangspill mitarbeiten konnten. Füße und Zehen rutschten weg, als sie ihre Kraft gegen das Gewicht des Schiffes und das Ankerkabel einsetzen mußten.

Adam beobachtete das Land, es schien sich zu bewegen, aber sehr, sehr langsam. Er blickte zu den drei anderen Schiffen hinüber, die sich jetzt verteilten, da sie genug Platz hatten, um der potentiellen Gefahr, die von der *Unrivalled* ausging, auszuweichen. Wären da nicht noch die unmarkierten Fahrwasser gewesen! Aber jeder der drei Skipper war mit den Örtlichkeiten vertraut und würde sich die besten Chancen für seine Flucht auf das offene Meer aussuchen.

Wenn sie kein Risiko eingingen, dann konnten sie es schaffen. Die schwere menschliche Ladung erhöhte allerdings die Gefahr, daß sie das Schicksal der *Paradox* teilen könnten. Und sie hatten auf ein Schiff des Königs gefeuert und Turnbulls Männer im Wasser getötet. Ja, jeder einzelne Mann dort drüben an Bord kannte natürlich die Strafe, die ein Fehler nach sich zog.

Die *Unrivalled* drehte langsam, nicht schnell genug. Aber es mußte jetzt fix gehen. Adam packte seinen Degen und preßte ihn gegen seine Hüfte, bis der Schmerz ihn beruhigte.

»Stückpforten auf! Geschütze ausrennen!«

Er beobachtete den führenden, ihm am nächsten stehenden Sklavenhändler. Das Überraschungsmoment mußte genutzt werden. Aber es war klar, daß die *Unrivalled* festsaß. Falls sie jetzt mit dem Ankerhieven begann, dann würde es immer noch eine Ewigkeit dauern, ehe sie sich von der gefährlichen Reede frei manövriert hätte und mit der Verfolgung beginnen könnte. Adam hatte deshalb Varlo schon instruiert, was zu tun war. Die Geschützführer hatten den großen Vorteil, daß sie ihre Stücke richten und abfeuern konnten, ohne daß sich das Deck bewegte und sie auf diese Art störte. Er bemerkte, daß Yovell noch immer an Deck war, anstatt ins Orlopdeck zu steigen, wo seine Station war, wenn sie ins Gefecht gingen. Die Geschützführer plierten nach achtern, ihre Fäuste nach oben gereckt, die Augen auf die blau gekleidete Gestalt an der Reling geheftet, die von vielen anderen Männern umgeben, aber trotzdem völlig allein war.

»Heute wäre ein Gebet sicherlich angemessen, Mr. Yovell.« Adam hob den Arm und schätzte die glitzernde Wasserfläche ab, die wie eine Speerspitze geformt war und sie noch trennte. Auf dem Achterdeck war kein Laut zu vernehmen, jeder einzelne Mann wartete gespannt ab. Vielleicht war es diesmal nicht nur die Aussicht auf das Prisengeld. Er dachte an Hastilow.

Oder Rache …

»Wenn das Ziel aufgefaßt ist, Feuer frei!« Sein Arm sauste herunter.

Das Deck schüttelte sich heftig, das von der Sonne ausgetrocknete Holz wand sich unter jedem Rückstoß, als Kanone nach Kanone an der Seite des Schiffs vom Abschuß der achtzehnpfündigen Kugeln wieder nach binnenbords geschleudert wurde, wo sie von den Taljen und der Crew aufgefangen wurde.

Viele der Kugeln flogen bei weitem zu hoch. Eine klatschte sogar neben der mastlosen *Paradox* ins Wasser. Einen Augenblick lang überlegte Adam, ob Turnbull wohl überlebt hatte, jedenfalls lange genug, um mit anzusehen, was er angerichtet hatte.

Rist murmelte: »Diesen Hurensohn hat es erwischt!«

Dann schien ihm klarzuwerden, daß er neben dem Kommandanten stand, und fügte hinzu: »Das war ein sauberer Schuß, Sir!«

Gleichgültig ob es ein Glückstreffer oder ein sauber gezielter Schuß gewesen war, das Ergebnis blieb dasselbe. Die Marsstenge des Schiffes war wie eine Karotte abgeknickt, und der zunehmende Wind erledigte den Rest. Die Spieren und die Leinwand klatschten längsseits herunter, wo sie wie ein riesiger Seeanker wirkten und das Schiff herumzogen, bis es seine Breitseite zeigte. Adam konnte die ameisengleichen Gestalten auf dem Deck der Brigg herumrennen sehen, die wahrscheinlich fest damit rechneten, daß die nächste Breitseite direkt in den Rumpf einschlagen und sie zerschmettern würde.

Die Segel schlugen in dem plötzlichen Durcheinander, als der Skipper versuchte, das Schiff zu halsen, um wieder in das enge Fahrwasser zu gelangen.

Cristie meinte nur gelassen: »Auf Grund! Sitzt hoch und trocken fest. Soll er dort verrotten!«

Das zweite Schiff ging bereits auf den anderen Bug. Die *Unrivalled* konnte nicht feuern, weil die Gefahr bestand, daß sie das erste Fahrzeug bestrich.

Adam befahl: »Backbordbatterie, Geschütz Nummer Eins!« Er blickte zu Galbraith hinüber. »Wir könnten die andere Brigg verlieren, aber diesmal nicht die *Albatroz*, diesmal nicht!«

Dann nahm er das Teleskop aus dem Gestell und ging zur Backbordseite hinüber. Die Brigantine würde sogar vollbeladen weniger Tiefgang haben als die anderen Fahrzeuge. Das eine Fahrwasser, das von den größeren Schiffen gemieden worden war, war ganz offensichtlich die Wahl der *Albatroz*. Adam mußte wieder an die Worte seines Onkels denken: *Das Unerwartete* ...

Und da war sie, genau wie er sie in seinem Gedächtnis hatte. Gut gesegelt, ihr Rigg, das Partridge als erster so genau beschrieben hatte, war jetzt angebraßt, um das Schiff weiter unter Land zu treiben, wo man wahrscheinlich wenden wollte, um dann unbelästigt vor dem Bug der *Unrivalled* durchzulaufen.

Galbraith war nach vorn gegangen und stand neben den Männern der Geschützbedienung. Der Geschützführer nickte, sein rotes Halstuch hatte er sich fest um die Ohren verknotet.

Es mochte noch ein paar Minuten dauern, aber eine Kanone, die abgefeuert und wieder geladen wurde, ohne daß die anderen Geschütze der Batterie beteiligt waren, konnte ein Durcheinander und Übereifrigkeit vermeiden helfen. Geschützbesatzungen waren darauf trainiert, miteinander im Wettstreit zu liegen, das gehörte zum Drill und zur Ausbildung. Das betraf nicht nur die Geschützführer, sondern die gesamte Bedienungsmannschaft. Hier ein kleiner Zug, eine Drehung dort, die Handspaken in Bereitschaft, um das lange Rohr einen knappen Zoll herumzuwuchten, damit der perfekte Schuß abgefeuert wurde.

Jemand grollte dumpf: »Der Hurensohn hat die portugiesische Flagge gesetzt!«

Ein anderer erwiderte: »Damit kann er sich seinen Hintern abwischen!«

Adam schaute auf das Hauptfahrwasser hinüber. Die erste Brigg saß noch immer auf Grund. Sie hatte Boote ausgesetzt. Um zu flüchten oder um einen Versuch zu unternehmen, sie freizuwarpen? Das erste war nutzlos, und das zweite würde zu viel Zeit kosten, denn die *Seven Sisters* konnte sehr bald hier sein. Er stemmte seine Fäuste wieder in die Hüften und schaute zur Brigantine hinüber.

»Lassen Sie achtern willig fieren, Mr. Partridge, etwas flott jetzt!« Er hob wieder seine Hand und sah, daß Rist sich umwandte, um ihn zu beobachten. »Langsam, Jungs!«

Er wußte, daß ihm Varlo von der Back aus Zeichen

gab. Die *Unrivalled* törnte wieder in ihr Ankerkabel ein, die Küste lag wieder so da wie zuvor, als hätte sich das Blickfeld nie verändert.

Aber alles, was er sehen konnte, waren die braunen Segel, die sich langsam von der einen Seite des Bugs auf die andere bewegten, die Mastspitze schien den Klüverbaum der *Unrivalled* abrasieren zu wollen.

»Ausrennen!«

Nach dem Quietschen der Lafetten und dem Rumpeln der schweren Kanonen, die aus den Geschützpforten gezogen wurden, war es fast still. Trotz aller Anspannung bewegte sich niemand, und alle Gespräche wurden im Flüsterton geführt.

Der Skipper der *Albatroz* hielt auf das enge Fahrwasser zu. Es gab für ihn jetzt kein Zurück mehr. Jetzt mußte es jede Sekunde soweit sein, dann würde er die einzelne Kanone sehen. Und er würde Bescheid wissen. Er konnte auf Grund laufen. Er konnte sogar versuchen, alle Sklaven an Bord zu töten, aber er konnte nicht mehr entkommen. Die portugiesische Flagge war alles, was noch zwischen ihm und dem Strick stand.

Adam hörte die Stimme des Geschützführers, sah, wie er sich vorbeugte und einem Seemann auf die Schulter klopfte. Der Matrose blickte auf und nickte, grinste breit über sein gebräuntes Gesicht. Adam spürte, daß die Spannung teilweise von ihm abfiel. Er hatte mit diesem Seemann vor ein paar Tagen geredet, aber in diesem Augenblick wollte ihm sein Name nicht einfallen.

Cristie bemerkte: »Sie rennen dort drüben ein paar Kanonen aus.« Er blickte seinen Kommandanten an. »Das sollen sie nur versuchen, wenn sie verzweifelt genug sind.«

Niemand antwortete.

Adam machte den Rücken steif und spürte, wie ihm der Schweiß hinunterlief und sich in der Kimme sammelte. Die Brigantine war jetzt auf Kurs, alle Segel zogen und waren prall gefüllt, als wäre die *Unrivalled* gar nicht vorhanden.

Und wenn die Banditen das Feuer eröffneten? Dann würden die Kanonen der *Unrivalled* kein Pardon geben. Er dachte plötzlich an Avery und Deightons Vater. Seine Hand bewegte sich, so als ob sie das Medaillon berühren wollte.

Es bedurfte nur eines Schusses.

»Sobald das Ziel erfaßt ist!« Er faltete die Arme vor der Brust und starrte auf die Flagge der Brigantine, ein bunter Farbtupfer vor dem grünen und dunstigen Hintergrund. »Feuer frei!«

Für einen langen Augenblick dachte Adam, daß es wieder ein Fehlschuß gewesen wäre. Dann begann sich die Großmarsstenge langsam zu neigen und fast gelangweilt in Richtung des Decks zu fallen. Die Wanten und das laufende Gut brachen unter der Belastung des gesamten Masts mit dem großen Gaffelsegel und dem Toppsegel, und plötzlich stürzte alles mit wilder Gewalt herunter. Der dabei entstehende Lärm vermischte sich mit dem Echo des letzten Schusses.

Adam wollte sich das Gesicht abwischen, auch seinen Mund, aber er konnte sich nicht bewegen.

»Streich die Flagge, du Bastard! Nimm sie weg!«

War das seine eigene Stimme gewesen oder gehörte sie jemand anderem? Er wußte es nicht. Noch ein paar Minuten, und sie würden nochmals feuern müssen. Er wußte aus Instinkt und aus langjähriger Erfahrung, daß die Kanone bereits wieder geladen und ausgerannt war. Danach würde sich die *Albatroz,* verkrüppelt oder nicht, wieder außerhalb ihrer Reichweite befinden.

»Fertig, Sir!«

Das Stellen eines jeden Sklavenschiffs war seine erste und wichtigste Pflicht, das kam zuerst. Der Wortlaut seiner Befehle schien ihn zu necken. Aber alles, was er sehen konnte, war die Wirkung der achtzehnpfündigen Kanonenkugel, die in einen mit verängstigten, hilflosen Menschen vollgepackten Rumpf einschlug.

Er hob den Arm, aber hielt inne, als Bellairs rief: »Sie ankern, Sir! Die Hundesöhne werden gleich die Flagge streichen!«

Adam atmete langsam und geräuschvoll aus. Es klang ein wenig wie das Röcheln eines alten Mannes.

Galbraith stand am Fuß der Steuerbordtreppe und blickte nach oben.

»Erlaubnis zum Entern, Sir?«

Adam schaute zur ankernden Brigantine hinüber. Es war noch nicht vorbei.

Und da wehte noch immer die Flagge.

Der Gedanke wollte ihm fast ein lautes Lachen entlocken. Aber wie schon einmal in der Vergangenheit würde er dann nicht in der Lage sein, wieder aufzuhören.

»Nein, belegen Sie das, Mr. Galbraith. Ist meine Gig klar?«

Er rannte leichtfüßig die Treppe hinunter. Einen Augenblick lang vergaß er alles andere.

»Übernehmen Sie hier, Leigh. Schießen Sie, falls es nötig sein sollte, es wird diesmal ganz allein Ihre Entscheidung sein!«

Galbraith ging neben ihm her.

»Dann nehmen Sie Mr. Rist mit, ich bitte Sie, Sir. Er kennt diese Typen, Sie und ich kennen uns da nicht aus!«

Es gab keinen vernünftigen Grund, das Ansinnen abzulehnen. Er sprang in das Boot, die Riemen hackten schon in das Wasser, ohne daß anscheinend ein Arm bewegt wurde. Es war wie in diesen Alpträumen. Nur daß es real stattfand.

»Klar zum Entern!«

Jetzt.

Und plötzlich war das andere Schiff da. Im Vergleich zur *Unrivalled* war es klein, und trotzdem schien es hoch über der Gig aufzuragen, als wollte es das Boot erdrücken.

»Riemen hoch!« Jago drückte die Pinne und schätzte kurz mit einem Blick die verbleibende Distanz ab, die nur ein paar Meter betrug. Selbst im Augenblick der Gefahr, achtete er genau darauf, daß alles korrekt gemacht wurde, und sei es auch zum letzten Mal.

Adam sprang auf die Füße, er spürte die Bodenbretter unter sich knacken. Er bemühte sich, das Gleichgewicht zu halten, obwohl er doch andererseits damit rechnete, daß jeden Augenblick jemand von dort oben auf ihn schießen konnte, um ihn zu töten. Männer drängten sich an der Verschanzung der Brigg, einige schüttelten drohend ihre Waffen, ganz offensichtlich waren sie durchaus gewillt, sie auch zu benutzen.

»Legen Sie ab! Legen Sie sofort ab! Ich warne Sie jetzt und nur einmal!«

Die Stimme war laut und deutlich, und Adam vermutete, daß der Sprecher eine Flüstertüte benutzte.

Rist murmelte: »Das ist Cousens, Sir. Er ist derjenige welcher.«

Adam blickte ihn nicht mal an, aber erinnerte sich an Galbraiths letzte Worte. *Er kennt diese Leute. Sie und ich kennen sie nicht.* Jetzt war noch ein anderes Geräusch zu hören, das die Anspannung so lange aus Adams Aufmerksamkeit verdrängt hatte. Es war ein fremdartiges Stöhnen, viele Stimmen vermischten sich zu einem verzweifelten Protest, so als ob die *Albatroz* selbst Schmerzen leiden würde. Als die Gig in den Schatten des Schiffes eintauchte, wurde er sich seiner inneren Ruhe, der Endgültigkeit bewußt. Es war so ganz anders wie die Wildheit und auch manchmal wie der Überschwang eines richtigen Seegefechts, das Gefühl des Triumphs und des Leidens, wenn die Flagge des Gegners im Geschützqualm heruntersank. Er schaute nach oben in die Gesichter, sogar sie schienen jetzt bewegungslos. Es bedurfte nur eines Heißsporns oder jenes kurzen Impulses zu töten, aber alles woran er denken konnte war, daß seine eigene Stimme seltsam abgehoben, körperlos klang, als würde sie jemand anderem gehören, einem Zuschauer.

»Im Namen des Königs! Ergeben Sie sich und legen Sie Ihre Waffen nieder! Ich werde an Bord kommen!«

»Und wer spricht mit einer derartigen Überheblichkeit?«

Gelächter, ein hier und jetzt völlig unnatürlich wirkendes Geräusch, und Adam stellte fest, daß die Stimmen im Rumpf des Schiffes verstummt waren, als wüßten sie alle Bescheid oder meinten, alles zu wissen. Die Gefangenen witterten nur weiteren Verrat, der sich durch nichts von dem unterschied, der sie in die Gefangenschaft gebracht hatte.

Rist murmelte: »Er blufft, Sir.«

Jago streckte die Hand aus, um es zu verhindern, er hatte Rists Bemerkung mitgehört. Es war wie das Aussingen des Lotgasten, tiefer und tiefer in den Wahnsinn ...

Aber Adam schaute ihn an. »Falls ich fallen sollte, bring das Boot zurück.« Er lächelte flüchtig. »Luke.«

Dann peilte er nach den Handläufen und packte sie. Er spürte die Hitze auf seinem Gesicht, als er den Kopf über die Verschanzung schob. Das war der entscheidende Moment. Er mußte an die zerbrochene Taschenuhr denken und an den Jungen, der sie wie einen Schatz behütete, an Galbraiths Fürsorge und an die Kirche in Penzance ...

Er sprang auf das Deck hinab. Eine dichte Menschenmenge ließ kaum noch freien Raum. Seeleute, allerdings sahen sie eher wie Piraten aus. Und jeder Mann wußte ganz genau, daß er ihn niederhacken und die Crew des Bootes versenken konnte, ohne sich große Mühe geben zu müssen oder sich anzustrengen.

Ein stämmiger Mann in einem rauhen Rock, von dem Adam annahm, daß es sich um Cousens handelte, baute sich vor ihm auf, seine Augen glitten über die beiden Epauletten und den Degen in der Scheide, dann blickte er ihm gerade ins Gesicht. Dann fragte er: »Und wer sind Sie, Sir?«

»Kapitän zur See, Adam Bolitho. Mein Schiff können Sie mit bloßen Augen sehen.« Er hörte ein unterdrücktes Gemurmel durch die Reihen der Zuhörer gehen. »Sie und Ihr Schiff stehen unter Arrest und werden der folgenden Straftaten beschuldigt, die festgehalten sind ...«

Cousens ließ ihn nicht ausreden. »Ich habe mit dieser Schießerei nichts zu tun. Diese Schiffe sind mir kaum bekannt.« Er verschränkte seine dicken Arme vor der Brust. »Ich bin für diese Arbeit unter Charter genommen worden. Ich habe nichts zu verbergen.« Er beugte sich etwas in Adams Richtung vor. »Und habe von Ihnen nichts zu befürchten!«

Adam hörte, daß Rist sich sehr vorsichtig bewegte, und stellte sich vor, wie Jago im Boot wartete. Es war seine ganz höchstpersönliche Entscheidung gewesen.

Plötzlich befahl er scharf: »Befehlen Sie Ihren Männern, daß sie ihre Waffen niederlegen sollen. Sofort!«

Jemand rief etwas, auf französisch, spanisch, in Adams Ohren hätte es jede beliebige Sprache sein können. Aber Cousens wandte sich ab, seine Augen blitzten vor Wut und Unglauben, als die Backbordbatterie der *Unrivalled* in das strahlende Sonnenlicht ausgerannt wurde, als ob sie von einer einzigen Hand geschoben würde. Die Rohre sahen aus wie eine Reihe geschwärzter Zähne.

Er schnappte nach Luft: »Vorher werde ich Sie in der Hölle sehen!« Dann starrte er auf seine Männer, deren Entermesser und Enterpiken einzeln oder in Gruppen an Deck klapperten.

Rist trat einen Schritt vor. »Ich nehme Ihre Pistole!« Er

nahm sie ihm aus der Hand. Sie war gespannt und schußbereit.

Cousens blickte wieder zur Fregatte hinüber. »Sie würden es nicht wagen!«

Rist hätte ihn am liebsten getötet. Diesmal war es zu knapp gewesen, purer Wahnsinn. Er erwiderte: »Und würde es ein Kapitän wagen, einen Sklavenhändler allein zu entern?«

Jago und die Mannschaft des Bootes kamen an Bord geklettert. Adam wußte, daß noch andere Boote unterwegs waren, um zu ihnen zu stoßen. Er war sich nicht sicher, ob er sich bewegen sollte oder konnte. Er war benommen, spürte Übelkeit in sich aufsteigen, und Angst krampfte sein Herz zusammen. Es war alles gleichzeitig und nichts von alledem.

Cousens blickte sich wild um, verwirrt, unfähig zu begreifen, was um ihn herum geschah. Vielleicht fragte er sich, ob die Fregatte wirklich feuerte, wenn doch ihr Kommandant als erster sterben müßte.

Adam machte zwei Schritte von der Bordwand weg und blickte zu der portugiesischen Flagge empor, aber er sah nur Galbraith vor sich. Und würde er gefeuert haben, wäre es wirklich nur seine Entscheidung gewesen?

Schlagartig waren überall vertraute Uniformen und Gesichter, die ihre Positionen auf dem Deck und hinten auf dem Achterdeck der Brigantine einnahmen. Varlo war mit einer schwerbewaffneten Abteilung Matrosen und einigen Marineinfanteristen übergesetzt. Sie waren nicht in der Stimmung für finstere Drohungen oder lange Diskussionen, jetzt, da sich die Spannung gelöst hatte.

Rist sah, daß der Leutnant ein paar seiner Männer an die Drehbassen schickte. Also hatte er sich zumindest an diese Lektion erinnert.

Rist leckte sich über die Lippen und nickte Williams, dem Stückmeistersmaaten, zu, der sich bei dem Prisenkommando befand. »Das war knapp, Frank!« Sein walisischer Akzent schien hier noch fremdartiger zu wirken.

Adam befahl: »Durchsuchen Sie das Schiff, Mr. Rist. Nach Dokumenten, Beweisen ... Sie wissen schon, was wir brauchen.« Er blickte zu den Lukenabdeckungen hinüber. Die Ruhe war fast nervenzerfetzend. »Ist es mit unserer Sicherheit zu vereinbaren, wenn wir die Luken öffnen, was denken Sie?«

»Wenn man es vorsichtig macht, dann geht es sicherlich, Sir. Aber ganz langsam!«

Cousens, neben dem auf jeder Seite ein Royal Marine mit aufgepflanztem Bajonett auf dem Sprung stand, rief: »Ich habe das Recht auf meiner Seite, Kapitän!«

Adam blickte ihn an und merkte plötzlich, daß er an seine Tante dachte. Die liebe Nancy, sie wollte Adams Porträt, um es im alten Haus aufzuhängen. Eben hätte sie beinahe die Chance, es zu bekommen, verloren. Wieder hielt Adam das aufsteigende irre Gelächter zurück. Er entgegnete kühl: »Ich würde das bestreiten, aber andere, die dafür besser qualifiziert sind, werden das zu gegebener Zeit entscheiden. Was mich selbst angeht, so würde es mich außerordentlich fröhlich stimmen, wenn ich Sie an der Großrah der *Unrivalled* in die Höhe ziehen könnte.« Er meinte, den Mann zusammenzucken zu sehen, er erinnerte sich an Rists Worte: *Er blufft!* »Und auf Ehre – ich würde es tatsächlich genießen!«

Er wandte sich ab, als er gebrüllte Kommandos hörte und ein Durcheinander am Niedergang in der Nähe des Ruders bemerkte.

Williams kam langsam mit ein paar anderen Seeleuten heraus, sie trugen etwas, das wie ein in eine schmutzige Decke gewickelter Leichnam aussah. Williams sank auf die Knie nieder und legte das Bündel vorsichtig auf das Deck.

»Sie war in der Kabine, Sir, gefesselt.«

Es war ein kleines Mädchen. Nackt. Die Hand- und Fußgelenke waren von Tampen oder Eisen zerscheuert. Ihre Füße waren stark verletzt, als ob sie über längere Zeit zu einem Gewaltmarsch gezwungen worden wäre, bevor man sie an Bord der *Albatroz* verschleppt hatte. *Zu diesem Zweck.* Sie lebte, war aber nicht in der Lage etwas zu sehen oder zu denken. Sie schien am Rande des Wahnsinns oder zumindest der Hysterie zu stehen.

Williams murmelte ihr beruhigende Worte ins Ohr. Er hielt die Decke so, daß das Gesicht vor der blendenden Sonne geschützt war. Aber Adam schaute auf ihre Hüften und Schenkel, die mit getrocknetem Blut bedeckt waren. Auf der Haut waren Abdrücke von Zähnen zu sehen, wo sie gebissen worden war, sie mußte wiederholt vergewaltigt worden sein. *Ein Kind.* Er dachte an den Brief und die Zeichnung ... vielleicht war sie in demselben Alter wie Elizabeth, ein Mädchen, das er auch nicht besser kannte als dieses hier.

Varlo meldete: »Ein Laderaum ist voller Frauen, Sir. Alle Altersgruppen.«

Adam blickte zu Cousens hinüber. »Ist das auch Ihr Werk? Sie sind der Kapitän dieses Schreckenschiffs. Was sagen Sie dazu?« Er wartete die Antwort nicht ab. »Öffnen Sie die Luke, Mr. Varlo, aber seien Sie auf alles vorbereitet.« Er war immer noch so verdammt ruhig. Er sprach in dem Ton, in dem er auf seinem Deck einen Midshipman nach dem Wetter befragte, wenn er bereits alle Einzelheiten kannte.

Dann ging er zu der Luke hinüber, die von zwei Seesoldaten vorsichtig geöffnet wurde. Den Gestank hatte er erwartet, denn er war schon früher in Lee von Sklavenschiffen gesegelt, damals, als die Welt diesem Problem noch die kalte Schulter gezeigt hatte. Aber man konnte sich nie daran gewöhnen.

Jago war neben ihm, er konnte seinen Atem hören. War

es Ärger, Ekel oder war der Mann nur einfach froh darüber, aus der Sache herausgekommen zu sein? Lebend!

Zu Rist sagte er: »Sagen Sie diesen Menschen, daß wir hier sind, um sie zu befreien.« Er wandte seine Augen ab, als Kreischen und wilde Schreie aus dem Laderaum erklangen. Wie mußte es sein, an Bord geprügelt, angekettet zu werden und nicht zu wissen, wo man war oder wohin man gebracht wurde? Über Tage und Wochen waren die Gefangenen kaum in der Lage gewesen zu atmen oder sich in ihrem eigenen Schmutz zu bewegen.

Williams rief: »Sie will wieder zu ihnen nach unten, Sir.« Er klang sowohl besorgt als auch fürsorglich. Es war der Mann, der mitgeholfen hatte, eine Schebeke mit seinen bloßen Händen in die Luft zu jagen. Zusammen mit Galbraith und Rist.

»Behandeln Sie sie vorsichtig.« Er hätte das Mädchen fast berührt, als sie an ihm vorbeigetragen wurde, aber er sah, daß ihn ihre Augen voller Entsetzen anstarrten.

Seine Wut half ihm irgendwie, oder vielleicht war es auch die schleichende Verrücktheit, die übrigbleibt, wenn man mit dem Tod gespielt hat.

Eitelkeit …

»Sie sagen, daß Sie der Skipper sind?«

Seine Stimme mußte leise und sanft geklungen haben, denn Cousens mußte sich vorbeugen, um ihn zu verstehen. Zwei Bajonette richteten sich auf seine Kehle, als ob jemand ein Kommando geflüstert hätte. Aber er schaffte es zu nicken.

»Sie werden den Namen des Schiffes kennen, mit dem Sie sich treffen wollten, um ihm Ihre Ladung zu übergeben. Dieses Schiff ist zu klein, um mit so vielen Gefangenen lange auf See zu bleiben.«

Rist rief: »Dreihundertfünfzig Männer und Frauen, Sir.« Er überprüfte eine Liste in seiner Hand und blickte Williams an: »Und Kinder!«

Cousens lächelte. Erleichterung, Überraschung, seine Zuversicht kehrte zurück. »Meine Befehle lauten, sie irgendwo abzuliefern. Aber wo das ist, werde ich nur den Offiziellen meines Flaggenstaates mitteilen, aber nicht hier und jetzt. Ich kenne meine Rechte, verdammt sollen Sie sein!«

Adam sah, daß einer der Marineinfanteristen aus der Luke des Laderaums blickte. Es war Korporal Bloxham, ein Scharfschütze. In jeder Beziehung ein guter Mann, und mit etwas Glück würde er bei nächster Gelegenheit zum Sergeant befördert werden. Adam wußte, daß er darauf lauerte, Cousens hier und jetzt umzulegen, falls der nur mit den Augen zwinkerte.

Er wiederholte: »Den Namen des Schiffes. Los!«

Cousens schüttelte noch nicht mal den Kopf.

Adam ging zurück an das Süll der Luke. Gesichter starrten herauf, Augen leuchteten in den einfallenden Sonnenstrahlen weiß, die Haut der Menschen dort unten glänzte wie Ebenholz und schimmerte feucht vom Schweiß.

Sie hatten ihn gesehen. Sie würden Bescheid wissen, jedenfalls die meisten.

Ohne zurückzublicken, fuhr er fort: »Als Kapitän erwartet man von Ihnen, daß Sie sich um das Wohlergehen aller Personen kümmern, die Sie auf Ihrem Schiff befördern, zu jeder Zeit.« Jetzt blickte er Cousens direkt ins Gesicht. »Wir haben noch viel zu erledigen, bevor wir wieder Fahrt aufnehmen können. Reparaturen, ein Notrigg. Und ein Prisenkommando muß hier an Bord einquartiert werden, bevor wir diesen Ort verlassen.« Er sah, daß das blöde Grinsen aus Cousens Gesicht verschwand. »Ich halte es daher für fair und durchaus angemessen, daß Sie als Kapitän bei den Frauen da unten bleiben, um sie zu beruhigen, wenn Sie so wollen.« Er trat einen Schritt zur Seite. »Kümmern Sie sich bitte darum, Mr. Rist, auf der Stelle.«

Jago murmelte: »Sie werden ihn in Stücke reißen, Sir.« Er starrte ihn an, suchte nach etwas. Wie an jenem Tag in der Kirche.

»Daran zweifele ich nicht. Rufen Sie bitte die Gig längsseits. Mr. Varlo kann das Kommando hier übernehmen. Er wird heute eine Menge lernen, nehme ich mal an.«

Die Seeleute zogen Cousens über das Deck. Andere kamen angerannt, um zu helfen. Er war ein starker Mann, und seine Stimme, die laut war, überschlug sich kreischend, als sie die offene Luke erreichten.

Der Schrei wurde fast von dem allgemeinen Getöse übertönt, das aus dem Laderaum aufstieg. Es klang, als würde ein großes wildes Tier brüllen, das wütend nach Vergeltung schrie.

Rist blickte auf Jago und dann auf den Kommandanten. »Er will reden, Sir. Er will Ihnen sagen ...« Er schaute zur Luke hinüber. »Alles aber nicht das!«

Adam schaute zur *Unrivalled* hinüber, sie wirkte so hell, so sauber im Sonnenlicht. Er murmelte: »Das zieht uns alle in den Dreck. Nicht nur die Schuldigen!«

Der Steuermannsmaat ging fort, und Jago fragte ihn: »Hätten Sie ihn wirklich denen da unten ausgeliefert, Sir?«

Adam wirbelte schnell herum, er spürte, wie sich seine verkrampften Fäuste wieder lösten. »Ich hoffe, daß ich es niemals wissen werde.« Er boxte ihn auf den Oberarm. »Luke.«

Galbraith duckte sich unter dem Decksbalken hindurch und nahm neben dem kleinen Schreibtisch Aufstellung. Auf der anderen Seite der großen Kabine saß Yovell an seinem Platz und war völlig in die Notizen vertieft, die er mit seiner schwungvollen Handschrift kopierte. Kein Wunder, daß man sie in der Navy die Sesselpupser nannte, dachte er. Yovell war in seine Arbeit vertieft, als ob er allein wäre. Wie an jedem ganz gewöhnlichen Tag.

Und der Kommandant – es war kaum vorstellbar, daß es derselbe Mann war, den Galbraith durch sein Teleskop beobachtet hatte, als er an Bord der *Albatroz* geklettert war. Er war alleine und sehr verletzlich gewesen. Er konnte noch immer kaum begreifen, was sich da ereignet hatte. Wie durch einen Vorhang hörte er das Anschlagen von acht Glasen auf der Back. Mittag. Sechs Stunden war es jetzt her, daß sie gesehen hatten, daß die *Paradox* auf Grund gegangen und ihr Mast mitsamt den Segeln über Bord gegangen war wie die Schwingen eines sterbenskranken Seevogels.

Seitdem hatte die Arbeit nicht aufgehört. Boote fuhren hin und her. Befreite Sklaven wurden auf das Deck der *Albatroz* geführt, sorgfältig bewacht und von der Mannschaft des Schiffes getrennt gehalten. Von diesen waren einige in Eisen gelegt worden. Varlo befolgte seine Befehle genau. Er ging kein Risiko ein. *Mit niemanden.*

Die Brigg *Seven Sisters* war auch fleißig gewesen, denn sie hatte das andere Sklavenschiff, die *Intrepido,* genommen und gesichert. Dann hatte sie das Schiff in tieferes Wasser gewarpt. Andere Boote hatten Kanonen und Ausrüstungsgegenstände von der *Paradox* abgeborgen. Alles, was man gegen die ursprünglichen Eigentümer hätte verwenden können. Die *Paradox* aber konnte von der Sandbank nicht heruntergeholt werden. Bei diesen Strömungen und dem aggressiven Klima war es zweifelhaft, ob sie lange überleben konnte.

Kommodore Turnbull hatte überlebt. Er war unverletzt geblieben. Bevor er unter Deck gegangen war, hatte Galbraith ein letztes Boot bei dem traurigen Schoner, der inzwischen schon ein mastloses Wrack war, längsseits liegen sehen. Man würde das Schiff in Brand setzen als angemessenes Fanal für alle diejenigen, die für die

Dummheit eines Mannes gefallen waren. Hastilow war getötet worden, zusammen mit vielen anderen. Die Verwundeten wurden zwischen der *Unrivalled* und der *Seven Sisters* aufgeteilt, einige würden die Reise bis Freetown sicherlich nicht überleben.

Er sah wieder zum Kapitän hinüber, der jetzt ohne Hemd dastand, sein verschwitztes dunkles Haar klebte ihm an der Stirn und im Nacken. Galbraith hatte gehört, daß er sich völlig nackt ausgezogen und den Seeleuten befohlen hatte, die Deckwaschpumpe aufzuriggen, um ihn dann von Kopf bis Fuß abzuspritzen. Es war Salzwasser, aber es schien zu helfen, um allen Schmutz abzuwaschen und nicht nur vom Körper.

Adam hob den Blick vom Logbuch, das vor ihm lag.

Er und Galbraith hatten sich die Hände geschüttelt, als er an Bord zurückgekehrt war. Sogar seine Stimme hatte anders geklungen: hart, so, als würde er auf eine Auseinandersetzung warten.

»So schnell es geht, Leigh! Sagen Sie dem Zimmermann Bescheid und lassen Sie Mr. Partridge eine Crew hinüberschicken. Ich möchte heute abend von hier verschwunden sein.«

Kurz darauf war eine weitere Brigg, die *Kittiwake,* eingetroffen. Es war ihr nicht gelungen, den dritten Sklavenhändler zu stellen. Sie war noch nicht einmal Zuschauer gewesen. Sie war vorbeigesegelt, hatte auf das offene Meer hinausgehalten. Ein großer Teil ihrer Besatzung hatte in den Wanten gehangen und gewinkt und freudig Beifall geschrien. Sie segelte jetzt wieder nach Freetown zurück.

Erst da hatte Galbraith realisiert, daß der Breitwimpel des Kommodores von ihrem Masttopp auswehte. Durch das Glas hatte er einen Blick auf Turnbull selbst werfen können, der achtern mit einem der Leutnants zusammenstand. Er hatte seinen Hut in Richtung der *Unrivalled* gehoben und gelächelt.

Galbraith hatte sich umgedreht, um eine Bemerkung zu machen, aber dann hatte er Adam Bolitho sagen hören: »Ich werde dafür sorgen, daß du dafür in der ewigen Verdammnis schmoren wirst!«

Seit diesem Zwischenfall waren sie nicht viel allein gewesen, bis jetzt. Adam sagte: »Wie läuft es, Leigh? Ich kann von hier aus erkennen, daß das Notrigg gestellt ist und funktioniert. Der Arzt hat mir gemeldet, daß die Verwundeten untergebracht sind. Sind wir bereit?«

»In einer Stunde, Sir. Der Wind weht gleichmäßig und steht durch. Ich habe Rist angewiesen, auf der Prise zu bleiben. Er macht sich gut.«

Adam lehnte sich in den Sessel zurück und probierte den Kaffee, den Napier für ihn zubereitet hatte. Das war fast der schlimmste Teil seiner Rückkehr an Bord gewesen. Er hatte sich nur mühsam beherrschen können und hatte sie, besonders aber den Kapitän, immer wieder angesehen. Und dann in der Kabine, seinem Heiligtum, hatte Napier seine Hand in seine beiden Hände genommen und hatte gestammelt: »Ich dachte ... ich habe gedacht ...« Mehr hatte er nicht hervorbringen können.

Sogar Yovell, der selten eine Gefühlsregung zeigte, hatte sich zu der Bemerkung hinreißen lassen: »Was Sie getan haben, war sehr mutig!« Er hatte eine Pause gemacht, wohl um abzuschätzen, wieviel Adam noch vertragen konnte. »Aber wenn es ein anderer getan hätte, dann wären Sie der erste gewesen, der ihn einen Dummkopf und verantwortungslos genannt hätte.«

Adam entgegnete: »Das gilt für alle, Leigh.« Er stellte die Tasse zur Seite. Der Kaffee war mit einem Schuß Rum versetzt gewesen. »Wir bleiben mit der *Seven Sisters* und den beiden Prisen zusammen. Wir können uns nicht mehr sicher sein. Der andere Sklavenjäger hatte sechshundert Menschen an Bord. Und das auf einer Brigg! Wie konnten sie annehmen, daß sie am Leben bleiben?«

Galbraith warf ein: »Ich habe Cousens in Eisen legen lassen. Ich traue ihm nicht über den Weg.«

Adam zog eine Schublade und das Bündel Notizen hervor, die er von Tyacke bekommen hatte. Er erklärte: »Das Schiff, das hier jeder zu kennen scheint, das aber noch von niemanden gesehen wurde, heißt *Osiris.*« Er verdrängte das erbärmliche Gestammel Cousens aus seinem Gedächtnis. Vielleicht hätte er ihn doch einfach in den Laderaum werfen lassen sollen. Er blickte auf den Zettel, auf dem der Namen des Schiffes notiert war. Cousens war kaum in der Lage gewesen, den Stift zu halten.

Galbraith wiederholte es: »*Osiris.* Ein seltsamer Name, Sir.«

Yovells Schreibfeder blieb plötzlich mitten in der Luft hängen und murmelte: »Der Richter der Toten.«

Adam lächelte. Wie ein Schulmeister, der einem leicht zurückgebliebenen Schüler hilft. Er fuhr fort: »Rist hat noch ein paar Stückchen des Puzzles entdeckt. Ich habe ihn nicht gefragt, wie er das bewerkstelligt hat. Die *Osiris* ist – oder war – ein amerikanisches Schiff, das gegen 1812 für den Einsatz als Freibeuter gebaut worden ist.«

Galbraith nickte. »Gegen uns.« Er sah, daß die Hand des Kapitäns unbewußt an die Hüfte faßte, wo die häßliche blutrote Narbe leuchtete, die er einmal gesehen hatte.

»Ja. Es ist ein großes und schnelles Schiff. Und es ist gut bewaffnet. Wenn jetzt der Krieg gegen die Handelsrouten härter und gefährlicher wird, dann werden die Preise steigen, und der Profit wird für jene, die erfolgreich oder besonders aggressiv sind und dafür kämpfen wollen, enorm steigen.« Er bemerkte, daß seine Hand über die Narbe geglitten war. Die einzige Erinnerung daran. An den letzten Kampf der *Anemone* gegen die amerikanische Fregatte *Unity.* Als er von einem Metallsplitter niedergestreckt worden war, der so groß wie sein Daumen gewesen war, so hatte ihm später jemand erzählt.

Die Erinnerung war niemals verblaßt: Die Flagge war als Zeichen der Niederlage heruntergehauen worden, als er nicht mehr in der Lage gewesen war, sie zu verteidigen. Später, als Kriegsgefangener, war er entkommen, um dann wegen des Verlusts der *Anemone* vor ein Kriegsgericht gestellt zu werden. Er sah den verkrüppelten Seemann wieder vor sich. *Die Besten der Flotte.* Er blickte sich in der Kabine um. *Bis du gekommen bist, mein Mädchen.*

Er sah zu den Heckfenstern hinaus, aber die *Unrivalled* schwoite an ihrem Ankerkabel. Im Moment war nur das Land zu sehen. Die *Albatroz* und das Wrack des Schoners waren vor seinem Blick verborgen.

»Geben Sie Essen an die Leute in Gruppen aus, zwei Abteilungen pro Wache. Auch eine doppelte Ration Rum, gleichgültig wie theatralisch Mr. Tregellis seine Hände über dem Kopf zusammenschlägt.« Ohne sich dessen bewußt zu sein, fuhren seine Finger wieder über die Narbe. »Wir werden mit dem Ankerhieven am Nachmittag beginnen, sagen wir um sieben Glasen.«

Sie lachten beide. Yovell hob nicht den Kopf, seufzte aber leise zustimmend. So wie der Sand in einem Stundenglas durchrann, war die Anspannung verflogen. Für dieses Mal ...

Dann hörte er, wie Adam sagte: »Aber ich werde diese verdammte *Osiris* irgendwie finden, eines Tages. Cousens und seine Brut sind gefährlich, aber ohne die großen Haie hinter ihnen sind sie doch nur Katzenfutter.« Er schlug mit einer Hand auf das Stück Papier vor sich auf dem Tisch. »Der Hecht im Karpfenteich, das ist das einzig wirklich lohnende Ziel!« Wieder wechselte seine Stimmung schlagartig. »Aber der Agent der Krone hat das zu entscheiden. Und unser Kommodore wird vor uns mit ihm sprechen.«

Eine Explosion erklang, als würde etwas gegen die Bilgen der *Unrivalled* schlagen. Es war nur ein schwaches Gefühl, aber ein Schiff starb. Adam ging zum Heckfenster und überschattete seine Augen, um die schwarze Rauchsäule zu beobachten, die sich über dem mittleren Fahrwasser in die Höhe schraubte, wo der Wind sie wie Stoffreste zertrennte und dann in kleine Fetzen zerriß.

Kein Schiff sollte so sterben. Er dachte an Hastilow und diese Aktion, die ihn so viel gekostet hatte.

Welchen Preis hatte die Rache nun?

Dummheit und Tollkühnheit.

Wie bei einem Kriegsgericht konnte die Spitze des Degens in die eine oder die andere Richtung zeigen.

Verhaltensregeln

»Der Kommandant kommt, Sir!«

Denis O'Beirne richtete sich auf und wischte sich die Hände an einem Stück Stoff ab. Ein Seemann lag auf dem Tisch des Lazaretts, seine nackten Gliedmaßen sahen in dem kreisenden Licht der Laternen wie Wachs aus. Er hätte auch tot sein können, aber der schwache Herzschlag und die flatternden Augenlider sagten etwas anderes.

»Bewegt ihn jetzt.« O'Beirne sah auf den bandagierten Stumpf und seufzte. Wieder ein einarmiger Überlebender mehr, der irgendwo in einem Hafenviertel verelenden würde. Aber jedenfalls hatte er überlebt. Er schien erst jetzt zu realisieren, was sein Assistent gesagt hatte, und drehte sich gerade noch rechtzeitig um, damit er Kapitän Bolitho in der Tür stehen sehen konnte. Dessen Körper bildete einen schiefen Winkel zum Türrahmen, denn die *Unrivalled* lag weit auf der Backe, weil der Wind stark und beständig schräg über das Achterdeck einfiel.

»Sie wollen mich sprechen?« Adam blickte sich im Krankenrevier mit all den Flaschen und Tupfern um. Über allem hing der schwere Geruch nach Rum, diesem Allheilmittel der Marine, um Schmerzen zu lindern oder denjenigen Hoffnung zu geben, bei denen es in Wirklichkeit keine mehr gab. Er haßte diesen Ort und alles, was damit zusammenhing. Es war dumm, aber er hatte es längst aufgegeben, dagegen anzukämpfen.

O'Beirne musterte ihn mit geübten Blicken. Streß und Ärger, diagnostizierte er. »Hier ist jemand, der darum bittet, mit Ihnen sprechen zu dürfen, Sir. Es ist einer der Männer von der *Paradox*. Ihr Bootsmann.« Er machte eine Pause, um kurz prüfend auf seine Hände zu schauen. »Er hat nicht mehr lange zu leben, fürchte ich.«

Ein letzter Funken Widerstand oder Ungläubigkeit. Die letzte Erklärung eines Sterbenden war unter Seeleuten nichts Ungewöhnliches.

Was würde ich zu sagen haben?

»In Ordnung.« Adam betrachtete den Chirurgen aufmerksamer. Auf den ersten Blick zeigte er keine Spuren von Erschöpfung, obwohl er hier unten und drüben an Bord der Prise *Intrepido* ununterbrochen gearbeitet hatte, seit das kurze Gefecht beendet gewesen war. Zwar befand sich auf der *Seven Sisters* auch ein Schiffsarzt, aber O'Beirnes abfällige Bemerkung »oder etwas in der Art« hatte Bände gesprochen.

Adam folgte dem großen Mann in den dunklen Hintergrund des Orlops, das voller verwundeter oder verletzter Männer zu sein schien. Einige lagen ganz ruhig, ob sie sich erholten oder einfach friedlich starben, konnte man unmöglich vorauszusagen. Andere waren gegen die Spanten des Schiffes gelehnt, ihre Augen bewegten sich, sie folgten den hin und her schwingenden Laternen oder starrten nur einfach in die dunklen Schatten. Überrascht von dem Eindruck, überlebt zu haben, bis jetzt aber noch nicht mit den Verwundungen vertraut, die O'Beirnes kleine, aber starke Finger untersucht und behandelt hatten. Auch hier stank es durchdringend nach purem Rum.

Drei Männer waren gestorben und waren nach Einbruch der Dunkelheit beigesetzt worden. Es war ihre zweite Nacht gewesen, seit sie die Reede verlassen hatten, auf der die ausgebrannte *Paradox* als Mahnmal zurückblieb. Jeder Leichnam war mit zwei Kugeln in die Tücher eingenäht worden, um ihm eine schnelle Reise in die unendlichen Tiefen zu garantieren, doch es gab immer Haie, die ihnen geduldig folgten. Die Seeleute glaubten, daß die Toten in der Nacht sicherer ihre letzte Reise antreten konnten.

O'Beirne murmelte: »Sein Name ist Polglaze. Es waren Kartätschen. Ich konnte nichts mehr für ihn tun.«

Adam packte den Arm des Mannes, er spürte Traurigkeit. Das war etwas, was auf einem Kriegsschiff sehr selten zu finden war, auf dem ein Schiffsarzt oft schrecklichere Dinge mit ansehen mußte als die anderen Männer auf dem Deck während der Schlacht. Er kniete neben dem sterbenden Mann nieder, der wie andere auch gegen einen der massiven Spanten der Fregatte gelehnt worden war. Er kannte dieses verräterische Rasseln des Atems. Der Mann verblutete innerlich.

Adam spürte das stärkere Rollen des Schiffes. Der Wind hatte sie endlich gefunden, aber für Polglaze und die anderen, denen es wie ihm ergangen war, war es zu spät.

»Sie sind gekommen, Sir.« Die Augen blickten Adam fest ins Gesicht, die Lichter der nahen Laternen spiegelten sich darin, sie funkelten auf den angelaufenen Goldlitzen und Goldknöpfen. Das war etwas, was er verstand. Es war kein junger Mann, aber kräftig gebaut, oder jedenfalls war er es gewesen. Als er zitternd die fahle Hand ausstreckte, um Adams Hand zu fassen, war es ihm nicht möglich, sie festzuhalten.

Adam sagte: »Polglaze: ein alter ehrlicher Name aus Cornwall, habe ich recht?«

Der Mann versuchte, sich aufzurichten und sich vielleicht etwas vorzubeugen, aber der Schmerz traf ihn wie eine neue Ladung gehacktes Blei. Sein Griff verstärkte sich fast unmerklich. »St. Keverne, Sir.«

»Viel weiter nach Süden kann man von dort aus nicht mehr gehen. Das ist manchmal eine wilde Küste, nicht wahr?« Adam wollte weg von hier. Er konnte nicht helfen. Dieser Mann, der gar nicht weit von Penzance geboren worden war, war über das Stadium, in dem man helfen konnte, schon lange hinaus.

Aber Polglaze lächelte fast, als er murmelte: »Das ist wirklich eine verdammt wilde Küste. Die Manacles haben mehr als nur ein Opfer gefordert, solange ich dort noch ein Junge gewesen bin.«

O'Beirne flüsterte leise: »Ich glaube, das war lange genug.«

Adam wandte sich halb um, er fragte sich, wer von ihnen beiden damit gemeint gewesen war. Er spürte, wie sich die harte Hand des Mannes fest um die seine schloß, als ob alle seine verbleibende Stärke sich darin konzentrierte, aber es war ein starkes Bedürfnis, das ihn am Leben hielt.

Ruhig sagte er zu ihm: »Ich bin bei Ihnen, darauf können Sie vertrauen.« Er lauschte auf die ungleichmäßigen Atemstöße. Er spürte das Bedürfnis, sie zu beenden, das Leiden abzukürzen. Dieser Mann hatte genug getan, diese harten, rauhen Hände sprachen Bände. Die zahllosen Seemeilen, die er hinter sich gelassen hatte, die Meilen von Tauwerk, mit denen er gekämpft und gearbeitet hatte, die See, der Wind und jetzt dieses Ende. Er konnte Tyackes Worte hören, die bitter und vernichtend gewesen waren: *Und für was*?

Polglaze sagte plötzlich: »Ich will Ihnen etwas über die

Paradox erzählen, Käpt'n. Wie es war, was abgelaufen ist. Sie war ein hübsches kleines Schiffchen.«

Adam versuchte, nicht zu schlucken und sich nicht zu bewegen. Wußte der Mann, wie das Ende des Schiffes ausgesehen hatte?

»Es war alles gut geplant, müssen Sie wissen, unsere Boote waren ausgesetzt und mit einigen unserer besten Männer bemannt worden.« Seine Stimme schien kräftiger zu werden. Er durchlebte alles noch mal. »Unser Mr. Hastilow war auch bereit. Er hatte so etwas schon oft genug gemacht, müssen Sie wissen.« Er begann keuchend zu husten. Eine Hand tauchte mit einem Tuch aus der Dunkelheit auf, um ihm den Mund abzuwischen. Als es weggezogen wurde, war es voller Blutflecken. Polglaze stöhnte, dann fuhr er fort: »Wir waren zu weit von der Küste weg, und der Wind blies zu stark. Ich dachte, daß wir wohl besser gewartet hätten, bis die anderen heran waren. Und dann befahl der Leutnant eine Wende. Ich weiß nicht genau, warum er das tat.«

Adam erinnerte sich an Cristies Überraschung. *Der falsche Kurs.* Und an die abgerissenen Besatzungsmitglieder des Schoners. Ihre offensichtliche Feindseligkeit. Aber als Besatzung waren sie aus einem Guß gewesen. Polglaze konnte sich nicht mal an den Namen des Leutnants erinnern. Der Mann hatte den unglücklichen Finlay ersetzt, aber er *hatte nicht dazu gehört.*

Polglaze seufzte tief auf. »Und dann sind wir aufgebrummt. Niemand hatte daran schuld, wir haben nur die Befehle befolgt.« Er seufzte wieder, aber der Griff blieb so fest wie zuvor. »Wir hatten noch nie einen so hohen Offizier an Bord, verstehen Sie?«

Adam beugte sich vor, um andere, sinnlose Worte zu vernehmen. Turnbull mußte die Wende befohlen haben, und der neue Leutnant hatte den Befehl ausgeführt. Er kannte die Küste nicht so gut wie die anderen.

Polglaze sah ihn aufmerksam an. »Der Winter wird jetzt in Cornwall vorbei sein, vermute ich?« Sein Kopf fiel vornüber, er war tot.

O'Beirne bückte sich, um die verkrampften Finger von Adams Hand zu lösen.

»Ja, so wird es sein.« Adam erhob sich, sein Haar streifte an einem Decksbalken entlang, das kühle Holz beruhigte ihn, ließ ihn den Schmerz ertragen, obwohl in seinem Kopf noch immer alles vor Ärger und Trauer durcheinanderging. Er bemerkte leise: »Danke, daß Sie mich haben holen lassen. Es war etwas Wichtiges, das er mir unbedingt mitteilen wollte, es mit mir teilen wollte, auf seine Art.«

Er wußte, daß O'Beirnes Männer irgendwo im Schatten lauerten, bereit, den Körper des toten Bootsmanns zum Segelmacher zu tragen. Zu seiner letzten Reise, wie es ein Kapitän einmal ausgedrückt hatte. Und eines Tages würde man sich vielleicht in dem winzigen Dörfchen St. Keverne, dort wo das Land über die gefährlichen Felsen, die Menacles, blickte, an den Mann Polglaze wegen seiner Loyalität und seines Mutes erinnern, falls es denn dort noch jemanden gab, der einen Gedanken daran verschwendete – jedenfalls hoffte Adam das.

Er wandte sich zum Gehen, um sich Galbraith' unausgesprochener Frage zu stellen.

Sie wurden ermordet.

O'Beirne beobachtete Adam, als er ging. Er hatte nicht verstanden, was der Kommandant gerade eben gemurmelt hatte, aber er hatte die dunklen Augen im schwachen Schein der Laterne gesehen. Er glaubte, ihn gut genug zu kennen, um sich eine Vermutung leisten zu können.

Er erinnerte sich an den Anblick, mit dem er auf dem Deck des Sklavenjägers *Intrepido* konfrontiert worden war. Es war ein spanisches Schiff, aber es hätte unter jeder beliebigen Flagge fahren können. Es war nur eine Brigg, trotzdem hatte sie über sechshundert Sklaven in ihren Laderäumen zusammengepfercht gehabt. Sie waren so eng gepackt gewesen, daß sie kaum atmen konnten. In einem der Laderäume, in dem sich wie auf der *Albatroz* Frauen befanden, war eine bereits gestorben, und andere waren in einem schrecklichen Zustand. Die Tote und die Sterbenden waren inmitten des Kots aneinandergekettet.

Er gab seinen Männern ein Zeichen. Seeleute, wie dieser tote Bootsmann, erduldeten viel an dieser von Gott verlassenen Küste. Sie befolgten ihre Befehle. Er mußte an Adam Bolithos Gesicht denken. Manchmal war das wohl nicht genug.

Bei Einbruch der Nacht verlas derselbe Kapitän die bekannten Verse aus seinem Gebetbuch, und sein Landsmann aus Cornwall wurde in allen Ehren in die Tiefe des Ozeans geschickt.

Leigh Galbraith ging zur Eingangspforte. Er stöhnte auf, als er aus dem Schatten des Sonnensegels trat. Freetown hatte sich nicht verändert, außer daß es noch heißer geworden war. Es hatte den Anschein, als ob die Luft aus dem Hafen bis hoch auf den majestätisch aufragenden Lion's Mountain gesaugt worden wäre. Sogar die Aufregung über ihre Rückkehr war gedämpft gewesen. Er überschattete seine Augen und blickte hinüber zu den beiden verankerten Prisen, *Intrepido* und *Albatroz,* die jetzt bis auf ein paar Männer in roten Uniformen verlassen waren und unter Bewachung standen, um die weitere Entwicklung abzuwarten. Galbraith erinnerte sich an das freudige Gebrüll von einigen der Schiffe, als sie ihren Anker ausgebracht hatten. Die Sklaven waren mit Booten an Land gebracht worden, sie hatten gelacht, geschluchzt und waren völlig durcheinander gewesen. Sie waren frei. Aber wie sie es hinbekommen würden, in ihre Dörfer oder Ansiedlungen zurückzukehren, war ihr Problem und kaum zu schaffen. Ein paar von ihnen würden zweifellos in die nächste Falle laufen und dann an dieser feindseligen Küste auf das nächste Schiff und den nächsten Käufer warten.

Die *Unrivalled* hatte zwei Tage vor Anker gelegen, und nur den Leuten des Zahlmeisters und zwei Arbeitsabteilungen war es gestattet worden, an Land zu gehen. Sie warteten mal wieder auf neue Befehle. Adam hörte das Glasen der großen Schiffsglocke auf dem Vorschiff.

Die Brigg *Kittiwake* hatte ihre Ladung übernommen und war fast sofort danach wieder ausgelaufen. Kommodore Turnbull weilte bei dem Agenten der Krone. Galbraith hatte die Enttäuschung und die Wut der Leute von *Unrivalleds* Besatzung gespürt. Zwei Sklavenschiffe als Prisen. Ohne ihren Einsatz hätte es keinen Erfolg gegeben, dabei war es völlig gleichgültig, ob sie vor Anker gelegen hatten oder nicht.

Eine Kurierbrigg war angekommen, aber es war keine Post an die *Unrivalled* ausgeliefert worden. Galbraith erwartete im Grunde auch keine, aber die Hoffnung war immer ansteckend.

Adam Bolithos Freund und letzter Flaggkapitän seines Onkels, James Tyacke, war noch immer auf See. Für den Fall, daß der Sklavenhändler, der ihnen durch die Lappen gegangen war, zu der Einfahrt zurückkehren sollte. Das war ziemlich unwahrscheinlich, vielleicht setzte Tyacke auch nur eine der endlosen Patrouillen fort.

Ich hasse diesen Ort.

Er wischte sich die Stirn ab und versuchte, den Gedanken zu verdrängen. Besser man war hier, als auf Halbsold an irgendeinem Ort zusammen mit anderen an Land gespülten armen Schluckern von dem Leben abgeschnitten zu sein, das man kannte. Gebraucht zu werden! Sklaverei war ein Übel. Setzte man das Übel gegen ihre Anwesenheit hier, dann waren sie hier sicherlich dringend erforderlich, um das Überleben der Kolonien unter Friedensbedingungen zu garantieren. Trotzdem machte alles irgendwie keinen Sinn …

Er hatte zugehört, wie sich ein paar der alten Jan Maaten darüber unterhielten. Ein paar hatten sich mit ihren Liebesaffären gebrüstet, die sie mit den Frauen, die sie vor ein paar Tagen befreit hatten, gehabt hatten. Campbell natürlich war es gewesen, hatte darauf bestanden, daß nichts dabei war, sie zu berühren.

Wie schöner schwarzer Samt, macht dich richtig heiß!

Midshipman Cousens rief: »Ein Boot legt jetzt von der Pier ab, Sir!«

Der Junge war immer sehr aufmerksam, vielleicht – oder sogar sehr wahrscheinlich – dachte er an die gewünschte Beförderung.

»Mit meinen besten Empfehlungen an den Kommandanten, würden Sie ihm das bitte melden?« Er wandte sich an den Bootsmannsmaaten: »Pfeifen Sie die Wache heraus, Creagh. Dann lassen Sie die Ehrenwache antreten!«

Dann wurde er wieder versöhnlicher. Seine Stimme hatte schärfer geklungen, als er beabsichtigt hatte. Das alles ging ihm doch näher als geglaubt. Vielleicht war es auch nur die Hitze. So viel Aufwand nur für einen weiteren offiziellen Besuch! Dieses Mal war es der Kronagent.

Er erinnerte sich an den Gesichtsausdruck des Kommandanten, als sie das letzte Mal hier gewesen waren. Konteradmiral Herrick war der älteste Freund von Sir Richard Bolitho gewesen, so hatte er es ein ums andere Mal gehört, aber als Adam Bolitho an Bord zurückgekehrt war, war es gewesen, als hätten sich Fremde getroffen.

Die Royal Marines nahmen bereits an der Eingangspforte Aufstellung. Sergeant Everett überprüfte ihre Uniformen, suchte nach jedem Staubkorn. Es gab natürlich keins. Gleichgültig ob es darum ging, die Ehrenwache zu stellen oder den Gegner niederzuschießen, für diese Elitesoldaten schien das keinen Unterschied zu machen. Die Seeleute rissen darüber oft ihre Witze. Hauptmann Luxmore war ebenfalls anwesend, sein Gesicht hatte fast dieselbe bedrohlich rote Farbe wie seine Uniformjacke. Galbraith drehte sich um, um das Boot zu beobachten. Es war ein reichlich ausgeschmücktes Gerät, schon fast eine Barkasse, gehörte dem Gouverneur und wurde von Seeleuten bedient, die man für die Bequemlichkeit Seiner Exzellenz »ausgeliehen« hatte.

Er hielt sich mit dem Gebrauch des Fernglases zurück, denn der Konteradmiral rechnete natürlich damit. Flaggoffiziere schienen derartige Dinge immer zu erahnen ...

Er hörte die Schritte des Kommandanten auf den Stufen des Niedergangs und befahl: »Machen Sie das Oberdeck von allen Faulenzern frei, Mr. Cousens!« Dann drehte er sich um und meldete: »Genau zur richtigen Zeit, Sir.«

Adam schaute über das Hauptdeck. Galbraith hatte ganze Arbeit geleistet. Alles war an seinem richtigen Platz.

»Seeklar!«

Herrick würde nichts vermissen. Er war früher Richard Bolithos Erster Leutnant gewesen, vor einem ganzen Lebensalter. Adam fragte sich, ob er sich noch daran erinnerte.

Galbraith erwähnte: »Ich habe mit dem Zahlmeister gesprochen, Sir. In der Kabine steht Ingwerbier bereit.« Er überlegte, daß es jetzt wohl nicht der richtige Zeitpunkt war, um Tregillis endlos lange Beschwerdeliste vorzubringen, die er erstellt hatte, nachdem er mit seinen Leuten aus den Geschäften an Land zurückgekommen war.

»Trinkwasser nennen Sie diese Brühe? Damit kann

man noch nicht mal ein Pferd abwaschen! Und das Salzfleisch! Es lagert schon drei Jahre in den Fässern – dieser Bursche Sullivan kann daraus eine ganze Flotte von Modellschiffen schnitzen. Es ist hart wie Eisen!«

Aber ein Zahlmeister war eigentlich nie zufriedenzustellen.

Adam beobachtete das sich nähernde Boot. Wieder ein ranghöherer Vorgesetzter. Vielleicht sollte er es einfach so sehen. Er hatte bemerkt, daß Cousens Signalmannschaft bereits die entsprechende Flagge für Konteradmiral Herrick angesteckt hatte und am Besanmast klar stand, um sie am Topp auszubrechen, sobald er das Deck betrat. Herrick konnte das ablehnen, denn er kam lediglich als Agent der Regierung an Bord und nicht in der Funktion, die sein Rang implizierte. Es war im Grunde eine Höflichkeitsgeste.

Er sah, daß der Bugmann seinen Riemen senkrecht aufstellte und ihn dann mit dem Bootshaken vertauschte. Die Barkasse drehte immer noch, und der Mann hätte beinahe das Gleichgewicht verloren.

Jago schaute zu. Es war nicht schwierig, sich vorzustellen, was er dachte. Jetzt konnte er auch Herricks Zweispitz sehen, er trug also seine Uniform. Dann mußte er an *Unrivalled* denken, wie sie Herrick erscheinen mußte, ganz sicher nicht wie jede andere beliebige Fregatte, sondern als ein einzigartiges Schiff. *Vielleicht habe ich ihn falsch eingeschätzt. Ich habe mehr an meinen eigenen Schmerz gedacht als den seinen.*

Die Bootsmannsmaaten befeuchteten ihre silbernen Flöten an den Lippen, und Hauptmann Luxmore präsentierte seinen Degen.

»Seite pfeifen!«

Als die Flöten zur Begrüßung zwitscherten und die Marineinfanteristen ihre Musketen präsentierten, erschienen Herricks Kopf und Schultern in der Eingangspforte.

Adam zog seinen Hut und trat vor. Er hörte ein erschrecktes Aufstöhnen und sah, daß Herrick den Halt an der Griffleine verlor. Er wußte, daß Herrick niemals irgendwelche Zugeständnisse machte, weil er nur eine Hand hatte, aber dieses Mal hatte er sich verschätzt. Die Ehrenwache, die strahlende Helligkeit des Hafens, ein Fehler beim Abpassen des richtigen Zeitpunkts. Oder waren es die Gefühle gewesen? War das möglich?

Jago war wie der Blitz zur Stelle, noch bevor die danebenstehenden Bootsmannsmaaten sich rühren konnten. Er packte Herrick am Handgelenk, dabei schaffte er es auch noch, höflich seinen eigenen Hut zu ziehen. Sogar die disziplinierten Seesoldaten gafften erstaunt.

Herrick betrat die Planken und zog grüßend seinen Hut. Er blickte Jago an und bemerkte trocken: »Das wäre beinahe ein sehr kurzer Besuch geworden. Ich danke Ihnen für Ihre Aufmerksamkeit.« Dann blickte er auf. In dem plötzlichen Durcheinander hatte Cousens Assistent, Midshipman Fielding, seine Anweisungen mißverstanden. Träge, ja fast abschätzig, war die Flagge des Konteradmirals zum Besantopp aufgestiegen.

Herrick nickte, so als ob er jemanden hatte reden hören, und sah dann direkt den Kommandanten der *Unrivalled* an. Die große Uniform verlieh ihm eine Statur, die ihm das letzte Mal, als sie sich getroffen hatten, gefehlt hatte. Um seinen Mund herum waren tiefe Falten eingegraben, aber seine Augen waren so blau und klar, wie sie bei dem jungen Leutnant vor vielen Jahren gewesen waren.

Adam begrüßte ihn: »Sie sind hier willkommen, Sir!«

Er sah, daß Herrick zusammenzuckte, als er ihm die Hand drückte. Der leere Ärmel war eine ständige Erinnerung.

Sie gingen nach achtern unter die Poop, und Adam sah erst jetzt erst, daß der ihm schon bekannte eifrige und überbesorgte Adjutant mit an Bord gekommen war. Der Marineinfanterist vor der Kabine riß zackig die Knochen zusammen, die Türflügel zur Staatskabine waren weit geöffnet. Der junge Napier erwartete sie feierlich. Er trug sein bestes Jackett. Und Schuhe.

Herrick zögerte und musterte den Posten der Royal Marines genau. »Ich kenne Sie! Ihr Name ist Lucas, nicht wahr?«

Die Augen des Mannes unter dem ledernen Hut blinzelten kaum. »Jawolll, Siiir! Auf der alten *Benbow*, Siiir!«

»Damals waren Sie jünger. Aber das waren wir alle.«

Es würde sich überall auf dem Messedeck der Marines herumsprechen und das innerhalb einer Stunde. Nein, Herrick hatte nichts vergessen.

Sie betraten die Staatskabine. Adam spürte, daß sich Herrick etwas unsicher bewegte, so, als wäre er für diesen Augenblick nicht vorbereitet. So viele Schiffe, so viele Situationen. Er mußte sie alle erlebt haben auf seinem langen Weg von Beförderung zu Beförderung aus seinen einfachsten Anfängen.

Napier meinte vorsorglich: »Das hier ist der bequemste Stuhl, Sir.«

Die blauen, klaren Augen verweilten auf ihm. »Und du kümmerst dich um den Kapitän, nicht wahr?«

Napier bedachte es, dann runzelte er ein wenig die Stirn. »Wir kümmern uns umeinander, Sir, so ist das ...«

»Gut gesagt!«

Aber er ging zu der breiten Bank unter den Heckfenstern hinüber und blickte auf die verankerten Schiffe hinaus, auf das Gewirr der Masten und der Takelage. Seine Augen waren jedoch in weiten Fernen, er war in Gedanken ganz woanders.

Adam schlug vor: »Wir haben Ingwerbier vorrätig, Sir. Aus der Messe der Armee.«

Herrick zog eine Grimasse. »Das ist ja schön und gut.« Er blickte in Richtung der Schlafkabine. »Aber ich möchte einen richtigen *Drink!*«

Adam nickte Napier zu und sah, daß er wieder die Stirn kraus zog, als seine Absätze auf dem Deck klapperten.

Herrick kam zur Sache: »Ich habe Ihre Berichte mit äußerster Sorgfalt gelesen. Die Eroberung der beiden Sklavenschiffe war sehr lobenswert und ein nützliches Beispiel dafür, was man erreichen kann, wenn der richtige Wille dahintersteht. Das Schiff hat sich gut geschlagen, obwohl ich nicht beurteilen kann, ob diese Position zu der fraglichen Zeit die bestmögliche war.« Er schaute ruhig auf. »Weil ich nicht dort war.« Dann lächelte er. »Das war nur eine Anmerkung und nicht notwendigerweise eine Kritik.« Er wiederholte: »Ich war nicht da.«

Adam hörte die Schuhe zurückkommen und sagte nur: »Ich habe meine Befehle befolgt.«

Herrick blickte auf das silberne Tablett und die beiden Gläser. »Von unseren ersten Tagen in der Navy wird uns eingebleut, daß Befehle jederzeit ohne Diskussion ausgeführt werden müssen. Gehorsam! Tu deine Pflicht!« Er nahm das angebotene Glas mit Cognac und betrachtete es ernst. »Aber je weiter wir auf der Leiter nach oben steigen, desto mehr erkennen wir, daß es noch etwas anderes gibt, als Befehle zu befolgen. Da ist dann noch die Verantwortung, das Gewissen, wenn man es so ausdrücken will. Sie wissen das besser als viele andere, wage ich zu vermuten.« Er nahm einen Schluck von dem Brandy und schloß die Augen. »Das bringt mich wieder ins Leben zurück.« Er wechselte das Thema, so als ob er für den Moment die Kontrolle über seine Gedanken verloren hätte. »Mein Adjutant wird Ihnen alle relevanten Details mitteilen, oder jedenfalls so viele, wie man für ratsam hält, daß ich und Sie sie wissen sollten. Aber ich möchte, daß das zwischen uns bleibt.«

»Darauf haben Sie mein Wort, Sir.«

»Wissen Sie, ich habe immer meine Pflicht getan oder es jedenfalls nach bestem Wissen versucht. Ich habe mir nie die Freiheit herausgenommen zu versuchen, den Gedanken nachzuspüren, die in den Köpfen derjenigen herumgespukt haben könnten, die diese Befehle diktiert haben. Man macht sich Freunde, und man macht sich Feinde. Ein guter Freund ist alles, aber er kann einem auch das Herz brechen.« Er erläuterte das nicht weiter, das war auch nicht nötig. »Ich wollte nie mit der Seefahrt aufhören, den Dienst in der Navy quittieren, sogar nicht nachdem das hier passiert war ...« Er blickte auf den leeren Ärmel hinunter, sein Gesichtsausdruck war mehr als haßerfüllt. »Am Ende hat man mir einen Posten beim Zoll in Plymouth angeboten. Jemand hat den Weg blockiert – ich erwähne seinen Namen nicht, aber sein Wort hatte Gewicht, und so hat man mir diese Rolle als Kronagent angedient. Wenn es gut läuft, dann ist es eine Sackgasse, im anderen Fall bin ich der Sündenbock.« Er hob die Schultern. »Ich akzeptierte, denn ich hatte gar keine andere Wahl. Nicht mehr.«

Adam blickte auf sein eigenes Glas, er war überrascht, daß es leer war, er konnte sich nicht erinnern, daraus getrunken zu haben. Herrick sprach von Valentine Keen. Das erklärte vieles, eigentlich alles. Das war das fehlende Glied in der Kette.

Herrick fuhr fort: »So können auch persönliche Angelegenheiten einen Einfluß ausüben, sogar bei den Vorsichtigen und Rechtschaffenden.« Er wartete geduldig ab, bis Napier die Gläser aufgefüllt hatte und die Pantrytür wieder geschlossen war. Dann sagte er leise. »Kommodore Turnbull hat die Zeit gut genutzt, nachdem die *Paradox* ausgefallen ist ... äh, zum Wrack geworden ist. Er ist ein glücklicher Mann.«

Adam wartete ab, aber da war kein Anzeichen eines Hinweises darauf, was er in seinem persönlichen Bericht an die Admiralität und das Außenministerium zum Ausdruck bringen würde.

Herrick wechselte seine Position und griff nach seinem Drink. »Ich habe meine Arbeit hier fast vollendet. Ich habe genügend Berichte produziert, um Portsmouth Point damit tapezieren zu können. Einige werden in die Tat umgesetzt werden, andere wird man ›überdenken‹. Die Flotte wurde bis an die Schmerzgrenze beschnitten, nachdem das letzte französische Schiff seine Flagge gestrichen hatte. Wie unser Nel, und ...«, er zögerte, »...Sir Richard schon oft tauben Ohren gepredigt haben, wird der hauptsächliche Bedarf an Fregatten bestehenbleiben. Wir hatten und haben nie genügend, daran hat sich nichts geändert.«

Adam sah zu, wie die Hand das Glas schwenkte, als suchte er einen Grund, um seinen strengen Verhaltenskodex der Loyalität zu durchbrechen. Dann sah ihn Herrick an, seine Augen waren stetig und direkt auf ihn gerichtet. So, als ob er zu einer Entscheidung gekommen wäre, alle vorherigen Zweifel über Bord geworfen hätte.

»Im Mittelmeer wird eine neue Offensive gegen Algier vorbereitet. In unmittelbarer Zukunft. Es gibt wenig genug Fregatten, und erfahrene Kommandanten sind schwer zu finden. Sie werden sicher wissen, wovon ich spreche und woran die letzte Offensive gescheitert ist.« Er hätte fast gelächelt. »Sie waren dabei.«

»Lord Rhodes?«

Herrick schüttelte den Kopf. »Den können Sie vergessen.« Er lehnte sich auf der Bank vor, die Sonne stand hinter ihm und ließ die Epauletten funkeln. »Die *Unrivalled* wird in ein oder zwei Tagen nach England auslaufen, nämlich sobald Kapitän Tyacke hier wieder einläuft.« Er blickte ihn ausdruckslos an. »Man hat Sie *namentlich* angefordert. Mehr kann ich nicht sagen.«

Adam schaute sich in der Kabine um, er konnte kaum

glauben, was er soeben gehört hatte. Zuerst England, dann wieder in das Mittelmeer. Es konnte kein Zweifel daran bestehen, daß Algier der endgültige Bestimmungsort war. Es war, als ob man den Kalender um ein Jahr zurückblätterte, damals, als viele Männer den höchsten Preis für Rhodes Arroganz und Dummheit gezahlt hatten.

Herrick unterbrach Adams Gedanken, indem er leise fortfuhr: »Der Sklavenhandel beginnt hier weder, noch endet er hier. Ich fürchte, daß Sie wieder hier nach Freetown zurückbeordert werden, sobald Sie für diese Aufgabe wieder zur Verfügung stehen. Kleine, schnelle Schiffe werden gebraucht, und Ihre Lordschaften werden sie zur Verfügung stellen müssen.« Er lächelte wieder. »Um zum Ende zu kommen: Auch ich werde hier meine Zelte abbrechen, um mit dem Kurierschiff nach Spithead zurückzukehren. Wir werden uns heute verabschieden müssen.« Er ballte seine Hand zu einer Faust zusammen, dann fügte er hinzu: »Seien Sie vorsichtig! Lord Rhodes ist immer noch mächtig, und er ist ein gefährlicher Gegner.« Er zog seine Uhr hervor und öffnete den Verschluß mit einiger Mühe, sein Handgelenk schien ihm nach seinem Beinaheunfall an der Eingangspforte Schwierigkeiten zu bereiten.

Adam wartete ab und stellte sich vor, wie der Adjutant vor der Tür herumnölte und von einem Bein auf das andere trat. Er verließ Freetown und kehrte zu einem Geschäft zurück, das er kannte und das zu akzeptieren er sich angewöhnt hatte. Aber er kannte Thomas Herrick lange genug, um genau zu wissen, daß dieser nicht einfach nur zu seinem Schiff herausgekommen war, um ihm Glück und eine gute Reise zu wünschen. Vielleicht war die *Unrivalled* der einzige Zufluchtsort, wo er sich sicher fühlte. Wo er frei genug war, offen zu sprechen.

Herrick sagte nachdenklich: »Sie sind in vieler Hinsicht wie er, müssen Sie wissen. Eigensinnig, tollkühn ...

Richard ist oft so gewesen.« Er stand auf und griff nach seinem Hut. Dann drehte er sich um und blieb unter dem geschlossenen Skylight stehen, sein Gesicht sah plötzlich sehr entschlossen aus. »In Ihrem Bericht erwähnen Sie die Bark *Osiris*. Wir haben sie diesmal nicht erwischt, aber am Ende wird sie uns doch in die Hände fallen. Und es wird andere wie sie geben, jetzt, da die Profite größer werden.« Er blickte sich langsam in der Kabine um, wie jemand, der nicht damit rechnet, diese Umgebung wiederzusehen. »Ich habe Lady Somervell Unrecht getan. Ich habe versucht, meine Ignoranz wiedergutzumachen, aber ich habe ihr trotzdem Unrecht getan. Sie war Ihrem Onkel sehr lieb und teuer, und heute kann ich auch den Grund verstehen.« Er fügte mit plötzlicher Bitterkeit hinzu: »Jetzt, da es zu spät ist.«

Adam blickte ihn direkt an. »Erzählen Sie es mir.«

»Die *Osiris* ist ein Sklavenhändler, und sie segelt unter spanischer Flagge.« Er warf einen schnellen Blick in Richtung der Tür, vor der der Posten der Seesoldaten, den er von früher und von einem anderen Schiff her kannte, jetzt seinen Dienst versah. »Aber sie verrichtet ihre Arbeit im Auftrag einer Gesellschaft in der City von London. Die treibende Kraft dahinter ist Baron Sillitoe.« Er ballte wieder seine Faust. »Sein Vater hat sein Imperium auf den Knochen der Sklaven aufgebaut, wußten Sie das?«

An Deck erklangen laute Rufe, ein Boot kam längsseits.

Adam konnte kaum glauben, was er eben gehört hatte. Sillitoe, gefürchtet, respektiert, einflußreich, ein Vertrauter des Prinzregenten und bis vor kurzem sein Generalinspekteur. Und Catherine hatte niemand anderen, der sie beschützen konnte, jetzt, da sie es am dringendsten benötigte.

»Danke, Sir, daß Sie mir das mitgeteilt haben. Ich werde es nie vergessen.«

Herrick blickte prüfend auf seinen Hut, als wäre er froh darüber, daß er sich dieser Bürde entledigt hatte. »Ich wollte es Ihnen schon sagen, als wir uns zum ersten Mal in diesem verdammten Loch getroffen haben!« Er lächelte, und das ließ ihn unbeschreiblich traurig aussehen. »Aber die Pflicht ruft, Sie erinnern sich?«

Sie verließen zusammen die Kabine. Napier zeigte einen überraschten Gesichtsausdruck, Herricks Leutnant einen erleichterten. Als Adam und Herrick durch die Offiziersmesse gingen, blieb der Admiral stehen. Er sah, daß Yovell zur Seite trat, um sich im Schatten unsichtbar zu machen. Er reichte ihm nicht die Hand, sagte aber: »Also können Sie es auch nicht lassen, nicht wahr? Ich wünsche Ihnen alles Gute.«

Yovell sah ihnen nach, wie sie in das Sonnenlicht vor dem Poopdeck hinaustraten. Der grauhaarige Mann, dessen eine Schulter wegen der ständigen Schmerzen schief angewinkelt war, und der junge Kommandant der *Unrivalled.* Er ist wie ein junges ungezähmtes Fohlen, hatte Richard Bolitho oft gesagt. Sie waren ein so ungleiches Paar, wie man es nur antreffen konnte, aber das unsichtbare Band war zwischen ihnen vorhanden.

»Gott mit Ihnen«, sagte Herrick leise. »Aber halten Sie Ihr Pulver trocken.« Er schüttelte den Kopf. Der Bootssteuerer hatte recht. Er kam darüber hinweg. Herrick stand vor der Eingangspforte, als die vergoldete Barkasse des Gouverneurs längsseits manövriert wurde. Er sah, daß Partridge mit ein paar Männern versuchte, vor seinen Blicken einen Bootsmannstuhl zu verbergen, der nur für den Fall bereitgehalten wurde, daß er nicht in der Lage sein sollte, den Abstieg ohne Hilfe zu meistern. Er schüttelte den Kopf. »Aber trotzdem vielen Dank.« Er drehte sich um und blickte nochmals zu der lustlos am Besantopp herunterhängenden Flagge hinauf, dann musterte er die wartenden Offiziere und die scharlachroten

Röcke der Marineinfanteristen. Kein Detail entging ihm. Er streckte seine Hand aus und meinte: »Kurz und zackig, so sollte der Besuch eines jeden Flaggoffiziers sein. Passen Sie gut auf sich auf, Adam. Ich werde an Sie denken. Und beherzigen Sie, was ich Ihnen gesagt habe. Man macht sich viele Feinde in unserem Geschäft. Eine der größten Gefahren ist der Neid!«

Er lüftete plötzlich den Hut ganz abrupt in Richtung des Achterdecks und schritt zur Eingangspforte, wo Jago schon stand, wachsam, aber offensichtlich, ohne sich Sorgen zu machen.

Galbraith sah der Barkasse nach, die aus *Unrivalleds* Schatten weggepullt wurde und wieder in die gnadenlose Sonne eintauchte.

Adam sagte: »Lassen Sie die Ehrenwache wegtreten, Mr. Galbraith.« Ihre Augen trafen sich, und er lächelte. »Leigh.«

Galbraith schaute nochmals zu der sich langsam vorwärtsbewegenden Barkasse hinüber. Herrick blickte nicht zurück. Vielleicht wagte er es nicht.

Adam meinte: »Kommen Sie dann unverzüglich nach achtern. Wir werden heute unsere Befehle bekommen.« *Sobald Kommodore Turnbull ihren Inhalt zur Kenntnis genommen hat.* Er folgte Galbraith' Blick und fügte hinzu: »Da geht ein Teil der alten Marine dahin, Leigh.« Er berührte ihn am Arm. »Es gibt keinen besseren!«

Kapitän James Tyacke schob seinen Steward zur Seite und beendete das Binden seines Halstuchs allein. »Machen Sie nicht so einen Aufriß, Roberts! Ich muß mich nur mit dem Kommodore treffen, nicht mit dem Allmächtigen!«

Er blickte erst in den Spiegel und dann zu Adam, der auf einem der Kabinenstühle Platz genommen hatte. Er hielt ein Glas in der Hand. »Es war nett von Ihnen, daß

Sie zu mir so kurzfristig an Bord kommen konnten, Adam.« Er schien bei der Nennung des Namens kurz zu stocken, so als ob er an diese Vertraulichkeit noch nicht gewöhnt wäre. »Ich habe die *Seven Sisters* auf dem Weg hierher getroffen und habe mit ihrem Kommandanten gesprochen.« Er blickte wieder in den Spiegel. »Über dieses und jenes.«

Adam lächelte. Er hatte gesehen, wie die *Kestrel* in den Hafen eingelaufen war. Sie hatte sich unter kleinster Beseglung ihren Weg langsam und routiniert zu dem Platz gesucht, an dem das Wachboot die Stelle markierte, an der sie ankern sollte. Er sagte: »Ich habe meine Befehle bekommen, ich segle nach Plymouth zurück.« Er hörte, wie die Worte in die Stille fielen. Er hatte sich noch nicht mit dem Gedanken angefreundet, auch war er sich über seine wahren Gefühle noch nicht schlüssig geworden.

Tyacke nickte und knöpfte seine Weste zu. »Das habe ich gehört. Sie kennen die Navy – ich vermute, daß es inzwischen die gesamte Westküste weiß!« Er drehte sich um und betrachtete ihn nachdenklich. »Ich erwarte, daß man Sie danach wieder hierher beordern wird. Aber ein Schritt nach dem anderen.«

Adam bemerkte, daß Tyacke keine Anzeichen mehr von Unbehagen oder Selbstmitleid zeigte. Der Teufel mit dem halben Gesicht, so hatten ihn die Sklavenhändler genannt, als er auf diese Station versetzt worden war und die Einsamkeit willkommen geheißen hatte. Er hatte mehr als einmal über Sir Richard Bolitho gesagt: »Er hat mir meine Selbstachtung wiedergegeben und das, was ich an Ehre noch besaß.«

Die Leute starrten noch immer auf die weggebrannte Haut, sein Vermächtnis der Schlacht am Nil. Junge Midshipmen schlugen die Augen nieder, andere zeigten Mitleid, aber genau das war das einzige, was Tyacke wirklich verabscheute.

Adam hatte ihm von der *Osiris* erzählt und was er über sie erfahren hatte. Tyacke war ein Mann aus Stahl und würde sich nie an Klatsch beteiligen, besonders dann nicht, wenn das Gerede, wenn auch noch so entfernt, mit dem Namen von Catherine, Lady Somervell, zu tun hatte.

Während Adam an seinem Wein nippte, hatte sich Tyacke rasiert. »Wenn ich nicht mehr in der Lage sein sollte, mich selbst zu rasieren, dann wird es Zeit, daß ich über die Seite gehe.«

Er war mit Sicherheit ein Kommandant, unter dem zu dienen schwierig war, aber die Männer taten es gerne und mit Erfolg.

»Vor langer, langer Zeit, Adam, war es seine gute und respektable Sache, durch den Handel mit Sklaven reich zu werden. Jetzt, seit die Kontrollen immer schärfer werden, gehen die Preise in die Höhe, aber der Markt ist immer noch derselbe.« Seine Augen blieben fest auf Adam gerichtet. »Ich habe von Sillitoes Vater gehört – er hat sein Vermögen damit begründet. Er ist lange tot, aber die schmutzigen Profite arbeiten weiter.« Er ging zu den Heckfenstern hinüber und kam wieder zurück, sein verbranntes Gesicht lag im Schatten, so daß es möglich war, einen kurzen Blick auf den Mann zu erhaschen, der an jenem Tag niedergehauen worden war und der deswegen das Mädchen verloren hatte, das er liebte. Jetzt wollte sie ihn zurückhaben. Tyacke war mit ihr in dem Haus zusammengetroffen, in dem sie mit ihrem verstorbenen Ehemann gelebt hatte und mit den beiden Kindern aus dieser Ehe. Tyacke hatte darüber erzählt: »Man soll nie irgendwohin zurückgehen. Schiffe, Orte, Menschen sind niemals die, die man in der Erinnerung behalten hat.«

»Was ist mit dir, James?«

»Ich bin auf dieser Station zufrieden. Wahrscheinlich bin ich der einzige, dem es hier gefällt!« Das schien ihn zu amüsieren. »Aber die Arbeit will erledigt werden, und dazu sind Männer nötig, die sich kümmern, ohne die ganze Zeit an Prisengeld und das Kopfgeld für die Sklaven zu denken.« Dann nahm er Adams Hand und sagte eindringlich: »Sie werden ihren Weg noch finden, und der Navy wird es verdammt schwerfallen, gute Kapitäne zu finden, so wie sich die Dinge entwickeln ... Ich wünsche Ihnen viel Glück, Adam. Wir teilen beide die Erinnerung an einen der besten Männer, die jemals gelebt haben.« Seine Augen wurden wieder hart. »Und ich werde bereitstehen und es nicht zulassen, wenn jemand seine Lady verleumden will.« Er streckte seine Arme aus und erlaubte es seinem Steward, ihm in den Uniformrock zu helfen. »Passen Sie gut auf sich auf, Adam, und achten Sie auf Ihren Rücken.« Er rief: »Herein!«

Die Tür öffnete sich unverzüglich. Es war Fairbrother, der Bootssteuerer des Kommandanten.

»Die Gig der *Unrivalled* liegt längsseits, Sir.«

»Danke, Eli, wir kommen gleich an Deck.«

Adam grinste. Die Geschichte, wie sich Tyacke seinen neuen Bootsteuerer ausgesucht hatte, hatte sich in der ganzen Flottille herumgesprochen. »Fairbrother? Was soll das für ein Name in einem halbwegs steifen Sturm sein, Mann?« So war es bei Eli geblieben. Adam fragte sich, wie wohl John Allday mit ihm auf dem Flaggschiff ausgekommen war.

Raven, der Erste Leutnant, wartete mit der Ehrenwache. Sie schüttelten sich auch die Hände, als wären sie alte Freunde. So wie es sein sollte – auf einer Fregatte.

Adam blickte hinüber zu seinem Schiff und auf eine weitere Prise, welche die *Kestrel* eingebracht hatte. Es war ein kleiner Schoner oder, wie Tyacke es beschrieben hatte: »Nur ein Kaninchen, das sich aus dem Loch hervorwagte, weil es gedacht hat, daß die Füchse alle woanders seien.« Immerhin hatte das »Kaninchen« einhundert Sklaven an Bord gehabt.

Als die Gig langsam quer durch die Ankerplätze der Schiffe gepullt wurde, hatte Adam die eine Hand auf die von der Sonne aufgeheizte Ducht gestützt, und er versuchte, die Ereignisse und seine Reaktionen darauf in ein vernünftiges Muster zu bringen. Seine Befehle waren präzise, aber angenehm auslegbar. Vier Monate waren vergangen, seit er Penzance verlassen und nur die Möglichkeit eines langen Einsatzes vor Augen gehabt hatte. Im Frühling würde er wieder in der Heimat sein. Wie der sterbende Bootsmann der *Paradox* es vorweggenommen hatte … Aber er erinnerte sich auch an Tyackes platte Weisheit: »Gehe niemals irgendwohin zurück …«

Jago sah, wie sich die gebräunte Hand fest um die Ducht klammerte, und fragte sich, was wohl in seinem Kopf vorgehen mochte.

Der Kapitän, der alles hatte.

Er sah ein Boot, das über das Fahrwasser gepullt wurde, und blickte finster. Zurück zu einem anderen Geschwader mit einem anderen Admiral, der wahrscheinlich seinen Arsch nicht von seinem Ellenbogen unterscheiden konnte. *Offiziere.*

Adam war sich der Schwierigkeit der neuen Prüfung bewußt, aber er war auch erfreut. Es war eine ehrliche Arbeit, obwohl man nie sicher sein konnte, was am Ende dabei herauskommen würde.

Was erwartete ihn wohl diesmal? Er erlaubte seinen Gedanken ihren freien Lauf. Vielleicht Falmouth? Das leere Haus. Noch mehr Erinnerungen. Vielleicht war ein Brief da. Er berührte das Medaillon unter seinem verschwitzten Hemd.

Er fragte: »Was hältst du von unserer Rückkehr nach Plymouth?«

Wie Tyacke schon richtig bemerkt hatte, war die Neuigkeit schon überall im Geschwader herum.

Jago ließ seinen Blick weiter auf dem Wasser vor dem

scharfen Bug der Gig verweilen. »Solange ich ein ordentliches Stück Speck in meinen Bauch und einen Becher Stoff kriege, wenn ich ihn nötig habe«, er lächelte dünn, »und solange ich dann auch noch ein paar Münzen habe, mit denen ich in die richtige Richtung klappern kann, bin ich nicht beunruhigt, Sir!«

Adam sah, daß sich der Schlagmann ein Grinsen verkniff. *Wir machen uns alle etwas vor.*

»Bug!«

Er blickte an der geschwungenen Außenhaut hoch, zu den Gesichtern an der Eingangspforte. Leutnant Varlo begrüßte ihn mit der Ehrenwache, und er erinnerte sich, daß Galbraith an Land war, um den Zahlmeister zu unterstützen.

Er schaute zum Masttopp hinauf. Es wehte eine gute Brise, aber die Luft war wie ein Hauch aus einer geöffneten Ofenklappe. Würde es so bleiben?

Varlo meldete: »Es ist etwas Post an Bord gekommen, Sir.« Sein Gesicht war ein einziges Fragezeichen. »Offizielle, zumindest der größte Teil.«

Adam ging nach achtern, sah das Mienenspiel auf den Gesichtern, Hoffnung, Erwartung, Besorgnis. Das Los der Seeleute. Er marschierte in seine Kabine und warf seinen Hut auf den Stuhl, den Napier Herrick angeboten hatte. *Der Stuhl.* Er lächelte ein wenig. Ziemlich bescheiden für den Kapitän, der alles hatte. Er hörte ein leises Husten und sah, daß Yovell neben der Pantrytür wartete. »Nun, ich erwarte, daß Sie wie immer über alles informiert sind, aber …« Er hielt inne, sein besorgtes Hirn war plötzlich hellwach. »Was ist los?« Galbraith hatte bestimmt alles in bester Ordnung zurückgelassen, und Varlo hatte keine Meldung gemacht. Er fragte wieder: »Irgend etwas bedrückt Sie. Raus damit!«

Es war sehr ungewöhnlich, daß Yovell so zögerlich war, so unsicher.

»Da war ein Brief, Sir. Einige Leute würden sagen, daß er eigentlich nicht weiter wichtig ist, daß er uns nichts angeht ...«

Adam setzte sich langsam hin, um Yovell Zeit zu geben, sich zu beruhigen. Er sagte: »Wenn es Sie betrifft oder irgend jemanden auf meinem Schiff, dann ist es wichtig. Für mich.«

Yovell nahm seine Brille ab und polierte sie an seinem Rock. »Da war ein Brief für Ihren Steward, den jungen Napier, Sir. Von seiner Mutter. Er hat mich gebeten, ihn zu lesen.«

»Aber er kann doch gut allein lesen.«

»Er war zu verstört, um danach noch etwas zu lesen, Sir.«

»Sie heiratet wieder.«

Yovell räusperte sich lautstark. »Sie ist schon wieder verheiratet, Sir. Die beiden gehen nach Amerika – man hat ihrem Mann dort drüben Arbeit angeboten.«

Das war nichts Ungewöhnliches. Jungs musterten bei der Flotte oder auf einem bestimmten Schiff an, aber es blieb immer ein Band zur Mutter bestehen. Dann kam eine erneute Heirat, und der neue Ehemann oder »Freund« sah in dem fraglichen Jungen eine Unbequemlichkeit, eine Belastung.

Adam war, ohne es zu wissen, auf die Füße gesprungen. Es war genau hier gewesen, wo Admiral Herrick Napier jene Frage gestellt hatte, auf die der Junge in seiner ernsthaften Art, aber ohne zu zögern, geantwortet hatte: »Wir geben aufeinander acht, Sir.« Und derselbe Junge, der einen gezackten Teakholzsplitter in seinem Bein hatte, war stets nur darum bemüht, seinem Kommandanten zu helfen.

Yovell ging zur Tür und führte Napier dann zu den Heckfenstern hinüber. Adam sah, daß Napier sein Kinn in die Höhe schob: entweder aus Trotz oder als Zeichen, daß er nicht schwach werden wollte. Es konnte gut sein, daß er Yovells Verhalten als Verrat ansah. Aber das ließ ihn nur noch jünger aussehen. Hilflos.

Adam begann: »Wir werden nicht darüber sprechen, David. Aber ich weiß, wie dir zumute ist. Wir werden während der Morgenwache den Anker hieven, daher möchte ich früh geweckt werden und rechtzeitig fertig sein.« Er sah, daß der Junge nickte, aber nichts verstanden hatte. »Die *Unrivalled* wird im Juni in Plymouth sein, bei günstigen Winden auch früher. Denk daran.«

Napier starrte auf das Deck, er hatte sogar vergessen, die ihn behindernden Schuhe auszuziehen. »Ich weiß, Sir.«

Adam sah Yovell nicht an. Er wagte es nicht, aber er legte seine Hände auf die schmalen Schultern Napiers und sagte zu ihm: »Bring mir und Mr. Yovell einen Cognac. Ich muß ein paar Briefe diktieren.«

Der Junge blieb in der Pantry und blickte zurück. Es war genug.

Yovell meinte vorsichtig: »Wir haben gar keine Briefe, Sir.«

Es war ein Tag, den er nie vergessen würde.

Von See zurück

Adam Bolitho zuckte zusammen, als sein Ellenbogen von der Kante des Fensters abrutschte und er gegen die Seitenwand in der Kutsche geschleudert wurde. Er war überrascht, daß er tatsächlich eingeschlafen war, obwohl ihn doch jeder Knochen seines Körpers von den hüpfenden Bewegungen schmerzte. Die Straßen waren trocken, die ausgefahrenen Furchen, die nach den letzten Regenfällen geblieben waren, waren eisenhart, eine echte Herausforderung für einen erfahrenen Kutscher wie den jungen Matthew. Adam blickte auf die vorbeiziehende Landschaft, die abwechselungsreichen Grünflächen, die rohen Steinwälle, die hier so gemütlich anmuteten. Und gleichzeitig so fremdartig.

Es fiel ihm schwer, sich an die Rückkehr der *Unrivalled* nach Plymouth zu erinnern oder auch nur die Ereignisse in die richtige zeitliche Reihenfolge einzuordnen. Im Gegensatz zu ihrem letzten Aufenthalt war Plymouth kein Schiffsfriedhof voller aufgelegter Schiffe mehr, die abgetakelt und verloren auf die Schande warteten, zu Hulken umgewandelt oder abgebrochen zu werden. Der Hafen quoll über von Kriegsschiffen. Von hochaufragenden Linienschiffen bis hin zu Vierundsiebzigern, dazu kamen alle Arten und Größen von Versorgungsschiffen. Aber es waren kaum Fregatten darunter, hatte Adam festgestellt. Noch war es keine vollständige Flotte, aber es würde bald soweit sein, wenn man den Gerüchten glaubte.

Er schaute zu Yovell, der ihm gegenübersaß und beide Sitze brauchte. Er war fest eingeschlafen, trotz der Rumpelei. Seine goldgeränderte Brille saß noch immer oben auf seiner Stirn. Yovell verfügte über die Gabe, daß er sich mit allem abfinden konnte. Er war über die Aussicht, wieder nach Hause zu kommen, weder überrascht noch aufgeregt gewesen. So als wäre das alles vorbestimmt.

Adam hörte Napiers Stimme über dem Geratter der Räder, dem Knirschen des Zaumzeugs und dem stetigen Gepolter der Hufe auf dem engen Weg. Er hatte sich gefragt, welcher Impuls ihn dazu getrieben hatte, Napier zu sagen, daß er ihn mit nach Falmouth nehmen würde. Jetzt fragte er sich das nicht mehr. Er konnte den jungen Matthew hören, den Kutscher der Bolithos, der Napiers viele Fragen beantwortete. Manchmal lachte er und genoß die Gesellschaft seines neuen Gefährten.

Der *junge Matthew,* sogar der war ein Teil der Geschichte, die mit dem alten grauen Haus zusammenhing. Sein Großvater war der alte Matthew gewesen, der Chefkutscher über viele Jahre. Der Vater des Jungen war auf einem der berühmten Frachtsegler aus Falmouth auf See geblieben, so war es nur natürlich, daß der Name geblieben war, obwohl er inzwischen auch schon vierzig Jahre zählte oder noch mehr.

Es war außergewöhnlich genug gewesen, daß sie einen Frachtsegler gesichtet hatten, der nach Falmouth bestimmt war, als sie im Englischen Kanal aufgekreuzt waren, um nach Plymouth zu gelangen. Sie waren lange genug in seiner Nähe gewesen, um dem Skipper eine Nachricht zukommen zu lassen. Ferguson hatte sich um den Rest gekümmert. Der junge Matthew hatte in Plymouth auf Adam gewartet, nachdem er die *Unrivalled* verlassen hatte. Zehn Tage ... Er war noch nie von seinem Schiff für eine so lange Zeit abwesend gewesen. Aber es war ihm wichtiger, als er es wahrhaben wollte. Er brauchte es. Obwohl sich sein anderes Ich sich mit aller Macht dagegengestemmt hatte.

Jetzt dachte er an Vizeadmiral Keen. Wenn man auf See war, dann zählte nur das Schiff, so mußte es auch sein, für jeden Kapitän. Man neigte dazu anzunehmen, daß alles während der Abwesenheit unverändert bleiben würde so wie ein vertrauter Landfall oder das Gesicht eines Freundes.

Aber Adam hatte natürlich sofort gemerkt, was vorging, sobald er an Land gekommen war, um seine Meldung beim Flaggoffizier Plymouth im berühmten Boscawen House mit seinem weiten Blick über die See und die Küstenlandschaft zu machen. Überall Möbelstücke, ein nettes Chaos, wie sich Jago ausdrücken würde, gepackte Kisten und herumwuselnde Diener, Keens Flaggleutnant mit einem Arm voll Papiere, die wie Listen aussahen. Er schien sich kaum erinnern zu können, daß die *Unrivalled* an diesem Morgen eingelaufen war. Er hatte weitaus wichtigere Geschäfte, um die er sich kümmern mußte. Ein neuer Flaggoffizier sollte am nächsten Tag eintreffen.

Keen akzeptierte es. Er war zum Nore, an den Medway, versetzt worden, dazu kam eine vollständige neue Werft mit den Möglichkeiten, die nächste Schiffsgeneration zu bauen, und natürlich würde er über viele Männer befehlen. Es war wichtig, und er hatte die Gewißheit, daß seine unmittelbare Zukunft abgesichert war. Er konnte sogar in den Rang eines Admirals aufsteigen. Physisch hatte er sich kaum verändert, nur einmal zeigte sich eine Art tiefsitzende Enttäuschung.

»Jedes Kommando, das mir Ihre Lordschaften übertragen, entfernt mich weiter und weiter von der See. In vieler Hinsicht beneide ich Sie, Adam. Sie werden wahrscheinlich nie ermessen können, wie sehr.«

Auch seine Frau Gilia war anwesend und hatte genau wie Keen darauf bestanden, daß er Urlaub nehmen sollte, solange dafür noch Zeit war.

Keen hatte ausargumentiert: »Sie sind seit Jahren fast ständig auf See! Die längste Zeit, die Sie an Land verbracht haben, war die, als Sie bei den Yankees in Gefangenschaft waren. Und sogar das konnte Sie nicht festhalten.«

Und dann war da das Baby gewesen. Es war erst einen Monat alt und quäkte in den Armen seiner Amme. Es ist kaum größer als ein wollener Handschuh, hatte Adam verwundert bei sich gedacht. Sie hatten es Geraldine genannt, nach Keens Mutter.

Als Keen weggerufen worden war, um irgend etwas zu entscheiden, was einer seiner Stabsoffiziere als außerhalb seiner Kompetenzen liegend empfand, hatte Gilia mit derselben Offenheit und Ernsthaftigkeit gesprochen wie damals, als Adam ihr seine Liebe für Zenoria gebeichtet hatte.

»Natürlich liebt er das Kind, Adam.« Sie hatte ihm eine Hand auf seinen Rockärmel gelegt so auch früher immer. »Aber da ist die Navy! Er möchte lieber einen Sohn, damit dieser die Tradition weiterführt, die er begonnen hat.«

Adam wußte, daß Keens Vater alles in seiner Macht Stehende getan hatte, um seinen Sohn zu bewegen, den Dienst zu quittieren und eine wichtigere Position in der City zu übernehmen. Wie er selbst. Oder, falls es denn gar nicht anders ging, bei der Ehrenwerten Ostindischen Handelscompanie anzufangen.

Dann hatte sie hinzugefügt: »Ich werde diesen Ort vermissen. So viele Erinnerungen hängen daran. Aber wie Val immer wieder behauptet, bin ich mit meinem Vater mindestens so viel herumgereist wie die meisten Seeleute.«

Yovell meldete sich plötzlich: »Wir werden langsamer.« Er legte seinen Kopf auf eine Seite. Jetzt sieht er wie eine alte weise Eule aus, dachte Adam. »Wir halten an, in der Tat.«

Er war plötzlich alarmiert, die Tagträume und Unsicherheiten verflogen. Es war eine lange, lange Fahrt gewesen, mit Pausen von Zeit zu Zeit, damit die Pferde sich erholen und saufen konnten. Der Weg machte fünfzig Meilen oder jedenfalls so in etwa von Tamar bis zu diesem Platz auf der Straße irgendwo in Cornwall. Die meiste Zeit hatten sie den Englischen Kanal nicht mehr sehen können, dafür gab es Hügel, Felder, Weiden und Männer, die im Sonnenschein arbeiteten. Diese blickten kaum nach der schmucken Kutsche, die das Wappen der Bolithos an den Türen führte, jetzt aber vom Staub der Straße über und über bedeckt war. Sie hatten für eine Mahlzeit in einem Gasthaus in St. Austell angehalten, dort hatte man mehr Notiz von ihnen genommen. Sie waren eine seltsame Gruppe, vermutete er. Ein Seeoffizier und eine große gütige Person, die fast alles sein konnte. Und ein Junge, der stolz auf seine neue blaue Jacke mit den Goldknöpfen war und das auch zeigte. Adam hatte sie bei dem Schneider gekauft, den er gelegentlich in Plymouth beschäftigte.

So viele Erinnerungen. Er mußte wieder an Gilia denken und lächelte. Ebenso an Galbraiths ständige Versicherungen, daß er gut auf das Schiff aufpassen würde, solange sein Kapitän abwesend war, und die Überraschung, die er nicht verbergen konnte, als Adam geantwortet hatte: »Es ist mein eigenes Verhalten, über das ich mir Sorgen mache, Leigh, und nicht das Ihre.«

Die Kutsche kam zitternd zum Halten, das Leder quietschte in dem Takt, den die Pferde auf den harten Untergrund stampften. Sie wußten besser als jeder andere, daß sie innerhalb einer Stunde wieder in ihrem Stall stehen durften.

Adam hörte jemanden herunterspringen und wußte, daß es Napier war. Vielleicht war der Junge jetzt mit seiner Zuversicht am Ende? *So wie ich mit der meinen.*

Noch so jung und schon auf mancherlei Art so erwachsen. In dem Gasthaus in St. Austell hatte ein alter Mann, wahrscheinlich ein Bauer, gespottet: »Ein bißchen jung für einen Mann des Königs, nicht wahr? Ein wahres Glück, daß der Krieg vorbei ist, würde ich sagen.«

Adam hatte sein Gespräch mit dem Wirt unterbrochen und sich umgedreht, bereit, sich einzumischen, hatte aber dann nichts gesagt. Napier hatte sich nämlich ohne Eile gebückt und gemächlich das Hosenbein seiner neuen weißen Hose hochgerollt. In dem gefilterten Sonnenlicht hatte die gezackte Narbe, die der Splitter hinterlassen hatte, schrecklich und abstoßend gewirkt. Er hatte einfach geantwortet: »Dafür war ich nicht zu jung, Sir!«

Der Wagenschlag öffnete sich, und Napier nahm wieder seinen Platz neben Yovell ein, der für ihn zur Seite rückte. Er schaute Adam an und fragte schlicht: »Sind wir fast da, Sir?«

Adam deutete auf eine Schiefermauer, die an den Weg herantrat, um dann dem engen Fahrweg nach unten zu folgen, den ganzen Weg hinunter bis zur See. Er erklärte: »In den alten Tagen nannte man das hier die Gasse der Gehenkten, David. Damals wäre man verrückt gewesen, hier allein entlangzugehen, ohne Artillerie im Gürtel stecken zu haben.« Er erinnerte sich an die zerfetzten Leichen, die in Eisen an der Straßenseite gehangen hatten. Heutzutage war es im Grunde auch nicht viel besser.

Yovell rückte seine Brille zurecht. »Nach sechs Stunden auf diesem Sitz fühle ich mich, als ob wir Kap Hoorn gerundet hätten!«

Es war eine launige Bemerkung, um die eigenartige Atmosphäre aufzulockern. Er war nicht sicher, ob dieser jugendliche Mann, der mit der Uniform eines Kapitäns zur See geboren zu sein schien, auch unter den quälenden letzten Minuten vor der Ankunft zu leiden hatte.

Napier meinte: »Sie sagten, daß wir im Juli in England zurück sein würden.« Er warf einen schnellen Blick zu Yovell hinüber. »Wir waren aber schneller.«

Yovell sah, daß Adam eine Faust gegen das abgenutzte Leder preßte. Es war der 1. Juni 1816. In einer Woche hatte Adam Geburtstag. Yovell hatte Sir Richard zu verschiedenen Anlässen davon sprechen hören.

Adam dachte an die *Unrivalled*, die vor Anker lag. Sie war in guten Händen. Er hatte gehört, wie Galbraith das Risiko von Desertionen erwähnt hatte, und auch Cristies barsche Erwiderung: »Wir werden nicht eine einzige Seele verlieren, Sir, was in einigen Fällen in meinen Augen wirklich bedauerlich ist! Aber bis Ihre Lordschaften sich nicht in der Lage sehen, die Anteile am Prisengeld und dem Kopfgeld auszuzahlen, können Sie ganz beruhigt schlafen.«

Und er dachte auch an Luke Jago. Was würde er wohl machen? Um wen kümmerte er sich, falls denn überhaupt?

Und an die charakteristische Antwort, als ihm Adam angeboten hatte, die Zeit auch im Haus in Falmouth zu verbringen: »Das ist nichts für mich, Sir! Ein paar Schlückchen an Land, vielleicht ein Mädchen, wenn mir danach sein sollte. Das ist alles, was ich brauche.«

Er hatte bei der Vorstellung gelacht. Und trotzdem ... Adam schüttelte den Gedanken ab und lehnte sich aus dem Fenster. Der Geruch des Landes erreichte seine Nase, aber darüber spürte man die See. Sie wartete ab.

»Fahr weiter, junger Matthew. Sonst ändere ich noch meine Meinung!«

Der junge Matthew plierte von oben auf Adam hinunter, sein Gesicht glühte unter seinem Hut wie ein polierter roter Apfel. »Das würde uns wirklich sehr leid tun, Sir.«

Er ruckte an den Zügeln und schnalzte mit der Zunge. Die Kutsche rollte weiter.

Adam lehnte sich in seinen Sitz zurück und sah zu Napier hinüber. War es das? Versuchte er die »kleine Mannschaft« seines Onkels, Sir Richard, nachzuahmen? War Jago ein zweiter John Allday, und dieser Junge mit den ernsten Augen, war er das vielleicht früher selbst einmal so gewesen?

Der Klang der Räder veränderte sich, und er blickte wieder hinaus, als sie an zwei kleinen Hütten vorbeifuhren.

Zwei Frauen tratschten an einem Gatter, und er sah sie auf den Wagen deuten, dann winken. Sie lächelten. Als ob sie ihn kennen würden. Er hob seine Hand zum Gruß und sah, daß Yovell ihn beobachtete. Das Wappen am Schlag hatte es ihnen verraten: Ein Bolitho war zurück.

Er kam nach Hause.

Bryan Ferguson überschattete seine Augen und blickte über den Scheunenhof, auf dem sich ein paar Landarbeiter zusammengefunden hatten, um dem jungen Matthew zuzuschauen, der seinem neuen Freund eine weitere Reitstunde gab. Napier saß sehr aufrecht auf dem Rücken des Ponys Jupiter. Sein Gesicht war entschlossen, aber er schien es immer noch nicht glauben zu können, daß er hier war. Er war barfuß und nackt bis zur Hüfte, aber er trug ein paar Verbände, die ein Zeichen seiner Fortschritte waren, jedoch auch auf seine Stürze auf dem Stallhof hinwiesen. Der junge Matthew hatte sich an die goldene Regel seines Großvaters erinnert, daß man, um ein Pferd richtig reiten zu können, zuerst lernen mußte, richtig zu sitzen. In diesem Stadium gab es kein Zaumzeug, keinen Sattel, noch nicht einmal Zügel. Der junge Matthew dirigierte das Pony mit eine Longe und gab einen gelegentlichen Ratschlag oder Hinweis. Er ließ den Jungen allein lernen.

Ferguson dachte an seine Frau Grace, es gab wohl keine freundlichere Frau als sie, aber als Haushälterin der Bolithos betrachtete sie jeden Neuankömmling zunächst mißtrauisch, bis bis sie Zuneigung faßte. Bei Napier hatte es nur einen Tag gedauert, bis zu seinem ersten Sturz, bei dem er sich das Knie auf dem Kopfsteinpflaster aufgeschlagen hatte.

Sie war zu Ferguson in sein Büro hinuntergekommen und nicht in der Lage gewesen, ihre Tränen zurückzuhalten. »Du solltest das Bein des armen Jungen sehen, Bryan! Er hat Glück gehabt, daß er es nicht verloren hat! Wie kann man Jungen einem solchen Risiko aussetzen, Krieg oder nicht Krieg!« Das Mitleid hatte sie überwältigt, und sie hatte seinen nach oben festgesteckten leeren Ärmel berührt, seine eigene Erinnerung an eine Seeschlacht. »Vergib mir. Gott ist so gut zu uns gewesen.«

Er drehte sich jetzt von dem hellen Sonnenlicht weg und sah zu seinem ältesten Freund John Allday hinüber.

Vor drei Tagen war Kapitän Adam von See zurückgekehrt, und die Zeit schien wie der Sand in einem Stundenglas zu verrinnen.

Das war Alldays erster Besuch, und Ferguson wußte, daß er ihm Schwierigkeiten bereitete, vielleicht war er sogar erleichtert gewesen, daß Adam Bolitho die meiste Zeit des Tages außer Haus gewesen war. Die Mugg, die er stets für seinen Freund bereithielt, wirkte in seinen großen Händen wie ein Fingerhut. Er hatte seinen »Schluck«, den sie bei diesen Gelegenheiten immer zusammen tranken, kaum angerührt – das war ein schlechtes Zeichen.

Allday meinte: »Ich konnte mich nicht früher vom Old Hyperion loseisen, Bryan. Im Gasthaus ist eine Menge los. Zwei Zimmer werden neu angebaut, du weißt ja selbst, wie so etwas ist.«

Ja, das wußte Ferguson. Mit der neuen Straße und der Abgabe für Fuhrwerke würde das Geschäft in der Gaststätte aufblühen. Er mußte an Alldays hübsche kleine Frau, Unis, denken und freute sich. Sie hatte viel für sie beide und ihren Bruder, »den anderen John«, wie sie ihn nannte, erreicht. Der hatte mehr als jeder andere getan, um ihr zu helfen, als Allday noch zur See gefahren war. Ihr Bruder hatte nur ein Bein, ein Vermächtnis seiner Dienstzeit beim 31. Infanterieregiment, wo er auf dem Schlachtfeld verwundet worden war.

»Ich hätte gedacht, daß Daniel Yovell auch hier sein würde?« Allday blickte sich um, als ob er erwartete, ihn zu sehen.

»Er ist jemanden besuchen gegangen, John.« Sich aus dem Weg halten wäre aber der richtige Ausdruck gewesen. Zehn Tage hatte Kapitän Adam gesagt. Und die Zeit konnte sogar dadurch abgekürzt werden, daß so ein verdammter Meldereiter vor das Haus galoppiert kam und ihn sofort zum Dienst zurückbeorderte.

Er hörte ein großes Gelächter, dann Beifallsrufe und sah wieder zum Hof hinüber. Napier hatte fast seinen festen Halt verloren, aber ließ soeben wieder die struppige Mähne des Ponys los und saß schon wieder aufrecht. Sein Gesicht war ein einziges breites Grinsen, und das war etwas, das hatte er schon herausgefunden, was bei dem Jungen nur sehr selten vorkam.

Sie waren alle beschäftigt, erreichten es, daß jeder Tag in irgendeiner Weise schön war. Lady Roxby hatte sogar Kapitän Adam überzeugt, daß er für ein Porträt sitzen müsse, das dann schließlich in die Reihe der anderen im alten Haus aufgehängt werden würde. Ferguson schob den Gedanken daran zur Seite. Es konnte passieren, daß der Kapitän sein Abbild niemals fertig sehen würde, das war etwas, womit Seeleute immer rechnen mußten.

Er drehte sich wieder zu seinem Freund um. Allday hatte keinen Anteil an alledem, er war wie der alte Hund, der seinen Herrn verloren hatte. Er gehörte nicht mehr hierher. Unis, ihre kleine Tochter Kate, die Kneipe und ein Leben, das nicht mehr überschattet wurde von Trennungen und Gefahren … all das war eine andere Welt. Sogar seine gelegentlichen Fahrten nach Falmouth, um die ankernden Schiffe zu betrachten und ihnen beim Auslaufen nachzuschauen, wurden seltener. Auch das Herumgetöne der vielen Veteranen, die man in jeder Taverne und jeder Kneipe fand, war nichts für ihn. Zumindest war das Dorf Fallowfield, in dem das Old Hyperion die einzige Gaststätte blieb, normalerweise frei von Seeleuten. Und da die Preßgangs nur noch eine schlechte Erinnerung waren, kamen keine Männer des Königs so weit.

»Grace wird uns gleich etwas zu essen bringen.« Ferguson setzte sich Allday gegenüber. Die großen, schweren Hände waren unverändert. Sie konnten fest ein Entermesser umklammern oder kleinste Einzelteile von Schiffsmodellen kreieren. So zum Beispiel den alten Vierundsiebziger *Hyperion*, der einen Ehrenplatz im Salon der Gaststätte einnahm.

Er war immer noch ein starker Mann, obwohl Ferguson besser als jeder andere wußte, wie Allday unter der schweren Verwundung in seiner Brust litt. Sie war von einer spanischen Klinge verursacht worden. Die Geschichte, die daran hing, besagte, daß Sir Richard seinen eigenen Degen als Zeichen der Aufgabe niedergelegt hatte, um damit Alldays Leben zu retten.

Allday erwiderte: »Ich kann nicht lange bleiben, Bryan. Man wird mich drüben in Fallowfield brauchen.«

Ferguson packte seine eigene Mugg und blickte prüfend in den Inhalt. Jetzt das falsche Wort oder das falsche Verhalten, und sein Freund würde aufstehen und gehen. Er kannte ihn nur zu gut. Er dachte oft daran, wie unwahrscheinlich alles klingen würde, wenn man es in Worte fassen würde. Wie er und dieser große, schwerfällig aussehende Seemann von der Preßgang genau hier in Falmouth überwältigt worden waren, oder jedenfalls ganz in der Nähe. Und ihr Kommandant war Richard Bolitho gewesen und das Schiff die Fregatte *Phalarope*. Nach der Schlacht bei den Saintes, bei der er seinen Arm verloren hatte, war Ferguson von Grace wieder gesundgepflegt worden und zum Verwalter des Besitzes aufgestiegen. Allday hatte es weiter gebracht. Er war zu Bolithos Bootsteuerer aufgestiegen. Und sein persönlicher Freund geworden, seine Eiche.

Ferguson hatte einen Entschluß gefaßt. »Bleib hier, bis der Kapitän zurück ist. Er hat dich schon beim letzten Mal besuchen wollen, aber die Straßen waren in einem unmöglichen Zustand, und dann mußte er urplötzlich wieder zurück auf sein Schiff. Du solltest das kennen – wahrscheinlich besser als jeder andere.«

Allday ließ den Rum in der Mugg kreisen.

»Wie ist er denn so? Voll von sich selbst überzeugt,

weil er jetzt Kommandant einer neuen Fregatte ist, sich über seine Taten auslassend, wenn das Bier in Strömen fließt? Läuft es so ab?«

»Du solltest ihn besser kennen als diese Nachtwächter, John. Die Leute werden ihn immer mit seinem Onkel vergleichen, aber das ist dumm und unfair. Er lernt noch und ist auch der erste, der das zugibt. Aber er steht schon ganz auf eigenen Füßen.« Er brach ab, als wieder Beifallsrufe vom Hof herüberklangen. Die Reitstunde war vorüber, der junge Matthew grinste breit, er hatte freundschaftlich einen Arm um die Schultern des Jungen gelegt.

Allday meinte: »Als Sir Richard in seinem Alter war, hatten wir gerade die *Tempest* übernommen. Sechsunddreißig Geschütze und sie war ein wahres Schmuckstück ...« Seine blauen Augen blickten in die Ferne. »Dann hat ihn das Fieber gepackt. Er wäre fast daran gestorben.« Er machte mit seinem struppigen Kopf eine Bewegung in Richtung des Fensters. »Ich mußte mit ihm jeden Tag, den Gott werden ließ, einen Spaziergang auf dem Klippenweg machen. Dann setzten wir uns oben auf die alte Bank. Nur um die Schiffe zu beobachten. Und dann spannen wir unser Garn über die, die wir kannten.«

Ferguson hielt fast den Atem an. *Genauso, wie du es jetzt tust, alter Freund.*

»Wir hatten aber auch sehr schöne Zeiten auf der *Tempest.* Gute und schlechte. Mr. Herrick war Erster Leutnant, erinnere ich mich. Bei dem ging alles genau nach Dienstanweisung, sogar damals schon.«

Er stand auf und machte eine Pause, so als ob er sich neu orientieren wollte. Aber Ferguson wußte, daß er sich auf den Schmerz vorbereitete, wenn er sich plötzlich zeigen sollte, um ihn umzuwerfen. John hatte drüben in Fallowfield mal ein Faß Ale angehoben, und Bryan hatte ihn aufschreien hören und stürzen sehen. Wäre es jemand anderer gewesen, hätte er es hinnehmen können.

Allday fragte: »Dieser Junge da hinten ...«

»Napier, der Steward des Kapitäns.«

»Und er hat ihn mit sich hierhergebracht?«

»Er gehört sonst nirgends mehr hin, verstehst du.«

»So habe ich das auch gehört.« Allday runzelte nachdenklich die Stirn. »Seine Mutter hat jede Verbindung abgebrochen.«

Ferguson starrte auf das Stalldach, auf der sich eine Father-Tyme-Wetterfahne drehte. Wie viele Bolithos hatte sie schon gesehen? Das gab ihm Zeit, nachzudenken und zu erwägen, was Allday erzählt hatte. Er mußte sich nach Kapitän Bolithos Kabinenjungen erkundigt haben und wahrscheinlich auch nach Yovell, obwohl *der* ganz gut auf sich selbst aufpassen konnte, Bibel hin, Bibel her. Allday fühlte alles auf seine Weise. Er hatte Angst, abgehalftert zu sein, wie er es ausdrücken würde.

Er bemerkte leise: »Kapitän Adam hat jetzt niemanden mehr, John.«

Allday drehte sich um und ging schwerfällig zum Tisch zurück. »Ich habe die Rosen gepflanzt, als wir hierherkamen. Sie blühen dieses Jahr wirklich prächtig.« Er schaute seinen alten Freund an, als würde er etwas in seinem Gesicht suchen. »Ich habe immer mit Lady Catherine über sie gesprochen.« Er nickte langsam: »Ich werde gerne bleiben, Bryan. Gebratene Ente, hast du gesagt?«

»Habe ich das?« Er lächelte. »Ich werde es Grace ausrichten. Das wird für sie das Größte sein, alter Freund.«

Allday stellte seine Mugg auf den Tisch. Sie war leer.

»Das habe ich gebraucht, Bryan.« Sein Grinsen kehrte zurück. »Und das war kein falscher Fehler!«

Pferd und Reiter machten eine Pause auf der Spitze des Hügels, wo sich die enge Straße in zwei unterschiedliche Wege aufspaltete. Adam gab Lose in die Zügel und klopfte die Flanke des Pferdes.

»Ruhig, Lukey, ruhig!«

Das Pferd stampfte auf den harten Untergrund und schüttelte den Kopf, wie um sein Mißfallen auszudrücken, seine Ungeduld vielleicht, daß man es in einer so langsamen gewundenen Gangart zurückhielt.

Adam rückte sich im Sattel zurecht, er war überrascht, daß so ein kurzer Ritt über den sich schlängelnden Weg von Falmouth sich so bemerkbar machen konnte. Jeder Muskel schien zu schmerzen, die engen Wohnverhältnisse der Fregatte hatten ihren Tribut gekostet. Er starrte zu dem langgestreckten Haus am Ende des zweiten Wegs hinüber, das von Bäumen eingerahmt war. Ein Schimmer von Wasser bewies, daß die Reede von Carrick und somit die See nicht weit waren.

Man nannte es das Old Glebe House. Es hatte früher einem hohen Kirchenmann aus Truro gehört, der es auch selbst bewohnt hatte. Nachdem aber ein Feuer in der dazugehörigen Kapelle ausgebrochen war, war es verfallen. Es war jahrelang eine Ruine gewesen, ein idealer Ort für die Entstehung von Gerüchten, Spukgeschichten und Erzählungen über böse Geister, die in diesem Landesteil ein begieriges Auditorium fanden. Man erzählte sich auch, daß es von den Schmugglern – der Bruderschaft – genutzt worden war, wenn ihnen das opportun erschienen war.

Die Kirchenbehörden hatten schließlich genehmigt, das Gelände zu verkaufen, obwohl die meisten örtlichen Bewohner jeden potentiellen Käufer entweder als Verrückten ansahen oder als jemanden, der scharf auf seinen finanziellen Ruin war. Der Käufer war beides nicht gewesen. Sir Gregory Montagu war einer der berühmtesten Maler des Landes. Er hatte es erworben, reparieren lassen und wieder eingerichtet, aber er ließ die ausgebrannte Kapelle unangetastet.

Montagu hielt sich von der dörflichen Gesellschaft fern, und man sagte, daß er den größten Teil seiner Zeit in London verbrachte, wo seine Werke sehr gefragt waren. Er galt als exzentrisch und hatte den Ruf eines Einsiedlers, ganz sicher aber war er anders als die Leute hier. Adam hatte die Geschichte von Montagu gehört, der als junger halbverhungerter Künstler sein Leben damit gefristet hatte, daß er kleine Gemälde in der Form von Silhouetten oder Profilen verkaufte, die man als Miniaturen benutzen konnte. Das waren Geschenke von Seeoffizieren, deren Schiffe in Kürze ausliefen, an ihre Liebste. Es gab viele Künstler, die sich in den Seehäfen darauf spezialisiert hatten, aber Montagu hatte sich eine kleine Dachstube auf dem Portsmouth Point gemietet, wo er die Aufmerksamkeit eines Admirals auf sich zog, der ein Mann von Geschmack war und auch Ambitionen als Mäzen hatte. Aus irgendwelchen Gründen, die im Laufe der Zeit in Vergessenheit geraten waren, hatte der Admiral Montagu unterstützt und ihm sogar erlaubt, sein Geschwader ins Mittelmeer zu begleiten, wo er für ihn eine professionelle Ausbildung bei einem berühmten Maler in Rom bezahlt hatte.

War es Nancys Einfluß oder der Neugierde Montagus zu verdanken, daß sich Adam jetzt hier befand? War es eine Ehre einen Platz neben all den anderen stolzen Porträts einzunehmen, oder hatte er nur seiner Tante einen Gefallen tun wollen, die ihrerseits so viel für ihn getan hatte? Er haßte das, was vor ihm lag, und er spielte sogar mit dem Gedanken, an der ersten Kreuzung zu der Ortschaft Penryn abzubiegen. Nur die in Fleisch und Blut übergegangene Disziplin verhinderten das.

Adam haßte es, zu spät zu kommen, ebenso konnte er keine Sympathie für diejenigen aufbringen, die ihn warten ließen. In der Navy lernte man schnell, daß »jetzt« »sofort« bedeutete. Er trieb das Pferd wieder vorwärts.

»Komm, lauf, Lukey. Sie könnten andere Verabredungen haben.«

Sie hatten keine.

Als die Pferdehufe über lose Kiesel klapperten, und sich der Schatten des Hauses wie ein kühler Mantel um Adam legte, erschienen ein Stallbursche und ein Diener, der ebensogut ein Priester hätte sein können, mit einem finsteren Gesichtsausdruck am Haupteingang.

Adam stieg ab und klopfte dem Pferd auf die Kruppe. »Nehmen Sie sich seiner an? Es wird vermutlich nicht lange dauern.«

Der Diener sah ihn traurig an. »Sir Gregory erwartet Sie. Sind Sie Kapitän Bolitho?«

Der Unterton verriet, daß allein Sir Gregory zu entscheiden hatte, wie lange es dauern würde.

Drinnen schien es sehr ruhig zu sein, und die hohen gewölbten Fenster wären in einer Kirche nicht fehl am Platze gewesen. Blankpolierte Möbel, dunkel und wahrscheinlich sehr alt, und einfache, geflieste Fußböden verliehen den Räumen eine gewisse spartanische Atmosphäre voller Gelassenheit.

Der Diener ließ seinen Blick über Adams Erscheinung gleiten. Im gefilterten Sonnenlicht mußte der Staub auf dem blauen Uniformrock und den goldenen Litzen besonders gut zu sehen sein. »Ich werde Sir Gregory informieren.« Nach einer winzigen, zögernden Pause folgte: »Sir.«

Wieder allein, erinnerte sich Adam an Nancys Enthusiasmus, als sie ihm von der Verabredung mit dem großen Meister erzählt hatte. Sie hatte ihn am Ellenbogen gefaßt und zur Wand geführt, wo das Porträt von Kapitän James Bolitho das Sonnenlicht reflektierte, das durch eines der oberen Fenster fiel. Sie hatte ihn gedreht, bis er den korrekten Einfallswinkel des Lichts über dem Gemälde erkennen konnte. Kapitän James, ihr Vater, hatte einen Arm in Indien verloren. Als er von See zurückgekehrt war, war es Montagu gewesen, den man gerufen hatte, um den leeren Ärmel in das Originalgemälde einzufügen. Er hatte auch das Porträt von Richard Bolitho gemalt. Der trug darauf noch die Uniform eines Kapitäns zur See mit den weißen Rockaufschlägen. Wie Adam gehört hatte, war es das Lieblingsbild von Cheney gewesen. Es hing noch immer zusammen mit dem ihren im ehelichen Schlafzimmer. Catherines, von ihr selbst in Auftrag gegebenes Porträt hing daneben. Dort kamen sie in Frieden miteinander aus.

»Ah, Kapitän Bolitho, endlich. Es ist mir eine große Freude.« Er ging nicht, auch war er nicht irgendwie plötzlich erschienen. Er war einfach da.

Adam war nicht sicher, was er erwartet hatte. Montagu war nicht groß oder von beeindruckender Gestalt, trotzdem dominierte er den Raum mit seiner Präsenz. Er hielt sich sehr gerade und aufrecht wie ein Militär, aber er war in einen mit Farbe verschmierten Kittel gehüllt, der aussah, als wäre er seit Jahren nicht mehr gewaschen worden. Auf seiner Hand waren Farbreste, wie Adam bei seinem festen Händedruck bemerkte, sein dichtes weißes Haar war mit einem Stoffband wie bei einem einfachen Seemann straff nach hinten gebunden.

Seine Augen verrieten den wahren Montagu. Wachsam, rastlos in dem einen Augenblick, im nächsten stürzte er sich auf eine Besonderheit mit der Intensität eines Falken. Er sagte übergangslos: »Ich werde ein paar Skizzen machen. Sie können sitzen und dabei reden, wenn Sie wollen. Sie können natürlich auch friedlich vor sich hin schweigen und einen trinkbaren Rotwein konsumieren, der Ihren Durst nach dem harten Ritt löschen wird.«

Adam klopfte sich den Staub vom Ärmel ab, um Zeit zu gewinnen. *Ein harter Ritt.* Sollte ihn das locker machen? Oder war es Sarkasmus? Montagu wußte ohne jeden Zweifel ganz genau, daß es nur drei Meilen von Pendennis waren.

Die beiden Männer gingen zusammen durch einen hohen Korridor. Dort waren keinerlei Gemälde ausgestellt, wie Adam feststellte. Und die ganze Zeit über konnte er spüren, wie ihn der Mann beobachtete – obwohl er strikt nach vorne blickte.

Er sagte: »Wie ich gehört habe, haben Sie kürzlich den Prinzregenten gemalt, Sir Gregory?« Das hatte ihm Nancy erzählt.

»Ja, das ist richtig.« Er lachte lautlos. »Aber ein Double hat die meiste Zeit seine Kleidung getragen. ›Der Prinzregent ist zu beschäftigt‹, wurde mir mitgeteilt.« Dann drehte er sich um, damit er Adam direkt anschauen konnte. »Ich weiß, daß es nicht Ihr Wunsch ist, mir für ein Porträt zu sitzen. Wie die Dinge so liegen, gilt ähnliches auch für mich. Aber wir sind beide gut in unserem Beruf, und aus diesem Grund, wenn schon aus keinem anderen, werden wir etwas Vernünftiges schaffen.«

Stimmen waren zu hören, irgendwie irreal und verhallend, wie aus einer leeren Gruft. Montagu erklärte scharf: »Das sind meine Protegés. Wir werden einen andern Weg nehmen. Es ist eine Scheune von einem Haus, aber sie erfüllt ihren Zweck.«

Der traurige Diener erschien wieder, anscheinend wie herbeigezaubert. Er legte einen Finger auf seine Lippen. »Sir Gregory, Ihr Neffe ...«

Montagu erwiderte kurz angebunden: »Wir schlüpfen an ihnen vorbei. Er muß sich schließlich auch an Unterbrechungen gewöhnen, wenn er darauf hoffen will, seine Börse zu füllen!«

Er öffnete eine hohe Tür und betrat einen offensichtlich riesigen Raum, mit Tüchern ausgekleidet. Gerüste standen herum, ein Tisch mit sauberen Pinseln. Dahinter stand stocksteif ein Mensch in einem farbverschmierten Kittel, der einen Arm nach vorne ausgestreckt hielt, als ob er auf einer unsichtbaren Leinwand malen würde.

Der Raum hatte ein gläsernes Dach, das mit verschiebbaren Blenden versehen war, damit man das helle Sonnenlicht hineinspiegeln oder auch herausfiltern konnte.

Montagu befahl: »Hier entlang!«

Adam stand starr.

Ihm direkt gegenüber saß ein Mädchen auf dem Fußboden, sie hatte ein Bein untergeschlagen. Sie saß so still, daß er einen Moment lang dachte, daß es sich um eine wunderschön gemeißelte Statue handelte. Dann bewegten sich ihre Augen, sahen ihn an, schätzten ihn ab und ließen ihn fallen. Ihr Blick kehrte wieder zu dem bewegungslos ausgestreckten Arm des Malers zurück. Sie war nackt bis auf eine Art Kleid, das bis zu ihrer Hüfte heruntergerutscht war. Ihre Arme waren über ihrem Kopf in die Höhe gezogen worden und mit Ketten gefesselt, die an ihren Handgelenken befestigt waren.

Montagu blieb stehen: »Überanstrenge sie nicht, Joseph.« Er zog einen Teil des Tuchs mit demselben Desinteresse über eine Schulter des Mädchens, mit dem sich ein Diener um einen unbenutzten Stuhl kümmert.

Sie gingen an einem Wandschirm vorbei in das angrenzende Zimmer. Über seine Schulter erklärte Montagu: »Vorstellungsvermögen ebenso wie Können – beides Dinge, die Sie ganz ohne Zweifel zu schätzen wissen, Kapitän Bolitho?«

Adam schaute sich nach der verschlossenen Tür um. So als wäre es ein Traum gewesen. Aber er konnte sie immer noch vor sich sehen, wie ihr Körper bewegungslos in dem unbarmherzigen Licht posierte.

»Was machen die da drinnen?«

Montagu deutete auf einen einzeln stehenden Stuhl. »Machen?« Er lächelte. »Bald wird das Bild die schöne Andromeda zeigen, die an den Felsen gekettet ist, um dem Seeungeheuer geopfert zu werden, bevor sie von ihrem Geliebten Perseus gerettet wird. Phantasie, Sie verstehen!«

Adam wurde auf dem harten Stuhl postiert, sein Arm schräg über seinem Schoß drapiert. Er hatte nicht einmal bemerkt, wie Montagu ihn bewegt hatte. Er versuchte seine Halsbinde und seinen Uniformrock zu richten, aber Montagu hielt seinen Block in die Höhe.

»Nein, Kapitän, wie Sie sind. Der Mann, den andere sehen, ist nicht notwendigerweise so, wie Sie gesehen werden möchten.«

Es war Adam unheimlich, daß er das rastlose, manchmal durchdringende Anstarren ertragen konnte, das vom Kratzen der Kreide begleitet wurde. War die junge Frau die Ehefrau von irgend jemanden gewesen oder Geliebte? Wer war sie? Er hätte laut über sich auflachen können, aber er wollte ihr Bild fest in seinem Gedächtnis behalten. Sie war schön, und sie wußte es. Und trotzdem hatte er in diesem einzigen Moment nur Gleichgültigkeit gesehen, oder war es sogar Verachtung gewesen?

Montagu machte einen Schritt zurück und dann wieder vorwärts. Er murmelte halblaut vor sich hin und warf gelegentlich einen scharfen Blick auf sein Modell. Adam versuchte sich nicht zu bewegen und fragte sich, ob dieser Stuhl besonders dafür ausgesucht worden war, das Opfer an seine Wichtigkeit zu erinnern.

Montagu sagte: »Lady Roxby erzählte mir, daß Sie nur für ein paar Tage in Falmouth sind.« Er machte ein paar kleine Korrekturen an seiner Skizze. »Das ist schade. Ich habe gehört, daß Sie einen großen Teil Ihrer Zeit im Kampf auf See zugebracht haben?« Er erwartete keine Antwort. »Ich brauche Sie natürlich nochmals hier.«

Adam war über sich selbst überrascht, als er nickte. »Ich werde sehen, was ich tun kann.«

»Eine tolle Frau, diese Lady Roxby. Ich habe niemals richtig verstanden, daß sie es geschafft hat, ihr Leben an der Seite von Sir Lewis zu genießen.« Er kicherte leise in sich hinein. »Der König von Cornwall. Aber Sie hatten

Erfolg, als viele keinen hatten.« Er blickte ihn mehrere Sekunden lang nachdenklich an, dann sagte er: »Ihr Degen. *Der Degen.* Es überrascht mich, daß Sie ohne ihn gekommen sind. Ich brauche ihn, verstehen Sie. Er ist ein Teil der Legende. Das Charisma.« Da war kein Fünkchen von Sarkasmus.

Adam hörte sich selbst sagen: »Es fällt mir noch immer schwer, ihn ohne ein Gefühl von Furcht zu tragen, Sir Gregory.«

Die Kreide blieb mitten in der Luft hängen. »Das macht Ihnen alle Ehre, Kapitän.« Er neigte seinen Kopf gütig. Wie um seine Worte zu unterstreichen. »Ich kannte natürlich Ihren verstorbenen Onkel. Er war in vieler Hinsicht wie Sie, müssen Sie wissen, besonders dann, wenn es darum ging, für einen schlichten Maler zu sitzen! Rastlos, immer nach Ausflüchten suchend, damit er gehen durfte.« Er drehte seinen Block ins Licht. »Es kommt langsam raus!« Er starrte wieder Adam an. »Es ist da und sogar ganz gut. Derselbe Blick und trotzdem ...« Er drehte sich um, als der Diener in der Tür stand. »Was gibt es? Du weißt, daß ich nicht gestört werden möchte!« Genauso schnell wandelte sich seine Stimmung wieder, und er zwinkerte Adam zu. »Das ist nicht ganz das, was ich meinem Neffen gesagt habe, nicht wahr?«

Adam bemerkte zum ersten Mal, daß Montagu einen kurzen Spitzbart trug, der von dem schmutzigen Kittel verborgen worden war. Es war nicht schwierig, ihn sich als einen der Kammerherrn des Königs vorzustellen. Wie alt war er wohl? Siebzig – oder älter? Er schien alterslos.

Montagu wandte sich von der Tür ab. »Mein Neffe ist dabei zu gehen. Ich muß kurz mit ihm reden. Er wird es nicht mögen, was ich ihm mitzuteilen habe, aber er wird zuhören, und er wird lernen.«

Während seiner Abwesenheit schaute sich Adam in dem unaufgeräumten Zimmer um. Leere Vasen, ein halbfertiges Bild mit Seevögeln, die einen halbverfallenen Glockenturm umkreisten, die Kapelle, die er gesehen hatte, als er sich dem Haus genähert hatte. Wie lange war das her? Sogar das hereinfallende Sonnenlicht hätte es ihm sagen müssen. Er war schon über eine Stunde hier.

Wie war das passiert? War es Montagus rastlose Energie gewesen, seine Fähigkeit, Stimmungen und Themen mit Leichtigkeit zu variieren? Während der ganzen Zeit hatte er nicht ein einziges Mal an die *Unrivalled* gedacht. Nicht an Turnbull, nicht an Herrick, noch nicht mal an die Schiffsversammlung in Plymouth, an den Geruch des Pulverdampfs einer heraufziehenden Schlacht. Das hier war eine andere Welt. Er mußte wieder an das Mädchen denken, ihre Arme, die über ihrem Kopf gefesselt waren, ihre Brüste, die fest und straff aussahen. Montagu sah weiter als bis zu den Tüchern und den unordentlichen Locken. Eine Opfergabe für das Monster. Es war ganz klar, ohne jeden Zweifel oder eine Frage: Vorstellungskraft – Phantasie – hatte er es genannt. Es war weit mehr als das.

Montagu kam zurück und wischte sich seine verschmierten Hände an einem Lappen ab.

»Ich glaube, das ist für heute genug, Kapitän. Ich werde heute nacht daran arbeiten. Ich finde, daß es dem Modell gerecht wird.« Die wachsamen Augen ruhten wieder auf Adam. »Sie sind schwer verletzt worden, vermute ich. Auch das wird zum Ausdruck kommen.«

Adam lächelte, erstaunt darüber, daß die Spannung von ihm abgefallen war. »Bei der Marine ist das ein Risiko, das jeder eingehen muß.«

Montagu lächelte höflich. »Die Verletzung, von der ich spreche, geht weit tiefer als einen Wunde, die man Kampf davonträgt.« Er schüttelte den Kopf. »Aber das macht nichts, Kapitän, ich werde es erfühlen.« Er machte eine Handbewegung in Richtung der großen Harfe, die

Adam neben dem großen offenen Kamin gesehen hatte. Er hatte angenommen, daß es sich lediglich um eine weitere Requisite für ein Gemälde handelte. »Die Musik der Götter.« Und fuhr fort: »Dann bis morgen, in Ordnung?« Wieder wartete er keine Antwort ab. »Ich habe wirklich den Wunsch, Ihre Geburtstagsvorbereitungen zu behindern, wenn Sie so wenig Urlaub von der See haben.«

Der angrenzende Raum war jetzt leer und verlassen, die Tücher waren unordentlich zusammengefaltet, und die Gerüste warteten darauf, wieder in einen Felsen für die hübsche Gefangene verwandelt zu werden. Die Ketten lagen dort, wo das Mädchen gesessen hatte. Nur das Sonnenlicht war weitergewandert.

Adam hörte das Pferd vor der Tür stampfen. In wenigen Sekunden würde er einen Narren aus sich machen, wahrscheinlich den einzigen friedlichen Augenblick zerstören, den er in diesem alten Haus und seinem seltsamen, alterslosen Eigentümer gefunden hatte. Aber er hörte sich selbst sagen: »Dieses Mädchen, von vorhin, Sir Gregory ...«

Montagu blickte ihn wieder scharf an, fast wie ein Gegner beim Duell, der die Entfernung und die Bedrohung abschätzt. »Sie sitzt für mich und für jene, die ich wegen ihres künstlerischen Potentials aussuche. Sie ist sehr erfahren. Es ist nicht einfach mit dem Akt getan, sich auszuziehen und vor einem Mann ohne Skrupel zu posieren.« Er lächelte, aber das Lächeln erreichte seine Augen nicht. »Und sie spielt die Harfe in Perfektion.«

Die Haupttüren wurden geöffnet, der Himmel war immer noch klar. Im nächsten Augenblick würde Adam wieder auf der Straße stehen.

Montagu streckte eine Hand aus. »Beantwortet das Ihre Frage? Auch jene, die Sie mir nicht gestellt haben?«

Adam sah den Stallburschen gespannt warten und

suchte zerstreut nach einer Münze für ihn. Die beiden würden zweifellos über ihn lachen, sobald sich die Tür hinter ihm geschlossen hatte.

»Sie ist wirklich sehr schön.«

Er erwartete, daß der Maler ihn unterbrach, aber Montagu erwiderte nur ruhig: »Auch sie wurde sehr tief verletzt. Also fügen Sie ihr keine Schmerzen zu.« Er zögerte. »Habe ich Ihr Wort darauf?«

Es war kaum vorstellbar, daß sie sich gerade erst kennengelernt hatten. Daß er darauf, ohne zu zögern, antworten konnte. »Das haben Sie, Sir Gregory.«

Adam versuchte zu lächeln, ihn dadurch zu beruhigen, oder vielleicht auch nur sich selbst. Er würde die junge Frau nie wiedersehen, und sie würde ein Geheimnis bleiben wie diese Pose aus den Mythen, von denen er so wenig wußte.

Er kletterte in den Sattel und hörte, daß der Junge ihm irgend etwas zurief und zu ihm hochgrinste. Vielleicht hatte er ihm eine Guinee in die Hand gedrückt, soviel Aufmerksamkeit hatte er dem Mädchen gewidmet.

Er lenkte das Pferd mit den Zügeln in Richtung des Tores und parierte es durch, als er die Harfe aus einem der großen Fenster vernahm, und stellte sich das Mädchen so vor, wie er es gesehen hatte. Dann drängte er das Pferd auf die Straße hinaus. Er blickte nicht einmal zurück. Er wagte es nicht. Er hatte Angst, etwas zu zerstören. Er hörte das Pferd unter ihm traben, als wäre seine Laune ansteckend.

Es machte keinen Sinn, es entbehrte sogar jeder Vernunft. Er war immer in Falmouth willkommen geheißen worden. Von Nancy, Bryan Ferguson und seiner Frau und von Menschen, deren Gesichter er nur vom Sehen kannte, auf dem Gut oder am Hafen. Aber er hatte sich immer als Fremder, als Eindringling gefühlt.

Jetzt hatte zum ersten Mal das Gefühl gehabt, hierherzugehören.

Vertrauen

Luke Jago preßte seine Augen gegen die gleißenden Spiegelungen zu schmalen Schlitzen zusammen und schätzte den Weg der Gig zwischen den verankerten Schiffen ab. Es muß schon ziemlich lange her sein, daß Plymouth Schauplatz einer solchen Ansammlung maritimer Stärke gewesen ist, dachte er. Seit *Unrivalleds* Rückkehr aus Westafrika war kein einziger Tag vergangen, ohne daß weitere Schiffe eingetroffen waren und sich um das Flaggschiff *Queen Charlotte* geschart hatten. Das war schon seltsam, wenn man es recht bedachte. Das Flaggschiff war gerade erst zehn Jahre alt und trug als Hauptbewaffnung hundert Geschütze, nach den Standards der Navy war es also ein neues Schiff. Ein paar der anderen berühmten Linienschiffe waren über vierzig Jahre alt gewesen, bevor man sie dem Abbruchunternehmen überantwortet oder zu traurigen Hulken umgewandelt hatte. Und trotzdem würde die *Queen Charlotte* vermutlich nie ein Schiff-zu-Schiff-Gefecht in einer Schlachtlinie erleben. Die Zeit dafür war vorbei.

Jago schaute zu Leutnant Galbraith hinüber, der aufrecht im Heck stand. Seine Gesichtszüge waren verschlossen. Er war auf dem Weg zum Flaggschiff, und Jago konnte sich gut vorstellen, was er dachte. Der Kapitän war noch immer fort, und die ganze Verantwortung lastete auf Galbraith. Innerlich mußte er grinsen.

Warum habe ich die Gig genommen? Damit es korrekt aussieht.

Fähnrich Martyns hatte das Kommando, aber Jago mußte gegen seinen Arm stoßen, als ein barkassenähnliches Fahrzeug langsam an ihnen vorbeischob. Offensichtlich suchte es nach Möglichkeiten, Geschäfte zu machen, so wie die anderen Boote auch, die niemals weit weg waren, sobald sich eine eindrucksvolle Flotte versammelte. Achtern war eine farbenprächtige Kabinenüberdachung angebracht, darunter konnte er mehrere Frauen sehen, ihre Kleider und die bemalten Gesichter ließen keinen Zweifel daran, worin ihr Geschäft bestand und was sie zu verkaufen gedachten. Midshipman Martyns schluckte und wurde tatsächlich rot.

Also gab es für ihn doch noch etwas Hoffnung, entschied Jago. Seine Gedanken kehrten zum Kapitän zurück. Er hatte noch niemanden kennengelernt, der so sehr hin- und hergerissen gewesen war, einerseits Urlaub von seinem Schiff zu nehmen und andererseits ständig präsent zu bleiben, das Kommando zu behalten.

Er hatte sich das Angebot des Kapitäns gründlich überlegt, mit ihm nach Falmouth zu fahren. Er hatte über die Vorstellung gelacht, aber er hatte den Vorschlag nicht vergessen. Er hatte ihn sogar gegenüber Old Blane, dem Zimmermann, erwähnt, der verächtlich gemeint hatte: »Ich habe immer schon gewußt, daß du ein Narr bist, Luke, aber nicht, daß du so ein Riesentrottel bist! Ich wünschte, daß mir mal jemand ein solches Angebot machen würde!«

Und jetzt waren sie schon wieder so gut wie unterwegs. Es hatte keine offiziellen Befehle gegeben, keine Reden von den Offizieren, aber aus der Ansammlung von Schiffen war eine Flotte geworden. Das Flaggschiff war wie die Nabe eines riesigen Speichenrades, und wenn der Befehl kam, dann kam er plötzlich. Das war so üblich in der Marine.

Er blickte auf die Hand des jungen Midshipman, die auf der Pinne lag, und die wachsamen Augen des Schlagmanns. Es war, als ob die Anwesenheit des Flaggschiffs sie alle beeindruckte. Wenn schon nicht der große Dreidecker, dann doch der Admiral, dessen Flagge gelegentlich im schwachen Wind am Masttopp auswehte. Es war diesmal Lord Exmouth, aber man erinnerte sich seiner besser als Sir Edward Pellew, denn er war während der Kriege gegen Frankreich und Spanien einer der berühmtesten und respektiertesten Fregattenkommandanten der Marine gewesen. Der neue Titel war ihm am Ende der Feindseligkeiten verliehen worden. Wie die meisten von Jagos Zeitgenossen war Pellew in der Navy aufgewachsen und kannte nichts anderes. Er hatte vielleicht mit seinem erzwungenen Ruhestand gerechnet, denn das war vielen Offizieren mit einem ähnlichen Lebenslauf widerfahren. Jago blickte zu den hochaufragenden Masten mit den gekreuzten Rahen empor und dachte: Das wäre nichts für mich. Er hatte selbst auf einem Linienschiff gedient, einem alten Zweidecker, der bei weitem nicht so groß wie die *Queen Charlotte* war. Er war über ein Jahr darauf gefahren, bevor er auf eine Fregatte versetzt worden war, und während der ganzen Zeit hatte er unentwegt neue Männer kennengelernt. Eine schwimmende Stadt, voller Namen, an die man sich nicht mehr erinnerte, Offiziere, die sich nicht die Mühe machten, sich um Männer zu kümmern, die außerhalb ihrer direkten Autorität standen.

»Boot, ahoi!«

Jago grinste und legte seine Hände zusammen: »Aye, aye!« Nur um sie wissen zu lassen, daß ein Offizier an Bord kommen würde. *Aber, mein Lieber, nicht der Kommandant eines Schiffes, dem eine vollständige Ehrenwache mit allem Drum und Dran zustand. Diesmal ist es nur ein ErsterLeutnant.* Er berührte den Arm des Midshipman und murmelte: »Drehen Sie das Boot jetzt auf!«

Er erinnerte sich an den Konteradmiral mit dem Namen Herrick. Der wäre in den Bach gefallen, wenn er nicht so schnell reagiert hätte. Seltsam, dachte er, dabei gibt es jede Menge Flaggoffiziere, denen ich gerne über die Seite zu einem schnellen Bad im Teich verholfen hätte, wenn ich sicher sein könnte, daß ich ungestraft wegkommen würde.

Die Riemen waren eingeholt, und der Bootsmann hatte in den Rüsten eingehakt. Die Bordwand des Flaggschiffs türmte sich über ihnen wie eine Steilwand auf.

Galbraith schnarrte: »Bleiben Sie in der Nähe, Bootssteuerer. Es wird nicht lange dauern.«

Jago legte grüßend den Knöchel an den Hut und sah zu, wie er einen der Tampen der Handläufe anpeilte und auf die unterste Stufe der »Treppe« sprang. Wie er schon früher beobachtet hatte, war Galbraith für einen so kräftig gebauten Mann sehr leicht auf den Füßen. Er war kein weicher Typ oder nachlässig und auch keiner, der sich bei den Leuten einzuschmeicheln versuchte wie einige andere Erste Leutnants, die Jago kennengelernt hatte. Da er ein enger Vertrauter des Kommandanten war, hatte Jago mehr über ihn erfahren als die meisten anderen Männer, jedenfalls redete sich Jago das ein. Genug zum Beispiel, um die Bitterkeit in Galbraith' Ton mitzubekommen. Er kannte dessen Geschichte, oder doch einen großen Teil davon. Galbraith hatte ein eigenes Kommando gehabt. Jago sah zu, wie die weiß und blau gekleidete Figur stetig an dem gekurvten Rumpf emporkletterte, der Degen schlug gegen die Hüfte. Es war natürlich kein großes Schiff gewesen, nur eine kleine Brigg, deren Name *Vixen* gewesen war. *Aber es war sein Schiff gewesen.* Eine Menge junger Offiziere begannen ihre Karriere auf diese Weise. Kapitän Bolithos erstes Schiff war ebenfalls eine Brigg gewesen, und bei dem schrecklich entstellten Kapitän Tyacke war es genauso gewesen, hatte Jago gehört. Doch Galbraith' Karriere hatte genau an diesem Punkt abrupt geendet. Es wäre interessant, die ganze Geschichte zu erfahren …

Er sah, wie Galbraith die Eingangspforte erreichte,

und bellte: »Klar zum Ablegen! Vorne abdrücken! Riemen bei!«

Der letzte Befehl wurde zugunsten des Midshipman gegeben. Martyns war schon wieder in Tagträume versunken. Er starrte zum Flagschiff hinauf. Seine Augen sagten: »*Wenn ich doch nur …*«

Jago schnaubte.

Leutnant Leigh Galbraith hielt inne, um seinen Hut vor dem Achterdeck zu ziehen und die Flagge zu grüßen. Er war erfreut, wenn auch etwas überrascht, daß ihn der lange, steile Aufstieg nicht außer Atem gebracht hatte. Das Deck erschien ihm im Vergleich zur *Unrivalled* riesig. Man hätte hier den Rumpf der Fregatte zweimal draufstellen können und trotzdem noch genug Platz gehabt, um die Seesoldaten paradieren zu lassen.

Ein Leutnant registrierte den Namen des Ankömmlings und sandte dann eilig einen Midshipman mit einer Nachricht weg. Jago erinnerte sich an seine kurze Zeit auf seinem eigenen Schiff. Es war mit keinem anderen Gefühl zu vergleichen. Ob es ein kleines Schiff war oder nicht, man wurde mit denselben Ehren empfangen wie ein Vollkapitän. Er dachte oft darüber nach. Zu häufig.

»Ah, Mr. Galbrice.«

Er drehte sich um und sah einen schlaksigen Leutnant vor sich, von dessen Schulter die geflochtene goldene Schnur herunterhing, die ihn von allen anderen Sterblichen unterschied. Es handelte sich um den Flaggleutnant des Admirals.

Jago korrigierte ruhig: »*Galbraith*, Sir.«

»Ja. Ihr Kommandant ist nicht an Bord, wie ich erfahren habe?« Es klang wie eine Anschuldigung.

»Der Flaggoffizier Plymouth bestand darauf, daß Kapitän Bolitho ein paar Tage Urlaub nehmen sollte.«

Der Flaggleutnant zuckte mit den Schultern. »Vizeadmiral Keen hat seine Flagge niedergeholt. Die Dinge entwickeln sich schneller als gedacht. Ich habe einen Brief für Sie, wenn Sie das Schiff wieder verlassen. Sorgen Sie für einen schnellen Kurier. Wenn Sie mir jetzt bitte folgen wollen, um mir den Erhalt Ihrer Befehle zu quittieren.« Er ließ seine Worte wirken. »Sie tragen die Verantwortung, verstehen Sie, Sir?«

Das mußte ihm nicht von einem Leutnant unter die Nase gerieben werden. Kapitän Bolitho wurde zurückbeordert. Galbraith konnte nicht genau sagen, ob er erleichtert oder enttäuscht war. Er folgte dem Offizier unter die Poop. Alles war dort größer, als er es je im Leben gesehen hatte. Und nirgends war ein Zeichen von Bewegung, fast hätte man denken können, das große Schiff säße auf dem Trockenen. Er mußte plötzlich an Varlo denken. Auch der war irgend jemandes Flaggleutnant gewesen, bevor er auf die *Unrivalled* versetzt worden war, um Leutnant Massie zu ersetzen. Unter solchen Umständen heilten Wunden schnell. Jago konnte sich kaum noch daran erinnern, wie Massie ausgesehen hatte, wie er damals gesprochen hatte. Auch sein Name wurde niemals erwähnt.

Er unterschrieb für den Erhalt der Befehle, dabei wurde er von einem kleinen herumflitzenden Mann beobachtet, der ein Schreiber, ein Sekretär oder etwas noch Höheres sein mußte. Niemand bot ihm einen Stuhl an.

Der Flaggleutnant sagte: »Das scheint in Ordnung zu sein, Mr. ähh, Galbraith.« Er schaute auf, verwundert, als ein Schatten durch die Tür fiel.

Der Neuankömmling war groß, gut gebaut und in eine Art Mantel aus Handtuchstoff gekleidet. Galbraith hatte etwas Derartiges schon bei reichen Leuten in einem Bad gesehen. Seine großen Füße hatten nasse Abdrücke auf dem Teppich hinterlassen.

Das konnte nur der legendäre Admiral sein. Niemand sonst würde so etwas wagen.

Der Mann streckte seine große Hand aus und sagte kurz: »Exmouth. Sie sind von der *Unrivalled*, wenn ich mich nicht irre?« Er lächelte, was die tiefen Linien und Falten in seinem Gesicht glättete. Es war das Gesicht eines Seemanns. »Ich freue mich, Sie bei mir zu haben. Ich habe den Bericht gelesen, den Ihr Kommandant bei Valentine Keen zurückgelassen hat. Ich fand ihn sehr anregend. Das könnte den Unterschied machen, sobald man mir erlaubt, mit dieser Angelegenheit weiterzumachen.« Er blickte seinen Adjutanten durchdringend an, der mit offenem Mund diesen Bruch der üblichen Etikette verfolgte. »Ein Glas mit irgend etwas zum Trinken käme nicht ungelegen!«

Galbraith wehrte ab: »Ich sollte vielleicht besser mein Boot rufen lassen.«

Der Admiral nickte ernsthaft. »Man braucht Zeit, um sich daran zu gewöhnen, glauben Sie mir.«

Er wartete, bis der Flaggleutnant weggewuselt war, dann fügte er hinzu: »Artilleristische Fähigkeiten werden dieses Treffen entscheiden. Wenn es überhaupt zu gewinnen ist.« Seine Augen waren in weite Fernen gerichtet. »Alle diese Schiffe stehen unter meinem Kommando. Aber die *Unrivalled* ist das einzige Schiff, das vor Ort war.«

Galbraith spürte, wie sich seine Muskeln entspannten. Also würde es gegen Algier gehen. Er war erstaunt zu entdecken, daß ihn diese Information ermutigte. Das Land hatte ihm nichts mehr zu bieten.

Der Admiral betrachtete ihn aufmerksam. »Ich werde mich freuen, wenn Ihr Kapitän in der Vorhut segelt.« Seine Stimme wurde leiser. »Ich kannte seinen Onkel. Das war eine große Zeit.« Er klopfte Galbraith auf den Arm. »Es ist das Beste, nicht über die alten Zeiten nachzusinnen, aber großartig waren sie. Und er war ein wirklich guter Mann.« Seine Augen wurden wieder hart, als der Leutnant mit dem Wein zurückkehrte. »Sie werden bleiben und ein Glas mit mir trinken?« Wieder huschte dieses unerwartete Lächeln über sein Gesicht. »Das ist ein Befehl.« Der Admiral wartete ab, das Glas wirkte zwischen seinen großen Fingern zerbrechlich. »Auf Ihr Wohl, Mr. Galbraith.«

Galbraith hob sein Glas und erwiderte leise: »Auf abwesende Freunde, Mylord.«

Ihre Augen trafen sich.

»Gut gesagt.«

Später, als Galbraith darauf wartete, daß seine Gig längsseits gewinkt wurde, dachte er über das Zusammentreffen mit dem Admiral nach. Es würde sich innerhalb einer Stunde über das gesamte Flaggschiff verbreitet haben, daß ein Leutnant mit Lord Exmouth ein Glas Wein getrunken hatte. Wie alte Kumpels.

Und morgen würde Kapitän Bolitho seinen Rückruf erhalten. Würde er froh oder traurig sein, wer konnte das wissen?

Er prüfte seine eigenen Gefühle. Die Bitterkeit war verschwunden.

Das Old Glebe House war noch genauso, wie Adam es in Erinnerung gehabt hatte, er hatte seit seinem Besuch viel darüber nachgedacht. Und trotzdem schien es dort so viel mehr zu sehen und zu hören zu geben, die Hecken entlang des Weges waren voller Bewegung, voller Vögel, dazu kamen die anderen verstohlenen Geräusche des ländlichen Lebens. Ein paar Raben kalkulierten Adams Annäherung, als ob sie den genauen Zeitpunkt abzupassen versuchten, an dem sie sich mit einem lärmenden Start in die Luft erheben wollten, nur um wieder zurückzukehren, sobald er ein paar Meter weitergeritten war. Und wilde Rosen. Er beugte sich hinunter und pflückte eine, dabei erinnerte er sich plötzlich an ein anderes Mal, das einzige Mal …

Der Stallbursche eilte wieder herbei, um Adam zu begrüßen, und wartete ab, als der Kapitän sich aus dem Sattel schwang.

Auch hier waren überall Blumen, Fingerhüte, die fast wild im ausgedehnten Garten blühten. Ein Platz für Erinnerungen, dachte Adam, hier ist die Zeit stehengeblieben.

Der Junge sagte: »Der Herr hat noch Besuch von einem Gentleman, Sir.« Seine Augen klebten an dem alten Degen an Adams Hüfte. Er war zwar jung, aber er kannte natürlich die Geschichte der Familie Bolitho, den Seemännern, denen in der Kirche von King Charles the Martyr gedacht wurde. Dort hatte Adam während des Begräbnisgottesdienstes neben Catherine gestanden. Galbraith hatte gefragt, ob er auch teilnehmen dürfe. Es war der erste Augenblick gewesen, an dem sie sich verstanden hatten und vertraut miteinander gewesen waren, nicht einfach nur als Kommandant und Erster Leutnant, sondern als Menschen.

Der Diener mit dem traurigen Gesicht trat hinzu und meldete dienstbeflissen: »Sie sind ein klein wenig zu früh dran, Kapitän. Sir Gregory ist leider momentan noch beschäftigt.«

Der Stallbursche war ängstlich darauf bedacht, nicht beleidigend zu wirken, und spielte im Hintergrund seines Kopfes sicher mit der Aussicht auf eine oder auch zwei Münzen. »Das habe ich ihm schon gesagt.« Er deutete auf den von Mauern umgebenen Garten. »Wollen Sie sich die Bienen anschauen, Sir?«

Adam klopfte die Flanke des Pferdes. Er mußte schneller geritten sein, als er gemerkt hatte. War es unerklärliche Nervosität gewesen? Oder Besorgnis?

Was ist bloß mit mir los?

Er hatte sein Frühstück kaum angerührt. Dann hatte er gefühlt, wie Fergusons Augen auf ihm ruhten, während er darauf gewartet hatte, daß Lukey vom Stall herübergebracht wurde. Er hatte versucht, sich in Gedanken mit der *Unrivalled* zu beschäftigen und damit, was sie erwarten mochte, wenn die endgültigen Befehle vorlagen. Er war wieder ins Zimmer gegangen und hatte sich das Porträt seines Onkels angeschaut. Er meinte fast, seine Stimme hören zu können. *Vertraue den Profis auf deinem Schiff. Du führst, sie werden dich nicht enttäuschen.*

Er hatte ihn das mehrfach sagen hören. Die Profis. Die Deckoffiziere und die lang dienenden Männer wie Sullivan, den Ausguck mit den schärfsten Augen, die er jemals kennengelernt hatte, und Partridge, der gedrungene Bootsmann mit den Händen wie Klosettdeckel. Und Cristie mit einer lebenslangen Erfahrung über Strömungen und Gezeiten, Untiefen und Gestirne. Er kannte sie alle und lebte mit und zwischen ihnen in Flauten und Stürmen, während der Breitseiten und den entsetzlichen Nachwirkungen der Schlacht.

Der Diener interpretierte sein Schweigen als Mißfallen und äußerte fast widerwillig: »Ich werde Ihnen umgehend Bescheid geben, sobald Sir Gregory bereit ist, Sir.«

Er schlurfte weg. Vielleicht war er schon in dem alten Haus gewesen, als Montagu es gekauft hatte ...

Adam ging langsam einen gewundenen Pfad entlang und lauschte, ob er die Klänge einer Harfe hörte. Er versuchte den Gedanken beiseite zu schieben. Wie ein verliebter Midshipman ... Aber es erleichterte ihn nicht. Er dachte über seinen Geburtstag nach. Nancy würde herüberkommen. Außerdem würden sich ein paar Freunde einfinden, Grace Ferguson würde für das Essen und den Wein sorgen, wahrscheinlich würde sie sogar ein wenig weinen. Und vielleicht würde sogar John Allday von Fallowfield zum Helford River herüberkommen. Um zu feiern oder um zu trauern? Da gab es nur einen, der das Fest wirklich komplett gemacht hätte.

Adam blickte auf und sah sie auf sich zukommen. Sie war vom Hals bis zu den Knöcheln in ein hellgraues Gewand gekleidet. Das Gewebe war so fein, daß es um ihren Körper herumzufließen schien. Sie trug einen Arm voll gelber Rosen. Er bemerkte, daß ihre Haut von der Sonne gebräunt, daß ihr Hals unbedeckt und daß das Kleid beinahe von einer Schulter heruntergerutscht war. Sie hielt auf dem Pfad inne, ihr Kleid hing an Blumen, die Adam weder sah noch erkannte.

Mehr als alles andere wußte er, daß sie sich gleich umdrehen und denselben Weg zurückgehen würde. Falls es nötig sein sollte, würde sie rennen, um das unvermeidliche Zusammentreffen zu vermeiden.

Er hielt seinen Hut in der Hand, obwohl er sich nicht erinnern konnte, daß er sich bewegt hatte. Er beugte seinen Kopf, ungeschickt und plump. Die Worte schienen in seiner Kehle festzustecken, er befürchtete, daß sie alle, falls sie ihre Augen zu ihm aufschlagen würde, verschwunden sein würden.

»Verzeihen Sie bitte, ich wollte Sie nicht stören.« Er wagte es, sie anzuschauen. »Wie es scheint, bin ich etwas zu früh gekommen.«

Er sah, daß sich eine Hand von den Blumen löste und nach oben glitt, um das verrutschte Gewand über die Schulter zu ziehen. Und die ganze Zeit blickte sie ihn an – blickte in ihn hinein, ohne zu lächeln oder ein Zeichen des Wiedererkennens zu zeigen.

Ihre Augen waren sehr dunkel, so wie er sie in Erinnerung gehabt hatte. Seltsamerweise hatte er sich nicht an ihr Haar erinnern können, außer, daß es ebenfalls dunkel gewesen war, fast schwarz im staubigen Sonnenlicht. Doch es war viel länger, hüftlang, wenn nicht länger.

Er stammelte: »Es ist sehr nett von Sir Gregory, daß er sich Zeit für mich nimmt. Meine Tante ...«

Sie ging den Pfad weiter entlang, blieb aber einen knappen Meter vor ihm stehen. Sie sagte: »Weil er es wollte.« Sie machte eine Bewegung, die man als ein Schulterzucken deuten mochte. »Denn sonst wären Sie nicht hier.«

Ihre Stimme war weich, aber stark, kultiviert, sie stammte nicht aus dieser Gegend. Ihrer selbst sicher, so wie sie für ein Bild posierte. Aber trotz allem war da noch etwas anderes. Er hörte Montagus Stimme. *Auch sie hat man schwer verletzt.* Was hatte er damit auszudrücken versucht?

»Ich muß Sie jetzt verlassen, Kapitän Bolitho.« Sie ließ seinen Namen auf ihrer Zunge zergehen, prüfte ihn, so wie Montagu vermutlich die Qualität einer neuen Leinwand prüfte würde.

Im nächsten Augenblick würde Adam einen Schritt zur Seite machen, sie würde vorbeigehen und nicht zu ihm zurückblicken.

Schnell sagte er: »Ich habe gehört, wie Sie Harfe gespielt haben, als ich das letzte Mal gegangen bin.« Unbewußt gestikulierte er. »Das klang in dieser Umgebung so ganz und gar natürlich, so perfekt. Jetzt, nachdem ich Sie gesehen habe, weiß ich auch, warum.«

Sie blickte ihn starr an, widerstrebend oder ärgerlich, man konnte es unmöglich sagen. Sie war größer, als er gedacht hatte, und das Kleid tat nichts dazu, um ihn das erste Mal vergessen zu lassen. Die gefesselten Handgelenke, der bewegungslose Arm des Malers, ihr Blick, der einen Moment lang auf ihm geruht hatte.

Aber sie sagte: »Sie können mit Worten umgehen, Kapitän. Auch mit Frauen, vermute ich. Wenn Sie mich jetzt bitte vorbeilassen würden?« Sie blickte hinunter, überrascht, weil zwei gelbe Rosen auf den Boden gefallen waren.

Er bückte sich, um sie aufzuheben, und sah ihre Füße vor sich, die kaum von den Ledersandalen verdeckt wurden. Sie waren so braun wie ihr Hals und die Arme.

Sie trat zurück und hätte beinahe das Gleichgewicht verloren, als sie mit dem Hacken auf den Saum des Kleides trat. Er packte die Rosen, einer der dornigen Stacheln ließ Blut aus seiner Hand hervorquellen, aber er spürte keinen Schmerz. Er fühlte überhaupt nichts. Es war ihr schneller Rückzug gewesen, der das bewirkt hatte. Ein starres, häßliches Bild war wieder vor seinen Augen. Das junge schwarze Mädchen, geschändet, es war jenseits aller Schrecken und Abscheu. Es war vorbei. Es hatte nicht einmal begonnen.

Adam ließ sie passieren, sie war ihm so nahe, daß er ihr Kleid an seiner Hand spürte.

Er blickte ihr nach und stellte fest, daß ihr Haar so lang war, wie er es sich vorgestellt hatte. Sie ging jetzt wahrscheinlich, um für einen anderen Künstler zu posieren. Vielleicht nackt, ihr schöner Körper lag offen vor dem Auge eines anderen Mannes. Was dachte sie dabei? War es ein Weg für sie, um sich für das zu rächen, was ihr widerfahren war? Um zu beweisen, daß sie unantastbar war?

Wenn er den Stallburschen finden konnte, dann konnte er jetzt verschwinden. Bevor ...

Er blickte sie an, unfähig zu glauben, daß sie zurückgekommen war. Ihr Gesicht schien nicht mehr so ruhig zu sein. Sie streckte eine Hand aus und griff nach seinem Ärmel.

»Ihre Hand! Sie bluten!«

Sie nahm ihm die beiden Rosen ab und legte den ganzen Strauß auf das verbrannte Gras zu ihren Füßen. Von irgendwoher hatte sie ein Taschentuch hervorgezaubert und wickelte es ihm um seinen Finger, als Montagu, gefolgt von dem Diener, in den ummauerten Garten trat.

»Nun, was haben wir denn da?«

Sie erwiderte: »Rosen. Es war meine Schuld.« Sie blickte Adam direkt ins Gesicht und fuhr fort: »Ich habe schon viele Krieger gesehen, Kapitän. Aber nur auf Porträts, auf die Realität war ich nicht vorbereitet.« Sie kniete sich hin, um die Rosen wieder aufzusammeln oder sich selbst zu sammeln.

Montagu meinte: »Wie Sie sehen, Kapitän, eilt Ihr Ruf Ihnen voraus!« Aber er lächelte und war nicht willens oder in der Lage, seine Erleichterung zu verbergen. »Also lassen Sie uns beginnen. Ich habe ein paar Ideen ausgebrütet.« Er verbeugte sich. »Außerdem darf ich einen Mann an seinem Geburtstag nicht zu lange festhalten.« Er drehte sich um und rief dem Diener etwas zu.

Sie stand sehr gerade und gefaßt da. »Das wußte ich nicht, Kapitän.« Sie brach eine Rose ab und befestigte sie am Aufschlag seines Uniformrocks. »Damit Sie sich an mich erinnern.«

Er sah ihr nach, wie sie ohne Hast den Weg hinunterging und den Garten verließ.

Montagu wartete auf ihn. »Kommen Sie, solange das Licht noch gut ist.«

Adam steckte die Hand in seine Tasche. Das Taschentuch war noch da. Es war kein Traum gewesen.

»Ich bin hocherfreut, daß Sie daran gedacht haben, den Degen mitzubringen. Erinnerungen, nicht wahr?«

Derselbe Raum, derselbe unbequeme Stuhl.

Adam sah jetzt zum ersten Mal die Leinwand. Ein Umriß befand sich darauf. Ein Geist.

Montagu plazierte den Degen sorgfältig auf seiner Werkbank und machte ein paar schnelle Skizzen.

»Ich kann Sie nicht bitten, den Degen, diesen Degen, bei mir im Haus zu lassen. Ich glaube, Kapitän, daß Sie ihn auch bald wieder brauchen werden.«

Adam wartete, seine Augen hefteten sich auf die Harfe.

Montagu ließ sich Zeit. Er wog seine Chancen ab, wie ein erfahrener Geschützführer die Trefferwahrscheinlichkeit des ersten Schusses. Plötzlich sagte er: »Ich sehe, daß Sie die Rose tragen. Soll ich sie in das fertige Werk einfügen?« Er sagte es leichthin, aber es war ihm sehr wichtig.

»Ich würde mich geehrt fühlen, Sir Gregory. Ich meine das ehrlich, mehr als Sie es sich vorstellen können.«

Montagu nickte langsam, dann rollte er einen Ärmel auf. »Ich werde Lowenna erzählen, was Sie gesagt haben.«

Er begann hastig zu malen.

Adam mußte zu einer Entscheidung kommen.

Lowenna.

Adam Bolitho betrat die Kirche und schloß die großen Türen hinter sich. Nach der Hitze des Morgens und seinem Spaziergang vom alten Haus nach Falmouth schien hier ein kühler Zufluchtsort zu sein, ein Refugium. Er fragte sich immer noch, warum er hierhergegangen war. Er fühlte, wie ihm sein Hemd am Körper klebte, als ob er in Eile gewesen wäre oder einen wichtigen Grund gehabt hätte, hierherzukommen.

Nach dem hellen Sonnenlicht des Platzes und den Straßen, wo sich die Leute nach ihm umdrehten, wenn er vorbeiging, war es hier drinnen dunkel. War es Interesse, Neugierde oder bei einigen alten Teerjacken vor den Kneipen nur die Hoffnung, daß bei einem Blickwechsel mit ihm ein paar Münzen für einen Drink heraussprangen?

Vielleicht war er hergekommen, um seine Gedanken zu klären, ungewohnt wie das überreichliche Mahl, das Grace Ferguson ihm zu Ehren vorbereitet hatte. Ente und einheimischer Lammbraten, dazu auch noch Fisch, die Midshipmen auf der *Unrivalled* wären ein Jahr lang davon satt geworden.

Und John Allday hatte seine Aufwartung gemacht. Es muß ihm schwergefallen sein, überlegte Adam. Er war älter, schwerer und struppiger gewesen, aber sonst ganz der alte. Unverwechselbar. Die ersten Augenblicke waren die schwersten gewesen. Allday hatte Adams Hand in seine beiden Pranken genommen, und sie hatten schweigend dagestanden. So waren sie in die Erinnerung versunken, er hatte alles noch einmal miterleben können, hatte gesehen, wie es passiert war. Der schwerste Teil ...

Allday hatte ihm von dem Zusammentreffen mit Tyacke erzählt, als dessen Schiff hier eingelaufen war. Auch andere Namen waren gefallen, Gesichter tauchten aus den Schatten auf. Der schwerste Teil ...

Er ging tiefer in die Kirche hinein, sah die Gedenktafeln und Büsten. Soldaten, Seeleute, Männer, die in den Schlachten gefallen waren, auf See oder in einem weit entfernten Land, für irgendeinen Zweck, an den sich nur wenige erinnerten. Alle Bolithos lagen hier – auch einige ihrer Frauen.

Adam sah durch das Kirchenschiff zurück, zu dem Durchgang, an dem er Belinda seinen Arm gereicht hatte, als sie seinen Onkel geheiratet hatte.

Auch andere Menschen waren in der Kirche. Sie ruhten sich aus, waren der Hitze entronnen, beteten, aber alle getrennt, allein mit ihren Gedanken.

Er dachte an das unordentliche Studio und an Sir Gregorys scharfen, durchdringenden Blick, während sich seine Pinsel ruhelos bewegt hatten, als ob sie durch eine von ihm unabhängige Kraft gesteuert werden würden.

Und das Mädchen. Er hatte sie nicht wiedergesehen, als er von dem Haus weggeritten war, hatte aber ihre Anwesenheit gefühlt. Und daß sie ihn beobachtete.

Er hatte Nancys sofortiges Interesse gespürt, als er das Mädchen erwähnt hatte, aber selbst sie wußte fast nichts. Sie war in Cornwall geboren, aber war weggezogen, als sie noch ein Kind gewesen war. Bis nach London, wo ihre Familie irgendwie mit Sir Gregory Montagu bekannt geworden war. Ihr Vater war ein Gelehrter gewesen, ein Mann der feinen Lebensart, aber es hatte irgendeinen Skandal gegeben, und Nancy hatte wenig mehr darüber erfahren, als daß das langhaarige Mädchen manchmal mit Montagu zum Glebe House kam. Aber es wurde so gut wie nie irgendwoanders gesehen, noch nicht einmal im angrenzenden Dörfchen Penryn.

Doch Nancy wußte mehr, als sie gesagt hatte. Bevor sie wieder nach Hause zurückgekehrt war, hatte sie Adam am Arm gepackt und gemurmelt: »Brich dir nicht dein Herz, Adam, nicht wieder!«

Das war eine Warnung, aber sie war schließlich nicht in dem Garten dabeigewesen. Es war, als hätte man einen geheimnisvollen Vorhang zur Seite gerissen. Und Adam hatte das Mädchen Lowenna gesehen, dessen Verteidigungsstellungen für einen Moment zusammengebrochen waren ... Andromeda, die Gefangene, die darauf wartete, vor dem Opfertod gerettet zu werden.

Er war vor der handwerklich hervorragend gearbeiteten Büste von Kapitän David Bolitho stehengeblieben, der 1742 im Kampf gegen Piraten vor der afrikanischen Küste gefallen war. Er war der erste Bolitho, der den Degen getragen hatte, den Montagu so sehr bewunderte. Er berührte die Scheide an seiner Hüfte. *Werde ich der letzte Bolitho sein, der ihn trägt*?

Montagu erwartete, daß Adam ihn nochmals aufsuchte. Adam fürchtete sich vor der Hoffnung, fürchtete sich zu hoffen.

»Aber, Kapitän, Sie tragen meine Rose nicht.«

Er wirbelte herum, seine Schuhe kratzten auf dem eisernen Gitter, und er sah sie am Ende einer Bankreihe sitzen, ihr Gesicht hob sich hell von ihrer dunklen, fast schwarzen Kleidung ab.

Er hielt sich am Ende der Bankreihe fest und getraute sich kaum zu sprechen.

»Ich hätte glatt an Ihnen vorbeigehen können, ich hatte keine Ahnung.« Er sah, wie sich ihre Hand um das polierte Holz legte, wie ein kleines mißtrauisches Tier. »Ich habe sie natürlich noch. Ich werde sie nie verlieren.« Er sah, daß sich ein paar Gesichter in seine Richtung herumdrehten, irritiert, gestört. Er senkte seine Stimme. »Darf ich fragen, was Sie hier in King Charles the Martyr wollen?«

»Ich könnte Sie dasselbe fragen, Kapitän. Vielleicht sind Sie hier, um sich in den vergangenen glorreichen Taten Ihrer Vorfahren zu sonnen? Oder um Frieden zu finden, wie ich es versuche?«

Er streckte seine Hand aus, um sie auf die ihre zu legen, aber sie war verschwunden. Er sagte: »Ich wollte herumlaufen, nachdenken.« Er zögerte. »Mich erinnern.«

Sie schlug die Augen nieder, ihr Gesicht war fast verborgen. »Sie haben darum gebeten, daß die Rose auf dem Porträt bleiben soll? Ist das so?«

Er nickte, er spürte ihre momentane Unsicherheit. Fast Panik. Er sagte: »So wird sie immer da sein. Sogar wenn ich es nicht bin.«

Sie schüttelte den Kopf, und er sah, daß sich die Farben eines bemalten Glasfensters kurz auf ihrem Haar widerspiegelten. »Sagen Sie nicht solche Sachen.« Sie sah ihn wieder direkt an. »Und denken Sie nicht an mich, wie Sie mich das erste Mal gesehen haben. Es wäre besser, wenn wir uns niemals wieder begegnen würden.«

Er spürte ihre Hand auf der seinen, zerbrechlich, aber erstaunlich stark. »Glauben Sie mir! Und wenn schon nicht zu meinem Besten, dann zu Ihrem.«

Das Gebäude erzitterte, als die große Glocke langsam und unerbittlich die volle Stunde verkündete.

Plötzlich stand sie auf, der Augenblick war verloren. »Ich muß gehen. Ich bin schon spät dran. Vergeben Sie mir.«

Sie öffnete die Klapptür am Ende der Bankreihe und stand jetzt sehr dicht vor ihm. Ihr Parfum, oder vielleicht war es auch ihr Körpergeruch, umhüllte ihn fast physisch.

Er sagte: »Ich würde mir wünschen, daß wir uns wiedersehen, Lowenna.« Er spürte, daß sie zusammenzuckte, als er ihren Namen benutzte, aber sie wandte sich nicht ab.

Statt dessen antwortete sie ruhig: »Er hat Ihnen meinen Namen gesagt.« Dann. »Er muß Ihnen vertrauen.«

Sie trat aus der Bankreihe, und ihm war bewußt, daß einige Gesichter in ihre Richtung starrten.

Sie flüsterte: »Es ist ein langer Weg. Sie können mit mir fahren.« Schnell legte sie eine Hand vor den Mund, als wäre sie überrascht, ja schockiert, daß sie diesen Vorschlag gemacht hatte. Dann warf sie ihren Kopf zurück, das Haar fiel über die Schultern. »Die Leute können denken, was sie wollen.«

Er trat neben sie, ungläubig, daß es geschah. Er sagte: »Es wird immer Getuschel geben.« Es klang wie eine Stimme aus dem Jenseits.

Ein paar leere Vasen warteten darauf, gefüllt zu werden, und er nahm leicht ihren Arm, um sie daran vorbeizuführen. Er spürte ihre plötzliche Anspannung, sie war so stark, daß er dachte, sie würde sich gegen ihn wenden.

Aber Lowenna blieb stehen und sah ihn an. Und ihre Stimme war schwer, sogar traurig. »Machen Sie das nicht noch mal, Kapitän.« Ohne Ärger. Ohne Hoffnung.

Schweigend schritten sie zu den großen Türflügeln. Draußen sah er ein Pony und eine kleine schmucke Kutsche auf dem Platz warten. Der Stallbursche war jetzt sauber herausgeputzt und hatte seine schmutzige Schürze abgelegt. Er zeigte weder Überraschung, noch zögerte er eine Sekunde, als er heruntersprang, um den zweiten Sitz herunterzuklappen. Sie saßen Seite an Seite, ohne sich zu berühren. Aber Adam konnte nur denken: Dieses Treffen ist kein Zufall. Sie muß es gewollt haben.

Brich dir nicht dein Herz, Adam, nicht wieder.

Er blickte auf ihr Profil, als der kleine zweirädrige Einspänner vom Platz rollte. Ihr Kopf und ihre Schultern waren von einem dünnen schwarzen Schal verhüllt. Nur eine Hand zeigte sich am Haltegriff. Eine Versuchung und ein Risiko, das er niemals eingehen würde. Wie das Mädchen an Bord des Sklavenjägers. Verängstigt vor dem, was als nächstes passieren könnte.

Schlimmer: was sie selbst tun könnte.

Wie es ihm schien, waren sie im Nu am Ziel angelangt. Die alte Steinmauer, dahinter das Haus und immer die See in der Ferne. Er schlug vor: »Sie könnten kurz mit ins Haus kommen. Ich könnte Ihnen ein paar der Porträts zeigen.« Es klang bedeutungslos. »Sie würden nicht mit mir allein sein, hier sind überall Leute.«

Sie hörte ihm nicht zu, sondern sagte nur: »Jemand wartet auf Sie, fürchte ich.«

Die kleine Gruppe stand bewegungslos vor dem Eingang. Ferguson und überraschenderweise auch Allday. Yovell war auch dabei, ein wenig von den anderen abgesondert. Ein Zuschauer. Aber alles, was Adam sehen konnte, war der Mann in Uniform, der Staub des scharfen Ritts lag noch auf seinen Schultern. Das Pferd wurde vom jungen Matthew und Napier versorgt, der sich die Augen mit dem Handrücken rieb.

Sie murmelte: »Bedeutet das schlechte Nachrichten?«

Adam drehte sich zu ihr um und sah sie an. Ihm brauchte man nicht zu erklären, was das bedeutete, er hatte es schon zu oft erlebt. Manchmal hatte er es begrüßt. Aber dieses Mal nicht.

Er antwortete: »Man ruft mich zurück an Bord.«

Sie wandte ihre Augen nicht von den seinen ab. »Ich glaube, daß ich es geahnt habe. Darum wollte ich Sie treffen, mit Ihnen sprechen ...« Sie versuchte ihre Hand wegzuziehen, die er mit der seinen bedeckt hatte.

»Ich habe es auch gefühlt, Lowenna.« Er schaute sich um, das Haus, die Menschen, um die er sich kümmerte, sie waren alle nicht wirklich da, nur die See. Vertraut wie ein alter, lange bekannter Gegner. »Ich werde niemals vergessen …«

Sie schüttelte den Kopf. »Sie müssen. Um unserer beider Seelenfrieden wegen.«

Adam spürte, daß eine Träne auf seinen Handrücken fiel, und ließ ihre Hand sehr vorsichtig los. Dann kletterte er hinab und stand neben dem kleinen Einspänner und sagte einfach: »Ich möchte Sie kennenlernen und wünsche mir, daß Sie mich kennenlernen, daß Sie sich mir anvertrauen, Ihre Nöte mit mir teilen. Mir vertrauen.«

Sie sah ihn an, eine Hand hatte sie vor ihre Brust gelegt, als er die Hand an seine Lippen hob und die Träne küßte, die darauf gefallen war.

»Bis wir uns wiedersehen, muß das genügen.«

Er wußte nicht, ob sie ihn verstanden oder ob sie gar etwas geantwortet hatte. Die Kutsche ratterte davon und war fast augenblicklich hinter der Biegung der Straße verschwunden. Lowenna wandte sich nicht um.

Er ging zum Haus und sah, daß der Kurier die Tasche öffnete.

Der Rest waren Träume.

Adam Bolitho stand an den Heckfenstern in einem Fleck tiefsten Schattens und starrte auf die große Schiffsansammlung hinaus. Das Bild veränderte sich nie, außer wenn die *Unrivalled* an ihrem Ankerkabel schwoite. Er zeichnete die Umrisse einer verankerten Brigantine mit dem Finger auf dem dicken Glas nach. Man meinte fast, die Ungeduld der Schiffe und ihrer Besatzungen zu spüren; sie waren scharf darauf, loszusegeln, bevor die Aufregung ihren Höhepunkt überschritten hatte.

Es war Adams erster vollständiger Tag an Bord, und

trotzdem hatte er immer noch das Gefühl, daß ein Teil von ihm an Land geblieben war. Er hatte versucht, wieder ganz in der Arbeit seines Kommandos aufzugehen. Etwas, was ihm früher immer gelungen war, und sei es auch nur, um ihm Selbstvertrauen in den schlimmen Augenblicken des Zweifels zu geben.

Galbraith hatte während seiner Abwesenheit alles perfekt im Griff gehabt. Keine Deserteure, was wahrscheinlich an dem noch nicht ausgezahlten Prisen- und Kopfgeld lag, und auch nur wenige Bestrafungen, zum größten Teil nur wegen kleiner Vergehen.

Adam wandte den Blick wieder dem glitzernden Panorama zu und schaute sich dann in der Kabine um. Vor zwei Stunden hatten sich hier alle Offiziere versammelt, einschließlich der dienstälteren Deckoffiziere. Er lächelte dünn. *Vertraue den Profis.*

Er hatte ihnen die wichtigsten Punkte von *Unrivalleds* Befehlen erläutert. In drei Tagen, wenn keine andere Order kommen sollte, würden sie mit wichtigen Depeschen für Gibraltar in See stechen und mit den letzten Aufklärungsergebnissen für Lord Exmouth persönlich nach Plymouth zurückkehren. Der Kommandant der *Unrivalled* war angewiesen, nach diesen Befehlen zu handeln und zu keiner Zeit von ihnen abzuweichen. Exmouth war jetzt Admiral, aber er war auch noch Fregattenkommandant in seinem Herzen, und daher wußte er besser als die meisten, welche Versuchungen für einen unternehmungslustigen Kommandanten in einem unklar formulierten Befehl lauern konnten.

Auf der *Unrivalled* herrschte während der ersten Hundewache Ruhe, die Männer waren in ihren Messen und die »jungen Gentlemen« sowie die Jungen wurden unterrichtet.

Adam hatte seiner eigenen Stimme gelauscht, während er betonte, daß es von besonderer Wichtigkeit war, große

Sorgfalt walten zu lassen, besonders beim abschließenden Überprüfen des stehenden und laufenden Gutes. Galbraith und Partridge hatten sich darum zu kümmern. Was Pulver und Kugeln anging, so hatte er Old Stranace nicken sehen. Seine jahrzehntelange Erfahrung war unbezahlbar in einem Einsatz, der sich durchaus zu einem ernsthaften Krieg entwickeln konnte. Er hatte einige erstaunte Gesichter bemerkt, als er betont hatte, daß es wichtig war, das Schiff bis zur Ausschöpfung aller Kapazitäten mit Proviant auszurüsten, besonders mit frischem Obst und Gemüse.

Tregillis, der Zahlmeister, hatte seinen Blick ausdruckslos erwidert. Mehr als jeder andere wußte er, wie leicht es war, mit den Händlern um einen besseren Preis zu feilschen, wenn die Waren überreif waren, noch bevor sie verstaut wurden. Es konnte nicht schaden, wenn er genau wußte, worauf sein Kommandant Wert legte.

Es hatte nur wenige Fragen gegeben, die meisten behandelten den Aufgabenbereich eines bestimmten Offiziers. Nur Leutnant Varlo war etwas aus dem Rahmen gefallen.

»Falls wir tatsächlich in eine Konfrontation mit dem Dey von Algier geraten, um ein für allemal zu unterbinden, daß er unschuldige Christenmenschen gefangennimmt und versklavt, warum benötigen wir dann eine ganze Flotte, um die dafür notwendigen Maßnahmen zu ergreifen? Kommodore Turnbull hat nur eine Handvoll verschlissener Briggen zur Verfügung, um dem Sklavenhandel in Afrika ein Ende zu bereiten, wie wir ja selbst gesehen haben!«

Cristie hatte grob interveniert. »Weil zu viele Leute in Afrika und anderswo damit einen Menge Geld machen, Mister Varlo!«

Leutnant Bellairs hatte die Frage aufgeworfen, ob ein paar der neuen Männer befördert werden könnten, und

Varlos Bemerkung war im Raum stehengeblieben. Aber sie war nicht ausgeräumt worden.

Adam ging zu seinem Schreibtisch und schloß die Schublade auf. Sein persönliches Logbuch war noch aufgeklappt, aber die Tinte war jetzt trocken. Er fragte sich, wer es jemals lesen würde. Fast übervorsichtig blätterte er die Seiten zurück und hob die gelbe Rose hoch gegen das Licht. Sie würde nicht ewig halten, sogar wenn sie sorgfältig gepreßt wurde. Aber vor seinem geistigen Auge sah er immer noch, wie Lowenna ihm die Blume gegeben hatte. Diejenige, die er für Sir Gregorys über die Leinwand flitzenden Pinsel getragen hatte.

Das war Vergangenheit. Vor ihm lag der nächste Horizont. Und dahinter der nächste. Er schob die Schublade zu und verschloß sie.

Es war besser, wenn sie endlich ausliefen, sofort in See gingen, ohne Rücksicht darauf, was der Einsatz nach sich ziehen würde.

Noch drei weitere Tage. Er dachte, daß er gehört hätte, daß der junge Napier Geschirr in der kleinen Pantry säuberte. Wie fühlte er sich, nachdem er sein neues Zuhause wieder hatte verlassen müssen? Es war alles so neu für ihn gewesen, so anders. Der junge Matthew hatte ihm erlaubt, bei ihm oben auf dem Kutschbock zu sitzen, er hatte ihm beigebracht, das Pony Jupiter zu reiten. Grace Ferguson hatte ihn verwöhnt, und die Stalljungen hatten ihm Beifall geklatscht, als er von seinem Reittier gefallen war und sich wieder aufgerappelt hatte, um sofort wieder aufzusitzen.

Adam war es unmöglich gewesen, Yovell anzublicken, während er seine letzten Briefe und Anweisungen diktiert hatte.

»Sollte es mir durch Tod oder Verstümmelung unmöglich sein, dieser Verpflichtung nachzukommen, so soll der Junge, David Napier, auf meine Kosten zu meinem Besitz

entlassen werden und in die Obhut derjenigen gegeben werden, die in Falmouth beschäftigt sind.«

Yovell hatte das Dokument zusammen mit den anderen Papieren vorbereitet, damit Adam es unterschreiben konnte, und nichts dazu gesagt.

Adam dachte an seine Rückkehr in das alte Haus, als er neben dem dunkeläugigen Mädchen gefahren war. Und der Rückruf, der unerwartet, aber trotzdem in einer seltsamen Art unvermeidlich gewesen war. Napier, der sich mit der Hand die tränenden Augen wischte. Er war so unwillig gewesen, sein erstes wirkliches Heim wieder zu verlassen, das er je kennengelernt hatte. Trotzdem war er entschlossen gewesen, bei seinem Kapitän an Bord zu bleiben.

Wir brauchen alle irgend jemanden.

Adam blickte auf den alten Degen auf dem Gestell und erinnerte sich an die Kirche in Falmouth. Der erste Bolitho, der diesen Degen getragen hatte. Und der letzte? Er kehrte an die Heckgalerie zurück und starrte zu den dunstigen Vorsprüngen des Landes hinüber. Er wußte nichts über Lowenna, es mochte gut sein, wenn er sie nie wiedersehen würde. Er wandte sich ab und versuchte seinem Ärger Luft zu machen.

Aber alles, was er sah, war ihr Gesicht, das in der alten Kirche zu ihm aufgeblickt hatte. Fragend, sprechend, bittend?

Füße polterten über das Deck, und er konnte einen Mann lachen hören. Galbraith würde in Kürze hier sein. Korporal Bloxhams wohlverdiente Beförderung war bestätigt worden. Sergeant in den Royal Marines zu werden war ein großer Sprung auf der Karriereleiter, und in einem beengten Rahmen wie diesem war es ein Ereignis. Eines, das gefeiert werden mußte.

Der Mann, der ihm an dem Tag das Leben gerettet hatte, als Martinez das seine verloren hatte – Adam griff nach seinem Rock. Er wollte mit dem frischgebackenen Sergeanten einen Drink in seiner Messe nehmen.

Er schaute zu der verschlossenen Schublade hinüber, aber er sah die Rose in ihrer Hand.

Es klopfte an der Tür. Er war bereit.

Es war kein Traum.

Zur Sache

Der verwilderte Abschnitt des Parks, der an der Themse entlang verlief und die langgestreckte Kurve des Chiswick Reach markierte, war verlassen. Normalerweise konnte man hier junge Reiter antreffen, die ihre Fähigkeiten trainierten, da man hier völlig sicher war – jedenfalls am Tage. Es war Juli, aber trotzdem schien der Wind kühl zu sein, der vom Fluß herüberwehte und stark genug war, um die Büsche zum Rauschen zu bringen. Der Himmel war fast von Wolkenbänken verdeckt.

Der schmucke Landauer mit seinem dunkelblauen Anstrich stand völlig allein, die dazu passenden Grauen ruhten sich aus. Sie schüttelten nach dem flotten Trab durch den Park ihr Geschirr.

Lady Catherine Somervell zog an der Schleife und ließ eines der Fenster hinab. Sie zog prüfend die Luft ein und spürte die Nähe des Flusses, obwohl er von diesem Ort aus nicht sichtbar war.

Dieser Ort.

Sie spürte, wie ein Schauer sie durchlief. Warum? War es ein Schuldgefühl, Erregung? Sie blickte in den Park, sah aber nur ihr eigenes Spiegelbild im Glas des Fensters. Es war mit Regentropfen bedeckt. Sie erschauerte wieder.

Zwei Bäume ohne Blätter standen abseits aller anderen. Sie waren schon vor langer Zeit gestorben. Aber etwas oder irgend jemand hatte beschlossen, daß sie stehenbleiben sollten. Man erzählte sich, daß sie seit vielen Jahren den Treffpunkt für ein letztes Rendezvous für viele Duellisten markierten. Pistole oder Klinge: Für die Offiziere der nahen Garnisonen, die über Frauen oder Karten in Streit geraten waren oder auch nur in einen momentanen Anflug schlechter Laune, endete hier ihr Lebensweg.

Ihre Finger packten den Lederriemen fester. Ihr Ehemann war in einem Duell getötet worden. Sie hatte ihn nie als ihren Ehemann anerkannt.

Sie hörte die Kutsche knarren, als der Kutscher oben auf dem Bock seine Sitzposition veränderte. Er war auf alles vorbereitet und einer von Sillitoes Männern. Die meisten von ihnen sahen eher wie Preisboxer aus denn wie Diener.

Sillitoe hatte nicht gefragt, wohin sie ging oder warum. Er würde es erfahren. Das war seine Art, und sie hatte sich daran gewöhnt. So wie an diese feine kleine Kutsche, die kein Wappen aufwies, anders als alle die anderen, die das Wappen des Baron Sillitoe of Chiswick trugen. Er benutzte sie manchmal bei privaten »Geschäftstreffen«. Sie schüttelte sich, als ob sie einen bestimmten Gedanken vertreiben wollte. Sie hatte aufgehört, Sillitoe zu befragen.

Sie sah wieder auf ihr Spiegelbild. Die schöne Catherine, die das Herz der Nation erobert hatte und die Geliebte eines Helden gewesen war. Die sich über die Feindseligkeit und den Neid der feinen Gesellschaft hinweggesetzt hatte ... Sie berührte eine Locke ihres dunklen Haares über ihrer Augenbraue. Bis dieser Mann in der Schlacht gefallen und ihre Welt zusammengebrochen war. Sie schob ihre Gedanken zur Seite, so wie ein Fechter die Klinge des anderen pariert, und dachte an Sillitoe.

Mächtig, respektiert und gefürchtet – der Mann, der

seinen Einfluß benützt hatte, um sie von Richard zu trennen. Er hatte das auch nie abgestritten. Und trotzdem war er der Felsen in der Brandung gewesen, der sie gerettet hatte. Vor was? Sie wußte es noch immer nicht. Sie konnte sich manchmal an den Schrecken jener Nacht erinnern, als sie sich ohne Begleitung ihrem kleinen Haus am Walk in Chelsea genähert hatte. Sie wäre vergewaltigt worden, wäre nicht Sillitoe in das Zimmer gestürmt, in dem sie seitdem nie mehr ohne diese schreckliche Erinnerung hatte schlafen können. Jetzt lebte sie in Sillitoe Haus, das hinter der langgestreckten Biegung der Themse lag. Sie hatte ihn nach Spanien begleitet, als Vorwand hatte gedient, daß sie ihm eine wertvolle Hilfe bei seinen Geschäften sein konnte, da sie gut Spanisch sprach. Oder war die Antwort viel einfacher? So wie das Wort *Hure,* das in die Tür ihres Hauses in Chelsea eingeschnitzt worden war? Brauchte sie ihn nicht jetzt mehr denn je?

Sie dachte oft an ihren letzten Besuch in Cornwall, ihre Gespräche mit Richards Schwester Nancy.

Zuerst war sie versucht gewesen, nach Falmouth zurückzukehren, um in dem alten Haus zu leben, das er für sie zu ihrem Zuhause gemacht hatte. Schließlich war sie nach alledem gegen bösartigen und kränkenden Tratsch und Klatsch immun. Es hätte einige Zeit gedauert, aber dann würden die Menschen sie akzeptiert haben.

Sie wußte, daß sogar das eine Lüge war. Nancy hatte festgestellt: *Neid und Schuld gehen Hand in Hand.* Das mußte sie besser als jede andere wissen.

Adams Briefe hatte sie unbeantwortet gelassen. Was anderes hätte sie machen können? Sie hatte den Verdacht, daß Adam genau wie sie gewußt hatte, was für ein Desaster entstanden wäre, absichtlich oder unabsichtlich.

Das Haus am Fluß war fast spartanisch eingerichtet,

wenn man es mit den Herrenhäusern der anderen einflußreichen Männer verglich. Und es würde bald leer stehen, nur die Diener würden sich noch darum kümmern. Erinnerungen, die sie sich nur in ihrer Phantasie vorstellen konnte, würden sich darum ranken. So wie das Porträt von Sillitoes Vater, das einsam auf dem breiten Flur hing. Er hatte ein Imperium auf der Grundlage des Sklavenhandels errichtet. In Sillitoes Stimme schwang immer Stolz mit, wenn er von ihm sprach.

Er mochte jetzt anders darüber denken, denn kaum ein Tag verging, ohne daß dieses Thema in den Zeitungen aufgegriffen wurde. Und jetzt wieder Algier. Catherine kontrollierte ihre Atmung. Richard würde noch leben, hätte es diese Schiffe aus Algier nicht gegeben. Napoleon war nach seiner Flucht von Elba in Frankreich gelandet, das war unvermeidlich gewesen. Sie mußte plötzlich an den Mann denken, den sie heute hier treffen würde. Jetzt ... Vizeadmiral Sir Graham Bethune, ein aufgehender Stern am Himmel der Admiralität, dabei aber noch jung und sehr lebendig. Er hätte Richard im Mittelmeer ablösen sollen. Sie hatte es von ihrem Geliebten so oft gehört: Zeit und Entfernung, Wind und Tide. Nur ein paar Tage früher, und er wäre abgelöst gewesen. In Sicherheit gewesen.

Sie hörte, wie sich der Kutscher wieder bewegte und das Klicken von Metall, als er die Waffe lockerte, die er immer bei sich trug. Sie sah aus wie ein Knüppel, verwandelte sich aber durch eine Drehung des Handgelenks in ein dreißig Zentimeter langes Stilett.

»Er kommt, Mylady.«

Sie sah wieder hinaus. Ein einsamer Reiter, der sich im verhaltenen Galopp näherte. Ohne Eile. Vorsichtig.

Ihr wurde klar, daß dies das erste Mal war, daß sie Bethune ohne seine Uniform und in Zivil sah. Sie konnte sich leicht ihre Besuche in seinem privaten Büro in der

Admiralität vorstellen. *Die Hintertreppe hinauf*, wie er es immer genannt hatte.

Sie beobachtete ihn, als er auf die Kutsche zudrehte. Wieder einer, der wenig dazu tat, um seine Gefühle für sie zu verbergen. Er war der jüngste Vizeadmiral seit Nelson, ein Mann, der eine brillante Karriere vor sich hatte – und eine Frau mit zwei Kindern, die seine Karriere unterstützte. Er ging ein großes Risiko einfach dadurch ein, daß er sich heute mit ihr traf. Catherine hatte nie die wüsten Karikaturen vergessen, die sie nackt zeigten, wie sie ihre Tränen im Angesicht der versammelten Flotte vergoß. Die Überschrift: *Wer wird der nächste sein?* hatte Sillitoes Wut so angestachelt, wie sie es noch nie gesehen hatte. Er war üblicherweise zu klug, um seine Gefühle zu zeigen.

William rief ihr zu: »Ist er das, Mylady?«

Bethune schwang sich aus dem Sattel und zog seinen Hut.

Sie lud ihn ein: »Kommen Sie herein!« und rutschte auf der Sitzbank zur Seite. Richard hatte immer freundschaftlich von ihm gesprochen. Bethune war auf der *Sparrow*, seinem ersten Kommando, nur ein kleiner Midshipman gewesen, und er hatte nie diesen jugendlichen Ausdruck verloren.

Bethune studierte ihr Gesicht. Er sagte schließlich: »Wir können uns immer hier treffen, wenn Sie mich dringend sprechen wollen. Hier ist es sicher genug.«

Sie antwortete: »Es ist gut, daß Sie gekommen sind.« Trotz allem war es nicht leicht. Sie waren wie Fremde. »Ich habe etwas für Adam.« Sie griff an ihren Schal, war sich dabei bewußt, daß er sie beobachtete, so wie sie es bei ihm schon in der Vergangenheit gesehen hatte. Sie hatte nie vergessen, daß er es gewesen war, der sie veranlaßt hatte, allein nach Chelsea zurückzukehren, wo der Alptraum sie erwartet hatte.

Er hatte sich selbst Vorwürfe gemacht und sogar seine Frau verdächtigt, daß sie in dieser Nacht zusammen mit Belinda eine Verschwörung angezettelt hätte.

Catherine erklärte: »Es ist Richards Nilmedaille. Ich finde, daß Adam sie haben soll.« Sie wußte, daß Bethune dagegen protestieren wollte. »Richard hat sie mir in Malta gegeben. Beim letzten Treffen.« Sie brach ab und versuchte es dann nochmals. »Ich glaube, daß er wußte, daß er sterben würde. Adam muß sie bekommen. Sie wird ihm helfen.«

Seine Hände schlossen sich um die ihren, um das kleine Päckchen zu umfangen. »Ich werde mich darum kümmern. Die *Unrivalled* wird in See gehen, aber ich kann entsprechende Arrangements treffen.« Der Griff blieb fest auf ihren Händen. »Sie sehen wundervoll aus, Catherine. Ich muß ständig an Sie denken.« Er versuchte zu lächeln, da war wieder dieser junge Midshipman zu erahnen. »Ich glaube, Sir Richard hätte Sie heiraten sollen.« Er zögerte. »Vergeben Sie mir, dazu hatte ich kein Recht.« Sie befreite ihre Hände und lächelte ihn zum ersten Mal an.

»Ich bin vom rechten Weg abgekommen. Und wie ist es mit Ihnen, Graham?«

»Ihre Lordschaften sind gelegentlich sehr anstrengend.« Er schien zu einer Entscheidung zu kommen. »Ich habe eine Menge über Sillitoes Verstrickungen in den Sklavenhandel gehört. Ich bin sicher, daß er sich in keiner Weise bei der Fortsetzung eines derartig illegalen Handels beteiligen wird, aber seine Verbindungen könnten ihm Kritik einbringen. Der Prinzregent hat, wie Sie sicher wissen, seine Unterstützung im Amt nicht erneuert. Einige Leute vergessen schnell erwiesene Gefälligkeiten.«

Sie nickte. Sie hatte das von dem Prinzregenten nicht gewußt. Er hatte bereits Sillitoes Anstellung als Generalinspekteur zurückgezogen. Auf Grund von Gerüchten. Wegen Catherine ...

Bethune legte den Kopf auf die Seite, um auf den Glockenschlag einer Kirchturmuhr zu lauschen. »Ich habe gehört, daß Lord Sillitoe beabsichtigt, die Westindischen Inseln zu besuchen. Will er seine alten Geschäftsinteressen wieder aufleben lassen?« Er nahm wieder ihre Hände, und diesmal ließ er sie nicht wieder los. »Ich möchte Sie bitten, daß Sie ihn nicht begleiten. Ich würde mich besser fühlen, wenn ich Sie sicher in England wüßte.« Er blickte ihr offen ins Gesicht. »In London. Wo ich mich mit Ihnen treffen kann. Ich bitte Sie, bringen Sie sich nicht unnötig in Schwierigkeiten, Catherine.«

Sie spürte, daß er ihr Gesicht berührte, ihr über das Haar strich. Sie schämte sich plötzlich. *Ist es so weit mit mir gekommen?*

Die Tür öffnete sich und schloß sich wieder.

Bethune blickte wieder zu ihr. Er sagte ruhig: »Denken Sie daran, ich bin immer für Sie da. Auf Zuruf ... aber das wissen Sie ja.«

Sie schaute ihm zu, wie er sich leicht in den Sattel schwang. *Ist er so alt wie ich oder jünger?* Sie wollte lachen. Oder weinen.

»Zurück zum Haus, bitte, William.«

Der Fluß kam wieder in Sicht, ein paar braune Segel auf dem grauen Wasser.

Aber alles, was sie sah, war die Tür.

Hure.

Unis Allday ging langsam in den Hof des Gasthauses und spürte den Sonnenschein auf ihrem Nacken und den bloßen Armen. Sie genoß ihn, sogar nach der Hitze der Küche, dem Backen des Brotes, das frisch aus dem Ofen gekommen war. Es war Nachmittag, und in vielerlei Weise ist das die schönste Zeit des Tages, dachte sie.

Sie blickte auf die Frontseite des Gasthauses, die frisch gestrichen war und einladend aussah. Es war ein Ort, auf den man stolz sein konnte. Sie winkte einem passierenden Reiter zu. Es war einer der Gutsverwalter, und sie bekam einen Gruß zurück. Sie kannten alle, aber kein Mann würde sich irgendwelche Freiheiten ihr gegenüber herausnehmen. Alle wußten, daß sie das nur einmal machen konnten, obwohl Unis ziemlich klein geraten war.

Sogar das Schild der Gaststätte war neu gemalt worden, es zeigte die alte *Hyperion* unter vollen Segeln. Für Fremde, die durch Fallowfield am Ufer des Helford River kamen, war es nur ein weiterer blumiger Name für eine Landgaststätte, aber ganz sicher war er das nicht für Unis oder den Mann, den sie geheiratet hatte. Die *Hyperion* war ein echtes Schiff und hatte ihr in einer Seeschlacht ihren ersten Mann genommen, aber den zweiten geschenkt, nämlich John Allday.

Sie konnte die frische Farbe riechen. Die beiden zusätzlichen Gästezimmer waren fast fertig. Die neue Straße, die in der Nähe vorbeiführte, würde mehr Kutschen und zusätzlichen Handel in den Ort bringen. Ihre Geschäfte hatten sich gut gemacht, trotz oder auch vielleicht wegen der Schwierigkeiten am Anfang.

Gegen Mittag war viel zu tun gewesen, die Männer, die an der Straße arbeiteten, waren zum Essen gekommen. Es handelte sich um junge Männer, ein echter Beweis dafür, daß der Krieg wirklich vorüber war. Männer, die sich ohne die Angst in der Öffentlichkeit bewegen konnten, daß eine Preßgang sie schanghaite, oder mit dem Elend leben zu müssen, verkrüppelt nach Hause zurückzukehren oder als einer, den niemand mehr haben will...

Sie dachte an ihren Bruder, den anderen John, der in den Kämpfen mit den alten 31ern einen Fuß verloren hatte. Jetzt, endlich, konnte er darüber sprechen, bisher hatte er seine Verletzung als eine Art persönliches Manko betrachtet. Ohne ihn wäre es ihr nie gelungen, aus dem

Gasthaus ein erfolgreiches, ja sogar prosperierendes Unternehmen zu machen.

Sie hörte das Klirren der Gläser und vermutete, daß es von Tom Ozzard stammte, *unserem neuesten Rekruten,* wie ihn John nannte. Wieder eine Verbindung, ein Veteran aus einer Welt, die sie sich nur vage vorstellen konnte. Es war Sir Richards Diener, der bei ihm bis zu dem Tag gewesen war, an dem er gefallen war. Wie aus dem Nichts war Ozzard hier in Fallowfield aufgetaucht, er hatte mehr wie ein Flüchtling denn wie ein Überlebender gewirkt. Ein Mann, der von irgend etwas bedrückt und gehetzt wurde. Sie wußte ganz genau, daß sie ihm niemals Arbeit unter ihrem Dach angeboten hätte, wenn John sich nicht für ihn verwendet hätte. Doch er verstand sich auf seine Arbeit. Trotz seines sauertöpfischen und manchmal feindseligen Gehabes hatte er seinen Wert schon bewiesen, denn er kannte sich bei Weinen aus und konnte mit den anspruchsvolleren Gästen umgehen, wie zum Beispiel mit den Auktionatoren und besonders mit den Kaufleuten. Er war ein gebildeter Mann, daher hatte er die Buchhaltung und das Rechungswesen der Gaststätte übernommen und den Papierkrieg einfach erscheinen lassen. Aber er teilte nie etwas Persönliches mit, und Unis spürte, daß sogar John wenig über ihn wußte, was über die Welt hinausging, die sie auf See miteinander geteilt hatten.

Sie sah einen Schatten durch die Eingangstür verschwinden. Das war Nessa. Sie war groß und schwarzhaarig und lächelte nur äußerst selten, aber sie konnte jedem richtigen Mann den Kopf verdrehen. Unis Bruder John, zum Beispiel. Doch niemand wußte, ob zwischen den beiden etwas Ernstes lief. Sie war von ihren Eltern zu Hause herausgeworfen worden, weil sie ein Kind von einem Soldaten der Garnison in Truro empfangen und dann verloren hatte. Nessa war hier ein Teil der Familie geworden und hatte ihre Vergangenheit hinter sich gelassen. Und sie konnte so gut mit der kleinen Kate umgehen! Das war wichtig in einer vollbesetzten Gaststätte, in der man sechs Paar Augen zugleich brauchte.

Das Old Hyperion lief gut, und es wurde immer noch besser. Unis machte eine Pause und stützte sich mit einer Hand an einer Wand ab. Die Ziegelsteine waren fast so heiß wie das frischgebackene Brot. Also worum machte sie sich Sorgen?

Sie dachte an den großen, struppigen, manche würden sogar sagen häßlichen Mann, der in ihr Leben eingebrochen war. Rauh, aber respektiert als ein echter Seemann und Sir Richards Freund, hatte John Allday ihr Herz gewonnen. Er war endgültig an Land gekommen, hatte im Krieg weit mehr als nur seine Pflicht getan, aber den Verlust des Lebens auf See noch immer nicht verwunden. Wenn er seine Ausflüge nach Falmouth machte, wußte sie, daß er dort die Schiffe beobachtete, die ein- oder ausliefen, es war immer dasselbe. Der Versuch, dranzubleiben, ein Teil davon zu bleiben.

Sie dachte an seinen Besuch in Falmouth, als er dort Kapitän Adam Bolitho getroffen hatte. Sie hatte schmerzvoll seine Unsicherheit verfolgt, sein Unbehagen, als er überlegt hatte, ob er zu dem alten Haus zurückkehren sollte, das einmal sein Zuhause gewesen war. Als er noch mit Sir Richard zur See gefahren war.

Unis hatte gehört, daß Bryan Ferguson gesagt hatte, daß das Verhältnis zwischen Sir Richard und ihrem John wie das zwischen dem Herrn und seinem loyalen Hund gewesen sei. Jeder hätte gefürchtet, daß er den anderen verlieren könnte. Vielleicht war das wirklich so. Sie ballte die Fäuste. Sie würde es nicht zulassen, daß ihm jetzt etwas Schlimmes widerfuhr.

Sie hatte John gefragt, wie er Kapitän Adam vorgefunden hatte. Er hatte über die Frage nachgedacht, hatte sein Kinn in seine großen unbeholfenen Hände gestützt, die in ihrer privaten Welt so liebevoll und zärtlich sein konnten.

Schließlich hatte er gesagt: »Er ist wie sein Onkel ein guter Kommandant, der sich um alles kümmert, aber er ist allein. Das sollte so nicht sein.« Das hatte so geklungen, als ob er sich dafür irgendwie verantwortlich fühlte.

Sie betrat den Salon, der ihr jetzt so vertraut war, das glänzende Kupfer und Zinn, die langen Reihen der Becher und die vermischten Gerüche des Essens, der Blumen und der Menschen. Auf dem Ehrenplatz stand das wunderschöne Modell der *Hyperion,* exakt bis in jedes kleinste Detail. Hergestellt von diesen großen, vernarbten Händen. Aber es war versetzt worden, etwas, was jedem verboten war, außer ... Sie ging in den angrenzenden Raum, es war derjenige, von dem aus man den Blick auf eine Reihe gleichgroß zurechtgestutzter Bäume hatte. Wenn das Licht günstig war, konnte man den Fluß sehen, der wie geschmolzenes Silber dahinter verlief.

John Allday saß am Tisch, sein Gesicht war in tiefe, nachdenkliche Falten gelegt, als er eine Leinwandrolle voller Werkzeuge, Klingen und Knochenstreifen musterte, die er vor sich ausgebreitet hatte.

Wie viele Seeleute konnte er die meisten handwerklichen Arbeiten ausführen. Er konnte Möbel bauen wie die schöne Koje, die er für die kleine Kate hergestellt hatte, und die Seekiste, die er für einen Leutnant mit dem Namen George Avery angefertigt hatte, der auch ein wichtiger Teil von Unis Leben geworden war. Weil Allday Analphabet war, hatte Avery seine Briefe an Unis geschrieben und ihm ihre Briefe vorgelesen. Es wäre eine wunderschöne seltene Beziehung in jedem Lebensbereich gewesen, ganz zu schweigen auf seinem Kriegsschiff. Jetzt war der ruhige, fast scheue Avery von ihnen gegangen, wieder ein Name mehr in dem dicken Buch der ehrenvoll Gefallenen. *Für König und Vaterland.*

»Was ist denn das, John?«

Sie legte ihren Arm um seine breiten Schultern. Sir Richard hatte ihn *meine Eiche* genannt. Die furchtbare Wunde hatte ein spanischer Degen während eines Kampfes an einem Ort hinterlassen, den sich kein Mensch merken konnte. Die Folgen wurden ständig schlimmer. Er bestand darauf, daß er damit klargekommen wäre, wenn Sir Richard ihn gebraucht hätte. Aber sie hörte sogar jetzt seine langsamen, vorsichtigen Atemzüge.

Jetzt brauche ich dich, liebster John.

»Wenn ich mal wieder Zeit haben sollte«, er blickte sie nicht an, »dann sollte ich vielleicht mit einem neuen Modell anfangen.«

Sie drückte ihn. »Du hast aber immer zu tun! Mach ein paar der Jungen mal wieder richtig fit, würde ich dir raten.«

Er seufzte. »Du kennst mich, meine Liebste, ich kann meine Zeit nicht mit den alten Jantjes mit einem Humpen Bier in der Hand vertrödeln und dabei die alten Schlachten nochmals schlagen. Dein Bruder hat die richtige Einstellung dazu, das verweist sie auf ihre Plätze.« Er blickte sich um. »Wo ist Kate?«

»Sie schläft. Nessa hält ein Auge auf sie.«

Sie erinnerte sich an sein Erschrecken, als sich das Kind von ihm abgewendet hatte, als sie nach seiner Rückkehr von See zum ersten Mal zusammengetroffen waren. Für sie war er ein Fremder gewesen, ein Eindringling. Aber er hatte sie durch seine Geduld für sich einnehmen können. Er konnte sie sogar in die Höhe halten und mit ihr spielen, ohne Angst haben zu müssen, sie irgendwie zu verletzen. Unis liebte ihn dafür.

Allday sagte unvermittelt: »Ich wollte mit dir über die kleine Elizabeth reden, Sir Richards Tochter – sie wird inzwischen schon ziemlich herangewachsen sein. Ich frage mich, was der König von Cornwall darüber denken würde, daß sie in seinem großen Haus lebt.«

Sie drückte ihn wieder an sich und antwortete nicht. Sir Lewis Roxby war schon gestorben, als Lady Catherine noch in Bolithos Haus gewohnt hatte.

Schließlich sagte sie: »Du wirst ein Modell der *Forbisher* anfertigen.« Sie biß sich auf die Lippe, um sich zu beruhigen. »Wir werden einen ganz besonderen Platz dafür finden müssen!«

Da blickte Allday zu ihr auf, seine Augen waren ganz klar, die trüben Gedanken waren daraus verschwunden. »Ich werde es Käpt'n Adam schenken. Von uns beiden.«

Als sie später allein in ihrem Zimmer waren, fragte sie sich nachdenklich: Wen hat er mit »uns« wohl wirklich gemeint?

Nancy, Lady Roxby, sah, wie sich der weitgeschwungene Gebäudekomplex vor ihr öffnete, als die Kutsche über den ausgefahrenen Weg schwankte.

Es war ein offener Wagen, und sie konnte den Staub zwischen ihren Zähnen knirschen spüren, aber sie mochte es so, immer schon, seit sie ein kleines Mädchen gewesen war, die jüngere Tochter von Kapitän James Bolitho. Sie dachte oft an ihren Vater. Manchmal hatte sie das Gefühl, daß der, den sie kannte, nur auf dem Porträt im Haus der Bolithos existierte, während sein Charakter und seine Erziehung so etwas wie die Eintragungen in einem Geschichtsbuch oder Tagebuch waren.

»Fahr genau vor. Francis, ich glaube nicht, daß es lange dauern wird.«

Der Schatten des Old Glebe House erhob sich vor ihr, wie immer düster und abweisend. Ideal vielleicht für einen Künstler als Einsiedelei, aber kaum für jemand anderen.

Sie spürte einen Nervenkitzel und riß sich zusammen. Roxby hätte sie sicher dafür gescholten, daß sie neugieriger war, als ihr guttat. Sie lächelte traurig. Aber er hätte sie dafür geliebt.

Die dunklen Fenster waren blind für das Geschehen der Außenwelt, die Ruine der Kapelle fügten dem Ganzen einen Hauch von Geheimnis hinzu. Nach dem Klatsch war dieser Ort für seine Geschichten über Hexerei und böse Geister bekannt.

Der Kutscher sagte zweifelnd: »Ich glaube nicht, Mylady, daß wir erwartet werden.«

Er war noch nicht lange bei ihr in Diensten. Sonst hätte er von ihren Launen gewußt. Sie hörte wieder Roxby sagen: *Verdammte Unverschämtheit, besser gesagt.*

Der Himmel war hell und klar, nicht der Fetzen einer Wolke stand über der See oder den Hügeln.

Adam mußte irgendwo da draußen im Nirgendwo sein und das tun, was er immer hatte tun wollen und wovon er geträumt hatte. Sie dachte an sein Gesicht, das ihr so nahe gewesen war, als er zuletzt mit ihr gesprochen und dann seine Wange an die ihre gedrückt hatte. Er tut, was er will und woran er glaubt, dachte sie. Aber diesmal war es anders gewesen. Als ob er etwas hinter sich zurückließ.

Sie sagte ungeduldig: »Steigen Sie ab und klopfen Sie an die Tür, Francis!«

Sie sah, daß das Pferd mit den Ohren wackelte, es fühlte sich durch die summenden Insekten irritiert. Sie konnte sich an die Zeit erinnern, in der sie noch selbst hierhergeritten wäre und wenn der Übermut sie übermannt hätte, auch querfeldein. Es war verkehrt, zu oft an die Vergangenheit zu denken ... vielleicht lag es daran, daß es seit Roxbys Tod hier so wenig Spaß gab und daß nichts mehr zu erwarten war.

So vieles hatte sich verändert. Zum Beispiel die junge Elizabeth, die so überrascht gewesen war über die Art und Weise, wie die Kinder der Dorfbewohner lebten und spielten ... Wie konnte es sein, daß sie vor dem endlosen Kriege, der jede Meile dieser Küste bedroht hatte, so abgeschirmt, so behütet worden war? Sie dachte an die Mutter des Mädchens, Belinda, und versuchte wieder, sich damit abzufinden.

Sie hörte Stimmen, sie gehörten Francis, großgewachsen und stocksteif wie ein Soldat, und das war er ja früher auch gewesen, und dem Diener, den sie von ihrem früheren Besuch her kannte, als sie vorgesprochen hatte, um die Verabredung für das Porträt zu treffen.

Sie stieg aus und zog eine kleine Grimasse. Ihr Atem ging schnell. *Nur um mich daran zu erinnern.* An ihrem nächsten Geburtstag würde sie siebenundfünfzig Jahre alt werden. Die Leute empfahlen ihr, alles etwas langsamer angehen zu lassen und die Jahre zu genießen. Sie war abgesichert und hatte zwei prächtige Kinder und auch schon zwei Enkelkinder.

Ich sollte mehr als zufrieden sein, dachte sie.

Sie zog wieder eine Grimasse. Nein, sie war nicht zufrieden.

Francis rief: »Er sagt, daß sein Herr nicht zu Hause ist, Mylady. Er wird ihm aber gerne eine Botschaft von Ihnen ausrichten.«

Es war, als ob der Diener unsichtbar wäre. Vielleicht war das bei der Kavallerie so üblich.

Sie sagte: »Es handelt sich um das Porträt meines Neffen.« Sogar das hörte sich an, als ob sie steinalt wäre. »Ich dachte, daß ich in Kapitän Bolithos Abwesenheit nachfragen sollte ...«

»Kann ich Ihnen irgendwie behilflich sein, Mylady?«

Nancy drehte sich in die Richtung, aus der die Stimme erklang.

»Danke, meine Liebe. Haben wir uns schon irgendwann einmal getroffen?«

Das Mädchen blickte in die Richtung des Hauses, so als ob sie ihren ersten Impuls schon bereute. Aber dann sagte sie: »Ich bin Lowenna. Ich wohne hier.«

Nancy atmete tief durch und trat in den kühlen Schatten. In ihrem Innersten hatte sie auf dieses Zusammentreffen gehofft.

Sie folgte der jungen Dame den Flur entlang und war sich dabei deren Grazie sehr bewußt, des augenscheinlichen Selbstvertrauens.

Sie konnte sich ganz undeutlich an Lowenna als Kind erinnern, die Bilder der Erinnerung kamen langsam zurück wie die Geschichte ihres Vaters, wie Fragmente von den Seiten eines Tagebuchs. Sie war in Bodmin geboren worden, ihr Familienname war Garland gewesen. Es hatte sich um eine erfolgversprechende Verbindung gehandelt zwischen dem jungen Gelehrten, der bald an das prestigeträchtige College von Winchester berufen werden sollte, und der Tochter eines Bodminer Getreidehändlers ... Nancy sah, daß das Mädchen innehielt, wie um sich davon zu überzeugen, daß sie noch immer folgte. Sie sah die Jahreszahl deutlich vor ihrem inneren Auge. Es mußte gegen 1790 gewesen sein, als sie die Nachricht von Richards tropischem Fieber in der Südsee erhalten hatte. Er hatte die Fregatte *Tempest* kommandiert. Sogar damals war Allday schon bei ihm gewesen.

»Wir können in diesem Zimmer reden, falls Sie das wünschen.« Sie war beherrscht und in dem gebrochenen Sonnenlicht sehr schön. Eine Frau von ungefähr sechsundzwanzig oder siebenundzwanzig Jahren.

Nancy blickte sich in dem Zimmer um. Es war unordentlich, aber es gab eine gewisse Ordnung der Dinge an sich im Haus eines Malers. Es war ein Ort, an dem er arbeiten konnte, es aber auch für eine Woche oder einen Monat verlassen konnte, falls er das wollte, um bei seiner Rückkehr alles wieder so vorzufinden, wie er es wünschte.

Nancy verbrachte ihre Freizeit oft damit, Blumen zu malen oder auch Szenen an der Küste. Elizabeth' Eifer, sie zu kopieren, hatte sie angerührt. Das war der erste Punkt gewesen, über den sie miteinander Kontakt bekommen hatten.

Sie betrachtete das Mädchen. Es trug ein hellblaues Kleid ohne jede Verzierung oder gar einen Gürtel. Lose und luftig. Sie hatte schon draußen das lange Haar registriert und die leichtfüßige Art zu gehen, aber jetzt schaute sie genauer hin. Ihre Augen waren so dunkel, daß sie alle Gedanken verbargen. Es war, als stünde eine Barriere zwischen ihnen.

Lowenna meinte: »Das Porträt ist hier. Sir Gregory ist damit zufrieden, glaubte ich.«

Nancy wartete, während Lowenna die Leinwand enthüllte, und sogar das machte sie mit einer eleganten gemächlichen Bewegung. Nancy wußte, daß Lowenna Modell für Montagu saß. Das war es vielleicht. Pose …

Sie studierte das unfertige Porträt. Es war unglaublich, daß ein Mann ein derartiges Talent haben konnte. Das Bild zeigte Adam, wie er leibte und lebte. Die Art, wie er den Kopf hielt, wenn er jemandem zuhörte oder eine Frage beantwortete. Seine dunklen Augen, genau wie die des Mädchens, das Nancy beobachtete, anstatt das Porträt zu betrachten, wie diese sehr wohl wußte. An Adams Uniformrock befand sich eine unfertige gelbe Rose; beinahe wäre Nancy darauf zu sprechen gekommen, aber eine instinktive Eingebung hielt sie zurück, weil dann dieser dünne Kontakt sofort abgebrochen wäre. Und Adams dünnes, ausweichendes Lächeln: Montagu hatte es ganz exakt getroffen. Kein Wunder, daß Adam jeder Frau den Kopf verdrehen konnte – und daß sein Herz dabei brach.

Sie stellte fest: »Es ist absolut exakt. Genauso wie ich ihn vor mir sehe, wenn er fort ist. Was in diesen Zeiten zu oft der Fall ist.« Sie drehte sich um und sah gerade noch das Erstaunen, das für einen Moment die Fassade des Mädchens durchbrochen hatte.

Lowenna sage leise: »Ich war mir nicht darüber klar ...«

»Daß wir uns so nahestehen?« Nancy blickte wieder auf das Porträt, die Flut der Erinnerungen schwemmte alle Barrieren zur Seite. »Er kam zu mir, nachdem seine Mutter gestorben war. Er war den ganzen Weg von Penzance zu Fuß gelaufen. Er war nur ein kleiner Junge.« Sie nickte in Gedanken vor sich hin, ohne es zu bemerken. »Er kam zu *mir.*«

»Danke, daß Sie mir das gesagt haben.« Es war so einfach gesagt, Lowenna schien jetzt wieder ein junges Mädchen zu sein.

»Werden Sie hier lange bleiben, Lowenna?«

Sie schüttelte den Kopf, das Sonnenlicht spielte über ihr Haar wie feines Gold. »Ich weiß es nicht. Es könnte sein, daß ich nach London zurückfahre. Sir Gregory muß mehrere Aufträge beenden.« Sie blickte wieder auf das Porträt, fast scheu, als ob sie etwas ausprobieren würde. »Aber zuerst wird er das hier fertigstellen.«

Nancy ging ans Fenster hinüber, dabei entdeckte sie die Harfe und den Stuhl daneben. Dann sah sie das andere unvollendete Gemälde, das nackte Mädchen an den Felsen gekettet, das Seeungeheuer war gerade dabei, neben ihr die Oberfläche zu durchbrechen.

Sie schaute wieder das Mädchen an. Sanft sagte sie: »Sie sind sehr schön.«

»Es ist nicht so, wie es erscheint, Mylady.«

»Ich bin weitaus älter als Sie.« Nancy hob die Schultern. »Unglücklicherweise war ich zweimal in meinem Leben verliebt. Ich weiß, wie das ist.« Sie wollte ihre Hand ausstrecken, aber ihr Instinkt hielt sie wieder zurück. »Ich weiß auch, wie das aussieht. Ich kümmere mich sehr um meinen Neffen, vielleicht, wenn ich mal so sagen darf, mehr als um einen Sohn. Er ist tapfer, loyal und leidenschaftlich – und er hat gelitten.« Sie sah, daß diese Worte Lowenna berührten. »So wie Sie gelitten haben, glaube ich.«

»Wer hat Ihnen das erzählt?«

»Niemand, aber ich bin eine Frau, immer noch jung im Herzen.«

Sie versuchte, nicht auf die Geräusche der Kutschräder draußen im Hof zu hören. Montagu war zurück, aber es spielte keine Rolle, wer es war. Nancy hatte eine Entscheidung getroffen. »Sehen Sie, ich glaube, daß mein Neffe sein Herz an Sie verloren hat. Aus diesem Grund bin ich heute hier.« Sie ging zur Tür hinüber. »Jetzt habe ich Sie gesehen und mit Ihnen gesprochen, und ich bin froh, daß ich es getan habe.« Als sie schon eine Hand an der Türklinke hatte, drehte sie sich nochmals um. »Wenn Sie das Gefühl haben, Lowenna, daß Sie mich brauchen, dann kommen Sie einfach zu mir.«

Lowenna stand regungslos, aber die Feindseligkeit war verschwunden. Sie sagte: »So wie Adam kam?« Es war das erste Mal, daß sie seinen Namen aussprach.

Da streckte Nancy die Hand aus und packte ihr Handgelenk. »So wie ein Freundin, wenn Sie möchten.« Sie spürte, daß das Mädchen im nächsten Augenblick den Arm zurückgezogen hätte.

Lowenna antwortete ruhig: »Dann als Freundin, Mylady.«

Nancy fand über denselben düsteren Korridor zurück, durch die geöffneten großen Türen hinaus in den hellen Sonnenschein. Es war keineswegs Montagu, der vorgefahren war, sondern ein Weinhändler aus Falmouth. Er berührte grüßend seinen Hut und verbeugte sich vor ihr.

»Heute ist ein schöner Tag, Mylady. Endlich Sommer, nicht wahr?«

Nancy blickte zu der hellblauen Gestalt neben der Treppe zurück. »Ja, Mr. Cuppage, es ist ein schöner Tag.« Sie hob eine Hand in Richtung des Mädchens und fügte hinzu: »Jetzt ist es einer.«

Sie schritt in die staubige Luft hinaus. Zu ängstlich, um anzuhalten und über alles nachzudenken, sogar um zurückzublicken.

Francis und der Stallbursche warteten beim Pferd, der säuerliche Diener war verschwunden. Nancy hätte sich das auch alles eingebildet haben können. Sie dachte an Adam und sein Schiff, das nach einer äußerst knapp bemessenen Pause unter Befehlen bereits wieder unterwegs war. Es war sein Leben, und sie war die Tochter eines Seemanns und die Schwester eines Seehelden. Sie stützte sich auf Francis' Arm und stieg in die Kutsche, bevor sie zum Haus zurückschaute.

Aber jetzt bin ich Adams Tante.

Sie sah eine schnelle Bewegung an einem der Fenster. Hellblau. Dort, wo sie die Harfe gesehen hatte und das andere Gemälde.

Sie sagte laut: »Es gibt niemand anderen!«

Als die Kutsche fortrollte, meinte sie Roxby lachen zu hören.

Konteradmiral Herrick stand von seinem Stuhl auf und trat an das nahe gelegene Fenster. Er konnte sich nicht mehr erinnern, wie oft er das schon gemacht hatte oder wie lange er schon hier war. Er blickte auf die vertraute Szenerie, die unendliche Parade der Kutschen, die meisten waren wegen des wäßrigen Sonnenscheins offen. Er sah ein paar bunte Sonnenschirme und die breitkrempigen Hüte der Damen, die von einem Amüsement zum nächsten gefahren wurden. Eine Abteilung Dragoner trabte vorbei, ein junger Cornet mit Helm drehte sich im Sattel um, als ein Mann aus der Menge heraustrat, um seinen Hut vor der Fahne an der Spitze der Truppe zu ziehen und grüßend in die Luft zu halten. Er hatte nur einen Arm.

Herrick wandte sich ab, er war ärgerlich über sich selbst. Es war ihm unmöglich, den stechenden Schmerz, der vom Stumpf seines Arms ausging, zu ignorieren oder zu vergessen. Schon bei der kleinsten Bewegung war er da und in der schweren Paradeuniform um so mehr.

Er setzte sich wieder und starrte auf die gegenüberliegende Wand und die beiden Gemälde von Seeschlachten. Flaggen flatterten, Geschützqualm wirbelte, die Segel des Feindes waren von Kugeln durchlöchert. Aber auf den Bildern sah man niemals das Blut, die toten Männer und die zerfetzten Gliedmaßen.

Er studierte den polierten Marmor, die akkurate Anordnung der vergoldeten Stühle. Man brauchte wohl einer ganzen Wache von Matrosen, um diese riesige Gruft von einem Gebäude in Ordnung zu halten. Er grunzte und versuchte, seine Schultern unter dem schweren Rock und den goldenen Epauletten zu entspannen.

Das hier war die Admiralität, wo Ihre Lordschaften und eine ganze Armee von Stabsoffizieren die Fäden des gewaltigen Netzes kontrollierten, das sie mit jedem Geschwader, jedem Schiff, und jedem Kommandanten auf allen Ozeanen in Verbindung hielt.

Und was kam jetzt? Er dachte an die Mietwohnung, die er sich in der Nähe von Vauxhall genommen hatte. Nicht gerade erstklassig, besonders nicht für einen Flaggoffizier, aber komfortabel. Und sie war billig. Er war niemals leichtsinnig mit seinem schwerverdienten Geld umgegangen. Er war über den harten, steinigen Weg aufgestiegen und war sich der Usancen der Königlichen Marine wohl bewußt, das Vermögen eines Mannes von seinem Erfolg abhängig zu machen.

Er war den ganzen Vormittag über in der Admiralität gewesen und war mit dem verantwortlichen Admiral die Karten und die Berichte der Antisklavenpatrouille durchgegangen. Und er konnte Männer gut genug einschätzen, um zu verstehen, daß der Admiral, der ziemlich freundlich gewesen war, nicht die geringste Ahnung von dem hatte, was in Freetown und zur Bekämpfung der erschreckenden Bedingungen der Sklaverei erforderlich war. Vielleicht war das auch der bessere, sichere Weg.

Morgen würde es eine weitere Diskussion darüber geben. Ein Mitglied des Parlaments aus dem zuständigen Ausschuß würde ebenfalls anwesend sein. Herrick hatte in seinen Berichten und von Angesicht zu Angesicht ganz deutlich gemacht, daß sie zehnmal so viele Schiffe benötigten, und zwar schnelle Patrouillenschiffe unter einer entschlossenen Führung, die das direkte Kommando über die Einheiten hatte. Erst dann war mit wirklichen Erfolgen zu rechnen. Geld war immer das Gegenargument, wegen der allgemeinen Einsparungen war für die Patrouille nichts abzuzweigen. Und trotzdem hatte Herrick seit seiner Ankunft in London von nichts anderem reden gehört als von einer massiven Machtdemonstration gegen die algerischen Piraten und den Dey, den man bisher nicht in die Schranken hatte weisen können. Dieses Mal würde es nichts Geringeres als eine vollständige Flotte sein, die unter dem Kommando von Pellew stand. Man konnte Herrick nicht mit dem Zierat und den Phantastereien großer Titel beeindrucken, für ihn war »Pellew« völlig ausreichend.

Auf dem Gebiet der Geheimhaltung schien nicht viel zu geschehen, sogar die *Times* hatte auf eine »entschlossene Intervention« hingewiesen, um die christlichen Sklaven zu befreien, die in den Gefängnissen des Deys schmachteten.

Und jetzt hatte ihn ein Bote abgefangen, gerade als er

das Gebäude zu verlassen wollte. Er war aufgefordert worden, sich sofort bei Vizeadmiral Sir Graham Bethune zu melden, dem neu ernannten Stellvertreter und einem Vertrauten der Lords der Admiralität.

Er hatte keine Bedenken gegen Bethune als Vorgesetzten. *Ich war Richards Erster Leutnant, ein Jahr nachdem Bethune einer seiner Midshipmen gewesen war. Jetzt hat er mich im Rang überholt.* Er hatte sich an derartige Vorfälle gewöhnt, auch wenn er sie nicht schätzte.

Er war sich bewußt, daß er wieder vor dem Fenster stand. Vielleicht hatte Adam Bolitho einem ranghohen Vorgesetzten, möglicherweise Keen, mitgeteilt, was er ihm über Sillitoe und seinen Anteil am Sklavenhandel berichtet hatte. Nein. Adam mochte ein Hitzkopf sein, sogar indiskret, aber er würde niemals ein so starkes Band wie das persönliche Vertrauen beschädigen. Er beobachtete eine schmucke Kutsche, die, zwischen ein paar Marktfahrzeuge eingekeilt, vorbeirollte, und er sah die elegante Frau, die alleine darin saß. Ihr Gesicht wurde von einem breitrandigen Hut beschattet. Es hätte Richards Mätresse sein können. Diese Frau. Warum hatte er es nur Adam Bolitho erzählt? War es Besorgnis gewesen oder Schuldgefühl?

Adam hatte ihm damals die Nachricht überbracht, daß seine heißgeliebte Dulcie tot war. So wie Herrick ehedem der Bote der tragischen Nachricht gewesen war, daß Bolithos junge Frau gestorben war ... Er starrte mit einem haßerfüllten Ausdruck auf die grell gemalten Schlachtszenen. Die Wurzeln und Erinnerungen waren stärker, als viele meinten.

Er hörte Schritte, die sich ohne Eile näherten und wappnete sich. Vielleicht war es ein Fehler, Mißverständnis, und Bethune mußte eine andere Verabredung wahrnehmen.

»Sir Graham Bethune kann jetzt mit Ihnen sprechen, Sir.«

Herrick erhob sich und stöhnte auf, als der schwere Uniformrock an seinem Stumpf zog. Das war so verdammt typisch für diesen Ort. *Kann jetzt mit Ihnen sprechen.* Als ob das eine Gunst wäre.

Er wußte, daß diese Gedanken unvernünftig waren, und gab seinen Schmerzen daran die Schuld. Er haßte die Art, wie ihn die Leute anstarrten oder mitleidig guckten, wenn sie mit ihm sprachen. Er konnte sich an den Rat eines Chirurgen erinnern, der ihm vorgeschlagen hatte, Straußenfedern auf seinem Rock zu tragen, um die Leute vom Schwatzen über die Verletzung abzulenken, weil das Gerede immer wieder zu frischen Wunden führt. Er konnte sich sogar noch selbst antworten hören. »Sie haben Angst vor dem Krieg, nicht wahr? Vor dem, was er den Männern antut, die ihn auszufechten haben?« Wenn Dulcie noch gelebt hätte ...

Er sah die Türen nach innen aufschwingen, und Bethune wartete, um ihn zu begrüßen. Er hatte eine Hand ausgestreckt – seine linke –, damit er die seines Gastes richtig fassen konnte.

»Es tut gut, Sie zu sehen, Thomas!« Sein Händedruck war fest, seine Pranke war immer noch die eines Seemannes. »Setzen Sie sich doch. Jeden Augenblick wird man uns ein wenig Wein bringen, aber in dieser Kathedrale wird man von Blindschleichen bedient.«

Herrick setzte sich. Er nahm sich die Zeit, sich auf dem Stuhl richtig zurechtzurücken wie jemand, der nach einer Falle sucht. Dann sah er Bethune direkt ins Gesicht. Der hatte sich immer dafür gerühmt, daß er ehrlich und offen mit anderen war, und murrend mußte er dieselben Qualitäten bei Bethune konstatieren. Das war etwas, das die Litzen eines Vizeadmirals und das große Büro nicht verdecken konnten.

Bethune begann: »Ich habe Ihre Berichte gelesen. Ich war besonders an Ihren Ansichten über Freetown und die westafrikanische Küste interessiert. In diesem Sinne habe ich mich auch dem Ersten Lord gegenüber geäußert. Sie sollten die Würdigung bekommen, die Sie verdienen. Ich vermute, daß man Sie bitten wird, zu diesem oder jenem Aspekt des Sklavenhandels noch etwas ausführlicher zu werden, aber ich nehme nicht an, daß Ihnen das etwas ausmachen wird.« Das war keine Frage gewesen.

Herrick hätte fast gelächelt. *Daß man Sie bitten wird.* Das war der Begriff, den die benutzten, die den Admiralsrang erlangt hatten. Es bedeutete jedoch nach wie vor, daß man keine andere Wahl hatte, als in strammer Haltung zu erscheinen.

Bethune stolzierte zu einem der Fenster hinüber und öffnete es, woraufhin das unaufhörliche Geratter der mit Eisen beschlagenen Räder und das Geklapper der unzähligen Pferdehufe hereinschlug. London war immer in Bewegung, hier herrschte niemals Ruhe.

Herrick beobachtete Bethune. Der Mann war ruhelos, voller Energie. Er war noch jung, fast wie damals, als er die flotte Fregatte kommandiert hatte, die auf dem einzigen Gemälde in diesem Zimmer abgebildet war.

Bethune fuhr fort: »Mir hat besonders Ihr Bericht über Kapitän Tyacke gefallen. Wieder so ein Offizier, dessen Fähigkeiten ungenutzt verschwendet worden wären, unbemerkt geblieben wären, wenn sich nicht jemand darum gekümmert und gehandelt hätte.«

Herrick ballte seine ihm verbliebene Faust. Es war, als wäre Tyacke auch hier im Zimmer und würde auf die Geräusche der Straße lauschen, würde die Dragoner vorbeireiten sehen, wie jener Mann in der Menge. Er sagte, ohne eine Sekunde zu zögern: »Sir Richard hat das für mich auch getan, Sir Graham.«

Bethune nickte, vielleicht war er dadurch zufriedengestellt. »Sie haben mit ihm am Nil gedient?«

Herrick rieb sich an der Lehne des Stuhls. Diese Frage

hatte er nicht erwartet. »Jawohl. Auf der *Lysander.* Ich war damals Sir Richards Flaggkapitän.«

Bethune wandte sich vom Fenster ab. Herrick würde nichts mehr dazu sagen, aber es war auch ausreichend gewesen. »Tyacke war ebenfalls am Nil dabei, er wurde dort so entsetzlich verunstaltet.«

Der Diener trat ein und begann Gläser auf dem kleinen Stückchen Tuch aufzustellen. Er agiert eher wie eine Frau denn wie ein erwachsener Mann, überlegte Herrick.

Einen Moment lang dachte er, daß er sich verhört hätte, als Bethune den Diener entließ und noch einmal sagte: »Lady Somervell. Ich habe mich hier in London mit ihr getroffen.« Er blickte ihn an. »Das ist Rheinwein – ich hoffe, daß er Ihnen zusagt. Er sollte kalt sein, obwohl man darauf nur hoffen kann nach der langen Reise über die vielen Treppen!« Er lachte völlig entspannt. Vielleicht war er das auch wirklich.

Herrick entgegnete: »Es ist einige Zeit her, daß ich sie das letzte Mal gesehen habe. Es war in Falmouth, als ich beabsichtigte, eine Anstellung beim Zoll anzunehmen.«

Bethune betrachtete kritisch sein Glas. Er wußte darüber natürlich Bescheid und glaubte auch zu wissen, warum Keen interveniert hatte. Nicht jedes Neidgefühl verblaßte mit der Zeit. Er sagte: »Eine tapfere und reizende Frau. Ich bewundere sie aufrichtig.«

Er dachte an den Orden vom Nil, den sie ihm anvertraut hatte. Wieder eine Verbindung. Aber das Gefühl war schon immer dagewesen. Er vermutete, daß sie genau wußte, was er für sie empfand. Er versuchte, dieses Thema aus seinen Gedanken zu vertreiben, und fuhr fort: »Ich fürchte, daß sich Baron Sillitoe tiefer in seine Geschäfte in Westindien und besonders Kuba verstricken wird.«

Herrick verkrampfte sich. Kuba war noch immer der Haupthandelsplatz für Sklaven.

Bethune ergänzte: »Wir müssen alle in der Vergangenheit entstandenen Mißverständnisse zur Seite schieben. Die Flotte ist in das Unternehmen gegen Algier verwickelt, aber das Geschäft blüht im großen Stil woanders. Sie wissen das, und ich weiß es. Ich würde es als einen großen Gefallen empfinden, wenn Sie mir so viele Informationen über die besagten Verbindungen zukommen lassen würden, wie Sie haben, respektive, was Sie darüber hören, damit man die Unschuldigen schützen kann.«

Er hob das Glas sehr langsam, ihre Augen trafen sich.

Herrick schluckte. Falls der Wein lauwarm oder eiskalt war, so bemerkte er es nicht. »Ich verstehe, Sir Graham.«

Es war schierer Wahnsinn und wenn irgend etwas schieflief, dann würde Bethune jede Verbindung mit ihm ableugnen.

Er sah zu, wie Bethunes gebräunte Hand die Gläser wieder füllte.

Als Dulcie an Typhus starb, war Lady Somervell, er zögerte bei diesem Namen, war Catherine die einzige gewesen, die ihr zur Seite gestanden hatte. Die einzige, die bis zum bitteren Ende ausharrte. Sie hätte sich sehr leicht selbst mit dem Fieber anstecken können.

»Das wird erledigt.«

Ihre Gläser berührten sich.

Also hatte er sich verpflichtet. Und Thomas Herrick war plötzlich wieder voller Leben. Erholt.

Morgen mochte er es bereuen. Er lächelte plötzlich ganz offen.

Ein plötzlicher Tod

James Bellairs, der Dritte Leutnant der *Unrivalled*, tippte an seinen Hut und sagte: »Ich übernehme die Wache, Sir.«

Eben waren auf der Back acht Glasen angeschlagen worden. Die erste Nachtwache konnte beginnen.

Leutnant Varlo sah zu, wie seine eigenen Männer zu ihren Messen gingen, und konnte sich die Bemerkung nicht verkneifen: »Sind Sie sicher, daß Sie alles bis Mitternacht im Griff behalten können?«

Bellairs sah ihm nach, während er zum Niedergang ging, und versuchte, ihn nicht zu verabscheuen. Varlo war ein fähiger Offizier, konnte sich aber nie den geschmacklosen Scherz in letzter Minute verkneifen, den sarkastischen Witz auf Kosten eines anderen.

Einer von Bellairs Männern war nicht anwesend gewesen, als die Männer achtern gemustert wurden, er war gestürzt und hatte sich das Handgelenk verletzt. Varlo hatte kommentiert: »Sollen wir nicht besser den Profos alarmieren, um ihn zu suchen?«

Bellairs versuchte seinen Ärger abzuschütteln. So etwas lag nicht in seiner Natur, und außerdem ... Er breitete seine Arme aus und blickte über die ganze Länge des Schiffes. Es befand sich bereits in tiefen Schatten, nur an Steuerbord leuchtete ein unglaublich orangeroter Schein, wo die Sonne hinter dem Horizont verschwand. An Backbord verlor er sich im purpurroten Dunst. Man konnte die Nähe des Landes förmlich spüren. Er verdrängte Varlo aus seinen Gedanken und lächelte. Na ja, nicht ganz so nahe. Nach den letzten Berechnungen lag Lissabon ungefähr sechzig Seemeilen querab. Er lauschte auf das Knarren und Summen in der straff gespannten Takelage, als sich die *Unrivalled* weiter auf dem Backbordbug auf die Seite legte. Jede erfolgreich durchgestandene Wache stärkte sein Selbstbewußtsein. Das galt auch für die Geräusche, die ihm früher einmal Sorgen gemacht hatten, aber in der Regel hatte er es vermieden, einen Leutnant um Rat zu fragen. Jetzt war er selbst Leutnant, und jene Jahre als »Junger Gentleman« schienen eine Ewigkeit hinter ihm zu liegen.

Er blickte zum Skylight der Kommandantenkabine hinüber. Dort war ein schwacher Schein zu sehen, der aber heller als üblich war. Der Kommandant saß wieder einmal über seinen Befehlen. War er sich über irgend etwas unsicher, fragte sich Bellairs? Der Kommandant hatte niemanden, bei dem er sich Rat holen konnte?

Er ging zum Kompaß hinüber, die beiden Rudergänger beobachteten ihn. Bald würde es zu dunkel sein, um noch die Gesichter erkennen zu können, aber das spielte keine Rolle. Er spürte, daß er jeden Mann auf diesem Schiff kannte. Sogar die bösen Buben. Er grinste. Besonders die ...!

Er dachte an Plymouth, das sie vor fünf Tagen verlassen hatten. Bis jetzt war es eine glatte und flotte Reise gewesen. Sie hatten die Biskaya mit ihren launischen Winden umgangen, hatten Kap Finisterre außerhalb der Sichtweite passiert. Nur der Ausguck im Masttopp hatte das Kap gesichtet, als sie wieder wendeten, um den Kurs Südwest-zu-West zu steuern und der Küste Portugals zu folgen. Sie blieben draußen auf See, vielleicht um Gerüchten aus dem Weg zu gehen oder um keinen Verdacht zu erregen. Bellairs hatte gehört, daß die alten Besatzungsmitglieder darüber Witze machten, daß alle Menschen auf der Welt mehr über ihren Auftrag wußten als die Männer auf der *Unrivalled.*

Er blickte auf die Kompaßrose. Südwest-zu-West. Noch zwei Tage – vielleicht weniger – und sie würden im dunklen Schatten des großen Felsens liegen.

Seine Gedanken wanderten wieder nach Plymouth zurück. Seine Eltern und seine Schwester waren angereist, um ihn zu besuchen und ihm einen neuen Degen zu schenken, den sie gekauft hatten, um seine Beförderung zu feiern. Er blickte wieder zu dem Skylight hinüber. Vorher hatte er einen gekrümmten Säbel getragen, der Kapitän Bolitho gehörte.

Galbraith hatte damals dazu bemerkt: »Ich kann nicht behaupten, daß ich schon jemals von einem Kommandanten gehört hätte, der so etwas gemacht hat.«

Er erlaubte seinen Gedanken, wieder zu Jane zurückzukehren, die auch mitgekommen war. Sie war eine Freundin ihrer Schwester. Sie lächelte schnell und hatte violette Augen. Sie waren gut miteinander ausgekommen, angespornt, wie ihm klar wurde, durch seine Schwester. Jane stammte aus einer guten Familie. Was für Zukunftsaussichten hatte er da als Achterdeckmoses zu bieten? Aber sie lebte in Dartmouth, das nicht weit von Plymouth entfernt lag. Wenn die *Unrivalled* nach diesem Auftrag zurückkehrte, konnte er sie vielleicht wiedersehen.

»Der Käpt'n kommt an Deck, Sir.«

»Danke, Tucker.« Er kannte das Risiko, wenn man versuchte, sich mit den einfachen Seeleuten gemein zu machen oder den einen Mann dem anderen vorzuziehen. Jedenfalls konnte er sich nicht vorstellen, daß irgend jemand Varlo warnen würde, wenn der Kapitän unterwegs war. Er sah, wie die Rudergänger ihre Köpfe drehten, um sich zu vergewissern, daß der Verklicker in der richtigen Position stand. Hier draußen wurde es immer sehr plötzlich dunkel.

Bellairs wartete in der Nähe des Ruders, während der Kommandant zum Kompaß ging und dann zum Logbuch, das von einer Segeltuchhaube geschützt wurde. Er war vermutlich schon ihm Kartenraum gewesen, um sich sein eigenes Bild von ihren Fortschritten zu machen. Bei ihm sah immer alles so einfach aus, so ganz ohne jede Anstrengung. Sogar wenn er in das schwarze Gewirr des Riggs blickte und die Trimmwinkel der Rahen überprüfte, war es, als ob er alles schon vorher wußte. Als sie im Gefecht gestanden hatten, war es unmöglich gewesen, jede Handlung oder jeden Treffer zu registrieren. Erst später, wenn der Herzschlag und die Atmung sich wieder beruhigt hatten, dann wurde klar, was man selbst geleistet und wer es nicht geschafft hatte, durchzukommen.

Bellairs konnte sich die Rolle des Kapitäns nicht oft genug ins Gedächtnis rufen. Seine offensichtliche Mißachtung sowohl der Gefahr als auch der Nähe eines plötzlichen Todes. Oder, was noch weitaus schlimmer sein konnte, eine ständige Furcht vor dem Messer des Chirurgen.

Er richtete sich auf, als er Bolithos Stimme hörte: »Halten Sie den Kurs, dann kommen Sie gut voran, Mr. Bellairs.« Er klopfte mit einem Schuh auf die Planken. »Aber das Schiff spürt das zusätzliche Gewicht der Ausrüstung und der Kugeln.« Er drehte sich um, um einem fliegenden Fisch nachzublicken, der golden in den letzten Sonnenstrahlen schimmerte. »Ich wage vorauszusagen, daß wir alles benötigen werden.«

Er hätte mit seinem Schiff sprechen können.

Adam konnte fast spüren, wie Bellairs ihn beobachtete. Es war seltsam: Als er noch ein Leutnant gewesen war, hatte er sich niemals vorstellen können, daß auch ein Kommandant noch jung an Körper und Geist sein mochte. Nur bei seinem Onkel war es anders gewesen. Sie beide waren manchmal für Brüder gehalten worden.

Erst Gibraltar würde Gewißheit bringen. Die schwarzen Wolken der Schlacht konnten sich bis dahin schon wieder verzogen haben. So etwas passierte oft genug. Aber bis dahin mußte Adam an die sorgfältig formulierten Worte seiner Befehle denken. Sie enthielten nichts, was man als Kommandant mißverstehen konnte, falls sich eine Gelegenheit dazu bieten sollte. Lord Exmouth war ein Kenner unter den Fregattenkommandanten gewesen. Ihm war jeder denkbare Trick vertraut.

So wie das Schiff, das sie vor zwei Tagen gesichtet hatten, als sie Kap Finisterre passiert hatten. Er hatte Sullivan nach oben geschickt und war ihm mit einem Teleskop nachgeklettert, als ob ihn eine unbekannte Macht dazu getrieben hätte.

Es war ein großes Schiff gewesen, eine Bark – soweit man es aus der Ferne beurteilen konnte. Es hatte ein ziemlich steifer Wind geherrscht, und eine Menge Spritzwasser in der Luft hatte eine einwandfreie Identifizierung unmöglich gemacht. Aber sie hatten das Schiff später wieder in Sicht bekommen, worauf es unverzüglich gewendet hatte. Seine Segel hatten wie rosa Muscheln im Licht der Dämmerung ausgesehen. Hatte man eine genauere Untersuchung durch die *Unrivalled* vermeiden wollen? Cristie hatte zu bedenken gegeben, daß das Schiff vielleicht näher unter Land gegangen war, um in den Hafen von Vigo einzulaufen. Das machte Sinn. Aber Adam konnte das seltsame Schiff nicht vergessen. In diesen Gewässern gab es Hunderte von Schiffen, wahrscheinlich waren es die am dichtesten befahrenen Gewässer dieser Welt. Und sicherlich gab es einige Barken. In jedem Fall waren seine Befehle klar und eindeutig.

Er sagte: »Wie ich hörte, hatten Sie das Glück, während unseres Aufenthalts eine junge Lady kennenzulernen.«

Er bemerkte Bellairs Verwirrung. Wenn volles Tageslicht geherrscht hätte, hätte er sehen können, daß der Mann errötete.

»Das hier ist ein kleines Schiff, denken Sie immer daran.«

Bellairs erklärte: »Eine Freundin meiner Schwester, Sir.« Er kam ins Stocken. »Sie kann noch keine siebzehn Jahre alt sein.«

»Ich verstehe.« Adam ging zur Reling hinüber und starrte auf die Boote, die auf ihren Knacken standen. Bellairs war gerade neunzehn. Während ich ... An dieser Stelle hörte er auf, weiterzudenken. Sie waren auf See, das war alles, was zählte.

Er sagte: »Die Zeit wird schnell vergehen. Sie werden schnell spüren, ob Ihre Gefühle stark genug sind, um das Leben zu ertragen, das wir führen.« Er ging zwei Schritte zur Seite, ärgerlich darüber, daß er Ratschläge weder erteilen noch anbieten konnte. Er schnarrte: »Ich habe dem Logbuch entnommen, daß morgen zwei Männer zur Bestrafung anstehen?« Es war, als hätte man eine Schnur durchschnitten, sie waren wieder sicher in ihrer geordneten Welt.

»Jawohl, Sir. Der eine wegen Trunkenheit.« Es war jetzt zu dunkel, um Bellairs Gesichtsausdruck zu sehen, aber Adam wußte, daß er die Stirn runzelte. »Craigie. Der andere ist Lucas, Toppgast im Großtopp. Er hat einen Deckoffizier bedroht.« Diesmal folgte kein Zögern. »Mr. Midshipman Sandell.«

»Ich werde unmittelbar mit dem Ersten Offizier den Fall besprechen. Das ist äußerst unerfreulich.« Er seufzte. Es würde noch mindestens zwei weitere Jahre dauern, bevor Sandell auch nur im entferntesten daran denken konnte, zum Leutnant befördert zu werden. Er war das, was Luke Jago einen faulen Apfel nannte. Und Adam hörte seinen Onkel sagen, daß einer davon genüge ... Er sagte plötzlich: »Wir sollten den Kurs um zwei Striche ändern, Mr. Bellairs. Ich fürchte, daß der Wind etwas raumt.«

Mit halbem Ohr hörte er auf das Trappeln der Füße, dem Schrillen der Pfeifen, als immer mehr Männer an die

Brassen und Schoten rannten. Das mochte ihnen einen zusätzlichen Knoten Fahrt einbringen. Zumindest würde ihm das Lowennas Gesicht vor den Augen fernhalten. Die Vorstellung ihres Körpers, der von der schmutzigen Leinwand umrahmt wurde. Deren imaginären Felsen. Ihre Augen, die so dunkel waren, so abweisend und ihn gleichzeitig herausforderten. Sie war anders als das Mädchen in der Kirche in ihrer Freude über die Rose, die auf dem Porträt erscheinen würde. Er berührte seinen leeren Gürtel. Der Degen!

»Kurs Südwest! Anluven!«

Blöcke quietschen, Männer rissen an Leinen und schossen sie auf, bevor sich die Füße eines Seemanns darin verfangen konnten. Sogar die neuen Männer arbeiteten wie Veteranen. Adam ging zu den leeren Finknetzen hinüber und wartete darauf, daß sich das Deck wieder aufrichtete. Schwach konnte er die nackten Schultern der schönen Galionsfigur erkennen, die nur für einen Augenblick aus der Dunkelheit auftauchte, als *Unrivalleds* Bug in ein tiefes Wellental eintauchte und eine große Wolke von Spritzwasser in die Höhe schießen ließ.

Wie das Mädchen am Felsen. Hilflos und in Not.

Er hörte, daß Bellairs etwas sagte und dann alle auflachten, irgendwie sorglos, trotz des Chors aus dem Rauschen der See und dem Schlagen der Segel.

»Kurs liegt an, Sir! Südwest und voll und bei!«

Adam hob bestätigend eine Hand in Bellairs Richtung und ging zum Niedergang. Die erste Wache konnte zur Ruhe kommen, ohne daß ihr Herr und Meister ihr ständig auf die Finger schaute. Er stieg die Treppe hinunter und spürte, wie sich das Schiff um ihn herum schloß. Der Posten der Seesoldaten nahm Haltung an, als Adam vorbeiging, und Napier hielt die Tür auf, so als ob er schon auf seine Schritte auf der Treppe gelauscht hätte. Alles war, wie es sein sollte, und ein erdrückender Stapel von

Briefen und Befehlen, die in Yovells schwungvoller Handschrift geschrieben waren, wartete auf seine Unterschrift.

Er blickte auf die schrägen Heckfenster, die eine Seite lag in der Dunkelheit, Spritzwasser besprenkelte das dicke Glas wie Schreckgespenster, die andere Seite leuchtete wie dunkles Kupfer durch die letzten Sonnenstrahlen am westlichen Horizont.

Und er war durch seine Befehle gebunden, festgemacht an den Schürzenbändern der Flotte.

Napier fragte: »Darf ich Ihnen Ihre Mahlzeit servieren, Sir?«

Adam starrte ihn an. Er wußte, wie dem Jungen zumute gewesen sein mußte, als man ihn in Falmouth so herzlich aufgenommen hatte, als ob er zur Familie gehörte.

»Nicht zu viel, David. Ich hätte gerne Cognac, während ich diesen kleinen Berg Papier da unterzeichne.«

Er sah den Jungen lächeln und eilig in der Pantry verschwinden. Warum war es so einfach, anderen zu helfen, während man selbst unfähig war, seine eigenen Lebensgeister zu beflügeln? Morgen mochten die Dinge anders aussehen. Die Ansteuerung von Gibraltar, die Formalitäten, die neuen Befehle, falls es denn welche gab ...

Bellairs würde an das Mädchen denken, das er in Plymouth kennengelernt hatte. Napier mochte immer noch das Gelächter und die anfeuernden Rufe nach seinem ersten Ritt auf dem neuen Pony im Ohr haben.

Die Männer waren inzwischen von der Arbeit weggepfiffen worden, und das Schiff war ungewöhnlich ruhig. Über Adams Kopf achteten die Wachgänger auf den Kurs und das Verhalten des Windes, und in der Offiziersmesse waren sicher noch einige wach genug, um Karten zu spielen oder einen unbeendeten Brief an die Ehefrau oder eine Geliebte, die irgendwo wartete, weiterzuschreiben.

Er gähnte und nippte an dem Glas, das Napier neben ihn gestellt hatte, bevor er leise in die Pantry zurückgekehrt war. Und morgen würde er mit Galbraith über das Bestrafungsbuch reden. Er blickte auf den Schreibtisch und stellte sich die Rose vor, die in dem kleinen Tagebuch gepreßt wurde. Es war wenig genug. Er sah Napier zu, der den Tisch für ihn deckte, ein Teller klapperte plötzlich im Gleichtakt mit dem Ruderblatt, als der Kiel wieder in ein langes Wellental schnitt. Er ging zu einem anderen Stuhl und betrachtete den geschmackvoll gedeckten Tisch. Die Tatsache, daß man Kommandant war, hielt einen automatisch aus dem normalen Tagesablauf des Schiffes heraus: vom Wachegehen, und von den alltäglichen Arbeiten am Rumpf und im Rigg. Außerdem war man nicht an die üblichen Essens- und Schlafenszeiten gebunden.

Das sorgfältig vorbereitete Mahl bestand aus mehreren Scheiben fetten Schweinefleischs, die mit einer Panade aus Brotkrümeln braun geröstet worden waren. Das muß der Rest der Brotlaibe sein, überlegte er. Von jetzt an würde eisenharter Schiffszwieback auf dem Speiseplan stehen. Und da war noch eine Flasche Rotwein. Er sah Napier an und lächelte: »Du meinst es gut mit mir, David, dafür bekommst du verdammt wenige dankbare Worte.«

Der Junge goß etwas Wein ein, dabei legte er wie üblich seine Stirn leicht in Falten. Er antwortete einfach: »Es ist das, was ich gerne mache, Sir.«

Er ging zurück in die Pantry, und Adam stellte fest, daß er wieder humpelte. Nicht stark, aber er beschloß, mit dem Schiffsarzt darüber zu sprechen.

Später, als Napier zurückkam, um den Tisch abzuräumen, fand er den Kapitän in dem einzigen tiefen Sessel schlafend vor, die Beine weit von sich gestreckt. Er trug das Tablett zurück in die Pantry, dabei hielt er gelegentlich inne, um den heftigen Sprüngen des Decks Rechnung zu tragen. Dann schloß er die Blende von einer der Laternen und stellte sich wieder neben den Sessel, unsicher, aber charakteristisch entschlossen. Mit zwei Fingern löste er das Halstuch des schlummernden Kommandanten, dabei hielt er den Atem an und wartete eine Sekunde ab.

Der Kapitän riß die Augen weit auf und starrte ihn durchdringend an, packte sein Handgelenk, hielt es fest, aber er sagte nichts.

Napier wartete geduldig. Er wußte, daß der Kommandant noch immer schlief. Es war wichtig, daß es dabei blieb.

Er löste seine Hand und zog sich zurück. Er war zufrieden.

Als Adam schließlich erwachte, benötigte er ein paar Sekunden, um seine Gedanken wieder zu sammeln. Er hatte den Instinkt eines jeden Seemanns, für die Bewegungen des Schiffes, ungeachtet welche Stunde des Tages oder der Nacht es gerade sein mochte.

Zuviel Cognac oder Rotwein? Jedenfalls hatte er einen schlechten Geschmack im Mund. Es war keins von beiden. Er hatte seit dem Auslaufen von Plymouth kaum geschlafen, und jetzt … Er blickte auf die teilweise abgedunkelte Laterne und den abgeräumten leeren Tisch. Es war noch immer dunkel, aber die Geräusche über seinem Kopf hatten sich verändert. Er setzte sich ruckartig senkrecht auf, erfühlte sich den Weg. Es mußte gegen acht Glasen sein. Die Morgenwache übernahm.

Er hatte geträumt. Er faßte an sein Halstuch. In seinem Traum war Lowenna hiergewesen – hier bei ihm. Er sah die Gestalt, die sich undeutlich gegen die weiße Farbe des Schotts abhob. Er strich sich mit den Fingern durch sein ungebändigtes Haar. »Sie hätten mich purren müssen, Mann.«

Luke Jago stand auf und sah ihn an. »Das würde ich

auch jeden Augenblick gemacht haben. Ich dachte gerade, daß ich zu Ihnen gehen sollte.«

Adam war jetzt hellwach. Wie bei den vielen anderen Gelegenheiten – wie so oft, so oft … Es war wie der Instinkt eines Fuchses vor der drohenden Gefahr. Sogar seine Stimme klang klar und scharf.

»Was gibt es? Ärger?«

Jago drehte den Kopf und blickte auf das geschlossenen Skylight, als ob er Verletzungen der Ordnung und Disziplin vor sich sehen würde. Schließlich sagte er: »Mr. Sandell ist vermißt, Sir.«

Adam sprang auf die Füße. »Sind Sie sicher?« In seinem Kopf gingen sämtliche Alarmlampen an. Galbraith hatte die Mittelwache. Er wollte sie partout keinem anderen überlassen.

Jago erwiderte: »Wir haben das ganze Schiff abgesucht, Sir.«

Napier war jetzt auch da und hielt eine Schüssel mit Wasser bereit. Adam wischte sich das Gesicht und den Nacken mit einem Lappen ab und überlegte. Sandell war auf Galbraith's Wache. Die Nacht war verhältnismäßig ruhig gewesen, mit Ausnahme von dem stetigen Wind. Ein Mann, der nichts zu tun hatte, konnte nicht an Deck kommen, ohne daß ihn einer der Wachgänger sah. Ein Unfall? Das hätte auch jemand beobachtet.

Er kniff die Augen zu, als Jago die Laterne aufblendete. Das erste Tageslicht würde bald zu sehen sein, das Schiff erwachte für einen neuen Tag.

Jago hob eine Hand, als jemand etwas rief, die Stimme wurde vom Wind verweht. Dann konstatierte er lakonisch: »Sie haben ihn nicht gefunden, Sir.«

Adam sah ihn an. Niemand konnte Sandell leiden, einige haßten ihn. Er hätte ihn niemals für sein Schiff aussuchen dürfen. Er konnte sich lebhaft vorstellen, was Jago vermutete. Er drehte sich um und blickte zur Tür, denn er hörte Galbraith's vertraute schwere Schritte. Die Verantwortung kannte keine Ruhepause, sie war immer hier in dieser Kabine.

Er hörte den Posten mit seinen Stiefeln vor der Tür aufstampfen.

Akzeptiere es. Es war Mord!

Leutnant Galbraith schritt nach achtern, seine Schuhe klebten beinahe auf dem Deck fest, denn die Sonne weichte die kalfaterten Nähte der Decksplanken auf, während die Strahlen auf das verankerte Schiff niederbrannten. Es war eine lange und scheußlich langsame Ansteuerung auf die Reede gewesen, als ob die majestätische Anwesenheit des Felsens den Wind daran hinderte, seinen Dienst zu tun. Er preßte seine Augen gegen den reflektierenden Sonnenschein, um die anderen verankerten Schiffe anzuschauen. Das Wachboot, das mit gekreuzten Riemen gewartet hatte, um ihnen den Ankerplatz am Ende ihrer Reise anzuweisen, rollte langsam über sein eigenes Spiegelbild.

Er blickte auf die Befestigungen und Batterien, die wie ein Stück des Felsens selbst aussahen, eine Flagge hing schlaff und lustlos auf einer der Bastionen. Es gab eine Menge zu tun. Alle Boote mußten ausgesetzt werden, ohne Rücksicht darauf, wie lange der Aufenthalt hier dauern würde. Die Plankennähte, der sonnendurchglühte Rumpf mußten kalfatert werden. Der Kommandant erwartete, daß Windsäcke aufgeriggt wurden, damit etwas frische Luft in die überfüllten Decks gelangte. Galbraith hatte Kommandanten gekannt, die niemals auch nur einen Gedanken daran verschwendet hätten, die sogar bemängelten, daß die ungefügen Segeltuchsäcke das schmucke Aussehen ihres Schiffes verschandelten, ganz gleich welche Unbequemlichkeiten durch sie abgewendet wurden. Aber nicht dieser Kapitän. Die Gig wurde bereits über den Steuerbordlaufgang ausgeschwungen, Jagos Stimme klang dringend und drohend zugleich.

Er sah, wie Leutnant Varlo mit Hastie, dem Profos, sprach, wahrscheinlich erörterten sie eine weitere Durchsuchung. Der Kommandant hatte den Zweiten Leutnant angewiesen, eine letzte Kontrolle durchzuführen, obwohl es unwahrscheinlich war, daß dabei etwas herauskam. Aber Galbraith konnte den Stimmungsumschwung auf dem Schiff spüren, unter den verschiedenen Gruppen der Mannschaft wurde es ganz deutlich. Verstimmung, Verdächtigungen, aber die Ursache saß tiefer.

Für viele Männer sah das Geschehen wie Verrat an etwas sehr Persönlichem aus, sozusagen an dem unsichtbaren Band, das auf einem Kriegsschiff jeden Mann dazu brachte, auf seinen Kumpel zu achten. Die Seeleute hatten nur eine geringe Habe, und ein Dieb, wenn er denn von seinen Kameraden gefaßt wurde, erlitt ein schlimmeres Schicksal, als wenn er nach den Kriegsartikeln abgeurteilt wurde. Und ein Mann, der auf einem Schiff einen anderen tötete, war so etwas wie ein Aussätziger. Midshipman Sandell wurde von niemandem persönlich vermißt, aber die Bedrohung blieb bestehen.

Galbraith sah den Kommandanten an der Heckreling stehen, sein Fernglas war auf die Hauptreede gerichtet. Er bewegte sich nicht, so als ob er sich nicht davon losreißen könnte.

Er berührte grüßend seinen Hut und meldete: »Das Schiff hat eingetörnt, Sir. Die Gig wird zu Wasser gelassen.«

Adam schaute in die Richtung, in die das lange Teleskop zeigte. Ein wenig abseits von den anderen Schiffen und größer als die meisten, war ihm das Schiff schon während der letzten zwei Kabellängen aufgefallen, noch bevor der Anker gefallen war und das Ankerkabel langsam die Kraft aufnahm.

Es handelte sich um ein Wohnschiff. So wurden Schiffe genannt, die hauptsächlich dazu benutzt wurden, um Offizieren und Personal auf der Durchreise zu anderen Einsatzgebieten als zeitweise Unterkunft zu dienen. Es hatte keine Masten, und der größte Teil des Decks lag im Schatten von schützenden Sonnensegeln, die Geschützpforten waren leer und geöffnet, um der leichten ablandigen Brise freien Zugang zu geben. Es war anscheinend eine gewöhnliche Hulk. Als er dasselbe Schiff das letzte Mal gesehen hatte, hatte die Flagge eines Admirals im Masttopp des Großmasts geweht. *War das erst ein Jahr her?* Sogar jetzt noch war ihr »Zuckerbäckerwerk«, die überreichen Schnitzereien an Bug und Heck, vergoldet und glänzte hell in der Sonne, und sein Name, *Forbisher,* war Adam vertraut. Auch dem Mann an seiner Seite.

Adam sagte rauh: »War das alles, was Sie finden konnten, Leigh?« Er schob das Glas mit einem lauten Knakken zusammen und sah ihm direkt in die Augen. »Ich bin mit dem alten Bootssteuerer meines Onkels zusammengetroffen, als ich ihn Falmouth war.« Er blickte wieder zu dem Schiff hinüber, aber Galbraith wußte, daß er etwas anderes sah. »Ich bin nur dankbar dafür, daß John Allday heute nicht hier ist, um *das* ansehen zu müssen!« Er schien sich selbst mit großer Anstrengung zusammenzureißen. »Ich werde sofort an Land gehen. In der Zwischenzeit sollte Mr. Tregillis vielleicht seine Geldbörse öffnen und versuchen, frisches Brot zu besorgen. In der Garnison sollten wir die besten Chancen haben.«

»Ich werde mich darum kümmern, Sir.« Galbraith blickte nach unten, überrascht darüber, daß Bolitho seinen Arm packte.

»Was meinen *Sie,* was mit Mr. Midshipman Sandell passiert ist?«

»Lucas, der Toppmatrose des Großmasts, hat zwar Drohungen gegen ihn ausgestoßen, bestreitet aber jede

Kenntnis von dem Vorfall, Sir. Und wie die Dinge liegen, Sir, war er während der fraglichen Wache in der Obhut des Profos – in Eisen.« Bitter fügte er hinzu: »Während meiner Wache.«

Adam löste den Griff und starrte zu dem hochaufragenden Felsen hinüber. Über dem Gipfel hing eine tiefe Wolke oder Dunst. Cristie hatte geäußert, daß das ein gutes Zeichen für günstigen Wind für die Rückreise sein könnte.

Varlo schien seine Untersuchungen zu genießen, er hatte sogar Skizzen angefertigt, wo sich jeder Mann in der vermutlich letzten halben Stunde von Mr. Sandells Leben hätte befinden müssen, falls die Zeit, die er ausgerechnet hatte, zutraf. Am zweiten Achtzehnpfünder auf der Steuerbordseite fehlten zwei Kugeln der Bereitschaftsmunition, wie man entdeckt hatte. Die reichten aus, um einen Körper sehr schnell in die Tiefe zu schicken, noch ehe der Kiel des Schiffes ihn ganz passiert hatte. Und vorne, ganz in der Nähe der geräuschvollen Bugwelle, wäre auch kaum etwas zu hören gewesen.

Sandell hatte alle Anzeichen geliefert, daß aus ihm ein widerlicher Tyrann geworden wäre, wenn man ihm die Gelegenheit dazu gegeben hätte. Aber es hätte auch jemand anderen treffen können.

Die Männer sprachen nie darüber, doch die Angst war immer da. Wenn man sich vorstellte, daß das Schlimmste passierte und man nicht in einem Flottenverband segelte, dann standen nur die Achterdeckswache und die dünne Reihe der Seesoldaten zwischen dem Kommandanten und einer Meuterei.

Adam sah Jago oben auf der Treppe zum Achterdeck, seine dunklen Züge waren ausdruckslos. Er wartete.

»Ich will, daß die beiden Bestrafungen niedergeschlagen werden. Einer der Männer war betrunken, und Sie wissen aus Erfahrung, daß das Auspeitschen keinen

Trunkenbold kuriert. Und was Lucas angeht, so ist er ein guter Mann. Erinnern Sie sich daran, wie er am Anfang unseres Einsatzes die beiden Neulinge davor bewahrt hat, auf das Deck hinunterzustürzen? Er ist ein guter Seemann mit Übersicht und Mut, und ich will nicht, daß er ohne einen echten Beweis gebrochen wird.«

»Sandells Familie verfügt über erheblichen Einfluß, glaube ich zu wissen, Sir.«

Adam blickte wieder zur *Forbisher* hinüber. »Sie werden die Wahrheit erfahren – sobald ich sie weiß.«

Er ging zur Reling und stellte sich neben seinen Bootssteuerer. »Ehrenwache antreten! Oberdeck! Achtung!«

Rist, der Steuermannsmaat, stand genauso still wie die anderen Männer auf dem Deck auch, als der Kommandant schnell vorüberging, um seine Gig zu besteigen.

Er sagte: »Was meinen Sie, ist Mr. Sandell zu den Haien gefahren?«

Cristie hörte das und sagte leise: »Wenn ich ein Hai wäre, dann würde ich den kleinen Hundesohn angeekelt wieder an Deck zurückwerfen!«

Rist zwang sich zu einem Lächeln, wandte sich aber ab, als die Pfeifen wieder zwitscherten und die Arbeit fortgesetzt wurde.

Der Vorfall würde zwar bald wieder vergessen sein, aber alle würden daran denken, doch keiner würde es zugeben. Midshipman Sandell stellte mit seiner Arroganz und abstoßenden Grausamkeit für niemanden einen Verlust dar. Die Flotte wuchs wieder, das hatte man mit eigenen Augen in Plymouth sehen können, und auch hier im Schatten des Felsens lagen mehr Schiffe als bei ihrem letzten Besuch. Der große Abbau war vorüber. Jedenfalls fürs erste. Rist war nicht mehr jung, aber jung genug für eine Beförderung, wenn er etwas Glück hatte. Er konnte Segelmeister und Navigator wie zum Beispiel der alte Cristie werden, oder auch ein eigenes Kommando auf einem eigenen Schiffchen erhalten, so klein es auch sein mochte. Er mußte nur den richtigen Zeitpunkt abwarten und seine Chance nutzen.

Er beobachtete, wie der Erste Leutnant mit Partridge, dem Bootsmann, sprach. Er mochte und respektierte Galbraith, außerdem vertraute er ihm.

Rist überdachte das Problem zum hundersten Mal. Wie lange würde das so bleiben, wenn er gestand, daß er den Mord beobachtet hatte?

Er mußte in den Kartenraum hinuntergehen. Es hatte wirklich keinen Zweck, immer wieder darüber nachzudenken. Er spürte das neue Vergrößerungsglas, das der junge Ede für ihn angefertigt hatte. *Denke zuerst an dich.* Aber es wollte ihm nicht aus dem Kopf gehen.

Luke Jago drückte seinen Hintern gegen den massiven Steinpoller und bohrte mit einem Stück Walbein in seinen Zähnen. Der Stein war immer noch warm, aber wenn er über das schwarze, ruhig atmende Wasser sah, blinkten auf einigen der Schiffe schon die ersten Laternen. Sie wirkten wie die Glühwürmchen zu Hause in Dover.

Die Crew der Gig war ganz in der Nähe, wo er ein wachsames Auge auf die Männer halten konnte, falls einer von ihnen noch in letzter Sekunde die Gelegenheit zum Desertieren nutzen wollte. Aber er mußte zugeben, daß die Männer zu einer ziemlich verläßlichen Bootsmannschaft zusammengewachsen waren. Er hörte, wie jemand Steine in das Hafenbecken stieß. Es war Midshipman Deighton, der seinen Anteil an diesem Job leistete. Er war jetzt ein »junger Gentleman«, und eines Tages würde er Leutnant sein und vielleicht auch so ein aufgestiegener Sklaventreiber. Aber er mußte sich eingestehen, daß er ihn mochte, ihn verband etwas mit ihm, was selbst sein sonst so heller Verstand nicht definieren oder akzeptieren konnte. Der Midshipman war immer bereit zu lernen und zuzuhören und spielte seinen Rang noch nicht mal gegen den jüngsten Decksjungen aus. Aber irgendwie ging es sogar noch tiefer. So wie die Tatsache, daß Jago dabeigewesen war, als Deightons Vater gestorben war. Niedergeschossen von einem seiner eigenen Männer. Natürlich sprach niemand jemals davon. Noch nicht einmal der Kapitän. Er mußte an den vermißten Midshipman denken. San*dell,* wie er immer betont hatte. Auch darüber sprach kaum jemand. Deighton war davon sicher berührt, obwohl er den anderen Midshipman niemals gemocht hatte. Es war, als würde sich ein Gespenst durch die Decks bewegen.

Kapitän Bolitho war den größten Teil des Tages in offizieller Mission an Land gewesen, aber er hatte ihm eine Nachricht durch einen Melder geschickt, daß die Gig nicht benötigt wurde.

Er beobachte die vorbeidrängende Menge, es war immer dasselbe am Felsen. Noch vor ein paar Jahren konnte man sich die Dons auf der anderen Seite der Bucht in Algeciras vorstellen, wie sie darauf warteten, die hier ein- und auslaufenden Schiffe auszuspionieren, um dann einen schnellen Reiter mit der Botschaft loszujagen. *Von wo? Wohin bestimmt? Der Feind.* Jetzt lagen Schiffe mit einem halben Dutzend verschiedener Flaggen auf der Reede. Er konnte sich nur zu gut an die Zeiten erinnern, als es da nur eine gegeben hatte. Alles andere war der Feind.

Aber sie machten kein großes Geheimnis aus ihrer Anwesenheit hier. Er hatte den Ersten Leutnant zu Bellairs sagen hören: »Warum gerade die *Unrivalled*? Jeder schnelle Schoner oder jede Kurierbrigg hätte das erledigen können. Die machen so etwas jeden Tag, so oder so.«

Er unterdrückte in der untergehenden Sonne ein Lächeln. Zwei Matrosen von einem anderen Schiff hatten die Gig betrachtet und sich erkundigt, zu welchem Schiff sie gehörte.

Als er es ihnen gesagt hatte, hatte einer ausgerufen: »Das ist das Schiff von Kapitän Bolitho, Macker!«

Jago hatte ein Gefühl des Stolzes aufsteigen fühlen, das er vorher vielleicht als lächerlich empfunden hätte.

Keiner der beiden Jan Maaten hatte Kapitän Bolitho jemals zu Gesicht bekommen. Aber der Name reichte völlig aus. Deighton stand auf und klopfte sich die weißen Hosen ab. »Der Kommandant kommt.«

Jago stemmte sich von dem Poller in die Höhe und spuckte den Zahnstocher in das Wasser. Deighton hatte ihn zuerst gesehen. *Wahrscheinlich werde ich alt.* Er konnte Ungeduld spüren, sogar Ärger, als der Kapitän in das schwankende Boot stieg.

Jago schätzte die Stimmung ab und wagte es: »Wir laufen wieder aus?«

Er sah das nach oben gerichtete Gesicht, die dunklen Augen, darüber den bekannten Dreispitz. Er war diesmal entschieden zu weit gegangen.

Aber Adam antwortete ruhig: »So ist es mein Freund. In Falmouth habe ich von einem Laufburschen gehört, der es zu einem reichen und mächtigen Mann gebracht hat. Hier kannst du einen Kapitän vor dir sehen, der zu einem Laufburschen geworden ist!«

Die Besatzung des Bootes rutschte unruhig auf den Duchten umher. Die Männer teilten das Mißvergnügen, einige ohne den Sinn verstanden zu haben. Midshipman Deightons Hand ruhte auf der Pinne, er lehnte sich vor, um zuzuhören. Sie waren sehr verschieden, aber diese beiden Männer hatten ihm in seinem Leben zur Seite gestanden, als er gedacht hatte, ganz allein zu sein.

Er erinnerte sich an den Tag, als er Kapitän Bolitho zum ersten Mal begegnet war. Adam war freundlich gewesen, aber nicht nur aus reinem Pflichtgefühl, so wie er es von seinem Vater gelernt hatte. Mehr ein Freund. Jemand, der verstand, was andere durchmachten.

»Ablegen! Setzt ab vorne!« Seine Stimme klang selbstbewußt und stark.

Als die Gig in die länger werdenden Schatten gepullt wurde, hätte Midshipman Deighton mit niemandem tauschen mögen.

Jago lächelte und lehnte sich zurück, um dem regelmäßigen Auf und Ab der Blätter zuzusehen. Einmal sah er, daß der Kapitän sich umdrehte, um einen Blick auf die große Hulk zu werfen, die er bei ihrer Ankunft gesehen hatte. Das letzte Mal hatte Admiral Lord Rhodes der *Unrivalled* befohlen, auf Position zu bleiben, die Verfolgung der übergelaufenen Fregatte aufzugeben. Der Kommandant hatte den Befehl ignoriert. Und zusammen hatten sie an jenem Tag gesiegt.

Aber in seinem Herzen wußte Jago, daß der Kapitän die vermurte Hulk und ihren leeren Rumpf so sah, wie sie einstmals gewesen war: als das stolze Flaggschiff seines Onkels.

Er sah, wie Adam den Hut abnahm und ihn vor seine Brust hielt, und war überrascht, daß ihn das so tief berührte.

Und trotzdem, selbst darüber hinaus spürte er noch etwas anderes. Es war wie eine Warnung.

Es war der Geruch der Gefahr.

Zwei Tage nach dem Auslaufen aus Gibraltar lief die *Unrivalled* nach Norden, nachdem sie sich gut frei von Kap St. Vincent gehalten hatte, um genügend Seeraum zu finden. Wie zu erwarten gewesen war, hatte sich Cristies Prophezeiung bezüglich des Windes als richtig erwiesen. Innerhalb einer Stunde nach Verlassen der Straße von Gibraltar war der Felsen in dickem Dunst verschwunden, wahrscheinlich regnete es im Landesinneren. Jetzt segelten sie hart angebraßt auf Backbordbug und legten sich trotz der gerefften Marssegel weit über. Die Fregatte wurde ständig von donnernden Brechern überschwemmt, die krachend über die Luvseite einstiegen. Jede Bewegung auf Deck war lebensgefährlich.

In der frühen Morgendämmerung hatte der Ausguck im Masttopp ein Segel direkt im Norden gemeldet, aber bei solch schlechter Sicht war eine eindeutige Identifizierung schlicht unmöglich. Während sie vorwärtstaumelten, sich gegen den Wind vorankämpften, der zeitweise von querab einzufallen schien, waren die meisten der Männer, besonders die alten Fahrensleute, froh, daß sie gut frei vom Land waren.

Adam kletterte auf das Achterdeck, als die Vormittagswache die durchnäßten und erschöpften Matrosen ablöste, die unter diesen Umständen nicht damit rechnen konnten, etwas Warmes in den Leib zu bekommen, bevor sie wieder zum Trimmen oder Reffen des harten, salzverkrusteten Segeltuchs an Deck gerufen wurden. Aber Rum konnte Wunder wirken. Er hatte sogar gehört, wie zwei der Abgelösten einen Witz machten, als sie sich ihren Weg hinunter suchten. Ohne Zweifel fragten sie sich, was diese ganze Hetze zu bedeuten hatte.

Das fragte sich Adam auch. Er hatte ein Treffen mit dem diensttuenden Kapitän zur See gehabt, da der Flaggoffizier der Station anderweitig verhindert gewesen war. Der Mann war auf einem der holländischen Schiffe eingeladen, die zu Gast waren. Wie lange würde es dauern, bis man diesen Wechsel akzeptiert hatte? Aus ehemaligen Feinden waren wirklich über Nacht Freunde geworden?

Der Kapitän hatte ihm mitgeteilt, daß die Information, die mit der *Unrivalled* auf die Reise ging, für Lord Exmouth sehr nützlich und wichtig sein würde. Er hatte nicht gesagt, daß sie lebenswichtig war.

Wie es schien, hatte sich nichts verändert. Mehrere kleine Schiffe waren von algerischen Piraten angegriffen, ihre Besatzungen waren als Gefangene in die Festung des

Dey verschleppt worden. Außerdem gab es Berichte, daß unschuldige Fischer durch türkische Soldaten in Bona abgeschlachtet worden waren. Das war ein Hafen, an den sich Adam gut erinnerte.

Die Dokumente und Depeschen waren jetzt in der Kassette verschlossen, die ständig zu bewachen war, wie der diensttuende Kapitän ausdrücklich betont hatte.

Adam straffte sich, als sein Kopf und die Schultern aus dem Niedergang auftauchten, und sein Haar wehte ungehindert im Wind aus, als er abwartete, daß sich das Deck wieder aufrichtete. Bellairs begrüßte ihn, die Augen waren vom salzigen Spritzwasser und dem Wind gerötet.

»Kurs liegt an, Sir! Nord-zu-West!«

Adam packte die Reling und spürte, wie das Schiff wieder rollte und stampfte, wie ein Vollblut, das sich gegen seinen Zügel wehrt. Trotz seiner Müdigkeit besuchte er regelmäßig diesen windgepeitschten Ort seines Kommandos. Dabei spürte er immer noch die alte Erregung. Die Herausforderung: Mann, Schiff, Ozean.

Er blickte über das Oberdeck hinweg, nahm die hart angebraßten Rahen wahr, das Spritzwasser tropfte von den straffgespannten geblähten Segeln wie eisige Kugeln. Er war zufrieden, daß alles an seinem vorgesehenen Platz war, das stehende und laufende Gut nahm die Kräfte auf, die Boote waren in den Knacken fest gelascht. Bei dieser See bedurfte es jetzt eigentlich nur noch eines Gefechts, um die Bescherung vollkommen zu machen …

Er sah, wie das Wasser auf Höhe der Geschütze auf der Leeseite kochte, sah ein paar gekrümmte Gestalten Handläufe packen, bis die Miniaturgezeitenwoge wieder abgelaufen war. Dann würde es an die nächste Aufgage gehen, wahrscheinlich war irgendein gebrochener Tampen zu spleißen oder ein Segeltuch zu reparieren.

»An Deck! Segel an Steuerbord voraus!« Es mußte eine augenblickliche Beruhigung eingetreten sein, als der Ausguck sich wieder meldete: »Zwei Segel, Sir!«

Bellairs wischte sein klatschnasses Gesicht mit dem Ärmel ab. »Unsere beiden Kollegen von gestern, Sir?«

»Vielleicht.« Adam blickte zu den schwankenden Toppen hinauf und versuchte, sich die *Unrivalled* vorzustellen, wie sie von dem Ausguck auf dem anderen Schiff wahrgenommen werden würde. Wer immer das war, jedenfalls lief er nicht davon oder versuchte, ein Zusammentreffen zu vermeiden. Das war üblich genug, wenn die Skipper wußten, daß ein Kriegsschiff in der Nähe war, ganz gleich ob ihre Geschäfte gesetzestreu waren oder nicht. Sie hatten die Preßgangs noch lange nicht vergessen.

Er dachte an die holländischen Schiffe, die er in Gibraltar gesehen hatte. Gehörten sie zu Exmouth' Plan? Oder war es purer Zufall gewesen?

Adam sah, wie ein Mann in die Großwanten aufenterte, Finger und Zehen krallten sich routiniert um die Webeleinen, als sich der Rumpf wieder weit überlegte, so daß es den Anschein hatte, als ob der Mann buchstäblich über den in die Höhe springenden Wellenbergen hängen würde. Er sah, wie sich der Seemann umdrehte und zu ihm hinunterblickte. Es war Lucas, den Sandell eines Angriffs beschuldigt hatte. Es war immer noch schwer vorstellbar, daß ein Offizier einfach verschwunden war. Man würde wahrscheinlich niemals herausfinden, was wirklich passiert war. Adam versuchte, das zu verdrängen.

Irgend jemand wußte natürlich Bescheid.

Er blickte wieder zum Masttopp hinauf. »Mr. Cousens, nehmen Sie Ihr Fernglas und entern Sie bitte auf! Ich wüßte ein Paar zusätzliche scharfe Augen dort oben sehr zu schätzen.«

Cousens grinste. Als Midshipman war er zuständig für

die Signalübermittlung, so wie es Bellairs noch vor gar nicht langer Zeit auch gewesen war. Mit etwas Glück konnte er der nächste an Bord sein, der zum Leutnant befördert wurde. Er wollte sich gut führen, seine Studien gewissenhaft betreiben, aber er hatte auch den Ruf, immer praktikable Scherze auf Lager zu haben. Außerdem hatte er einen guten Kopf bei der Höhenberechnung.

Woodthorpe, der Steuermannsmaat der Wache, erkundigte sich vorsichtig: »Glauben Sie, daß die Schiffe mit uns Kontakt aufnehmen wollen, Sir?«

Adam sah zu, wie der Midshipman stetig an den Wanten in die Höhe kletterte, das große Signalteleskop hing über seiner Schulter wie eine kleine Kanone.

»Wir werden wahrscheinlich bald den Kontakt zu ihnen verlieren.« Er schaute auf den Kompaß und stellte sich die Weite des haiblauen Ozeans vor, die sie von den beiden Schiffen trennte. Die Peilung stand, soweit er das bei dieser unruhigen See beurteilen konnte. Sie lagen also auf konvergierenden Kursen. Da sie in Luv standen, sollten die beiden Schiffe gut vor dem Bug der *Unrivalled* durchlaufen, um dann endgültig im Westen in den Weiten des Ozeans zu verschwinden.

»An Deck! Das führende Schiff ist eine Fregatte, Sir!«

Einige der Matrosen an Deck hielten inne, um zuzuhören. Alles war ihnen recht, um das monotone kreuzbrechende Durchsetzen der Leinen oder das Hämmern der Keile in die richtige Position zu unterbrechen. Adam ging etwas zur Seite von den anderen weg. Ohne hinzusehen, wußte er, daß Cristie an Deck gekommen war. Den alten Salzbuckeln mußte man nie etwas sagen.

Er schluckte und spürte den Geschmack des Sirups, den er über den Schiffszwieback gegossen hatte, dazu hatte er etwas von Napiers starkem Kaffee getrunken. Er hatte den Jungen wegen seines Beines befragt, und Napier hatte geantwortet, daß er sich einen Splitter in den

Fuß eingetreten hatte, ansonsten würde es ganz gut gehen. Irgendwie erinnerte ihn der Junge daran, wie er selbst in diesem Alter gewesen war. Er war auch kein guter Lügner gewesen. Er würde mit dem Schiffsarzt sprechen müssen.

»An Deck! Es ist ein Yankee!«

Irgend jemand brach in ironisch gemeinte Hochrufe aus, und ein Bootsmannsmaat bemerkte trocken: »Haben diese Hurensöhne nicht mal etwas Besseres zu tun?«

Ein Mann lachte.

Adam schaute wieder zum Masttopp hoch, das Spritzwasser lief wie Regen über sein Gesicht. *Komm schon. Komm schon.* Mit dem großen Fernglas sollte Cousens in der Lage sein, das Schiff identifizieren zu können. Aber was machte ein amerikanisches Schiff hier draußen? Vielleicht nahm die amerikanische Regierung jetzt endlich den Kampf gegen die Sklaverei ernst, obwohl sie sich bis jetzt energisch jedem Versuch der Antisklavereipatrouille, die Schiffe in der Nähe bekannter Schlupfwinkel durchsuchen wollte, widersetzt hatte.

Adam nahm das Fernglas aus der Halterung und kletterte in die Luvwanten. Er war sowieso durchgeweicht. Er haßte es, das schwere Ölzeug zu tragen, Wenn man damit ausrutschte und über Bord fiel, dann zog es einen genauso schnell nach unten wie eine Kanonenkugel ...

Er wartete, die geteerten Leinen bissen in seine Haut, als sich der Rumpf wieder überlegte. Die *Unrivalled* mußte auf dem Kamm einer Monsterwelle geritten sein, denn plötzlich konnte er das andere Schiff klar und deutlich erkennen, seine dunklen Segel und den größten Teil seines glänzenden Rumpfes, bevor es wieder in ein Wellental wegkippte. Aber vorher hatte er noch den hellen Farbfleck an der Piek ausmachen können, der wie poliertes Metall glänzte: die *Stars and Stripes.*

Er kletterte wieder hinunter und sah, daß Galbraith

ihn erwartete. Er stellte lakonisch fest: »Eine amerikanische Fregatte.« Sein Blick war trotz des brennenden Spritzwassers fest. »Das andere Fahrzeug ist eine Bark.«

»*Die* Bark?«

»Könnte sein. In diesem Fall ...«

»An Deck! Das andere Schiff ist eine Prise ... Es führt dieselbe Flagge!«

Adam biß sich auf die Lippe. »In diesem Fall wären dann die Amerikaner schneller als wir gewesen. Für dieses Mal.«

Galbraith stellte fest: »Sie halten weiter auf uns zu, Sir.«

Adam wandte sich ab und schritt zur Leeseite. Vielleicht hatte Konteradmiral Herrick einen Bericht über die *Osiris*, den geheimnisvollen Sklavenjäger, bei Ihren Lordschaften abgegeben. Das würde dann Sillitoe weiter involvieren. Er runzelte die Stirn. Und damit auch Catherine. Er stellte sich Herrick wieder vor, wie er an Bord dieses Schiffes gewesen war. Angestrengt, starrköpfig, aber aufrichtig. Für ihn war es unmöglich, einen Verhaltenskodex zu brechen, den hochzuhalten er fast geboren schien. *Sir Richards ältester Freund.*

Er kletterte wieder in die Wanten, dabei hörte er, wie auf der Back zwei Glasen angeschlagen wurden. Er brachte sich in eine erträgliche Position. Eine Stunde war vergangen. Es schien ihm erst wenige Minuten her zu sein, daß er an Deck gekommen war.

Er versuchte es nochmals. Diesmal war die Sicht klarer, und die Fregatte war inzwischen auch schon viel näher, Sie war höchstens noch zwei Meilen entfernt. Ganz vorsichtig schob er das Teleskop etwas weiter. Er knirschte mit den Zähnen, um den beißenden Schmerz in seinem Arm und in der Hüfte zu unterdrücken, der ihn bei jedem Stampfen quälte.

Die *Stars and Stripes* waren jetzt ganz deutlich zu erkennen. Auch Männer konnte er ausmachen, die auf dem Laufgang aufgereiht standen und sich in der Takelage festhielten, um die *Unrivalled* zu beobachten. Langsam bewegte er das Glas weiter. Wahrscheinlich freuten sich die Yankees hämisch. Dann fand er die Bark. Für ihre Größe hatte sie sehr elegante Linien, sie stand dicht seitlich versetzt hinter dem Heck der Fregatte. Und dann sah er ihre Flagge. Sie wehte über einer anderen, die zu einem unordentlichen Knoten zusammengeschnürt worden war, das Zeichen der Aufgabe – der Unterwerfung. Die Prise.

Er sah, daß ein paar der Seeleute von der anderen Fregatte herüberwinkten, sie waren sich also ganz offensichtlich bewußt, daß Ferngläser auf sie gerichtet waren.

Cristie knurrte: »Stolz wie die Pfauen sind diese Herren, nicht wahr?«

Bellairs ließ sich hören: »Der Wind flaut ab, Sir.« Es klang mehr wie eine Frage, denn eine Meldung.

Adam nickte, er war ungeduldig, wollte die Sache beenden. »Lassen Sie *alle Mann* pfeifen! Lassen Sie die Reffs ausschütteln, danach werden wir hart an den Wind gehen!« Er blickte zu Cristie hinüber. »Wir wollen ihnen mal zeigen, wie man das macht.«

Hoch auf seinem luftigen Sitz auf der Saling hörte der Midshipman das dünne verwehte Schrillen der Pfeifen und vermutete, was weit unter seinen baumelnden Füßen passierte. An ein Stag geklammert, beobachtete ihn der Ausguck geduldig, er freute sich darauf, bald wieder allein zu sein. Cousens richtete sein Glas wieder aus. Es fühlte sich in seinen feuchten Händen wie ein Stück Bleiballast an.

Er studierte die Fregatte, dann wischte er sich die Augen, hatte irgendwie das Gefühl, daß er etwas übersehen hätte. Das Bild hatte sich verändert, was eigentlich unmöglich war.

Die winkenden, rufenden Seeleute, geräuschlos und winzig in der Linse, waren verschwunden, und – er konnte es kaum glauben – die *Stars and Stripes* waren ebenfalls fort.

Während er noch hinsah, öffnete sich die Reihe der Geschützpforten, wie von einer Hand gezogen – so schien es jedenfalls. Völlig ungläubig starrte er auf die Geschütze, die in dem harten Licht wie schwarze Zähne wirkten. Er griff nach dem Ausguck und preßte seinen Arm.

»Alarm! Alarm!«

Alles andere wurde ausgelöscht durch das brüllende Röhren der Breitseite und den letzten Schrei, als er in die Tiefe stürzte.

Der älteste Trick der Welt

»Klar Schiff zum Gefecht!«

Noch für einen Augenblick herrschte Chaos, als die Männer aus den Niedergängen an Deck quollen, um den Befehl auszuführen, aber dann teilten sie sich in geordnete Gruppen auf, der lange Drill trug Früchte. Nur einige wenige starrten ungläubig auf die anderen Schiffe.

Adam legte seine Hände an den Mund: »Kursänderung zwei Strich nach Backbord! Steuern Sie Kurs Nordwest-zu-Nord!«

Männer eilten vorbei, um auf ihre Stationen an den Brassen zu gelangen, während sich die Geschützbedienungen um sie herum duckten und nach bekannten Gesichtern schauten, angetrieben zu noch schnellerem Lauf durch das Stakkato des Trommelwirbels der beiden Seesoldaten am Fuß des Großmasts.

Adam packte die Reling fest mit beiden Händen

und beobachtete die andere Fregatte, die offenen Geschützpforten, die plötzliche Drohung der schwarzen Mündungen.

Es war zu spät. Schon zu spät. *Ich hätte es wissen müssen, es vermuten müssen!*

»Recht so, wie sie geht! Neuer Kurs Nordwest-zu-West liegt an, Sir!«

Alles weitere ging in dem rollenden Donner einer Breitseite unter. Vielleicht hatte der gegnerische Kommandant gespürt, daß die *Unrivalled* vorgehabt hatte, mehr Segelfläche zu setzen, und hatte gedacht, daß jetzt seine letzte Chance gekommen war.

Der Feind jagte heran wie eine Windhose, Kugeln jaulten durch die Takelage und stanzten Löcher in die Marssegel und Stagsegel. Der Rumpf erzitterte unter dem Einschlag weiterer Geschosse. Adam sah wieder hin. Einer der Achtzehnpfünder war von seiner Pforte weg nach binnenbords geschleudert worden, ein Mann war unter ihm festgeklemmt, seine Arme reckten sich in die Höhe, als ob er am Ertrinken wäre. Seine unteren Gliedmaßen bewegten sich nicht. Sie würden es auch nie wieder tun.

Zwei weitere Seeleute lagen am Vormast, der eine war von einer Kugel fast in der Mitte zerteilt worden, der andere versuchte sich wegzuziehen. Sich zu verstecken.

Galbraith rief: »Wenn er noch etwas abgewartet hätte, dann hätte er uns die Masten weggeschossen!«

Adam sah das zerschmetterte Teleskop, das über einer der Kanonen zerbrochen war. Dann fiel sein Blick auf Cousens Leichnam. Der Mann war von der Großrah wie eine zerbrochene Puppe an Deck gestürzt, als die anderen an den Brassen gerissen hatten.

Adam spürte, wie sich sein Kummer in Wut verwandelte, glühend heiß und über jedes Maß hinaus. *Sie sind wegen mir gestorben. Nicht wegen irgendwelcher übervorsichtiger Befehle, sondern durch meine Schuld.*

Die Geschütze wurden wieder an der Bordwand der Fregatte ausgerannt, und er versuchte, den Kopf wieder klar zu bekommen. Nicht schnell, aber so schnell wie möglich. Es waren gut gedrillte Männer, die die Kanonen bedienten: Renegaten, Rebellen, wie auch immer man diesen Feind nannte, das spielte jetzt keine Rolle mehr. Die Schiffe lagen immer noch auf konvergierenden Kursen, das zweite Schiff halste immer wieder. Die Fregatte trug achtunddreißig Kanonen, die Bark war vermutlich auch mit Geschützen bewaffnet. Ihr Skipper hatte offensichtlich gehofft, daß die *Unrivalled* wenden, vielleicht sogar voll im Wind liegen bleiben würde. Dann hätte er ihr ungeschütztes Heck eine Zeitlang beharken können.

»Fertig, Sir!«

Adam suchte mit den Augen Varlo in der ersten Geschützdivision. Der Mann stand dort bewegungslos, er hatte seinen Degen gezogen und die Klinge über seine Schulter gelegt, als würde es sich um eine offizielle Inspektion handeln. Einer seiner Stiefel hatte einen blutigen Abdruck auf dem Deck hinterlassen, das Blut stammte von dem Mann unter dem Achtzehnpfünder.

»Wenn Ziel aufgefaßt, Feuer frei!«

Der Zeitpunkt für die Breitseite war gut abgepaßt. Die orangeroten Feuerzungen wanderten durch den dichten Pulverqualm nach achtern. Der Rauch zog durch die Geschützpforten binnenbords und über den Laufgang.

Die andere Fregatte hatte den Windvorteil, da sie aber vom Wind weit auf die Seite gelegt wurde, mußte sie ihre Geschütze mit maximaler Höhenrichtung abfeuern lassen. *Unrivalled* hatte die Auswahl.

Adam wußte, daß der Feind wieder gefeuert hatte. Tauwerk, beschädigte Blöcke fielen herab und bedeckten das Deck zwischen den Geschützbedienungen, die wie die Teufel mit Handspaken und Stopfern hantierten. Falls jetzt entscheidende Teile der *Unrivalled* getroffen wurden, konnte sich das gegnerische Schiff gemütlich in Luv hinlegen und ein Scheibenschießen veranstalten, bis alle an Bord tot waren, die eine Enterung verhindern hätten können. Es würde ein Schlachtfest werden.

Adam packte Midshipman Deightons Arm und zog ihn an die Reling, dann stützte er das Teleskop auf einer Schulter ab. Der Junge starrte ihn an, sein Körper erzitterte unter einer erneuten ungleichmäßigen Salve. Aber seine Augen waren stetig, sie versuchten ihm zu versichern, daß er keine Angst hatte.

Adam bestätigte ihm das, ohne etwas zu sagen, und konzentrierte seinen Blick auf die Fregatte. An deren Piek wehte jetzt eine schwarze Flagge. Mit verrückter Klarheit schossen Adam die Worte des sterbenden abtrünnigen Skippers durch den Kopf, der in der Kabine unter seinen Füßen gelegen hatte: *Im Krieg sind wir alle Söldner.*

Er sah die Schußlöcher in den Segeln, zersplitterte Balken ragten aus der Verschanzung, ein paar leere Geschützpforten. Aber das war nicht genug. Bei weitem nicht genug.

Er wich zurück, als er plötzlich Hände an seiner Taille spürte und dann das Gewicht des Degens an der Hüfte. Es war Jago, sein Gesicht war halb rasiert, der plötzliche Alarm hatte ihn überrascht.

Weitere Kugeln schlugen unten in den Rumpf ein, jede war ein Treffer. Jago streckte seine Hand aus und packte Jagos Arm. Er lächelte nicht und sagte barsch: »Das macht nichts, Sir. Ich beende meine Rasur, sobald wir mit diesem Abschaum fertig sind!«

Adam starrte ihn an, und plötzlich wurde ihm klar, wie dicht er davor gewesen war, zusammenzubrechen und sein Schiff zu verlieren und die Männer, die ihm vertrauten im Stich zu lassen. Männer, die nie die Frage gestellt hatten, warum sie hier waren oder wer als nächster sterben müßte.

»Wir bleiben auf diesem Kurs!«

Er sah, wie Galbraith eine Hand hinter das Ohr legte, um ihn über das Donnern der Kanonen zu verstehen. Die Geschützführer waren durch den Qualm halb blind und konnten den Feind kaum noch erkennen, trotzdem packten sie mit geübten Fingern die Abzugsleinen, noch während die Lafetten nach oben an die Bordwand gezogen wurden.

»Feuer! Auswischen! Laden! Ausrennen! Feuern!«

Falls dieser Ablauf ins Stocken kam, waren sie erledigt.

Ein Bootmannsmaat fiel ohne einen Laut an Deck. Sein Gesicht sah überrascht aus, als könnte er die unziemliche Hast seines Todes nicht akzeptieren.

Die Entfernung hatte sich auf unter eine Meile verringert, beide Schiffe feuerten. Der wirbelnde Geschützqualm verdeckte alles bis auf die Oberrahen und die durchlöcherten Segel der Gegner.

Galbraith rief: »Er ist schwer beschädigt. Sir! Ein Schuß auf zwei von uns, wenn überhaupt!« Er grinste wirklich und winkte mit seinem Hut den Geschützbesatzungen auf dem Achterdeck zu.

Adam marschierte in die Mitte des Achterdecks, seine Beine waren plötzlich wieder in der Lage, ihn zu tragen.

»Dann wird er versuchen, uns zu entern, Leigh!« Er stellte fest, daß er seinen Degen in der Hand hielt. Es war nicht sein eigener, Jago mußte ihn irgend jemandem einfach weggenommen hatte. Es durften keine weiteren Fehler passieren. »Alle Kanonen mit Kugeln doppelt laden und noch Kartätschen obendrauf. Geben Sie den Karronaden vorne Bescheid.« Über die Schulter rief er nach hinten: »Bringen Sie das Schiff einen Strich höher an den Wind, Mr. Cristie – wir wollen niemanden warten lassen!«

Er beobachtete die Toppmaststengen des anderen Schiffes, die sich durch den Pulverqualm bohrten, sah die kleinen, hellen Blitze von den Topps oder Rahen, dort hatten feindliche Scharfschützen die besten Positionen bezogen. Fernab bedeuteten sie anscheinend keine Gefahr, bis man die schweren Bleikugeln in das Deck einschlagen sah, wo sie eine Splitterwolke in die Höhe rissen, als ob ein unsichtbarer Meißel eine Furche gezogen hätte. Und dann noch dieses andere Geräusch. Blei grub sich klatschend in Fleisch, die schmerzerfüllten Schreie eines Mannes ertönten, während er hinab ins Orlopdeck zum Chirurgen gezerrt wurde. Eine Kugel schlug in den großen Kutter wie eine Axt ein. Weitere Männer fielen, als sie von den Splittern wie von Pfeilen niedergemäht wurden.

Adam dachte plötzlich an Napier. *Wie es beim letzten Mal gewesen war.* Als er sich umdrehte, sah er, daß der Junge an Deck kniete und gerade versuchte, den Unterarm eines Marineinfanteristen zu bandagieren. Seine Finger waren rot von Blut, dabei hatte er denselben ernsten Gesichtsausdruck, den er auch zeigte, wenn er das Essen für seinen Kommandanten vorbereitete.

»Bleib unten, David!« Ihre Augen trafen sich, und er meinte ihn antworten zu hören.

Es klang – verrückt genug – wie: »… ein Ponyritt!«

»Fertig, Sir!«

Jeder Geschützführer, der noch dazu in der Lage war, blickte angestrengt nach achtern, die Faust hoch in die Luft gereckt. Galbraith hatte seinen Degen blank gezogen, und die Seesoldaten entlang der mit Hängematten vollgepackten Finknetze hatten schon die Bajonette aufgepflanzt. Auch die Karronaden waren bereit. Fals sie ihn jetzt im Stich ließen …

Adam brüllte: »Haltet stand und nehmt sie, wie sie kommen, Jungs!«

Er sah Gesichter, Augen, die ihn anstarrten. Wild, angsterfüllt, verzweifelt. Er schwang den ungewohnten Degen. »Denkt dran, Jungs! *Keiner ist besser!*«

Mit einem taumelnden Schauder erhoben sich der Bugspriet und der Klüverbaum über der Back wie gigantische Stoßzähne. Adam konnte das Krachen der Musketen hören und Stimmen, die sich mit dem Schaben und Scheuern der Rümpfe aneinander und dem Knallen von Tauwerk zu einer Hymne des Hasses vermischten. Ein gebrochenes Fall schlängelte sich durch die zusammengedrängten Seeleute. Irgendwie hatte sich der Leichnam von Midshipman Cousens darin verfangen, so daß er jetzt wieder in die Höhe gezogen wurde, als ob er nochmals den Befehl ausführen würde, den er, ohne zu fragen, wie die anderen befolgte.

Der Degen sauste herab. »Feuer!«

Vorne am Bug mußten sich die Mündungen schon mit denen des Feindes überlappt haben, die jetzt längsseits hoch aufragten. Auf Kernschußweite hörte sich der Abschuß der mit zwei Kugeln und Kartätschen geladenen Geschütze wie die Explosion eines Schiffes an, das in die Luft gepustet wurde. Dort, wo Seeleute gestanden und mit ihren Waffen gedroht hatten, um auf den Augenblick des Zusammenpralls zu warten, klaffte jetzt ein breiter Streifen rauchendes Wasser. Die Toten und die Sterbenden legten sich nebeneinander zur Ruhe, als die Rümpfe durch eine weitere Umarmung des Windes aneinander längsseits gingen.

Aber ein paar waren das Risiko eingegangen, waren gesprungen und hatten irgendwie einen Halt gefunden, einige sogar bei den rauchenden Karronaden, die das Vordeck des Gegners in ein blutiges Chaos verwandelt hatten.

»Marines! Zum Angriff! Vorwärts!«

Das war Hauptmann Luxmore. Adam konnte ihn durch den Qualm nicht sehen, aber er konnte ihn sich vorstellen. Seine Uniform würde wie immer makellos aussehen.

Adam hörte noch ein anderes Geräusch, das klang wie ein Horn, kaum wie eine Trompete oder Clairon.

Galbraith rief ihm zu: »Sie drücken sich wieder ab, Sir!« Seine Stimme war rauh und voller Unglauben. »Sie hauen ab!«

Adam wirbelte herum. »Setzen Sie Enterhaken ein!« Galbraith starrte ihn an, als könne er es nicht glauben. »Halten Sie sie mit Enterhaken längsseits!«

Aber es war zu spät. Die Rümpfe taumelten bereits wieder auseinander, die Schiffe glichen zwei schwer angeschlagenen Boxern, die zuviel ausgeteilt, aber auch zuviel eingesteckt hatten.

Adam blickte zum Himmel, der jetzt über dem Geschützqualm klar war. Wo war die Bark abgeblieben? Warum verstand Galbraith nicht, was passierte?

Adam spürte eine einzige schwere Explosion und bemerkte nur teilweise, daß sich das Deck hinter ihm in Splitter auflöste. Die Hälfte des doppelten Ruderrades war weggeschossen worden. Einer der Rudergänger klammerte sich noch immer an die Spaken, aber seine Beine und Eingeweide bildeten ein grausiges Muster auf der Beplankung.

Und über alledem ertönte der Ruf des Ausgucks. Er schien von weit her zu kommen.

»An Deck! Segel an Backbord achteraus!«

Adam merkte, daß Jago auf die Knie gegangen war. Und dann kam der Schmerz.

Er hörte sich selbst schreien, es war wie ein glühendes Brandeisen. Er versuchte, sich auf die Seite zu rollen, aber jemand hinderte ihn daran. Aus irgendeinem Grund mußte er an John Allday denken, als sie das letzte Mal zusammengetroffen waren, miteinander gesprochen und sich die Hände gereicht hatten ... Wie es gewesen sein mußte ...

Jetzt war Galbraith bei ihm, sein Blick war besorgt, er

ließ ihn über die Männer gleiten, die um sie herumstanden, als suchte er nach Hilfe.

Adam hörte sich selbst sprechen, unzusammenhängend, von Schmerzen verzerrt. »Sie ... haben ... das ... Gefecht ... wegen ... des ... neuen ... Schiffes ... abgebrochen.« Er hätte beinahe seine Lippe durchgebissen, als der höllische Schmerz ihn wieder packte. »Sonst ...« Er konnte nicht weitersprechen, es bestand auch keine Notwendigkeit dafür.

Der Pulverqualm verzog sich, er hörte, wie die Geschütze trotzdem wieder ausgerannt wurden. Irgend jemand schrie erbärmlich, ein anderer versuchte den Mann zu beruhigen. »Ich bin hier, Ted! Halt jetzt durch!«

Adam drehte den Kopf und sah, daß sich Napier zu ihm herunterbeugte, um ihm die Stirn mit einem Tuch abzuwischen.

Dann Cristies Stimme: »Der Arzt kommt!«

Er versuchte, sich aufzurichten, aber spürte dann, wie das Blut an seiner Seite und an der Hüfte entlanglief.

»Mr. Galbraith.« Er wartete, bis das Gesicht in sein Gesichtsfeld kam. »Bringen Sie das Schiff sicher nach Plymouth. Die Depeschen müssen Lord Exmouth erreichen!«

Galbraith knurrte: »Der Teufel soll diese verdammten Depeschen holen.«

»Wie viele Männer haben wir verloren?« Er packte seinen Ärmel. »Sagen Sie es mir!«

»Acht haben wir gezählt, Sir.«

»Zu viele.« Er schüttelte den Kopf. »Der älteste Trick der Welt, und ich bin darauf reingefallen ...«

Ein Schatten verdunkelte das dunstige blendende Licht. Kleine, starke Hände griffen nach ihm. Die irische Stimme duldete keinen Widerspruch – auch nicht vom Kommandanten.

»Halten Sie still, Sir.« Dann ein scharfer Schmerz,

durchdringend und mitleidlos. »Das war knapp. Ich werde mich jetzt darum kümmern.« Der Schatten bewegte sich weg, und er hörte O'Beirne murmeln: »Der Seesoldat Fisher wurde getötet. Er ließ seine Muskete fallen, als er getroffen zu Boden sank. Sie ging beim Aufprall los, und die Kugel hat das falsche Ziel getroffen.«

Adam spürte, daß ihn Hände anhoben, andere streckten sich ihm entgegen, als wollten sie ihn beruhigen – oder sich selbst.

Galbraith wartete ab, bis die kleine Prozession nach unten verschwunden war, dann blickte er auf die Wunden des Schiffes und die zerfetzten Segel, das trocknende Blut und über das Deck, auf dem Männer gestorben waren. Weitere würden folgen, ehe das Schiff in Plymouth wieder vor Anker ging.

Er überschattete die Augen, um nach den anderen Schiffen zu schauen, aber sie waren schon zu verschwommenen Schemen im Dunst und im treibenden Pulverqualm geworden. Er konnte schon die Hämmer und Sägen hören, und oben im Rigg riefen Männer einander etwas zu, während sie arbeiteten.

Wie kam es, daß der Kapitän gewußt zu haben schien, was passieren würde, sowohl im Augenblick der Wahrheit, als auch dann, als sich die andere Fregatte aus ihrer tödlichen Umklammerung zu befreien versucht hatte? Und was wäre geschehen, wenn der Skipper der Bark bemerkt hätte, daß die Ruderanlage der *Unrivalled* durch einen einzigen Treffer ausgefallen war?

Galbraith nahm eine Mugg mit irgendeinem Inhalt von einem der Stewards der Offiziersmesse entgegen und verschluckte sich fast daran. Es war purer Rum.

Als er den Kommandanten zuerst stolpern und dann auf die Knie hatte stürzen sehen, hatte er sich selbst sprechen gehört. *Lieber Gott, nimm jeden anderen, aber nicht ihn! Bitte! Nicht ihn!* Eine innere Stimme flüsterte, ihm die bittere Wahrheit zu: Weil ich es nicht schaffen kann.

Er starrte auf das Flaggenschapp, das in dem kurzen, aber verzweifelten Kampf umgestürzt war.

»Kümmern Sie sich darum, Mr. Cousens!«

Dann wandte er sich ab, ihm wurde fast schlecht, und er murmelte: »Vergeben Sie mir.«

Aber da war niemand, der ihn hören konnte.

Daniel Yovell betrachtete kritisch die Spitze der neuen Schreibfeder, bevor er sie gegen seinen Daumennagel testete. Hinter der weißgestrichenen Wand hörte er die ständigen Geräusche und Bewegungen der Männer, die damit beschäftigt waren, die Schäden zu beseitigen. Sie schoren neue Leinen ein oder ersetzten Segel, die während des Gefechts durchschossen worden waren.

Es hatte fast den Anschein, daß die Routine niemals unterbrochen worden war, und es war manchmal schwer zu glauben, daß das Gefecht schon seit vier Tagen vorbei war.

Die Arbeit schien fast ein Bedürfnis zu sein, der einzige Weg, auf dem die Seeleute ihren Ärger und ihre Traurigkeit hinter sich lassen konnten. Yovell hatte Männer sterben sehen, und er war dabeigewesen, als sie ihre letzte Reise in die ewig währende Dunkelheit angetreten hatten.

Er blickte über den mit Papieren bedeckten Tisch hinweg auf den Stapel Notizen, mit deren Hilfe der Kommandant seinen Bericht vollendet hatte. Trotz der Verwundung gönnte er sich keine Ruhe.

Sogar O'Beirne schien der Wille und die Entschlossenheit zu irritieren, die Adam ständig anzutreiben schienen.

Er war gerade beim Kapitän in dessen Schlafkabine. Sie ergänzten sich prächtig, dachte Yovell, keiner von beiden war bereit, dem anderen nachzugeben.

Yovell sah, daß Napier an den Heckfenstern stand und

ein paar Möwen beobachtete, die über dem schäumenden Heckwasser der *Unrivalled* hin und her schossen. Ihre scharfen Schreie verklangen in der großen Kabine. Sie war wie ein sicherer Hafen. Abgetrennt vom Rest des Schiffes, trotzdem eng mit ihm verbunden durch das Kommen und Gehen der Offiziere und Melder von den einzelnen Arbeitsabteilungen. Der Kommandant mußte informiert werden.

Yovell dachte über seine eigene Rolle in diesem Stück nach. Er hatte dem Schiffsarzt assistiert, er hatte Männer kennengelernt, die jetzt ausgestreckt auf dem blutbefleckten Tisch litten. Einige starben. Er hatte die Hand eines Seemanns gehalten und für ihn ein Gebet gesprochen. Für die Passagen, die er vergessen hatte, fügte er seine eigenen Worte ein. Und die ganze Zeit über war der Matrose ganz still gewesen und hatte ihn fest angeblickt. Irgendwann hatte ihm O'Beirne die Hand des Mannes entzogen und seinen Assistenten einen Wink gegeben.

»Er ist tot, fürchte ich.«

Das hatte sich fast gefühllos angehört. Wie anders sollte der Arzt sonst auch seine Arbeit machen und aushalten können? Yovell dachte an die vielen Seebegräbnisse, die unheimliche Stille, die sich auf dem Schiff dann ausgebreitet hatte. Es war fast, als ob auch die Toten den Gebeten lauschten.

Anonyme Segeltuchbündel, die man mit Kugeln beschwert hatte, lagen nebeneinander. Name für Name wurde verlesen. Vielleicht erinnerten sich die Kameraden an das eine oder andere Erlebnis mit den Toten.

Kapitän Bolitho hatte darauf bestanden, die Feier persönlich zu halten. Er hatte das alte abgenutzte Gebetbuch in der Hand gehalten, Napier hatte den Hut des Kommandanten gehalten, und Jago hatte bereitgestanden, um ihn zu stützen, falls die Schmerzen zu stark werden würden.

O'Beirne trat in die Kabine und zog seinen Rock wieder an. Yovell hatte aber schon die dunklen Blutflecken auf dem Hemd gesehen. Auch dieser Mann schien keinen Schlaf zu brauchen.

O'Beirne sah, daß Napier ein Glas Brandy eingoß.

»Ein wirklich gut ausgebildeter Junge!« Seine übliche gute Laune war ihm jedoch vergangen. Er sah Yovell an und machte mit einer Hand eine verzweifelte Bewegung. »Können *Sie* nicht irgend etwas dagegen tun? Der Kommandant bringt sich selbst um, wenn er in diesem Tempo weitermacht.« Er schluckte dankbar den Brandy und hielt das Glas zum Nachfüllen hin. »Sobald wir in Plymouth sind, werde ich meine Papiere einreichen und um meine Versetzung ersuchen. Verdammt will ich sein, wenn ich das nicht tue!« Dann grinste er, sehr müde.

Sie wußten beide, daß er natürlich keineswegs die Absicht hatte, die *Unrivalled* zu verlassen.

Yovell erkundigte sich ruhig: »Wie geht es ihm?«

O'Beirne drehte das Glas in einem Sonnenstrahl. »Er hat eine Menge Glück gehabt, würde ich sagen. Die Musketenkugel ist quer über die alte Wunde gefahren, die er sich damals eingefangen hat, als er sein anderes Kommando, die *Anemone*, verlor. Der vollständige Schaden ist noch nicht abzusehen. Ich habe ihn so gut zusammengeflickt, wie es mir unter diesen Umständen möglich war. Ein Zoll weiter«, er schüttelte bedeutsam den Kopf, »und er wäre zusammen mit den armen Teufeln nach außenbords gewandert.« Er schloß die abgenutzte Ledertasche mit einem lauten, schnappenden Geräusch. »Ich gehe jetzt besser, bevor er mich meinen heiligen Eid vergessen läßt!« An der Tür blieb er stehen. »Napier, kommen Sie nachher runter zu mir. Ich möchte mir Ihr Bein ansehen.«

Die Tür schloß sich hinter ihm.

Yovell seufzte. Der Kommandant hatte sogar Zeit gefunden, dem Doktor von der Verletzung des Jungen zu berichten.

Adam Bolitho hörte das Geräusch der zufallenden Tür. Vorsichtig setzte er sich auf die Seekiste und beugte sich vor, um sich selbst im Spiegel zu betrachten. Ruhig und aufmerksam, so als ob er einen Untergegeben ansah, der sich etwas hatte zuschulden kommen lassen. Er war nackt bis zur Hüfte, seine sonnengebräunte Haut kontrastierte scharf zu den frischen Verbänden, die ihm O'-Beirne angelegt hatte. Sie fühlten sich an wie eine enge Weste. Die Wunde pochte, nachdem der Arzt sie untersucht hatte. Die Waschschüssel stand neben der Hängekoje, etwas blutiges Wasser schwappte im Gleichtakt mit dem zitternden Ruderkopf darin.

Adam lauschte, stellte sich das Schiff vor, wie es auf den auffrischenden Wind reagierte. Der war während der Nacht nach Südosten umgesprungen. Er hielt sich seine schmerzende Seite, durchlebte die entscheidenden Sekunden noch einmal. Die Katastrophe war zum Greifen nahe gewesen, dagegen erschien Adam der Tod fast nebensächlich.

Morgen würde die *Unrivalled* vor Ushant stehen, der westlichen Ansteuerung. Dann ging es in den Englischen Kanal.

Adam dachte wieder an die unidentifizierte Bark. Es gab keine Gewißheit, daß es sich um die *Osiris* gehandelt hatte. Die Bark hatte jedenfalls das Signal gegeben, das die Fregatte zum Ablegen veranlaßt hatte, gerade als deren Besatzung dabei gewesen war, die *Unrivalled* zu entern. In der Folge hätte der Skipper der Bark seine eigenen Bewaffnung zum Tragen bringen können. Wäre da nicht völlig unerwartet ein anderes Schiff aufgetaucht, hätte es mit der *Unrivalled* zu Ende gehen können. Das unbekannte Schiff war dann fast sofort wieder außer Sicht gekommen so wie die beiden Angreifer auch. Die

Bark hatte das entscheidende Signal gegeben. Also mußten dort die Autorität und die Intelligenz sitzen, so ein gefährliches Unternehmen zu planen und durchzuführen.

Adam blickte sich in seiner Schlafkammer um. An Deck war es jetzt ruhiger, es mußte zur Pause gepfiffen worden sein, damit sich die Männer von ihren endlosen Anstrengungen erholen konnten. Er dachte an Jago, der neben ihm gestanden hatte. Seine Gesichtszüge waren düster und grimmig gewesen, als sie die Toten beigesetzt hatten. Während des Gefechts und in den darauffolgenden Tagen hatten sie insgesamt vierzehn Männer verloren. Bei einigen stand es noch auf der Kippe, wohin sich die Waagschale neigen würde, aber O'Beirne war hoffnungsvoll. Also vierzehn. Zu viele.

Vor seinem inneren Auge sah er immer noch Midshipman Cousens, wie dieser eilig in die Wanten aufenterte. Das große Teleskop schwang hinten auf seinem Rücken. *So voller Leben.* Und er dachte an einen Bootsmannmaat mit dem Namen Selby. Adam hatte nicht viel von ihm gewußt. Selby war ein (falscher) Name, den sich sein Vater ausgesucht hatte, als er vor der Justiz geflohen war. Der Königliche Seesoldat Fisher, ein alter Haudegen, der im Corps nie befördert wurde, war ein beliebter Mann gewesen, der immer gerne damit angegeben hatte, daß er lange auf dem alten Linienschiff der 3. Klasse *Agamemnon* gedient hatte. Das war Horatio Nelsons letztes Kommando als Kapitän zur See. Er war gestorben, ohne zu erfahren, daß er beinahe seinen Kommandanten erschossen hätte.

Adam merkte, daß er sich wieder die Seite hielt. Vierzehn Männer waren tot! Er stand langsam auf und zog eine Grimasse, als der Schmerz über die Rippen zog. *Und Midshipman Sandell.*

Die Hämmer begannen wieder ihr Werk an Bord. Die Pause war vorbei.

Er sah Napier in der Tür stehen. Er hatte ein sauberes Hemd über dem Arm. Adam lächelte. Er konnte sich kaum noch erinnern, wann er dies das letzte Mal getan hatte.

»Wir gehen an Deck, David. Bist du bereit?«

Napier entfaltete das saubere Hemd und nickte ernst. Er hatte darauf gewartet, genau das zu hören. »Aye, *fertig*, Sir!«

Yovell schaute von seinen Papieren auf, als Adam die Staatskabine betrat. »Mr. Midshipman Deighton war hier. Ich habe ihm gesagt, daß es jetzt nicht passend wäre ...« Er bemerkte die sauberen Kniebundhosen, das frische Hemd.

Adam sagte: »Ich hatte nach ihm geschickt. Ich will ihn zum Midshipman für das Signalwesen machen. Er ist erfahrener als die anderen, außerdem ist er schneidig.« Er hob eine Hand. »Keine Sorge, mein Freund, ich werde sofort mit ihm sprechen. An Deck.«

Yovell schob seine Brille auf die Stirn und schaute auf seine Hände. Sie fühlten sich an, als ob sie zittern würden. Mit Gottes Hilfe konnte er normalerweise seine Gefühle verbergen. Die kleine Schwäche sah ihm gar nicht ähnlich.

Er hörte, wie sich die Tür schloß und das Stampfen des Wachpostens folgte.

Der Kommandant war zurück.

Der Diener des Admirals verrückte den Stuhl ein paar Zentimeter, als wollte er andeuten, daß er für den Besucher ausgewählt worden sei. Adam hatte mitbekommen, daß zwischen Lord Exmouth und seinem persönlichen Diener nur wenig gesprochen wurde. Vielleicht waren sie schon seit so vielen Jahren zusammen, daß Anweisungen nicht mehr nötig waren.

Adam ließ sich vorsichtig auf den Stuhl sinken. Er befürchtete, daß der Schmerz gerade in dem Moment zurückkommen könnte, wenn er hellwach sein mußte. Galbraith hatte ihn davor gewarnt, er hatte ihn beinahe auf Knien gebeten, und selbst Jago war es unmöglich gewesen, seine Entrüstung zu verbergen.

»Was erwarten Sie, Sir? Sie sind verwundet worden – Sie sollten gar nicht hier sein!«

Adam dachte an Herrick, den bei seinem Besuch auf der *Unrivalled* seine Behinderung sehr beeinträchtigt hatte, und wie er sich starrköpfig geweigert hatte, den Bootsmannsstuhl zu benutzen, mit dem man ihn an Bord hätte hieven können. Dementsprechend waren seine eigenen Befürchtungen gewesen, als sie sich der hohen Bordwand des Flaggschiffs genähert hatten. Sie war wie eine haushohe Klippe. Adam wußte nicht genau, wie er es geschafft hatte, die Eingangspforte zu erreichen, ohne den Halt zu verlieren und kopfüber in den Bach zu fallen. Jago war in der Gig gestanden, während Adam die Arme ausgestreckt hatte, um sich auf die »Treppe« zu ziehen. Er hatte ihn leise flüstern hören: »Immer schön ruhig und langsam, Sir, das ist das richtige Rezept, Sir.«

Und jetzt war er hier, in der großen Kabine des Admirals. Das Gewese bei seinem Empfang war der schlimmste Teil gewesen, nicht das Schrillen der Pfeifen oder das Klatschen der Hände der Marines beim »Griffekloppen«, sondern die Gesichter der Ehrenwache und die wartenden Offiziere. Zeigten sie Neugierde oder Aufregung? Adam war sich nicht sicher. Er erinnerte sich wieder an die Stille, die sich über dem geschäftigen Hafen von Plymouth und den Anlegern ausbreitete, als sich *Unrivalled* langsam zu ihrem angewiesenen Ankerplatz bewegt hatte. Die Mannschaft hatte, ohne sich zu beklagen, hart für ihn gearbeitet, für das Schiff und für die Kameraden, aber man hatte die Wunden der Schlacht nicht verbergen können, und nur die vordringlichsten Arbeiten waren zu schaffen, solange das Schiff noch unterwegs gewesen war.

Erst in diesem Augenblick war es allgemein bekannt geworden, daß ein Gefecht stattgefunden hatte, und Adam hatte das schweigende Erschrecken auf den Schiffen gesehen, die vor drei Wochen *Unrivalled* hatten auslaufen sehen. Auf einigen Versorgungsschiffen hatte die Arbeit geruht, während der Schatten der Fregatte langsam vorbeigeglitten war, die Lasten und Ladebäume warteten bewegungslos, als würden sie dem verwundeten Schiff ihren Respekt bezeugen.

Der Befehl, sich auf dem Flaggschiff *Queen Charlotte* zu melden, war Adam vom Wachboot persönlich und nicht durch ein Flaggensignal übermittelt worden. Der Offizier der Wache hatte ihm den Empfang der geheimen Depeschen bestätigt und sie dem Admiral in genau diese Kabine überbracht.

Lord Exmouth lehnte sich in seinem Stuhl zurück. Nach außen hin schien er ganz entspannt zu sein, aber seinen scharfen Augen entging nichts. »Ich habe Ihren Bericht gelesen, Bolitho. Sehr sorgfältig, besonders unter diesen Umständen.« Seine Hand bewegte sich leicht, und ein Tablett mit zwei schönen Gläsern erschien auf seinem Tisch. Nach einer weiteren kleinen Geste begann der Diener den Wein einzugießen. »Sie werden ihn mögen. Normalerweise reserviere ich mir diesen Wein für mich selbst.« Er fuhr nach einer kleinen Pause fort: »Ich habe auch andere Dinge gelesen, die Sie nicht in Ihrem Bericht erwähnt haben, und ich kann Ihnen versichern, daß ich nachempfinden kann, wie Sie sich gefühlt haben – wie Sie sich *fühlen* –, als Sie so hinterlistig unter falscher Flagge angegriffen wurden.« Er schüttelte den Kopf. »Ein alter Trick. Aber Sie standen unter meinem Befehl. *Meinen* Befehlen. Das ist auch der Grund, warum ich gerade Sie ausgesucht habe. Jedes andere Schiff, egal ob eine Brigg oder ein schneller Schoner, hätte nicht den Hauch einer Chance gehabt.«

Ein diskretes Klopfen war an der Tür zu vernehmen, und ein Leutnant bewegte sich geräuschlos zum Tisch und legte eine Notiz neben das Glas des Admirals. Er verließ die Kabine wieder genauso leise, im Vorbeigehen gönnte er Adam nur einen kurzen Blick.

Lord Exmouth las die Notiz und zerknüllte sie zu einem festen Papierball. »Es ist so, wie ich es mir gedacht habe, Bolitho. Der Dey hat noch mehr Schiffe unter seiner Flagge vereinigen können, beispielsweise die Fregatte, welche die *Unrivalled* angegriffen hat. Aus Frankreich oder den Niederlanden stammend, wer will das sagen? Aber das muß ich Ihnen ja nicht erklären, nicht wahr?« Er machte wieder eine kleine Handbewegung, und die Gläser wurden wieder aufgefüllt.

Adam versuchte, seinen Körper etwas in dem Stuhl zu strecken, spürte aber sofort den Druck der Bandagen. Er konnte sich noch nicht mal daran erinnern, daß er den Wein getrunken hatte. Es war fast kühl in der großen Kabine, aber er hatte ein Gefühl, als ob sein ganzer Körper in Flammen stand.

Der Admiral beobachtete ihn gelassen. »Sie haben nicht erwähnt, daß Sie verwundet worden sind. Ich bin kein Gedankenleser, Bolitho.« Er wartete die Antwort nicht ab. »Die Zeit verrinnt jetzt schnell, ich beabsichtige gegen Ende des Monats von hier abzusegeln. Nach Gibraltar, wo ein holländisches Geschwader unter Baron van de Capellan zu uns stoßen wird. Das ist ein Offizier, den ich persönlich kenne und vor dem ich großen Respekt habe.« Um seine Augen bildeten sich Lachfältchen. »In Ihrem Bericht erwähnen Sie allerdings die Anwesenheit einiger holländischer Schiffe am Felsen. Sehr scharfsinnig von Ihnen – vielleicht haben Sie eine Vermutung, was ihr Zweck sein könnte?«

»Ich hatte allen Grund, mich gut an eine bestimmte holländische Fregatte zu erinnern, Mylord.«

»In der Tat, in der Tat. Aber wie unser Nel zu sagen pflegte, der Krieg beschert einem merkwürdige Bettgenossen. Und wie es aussieht, gilt das für den Frieden noch mehr!«

Er blickte zum Skylight hinauf, als das Schrillen der Pfeifen in seine stille Kabine hinunterklang. Der Admiral war ein berühmter Mann, aber vielleicht war er im Innersten seines Herzens noch immer ein Fregattenkommandant. Der Klang von laufendem Gut in der Mitte der Nachtwache ... jemand, der einen Befehl oder eine Warnung rief ... So wie der junge Cousens, der die Gefahr vor allen anderen erkannt hatte. Und der dafür bezahlt hatte.

»Ich verfüge bereits über ein gutes Geschwader, Bolitho, und ich will einen ganz speziellen Kommandanten haben. Sie haben die Erfahrung und das Können für diese gefährliche Herausforderung. Ich möchte Sie in der Vorhut haben, wenn ich meinen Angriff auf die Befestigungsanlagen und Schiffe des Dey beginne. Sollte Ihr Schiff nicht komplett repariert sein, wenn ich mich auf den Weg mache, dann werde ich mir einen anderen Mann suchen!«

Adam hielt die Luft an, erstaunt und bestürzt. »Es *wird* fertig sein, Mylord! Mit etwas Hilfe von Land, kann ich ...«

Der Admiral hob eine Hand. »Das werde ich arrangieren. Werden auch Sie fit genug sein, um der Flagge zu folgen?«

Adams Welt schrumpfte plötzlich auf diese Drohung dieses Mannes zusammen, der Drohung, die *Unrivalled* zu verlieren.

»Ich werde an Deck sein, Mylord. Darauf haben Sie mein Wort.«

Der Admiral runzelte die Stirn und legte die Fingerspitzen aneinander. »So geht das nicht. Ich kannte Ihren Onkel, und ich kann sein Erbe in Ihnen wiedererkennen. Sie würden sich keine Ruhe gönnen.«

Adam blickte sich verzweifelt in der Kabine um, die Wahrheit war brutal und sehr real. Er würde die *Unrivalled* verlieren ...

Der Admiral erhob sich und ging nach achtern zu den großen Heckfenstern. Der Dreidecker bot jede Menge Kopffreiheit, sogar für ihn. Vielleicht war er in Gedanken noch immer auf seiner eigenen Fregatte, irgendwo ... Er drehte sich schnell um. »Ihr Erster Leutnant Galbraith ich bin mit ihm zusammengetroffen, er schien mir ein durchaus fähiger Mann zu sein.« Es klang wie eine Frage. »Ich habe gelesen, daß Sie ihn zur Beförderung vorgeschlagen haben, und das, obwohl Sie zu jener Zeit knapp an ausgebildeten Männern waren. Folglich müssen Sie Vertrauen in die Fähigkeiten dieses Burschen haben.«

»Jawohl, Sir.« Warum hatte er gezögert? »Er ist ein ausgezeichneter Offizier.«

»Dann ist es beschlossen, Bolitho. Sie werden mindestens eine Woche Urlaub nehmen und diese Zeit an Land verbringen. Ich stamme auch aus Cornwall, wie Sie wissen.« Er lächelte, aber seine Augen blickten Adam unverwandt an. »Dies ist kein Befehl, Bolitho, aber ich möchte Sie in der Vorhut haben. Falls Sie aber der Meinung sind, daß Sie es nicht schaffen können, dann sagen Sie es mir jetzt. Ich werde es Ihnen nicht übelnehmen, nach allem, was Sie hinter sich haben.«

»Ich schaffe es, Mylord. Dasselbe gilt für die *Unrivalled.*«

Gedämpfte Stimmen. Die Zeit war um.

Adam erhob sich und stöhnte unfreiwillig vor Schmerzen auf. Lord Exmouth streckte ihm die Hand entgegen und nahm Adams zwischen seine beiden. So wie es Allday gemacht hatte.

»Ich werde sicherstellen, daß Ihr Schiff jede Unterstützung bekommt, die es benötigt. Ich werde sogar die Angelegenheit mit dem Prisengeld, das Ihren Männern zusteht, beschleunigen. Es wird die Toten nicht wieder lebendig machen, aber es wird die Motivation der Lebenden erhöhen, wage ich zu prophezeien!«

Der Flaggleutnant war zurückgekehrt und hatte die Tür bereits geöffnet.

Da löste der Admiral seinen Griff und bemerkte fast kurz angebunden: »Sie werden mit dem Bootsmannsstuhl in Ihr Boot zurückkehren. Nur dieses eine Mal. Stolz ist eine Sache, Bolitho, aber Hochmut ist ein Feind!«

Der Diener verschwand bereits mit dem Tablett und den beiden Gläsern. Der nächste Besucher bekam nicht den persönlichen Lieblingswein des Admirals serviert. Lord Exmouth lächelte, fast traurig. »Er ist ein guter Bursche. Er hat sein Gehör verloren, als wir 1893 die *Cleopatra* enterten. Ich kommandierte die *Nymphe.*« Er blickte sich in der geräumigen Kabine um, und seine Augen waren für einen Augenblick lang wehmütig. »Nun ja, es war ein feines kleines Schiff.«

Adam ging an Deck, vorbei an zwei anderen Vollkapitänen, die darauf warteten, zum Admiral vorgelassen zu werden. Er wandte sich um und grüßte erst die Flagge mit gezogenem Hut, dann die Ehrenwache. Dann marschierte er direkt auf die Gruppe von Matrosen zu, die mit dem Bootsmannsstuhl warteten.

Der Bootsmannsmaat nahm ein paar schnelle Einstellungen vor, dann hob er die geballte Faust in Richtung der anderen Männer, die an der Talje bereitstanden. Nur für den Bruchteil eine Sekunde trafen sich ihre Blicke. Dann hörte Adam ihn wispern: »Sie haben es diesen Hunden gezeigt, Käpt'n! Jetzt werden wir alle zusammen dasselbe tun!« Er formte seine Hände zu einem Trichter und rief: »Sachte, Jungs! Hiev up!«

Die Marines präsentierten ihre Musketen, aber das bemerkte Adam kaum. Die Besatzung des Flaggschiffs jubelte ihm zu, als er über dem Laufgang in die Höhe schwebte und dann leicht über die wartende Gig gezogen wurde.

Jago hielt die Talje fest, bis Adam sich befreit und die Heckducht erreicht hatte.

Midshipman Martyns war an der Pinne und sah aus, als wollte er etwas sagen. Sein Gesicht war voller Freude, als die Hochrufe sie umbrandeten, als ob das ganze Schiff mit einstimmen würde. Aber Jago brachte ihn mit einem Knurren zum Schweigen.

Adam spürte, daß die Gig aus dem Schatten in das Licht der Sonne glitt, und er mußte an das Wort des unbekannten Seemanns denken, das dieser zu ihm gesagt hatte: *Familie.*

Adam blickte Jago an und zuckte mit den Schultern. Es war, als würde er jemand anderen reden hören.

»So soll es sein«, flüsterte er.

Das Mädchen saß vor dem großen Spiegel und blickte hinein, ihre Hand fuhr mit der Bürste gleichmäßig von oben nach unten durch ihr langes dunkles Haar, immer wieder ohne Eile – im Gleichtakt mit ihren Atemzügen. Sie trug ein langes weites Kleid. Das war ein Moment, der ihr ganz alleine gehörte, es waren keine Besucher angesagt. Um sie herum war das alte vertraute Haus sehr still. Leer.

Montagu war nach Falmouth geritten, um dort mit dem Zimmermann zu reden. Er wollte, daß ein paar Arbeiten durchgeführt wurden, während sie fort waren.

Fort. Es ging wieder nach London, eine endlose Reise mit ihrer eigenen Kutsche. Das war der Wunsch von Sir Gregory gewesen.

Sie musterte sich im Spiegel wie eine Fremde. Draußen

war es heiß, sehr heiß, die Büsche und Blumen standen schlaff in der Hitze. Sie hatte Vorsorge für die Rosen treffen müssen, damit sich jemand während ihrer Abwesenheit um sie kümmerte.

Die Bürste kam zum Stillstand, und sie dachte an das verlassene Atelier im Erdgeschoß. Das Porträt war fertig, aber Sir Gregory war niemals zufrieden, bevor es Zeit gehabt hatte, »sich zu setzen«. Sie hatte es sich bei verschiedenen Gelegenheiten immer wieder angeschaut. Aus Interesse oder Schuldgefühl? Sie konnte ihre Gefühle nicht zuordnen. Das war aber auch nicht nötig. Die Bürste begann wieder ihre Arbeit, diesmal auf der anderen Seite. Ihr langes Haar strömte über die Schulter bis zur Hüfte hinab. Unter dem Kleid war sie nackt.

Sie dachte wieder an das Porträt. Jeder, der Kapitän Bolitho kannte, *Kapitän Adam,* wie die Leute hier sagten, mußte zugeben, daß es gut gelungen war. Lady Roxby würde sehr erfreut darüber sein. Aber irgend etwas fehlte noch. Sie rupfte ungeduldig an ihrem Haar. Woher wollte gerade sie das wissen? Die Rose war auf dem Bild zu sehen. Sir Gregor schien damit zufrieden gewesen zu sein, wenn auch ein wenig überrascht.

Sie versuchte, an London zu denken und an das Haus, in dem sogar der Prinzregent schon mehrfach zu Besuch gewesen war. Sie zog an ihrem Kleid. Ihre Füße waren bloß, sogar die dicken Mauern des Hauses konnten die Hitze nicht auf die Dauer fernhalten.

Sie hatte gehört, daß die Köchin etwas über ein Kriegsschiff erzählt hatte, das in den letzten Tagen in Plymouth eingelaufen war. So schwer beschädigt, als ob es an einer Seeschlacht teilgenommen hätte, obwohl es doch gar keine Nachrichten über ein derartiges Ereignis gegeben hatte. Sie legte die Bürste aus der Hand und schüttelte ihr Haar aus. Dieser Ort war wirklich zu abgelegen. Sie blickte zum Fenster, eine Kletterpflanze klopfte gegen das staubige Glas, obwohl draußen kein Windhauch wehte.

Sie stand auf und trat vom Spiegel weg, dabei ließen ihre Augen ihr Spiegelbild nicht einen Moment außer acht. Es konnte passieren, daß sie gebeten werden würde, wieder für Sir Gregor in London zu sitzen oder für einen seiner Studenten. Warum machte sie das? Er hatte niemals darauf bestanden. Sie starrte sich selbst an und strich über ihren Körper, die Hand im Spiegel schien einer Fremden zu gehören. *Weil er mich gerettet hat.*

Sie ließ ihre Hand an der Seite herunterfallen und wandte sich von der Fremden im Spiegel ab. Sie hatte die Geräusche eines Pferdes gehört. Sir Gregor war zurück, früher als erwartet. Das Haus würde sich wieder mit Leben füllen. Sie fragte sich, warum er darauf bestand zu reiten, obwohl er doch jede Kutsche hätte benutzen können, die er wollte. *Der alte Kavalier.* Er würde sich nie ändern. *Was wird werden, wenn …*

Erschrocken fuhr sie herum. Jemand klopfte lautstark an das Tor. Sie eilte an das Fenster und blickte hinunter in den Hof. Für heute war kein Besuch angesagt gewesen …

Sie sah das Pferd, das mit einem Huf auf den Boden klopfte und gelangweilt überhängendes Gras fraß. Dann erblickte sie den Stalljungen, der genau zu ihr emporblickte, seine Augen waren vor Schreck weit aufgerissen.

»Was gibt es, Joseph?«

»Sie sollten besser herunterkommen, Miss Lowenna! Es hat einen Unfall gegeben.«

Sie taumelte rückwärts vom Fenster fort. *Das Pferd.* Es war das Tier, mit dem er damals hierhergeritten war. Aber das war doch unmöglich … Sie zog einen Umhang über ihre Schultern, dabei merkte sie kaum, daß sie dabei ein paar Flaschen vom Tisch stieß. Plötzlich war alles klar, so wie auf einer von Montagus schnellen, roh hingeworfenen Skizzen.

Sie riß die Tür weit auf und rief laut: »Wo ist er?«

Der Junge deutete in Richtung des Tores. »Er blutet sehr heftig, Miss!«

Sie rannte aus dem Haus, ungeachtet der losen Steine, die in ihre bloßen Füße schnitten.

Adam saß auf einem großen Stück Schiefer, das ein Teil der ursprünglichen Mauer gewesen war, als hier noch die Kirche das Regiment geführt hatte.

Ein Bein lag gekrümmt unter ihm, und er lehnte sich nach vorn über, hatte den Kopf gebeugt, die Augen fest geschlossen, das Haar war feucht an die Stirn geklebt. Sie sah, daß sein Hut auf dem Weg lag. Dann sah sie das Blut, es leuchtete hell im grellen Sonnenlicht auf einem Bein seiner Hose und breitete sich weiter aus.

Geh jetzt. Laß ihn allein. Du gehörst nicht hierher. Geh jetzt. Es war wie ein wahnsinniger Chor. So als ob alle die Geister, von denen die Menschen hier sprechen, gekommen wären, um sie zu verspotten. Sie zu erinnern.

Aber sie sagte: »Hilf mir, Joseph.« Sie trat auf Adam zu und sah, daß ihr Schatten ihr vorauseilte, als ob die Frau aus dem Spiegel herausgetreten wäre und ihren Platz eingenommen hätte. Dann kniete sie sich nieder und legte ihre Arme um seine Schultern, sie spürte das plötzliche, unkontrollierbare Zittern, bis ihr bewußt wurde, daß sie es war, die so zitterte.

Joseph war ein guter, verläßlicher Junge, aber er war erst dreizehn Jahre alt.

Sie hörte sich selbst sagen: »Lauf zu der Schenke und hol ein paar Männer. Wir müssen ihn ins Haus tragen.« Ihre Gedanken überschlugen sich. Angenommen, es waren keine Männer in der Schenke? Sie könnten alle auf den Feldern sein. Sie konnte sich noch nicht mal daran erinnern, wie spät es war.

Irgendwie schaffte sie es, sich zu konzentrieren.

»Weck erst die Köchin auf. Ich brauche heißes Wasser und ein paar saubere Tücher.« Sie versuchte zu lächeln, wenn es auch nur dazu diente, die Zuversicht des Jungen zu stärken »Los geht's, Junge. Ich bleibe hier, bis Hilfe kommt.«

Sie sah ihm nach, wie er den Pfad herunterjagte. Sie war allein und versuchte, Adams Rock zu öffnen, aber er war zu fest gezurrt. Auch auf dem Hemd war jetzt Blut. Es war frisch.

Sie fühlte, wie das Zittern sie wieder durchschüttelte. Es mußte Adams Schiff gewesen sein, das verwundet worden war. Das war ihr bisher nicht als möglich erschienen ...

Ihr wurde bewußt, daß Adam sie anstarrte, dabei bewegte er seinen Kopf leicht, als ob er herausfinden wollte, wo er sich befand, was mit ihm geschah.

Plötzlich sagte er: »Blut – auf Ihrer Kleidung!«

Er versuchte kurz, sich loszureißen, aber sie hielt ihn fest. Sie wollte etwas sagen, aber ihr Mund war trocken.

»Sie sind hier in Sicherheit.« Sie hielt ihn fester, als sie spürte, daß sich sein Körper gegen die Schmerzen verkrampfte. »Was ist passiert?«

Sie blickte den Feldweg hinunter, aber dort war niemand zu sehen. Nur sein Hut lag dort. Wie ein Zuschauer.

Er erklärte rauh: »Es hat ein Gefecht gegeben.« Sein Kopf rollte gegen ihre Schulter, dann stöhnte er: »Wir haben sie in ihre Schranken gewiesen.« Das schien bei ihm im Kopf so etwas wie einen Schalter umzulegen. *»Zu spät. Ich hätte die Falle erkennen müssen.«*

Er blickte sie noch immer unverwandt mit weit aufgerissenen Augen an, vielleicht kam ihm gerade wieder die Erinnerung, was geschehen war. Sie konnte es spüren, er hatte im Augenblick keine Schmerzen. Er murmelte: »Lowenna, Sie sind es! Ich bin gekommen ...« Er preßte wieder sein Gesicht gegen ihre Schulter und keuchte: »O Gott!«

Sie nahm seine Hand, packte sie fest. »Es kommt Hilfe! Jeden Moment!«

Sie blickte den Weg hinunter und spürte seine Hand auf ihrer Brust. Sie sah das Blut an seinen Fingern und auf ihrem Kleid, wo er sie berührt hatte. Die Angst und ein Schrei begannen in ihrer Kehle aufzusteigen. Aber sie betrachtete ruhig die Hand auf ihrer Brust, spürte die Wärme seiner Haut, Es war wie Fieber.

Und dann, ganz plötzlich, waren alle da, sogar der Wirt der Schenke.

»Wir übernehmen Käpt'n Adam, Miss!« Und der junge Joseph ergänzte: »Es war Blut auf der Straße, Miss Lowenna, und auch an dem Pferd. Es muß ihn abgeworfen haben.«

Sie stand auf, als zwei Männer Adam auf einen Stuhl hoben.

»Wir können ihn zur Schenke tragen, Missy!«

Sie blickte auf ihr Kleid, die Blutflecken auf ihrer Brust. Auch an ihren Füßen war Blut. Sie spürte nichts. Es war, als ob sie für ein Gemälde posierte. Der Kopf war leer. Jede Erinnerung war ausgelöscht.

Sie erkannte kaum ihre eigene Stimme. Vielleicht handelte es sich um das Mädchen aus dem Spiegel.

»Tragen Sie ihn vorsichtig – ich werde Ihnen das Zimmer zeigen. Ich muß die Blutung zum Stillstand bringen. Schicken Sie jemanden nach dem Doktor. Die Garnison wird einen Arzt schicken, wenn Sie dort Bescheid sagen, wer der Patient ist.«

Sie hielt die Tür weit geöffnet, und die Männer stießen gegen sie. Sie sah, daß Adam seine Hand nach ihr ausstreckte, obwohl er nicht wußte, was geschah. Sie ergriff sie und preßte sie an sich. Sie ignorierte die Menschen, die um sie herumstanden, ja, sie nahm sie nicht einmal wahr.

»Sie sind jetzt in Sicherheit, Adam.« Und sie meinte zu spüren, daß seine Hand ihr darauf eine Antwort gab. Sie hatte ihn mit seinem Vornamen angesprochen.

»Geh mit mir!«

Adam Bolitho lag ganz still, wie lange wußte er nicht. Er zählte die Sekunden, versuchte zu sich selbst zurückzufinden.

Er bewegte sich leicht, wartete darauf, daß der Schmerz wieder beißend zupacken würde. Es war spät, Sonnenuntergang. Er versuchte es wieder, dann stellte er fest, daß ein Vorhang vor das Fenster gezogen worden war. Die Sonne schien also noch, er konnte sehen, daß sie helle Farben auf das Bett zauberte.

Er preßte die Augen wieder zusammen und versuchte, die Stücke des Puzzles zusammenzufügen. Er befand sich in einem Bett, ein Laken bedeckte ihn bis zum Kinn. Seine Hand glitt forschend über seinen Körper und seine Bandagen. Es waren neue, und er fühlte kein Blut. Wie durch einen Schleier sah er seinen Uniformrock über einem Stuhl hängen, die Knöpfe glänzten matt im gedämpften Licht.

Seine Hand bewegte sich weiter, berührte seine Haut. Er war nackt. Er tastete über dem Tuch herum, um das Haar von seinen Augen zurückzustreichen, aber das hatte schon jemand für ihn gemacht. Es war, als würde er ein Bild betrachten, das am anderen Ende eines langen Korridors hing. Eine Erinnerung tauchte auf. Das Pferd trottete stetig den Weg entlang, die verschwommenen Umrisse des alten Hauses waren schon durch eine Baumreihe sichtbar. Er hatte einen Fuß aus dem Steigbügel genommen, um die Verspannung zu mildern, die ständige Erinnerung an die Wunde an seiner Seite.

Plötzlich ein Schatten, es konnte ein Fuchs gewesen sein oder auch eine Gans, aber er hatte das Pferd erschreckt. Normalerweise wäre das kein Problem gewesen. Aber unter diesen Umständen war er der Länge nach aus dem Sattel gefallen. Wie lange hatte er auf der Erde gelegen? Er bewegte seine Beine, fürchtete die wenigen Fragmente der Erinnerung wieder zu verlieren: Gesichter und Stimmen und dann noch mehr Schmerzen, während er irgendwohin getragen wurde. Er hatte das Bett unter seinem Körper gespürt. Dann wieder Stimmen gehört. Dann war er wohl wieder bewußtlos geworden.

Aber er war niemals allein gewesen. Dessen war er sich sicher. Vielleicht hatte O'Beirne recht mit seinem Vorwurf der Starrköpfigkeit gehabt. Und der Admiral auch. *Stolz ist eine Sache, Hochmut ist ein Feind.* Er ließ seinen Kopf wieder zurücksinken. Die Erinnerung war wieder da! Er lauschte auf die Geräusche, ein paar Vogelstimmen, wahrscheinlich von Krähen. Er hörte auch Stimmen irgendwo im Haus. Vielleicht hatten sie schon eine Nachricht zum Schiff geschickt? Er versuchte, sich auf einen Ellenbogen zu stützen, die zurückkehrende Erinnerung brachte aber auch den Schmerz wieder zurück.

Dann sah er sie neben dem Fenster stehen. Lowenna saß im Schatten, beobachtete ihn. Er konnte es spüren. So wie er sich erinnern konnte, daß sie hier bei ihm gewesen war in der Zeit, bevor ein Arzt sich um seine Wunde gekümmert hatte.

»Lowenna?« Seine Stimme hörte sich wie ein Echo an. Er sah nicht, daß sie sich bewegte., aber er spürte, daß sie sich vorsichtig neben ihn setzte und seine Hand in die ihre nahm. Er meinte, sich zu erinnern, daß sie das schon einmal gemacht hatte …

Sie sagte: »Langsam, Kapitän. Ihre Wunde ist versorgt. Es tut mir leid, daß wir Ihnen so viele Schmerzen zufügen mußten.« Er spürte, wie sich ihre Finger in seiner Hand bewegten, als würden sie sich plötzlich über irgend etwas klar werden. »Ich habe Ihrer Tante eine Nachricht geschickt.« Sie schien sein Erstaunen zu registrieren, denn sie fügte hinzu: »Sie hat mir gesagt, daß ich auf sie zählen kann. Als Freundin.«

Weitere Stimmen waren zu vernehmen, sie wurden lauter.

»Sie waren bei mir? Daran kann ich mich gerade noch erinnern. Sie sind bei mir geblieben.« Adams Griff wurde fester, als ihre Hand den Versuch machte, sich ihm zu entziehen. »Nein, Lowenna, gehen Sie nicht weg. Sie haben sich um mich gekümmert.«

Er machte wieder einen Versuch und bemühte sich, sich aufzurichten, aber sie legte eine Hand auf seine nackte Schulter und drückte ihn nieder.

»Bitte *nicht!*«

Adam starrte an die Decke. Die Stimmen erinnerten ihn an die Männer, die ihn hierhergebracht hatten. Als Lowenna sein Gesicht mit einem Tuch abgewischt hatte, während er protestiert hatte, weil ihr Kleid voller Blut war.

Er blickte sie an. Es war, als ob ein Wort oder ein Klang ihn zurück in einen Traum bringen könnte. Er sah das Bild: Sie hatte neben seinem Bett gestanden und hatte das verschmutzte Kleid zu Boden gleiten lassen. Dann hatte sie sich neben ihn gelegt, hatte sein Gesicht mit einem feuchten Tuch abgetupft, hatte sich versteift, wenn er nach ihr gegriffen und sie berührt hatte.

Sie blickte jetzt auf ihn hinunter, ihr Haar verdeckte einen Teil ihres Gesichts und lag über seiner Schulter wie warme Seide.

Sie sagte: »Sie haben immer wieder gesagt, daß Sie

mich retten wollen. Ich habe mir solche Sorgen gemacht – jede Anstrengung schien zuviel für Sie zu sein.« Sie blickte zur Seite, das Haar verbarg jetzt ihre Augen. »Sie wollten mich retten, wahrscheinlich haben Sie mich als die Gefangene auf diesem Gemälde gesehen. Als Andromeda?« Ihre Hand berührte seinen Mund. »Sagen Sie jetzt nichts.«

Er antwortete ruhig: »Ich war unterwegs, um mit Ihnen zu reden, Lowenna. Aber mein Pferd hat mich abgeworfen. Ich wäre vielleicht nicht in der Lage gewesen, Ihnen alles zu erklären. Hierherzureiten war schon der reine Wahnsinn. Ich bin zu lange auf See gewesen, ich fürchte ...« Er hielt ihre Hand an den Mund. »Und ich muß so bald wieder zurück.«

Sie erwiderte: »Ihr Verwalter ist hier.«

»Bryan Ferguson?« Adam erinnerte sich, was er zu Leutnant Bellairs gesagt hatte: *»Schließlich ist Falmouth ein sehr kleiner Ort ...«*

Sie entzog ihm ihre Hand nicht, sondern ließ es zu, daß er sie küßte. Sie konnte sich an die Augen der Männer erinnern, die von der Schenke gekommen waren. Ihr unordentliches Kleid würde eine Menge Gesprächsstoff nach ein oder zwei Gläsern Ale liefern. Sie hatte das alles schon früher gesehen und gehört. Wieder stieg die Angst langsam auf, gegen die sie Jahr um Jahr angekämpft hatte ...

Sie zog ihre Hand weg. »Ich werde nie Ihren Kuß und meine Tränen vergessen, als sie damals fortmußten.« Und inzwischen, hier in diesem Zimmer, hatte sie neben ihm gelegen, nackt, wie bei einer der Posen, die sie für Lord Gregory einnahm. Wodurch sie gelernt hatte, die Scham und die Abscheu zu bekämpfen und die Gesichter zu ignorieren, die sie anstarrten und verdammten.

Er hatte sich ganz in den Klauen des Schmerzes befunden, hatte sie aber trotzdem erkannt. Seine Hand hatte sie gefunden, und sie hatte nichts unternommen, um ihn daran zu hindern. Sie konnte es selbst immer noch nicht glauben. Sie hatte es dort und dann beenden wollen, aber ihre Seele hatte danach geschrien, es nicht zu beenden. Sie mußte es zulassen, es akzeptieren, sich nicht einfach dreinfügen wie ein unschuldiges Kind.

Sie sagte: »Ich muß nach London fahren.« Und spürte, daß seine Augen auf ihr ruhten. »Morgen.«

Adam erwiderte: »Ich habe mich schlecht benommen. Habe Sie mißbraucht, Schmerz und Krankheit sind dafür keine Entschuldigung.« Er küßte wieder ihre Hand. »Aber ich mußte Sie einfach sprechen. Es ist Schicksal, wenn Sie so wollen. Ich muß bei Ihnen sein.«

Sie sah das Lächeln, mit dieser Spur von Traurigkeit, die dem Porträt fehlte. Sie zögerte, das war ihr letzter gemeinsamer Augenblick allein. »Vielleicht ...«

Die Tür öffnete sich, und Montagu, über dessen Schulter Ferguson ängstlich ins Zimmer starrte, marschierte in den Raum.

Adam ließ ihre Hand los.

John Allday packte den Arm seines Freundes und schob ihn durch die Eingangstür in die Halle.

»Ich werde dir selbst einen Drink bringen, Bryan. Du setzt dich hierher – und dann will ich alles über das Gefecht wissen.« Er hielt inne. »Und du sagst, daß mit Kapitän Adam alles in Ordnung ist?«

Bryan Ferguson blickte sich in dem Raum um, dann starrte er auf das Modell der *Hyperion* auf dem Tisch. Daneben lagen Alldays gesamtes Werkzeug und ein roher Plan eines neuen schönen Modells.

Unis eilte durch den Raum, blieb aber kurz stehen, um ihn zu begrüßen. »Schön, dich wieder hier bei uns zu sehen. Wir haben heute viel zu tun – die neue Straße, du verstehst.«

Allday rief von unten aus dem Keller: »Ich habe gerade eben erst von dem Gefecht der *Unrivalled* erfahren. Ich hätte gar keine Ahnung gehabt, wenn nicht zufällig ein Zöllner vorbeigekommen wäre! Mein Gott, Bryan, wo sind wir denn hier? Sechs Meilen von Falmouth entfernt? Man könnte denken, wir wären auf der anderen Seite der realen Welt!«

Unis berührte seine Schulter und machte mit ihrer Arbeit weiter. Aber Ferguson hatte doch den Schmerz auf ihren hübschen Gesichtszügen gesehen.

Er nahm den Becher von Allday entgegen.

»Wie ich sehe, hast du mit dem Modell der *Forbisher* begonnen.«

Allday winkte ab. »Erzähl mir von der Schlacht. Hat die *Unrivalled* die Hundesöhne aufgemischt? Was waren das überhaupt für Typen? Also, wir in unseren Tagen ...«

Ferguson schlürfte den Rum, erinnerte sich an die Aufregungen, aber die waren nicht von der Art, von der sein Freund hören wollte. Die dringende Nachricht vom Glebe House, seine eilige Fahrt zusammen mit dem jungen Matthew, um Kapitän Adam abzuholen. Alle wollten darüber etwas hören. Sogar Lady Roxby war gekommen, um ihren Neffen zu sehen. Ein Chirurg der Garnison hatte ihn untersucht und behandelt. Ein paar unverblümte Warnungen hatte er gratis hinzugefügt.

»Wenn Sie einer meiner Dragoner wären, Sir, dann hätte ich Sie vor der versammelten Mannschaft für Ihr Verhalten auspeitschen lassen. Was zum Teufel haben Sie erwartet, daß passieren wird?«

Und er hatte das Mädchen getroffen. Es war dasselbe, das Kapitän Adam von der Stadt nach Hause gebracht hatte, an jenem Tag, als er den Befehl erhalten hatte, nach Plymouth zurückzukehren.

Er hatte die Veränderung wohl bemerkt, sogar bei einer solch flüchtigen Bekanntschaft. Es gab Gerüchte über

Lowenna, zum Beispiel, wie sie für den Künstler posierte, gleichgültig ob er nach allem Dafürhalten einer der größten Maler Englands war oder nicht. Seine Frau Grace hatte Verwandte, die noch immer in Bodmin wohnten, wo Lowenna geboren worden war. Ihre Familie war von der Heirat keineswegs begeistert gewesen. Sie waren hart arbeitende Bauern und überdies die größten Getreidehändler in diesem Teil des Landes, daher hatten sie angenommen, daß ihre Tochter verrückt geworden sein mußte, als sie einen Gelehrten heiraten wollte. Einen Mann, der niemals die Notwendigkeit kennengelernt hatte, seinen Rücken zu beugen und mit seinen eigenen Händen zu arbeiten. Nach der Geburt des Mädchens hatten sie sich zurückgezogen. Waren einfach verschwunden.

Später mußte es irgendeinen Skandal gegeben haben, obwohl Grace darüber wenig gesagt hatte. Er hatte sie nicht bedrängt, er wußte, was er ihr zu verdanken hatte, für die Pflege und die Mühe, ihn nach der Schlacht bei den Saintes wieder aufzurichten. Das war vor der Zeit auf der *Hyperion* gewesen ...

Beim letzten Mal war ihm das Mädchen irgendwie warmherziger erschienen, aber nach außen hin sehr korrekt, trotz der ganzen Aufregung. In sich zurückgezogen, würden viele vielleicht sagen. Aber Ferguson hatte etwas bemerkt, das für ihn noch immer so klar wie der junge Morgen war. So wie damals, als Sir Richard Lady Catherine zum ersten Mal mit nach Falmouth gebracht hatte ...

Allday lehnte sich vor. »Adam ist verwundet worden, sagst du? Wird er alles gut überstehen?«

»Das Schiff liegt zur Reparatur in Plymouth.« Er sah das alte Glitzern in den Augen seines Freundes. Er fieberte mit.

»Die Flotte macht sich bereit zum Auslaufen, wenn du mich fragst. Wir hätten den Job schon beim letzten Mal ein für allemal zu Ende bringen sollen, Kumpel! Diese Hurensöhne verstehen nur eine Sprache: eine harte Faust! Mehr ist dazu nicht zu sagen.«

Ferguson blickte auf die Werkzeuge auf dem Tisch. Kapitän Adam hatte ihm vom Schicksal der *Forbisher* erzählt, wie sie das Schiff in Gibraltar wiedergesehen hatten. Vielleicht hatte er nur einfach reden wollen, während sie mit dem neuen Landauer, wie das Gefährt genannt wurde, zurückgefahren waren. Der Landauer war auf den ausgefahrenen Wegen komfortabler, weil er größere Räder hatte als die kleine Kutsche, und Poppy hatte wie ein Weltmeister gezogen. Er überlegte, daß Adam während der Fahrt jeden einzelnen Stein gespürt haben mußte, aber seine Gedanken waren ganz woanders gewesen. Er war verwundet worden. Trotzdem dachte Ferguson, sah er besser aus als beim letzten Mal vor nur wenigen Wochen.

Danach sagte der junge Matthew mit ungewohnter Begeisterung: »Das war also das besagte Mädchen? Ich habe etwas über sie von einem Klatschmaul gehört, das ich zufällig kenne.«

Ferguson wartete ruhig ab. Der junge Matthew war von Natur aus kein Schwätzer.

»Man hat mir erzählt, daß sie in Winchester geschlagen und vergewaltigt worden sein soll. Man hat sie als tot liegengelassen, sagt man. Dann hat sie versucht, sich das Leben zu nehmen. Das arme Mädchen.«

Mehr hatte er nicht gesagt. Und mehr würde er auch nicht sagen.

Vielleicht wußte Grace es auch.

Er spürte Alldays große Hand auf seinem Knie. Es gab keine Möglichkeit, diesen Geschichten auszuweichen.

»Nun, sie sichteten diese beiden Schiffe, und sofort hatte Kapitän Adam vermutet, was es mit ihnen auf sich hatte ...«

Unis blieb an der Tür stehen, nach ein paar Sekunden lächelte sie über das, was sie hörte und sah.

Ihr John war wieder auf See. Er war niemals wirklich auf dem Land angekommen.

Der Weinkühler stand in einer Ecke des Kellers. Seine polierten Schnitzereien und silbernen Beschläge glänzten im flackernden Schein der Laternen.

Adam Bolitho ließ seine Hand über die Inschrift und das Wappen gleiten, beide waren identisch mit denen, die in den Kamin im Zimmer über ihnen eingemeißelt war. *Für die Freiheit meines Vaterlandes.* Er dachte wieder an die ausgediente Hulk in Gibraltar. Man konnte sich diesen Weinkühler dort nur schwer an Bord vorstellen, während Männer arbeiteten und ihren täglichen Routineaufgaben nachgingen, genau wie in der Welt, die er auf der *Unrivalled* zurückgelassen hatte. Catherine hatte dieses schöne Stück seinem Onkel geschenkt. Sein Vorläufer lag mit der alten *Hyperion* auf dem Meeresgrund. Es war ein Wunder, daß das neue Stück unbeschädigt hier angekommen war. Es war von Schiff zu Schiff gewandert, jedesmal war der Empfang bestätigt worden, bis es schließlich in Falmouth eingetroffen war. Zusammen mit dem bequemen Sessel, den ebenfalls Catherine seinem Onkel geschenkt hatte.

Er hörte Ferguson hinter sich atmen, er war ihm seit seinem Unfall kaum von der Seite gewichen.

»Ich denke, daß wir ihn mit an Bord nehmen sollten, Bryan.« Er schaute zu dem Sessel hinüber, der mit einem Tuch bedeckt war.

Ferguson wollte nichts sagen, er fühlte sich seltsam angerührt. »Und den Weinkühler auch, Kapitän?«

»Der bleibt am besten im Haus. Damit man sich darauf freuen kann, wenn man heimkommt.«

Adam wandte sich ab, plötzlich war er ganz in sich

versunken. Er fühlte sich immer noch als der Eindringling, als ob das Haus auf jemand anderen warten würde.

»Ich werde mich darum kümmern.«

Ferguson folgte ihm über die steinernen Stufen nach oben. Das war wieder so eine Heimkehr, die bald durch irgendeine eilige Depesche beendet werden würde. Er hatte inzwischen alles über das Seegefecht gehört, in dem die *Unrivalled* beschädigt worden und Männer gestorben waren. Er schloß die eisenbeschlagene Tür. Es hätte auch Adam treffen können. Und wer weiß, wie es beim nächsten Mal ...

Ferguson schüttelte den Staub von einem schweren Vorhang und blickte auf die Blumen im von Mauern umgebenen Garten. *Damit man sich darauf freuen kann, wenn man heimkommt.* So hatte es Adam ausgedrückt. Aber das hier war kein Heim, nicht mehr.

Ferguson dachte wieder an das, was ihm der junge Matthew erzählt hatte. Vielleicht sollten sich die Leute Gedanken über die Gefühle des Mädchens machen, und diese Schreckgespenster, die sie immer noch quälten und jagten. Er seufzte. Wie auch immer, Lowenna war nach London abgereist, also war es das Ende. Aber ihre Augen hatten eine ganz andere Sprache gesprochen. Er lächelte schief. Wie Grace lachen würde, wenn sie es erfuhr. Auch er hatte nie vergessen, wie sich die Liebe anfühlte.

Er blickte auf seinen leeren Ärmel hinunter. Die Vergangenheit war vorbei ...

Adam wurde sich nur zum Teil der Besorgnis von Ferguson bewußt, als er durch das Arbeitszimmer ging. In diesem Raum hatte John Allday zugeschaut, wie Kapitän James Bolitho den Degen an seinen jüngeren Sohn übergeben hatte.

Adam spürte die lederne Schatulle in seiner Hosentasche, darin befand sich der Orden vom Nil, den ihm

Catherine mit einem besonderen Boten zugeschickt hatte. Jemand mußte das arrangiert haben. Es war nur eine kurze Notiz angefügt gewesen, sie wiederholte im Wesentlichen die Worte, die sie ihm zusammen mit dem Degen hinterlassen hatte: *Er hätte gewollt, daß du ihn bekommst ...*

Er blickte auf das Gemälde von Kapitän James Bolitho, dessen einer Arm übermalt worden war. Von Rechts wegen hätte der Degen an Hugh Bolitho weitergegeben werden müssen. Den Verräter.

Mein Vater.

Seine Augen wanderten unwillkürlich zu dem leeren Kamin. Dort lag noch immer derselbe Teppich, auf dem er geliebt hatte und von Zenoria wiedergeliebt worden war. Und jetzt hatte Catherine das Bindeglied zerbrochen, das sie zusammengebracht hatte.

Ferguson kannte diese Anzeichen. Das Schiff war Adams Welt, und bald würde er wieder fort sein.

»Vielleicht wollen Sie etwas essen, Kapitän?«

»Ich glaube nicht, Bryan.«

Ferguson sagte nichts. Er würde sich bei Grace Rat holen. Vielleicht würde sie wissen ...

Adam konnte nicht fassen, was er plötzlich sah.

Lowenna stand direkt neben den Rosen vor den geöffneten französischen Fenstern. Sie hatte einen Finger vor die Lippen gelegt, wirkte aber so unsicher, als ob sie jede Sekunde kehrtmachen und wieder verschwinden könnte. Ihr Kleid war hellgrau, und dazu trug sie einen Strohhut, der von einem blauen Band gehalten wurde, das unter ihrem Kinn verknotet war. Ihr Haar war straff nach hinten gekämmt. Ferguson sah, daß sie eine gelbe Rose in der Hand trug, so wie jene, von der man flüsterte, daß sie auch auf dem Porträt zu sehen wäre.

Adam sagte: »Ich denke, daß ich einen Spaziergang machen werde. Bryan.« Er verschloß den kleinen Kasten und wandte sich dem Sonnenlicht zu.

Sie sagte einfach: »Dann gehen Sie doch mit mir.«

Adam durchquerte das Zimmer und blieb stehen, als sie ihm die Rose reichte.

»Die ist für Sie.« Ihre Selbstsicherheit schien plötzlich aufgesetzt zu sein. »Bitte ... ich sollte wirklich nicht hier sein.«

Er nahm die Rose aus ihrer Hand. Sie atmete unruhig, als ob sie gegen etwas ankämpfen müßte, als wollte sie dringlich etwas sagen, könnte aber nicht die richtigen Worte finden.

Adam ließ zart seine Hand unter ihren Arm gleiten. »Ich werde Ihnen das Haus zeigen, Lowenna.« Er drückte ihren Arm, um sie zu beruhigen, da er ihre Anspannung fühlte. Dann sagte er: »Sie sind da, das ist alles, was mich interessiert. Sie sind hier neben mir, und ich werde nicht aufwachen und feststellen, daß es nur ein Traum war.«

»Ich konnte nicht nach London reisen oder irgendwoanders hin, ohne vorher festzustellen, wie es Ihnen geht.« Sie wandte ihr Gesicht leicht zur Seite. »Nein, sehen Sie mich bitte nicht so an, ich bin mir gar nicht sicher, ob ich ...« Sie zitterte.

War es Furcht? Vor ihm oder vor sich selbst?

Er wiederholte: »Aber Sie sind gekommen.«

»Joseph hat mich hergebracht. Ich habe ihm gesagt, daß er warten soll.« Sie sah ihn direkt an, ihre Augen blickten plötzlich sehr entschlossen, bittend. »Ich hatte kein Recht ...«

»Sie, vor allen anderen Leuten, haben jedes Recht.«

Zum ersten Mal lächelte sie. »Gehen Sie einfach mit mir spazieren, Adam. Zeigen Sie mir Ihr Heim. So wie Sie es mir damals angeboten haben ...«

Sie gingen von Zimmer zu Zimmer, dabei sprachen sie kaum, jeder spürte intensiv die Gegenwart des anderen. Aber keiner von beiden wußte, wie es weitergehen sollte.

Abrupt stellte sie fest: »Ich habe Ihr Porträt gesehen. Ich habe Sir Gregory gesagt, daß etwas fehlt.« Sie schien erschrocken über ihren eigenen Kommentar, der unausgesprochen in der Luft hing. »Doch wer bin ich, daß ich solche Dinge sage?«

Er lächelte. »Erzählen Sie es mir. Ich beiße nicht.«

Es war wie eine vorbeiziehende Wolke. Sie fuhr fort: »Genau wie jetzt, Adam, genau das ist es. Das Lächeln, an das ich mich erinnert habe und an das ich mich immer erinnern werde!«

Er legte ihr seine Hand auf die Schulter und spürte den plötzlichen Widerstand des Körpers. Wie eine Warnung. So als ob früher etwas passiert war. Er sagte ernst: »Ich werde Sie niemals verletzen, Lowenna. Ich werde jeden Mann töten, der Ihnen etwas antut.«

Sie berührte sein Gesicht. »Zoll für Zoll ein Krieger.« Sanft nahm sie seinen Arm. »Lassen Sie uns in den Garten gehen. Woran denken Sie, Adam?«

Er ging mit ihr ein paar Schritte, spürte die warme Sonne auf seinem Gesicht. Das Mädchen, das ihn in seinen Träumen besucht hatte, war wieder da.

»Ich glaube, daß Sie hierhergehören, Lowenna«, sagte er. Sie antwortete nicht, und er fuhr fort: »Das war plump ausgedrückt. Wenn Sie mir die Zeit einräumen, dann werde ich lernen, mich besser auszudrücken ... was ich fühle ... und wie ich mich fühle. Sie gehören ganz bestimmt hierher.«

Sie gingen weiter, er blieb neben Bosun, dem Hund des jungen Matthew, stehen. Das Tier war alt und fast blind, aber erlaubte niemandem den Durchgang, ohne ihn zu stellen.

Adam stöhnte auf, als er sich aufrichtete. »Das war wieder eine Lektion, die ich lernen muß.«

Ferguson stand in der Tür seines Büros und hob grüßend eine Hand, als sie vorbeigingen.

Aber auch Grace Ferguson beobachtete sie. Sie spürte, wie sich eine Träne in ihren Augenwinkel stahl, denn die beiden gaben wirklich ein ideales Paar ab. Wie zwei Wesen aus der Vergangenheit, aber trotzdem so frisch und strahlend, daß es die reinste Freude war, zuzuschauen, nach all den Sorgen, die das alte Haus erlebt hatte. Trotz der vielen glücklichen Stunden …

Grace glaubte, das Mädchen lachen zu hören über etwas, das Adam erzählt hatte. Eine neu gewonnene Nähe, eine neue Entdeckung … Sie ging zurück in das Haus und schloß die Tür – trotz der Hitze.

Würde Lowenna ihm alles erzählen? Konnte sie das Geschehen mitteilen, das sie fast zerstört hatte, ohne die Hoffnung auf einen neuen Beginn zunichte zu machen? Grace eilte in den kühlen Schatten, verärgert darüber, daß sie weinte.

Adam schlenderte durch den Stallhof in Richtung des Tores, und er hatte nur Augen für das Mädchen, das er im Arm hielt.

Mehrere Leute arbeiteten auf dem Hof und drehten sich um, um ihnen nachzuschauen. Diejenigen, die hier schon länger beschäftigt waren, winkten.

Lowenna sagte: »Ich möchte, daß Sie mir alles aus Ihrem Leben erzählen. Auch über Ihr Schiff und die Männer, die Sie führen.«

Sie sagte das so ernsthaft, daß er versucht war, alle Vorsicht beiseite zu schieben und sie einfach zu umarmen. So wie das Mädchen im Traum.

»Dann müssen Sie mir auch alles über sich erzählen, Lowenna.«

Sie drehte sich weg, anscheinend um einen Schwarm Enten zu beobachten, die über die Oberfläche des Sees hinwegflogen. Sie konnte nicht antworten. Sie hatte Angst.

Bryan Ferguson stand gerade außerhalb der Tür zur Bibliothek, seine Hand glitt an den Knöpfen seiner Jacke auf und ab. Das war eine Angewohnheit, die ihm nicht mehr bewußt war. Es geschah selten, daß er so aufgeregt war.

»Ich habe ein Pferd gehört, Kapitän. Ich dachte, daß es vielleicht ein Kurier sein könnte.«

Sir Gregory Montagu zog seinen Hut und verbeugte sich kurz. »Es ist nicht ungewöhnlich, daß ich Leute besuche, ohne vorher angemeldet zu sein. Vielleicht liegt das an den Zeiten, in denen wir leben?«

Adam erhob sich. Auf dem Tisch hatte er einen unfertigen Brief liegen. Er hatte ihn kaum begonnen. *Meine liebe Catherine …*

Es fiel ihm schwer, in diesem kerzengraden eleganten Herrn den farbverschmierten Maler in seinem schmutzigen Kittel wiederzuerkennen. Er war über die staubigen Wege hierhergeritten, aber er sah wie aus dem Ei gepellt aus und hätte sofort bei Hofe erscheinen können.

»Vielen Dank, Bryan. Danke.«

Er blickte zur offenen Tür und zu den Fenstern. Einen Augenblick lang hatte er gehofft, daß auch Lowenna mitgekommen wäre.

Ihr gemeinsamer Spaziergang durch den Garten, als er ihr von der *Unrivalled* erzählt hatte und von einigen der Männer, die sie zu dem Schiff gemacht hatten, das sie war. War nicht lange her. Ein kostbarer Moment – ganz nah –, der aber jetzt in unendlicher Ferne zurückzuliegen schien.

Montagu deutete auf eines der Gemälde. »Das muß eine Arbeit von Ladbroke sein. Bei seinen Schiffen stimmen die Proportionen nie. Der konnte doch keinen Block von einem Poller unterscheiden!«

Adam war plötzlich wachsam, befand sich in der Verteidigung. Montagu war bestimmt nicht hierhergekommen, um die Zeit mit Geplänkel über einen längst verstorbenen Maler totzuschlagen.

»Ich hatte angenommen, daß Sie in London weilen, Sir Gregory.«

»Dachten Sie das? So, so.« Er zupfte an seinem kurzen Kinnbart, seine Augen blickten ins Leere.

Es war das erste Mal, daß Adam ihn unsicher sah. Vielleicht wußte er nicht, wie er fortfahren sollte.

»Sie haben sich mit Lowenna hier getroffen?«

Adam spannte sich. Es würde nur zu einfach sein, das Temperament durchgehen zu lassen. Vielleicht beabsichtigte Montagu genau das.

»Sie machte sich Sorgen wegen meiner Verletzung. Sie ist nicht lange geblieben.« Er konnte sehen, daß seine Worte keine Wirkung zeigten. »Ich habe dafür gesorgt, daß sie eine angemessene Eskorte bekommen hat.«

Montagu nickte heftig. »Das habe ich gehört. Das ist das Mindeste. Man kann in diesen Zeiten nicht vorsichtig genug sein.« Er ging zu einem Bücherschrank hinüber. Seine Reitstiefel quietschten auf dem gewachsten Parkett. »Lowenna ist mir sehr ans Herz gewachsen, sonst wäre ich nicht hier. Sie ist mein Patenkind, aber das kann nicht bis in alle Ewigkeit so weitergehen. Nichts währt ewig. Sie ist eine hübsche Lady, aber in bestimmter Weise ...«

Adam warf ruhig ein: »Dann sollten Sie wissen, Sir Gregory: Ich empfinde sehr viel für sie.« Er hob abwehrend eine Hand. »Hören Sie mir zu. Ich war darauf überhaupt nicht vorbereitet, aber jetzt kann ich kaum noch an etwas anderes denken, nur noch an ihr zukünftiges Glück.«

Montagu setzte sich und bedachte ihn mit dem starren Blick, mit den er auf seine Leinwand starrte. Zögernd begann er: »Ich habe ihren Vater ein paar Jahre lang gekannt. Ich hatte die Gelegenheit, mit ihm zusammen in Winchester zu arbeiten. Er war ein Gelehrter und ein guter Mann. Aber er war nicht von unserer Welt, der Ihren und der meinen. Er sorgte sich um die Menschen und vertraute ihnen zu schnell. Seine Frau starb in Winchester an einem unbekannten Fieber. Es geschah in jenem strengen Winter – sehr viele Menschen sind ihr gefolgt. Lowenna versuchte, die Stelle ihrer Mutter einzunehmen, und ich habe mein Bestes getan, um den beiden zu helfen, soweit es mir möglich war. Ich hatte das Gefühl, daß ich das ihrem Vater schuldete. Wie ich schon sagte, er war ein guter Mann – aber er war schwach, unfähig, nach dem Tod seiner Frau seinen Weg zu finden.«

»Ich hatte schon das Gefühl gehabt, daß da etwas war.«

Montagu schien ihn nicht gehört zu haben. »Sie besaßen außerhalb von Winchester ein Haus, es lag schön, aber sehr einsam.« Er beugte sich nach vorne, seine Augen blickten sehr starr, als ob er Adam ein Geheimnis mitteilen wollte. »Ein paar Männer kamen, sie baten um Essen, vielleicht wollten sie auch Schutz vor dem Wetter. Jeder andere Mann hätte die Kerle in die Wüste geschickt. Aber, wie ich schon gesagt habe, er war nicht von unserer Welt.«

Adam spürte, daß Eiseskälte in ihm hinaufkroch, so als ob er zuschauen würde, wie der Feind seine Geschützpforten öffnete.

»Sie wollten Geld. Später haben wir herausgefunden, daß es sich um Deserteure der Armee gehandelt hatte, was zu der damaligen Zeit relativ häufig vorkam. Er hatte keins, aber sie wollten ihm nicht glauben.« Sir Gregory war wieder aufgestanden. »Ich erzähle Ihnen das nur, weil ich Ihnen vertraue. Falls ich herausfinden sollte oder auch nur denken müßte, daß Sie das nicht verdienen, dann werde ich alle mir zur Verfügung stehenden Mittel benutzen, um Sie zu zerstören.« Er hatte seine Stimme nicht gehoben, aber trotzdem hatte Adam den Eindruck, als ob er es laut herausgeschrien hatte. »Es verging einige Zeit, bis jemand das Verbrechen entdeckte, ein Besucher aus dem College, glaube ich. Das Mädchen war vier Tage lang gefangengehalten worden und der Gnade der Verbrecher auf Wohl oder Wehe ausgeliefert. Ich kann Ihrem Gesichtsausdruck entnehmen, daß Sie Ihre eigenen Schlußfolgerungen ziehen können, und ich will es dabei belassen. Es hat sie an Körper und Geist gebrochen, und sie wäre fast gestorben. Sie ist aber eine tapfere, intelligente Frau, und ich habe miterlebt, was es sie an Kraft gekostet hat, dieses Entsetzen hinter sich zu lassen.«

Adam murmelte: »Mit Ihrer Hilfe. Nur mit Ihrer Hilfe.«

»Vielleicht brauchte ich sie genausosehr wie sie mich.«

»Danke, daß Sie mir das erzählt haben, Sir Gregory.«

Montagu beobachtete ihn genau. »Hat das Ihre Einstellung verändert?«

»Wie könnte es?«

»Es könnte sein, daß sie nicht in der Lage ist, es Ihnen selbst zu erzählen. Wer kann sich eines anderen Menschen schon so sicher sein?«

Nach einer Pause fragte Adam: »Hat man die Männer gefaßt?«

»Schließlich, ja. Sie wurden als Schwerverbrecher gehängt, nicht als Soldaten. Sogar auf dem Gerüst des Galgens stehend, versuchten sie noch, Lowennas Namen zu besudeln. Etwas davon hat bereitwillige Ohren gefunden. Wo Rauch ist, da ist auch ein Feuer, sagt man das nicht« Er stellte einen Fuß energisch vor. »Ich hätte diesen Abschaum bei lebendigem Leib verbrannt!«

Adam hörte, wie ein Pferd im Hof vorgeführt wurde. Montagu hatte seinen Besuch exakt auf die Minute geplant.

»Der Gegenstand dieser Unterredung ist bei mir sicher, Sir Gregory.«

Montagu kam quer druch den Raum auf Adam zu und

nahm seine Hand. Das war ihr erster wirklicher Kontakt seit seiner Ankunft. »Kein Geheimnis ist jemals sicher, Kapitän Bolitho. Seien Sie darauf vorbereitet. Ich glaube, daß Sie vielleicht der Mann sind, der Lowenna erlösen kann.«

Adam folgte ihm hinaus in den Sonnenschein. Jetzt zogen Wolken auf, blaugrau, von See her. Es würde einen Wetterumschlag geben ... Er sah zu, wie sich sein Besucher in den Sattel schwang.

Einen langen Augenblick saß Montagu bewegungslos im Sattel, dann sagte er: »Ihr Porträt wird in Kürze fertig sein. Man hat mich auf ein paar notwendige Änderungen aufmerksam gemacht, die ich noch vornehmen muß.« Er schien einen Teil seiner anfänglichen Reserviertheit zu vergessen. »Außerdem möchte ich Ihre Tante wirklich nicht verärgern. Dieser verdammte Hundesohn Roxby hatte wirklich einmal in seinem Leben einen lichten Moment, als er sie geheiratet hat, nicht wahr?«

Adam blickte dem Pferd hinterher, bis es das Tor passiert hatte. Er wußte, daß sich Ferguson in der Nähe herumdrückte. Sie waren sich immer nahe, ohne wirklich zu wissen, wie oder warum es so war. Er drehte sich um und schaute ihn an, über seine eigene Ruhe erstaunt.

»Ich werde morgen früh den jungen Matthew benötigen, Bryan.«

Ferguson nickte. Es war kein weiteres Wort nötig. Aber diesmal war alles doch irgendwie anders.

»Ich muß ein paar Briefe schreiben.« Adam blickte jetzt in Richtung des ummauerten Gartens – zu den Rosen.

Er war bereit, nach Hause zu kommen.

Der einzige Schlüssel

Gegen Ende des Monats Juli hievte Lord Exmouth' Flotte ihre Anker und stach in See. Es war eine beeindruckende Armada, sogar für diejenigen, die in der Kriegszeit groß geworden waren, und Plymouth zog wahre Menschenmengen aus der Umgebung an, die das Auslaufen beobachten wollten. Wegen der launischen Winde dauerte es den ganzen Tag, bis alle Schiffe den Sund passiert und ihre Position zum Flaggschiff *Queen Charlotte* eingenommen hatten. Wochenlang hatte jeder, der ein Dory skullen oder an einem Riemen reißen konnte, Neugierige um die ankernden Schiffe rudern können. Unterhaltungskünstler und sogar ein Mann mit einem dressierten Bären hatten sich unter Taschendiebe und Gauner gemischt, um das Beste für sich aus der ungewöhnlich großen Menschenansammlung herauszuholen. Jetzt schien Plymouth plötzlich wie verwaist, wenn man von den örtlichen Händlern und den üblichen Faulenzern absah. Auf der Hauptreede luden nur noch aufgelegte Schiffe und die Hulken zur Besichtigung ein. Jedenfalls wenn man von einer ankernden Fregatte absah, die abseits der anderen Schiffe lag. Ihre Rahen waren gekreuzt, an Deck und im Rigg tummelten sich Seeleute, aber so war es schon seit ihrer Rückkehr, als ihr Rumpf noch von dem kurzen, aber gnadenlosen Gefecht geschwärzt und voller Narben gewesen war. Der Hafenadmiral hatte Wort gehalten und jeden verfügbaren Mann, Zimmermann oder Rigger geschickt, um bei der hastigen Reparatur der *Unrivalled* zu helfen – und jetzt schien sie wieder wie neugeboren zu sein. Nur die erfahrenen Leute von der Küste und die alten Jan Maaten auf der Hoe konnten hinter den frischen Teer, die Farbe und die sauberen Flicken auf den Segeln blicken.

Eine Kutsche stand am Straßenrand unter dem Wall der örtlichen Küstenbatterie, die beiden Pferde ruhten sich von der Fahrt über die Hügel und durch den heißen Sonnenschein aus. Der Kutscher lehnte sich etwas vor und sagte: »Das ist nahe genug, glaube ich, Miss Lowenna.«

Das Mädchen nickte, aber sagte nichts. Wie alle, die für Sir Gregory arbeiteten, war der Kutscher höflich, aber bestimmt. Er führte seine Befehle für diese Expedition genauso aus, als ob er ein wertvolles Gemälde von irgendeiner Adresse zu einer anderen bringen müßte.

Er macht sich Sorgen wegen der herumtrödelnden Menge, dachte Lowenna. Einige der Tagediebe blickten schon herüber. Eine schmucke Kutsche, ein livrierter Kutscher ... es waren alles Männer. Sie zupfte an ihrem Kleid, es war heiß, und das Leder klebte an ihrer Haut. Einer der Männer hob eine Hand in einem spöttischen Gruß, und sie hörte, daß der Kutscher verkniffen irgend etwas Unfeines in sich hineinknurrte.

Man sah sie in jedem Seehafen: Männer, die früher auf Schiffen gedient und gekämpft hatten. Auf Schiffen wie der *Unrivalled*, deren Spiegelbild vom Wasser reflektiert wurde. Die Männer hatten einen Arm oder ein Bein verloren, zwei trugen eine schwarze Augenklappe, die eine leere Augenhöhle kaschierte. Und trotzdem kamen sie immer in den Hafen, um der Flotte beim Auslaufen zuzusehen und sich an etwas festzuhalten, obwohl das Meer sie doch so schwer verwundet und letztlich verkrüppelt an Land gespien hatte.

Diese Szenen konnte kein Maler einfangen. Lowenna dachte wieder an Adams Porträt. An das Lächeln, wegen dem Sir Gregory zuerst so unnachgiebig gewesen war. Oder hatte er Lowenna lediglich prüfen wollen? Hatte er ihre Stärke ausloten wollen?

Zwei weitere Männer hatten sich zu der Gruppe an der

Bastion gesellt, blieben aber etwas abseits stehen, ihre Kleidung wies sie als Werftarbeiter aus.

Einer der beiden stellte fest: »*Unrivalled* ist fertig, um wieder ihre Flügel auszubreiten, Ben. Morgen in Allerherrgottsfrühe wird sie auslaufen – wenn der Wind durchsteht.«

Der andere schien dessen nicht ganz so sicher zu sein. »Sie hat also schon ihre Befehle? Ich dachte zuerst, sie wäre zu sehr zusammengeschossen gewesen, als daß sie je wieder auslaufen könnte.«

Sein Gefährte grinste. »Mein Vater ist jetzt mit dem Frischwasserleichter draußen – sie geht bald raus. Ich habe mit einem der Männer des Reepschlägers gesprochen. Er hat mir erzählt, der Kommandant wäre ein richtiger Antreiber. Auf jeden Fall ein Feuerkopf, wie man hört!«

Ein paar der Männer waren näher herangerückt, um auch alles zu verstehen. Ein älterer Mann, der ungeschickt auf einem Holzbein humpelte, bemerkte: »Der Kommandant ist Adam Bolitho, Kumpel.«

»Du hast *vor* seiner Zeit gedient, nicht wahr?«

Der Mann ignorierte das Gelächter. »Ich habe unter seinem Onkel, Sir Richard, gedient, damals auf der alten *Tempest*, als ihn das Fieber in der Südsee gepackt hat. Es gab keinen besseren Kommandanten.«

Das Mädchen hielt sich am Rahmen des heruntergelassenen Fensters fest. Nancy Roxby hatte die *Unrivalled* erwähnt, als sie zu Besuch gekommen war, um sich das Bild anzuschauen.

Lowenna blickte zu dem alten Seemann hinüber, ihre plötzliche Entschlossenheit ließ sie fast schwindlig werden. Sie hatte das altmodische Fernglas unter seinem Arm bemerkt.

»Ich steige aus!« Sie hob abwehrend die Hand. »Nein, mir wird nichts passieren.« Sie hätte sich an den Namen des Kutschers erinnern sollen. »Ich muß mit diesen Mann da sprechen …«

Der Kutscher befestigte die Zügel und blickte sich unruhig um. Er mochte seine Arbeit, trotz Montagus Launen, und dazu gehörte auch, daß er Kutschfahrten unternahm, wann immer es ihn danach gelüstete. Es gab wenig genug Jobs in diesen Zeiten. Er durfte also nicht unvorsichtig sein.

Er sah, wie das Mädchen ihre Hand vor den untersetzten, einbeinigen Seemann ausstreckte.

»Darf ich das Glas haben?« Die Männer starrten sie an, sie war nahe genug, um den starken Tabak und den Teer zu riechen. »Bitte?«

Ihre Hand war ganz ruhig, aber sie hatte ein Gefühl, als ob sie zitterte.

Der Mann lächelte plötzlich. »Aber sicher, junge Dame. Das gute Stück ist ein wenig alt und verbeult …« Er schüttelte den Kopf, wie um die anderen auszuschließen, besonders den, der gerufen hatte: »So wie du, Ned?«

Lowenna hob vorsichtig das Fernglas. Sie hörte die Stiefel des Kutschers über die Pflastersteine heranpoltern, während der einbeinige Mann einen Arm um sie legte, um ihr das Gewicht des Teleskops abzunehmen, so wie ein Seesoldat das Gewicht seiner Muskete prüfte.

»Dort, Miss.« Die harte Hand schloß sich über ihren Fingern. »Dort.«

Sie schüttelte ein paar Haare aus den Augen und fühlte, daß ihr ein paar Schweißperlen den Rücken hinunterliefen. Sie fühlte sich wie ein Eindringling. Eine Erinnerung stieg in ihr auf. Dann sah sie die *Unrivalled*, und sie hörte fast auf zu atmen, als das Schiff vor der Linse auftauchte. Die nach hinten geneigten Masten mit dem schwarzen stehenden Gut wirkten im hellen Sonnenlicht wie Glas. Sie sah die aufgetuchten Segel, ein langer spitzer Wimpel wehte gelegentlich von einem der Masttoppen aus. Kleine Gestalten bewegten sich anscheinend ziellos über die Decks, aber jede hatte natürlich eine Aufgabe. Einige Männer verharrten völlig bewegungslos, vielleicht waren es Offiziere. Lowenna spürte, wie die Anspannung wiederkehrte. Adam! Er war dort.

Der Stalljunge hatte dem Kutscher von der Aufregung erzählt, nachdem sie Sir Gregory gefragt hatte, ob sie nach Plymouth kutschiert werden könnte. Es war wichtig für sie, obwohl sie zu diesen Zeitpunkt noch nicht wußte, wie wichtig es für sie war. Es ähnelte dem Öffnen eines versiegelten Zimmers mit dem einzig verfügbaren Schlüssel.

Gregory hatte gewütet: »Nicht ohne mich, das kommt nicht in Frage.« Aber seine Schärfe hatte nur etwas anderes überdecken sollen, das sie bisher allein miteinander geteilt hatten. Bis jetzt.

Lowenna richtete das Fernrohr auf die stolze Galionsfigur. Dann ließ sie das Teleskop sinken, und das Schiff in der Ferne wurde wieder klein wie ein schönes Modell.

»Kennen Sie jemanden an Bord der *Unrivalled,* Miss?«

Die Männer blickten sie alle an, ohne jede Bosheit. Keiner hegte einen falschen Gedanken. Niemand streckte eine Hand aus und wollte sie niederzwingen, nieder ...

Sie antwortete schnell: »Ja.«

Er wird auslaufen, morgen schon, hatte einer der Männer gesagt, und auf jeden Fall ...

»Ich würde ihm gerne eine Nachricht übermitteln. Ist das möglich?« Sie blickte zum Kutscher hinüber. »Ich kann bezahlen.«

Der Kutscher entspannte sich, einen Muskel nach dem anderen. Eine Patrouille der Armee kam die Straße entlang. Er war nicht länger auf sich allein gestellt. Er schlug vor: »Wir sollten zur Pier hinunterfahren, Miss Lowenna. Dort kann ich mit einem der Bootsleute verhandeln.«

Ein einbeiniger Mann sagte fest: »Ich kann das besorgen. Ich habe mein eigenes Boot.« In seiner Stimme schwang etwas Trotz mit, aber auch Stolz. Dann blickte er sie wissend an, vielleicht weckte sie Erinnerungen in ihm. »Es wird sich dann wohl um den Kommandanten handeln, nehme ich an?«

»Ja«, erwiderte sie schlicht.

»Ich kann Sie auch hinausbringen, falls Sie das wünschen.«

Sie schüttelte den Kopf. »Ich werde eine kurze Nachricht schreiben, hier und jetzt.« Sie öffnete das kleine Täschchen, das sie bei sich hatte. So, als ob sie es geahnt hätte.

Es war unmöglich. Es war verrückt.

Der Mann nahm den Zettel mit großer Umsicht und sagte: »*Mein* Kapitän Bolitho auf der *Tempest* hatte eine tolle Lady wie Sie. Schön war sie.«

Sie legte ihm eine Hand auf den ausgefransten Ärmel. »War?«

»Wir haben sie auf See bestattet. Sie hatte das Fieber.« Er packte eine Hand und faltete seine Finger fest über die Münzen, die sie ihm gab. »Diesmal nicht, Missy. Er ist ein glücklicher Mann. Ich werde ihm das geben. Niemand ist glücklicher dran als er, nicht wahr, Jungs?«

Sie kletterte in die Kutsche, ihre Augen waren blind für alles, was um sie herum passierte, sogar für die ankernde Fregatte.

Die Männer würden sie bedauern, wenn sie alles wüßten. Lowenna biß sich auf die Lippe, bis der Schmerz sie wieder in die Realität zurückführte. Alle taten es, wenn sie Bescheid wußten.

Ich will Liebe, kein Mitleid, könnt ihr das nicht verstehen?

Adam hatte den einzigen Schlüssel zu dem versiegelten Zimmer.

Vizeadmiral Sir Graham Bethune wartete, bis sein Adjutant die Tür geschlossen hatte, dann begann er: »Sehr freundlich, daß Sie Zeit für mich erübrigen, Thomas, ich weiß nur zu gut, daß Sie sehr beschäftigt sind.«

Er sah zu, wie sein Besucher vorsichtig Platz nahm, sich dabei die Schulter hielt, als erwarte er einen unvermeidlichen Schmerz. Er sah müde aus, noch müder als bei seinem letzten Besuch.

Konteradmiral Thomas Herrick blickte sich in dem Raum um, musterte die glitzernden Kronleuchter und das großartige Porträt des Earl St. Vincent als Ersten Lord der Admiralität.

Bethune wußte, daß Herrick den Aufenthalt in dem Sitz der Admiralität nicht schätzte, ja daß er ihn sogar zutiefst verabscheute. Er fühlte sich hier fehl am Platze.

»Ich habe Ihren letzten Bericht bekommen.« Bethune legte eine Pause ein wie ein Wildentenjäger, der die Umgebung einschätzt. »Ich fand ihn sehr informativ, hilfreich. Besonders für mich.«

Herrick sah ihn an, seine blauen Augen wirkten sehr gelassen. »Kommodore Turnbull braucht mehr Schiffe, Sir Graham. Und er braucht sie jetzt. Ich bezweifele, daß wir den Sklavenhandel jemals vollständig unterbinden können, aber ohne wirksame Patrouille sind wir auf immer ausmanövriert. Reine Zeitverschwendung und eine Verschwendung von Geld dazu, falls das der einzige Maßstab Ihrer Lordschaften sein sollte.«

Bethune ging zu einem der Fenster hinüber und sah hinunter auf die Kutschen und Reiter, die sich nach Norden in Richtung des Parks bewegten. Aber vor seinem inneren Auge sah er den Streifen parkähnlichen Landes vor sich, die entlaubten Bäume, die den alten Duelltreffpunkt markierten. Er hatte dort erst vor ein paar Tagen mit Catherine gesprochen. Sie schien überrascht gewesen zu sein, daß er zu dem Treffen in Uniform gekommen war.

Er berührte die goldene Litze auf seinem Ärmel. Das Treffen war sehr unvorsichtig gewesen, aber er hatte Herricks Bericht gelesen und schnell gehandelt. Er hatte sich noch nicht einmal die Zeit genommen zu überlegen, was es Herrick gekostet haben mußte, sein Schweigen zu brechen. Herrick hatte es mit Sicherheit nicht für ihn getan, sondern für Catherine und Catherines gefallenen Liebhaber, Richard Bolitho.

Er sagte: »Ich hoffe, daß Sie ein Glas mit mir trinken werden, Thomas? Wir werden ungestört bleiben.«

Herrick hob die Schultern, das konnte nichts und auch alles bedeuten.

Aber Bethune war vorbereitet. Er kannte Herrick ziemlich gut und hielt ihn für starrköpfig, eigensinnig, loyal. Die Marine war sein Leben, und es lief wie in einem Stundenglas aus.

Er öffnete einen Schrank und goß zwei Gläser Cognac ein, der aus dem staubigen Laden in St. James stammte, in dem Catherine immer den Wein für Sir Richard gekauft hatte.

Er sah wieder ihr Gesicht vor sich. Ihre Augen hatten gefunkelt, als er Baron Sillitoe of Chiswick erwähnt hatte.

»Wir sind kein Liebespaar. Aber ich schulde ihm so viel. Er hat mir beigestanden, als mich andere im Stich gelassen haben. Ohne ihn wäre ich gestorben.«

Herrick nahm das Glas und starrte hinein. »Das ist etwas früh für mich, Sir Graham.« Er benutzte den Titel, immer wie eine letzte Schranke, genau wie er niemals »Lord« in Verbindung mit Sillitoe brachte, weder in seinem Bericht noch jetzt.

»Es scheint sicher zu sein, daß Lord Sillitoe mit seinen Geschäften in Machenschaften in Westindien verstrickt ist.« Bethune zögerte. »Und in Afrika?«

Herrick sagte: »Darüber kann es keine Zweifel geben.

Die Kontore in der City von London haben das bestätigt. Sillitoe mag nicht gewußt haben, wie weit er in den Sklavenhandel involviert ist, aber Unwissenheit ist in den Augen des Gesetzes keine Entschuldigung.« Mit plötzlicher Bitterkeit fügte er hinzu: »Jeder, der vor einem Kriegsgericht gestanden hat, wird das bestätigen.«

Bethune drehte sich wieder zum Fenster. Er mußte verrückt sein. Catherine hatte recht gehabt. Sich so nahe an der Themse zu treffen, wo jeder sie sehen konnte! Ein vielversprechender Flaggoffizier, in einer guten Position für weitere Beförderungen, mit Frau und Kindern, und noch jung genug, um den neuen Anforderungen der Navy in Friedenszeiten gerecht zu werden. Er dachte an die Flotte, die aus Plymouth ausgelaufen war. Zu der unausweichlichen Konfrontation mit dem Dey von Algier. Kaum herrschte Frieden, schon gab es Zwist zwischen den neuen Alliierten wegen des Sklavenhandels.

Er hatte sie sogar tatsächlich berührt und hatte ihre Hand festgehalten, hatte verhindert, daß sie sie ihm wieder entzog.

»Ich möchte nicht, daß Sie wegfahren, Catherine. Sie könnten hierbleiben – in London. Ich kann Ihre Privatsphäre absichern.«

Er hatte ihre Augen gesehen.

»Als Ihre Mätresse, Graham? Noch ein Skandal? Ich habe zu viel Achtung vor Ihnen, um Sie für Ihr ganzes Leben zu ruinieren.«

Herrick fragte plötzlich: »Gibt es Neuigkeiten von Catherine?«

Bethune sah ihn an. »Ich habe mit ihr gesprochen. Einige wenige Male.« Er sah den Unglauben, die Vorsicht. »Sie beabsichtigt, mit Lord Sillitoe nach Westindien zu segeln.«

Er hörte die Glocke schlagen, es war mehr ein Zittern als ein Klang. Er füllte die Gläser nach, während er erwog, was er getan hatte. Er würde beschuldigt werden, mit ihr konspiriert und sie gewarnt zu haben. Seine Zukunft lag fast schon in Scherben. Vielleicht konnte ihn ein Seekommando retten ... Er stellte die Flasche ab.

Er stellte sich vor, wie sie zur Kutsche zurückgegangen war. Plötzlich hatte sie gestoppt und ihn ganz ruhig gefragt: »Sind Sie in mich verliebt, Graham?« Er konnte sich an seine Antwort nicht erinnern, nur an ihre abschließenden Worte: »Dann *sind* Sie ein Narr.«

Herrick meinte: »Kann man das nicht verhindern?«

»Ihre Lordschaften sind im Moment zu sehr mit Algier beschäftigt. Danach ...« Er zuckte mit den Achseln. »Vielleicht wird sich Lord Sillitoe selbst freisprechen.«

Vorsichtig stand Herrick auf. »Ich muß mich verabschieden, Sir Graham. Man hat mir gesagt, daß man in Kürze meine Rückkehr nach Freetown wünscht. Dieser verdammte Ort! Und danach werde ich hoch und trocken auf dem Strand sitzen.« Als ob er es bildlich vor sich sehen konnte: ein Mann, der mit dem ersten Fuß auf dem Gestell zum Galgen stand.

Bethune sagte: »Werden Sie dann zurück nach Kent gehen?«

Herrick studierte ihn gelassen. »Ich bin dort jetzt ein Fremder.«

Er sah zur Tür, wohl wissend, daß der Diener draußen wartete, bereit, ihn hinauszugeleiten.

»Ich bitte Sie, Sir Graham. Tun Sie, was Sie können, für Catherine. Sir Richard hat mir, bildlich gesprochen, mein Leben geschenkt. Catherine aber hat mir meinen Glauben an die Menschen wiedergegeben.« Etwas schien ihn noch an der Tür festzuhalten. »Ist Adam Bolitho schon wieder auf See?«

»Man hat mich informiert, daß die *Unrivalled* gestern Plymouth verlassen hat.«

Herrick murmelte: »Wie ich ihn beneide.«

Die Tür schloß sich, und Bethune griff wieder nach der Flasche, was ihm gar nicht ähnlich sah. Er hob das Glas und sagte laut: »Ja, Catherine, ich bin ein Narr!«

Er dachte daran, wie sich ihre Hand in der seinen angefühlt hatte. Er fühlte ihren Widerstand. Und an etwas anderes dachte er auch.

Der Diener kam zurück. »Ich glaube, daß ich Sie daran erinnern soll, Sir Graham, daß wir zu Mittag eine Verabredung mit dem Ersten Lord haben.«

»Ich verstehe.« Er blickte auf die leeren Gläser. »Dann sollten wir ihn nicht warten lassen.«

Er wurde plötzlich stark an den Raum in Malta erinnert, in dem er Richard Bolitho zuletzt getroffen hatte.

Er hatte damals dasselbe gedacht. *Wie ich ihn beneide.*

Es war nicht vorbei.

Leutnant Leigh Galbraith folgte seinem Kommandanten in die Heckkabine und blieb an der Tür stehen. Halb erwartete er, daß der Kapitän es sich wieder anders überlegen und in eine andere Ecke des Schiffes eilen würde. So ruhelos war er gewesen, seit er an Bord zurückgekehrt war. Er war auch voller Energie, die er als Hektik an die anderen weitergab, ohne daß sie den Grund erfuhren.

Sogar O'Beirne war sprachlos gewesen, was höchst selten vorkam. Er hatte die Wunde frisch verbunden und dabei geschnaubt: »Ein Pferd reiten – ich bitte Sie, Sir! Hat er eine unheilbare Todessehnsucht, dieser Kommandant, dem wir folgen?«

Yovell war anwesend, sein Rock lag über einen Stuhl gebreitet, sein Tisch und ein Teil des Decks war mit Akten und Listen bedeckt, und dazwischen warteten noch weitere Briefe, wie Galbraith feststellte.

Er stellte fest, daß der Kommandant an den Heckfenstern stehengeblieben war und die Hände auf dem unteren Fensterbrett weit auseinandergespreizt hatte, als wollte er die ganze Reede umarmen.

»Es ist ein Geschenk des Himmels, daß wir unsere Tage ohne die Flagge eines Admirals im Nacken verbringen können, nicht wahr? Die Flotte wird inzwischen voll auf Kurs sein.« Galbraith sah, daß Adams Hand auf das frisch gemalte Holz klopfte. »Keine Angst, wir werden sie bald einholen.« Adam drehte sich um. »Und Sie haben Lawson zur Beförderung zum Bootsmannsmaaten vorgeschlagen, um ...«

»Selby, Sir. Lawson war der Bootsführer der Jolle und ist ein in allen seemännischen Arbeiten bewanderter Mann. Aber falls Sie der Meinung sind ...«

Adam lächelte. »Ich hätte gedacht, daß vielleicht Sanders die richtige Wahl sein könnte, aber ich stimme Ihnen zu: Lawson ist es. Ich werde sofort mit ihm reden.«

»Und was ist mit dem neuen Midshipman, Sir? Soll ich mich um ihn kümmern?«

»Nein, ich werde selbst mit ihm sprechen. Es ist wichtig, denke ich.«

Galbraith sah, daß Adam wieder über seine Wunde fuhr.

Napier kam aus der Schlafkabine, er trug ein paar sauber zusammengefaltete Hemden über dem Arm. Er hatte keine Schuhe an, und Adam kannte den Grund. In der Hüfte des Jungen steckte ein Splitter aus Teakholz, ähnlich dem anderen, aber dieser saß tiefer und war daher gefährlicher. Alle Seeleute haßten Teak. Die *Triton* war ein holländisches Schiff gewesen, und die meisten Holländer waren aus Bauholz gezimmert worden, das von weither aus den niederländischen Besitzungen herbeigeschafft worden war.

Napier hatte tapfer gesagt: »Es wird schon wieder gut werden, Sir. Ich werde nicht humpeln, wenn ...« Das Wörtchen »wenn« war immer das Zauberwort.

Adam sagte: »Ich bin sehr zufrieden mit dem Zustand des Schiffes, Leigh, und mit allem, was Sie zustande gebracht haben, während die *Unrivalled* hier lag.« Er schüttelte den Kopf. »Und ich weiß, daß Ihnen intensive Hilfe vom Hafenadmiral zuteil geworden ist. Aber ich war selbst Erster Leutnant, und ich habe nicht vergessen, wer wirklich dafür sorgt, daß die Dinge erledigt werden.« Er lächelte. »Sie werden in meinem Bericht gut wegkommen.«

»Bericht, Sir?«

Adam hatte sich umgedreht, um einer passierenden Yawl nachzuschauen.

»Wenn es an der Zeit ist, über Beförderungen zu reden!« Er drehte sich um, von dem grellen Sonnelicht halb geblendet. »Seien Sie darauf vorbereitet, Mann. Ich werde mich mit allen Mitteln für Sie einsetzen. Und jetzt wollen wir gemeinsam die Liste durchgehen: Geschützbedienungen und Geschützführer, Toppgasten und Bootsbesatzungen. Er sah wieder das zerschmetterte Ruderrad, die zermalmten Körper, die sich an die zersplitterten Speichen klammerten, und strich wieder über die frische Farbe vor sich.

Niemals wieder.

»Berichten Sie mir über den neuen Midshipman. Gibt es etwas, womit ich ihm seine Scheu nehmen könnte, wenn ich mit ihm spreche?«

Er dachte an die Überraschung, sogar die Freude, die er in den ihm bekannten Gesichtern entdeckt hatte – er war zurück im Kommando. Nur das zählte. Es war eine knappe Sache gewesen, wie O'Beirne betont hatte. Würde man von höherer Stelle ein besonderes Augenmerk auf ihn richten, wenn das nächste Mal die Trommeln zum Gefecht angeschlagen wurden?

Galbraith sagte: »Sein Name ist John Bremner, er war vorher auf der Fregatte *Juno*. Er ist fünfzehn.«

»Ich erinnere mich an die *Juno*. Eine französische Prise, 5. Klasse. Das letzte, was ich von ihr hörte, war, daß sie abgebrochen werden soll. Jedenfalls hat der Junge schon einige Erfahrungen. Genau das, was wir brauchen.« Er beobachtete, wie der Wind das Wasser der Reede kräuselte. Cristie hatte behauptet, daß er durchstehen würde. Sogar er war erfreut gewesen, dachte Adam. »Wir schulden den Hurensöhnen eine Revanche, Sir!«

Er fühlte, wie die Spannung von ihm abfiel. Nicht einmal die Wunde schmerzte, jedenfalls nicht im Moment.

Und sie würden wieder auslaufen. Morgen.

Adam sah ein kleines Boot von der Bordwand ablegen, der Ruderer hielt sich eine Hand über die Augen und schaute intensiv zu dem vergoldeten Schnitzwerk des Achterschiffs hinauf. Er beschloß, die Zeit der Überreise zur Flotte gut zu nutzen: Geschützdrill würde an erster Stelle stehen. Er konnte die Worte des Admirals fast hören. Nur die *Unrivalled* war schon einmal am Ort des Geschehens gewesen.

Ich möchte, daß Sie die Vorhut übernehmen.

Es klopfte, das mußte der neue Midshipman sein. Aber es war Leutnant Bellairs, sein Gesicht war sogar jetzt von der Sonne verbrannt.

»Es tut mir leid, daß ich Sie stören muß, Sir. Aber ich dachte, daß es wichtig sein könnte.«

Adam blickte ihn an. Bellairs war noch vor kurzem Midshipman gewesen, er hatte sich verändert, seit der junge Cousens getötet worden war. Die beiden waren eng befreundet gewesen, und Bellairs hatte mitgeholfen, die anderen Midshipmen im Umgang mit den Flaggen und Signalen auszubilden, bevor er zum Leutnant befördert worden war. Es schien, daß er selbstbewußter geworden war, gereifter – fast über Nacht. Das war nicht mehr der Bellairs, der rot wurde, als sie über das Mädchen mit dem Namen Jane gesprochen hatten, das in Dartmouth lebte.

Adam öffnete den kleinen, hastig zusammengefalteten Umschlag. Für einen Augenblick versank die Kabine um ihn herum. Die Gesichter der anderen verschwanden wie hinter einer unsichtbaren Wand.

Er sah die klare unbekannte Handschrift, und wußte sofort, wem sie gehörte.

Ich war hier. Ich habe Sie gesehen. Gott beschütze Sie.

Er blickte über das vom Wind bewegte Wasser, gerade noch rechtzeitig, um das Boot zwischen zwei Hulken verschwinden zu sehen.

Es war wie der Traum, den er gehabt hatte, als sein Geist sich fast zwischen Schmerz und Verzweiflung aufgerieben hatte. Als Lorenna immer bei ihm gewesen war ... Er blickte wieder auf.

»Danke, Mr. Bellairs.« Er setzte sich. In den Sessel, den er aus Falmouth mitgebracht hatte. »Schicken sie mir bitte Mr. Bremner herein.«

Er ließ eine geliebte Frau zurück. Und das war alles, was zählte.

»Kurs liegt an, Sir! Südwest-zu-West!«

Adam stemmte seine Füße auf das nasse Deck, als die *Unrivalled* ihren Steven in die schäumenden Wogen des Englischen Kanals bohrte. Er richtete das Fernrohr sorgfältig aus, schätzte die Entfernung und die Peilung zum letzten vorspringenden Punkt des Landes ab. Es war Penlee Point, auch dort war die See recht bewegt, sie trieb Spritzwasserwolken wie rosa Schatten in das Licht des Morgens.

Er senkte das Glas. Cristie hatte recht, die *Unrivalled* mußte das Kap mit einer halben Meile Sicherheitsabstand umrunden. Auf Legerwall konnte man kein Risiko eingehen. Adam schritt das schräg geneigte Deck hinauf und spürte das Schiff zittern, als es sich hob und dann wieder mit aller Macht in das Wasser hineinbiß. Das konnte die *Unrivalled* am besten. Und vor dem Bug erstreckte sich überall offenes Wasser.

Alle Mann waren schon vor dem Morgengrauen an Deck gepfiffen worden, die letzte Post und die Depeschen wurden ins Wachboot gefiert, und nach einem schnellen Frühstück wurde das Ankerspill bemannt. Der Vorsänger der Shanties tat sein Bestes, um den aufkommenden südöstlichen Wind zu übertönen.

Während des Aufenthalts des Schiffs in Plymouth hatte Galbraith es geschafft, sieben Rekruten aufzutreiben, um die toten Männer zu ersetzen. Überraschenderweise waren alle erstklassige Seeleute, so daß sie sehr viel mehr wert waren als ein rein zahlenmäßiger Ausgleich. Vielleicht hatten sie Glück gehabt, weil die *Unrivalled* als letztes Schiff den Hafen verlassen hatte. Jetzt lagen nur noch Hulken mit Schlagseite da. Hatten sich die Männer an die schweren Zeiten erinnert, die an Land vor ihnen lagen? Als alle Boote gestaut und der Anker kurzstags gehievt war, hatte die *Unrivalled* den Hafen verlassen, gerade als es dämmerte und die erste Farbe über das Land kroch.

Adam schritt nach achtern, Männer spritzten aus seinem Weg. Das Rigg stöhnte und nahm die gewaltigen Kräfte auf, erfahrene Augen beobachteten, ob in dem alten und neuen Tauwerk Schwachstellen auftraten oder ob vielleicht die eine oder andere Arbeit im Hafen zu eilig durchgeführt worden war. Er dachte an den neuen Midshipman, der erst vierzehn war, aber auf seinem ehemaligen Schiff eine gute Ausbildung erhalten hätte, ein dunkelhaariger, ernst blickender Junge, vielleicht ein wenig zu ernst. Wahrscheinlich verglich er Adam mit seinem vorherigen Kommandanten. Auf einer Fregatte würde sich zwangsläufig seine wahre Persönlichkeit herausschälen. Es würde den anderen Midshipmen helfen, ihre Gedanken von Cousens und dem verschollenen Sandell zu lösen.

Adam fand wieder in die Realität zurück und rief: »Mr. Galbraith, lassen Sie die großen Hauptsegel setzen, sobald wir frei vom Kap sind.« Er blickte zu den aufragenden Masten und den angebraßten Rahen hinauf, auf denen die Matrosen bereits flink auslegten, unbeeindruckt von der Höhe oder der See, die unter ihnen auf der Luvseite kochte. Eine Hand für das Schiff, das war die erste Lektion, die jeder echte Seemann lernen mußte. Die andere diente immer der eigenen Sicherheit.

Adam drehte sich um, als Galbraith der wartenden Gruppe von Bootsmannsmaaten am Fockmast seine Befehle zubrüllte. Auslaufen! Würde er sich jemals daran gewöhnen? Die Erregung. Die kleinen Bilder, die man auch auf See noch vor Augen hatte: Fischer, die in ihren zerbrechlichen Booten standen, um ihnen zuzuwinken. Ihre Rufe wurden stets vom Lärm des Riggs und dem Klatschen der Füße verschluckt, die an die Falle und Schoten hasteten. Ein kleines Handelsschiff unter französischer Flagge dippte grüßend die Nationale, als sie es passierten. Der frühere Feind. Aber vielleicht war auch jetzt noch die See das einzige, was sie gemeinsam hatten.

Adam richtete sein Fernglas auf die Küste. Der Sund war bereits achteraus verschwunden, und er stellte sich vor, wo Lowenna gestanden haben mußte, als sie die Nachricht geschrieben hatte. Eine plötzliche Laune oder ein ebenso plötzlicher Entschluß hatte sie dazu gebracht, sie einem der Bootsleute zu übergeben. Vielleicht bedauerte sie es schon wieder, fürchtete, daß ihre Botschaft mißverstanden werden könnte oder noch Schlimmeres. Er hatte einen Brief für sie dem Wachboot mitgegeben, adressiert an Bryan Ferguson, der sie auf jeden Fall finden würde, falls sie nicht schon wieder abgereist war.

Adam hörte, wie der Rudergänger leise fluchte, sah ihn auf eine bestimmte Stelle auf dem großen Doppelrad deuten, das als Ersatz für das zerschossene eingebaut worden war.

Er faßte sich wieder an die Hüfte und mußte an den Seesoldaten denken, der gefallen war und dabei seine Muskete hatte fallen lassen. Der Mann war allgemein beliebt gewesen, und viele gedachten seiner, weil er unter dem jungen Kapitän Nelson auf der *Agamemnon* gedient hatte, der alten *Aggie,* wie sie liebevoll genannt wurde.

Gab es jemanden, der in Plymouth um ihn trauerte? Oder war er einer von vielen, so wie der Bootsmann der *Paradox,* der aus St. Keverne stammte, das über den Manacles lag? Darüber hatten sie gesprochen, während er im Sterben lag. Es hatte viele Leben gekostet. Zu viele.

Adam hatte sich einen heftigen, aber wie er sehr wohl wußte, unvernünftigen Wutanfall geleistet, nachdem er den Brief eines pensionierten Konteradmirals gelesen hatte, der zusammen mit Sandells Vater gedient und die Bewerbung des Jungen als Midshipman gefördert hatte. Keine Trauer, kein Bedauern. In dem Brief fand sich nur die Mißbilligung des Umstands, daß ein zukünftiger Offizier auf See verlorengegangen war und daß keine ordentliche Untersuchung stattgefunden hatte, was ganz ohne jeden Zweifel ein Fehler des Kommandanten war. Würde sich der Gentleman auch so darüber aufgeregt haben, wenn ein einfacher Decksbauer verschwunden wäre?

Adam sah, daß Midshipman Deighton mit seiner ausgesuchten Mannschaft neben dem Flaggenspind stand. Deighton runzelte plötzlich leicht die Stirn, als er seine Signalkarten studierte, dann lächelte er über irgend etwas, das der Steuermannsmaat gesagt hatte. Und Adam beobachtete, daß sich Leutnant Bellairs achtern an der Heckreling beim Posten der Marinesoldaten umwandte und dem Jungen mit einer gewissen Traurigkeit zusah, so als würde er eigentlich ganz etwas anderes sehen. Dann war er wieder bei seinen Männern. Er würde darüber hinwegkommen.

Er blickte prüfend über die Finknetze, als das Schiff in eine lange, ungebrochene Woge krachte. Und wie würde das Ergebnis dieser Mission aussehen? Das lag einzig und allein in der Verantwortung des Admirals. Es oblag ihm allein einzuschätzen, ob der Dey bluffte oder ob er wirklich alle seine Schiffe und Männer in das Gemetzel einer Schlacht schickte. Kein Schiff konnte es im Feuerkampf auf Dauer mit sorgfältig aufgestellten Landbatterien aufnehmen. Außerdem konnten glühende Kugeln und Feuer zum Einsatz kommen, und davor hatten alle Seeleute Angst. Glaubte man den schriftlichen Befehlen, so hatte der Dey eintausend oder mehr Kanonen in Stellung bringen lassen. Vielleicht in denselben morschen Batterien, die Adam schon gesehen hatte, als er ein feindliches Schiff von der Reede entführt hatte, und dann nochmals später, als Lord Rhodes seinen Angriff mit Mörserschiffen, unterstützt von seinen eigenen Einheiten, geführt hatte. Aber er war damals zu weit draußen geblieben, um die versteckten Geschütze zu identifizieren und zu zerstören.

Exmouth war ein Fregattenmann. War es gewesen. Wie würde er eine Herausforderung wahrnehmen und akzeptieren, die in einem Desaster enden konnte?

Er merkte, daß Galbraith ihn beobachtete, und versuchte, es sich nicht anmerken zu lassen. Auch er war in gewisser Weise verändert. Besorgt wegen seines Kommandanten? Unsicher wegen des Vorgefallenen?

Adam schnupperte in den Wind, der jetzt frischer über das Achterdeck pfiff, er schmeckte ihn ab. So wie die Tränen an jenem Tag, die auf seine Hand gefallen waren.

Was immer auch geschah, sie mußten darauf vorbereitet sein, auf Verrat und auf Fallen.

Eine Stimme in ihm schien darauf zu beharren. *Ich muß bereit sein. Ich.*

Er rief: »Lassen Sie die Hauptsegel setzen, Mr. Galbraith! Ein weiterer Mann ans Ruder!«

Er sah, wie er das Sprachrohr an den Mund setzte, die Männer hielten ihr Gleichgewicht und waren bereit, die Befehle auszuführen. Sie waren nackt bis zu den Hüften und glänzten vom Spritzwasser. Wie die Krieger in den alten Mythen der antiken Zeiten, von denen er so wenig wußte. Lowenna hatte ihn als Kriegsmann bezeichnet. Vielleicht hatte sie gar nicht gemerkt, wie bezeichnend, absolut treffend dieses Bild war. Es hatte für den Jungen aus Penzance, der einmal zu Fuß nach Falmouth gelaufen war, nie die Möglichkeit des Faulenzens gegeben, und er wollte nichts anderes werden als Kapitän einer Fregatte.

Er hörte das Donnern des killenden Segeltuchs, das sich wieder füllte und im Wind steif und stramm wurde. Die *Unrivalled* lag jetzt weit auf der Seite, alle Achtzehnpfünder auf der Luvseite hingen mit ihrem gesamten Gewicht in ihren Laschings.

Irgendwann würde er wieder mit ihr spazierengehen. Und sie würde die Freude mit ihm teilen.

Er starrte in die Gischt, bis sie ihn fast blind machte.

Der Gedanke traf ihn wie ein Faustschlag: Warum hatte sie ihm diesen kurzen Brief geschrieben, der sich für ihn plötzlich so dringlich anhörte?

Gott schütze Sie.

Er meinte fast, ihre Stimme zu hören.

»Mehr Leute an die Luvfockschot, Mr. Fielding. Bewegt euch!«

Adam blickte wieder zum Land hinüber, das jetzt schon fast im Wind und der Gischt verschwand. Ein grüner verwischter Dunstschleier, ohne richtige Form oder Substanz. Nach der nächsten Wende würde es völlig verschwunden sein. Er wartete darauf, daß sich das Schiff stabilisierte. Die Segel glänzten wie metallene Harnische, dann stellte er sich an die Reling des Achterdecks und hielt sie mit beiden Händen fest.

Angst war ein mächtiger Feind, aber man konnte sie in Schach halten. Die Gesichter der Toten kehrten manchmal zurück, um ihn zu erinnern. Er hatte dieses Phänomen gerade eben bei dem jungen Bellairs beobachtet, bei Galbraith auch.

Es war lange Zeit her, da hatte er eine andere Stimme gehört: *Ich will nicht sterben. Bitte, Gott, nicht jetzt.*

Die Stimme war seine eigene gewesen.

Schiff klar zum Gefecht!

Luke Jago stand mit gegrätschten Beinen da, um die leichten Bewegungen des Schiffes auszugleichen. Er hatte seinen Hut schräg heruntergezogen, um seine Augen vor der gleißenden Helligkeit zu schützen. Einem flüchtigen Beobachter mochte er gefaßt, ja unbeteiligt erscheinen, aber nur jemandem, der ihn nicht kannte.

Es ist immer dasselbe, dachte er. Es begann immer, wenn die Pfiffe durch das Schiff schrillten: *Alle Mann an Deck! Alle Mann nach achtern,* einer Bestrafung beiwohnen! Das gehörte zum Leben in der Navy. Gut oder schlecht, man mußte es akzeptieren. Oft wußte man gar nicht, wie es angefangen hatte oder wie man es hätte verhindern können. Ordnung, Disziplin, Routine. Eigentlich hätte er sich inzwischen daran gewöhnt haben müssen.

Vielleicht lag es auch an der Langeweile. Es war fast einen Monat her, daß die *Unrivalled* Plymouth verlassen hatte. In Gibraltar war sie zur Flotte gestoßen. Sie hatte schon geankert, als viele dieser lahmen Enten noch mit der Ansteuerung beschäftigt waren.

Aber danach hatte das Schiff den größten Teil der Zeit darauf verwendet, den Kontakt zu den anderen Fregatten aufrechtzuerhalten, den Spähern des Admirals. Höherenorts war man sich nur halb darüber im klaren, welch immense Planungsarbeiten dafür durchgeführt werden mußten.

Er blickte über die Köpfe der versammelten Schiffsbesatzung hinweg zum Horizont. Die See sah aus wie geschmolzenes Metall, und dahinter war etwas, was wie eine riesige unbewegte Wolke aussah: Afrika.

Er hörte, wie Hastie, der Profos, rief: »Der Gefangene ist an der Gräting bereit, Sir!«

Jago begab sich dorthin und blieb ein paar Schritte hinter der linken Schulter des Kommandanten stehen, dessen Körper in einem leichten Winkel gegen die Achterdeckreling geneigt war. Er sah kurz zu dem Missetäter hinüber, der nackt bis zur Hüfte und an einer hochkant aufgestellten Gräting festgebunden war. Er hatte den Kopf gedreht, um zu den Gestalten auf dem Achterdeck hinaufzustarren. Auf der einen Seite des Kommandanten stand sich die kleine Gruppe der Midshipmen, auf der anderen stand Bellairs, der Wachoffizier; die Freiwächter und unbeschäftigten Matrosen dagegen bevölkerten das sonst so geschäftige Deck – den »Marktplatz«. Die Wachgänger gingen auf den Laufgängen ihren üblichen Beschäftigungen nach, spleißten oder kümmerten sich um das laufende Gut. Einige arbeiteten hoch oben über dem Deck, während sich die Marssegel und Stagsegel mit Wind füllten, nur um dann wieder kraftlos zusammenzufallen. Der Wind war kaum mehr als ein heißes Lüftchen.

Jago hatte mitgehört, als der Segelmeister die laue Brise verflucht hatte. Vielleicht war schnelles, hartes Segeln, bei dem jeder Mann richtig gefordert war, das, was sie jetzt bräuchten.

Der Übeltäter, ein Leichtmatrose mit dem Namen Bellamy, gehörte nicht zu den notorischen Aufrührern oder harten Knochen. Vielleicht hatte er nur einfach Pech gehabt. Er hörte nur halb zu, während der Kommandant die einschlägigen Artikel des Kriegsrechts verlas. Jago konnte sie auswendig. Er spürte, wie sich seine Schultern versteiften, erinnerte sich an den Augenblick, als der schreckliche Hieb der Peitsche über seinen eigenen nackten Rücken gefegt war. Er war damals ungerechtfertigt ausgepeitscht worden. Ein Offizier hatte später für ihn ausgesagt und seine völlige Unschuld bewiesen. Aber er würde die Narben der neunschwänzigen Katze trotzdem bis zu seinem Lebensende tragen.

»Alle anderen Verbrechen, die keine Kapitalverbrechen sind, die von einer Person oder Personen in der Flotte begangen werden ...«

Jago blickte wieder hinüber. Zwei Bootsmannsmaaten warteten neben der Gräting. Einer der beiden, Craigh, hielt einen roten Stoffbeutel in der Hand, der zweite Mann war Lawson, der bis zu seiner Beförderung Bootsführer der Jolle gewesen war, außerdem war er ein guter Allroundseemann. Es war seine erste Auspeitschung und dazu noch bei einem Missetäter, den er wahrscheinlich als Messekameraden kannte.

Der Kommandant verlas laut: »Zwei Dutzend, Bootsmannsmaat. Tun Sie Ihre Pflicht!«

Kein emotionaler Eifer, kein Kommentar. Aber Jago wußte es besser.

Der Arm holte weit nach hinten aus, schwang dann nach vorne und kam herunter, die neun Schwänze der Katze klatschten über die nackte Haut. Er sah, wie sich die Hand des Kapitäns um die Degenscheide verkrampfte.

Der Profos rief: »Eins!«

Jago sah die ersten kleinen Bluttröpfchen und hörte das Opfer den Atem scharf keuchend ausstoßen, als die Luft aus ihm herausgepeitscht wurde. Er hatte einmal einer Auspeitschung durch die Flotte beiwohnen müssen, die wegen Meuterei verhängt worden war. Das Boot, auf dem der Gefangene mit ausgebreiteten Armen und Beinen über einem Spillkopf gefesselt gelegen hatte, war zu jedem einzelnen Schiff gerudert worden, und jedem Kommandanten war befohlen wurden, seinen Beitrag zu der verordneten Strafe zu leisten.

Es waren dreihundert Schläge gewesen. Der Mann war kurz darauf gestorben.

»Zwei!«

Das Schiff holte in der leichten Dünung etwas über, und Jago beugte sich leicht nach vorn, um sich die Offiziere anzuschauen. Wenn es sich um einen der alten Hasen gehandelt hätte, einen gestandenen Deckoffizier wie Partridge, wäre alles an Ort und Stelle erledigt worden: ein schneller Faustschlag, ein Hieb mit dem Starter, das war alles, was in einem solchen Fall nötig gewesen wäre.

Er beobachtete Leutnant Varlos Gesichtsausdruck. Der Mann war unbewegt, und trotzdem sah Jago, wie er bei jedem Klatschen der Peitsche die Lippen schürzte. Er genoß es.

»Achtzehn!«

Jago sah, daß sich O'Beirne vorbeugte, um den Rücken des Delinquenten zu begutachten. Er machte es ihm nach. Er wollte es im Gedächtnis behalten.

Der Rücken des Mannes hatte inzwischen etwas Fremdartiges, kaum noch Menschliches an sich. Zerrissenes, enthäutetes Fleisch, geschwärzt, als ob es durch Feuer verbrannt worden wäre.

O'Beirne trat zur Seite. Die Bestrafung nahm ihren Fortgang.

Jetzt schwang Lawson die Peitsche. Wahrscheinlich hielt er sich etwas zurück, obwohl der Gefangene inzwischen über das Stadium hinaus war, in dem er weitere Schmerzen empfand. Jago erinnerte sich an einen Kommandanten, der bei einem Bootsmannsmaaten Nachsicht vermutet und vor der versammelten Schiffsmannschaft gedroht hatte: »Schlagen Sie richtig zu, Mann! Oder, Gott ist mein Zeuge, Sie werden den Platz mit ihm tauschen!«

Er blickte auf die sonnengebräunten Hände des Kommandanten. Die Knöchel der Hand am Degen waren fast weiß.

»Vierundzwanzig!«

»Schneidet ihn los.« Der Kommandant drehte sich um und sah Jagos Gesichtsausdruck. Er knurrte: »Gebt mir einen Feind zum Bekämpfen, aber nicht *das!*«

Jago trat zur Seite. Er bezweifelte, daß der Kapitän ihn gesehen oder bemerkt hatte, denn er hatte leise gesprochen.

Galbraith fragte: »Kann ich die Männer wegtreten lassen, Sir?«

Adam sah ihn an. Er erinnerte sich an Lawsons Freude und Stolz, als man ihm die Nachricht von seiner Beförderung überbracht hatte. Jetzt hatte er auch die andere Seite der Medaille kennengelernt. Die Grenzlinie, die er überschritten hatte, die ihn vom Rest der Besatzung trennte.

Martyns, der jüngste Midshipman, der sich im Seegefecht wie ein tapferer, aber unerfahrener Löwe geschlagen hatte, war während der Auspeitschung in Tränen aufgelöst gewesen.

Adam stellte fest, daß Galbraith immer noch wartete.

»Ach ja, Und ich möchte, daß Sie bei der ersten sich bietenden Gelegenheit eine ernste Unterhaltung mit Mr. Varlo führen.«

Galbraith drehte sich um, damit die anderen nicht mithören konnten. »Ich glaube kaum, daß diese Kritik von mir kommen sollte, Sir. Warum von mir?«

Adam zog den Hut vom Kopf und wischte sich die feuchte Stirn. Warum sollte die Person eine Rolle spielen? »Weil Sie viel Erfahrung haben und um die Bedeutung einer Gemeinschaft wissen. Wenn ich mit ihm spreche, könnte das vor einem Kriegsgericht enden, für mich oder für ihn, ich bin mir da nicht so sicher!« Er sah zu O'Beirne hinüber, der vor dem Niedergang wartete. »Erledigen Sie es!«

Es war, als ob eine Klappe zwischen ihnen heruntergging. Vielleicht war sie auch niemals richtig in die Höhe gegangen. Adam glaubte wieder, ihre Stimme zu hören. *Ich möchte, daß Sie mir alles über Ihr Leben erzählen. Ihr Schiff, die Männer, die Sie führen.* Was würde sie denken, wenn sie ihn jetzt sehen könnte?

O'Beirne erwartete ihn geduldig, denn er sah seine Verzweiflung, allerdings nahm er an, daß niemand anderes sie bemerken würde. »Bellamy wird bald wieder wohlauf sein, Sir. Ich habe schon weitaus Schlimmeres gesehen.«

Adam blickte ihn an. Es war fast an der Zeit, den Kurs wieder zu ändern. Ein unendliches Planquadrat der See, eine unsichtbare Flotte und dazu eine Handvoll kleiner Schiffe, die die Verbindung aufrechterhielten, die Augen der Flotte hatte Nelson sie genannt.

Er erkundigte sich: »Was ist mit dem Jungen, Napier? Können Sie etwas für ihn tun?«

O'Beirne betrachtete ihn ernsthaft. *Für dich, meinst du wohl.* »Jawohl, Sir. Solange dieses Wetter anhält. Es bleibt natürlich ein Restrisiko ...«

»Kein Risiko, bitte.«

Er ging an die Finknetze, als die Seeleute und Marineinfanteristen sich verstreuten und nach unten verschwanden. Ein paar Männer schrubbten bereits die Gräting und das Deck, während unten im Orlopdeck der Seemann namens Bellamy seinen Schmerz und die Erniedrigung mit mehr Rum ertränken durfte, als er vertragen konnte. Es war eine schicksalhafte Gleichung, zu viel Alkohol, eine lose Zunge und ein Offizier, der am falschen Ort war.

Varlo würde zu Recht behaupten, daß er nur seine Pflicht getan hatte. Ein Freibrief. Keine Entschuldigung.

Adam sah an der Großrah vorbei, auf der Cousens bei seinem Sturz an Deck aufgeprallt war, und entdeckte oben den Ausguck. Ein winziger Umriß gegen den leeren Himmel.

»An Deck! Segel vor dem Luvbug, Sir!«

Das Glied in der Kette. Jedes andere Schiff würde sich freihalten.

Noch einen Augenblick länger starrte er auf den wolkenförmigen Umriß der fernen Küste. Vielleicht war alles schon vorbei.

Er blinzelte und schaute nach unten auf das Hauptdeck, wo die letzten Spuren des Blutes durch die Speigatten gewaschen wurden. Es war natürlich nicht vorbei. Schicksal, Vorbestimmung, woher wollte man das wissen? Er schob den Gedanken zur Seite.

»Unsere besten Ausgucksleute in die Toppen, Mr. Galbraith. Wir werden gleich den Kurs ändern und das Schiff direkt auf uns zulaufen lassen.«

»Ich bin bereit, Sir.«

Bellairs hatte sie beobachtet und versuchte sich zu entspannen, während das Schiff langsam zur Routine zurückkehrte, zur Normalität. Er hätschelte den Gedanken, daß er, wenn er mit dem Seemann Bellamy zu tun gehabt hätte, dessen Auspeitschung verhindert hätte, genausogut wußte er aber auch, daß in der engen Welt aus Disziplin, in der Befehl und Gehorsam herrschten, das Wort eines Offiziers unbedingt respektiert werden mußte. Gehorsam mußte sein. Er dachte an das Mädchen Jane, das in Dartmouth lebte, stellte sich vor, wie ihr Gesicht aufleuchten würde, wenn er eines Tages als Kapitän zur See auf sie zugehen würde. Mit einer eigenen Fregatte unter seinem Kommando ...

Cristie bemerkte müde: »Falls Sie einen Augenblick Ihrer wertvollen Zeit erübrigen könnten, Mr. Bellairs, dann hätte ich gerne, daß Sie das Logbuch gegenlesen und unterschreiben!«

Bellairs riß sich zusammen. »Sofort, Mr. Cristie!«

Unten marschierte Adam schnurstracks nach achtern und warf sich in den Sessel mit der hohen Lehne, den er aus Falmouth mitgebracht hatte. Welchen Gedanken mochte er nachgehangen haben, als Richard Bolitho darin gesessen hatte? Hatte er auch Hoffnungen und Sehnsüchte gehabt, bevor ihn sein Schicksal ereilt hatte? Adam berührte wieder die Wunde. Er nahm sich vor, O'Beirne zu bitten, sie sich noch einmal anzuschauen. Er lauschte auf das plötzliche Klatschen nackter Füße, das gedämpfte Gebrüll von Befehlen und wußte, daß er wieder an Deck gehen mußte.

Und was war mit dem Vertrauen? Er erinnerte sich an Galbraith' Gesicht. Da war diese Barriere.

Yovell erschien, ausnahmsweise ohne Briefe oder Dokumente. »Werden wir kämpfen müssen, Sir?«

Es klang so, wie sich andere Männer bei einer zufälligen Begegnung auf einem Feldweg nach dem Wetter erkundigten.

»Das nehme ich an, Daniel.«

Adam konnte die Überraschung nicht sehen, die die vertrauliche Benutzung des Vornamens hervorrief.

Yovell entgegnete unsicher: »Ich habe mich um den Brief gekümmert, Sir. Um den mit den rechtlichen Dingen.« Er schaute kurz zu dem Sessel. Vielleicht erinnerte er sich auch.

Adam lauschte dem Klappern des Ruderkopfes, als das Ruder gelegt wurde. Cristie beobachtete jetzt den Kompaß, Rist oder ein anderer Steuermannsmaat wartete darauf, das Schiff auf dem neuen Kurs einzupendeln. Er hörte das Klick-Klick-Klick von Napiers Schuhen und bereitete sich darauf vor, in das Lazarett zu gehen. Ruhig legte er fest: »Falls mir etwas passieren sollte, zum Beispiel, dann möchte ich, daß für den Jungen gesorgt ist. Ich war in jungen Jahren wie er.« Er lächelte schwach.

Yovell beruhigte ihn: »Der Schiffsarzt ist ein guter Mann, Sir.«

»Darauf verlasse ich mich.« Er stand auf, seine Hand strich über die Rückseite des Sessels. Er sah alle seine Mäner vor seinem geistigen Auge. So, wie er sie ihr beschreiben würde.

Die Männer, die Sie führen.

Die Tür öffnete sich, und Jago trat in die Kabine. »Das Schiff ändert den Kurs, Sir. Es ist eine Fregatte, eine von den unseren.«

Adam spürte die Spannung und ärgerte sich. Jeder Kommandant entschied über Leben und Tod seiner Männer. »Sullivan ist im Großtopp, Sir.«

Yovell rückte seine Brille zurecht. Er spürte die unausgesprochene Spannung zwischen ihnen, obwohl er sie im Augenblick nicht ganz verstehen konnte. Da war ein Mann, der jede Autorität verachtete und schnell bei der Hand gewesen war, das auch zuzugeben. Und da war ein anderer Mann, der sich dadurch Respekt erworben hatte, daß er Adam Bolitho tatkräftig seine Unterstützung zukommen ließ. Yovell war kein Seemann, aber er hatte bemerkt, daß der Wachposten es nicht für nötig befand, ihn anzukündigen, wenn Jago die Kabine betrat.

Adam erwiderte: »Ich werde sofort an Deck kommen.« Ihre Augen trafen sich.

Adam sah sich wieder in der Kabine um. Er suchte nach den richtigen Worten, um sie ihr später in einem Brief zu beschreiben. Aber andere Worte drängten sich dazwischen.

Ich möchte, daß Sie die Vorhut übernehmen.

Es war alles schon entschieden.

Midshipman Deighton klemmte sich das Buch unter einen Arm und stellte das Fernglas wieder scharf ein. »Es ist die *Halcyon,* achtundzwanzig Kanonen, unter Kapitän Robert Christie, Sir!« Er blickte sich schnell nach den anderen um und schien von der Bestimmtheit in seiner eigenen Stimme überrascht zu sein.

Adam verschränkte die Arme und beobachte die andere Fregatte, die er jetzt fast von vorne sehen konnte. Ihre Segel killten, als sie den Kurs änderte, um einen konvergierenden Kurs zur *Unrivalled* einzunehmen.

Dann fühlte er eine ferne Erinnerung in sich anklingen, ein schwaches Wiedererkennen. Als ob er es geahnt hätte. War es wirklich nur ein Jahr her, daß sie sich das letzte Mal getroffen hatten? Damals hatte Admiral Lord Rhodes der *Halcyon* befohlen, die übermächtige feindliche Fregatte *Triton* zu verfolgen und anzugreifen. An diesem Tag waren so viele Leben ausgelöscht worden! Der Feind war der *Halcyon* an Reichweite und Feuerkraft weit überlegen gewesen, daher hatte die *Halcyon* nicht den Hauch einer Chance gehabt – und Rhodes mußte es gewußt haben. Aber er war so versessen darauf gewesen, die *Unrivalled* von der Jagd zurückzuhalten, daß er ihr das Signal übermittelt hatte: *Auf Station bleiben!* Adam hatte das Signal ignoriert, und zusammen hatten sie das Gefecht gewonnen. In diesem Kampf war auch Martinez, der Agent und Berater des Dey, gestorben, niedergeschossen von Korporal Bloxham, als er gerade im Begriff war, auf Adam zu feuern. An diesem Tag hatte sich der junge Napier den Splitter in seinem Bein eingefangen.

Und an diesem Tag des Schmerzes und des Hasses, des Frohlockens und der Traurigkeit, hatte sich ein Bild tief in Adams Gedächtnis eingegraben. Er blickte auf Galbraith' kraftvolles Profil, dieser schien sich jetzt ebenfalls zu erinnern. Sie waren an der böse zusammengeschossenen *Halcyon* achtern vorbeigelaufen, und er hatte das

Ausmaß ihrer Beschädigungen gesehen. Rote Bäche liefen aus den Speigatten, als ob sich das Schiff zu Tode blutete. Auch der junge Deighton war dabeigewesen. Und er hatte Galbraith' Stimme gehört, die rauh klang: »Sie jubeln uns zu! Bejubeln uns!«

Irgendwie hatte die *Halcyon* überlebt, und ihr Kommandant mit ihr. James Tyacke hatte ihm in Freetown erzählt. Er spürte, daß sich seine Lippen zu einem Lächeln verzogen. Das war so lange her! Während der Schlacht bei Aboukir war Tyacke ein Leutnant auf der *Majestic* gewesen, und Christie war noch ein junger Midshipman. Adam dachte an den Orden, der jetzt in seinem Tresorfach lag. *Aboukir.* Diese Schlacht hatte so viele Leben in der britischen maritimen Familie beeinflußt. *Die glücklichen wenigen* ... Dort war Tyacke die Hälfte seines Gesichts weggeblasen worden. Kurz bevor das passierte, hatte er den jungen Midshipman vor dem Zusammenbruch bewahrt. Dort war Christie ein Mann geworden. *Ein besserer Mann,* hatte er später zu Sir Richard gemeint. Er wischte sich den Mund mit einer Hand ab. Das war weniger als zwei Jahre her, in ebendiesem Mittelmeer.

»Drehen Sie bitte bei, sobald Sie bereit sind.« Er sah Galbraith' Augen. Er *hatte* sich daran erinnert.

Deighton meldete: »Habe Depeschen an Bord, Sir!«

Er konnte fast die Spannung spüren, die auf den Männern lastete, die um ihn standen. Das Warten und die Unsicherheit waren vorbei. Hein Seemann wußte immer Bescheid ...

Der alte Segelmeister Cristie murmelte: »Er vergeudet keine Zeit, nicht wahr?«

Die *Unrivalled* drehte leicht herum, ihre Segel schlugen back. Derselbe Korporal Bloxham, jetzt im Rang eines Sergeanten, rief ein paar Seesoldaten zu, sich an der Eingangspforte zu postieren. Das Deck hob und senkte sich noch immer heftig, während das Schiff beidrehte, so daß sie eine Art unordentlichen Tanz aufführten, bis sie ihr Gleichgewicht wiedergewonnen hatten. Ein paar der Matrosen grinsten breit. Die Seeleute und die »Bullen« waren nie Blutsbrüder.

Adam sah, wie die Gig der Fregatte schnell über das dunkelblaue Wasser gepullt wurde. Im Heck war ein Dreispitz zu erkennen. Kapitän Christie kam persönlich.

Galbraith musterte die *Halcyon* durch das Teleskop. Aus irgendeinem Grund fühlte er sich wie ein Eindringling. Sogar ohne das Fernglas konnte man das vernarbte und mit Blasen übersäte Holz sehen, die Galionsfigur war noch nicht wieder repariert worden, denn sie war zum Teil weggeschossen worden. Er senkte das Glas. Ramponiert und überbeansprucht – ganz offensichtlich hatte das Schiff wenig Zeit im Hafen zugebracht, aber es war ein Schiff, für das jeder Offizier seinen rechten Arm hergeben würde, wenn er es befehligen durfte.

Die Pfeifen schrillten, und Adam sah zu, wie Robert Christie aus seinem Boot kletterte. Er war hochgewachsen, hatte ein scharfes, intelligentes Gesicht. Wahrscheinlich ist er ungefähr ein Jahr oder so nach mir zum Kapitän zur See befördert worden, dachte Adam. Der Kapitän gehörte zu der Sorte Männer, die jede Frau aufmerken ließ. Der typische Fregattenkommandant.

Aber als Kapitän Christie seinen Hut grüßend vor der Ehrenwache und dem Achterdeck zog, sah Adam die Erbschaft jenes schrecklichen Tages. Über dem Ohr war das Haar nicht nur grau, es war schneeweiß, als ob es gefärbt worden wäre. Spuren des Krieges ...

Das Treffen auf der *Unrivalled* war kurz. Adam spürte sowohl die Dringlichkeit als auch die Erleichterung, die über diesem Zusammentreffen lag. Einer der Stewards der Offiziersmesse servierte Erfrischungen, und Adam war überrascht, daß Kapitän Christie Rum wählte.

Er erklärte: »Meine Vorräte sind das totale Chaos. Ihre Lordschaften haben uns in der Tat sehr beschäftigt gehalten. Ich bin froh, daß das verquaste Nachdenken endlich ein Ende hat.«

Adam wartete, während Yovell den Umschlag entfernte, und sah seinen Besucher scharf an, als Christie sagte: »Lord Exmouth hat dem Dey eine Nachricht geschickt. Er soll alle christlichen Sklaven ausliefern und die Flotte der Renegaten auflösen – Piraten, so würde ich sie nennen –, oder seine Niederlage ist unausweichlich.« Er lächelte zum ersten Mal, und Adam konnte in ihm den jungen Midshipman aus jener Zeit am Nil erkennen, von dem Tyacke erzählt hatte. »Unnötig zu sagen, daß die Botschaft ignoriert wurde. Der Parlamentär hat verdammt viel Glück gehabt, daß er da lebend wieder rausgekommen ist!«

Adam schaute zu dem Messesteward hinüber, dessen Gesicht gespannt war, seine Ohren schnappten natürlich jedes Wort auf, das gesprochen wurde. Er dachte an Napier. Die See war im Augenblick zum Glück ruhig genug. O'Beirne nutzte warscheinlich gerade diese glückliche Gelegenheit, um den gefährlichen zweiten Splitter aus dem Jungen herauszuoperieren.

»Zu Lord Exmouth wird ein holländisches Geschwader stoßen, sechs gute Schiffe, so wie es aussieht. Aber, unter uns gesagt, ich würde es vorziehen, wenn wir handeln könnten, ohne daß irgend jemand anderes mit von der Partie ist.«

Adam erinnerte sich, daß Jago genau dieselbe Bemerkung gemacht hatte. »Sollen die Mijnheers sich doch frei halten und ihre langen Pfeifen paffen.«

Der Krieg war vorbei. Das Mißtrauen war geblieben.

Er stand auf und ging zu den Heckfenstern, er spürte das Rucken und Zittern des großen Ruderblatts, bereit loszusegeln, den Befehlen zu gehorchen.

Er hörte sich selbst sagen: »Also dann übermorgen.« Das war der siebenundzwanzigste August. Es war exakt einen Monat her, daß Bellairs ihm Lowennas Nachricht übergeben hatte – hier.

Kapitän Christie hatte seinen Hut in der Hand, und sein Glas war leer. »Ich muß wieder los. Lord Exmouth ist in großer Eile. Er bestand darauf, daß ich Sie ohne jede Verzögerung finden muß.«

Adam folgte ihm zur Tür. *Der letzte in der Linie. Und der erste in der Spitze.*

»Sie haben ein schönes Schiff, Kapitän Bolitho.« Es war kein Neid herauszuhören.

Adam meinte: »Nach diesem Unternehmen werden Sie vielleicht nach England zurückbeordert.«

Christie sah ihn ernst an, der Messesteward und der stocksteife Posten der Marineinfanterie schienen nicht zu existieren. Im Grunde waren sie völlig allein.

»England hat mir nichts zu bieten. Sie könnten mir mein Schiff wegnehmen. Ohne mein Schiff ...« Er brach ab und fuhr dann fast barsch fort: »Ich könnte mir kein besseres Schiff oder Kommandanten in der Vorhut vorstellen.« Er schüttelte Adam die Hand, zögerte dann einen Augenblick. »Sollten Sie Kapitän Tyacke wieder einmal treffen ...« Er konnte nicht weitersprechen.

Aber als die Ehrenwache der Seesoldaten und der Decksjungen in schwankenden Reihen dastanden, um ihm den geschuldeten Respekt zu erweisen, sahen sie nur die beiden Kapitäne.

Galbraith wartete ab, bis die Gig abgesetzt hatte, und beobachtete dabei ein paar seiner Seeleute, die entweder kritisch oder beeindruckt schauten, je nachdem welche Station sie innehatten. Das ist etwas, was eine Landratte niemals verstehen wird, dachte er.

Er schaute zu den Männern hoch oben im Rigg, und zu den anderen, die an den Brassen und Fallen bereitstanden und auf den nächsten Befehl warteten. Ihr Kommandant würde ihn geben, aber jeder an Bord, angefangen beim letzten Schmierlappen des Smutjes bis hin zum eleganten Hauptmann der Marines, würde ihn schon kennen. Und bald, eher früher als später mußten diese Geschütze wieder in Aktion treten. In zerstörerischer Absicht und ohne jede Gnade.

Galbraith blickte zu Leutnant Varlo hinüber, der vorne am Fockmast zusammen mit Rist, dem Steuermannsmaaten, stand.

Die Offiziersmesse war leer gewesen, was selten auf einem Schiff der Fall ist, aber dafür hatte er gesorgt. Sogar die Messestewards waren woanders beschäftigt gewesen.

Sie beide blieben ganz allein. Varlo war sehr selbstsicher gewesen, fast amüsiert, als er Galbraith erklärt hatte, was er von seinem Verhalten im Allgemeinen und im Besondern bei der Auspeitschung hielt.

Galbraith hatte die Beherrschung verloren. Dabei hatte er sich vorgenomen, daß genau das nicht passieren dürfte, obwohl es seinen Gefühlen entsprach.

Varlo hatte leichthin gesagt: »Der Kommandant hätte es mir persönlich mitgeteilt, falls er es für wichtig halten würde. In meiner ganzen langen Laufbahn habe ich noch nie von einer derartigen Beleidigung gehört. Als Erster Leutnant sind Sie befugt, Arbeitsabläufe zu diktieren, falls oder wenn es gerechtfertigt ist. Das ist hier nicht der Fall. Ich nehme keine Frechheiten von irgendwelchen Tölpeln hin, gleichgültig ob sie betrunken oder nüchtern sind. Ich werde die Rückenknochen eines jeden sehen, der das probiert.«

Galbraith hatte seiner eigenen Stimme nachgelauscht. Sie klang, als ob sie jemand Fremdem gehören würde: »*In Ihrer ganzen langen Laufbahn.* Ach, ich vergaß. Vergeben Sie mir.« Er hatte bemerkt, daß ein kleines Lächeln um Varlos Lippen zu spielen begann. Seltsamerweise hatte ihm das geholfen. »Flaggleutnant bei einem Admiral, wenn auch bei einem noch sehr untergeordneten, das ist schon etwas. Aber er hatte schließlich von Ihnen als seinem Adjutanten eine hohe Meinung, so daß alle Welt bald mit Ihrer weiteren Beförderung gerechnet hat.« An dieser Stelle war das Lächeln verschwunden. »Statt dessen wurden Sie auf die *Unrivalled* versetzt, um in die Schuhe eines Toten zu schlüpfen. Ich kenne einige, die für diesen Posten getötet hätten, aber für einen Flaggleutnant hätte sich doch sicher etwas Vielversprechenderes finden lassen!«

Varlo hatte scharf erwidert: »Ich weiß nicht, was Sie meinen!«

Galbraith war weit genug gegangen. Bald würden sie kämpfen müssen. Er hatte ausgeführt: »Der Admiral wollte ein Ende setzen. Ihrer Liebschaft.«

Varlo hatte ihn nur verblüfft angestarrt. Galbraith hatte ihn gerade jetzt wieder gesehen, wie er ihn vom Mastfuß des Vormasts aus beobachtet hatte. Schock, Wut und etwas, das viel tiefer lag.

Wie still es in der Offiziersmesse gewesen war. Sogar die Geräusche des Riggs und der Planken waren nicht zu hören. Dann hatte Varlo sanft gesagt: »Wären wir an Land, überall sonst, nur nicht auf diesem Schiff, ich würde Sie fordern, und Sie müßten nach einer anderen Melodie tanzen.«

Galbraith war zur Tür gegangen. »Tun Sie Ihre Pflicht und denken Sie daran, daß Sie genauso von Ihren Männern abhängig sind wie diese armen Teufel von Ihnen.« Er drehte sich um, halb erwartete er einen Schlag oder eine andere Bedrohung, fügte aber dann noch hinzu: »Das nächste Mal, *Mister* Varlo, vergewissern Sie sich, daß Ihr Admiral glücklich verheiratet ist.« Das Täuschungsmanöver war vorbei. »Und fordern Sie mich, wann immer Sie es wünschen. Sie werden mich bereit finden!«

Er konnte sich noch immer an das Knallen der Tür hinter seinem Rücken erinnern und auch an den Schock und die Scham über seine Worte. Aber aus irgendeinem Grund konnte er nichts bedauern.

»Bringen Sie das Schiff bitte wieder in Fahrt.« Der Kommandant sah ihn an, seinen Hut hatte er immer noch mit einer Hand umklammert. »Ich werde morgen zu den Männern sprechen. Es könnte die letzte Gelegenheit sein.«

Galbraith verstand und wandte sich um, um einen Bootsmannsmaaten heranzurufen. Aber etwas ließ ihn zögern. »Sie können sich auf mich verlassen, Sir.«

Die andere Fregatte setzte bereits mehr Segel und drehte ab, die Gig war im Handumdrehen an Bord gehievt und eingesetzt worden.

Adam dachte an ihren Kommandanten, Robert Christie, der unter James Tyacke am Nil gedient hatte. Wir sind aus demselben Stall, aus derselben Generation. Das war ein Mann, dem man vertrauen konnte, wenn das Signal zum Nahkampf gesetzt wurde.

Er spürte eine kalten Schauer seinen Rücken hinunterlaufen. Es war eine Warnung.

Sie würden sich nie wieder treffen.

Joseph Sullivan, der beste Ausguckmann des Schiffes, setzte sich bequem auf seinen luftigen Sitz auf der Saling und blickte auf das Deck hinunter, das weit unter ihm lag. Es war nur schwer zu glauben, daß keiner von denen da unten das sehen konnte, was er sah. Noch nicht. Alle waren früh gepurrt worden, aber nichts war außerhalb der normalen Routine passiert. Alles läuft fast ohne Eile ab, dachte er. Zielbewußt und ernsthaft. Es hatte ein kräftiges Frühstück gegeben. Er hatte noch den Geschmack der dicken Schweinefleischscheiben auf der Zunge, die er mit ein oder zwei Pint sauren Rotweins heruntergespült hatte. Und natürlich mit einem Schluck Rum. Eine ordentliche Ration, die Offiziere und Deckoffiziere blickten zur anderen Seite, wenn die alten Teerjacken ihre gehorteten Bestände herauskramten. Schließlich wußte man nicht, ob das nicht der letzte richtige Schluck in diesem Erdendasein sein würde.

Er blickte über den Bug hinweg und studierte die Anordnung der Schiffe. Alles schien ruhig und unbewegt im Morgenlicht, aber sie näherten sich einander stetig. Es war eine Flotte von einem Ausmaß, wie man sie vielleicht nie wieder zu sehen bekam. Die Linienschiffe hielten perfekt ihre Position in der schwachen Brise, alle Segel waren gesetzt und zogen offensichtlich gut. Noch hatte niemand zur Schlacht heruntergerefft. Fregatten standen in Luv, bereit wie die Terrier loszustürmen, sobald der Admiral dies befahl. Die Niederländer bildeten ihre eigene Formation. Er zog sein Messer und schnitt sich einen Streifen seines Kautabaks ab. Er war fast sein ganzes Leben lang zur See gefahren, oder jedenfalls solange er sich erinnern konnte. Er wußte, was wirklich wichtig war. Zum Beispiel das wechselnde scharlachrote Muster, das die Seesoldaten bildeten, von hier oben sahen sie nur wie kleine Spielzeugfiguren aus, die auf dem Achterdeck eine geordnete Einheit formten, andere waren an den Niedergängen stationiert – die alten Hasen nannten sie Mauselöcher –, damit kein verängstigter Mann in der Hitze des Gefechts unter Deck flüchten konnte. Die Marineinfanteristen hatten das zu unterbinden. Niemand konnte wegrennen, aber nur die Erfahrung lehrte die Männer das.

Sullivan befand sich in einer Verlegenheit. Das schöne Modell seines ehemaligen Schiffes *Spartiate,* das bei Trafalgar in der Schlachtlinie gestanden hatte, war fertig. Er konnte sich nicht mehr ganz daran erinnern, wann er damit begonnen hatte. Auf seinem letzten Schiff hatten sie ihn deshalb verspottet. Aber er und sein Modell waren immer noch da. Die Männer waren es nicht.

Er blickte wieder hinunter. Das Deck füllte sich. Die Männer waren angespannt, waren begierig darauf, es hinter sich zu bringen. Er sah eine Dampfwolke neben dem Schiff aus der See aufsteigen und pulte sich das letzte Stückchen Schweinefleisch aus den Zähnen. Das Kombüsenfeuer war gelöscht worden. Jetzt war es bald soweit.

Er drehte sich um und blickte zur Küste, die jetzt kein verschwommener Schatten mehr war, sondern eine endlose Barriere aus Sand und Steinen. Er konnte das Kap erkennen, da, ein plötzlicher Lichtblitz, ein Sonnenstrahl wurde von einem Fenster oder einem Teleskop reflektiert. Er schätzte die Entfernung auf drei Meilen. Es würde Mittag werden, bevor sie nahe genug heran waren. Er dachte an den Kommandanten, an gestern, wie das Zwischendeck geräumt wurde, damit alle Adams Bolitho vom Achterdeck aus sprechen hören konnten.

Es ist schon etwas Besonderes bei solchen Gelegenheiten, überlegte er. Die *Unrivalled* hatte eine Besatzung von über zweihundertfünfzig Seelen jeden Alters und Dienstgrads, und bei einem derartig überfüllten Schiff sollte man annehmen, daß jeder jeden kannte. Aber wenn die Männer so zusammengedrängt auf dem Deck standen, stellte jeder einzelne immer wieder fest, daß er neben jemandem stand, den er noch nie vorher gesehen hatte.

Jedes Kriegsschiff, gleichgültig wie belegt es war, wurde durch ein strenges System aus Dienstgraden, Status und Stationen stukturiert. Bald würde sich das Muster unter ihm wieder verändern, sich in Geschützbesatzungen und Pulveräffchen, Segeltrimmer und die Reparaturstoßtrupps auflösen. Er selbst hatte das Land zu beobachten, ob sich dort irgend etwas verändert hatte. Andere mußten sich in Bereitschaft halten, um Verwundete beiseite zu ziehen und Tote über Bord zu werfen.

Der Kommandant hatte ihnen von den christlichen Sklaven erzählt und von der Ermordung und der Verfolgung hilfloser Menschen, die auf See oder an Land im Namen des Dey gefangengenommen worden waren.

Sullivan hatte Isaac Dias, den lästernden Geschützführer, murmeln hören: »Die Herren der Obrigkeit können nur ein paar verrottete Schoner bereitstellen, um die Daumenschrauben bei den Sklavenhändlern unten im Süden anzuziehen, nicht wahr, Jungs? Aber für die verdammten Christen darf es ruhig eine ganze Flotte sein!« Diese Bemerkung hatte ihm das verkniffene Grinsen einiger weniger Männer eingebracht. Sie war es nicht wert, sich mit dem besten Geschützführer der *Unrivalled* zu verkrachen. Sullivan lächelte schief in sich hinein. Für jede andere sinnvolle Arbeit war er sowieso nicht zu gebrauchen.

Er fragte sich, wie der Kapitän darüber dachte. Es waren sein Schiff und seine Männer und sein Hals, falls die Sache ernstlich danebenging. Er hatte den Bootssteuerer darüber befragt, aber Jago war so verschlossen wie eine Auster. »Er würde mich fertig machen«, war seine lakonische Antwort gewesen. Schon komisch für einen Mann, der früher immer alle Offiziere verflucht hatte.

Sullivan schaute wieder auf die Flotte. Es war nicht möglich, aber trotzdem schienen die Schritte näher herangekommen zu sein. Er konnte das St.-Georgs-Kreuz im Masttopp des großen Dreideckers erkennen, der die Linie anführte. Die *Queen Charlotte*. Das Schiff des Admirals mit einhundert Kanonen oder mehr, wie man sich erzählte. Der Feind verfügte über eine gut ausgebildete und gut postierte Artillerie. In den langen Jahren auf See hatte Sullivan immer wieder Argumente dafür gehört, daß man Schiffe nicht erfolgreich gegen landgestützte Artillerie einsetzen konnte. Er grinste. Wer würde heute ein Admiral sein wollen?

Er sah zwischen seinen nackten Füßen hindurch auf die mächtige Großsegelrah unter sich, die über beide Bordwände hinausragte. Der junge Midshipman Cousens war darauf geprallt, als er von hier oben heruntergefegt worden war. *Das hätte auch ich sein können ...* Er verdrängte es aus seinem Kopf. Es hatte ihn glücklicherweise nicht getroffen.

Er sah, daß die Seesoldaten auf ihre Gefechtsstationen in die Marsen kletterten, es waren Scharfschützen. Ein paar Soldaten hatten die tödlichen Drehbassen zu bedienen, die manchmal mehr von den eigenen Kumpels verstümmelten oder töteten als Feinde, wenn sie schlecht gerichtet wurden oder wenn einer mangelhaft gezielt hatte. *Gänseblümchenmäher.* Die Dinger müssen von jemandem an Bord eingeführt worden sein, der niemals vorher eine bedient hatte, dachte Sulivan.

Er bemerkte, daß einer der Seesoldaten mit seiner Muskete in seine Richtung signalisierte. Sullivan winkte zurück. Jemand kam ... Schlief der Kommandant denn nie? Sullivan hatte die ganze Nacht hindurch das Licht unter dem Skylight brennen sehen, und er hatte gehört, daß er das Pulvermagazin besucht hatte, wo Old Stranace, der Stückmeister, über die Munition herrschte. Sogar im Lazarett war er aufgetaucht, in dem sein Diener sich den Platz mit dem ausgepeitschten Mann teilte. Sullivan zog einen Flunsch. Alles wegen dem verdammten Mr. Varlo. Genau wie Sandell würde den im Falle eines Falles wirklich niemand vermissen.

Er blickte plötzlich auf seine großen, rauhen Hände, vernarbt und verfärbt vom Teer, aber er konnte damit immer noch die feinsten Modellarbeiten an einem Schiff ausführen.

Würde mich jemand vermissen?

Er sah, wie der Kommandant die letzten paar Fuß erklomm, er war ohne Hut, sein braunes Gesicht glänzte vom Schweiß. Aber er war immer noch in der Lage zu lächeln.

»Ein schöner Tag dafür, Sullivan.«

Völlig überraschend mußte er an einen Kommandanten denken, unter dem er früher einmal gedient hatte. Als er in seiner Bootscrew gewesen war, war er gegen den Offizier getaumelt, als sie bei einem Schiff längsseits angelegt hatten. Der Kapitän hatte höllisch geflucht und hatte ihm gedroht, ihn für einen tätlichen Angriff zu bestrafen. Immerhin wußte man bei diesen engstirnigen Tyrannen, woran man war.

Sullivan war nahe genug an Adam dran, um ihn anfassen zu können. Bolitho war ein Mann wie jeder andere, solange er ohne die Autorität und die Macht der Kriegsartikel war. Sullivan seufzte. Es war sinnlos, darüber nachzudenken. Jago hatte wahrscheinlich recht. Er sah, daß der Kommandant seine verwundete Seite hielt und dann ein paarmal tief durchatmete. Seine Augen klebten zuerst an der Küstenlinie, dann wanderten sie zum Wimpel im Masttopp empor, um den Wind abzuschätzen.

Adam war sich der Neugier des Ausgucks bewußt. Sullivan war einer der besten Matrosen der *Unrivalled*, und er war mehr als das; er war einer der starken Balken des Schiffes.

Die Männer, die Sie führen.

Adam studierte die Schiffsansammlung und fragte sich, wie dem Admiral die in der Hitze brütende Landmasse erscheinen mochte. Es sah aus, als ob man in eine gigantische Falle hineinsegelte. Er prüfte wieder den Wind. Er kam fast aus Osten, so wie es ihm sein alter Segelmeister Cristie vorhergesagt hatte.

»Vor diesem Punkt der Küste weht er viel wahrscheinlicher östlich als westlich. Das ist fast definitiv.«

Er hatte das alles ohne die Spur eines Lächelns gesagt.

Vielleicht gab es Anzeichen, die er sich vor vielen Jahren auf ebendiesem Meer unauslöschlich eingeprägt hatte. Er mußte plötzlich an das Atelier in dem alten Haus mit der Ruine der Kapelle denken. Es war wahrscheinlich jetzt verwaist, verlassen. Eine andere Welt.

Er blickte Sullivan an.

»Mittags?«

Sullivan nickte. »Ziemlich exakt, Sir, dann wird's so heiß wie in der Küche der Hölle.«

Sie lachten beide, und ein paar der Seesoldaten in der Gefechtsmars des Großmasts beugten sich vor, um zu sehen, was los war, und um mit weit aufgesperrten Ohren zu lauschen.

Adam blickte wieder nach unten auf das Schiff. Alles lief völlig ungestört ab, ganz ohne Eile, so wie er es beabsichtigt hatte. Es würde schwer genug für die Männer werden, wenn sie an den Geschützen schufteten und die ersten Salven hinnehmen mußten, ohne das ganze übliche Geschrei und den Ruf zu den Waffen. Aber bald war es soweit. Sehr bald. Er stellte sich Midshipman Deighton vor, der sein Fernglas auf das Flaggschiff ausgerichtet hatte. Nur ein Flaggensignal und die *Unrivalled* hatte, dicht gefolgt von der *Halcyon* den Angriff anzuführen.

Als sie die verschiedenen Strategien diskutiert hatten, hatte Galbraith lakonisch gemeint: »Die Operation scheint mir einfach genug zu sein, wenn man nur nicht zu viel darüber nachdenkt.«

Er war überraschend entspannt gewesen, sogar fröhlich. Er würde seine gute Laune heute auch gebrauchen können. Wenn er nur in der Lage gewesen wäre zu schlafen, aber der Schlaf war vor ihm geflohen. Nur einmal war er kurz in einen erschöpften Halbdämmer gefallen. Da hatte er Lowenna gesehen, wie sie sich gewehrt hatte. Ihre Schreie waren im Traum unhörbar gewesen, aber deshalb nicht weniger schrecklich. Gesichtslose, tierhafte

Gestalten preßten sie nieder, erforschten ihre Nacktheit, quälten sie und drangen in sie ein.

Er war hochgeschreckt und hatte seine Laken auf den Boden geworfen. Sein Körper war schweißnaß gewesen. Er hatte ihren Namen gerufen. Er hatte fast erwartet, daß Napier aus der Pantry hereingestürmt kommen würde. Erst als sich seine Phantasie wieder einigermaßen beruhigt hatte, war ihm eingefallen, daß der Junge noch immer im Krankenrevier lag.

Er hatte sein Hemd angezogen und war durch das Schiff gegangen. Er hatte mit den Wachgängern geredet und auch mit Männern, die nur einfach auf dem Deck saßen und wie er selbst nicht schlafen konnten. Er wußte nicht mehr, was er gesagt und was er als Antwort bekommen hatte.

Aber der Traum war geblieben, stark und schrecklich. So mußte es gewesen sein.

Er fand Napier schlafend vor. Der beengte Raum roch stark nach Rum. O'Beirne hatte mit einem seiner Assistenten im Lazarett die Instrumente überprüft, die glänzten und klapperten, als ob sie lebten.

»Er hat alles gut überstanden, Sir. Es war ein tiefer Einschnitt notwendig – aber ich habe das Ding nach einem kurzen Versteckspiel gefunden.« Er hatte fast gelächelt. »Ein wirklich tapferer Bursche. Seine einzige Sorge scheint zu sein, daß er neben Ihnen stehen will, wenn die Schlacht beginnt.«

Adam hatte seine Hand auf die nackte Schulter des Jungen gelegt und gesehen, wie der mißbilligende Ausdruck aus dem Gesicht des Bewußtlosen verschwand. So als ob er etwas gemerkt hätte.

»Du wirst deinen Ponyritt bekommen, mein Junge. Da kannst du sicher sein.«

Er war gegangen, die anderen hatten ihm nachgeblickt.

Er tauchte wieder aus seinen Gedanken auf und stellte fest, daß die Mars des Fockmasts ebenfalls von einer Abteilung Seesoldaten besetzt worden war. Er schaute zum Land hinüber. Eintausend Geschütze oder mehr. Wieder prüfte er seine Gefühle, aber da war keine Angst, keine Unsicherheit. Es war mehr eine dumpfe Schicksalsergebenheit.

Er griff in seine Hosentasche. Lowennas kleines Briefchen war da. Das war alles, was er hatte.

Er schob ein Bein hinaus auf die Saling und wartete auf den Schmerz. Es kam keiner. Auch er war betäubt. Er fragte: »Erinnern Sie sich, Sullivan?«

Der grinste, die jugendlichen Augen leuchteten sehr hell im Gesicht des alten Seemanns. »Aye, Sir. Für den König!« Dann, als überraschte es ihn selbst, streckte er seine Hand aus und schüttelte ihm die Pranke.

Adam nahm sich Zeit beim Abstieg, legte gelegentlich eine Pause ein, um durch das Rigg auf das großartige Panorama der Schiffe und Segel zu schauen. Und an die Männer zu denken, Hunderte und Aberhunderte. Auf sie alle wartete das Unvermeidliche.

Ich möchte, daß Sie die Vorhut anführen.

Er schwang sich hinaus auf die Wanten und sprang die letzten paar Fuß auf das Deck hinab. Cristie warf ihm ein schnelles, verkniffenes Lächeln zu.

Hauptmann Luxmore, »der wahre Soldat«, wie ihn Galbraith scherzhaft betitelt hatte, sah wie immer aus, als wäre er dabei, eine Parade anzuführen oder eine Ehrenwache zu befehligen. Das neue Ruderrad war vollständig besetzt. Midshipman Deighton wurde von dem jungen Martyns unterstützt, der allerdings noch ein echtes Kind war. Zusammen standen sie mit einer kleiner Gruppe Seeleute vor dem Flaggenschrank: Bellairs, Rist und Varlo, der wieder vorne bei der Ersten Division der Achtzehnpfünder war. Varlo, sah etwas gedrückt aus, und Adam fragte sich, was wohl Galbraith zu ihm gesagt hatte.

Hoch über dem Hauptdeck waren bereits die Ketten an die Rahen angeschäkelt worden, um zu verhindern, daß die schweren Spieren nach einem Treffer auf die an den Kanonen oder Segeln arbeitenden Männer fallen konnten. Enternetze mußten noch gespannt werden, und die meisten der Boote würde man treiben lassen, bevor die *Unrivalled* dichter unter Land kam. Das war immer ein schlimmer Augenblick für alle Seeleute auf jedem Schiff, aber notwendig. Fliegende Splitter konnten mehr Männer von den Füßen säbeln als jede massive Kugel.

Zwei kleine Spielmannsjungen standen auf der Luvseite und befeuchteten ihre Instrumente mit den Zungen. Ihre Augen ruhten auf ihrem Kommandanten. Aber heute würde man nur ihre Trommeln benötigen.

Jago näherte sich Adam. Seine Augen blickten gelassen, aber wachsam. Ohne Zweifel konstatierte er genau den Zustand von Adams Breeches, die nach dem Abstieg mit Teer beschmiert waren, das offene Hemd, das Halstuch, das lose um die nackte Kehle verknotet war. Adam hatte keinen Hut auf dem Kopf und trug den vertrauten verschossenen Uniformrock mit der grün angelaufenen Litze. Jago nickte schweigend Zustimmung, so als ob er die Kleidung absegnete.

Keine närrischen Experimente heute. Aber immer noch der Kommandant.

Adam hielt seine Arme hoch, und Jago befestigte den alten Degen an der richtigen Stelle.

Deightons Stimme zerstörte die momentane Stille. »Vom Flaggschiff, Sir! Vorbereiten zum Gefecht!«

»Bestätigen!«

Jago murmelte: »Das haben wir schon einige Male gehört, nicht wahr, Sir?«

Adam grinste und packte heftig seinen Arm. Es war eine knappe Sache gewesen. Jago mußte gesehen haben, wie knapp es gewesen war.

Er erwiderte: »Und es werden noch einige mehr werden, alter Freund!« Er drehte sich weg, ohne die Erleichterung in Jagos Gesicht zu sehen. »Los, ihr Trommelbuben! Schiff klar zum Gefecht!«

Er fühlte, daß die wartenden Männer instinktiv zögerten, aber dann erwachten sie zum Leben, als ob sie von etwas Stärkerem kontrolliert wurden.

Adam sah zu dem langen Kommandowimpel im Masttopp hinauf, der jetzt auswehte und ihnen den Weg in die Schlacht wies.

Männer stampften auf ihre Gefechtsstationen, Schotte wurden niedergelegt, der ganze Rumpf war von geschäftigem Treiben auf einem Kriegsschiff erfüllt.

Es war soweit.

Die Bürde des Kommandanten

Adam Bolitho blickte auf den Kompaß und ging zu den vollgepackten Finknetzen hinüber, wo er das Fernglas scharf einstellte. Während der wenigen Schritte sah er den Rudergänger, wie er auf die Piek des Besansegels blickte, das müde einfiel, als wollte es sie warnen. Die *Unrivalled* segelte in der schwachen ablandigen Brise so hoch am Wind wie irgend möglich. Es ging aber langsam voran, quälend langsam. Adam richtete das Teleskop neu aus und sah, wie sich der zersplitterte Saum des Landes dem Schiff entgegenstreckte. Alles war so, wie er es in Erinnerung gehabt hatte. Er dachte an die rauhe Landschaft, und wie schwierig es manchmal war, zwischen dem Land selbst und den bröckelnden Befestigungen sowie den verwitterten Türmen zu unterscheiden, die aus sandfarbenen Steinen erbaut waren und älter aussahen als die natürlichen Gesteinsbrocken.

Er schwang das Glas zur Reling des Achterdecks herum und bemerkte, daß mehrere Seeleute an dem achtersten Achtzehnpfünder zu ihm aufschauten. Er ließ seine Augen über die ganze Schiffslänge gleiten. Die Decks waren mit Sand bestreut worden, damit die Männer in der Hitze des Gefechts nicht ausglitten und damit das Blut der ersten Gefallenen aufgesaugt wurde. Am schwierigsten zu akzeptieren war nie, daß Männer starben, sondern daß Gesichter und Stimmen verschwanden, die man kannte, die Teil einer gewachsenen Gemeinschaft geworden waren. Er sah die langsam brennenden Lunten, jede steckte in einer mit Sand gefüllten Pütz neben der dazugehörigen Kanone. Bei den modernen Feuersteinschlössern waren Versager nicht auszuschließen, weil der Geschützführer überhastet reagierte, um die anderen bei der ersten Breitseite zu übertreffen.

Die Netze über den Köpfen der Männer waren aufgeriggt, und die Bootknacken waren leer, so daß das gesamte Deck jetzt leer erschien. Die Gig und die Jolle wurden achteraus nachgeschleppt, die anderen Boote trieben inzwischen schon weit achteraus an einem Seeanker aus Segeltuch. Sie warteten darauf, daß der Sieger sie wieder einsammelte, unabhängig davon, welche Flagge er führen würde.

Das Land schien wieder vom Schiff fortzuschwingen wie der obere Bügel einer Wilddiebtasche. Adam schaute durch das Fernglas nach vorn, bewegte es hin und her, um ein von Wanten und Stagen freies Blickfeld zu haben. Er konnte jetzt die Hauptreede einsehen, auf der es exakt so aussah, wie es in seinen Befehlen beschrieben stand und wie sie der Flaggleutnant seines Onkels, George Avery, nach seinem ersten Besuch hier geschildert hatte.

Adam ließ das Glas sinken und starrte in die Ferne. Es

lagen Schiffe vor Anker, ohne Zweifel erwarteten sie den Angriff und beabsichtigen vermutlich, die langsamen Schiffe von Lord Exmouth' Flotte zu überfallen. Er hatte gehört, daß vier Glasen angeschlagen wurden, aber er wußte nicht mehr, wie lange das her war.

Sullivan hatte recht gehabt. Sie waren mittags dicht unter Land gewesen. Das war inzwischen über zwei Stunden her.

Er blickte auf die Geschützbesatzung direkt unter ihm. Die Männer waren halbnackt und zu allem bereit, ihre Körper glänzten vor Schweiß, sie hatten sich Taschentücher um die Ohren gebunden. Die Entermesser waren frisch auf dem Schleifstein geschärft worden und lagen ebenfalls bereit. Die großen Rahen waren so hart angebraßt, daß sie fast in Längsschiffsrichtung zu stehen schienen. Sie segelten so hoch am Wind, wie es nur möglich war. Er hörte das Ruder scharf quietschen, und einer der Rudergänger murmelte etwas, wie um es zum Schweigen zu bringen.

Er sah Galbraith an der Steuerbordtreppe stehen, wie er mit Rist, dem Steuermannsmaaten, sprach, und Williams, dem Stückmeistermaaten, der mit ihm bei dem Überfall auf dem Deck der Schebeke gewesen war. Er tupfte seine Lippen mit seinem Ärmel ab.

Bellairs rief: »Das Flaggschiff ändert Kurs, Sir!«

Adam bewegte das Glas. Es war unmöglich, sich vorzustellen, welche Stärke und Macht dieses Signal von Exmouth demonstrierte. Alles lief schwerfällig, langsam ab, und einige Schiffe hatten sich erheblich von der ihren zugewiesenen Position entfernt, aber alle Einheiten bewegten sich im Gleichklang, ihre Umrisse schienen sie zu verlängern, als sie wie treibende Leviathane ihren Kurs in Richtung auf das Land änderten.

Sie waren noch zu weit vom Feind entfernt, aber er konnte sich die Reihen der Kanonen vorstellen, die ausgerannt wurden. Er glaubte die Muskeln und den Schweiß der vielen hundert Männer zu sehen, die sich anschickten, ihr Können gegen den Dey ins Treffen zu bringen. Falls Lord Exmouth damit gerechnet hatte, daß sich der Gegner im letzten Augenblick unterwerfen würde, dann mußte er eine Enttäuschung erleben. Der Dey verließ sich völlig auf seine schwere Artillerie. Adam dachte an das kurze Treffen zurück. *Trick für Trick.* In seinem Herzen war Exmouth noch immer ein Fregattenkommandant.

Ein dumpfer Knall ertönte, der Klang wurde vom Land reflektiert, dann sah Adam die Kugel vor dem Schiff ins Wasser einschlagen und anschließend wie ein aufgeregter Delphin über die See hüpfen.

Cristie hielt die Uhr in seiner Hand, aber seine Stimme klang fast gleichgültig. »Tragen Sie ins Logbuch ein, Mr. Bremner: Der Feind eröffnete das Feuer um zwei Uhr dreißig.«

Adam wandte sich ab. Nichts schien den alten Segelmeister aus der Ruhe bringen zu können. Er wußte sogar in diesem Moment den Namen des Midshipman, der erst kürzlich auf das Schiff gekommen war. Der Mann, der in der Nachbarschaft von Collingwood geboren worden war, war stets wie ein Fels in der Brandung.

Vielleicht hatten die Beobachter an Land damit gerechnet, daß die Flotte direkt auf die Reede segeln, ein paar Schüsse auf große Entfernung abgeben und dann wieder verschwinden würde, ohne eine Niederlage in einer Schlacht zu riskieren. Dann hatten sie sich geirrt. Eine Flagge wurde an Bord der *Queen Charlotte* weggenommen, und die Luft wurde vom ersten Donner der Kanonen zerrissen. Dann ging es ohne Pause weiter. Kanonen wurden abgefeuert und wieder geladen, die Bucht und das Land waren bereits von treibenden, wabernden Qualmwolken bedeckt.

Genau dafür waren die Geschützbedienungen trainiert worden, den ganzen langen Weg von Plymouth und dann weiter von Gibraltar bis hierher.

Adam packte die Reling und spürte, wie die Vibrationen der Beschießung die Planken erzittern ließen. Fast kam es ihm so vor, als ob ein paar Kugeln in die Bordwand eingeschlagen wären. Er erinnerte sich an seine Dienstzeit auf einem Linienschiff, und er war sich sicher, daß sich der Kommandant der *Halcyon* auch stets an diesen unbeschreiblichen Lärm erinnerte, der den Kopf eines Mannes zum Platzen bringen konnte, so daß ihn nur der Drill und die Disziplin vor dem Wahnsinn bewahrten. Unten auf den Geschützdecks strichen einem die Decksbalken über den Kopf, der beengte Raum war mit beißendem Qualm gefüllt, und es stank nach verbranntem Pulver. Für jede Geschützbesatzung gab es nur eine offene Geschützpforte, dahinter war ein schwacher Schatten oder ein dunstiger Umriß zu erkennen. Das mußte der Feind sein.

»Auswischen! Laden! Ausrennen! Fertig!«

Nichts anderes existierte.

Adam rief: »Zwei Strich, Mr. Cristie! Steuern Sie Süd-zu-West!« Es war eigentlich unmöglich, aber er konnte spüren, daß sich sein Mund zu einem Grinsen verzerrt hatte. »Das wird uns mehr Manövrierfreiheit geben.« Er schwang herum, um eine wirbelnde Funkensäule weit hinter dem am nächsten stehenden Schiff zu beobachten. Vielleicht war ein Schiff in die Luft geflogen oder ein verirrter Schuß hatte sein Ziel in einem der Pulvermagazine der Zitadelle gefunden? Niemand konnte das überleben. Dann winkte er Jago heran. »Wir werden direkt auf die Reede segeln. Bleiben Sie bei Mr. Galbraith.«

Er setzte das Teleskop wieder ans Auge und hielt den Atem an, bis er das richtige Schiff gefunden hatte. Es war ein Schoner, der abseits der anderen vermurt lag. Er bewegte das Glas ein wenig weiter, bis er die Fregatte im Blick hatte, die mit Vor- und Heckanker verankert war, eine schwimmende Batterie. Ein anderes Kriegsschiff lag direkt hinter ihr. Sie beherrschten die Reede und bewachten die Schiffe, die das lebensspendende Blut in den Adern des Dey waren.

»Du weißt, was du zu tun hast?«

Adam fiel auf, daß Jago schwieg. Er sah ihn an, seine Ohren dröhnten von einer weiteren mächtigen Explosion, und er sah den Gesichtsausdruck, den er seit dem Tag kannte, als sie ihren Bund mit einem Händedruck besiegelt hatten.

Dann antwortete Jago tonlos: »Mein Platz ist hier. Bei Ihnen.« Er sah, daß Leutnant Varlo mit einer Gruppe von Seeleuten vorbeihastete. »Schicken Sie ihn los!«

Adam unterdrückte seinen aufsteigenden Ärger. »Das will ich nicht gehört haben, Luke.« Er machte eine weit ausholende Handbewegung in Richtung der verankerten Schiffe. »Dieser Schoner ist unsere Waffe. Der Wind steht günstig. Es ist ein Handstreichunternehmen mit den Booten, das schnell zu gewinnen ist. Vertrau mir!«

Jago berührte die zweischneidige Waffe in seinem Gürtel. »Sie wollen die Hunde abfackeln, bevor sie die Anker kappen und flüchten können?«

Adam nickte. »Oder unsere Flotte belästigen können. Ein paar unserer Schiffe sind vermutlich in einem ziemlich schlechten Zustand.«

Jago runzelte die Stirn, seine Gedanken waren ganz woanders. Vielleicht erinnerte er sich an ein vergangene Schlacht. Er antwortete kurz: »Gig und Jolle.« Er schaute auf einen Mann unterhalb der Reling. »Einige von uns sind noch nicht trocken hinter den Ohren. Falls Sie geentert werden ...« Er sah ihn an und zuckte die Schultern. »Es ist Ihr Kommando, Sir.«

Adam spürte, daß er zitterte, aber nicht aus Angst. Es

war schlimmer. *Genau jetzt hier zu sein.* Die Mission machte keinen Sinn und würde es auch niemals tun.

Jago blickte sich um, suchte bereits nach Namen und Gesichtern. »Ich bin bereit.« Er schwang sich die Leiter hinunter, seine Augen noch immer nach oben zum Achterdeck gewandt, zu den Rudergängern, die sich kaum bewegten, als sich die Segel wieder mit Wind füllten. Alles war voller Pulvergestank. Wenn man weiter achteraus blickte, dann hatte es den Anschein, daß ob die gesamte Flotte in den Qualm eingehüllt worden war. Nur hier und da blitzten die langen Flammenzungen des Geschützfeuers auf. Die brennenden Flanken gestalteten ein eigenes Bild. Alles sah aus wie eine Szene aus der Hölle.

Im Gegensatz dazu war es an Deck vergleichsweise ruhig. Cristie stand neben seinem kleinen Tischchen, seine Augen wanderten ständig zwischen dem Wimpel im Masttopp und dem Kompaß hin und her, von einzelnen Segeln zu seinen Maaten und Assistenten. Midshipman Deighton stand neben dem Flaggenschrank, und Bellairs wartete darauf, daß mehr Segel gesetzt werden sollten. Und dann waren da noch die Seesoldaten in ihren Stellungen hinter den Finknetzen, die ihr einziger Schutz waren, wenn der direkte Kampf begann.

Jago schrie: »Halten Sie sich den Rücken frei, Sir.« Dann war er fort.

Blitze schossen wieder aus dem Rauch. Sie kamen jetzt von der Reede. Adam stöhnte auf, als die Kugeln in den unteren Bereich des Rumpfs einschlugen. Noch waren sie nicht gefährlich. Er versuchte, still zu stehen und sich den Schweiß aus dem Gesicht zu wischen. Schon die kleinste Änderung seines Verhaltens konnte von den Männern als Zeichen der Unsicherheit gewertet werden. Niemand durfte daran zweifeln, daß er an den Erfolg des Gefechts glaubte.

Die Fregatte mit den Ankern an Bug und Heck feuerte wieder, aber die Schüsse waren ins Blaue abgegeben worden. Wahrscheinlich wurden die Geschützbesatzungen durch den sich ausbreitenden Qualm irritiert. Adam wechselte die Seite und sah zu der Brigg hinüber. Sie hielt ihre vorgeschriebene Position ein. Es war gefährlich, zu nahe auf ein anders Schiff aufzulaufen, und wäre es auch aus einem falschen Gefühl der Sicherheit heraus.

Er hörte Cristie sagen: »Es ist dasselbe Schiff, Sir! Aber diesmal ohne die verdammte Yankeeflagge. Möge es verrotten!«

Adam spürte Napier neben sich. Seine Augen blickten trotzig, als würde er das Schlimmste erwarten.

»Bleib neben mir, David«, wies er den Jungen an. »Geh aber nach unten, sobald ich es dir sage.« Er sah, daß der Kleine nickte und sich auf die Lippe biß, als er sein Gewicht auf das operierte Bein verlagerte.

»Der Arzt sagte ...«

Adam packte seine Schulter. »Ich kann mir vorstellen, was der Arzt gesagt hat. Es wird nichts anderes gewesen sein, als er mir auch vorgehalten hat.«

Ein paar Seeleute auf dem Achterdeck bei den Neunpfündern nickten einander zu. Der Kommandant vertrieb sich diesen Teil des Tages mit Gesprächen mit seinem Diener, als ob sie immer noch in Plymouth wären – es konnte also nicht so schlimm sein.

Galbraith sah sehr konzentriert aus, jetzt dürfen keine Fehler geschehen.

»Bereit, Sir. Ich nehme Rist als meinen Stellvertreter mit – er ist ein guter Mann. William hat die Ladungen vorbereitet. Ich weiß ja bereits, was er in dieser Beziehung leisten kann!«

Adam blickte nicht weg, als eine zerrissene Breitseite krachte und über die Reede echote.

Bellairs rief aus: »Die *Halcyon* ist getroffen, Sir!«

Adam verdrängte die Nachricht sofort wieder und konzentrierte sich auf Galbraith. Er war ein guter Offizier, der es gewohnt war, Risiken einzugehen und sein Leben immer wieder in die Waagschale zu werfen, der sein eigenes Kommando haben wollte und jetzt angespannt zusah, wie der Vormast der *Halcyon* wackelte und dann neben dem Rumpf in das Wasser stürzte. Es war, als würde er sein eigenes Schiff unter Feuer liegen sehen.

»Ich werde heranlaufen lassen, sobald ich sehe, daß Sie die Boote slippen. Wenn ich alles gegen uns richten sollte, dann suchen Sie sich Ihren eigenen Weg zurück zur Flotte. Ich zähle auf das, was Sie leisten können.«

Galbraith tippte grüßend an seinen Hut und lief leichtfüßig die Treppe hinunter, dabei rief er laut seine Befehle. Er blieb nur einmal stehen, um zur *Halcyon* hinüberzuschauen, als sie von einer vollen Breitseite beharkt wurde. Dann war auch er verschwunden.

Adam sah, daß sich Partridge umdrehte und mit dem Arm winkte, die Boote hatten also abgesetzt und wurden wie verrückt in Richtung der Reede gepullt.

Er schätzte die Entfernung ab, als ob er eine gigantische Karte studieren würde. Varlo mußte vorn bleiben, um das Geschützfeuer zu leiten, wenn die *Unrivalled* herumdrehte. Adams innere Stimme meldete sich und unkte hartnäckig: wenn der Wind durchsteht. Varlo könnte immerhin das Kommando übernehmen, falls das Schlimmste eintrat und das Achterdeck in blutige Fetzen zerschossen würde. Adam blickte sich um. Bellairs hatte bei der Achterwache das Kommando zusammen mit Hauptmann Luxmore und Sergeant Bloxham mit seinen Marineinfanteristen. Er hatte schon seinen Leutnant, Cochrane, auf die Back geschickt, um dort die Karronaden und deren Besatzungen zu decken und schützen. Adam sah, daß Midshipman Deighton ihn über den Flaggenschrank hinweg anstarrte und erfreut lächelte, als sein Kommandant ihm lässig zuwinkte. Lässig? Es war, als ob die Toten auferstehen würden.

»Achtung auf dem Achterdeck!«

Cristie wartete, leicht gebückt, als ob er eine verirrte Kugel erwartete. Neben ihm stand der junge Ede, der im Höllenfeuer der Schlacht einen ungleichen Gefährten abgab. Cristie hatte ausdrücklich darauf hingewiesen, daß seine Navigationsgerätschaften noch nie in so guten Händen gewesen waren. Das war wirklich ein Lob.

Adam zählte die Sekunden, während er das sich verkleinernde Dreieck des mit Rauch bedeckten Wassers zur Seite wandern sah.

Wieder lief sein schneller Blick nach oben. Der Wimpel im Masttopp hob und senkte sich wie zuvor. Aber der Wind blieb stetig, er stand durch. Er spürte, daß sich seine Hand um den kleinen Brief krampfte, der zerknittert in der Hosentasche seiner Breeches steckte. Lowenna. In der Sprache Cornwalls bedeutete das »Freude«. Er schluckte, aber sein Mund war trocken. *So soll es sein.*

»Achtung, das Deck! Anluven!«

Er mußte schreien, um das Geräusch des Windes und des Segeltuchs zu übertönen und natürlich auch das ständige Donnern der Schlacht. Und sein Herz, dessen lautes Klopfen ganz sicher von allen gehört werden konnte, die um ihn herumstanden.

»Ruder liegt hart über, Sir!«

Das Schiff begann zu drehen, der Klüverbaum wanderte über die verankerten Schiffe, als ob nicht die *Unrivalled,* sondern die anderen die Position änderten.

»Schoten und Halsen los!«

Adam schaute über die Köpfe der rennenden Männer, während das Schiff weiter dem Druck des Ruders gehorchte, bis es im Wind stand.

»Backbordbatterie ausrennen!«

Er zog seinen Degen blank, dabei fand er noch Zeit, sich den Anblick der *Unrivalled* vorzustellen, wie er sich von Bord der feindlichen Fregatte ausnehmen mußte. Dort rechnete man natürlich mit einer unmittelbaren Konfrontation und war darauf vorbereitet.

»Ausrennen!«

Er packte die Schultern des Jungen und wußte, daß er ihm sehr weh tat. Er sah, wie sich die Kanonen aus der Bordwand drängten und die Mündungen gegen den Druck des Windes und des Ruders hoben, als würden sie ihren alten Feind wittern.

Der Degen sauste über seinem Kopf, alles andere war vergessen. Sogar das ohrenbetäubende Kreischen von Eisen, das in den Rumpf einschlug, bedeutete jetzt nichts mehr.

»Feuer frei, sobald das Ziel aufgefaßt ist!«

Leutnant Leigh Galbraith erhob sich halb von seinem Platz auf der Heckducht der Gig, als eine weitere Breitseite über das Wasser peitschte. Er sah, wie sich die Mündungsblitze in den Augen des Schlagmanns spiegelten, und zwang sich energisch dazu, sich nicht umzudrehen. Das ununterbrochene Donnern der schweren Waffen hatte, soweit er es beurteilen konnte, seit dem ersten Schuß nicht mehr geschwiegen.

Er hatte gesehen, wie die Bramsegel der *Unrivalled* sich wieder füllten und straff standen, nachdem die Fregatte voll auf den anderen Bug gegangen war. Er hatte das Quietschen und Rattern der Blöcke gehört und sich die gebrüllten Kommandos vorgestellt, dazu das Stampfen der Füße, als die Männer sich mit vollem Gewicht und unbändigem Willen in die Brassen und Fallen warfen.

Dann folgten die Breitseiten, die der *Unrivalled* und das hellere Belfern der Neunpfünder auf der Brigg *Mar-*

pie, während beide frech mitten zwischen die ankernden Schiffe fuhren.

Hier unten in der Gig war alles so anders, Galbraith fühlte sich fast wie ein unbeteiligter Zuschauer, manchmal aber auch fast wie ein Opferlamm, weil er ohne die übliche Tricks und die listige Tücke eines Kommandounterunternehmens auskommen mußte. Er spürte das Gewicht der schweren Pistole an seiner Hüfte, den Degen hatte er bereits in der Scheide gelockert. Doch seine Waffen kamen ihm vergleichsweise inadäquat vor gegen das dumpfe Grollen des Geschützfeuers der Linienschiffe gegen die Befestigungen des Dey. Der Rauch über der Stadt war dichter denn je, Feuerschein loderte hindurch. Die Geschützbedienungen waren inzwischen sicherlich bereits halb blind und zu betäubt, um noch Angst zu haben.

Er befahl: »Schlagzahl vermindern, Bootssteuerer! Wir verlieren die Jolle, wenn wir nicht aufpassen!«

Er meinte, Jago grunzen zu hören, und sah den schnellen Austausch von Blicken zwischen ihm und dem Schlagmann. Die Jolle war querab, sie lief schwerer und langsamer wegen Williams Sprengstoff und der zusätzlichen Männer. Ihre Aufgabe war es, eventuellen Widerstand zu brechen oder plötzliche Ausfälle zahlen- und kräftemäßig wieder auszugleichen. Er drehte sich um, als eine weitere Breitseite durch den Qualm krachte. Die verankerte Fregatte schoß noch immer, aber die Feuergeschwindigkeit hatte abgenommen, der plötzliche Überfall der *Unrivalled* hatte Wirkung gezeigt. Aus anderen Peilungen waren ebenfalls Schüsse zu hören, wahrscheinlich war dort die *Halcyon* am Werk. Beschädigt oder nicht, sie war in der Lage, hart zurückzuschlagen.

Galbraith blickte scharf nach vorn, als zwei verankerte Barkassen durch den Dunst aufragten. Er griff nach seinem Degen, wie um sich selbst zu beruhigen. Der Schoner lag direkt vor ihnen. Er sah, daß der Bugmann hinter der Drehbasse am Vorsteven stand. Die Zeit würde nur für einen einzigen Schuß reichen. Danach ...

Jago murmelte: »Da ist sie!«

Der Spiegel des Schoners schien durch den Rauch in die Höhe aufzuragen. Galbraith schätzte den Abstand. Ein Wurfanker würde ausreichen. Jeder der Männer war handverlesen. Alle wußten, was zu tun war. Wie man, klaglos zu sterben hatte, falls ihr Offizier einen Fehler machte. Er wußte, daß Jago ihn beobachtete. Wahrscheinlich hielt er ihn ohnehin für verrückt, weil er im Angesicht des Todes grinsen konnte.

Jemand zischte halblaut: »Ein Boot, Sir! An Backbord voraus!«

Das hätte dort nicht sein sollen. Eine große Schlacht war im Gange. Kein vernünftiger und nüchterner Mensch würde den sicheren Ankerplatz verlassen.

Wilde Schreie erklangen, und dann krachten plötzlich Musketenschüsse. Galbraith hörte und spürte, wie die Kugeln in den Rumpf klatschten, er sah, wie der Schlagmann die Arme in die Luft warf und über der Ducht zusammenbrach. Sein Riemen schleifte außenbords wie ein zusätzliches Steuerruder durch das Wasser.

Er brüllte: »Feuer frei, Mann! Behark' den Hundesohn!«

So dicht über dem Wasser war das Krachen der Drehbasse ohrenbetäubend laut, die volle Kartätschenladung schlug auf Kernschußweite auf dem anderen Boot ein. Ihre Riemen kamen sofort in völlige Unordnung, das Boot drehte in einer Spritzwasserwolke herum, die jämmerlichen Schreie der Männer, die von der Ladung zerfetzt worden waren, zerrissen die Luft.

Der Bugmann stolperte nach achtern, um mitzuhelfen, den Schlagmann über das Dollbord zu schieben, und seinen Platz einzunehmen. Das kostete alles Zeit. Galbraith blickte auf den Leichnam, der achteraus wegtrieb, dabei drehte er sich leicht auf eine Seite, als ob er zusehen wollte, wie sie den Angriff ohne ihn weiter vorantrieben.

Jetzt fielen weitere Schüsse über ihren Köpfen.

Galbraith keuchte, als ihn ein Schlag hart gegen die Pinne warf. Es war, als wäre ihm ein glühend heißes Eisen über seinen Rücken gezogen worden. Er konnte den Geruch des verbrannten Stoffes von seinem Uniformrock riechen, dann schoß Jagos harte Hand vor und drückte ein Bündel Lumpen auf die Wunde. Aber es schmerzte nicht. Er war nur atemlos, als ob man ihn getreten hätte.

Jago zischte scharf: »Langsam, Mr. Galbraith. Wir fixen Sie wieder auf wie neu!« Er wandte sich der Jolle zu, als diese seitlich passierte. Die Riemen hoben und senkten sich ohne Unterlaß, als hätten die Männer gerade erst von der Bordwand ihres Schiffes abgelegt. »Frank Rist wird das schon machen!« Er merkte, daß sich Galbraith umdrehte, um ihn verstehen zu können. »Er wollte immer sein eigenes verdammtes Kommando, jetzt hat er es!«

Dann kam der Schmerz, und Galbraith fand sich neben dem ersten Stringer liegen. Sein Kopf lag auf einem Hut. Er lebte. Aber er konnte nur daran denken, daß er versagt hatte.

Jago streckte eine Hand aus. »Auf Riemen!« Er blickte abschätzend zu dem überhängenden Heck hinauf. Dem jungen Deighton hätte das hier Spaß gemacht, dachte er. »Achtung! Bug!« Er hörte das Zischen, als Stahl blank gezogen wurde. Er wußte, daß ein paar der Männer mit Enterbeilen bewaffnet waren. Er vertraute darauf, daß der Wurfanker geworfen worden war und sich verhakt hatte. Dann stemmte er sich auf die Füße, während die Gig unter dem Heck mit einem heftigen Ruck zum Stillstand kam. Eine Drehbasse explodierte, sie schien nur wenige Fuß entfernt zu stehen, und einen Augenblick lang dachte er, daß die Besatzung des Schoners vorbereitet gewesen war und das erwartet hätte. Statt dessen hörte er ein wildes Gebrüll und wußte, daß es Williams, der verrückte Waliser, war. »Auf sie mit Gebrüll, Jungs!« Dann zog er sich zusammen mit den anderen nach oben über die Reling.

Er hielt nur inne, um nach unten in die Gig zu spähen, wo sie Galbraith in einer etwas sichereren Position gelagert hatten. Er grinste sogar. *Verdammte Offiziere!*

Frank Rist, der Steuermannsmaat, hatte die plötzlichen Schüsse gehört und dann die mörderische Antwort der Drehbasse. Wie befohlen hatte er die Jolle längsseits gebracht. *Sogar wenn der beste Freund in der Schlacht neben dir niedergestreckt wird, kannst du ihm keine helfende Hand reichen. Oder du wirst der nächste sein.*

Er rieb sich die brennenden Augen, der Qualm war überall, schien sich über Meilen zu erstrecken. Er fluchte leise, als seine Stiefel auf dem Blut und den Fleischfetzen ausglitten. Es war nur ein Mann an Deck gewesen, der sie abwehren konnte, und der hatte die volle Ladung der Kartätschen ganz allein abbekommen. Ein paar winselnde Gestalten wurden ohne Federlesens gepackt. Die Ankerwache an Bord hatte aus acht Männern bestanden. Einer hatte versucht zu entkommen, aber ein Enterbeil hatte ihn auf der Stelle gestoppt. Das Aufklatschen längsseits erzählte den Rest der Geschichte.

Rist stellte fest, daß er sich körperlich entspannen konnte, obwohl er auch seine Nerven unter Kontrolle halten mußte. Er hörte das Getöse der Schlacht im Hintergrund, dort wurden Männer getötet und verstümmelt, Schiffe zerstört oder versenkt. Aber das war alles in dem dichten Pulverqualm und durch den großen Abstand ohne jede Bedrohung für ihn.

Die Geschütze der *Unrivalled* hatten das Feuer eingestellt, sie warteten. Er blickte sich auf dem unbekannten Deck um. *Sie warten auf uns.*

Er hörte, daß Williams nach einem seiner Kumpel rief, ihn interessierte nichts, was außerhalb seines unmittelbaren Verantwortungsbereichs lag. Rist spürte, daß er lächelte. Der Wahnsinn des Kampfes. Williams hatte wahrscheinlich eine Wette auf den Ausgang dieses Unternehmens bis auf die letzte Minute laufen. Obwohl er ein sehr starker Mann war, hatte seine Kraft immer etwas Spielerisches. Rist hatte gesehen, wie er sich locker eine schwere Spillspake gegriffen und damit einen Achtzehnpfünder gerichtet hatte, um einer Landratte, die in Plymouth frisch an Bord gekommen war, etwas zu erklären. Aber in vieler Hinsicht war er auch ein zartbesaiteter Mann, trotz seines Jobs als Geschützmeistermaat. Wie damals, als er das kleine schwarze Mädchen in den Armen gehalten hatte, an Bord des verdammten Sklavenschiffes, auf dem ihn der Skipper erkannt hatte. Das Mädchen war so heftig mißbraucht worden, daß es unwahrscheinlich war, daß es sich je davon erholen konnte. So etwas geschah häufig genug. Die Kleine hatte kein Wort gesagt oder protestiert, als Williams sie zurück zu ihren eigenen Leuten gebracht hatte, obwohl sie doch von Rechts wegen in ihm nur einen weiteren weißen Teufel sehen sollte.

Williams hätte schon vor langer Zeit befördert werden sollen, aber dem stand immer seine Liebe zum Glücksspiel entgegen. Für ihn war das wie pure Lust, und nichts – Disziplin hin oder her – würde ihn je ändern. Würfeln oder nur auf ganz alltägliche Vorkommnisse Wetten abzuschließen – wie viele Meilen man auf einer Wache absegelte oder wieviel Rum in einer Messe im Laufe einer Woche verkonsumiert wurde – hatte um ihn eine ergebene Truppe von Spielern scharen lassen, seine Verbindung, wie er sie nannte. Da er lesen und schreiben konnte, war er derjenige, der die Wettgewinne ausrechnete und natürlich auch, was wahrscheinlicher war, die Verluste. Rist hatte einige Männer erzählen hören, daß sie bereits ihr Kopf- und Prisengeld in Williams Hände überantwortet hatten, und dabei hatten sie es noch gar nicht ausgezahlt bekommen!

Williams war sich selbst genug. Wenn er jemanden leiden konnte, hatte der Mann es gut. Aber wer ihn zu sehr herumstoßen wollte, mußte sich vorsehen ...

Es war damals alles so schnell geschehen. Wenn der verdammte Mister Sandell nicht im Zwischendeck herumgeschnüffelt hätte, als er besser an Deck auf Wache gewesen wäre, wäre überhaupt nichts passiert. Vielleicht hatte der Midshipman etwas läuten hören und war losgezogen, um selbst die Beweise zu besorgen? Jedenfalls war er plötzlich an jenem denkwürdigen Morgen dagewesen, als Williams auf dem Rückweg von einer seiner Sitzungen mit seiner Verbindung zu seiner Messe war. Sandell hatte wahrscheinlich versucht, die Liste mit den Wetten in die Hände zu bekommen – als Beweisstück. Alles war so schnell abgelaufen! Für einen Augenblick waren beide Männer dicht zusammen gestanden, Williams hatte den zornigen gestikulierenden Midshipman weit überragt, dann war nur noch Williams dagewesen. Sandell war nach hinten gegen eine der Karronaden gestürzt, sein Kopf war gegen den eisernen »Zerschmetterer« geschlagen. Ob tot oder bewußtlos – die See hatte ihn in ihre Arme genommen. Und es war eine verdammte Erlösung für alle gewesen.

Schuldbewußt fuhr er herum, als Williams rief: »Fertig, Frank! Kapp das Ankerkabel und dann laß uns hier verschwinden!«

Rist eilte nach vorn und brüllte: »Kappt die Trosse, Jungs!«

Er blickte zu den sich überlappenden Umrissen der

Schiffe hinüber. Sie würden in Kürze dasselbe tun, sobald sie den Brander auf sich zutreiben sahen.

Ein Matrose rief: »Wahrschau!« Es war fast ein Aufschrei.

Einer der Männer der Ankerwache mußte sich unter Deck versteckt gehalten haben, als die Entermannschaft aus den Booten über die Reling geklettert und ausgeschwärmt war. Es hatte fast den Anschein, als ob er jetzt plötzlich aus dem Deck herauswuchs, aus einer kleinen Luke, die niemand einer Überprüfung für wert befunden hatte.

Rist legte seine Pistole an, er konnte sich nicht mal daran erinnern, daß er sie gezogen hatte. Die beiden Schüsse klangen wie einer. Er rannte hinüber, um Williams zu helfen, der auf die Knie gesunken war. Der andere Mann hatte nicht mal mehr Zeit aufzuschreien, als ein Entermesser seinen Schädel zerschmetterte.

»Wo hat es dich erwischt, Owen?«

Hände wollten zur Hilfe kommen, aber Rist und Williams waren völlig allein.

Williams stöhnte schwer. »Das ist diesmal ein schlimmes Ding, Frank. Dieses Mal glaube ich ...« Sein Kopf rollte zur Seite, und er ächzte heftig, um die Agonie zu bekämpfen.

Rist konnte das Blut auf seinen Händen fühlen, es lief über sein Handgelenk. *Ein schlimmes Ding*. Er hatte genug von dieser Art gesehen.

»Wir werden dich ins Boot schaffen.«

Williams versuchte zu protestieren, aber der Schmerz erstickte seine Worte. Dann sagte er in einem fast normalen Tonfall: »Bist du zu beschäftigt, um auf den Wind zu achten, Mann? Er hat gedreht. Nicht viel. Aber ein wenig. *Genug*, verstehst du?«

In einem plötzlichen Impuls zog sich Williams am Ruderrad des Schoners in die Höhe. Er japste vor Schmerzen nach Luft, dann legte er den altmodischen Kreuzgurt, den er immer trug, um und zog ihn durch und um die Spaken fest, damit er sein Gewicht halten konnte.

»Haut ab zu den Booten, Frank. Zeit zum Gehen, verstehst du. Es gibt nichts mehr, was ihr hier tun könnt. Das Schiff braucht euch jetzt!«

Jemand fragte: »Was sagen Sie dazu, Mr. Rist?«

Einen Moment lang starrte er zu den Masten hinauf und zu den lose schlagenden Stagsegeln. Ein eigenes Kommando. Das hatte er sich immer gewünscht. Und das war es, was auch Galbraith sich wünschte, obwohl er das niemals zugeben würde.

Er blickte nach unten, als eine Hand die seine packte.

Rist senkte den Kopf, bis sich ihre Gesichter fast berührten. Er spürte die Höllenpein des anderen, aber auch seine plötzliche Entschlossenheit.

»Was ist los, Owen?«

Williams packte seine Hand fester. »Du hast mich an jenem Morgen gesehen, Frank. Ich wußte, daß du es mitbekommen hast.« Er kämpfte gegen einen Hustenanfall an. Danach war Blut auf seinem Hemd. Rist hörte die fernen Geschütze dröhnen. *Es konnte nicht mehr lange so weitergehen.* Er mußte sich auch um die andern kümmern.

»Ja, ich habe dich gesehen.«

»Und du hast kein Wort gesagt?« Er versuchte zu lächeln, aber das machte alles nur noch schlimmer. »Bringt euch in Sicherheit! Es ist Zeit, daß ihr verschwindet. Kappt das Ankerkabel! Jetzt!« Seine Hand schoß plötzlich vor, und Rist hörte das scharfe Knacken eines Feuersteinschlosses. Die Erkenntnis ließ ihn fast an seinem Platz anfrieren, aber er konnte es ganz klar sehen: Williams hatte die Zündschnur in Brand gesteckt.

»Kapp das Kabel, Billy! Der Rest in die Boote!«

Das Deck war verlassen, das einzige Geräusch war das

gleichmäßige Hacken der schweren Axt. Er hörte Williams murmeln: »Ein Leben für ein Leben, verstehst du Frank. So hat man mich es gelehrt.«

»Anker ist gekappt!« Der Seemann lief bereits nach achtern zu den wartenden Booten.

Rist verharrte bewegungslos, er sah, wie das Ruderrad sich unter den Händen bewegte. Der Klüver füllte sich genug, um den Rumpf etwas herumschwingen zu lassen. Sie trieben, und jeden Moment konnten die Ladungen hochgehen.

Dann rannte er nach achtern, seine Füße schwangen sich gerade über die Reling, als die erste gedämpfte Explosion einen Funkenstrom aus der vorderen Luke in die Höhe schießen ließ.

Stimmen forderten ihn auf zu springen. Er meinte auch Galbraith gehört zu haben, aber er konnte nur an die Gestalt denken, die sich an das Ruder des Schoners gefesselt hatte. Wie stark war doch der Waliser Dialekt im Angesicht des Todes durchgeschlagen.

Jemand drückte ihm eine Flasche in die Hand. Es war Rum, der wie Feuer durch seine Kehle floß.

Er hob die Flasche nochmals und murmelte: »Alle Wetten sind verfallen, mein Freund!«

Dann explodierte die Welt um ihn herum.

»Feuer einstellen!«

Adam mußte den Befehl zweimal brüllen, ehe er Varlos Aufmerksamkeit erregte. Die Geschütze hatten drei Breitseiten abgefeuert, das Massaker, das sie angerichtet hatten, war auf dem Deck der anderen Fregatte trotz des Qualms und des Durcheinanders deutlich zu erkennen. Vielleicht war die Besatzung der Back von der ersten Salve, die aus einer doppelten Ladung bestanden hatte, niedergemäht worden, als die *Unrivalled* ihre wahren Absichten kundgetan hatte. Das Schiff schwang nur herum, nur noch vom vorderen Anker gehalten, denn das achtere Ankerkabel war gekappt worden, um der zweiten Breitseite zu entgehen. Absicht oder Panik, es spielte jetzt auch keine Rolle mehr, denn der lichterloh brennende Schoner, den Galbraith mit den beiden Bootsbesatzungen geentert hatte, war zuviel für die eng beieinanderliegenden Schiffe, die sich auf den Schutz der Breitseiten der vermurten Kriegsschiffe verlassen hatten.

Der Brander war mit einem weiteren Schoner unklar gekommen, und jetzt trieben beide weiter wie eine riesige Fackel.

Während er noch zusah, konnte Adam beobachten, wie ein kleines Fahrzeug Feuer fing, die Flammen liefen an dem von der Sonne ausgetrockneten stehenden Gut in die Höhe und verwandelten die Segel in Aschefetzen. Er vernahm warnende Rufe aus dem Großtopp und sah, daß zwei Galeeren an den anderen Schiffen vorbeigeschossen kamen und völlig im Gleichtakt in Richtung der *Unrivalled* drehten. Im vorwärtspeitschenden Takt der Trommel erhöhten sie noch die Geschwindigkeit.

Ein derartig fanatisches Unternehmen wäre eines besseren Endes würdig gewesen. Aber die Brigg *Maggie* war auf der Hut, beharkte die führende Galeere mit Kartätschen und Traubengeschossen und verwandelte sie so in Sekunden in ein zerfetztes Wrack. Die zweite ließ sich davon nicht abschrecken und lief in die Salve der Backbordkarronaden der *Unrivalled.*

Die langen Riemen splitterten wie Kistenholz, als sich die Galeere überlegte und krachend längsseits schor. Im nächsten Augenblick schwärmten Männer auf und über den Laufgang, nur um auf Enternetze zu stoßen. Das war etwas, womit sie es offensichtlich noch nie zuvor zu tun gehabt hatten.

Die Männer der *Unrivalled* schnappten sich Entermesser und Äxte, während sich andere die tödlichen Piken aus den Gestellen rissen und sich den kreischenden, verrückten Angreifern entgegenstellten, bevor sich diese durch die Netze geschnitten hatten. Und trotzdem gelang es einigen, sich den Weg durch die Verteidigungsanlage zu hacken. Ein bärtiger Riese, der sich von den anderen durch einen roten Unhang abhob, erreichte die Treppe zum Achterdeck, seine Augen fest auf den Mann gerichtet, den er als den Kommandanten erkannt hatte.

Adam hielt seinen Degen locker ausbalanciert in der Hand, so sah es jedenfalls für einen Außenstehenden aus, so als ob ihn das alles nicht länger interessierte ...

Er sah die große Klinge herabsausen und hörte jemanden einen Warnruf ausstoßen, vielleicht war es Napier gewesen. Er konte ganz klar die Wucht des Schlages abschätzen. Er spürte den Schlag in seinen Arm hineinzucken, hörte das Klirren des Stahls, als sich die beiden Klingen kreuzten. Die schwere Klinge rutschte blockiert bis an die Parierstange hinunter. Er konnte seinen Gegner sogar riechen, fühlte den grenzenlosen Haß, der alles andere ausschloß.

Er machte einen Schritt zur Seite, stöhnte auf, als der Schmerz in seine verletzte Hüfte fuhr. Aber er behielt sein Gleichgewicht, als der Riese vorwärtssprang.

Es war verrückt. Der Augenblick, in dem Risiko und Vorsicht nichts bedeuteten. Wenn überhaupt, dann fühlte er sich beschwingt und wußte nur das eine: daß er diesen Mann töten wollte.

Ein Schatten schob sich durch den rauchigen Sonnenschein, und er sah, daß der Riese zur Seite taumelte, seine Augen leuchteten noch immer voller Feuer, als er die Treppe hinunterstürzte.

Der harte Knochen, Campbell, hatte sein Entermesser mit beiden Händen wie ein schottisches Breitschwert geschwungen und dem Mann beinahe den Kopf vom Rumpf getrennt.

Campbell drehte sich jetzt um und zeigte ihm seinen vernarbten Rücken, den Beweis für ein Dutzend oder mehr Auspeitschungen, mit einer Art Triumph, die eines Gladiators würdig gewesen wäre.

Adam hob salutierend den alten Degen in seine Richtung.

»Danke!«

Campbell, der mit Blut bedeckt war, seinem eigenen und dem seiner Opfer, verbeugte sich spöttisch. »Gern zu Diensten, Käpt'n!«

Und dann, ganz plötzlich, so unglaublich es schien, war alles vorüber. Ein Gefühl der Taubheit machte sich breit, nachdem die letzte Breitseite verklungen war.

Adam packte die Achterdeckreling und blickte über sein Schiff. Die Toten lagen, wo sie gefallen waren, und sahen aus, als wären sie plötzlich vom Schlaf überrascht worden. Die Verwundeten streckten die Arme in die Höhe, als Seeleute und Seesoldaten mit finsteren Gesichtern vorbeieilten und über sie hinwegsprangen.

Midshipman Deighton rief: »Vom Flaggschiff, Sir! Gefecht abbrechen!«

Adam versuchte, seinen Degen in die Scheide zu stecken, aber die Klinge war klebrig und blutverschmiert. Das Signal machte keinen Sinn. Jemand nahm ihm den Degen aus der Hand und säuberte die Klinge mit einem Lumpen.

Er sah Napier an und wollte ihm zulächeln, aber seine Lippen wollten sich nicht bewegen. »Du hast dich gut gehalten, David. Deine Mutter …« Er machte einen neuen Versuch: »Ich bin stolz auf dich.«

Kleine, scharfe Bilder formten sich vor seinen Augen. Die Nachwirkungen waren immer schrecklicher als die ersten Momente einer Schlacht.

Bellairs saß auf dem Wasserfäßchen, er hatte sein Gesicht in die Hände gestützt, der schöne Degen, den ihm seine Eltern anläßlich seiner Beförderung zum Leutnant geschenkt hatten, lag zu seinen Füßen, die Klinge war ebenfalls blutverschmiert. Und jetzt erschien auch Yovell, der zum ersten Mal von unten kam, aus dem Orlopdeck, wo er dem Chirurgen bei der Versorgung der Verwundeten und Sterbenden geholfen hatte. Er blickte sich um, ein Stück einer blutverschmierten Bandage hing aus seiner Tasche. Er war ein Mann, der mit seinen religiösen Überzeugungen zu kämpfen hatte.

Und dann kamen die Boote wieder längsseits, Rist eilte auf das Achterdeck, blickte auf die Planken, die jetzt Pockennarben durch die Kugeln der feindlichen Scharfschützen aufwiesen. Und dunkle Blutflecken, wo Männer sich gegenübergestanden hatten und gestorben waren. Schließlich blickte er Cristie an, den alten Segelmeister, und bemerkte fast lässig: »Also sind Sie wieder durchgekommen!«

Und Cristie, der alt aussah und jetzt sein Alter auch fühlte, der aber die ganze Zeit das Achterdeck während des Angriffs nie verlassen hatte, lächelte, vermutlich weil er wußte, welche Antwort Rist erwartete. Dann erwiderte er: »Durchgekommen? Durch *was,* Mr. Rist?«

Adam ging zu den Finknetzen, seine Hand strich über das zerrissene Segeltuch, wo die Musketenkugeln in die enggepackten Matten eingeschlagen waren. Einige waren sicherlich für ihn bestimmt gewesen.

Die Beschießung war vorüber. Durch die dichten Wolken des treibenden Pulverdampfs konnte er gerade eben gesetzte Segel erkennen. Lord Exmouth' Flotte bewegte sich wieder. Sie zog sich zurück. Die Verluste würden schrecklich sein, aber kein Schiff war verlorengegangen. An Land flackerten Feuer, und die Kanonen schwiegen. Viele mußten zusammen mit ihren Bedienungsmannschaften begraben worden sein, als die alten Befestigungen unter dem Beschuß zusammengestürzt waren.

Er erinnerte sich an seine Erleichterung, als er gesehen hatte, wie man Galbraith an Bord geholfen hatte, der Schmerzen hatte, aber finster entschlossen wirkte, wie ein Mann, der in sich selbst etwas entdeckte, von dem er nicht gewußt hatte, daß es vorhanden war.

Und er erinnerte sich auch an den Augenblick, als Galbraith, dessen Schulter mit der Jacke eines Matrosen bedeckt war, neben Varlo stehengeblieben war. An genau dem Platz, von dem aus er jedes Geschütz und jeden Mann während der Breitseiten kontrolliert hatte.

Dort hatte Galbraith gesagt: »Sie haben sich gut geschlagen!«

Varlo hatte schief gegrinst und geantwortet: »Gehen Sie zum Teufel!«

Und dann verließen sie diesen Ort. Viele Schiffe waren zerstört oder waren aufgegeben worden. Die feindliche Bark war nicht darunter. Man würde sich also wieder treffen. Er packte die Finknetze, bis der Schmerz in seiner Hüfte wieder da war. Am nächsten Tag würde Lord Exmouth von den Algeriern verlangen, daß seine bereits bekannten Forderungen Punkt für Punkt akzeptiert wurden. Der Dey hatte keine Wahl mehr.

Er wandte sich von dem Rauch und den vielen Feuern ab. »Lassen Sie die Männer auf die Stationen gehen, Mr. Bellairs! Wir wollen wieder etwas segeln!«

Er blickte über das Schiff. Sie waren die ersten am Feind gewesen und waren jetzt die letzten, die kehrtmachten. Und sie hatten ihr Ziel erreicht!

Er schaute zu den Toten hinüber, einige waren von den Positionen fortgezogen worden, an denen sie vorher jemand niedergelegt hatte, um sie Leutnant Cochrane aus der Rücklaufbahn der Geschütze zu bringen. Einer war ein Offizier der Marineinfanterie, sein Gesicht war mit einem blutigen Tuch bedeckt. Die *Unrivalled* war sein erstes Schiff gewesen.

»Bewegt euch!« Adam ging wieder an die Reling. Ein Kommandant durfte nie Schwäche zeigen. Seine Autorität war sein Schutzpanzer. Es war alles, was die Männer und auch er hatten.

Bellairs rief: »Sollen wir sie über die Seite werfen, Sir?«

Adam starrte zu ihm hinunter. Es war so eine einfache Frage. War das wirklich alles, was man lernen mußte?

Er entgegnete: »Nein, wir werden sie bestatten, sobald wir frei vom Land sind.« Er sah, daß Yovell ihn beobachtete. »Vielleicht könnten Sie ein passendes Gebet verlesen, Mr. Yovell?«

Später dachte er, daß er buchstäblich gesehen hatte, wie Yovells verzweifelter Ausdruck aus dem Gesicht wich. Eine Erinnerung war geweckt worden. Das war alles, was er gebraucht hatte.

»Für uns alle, Sir.«

Und morgen ...

Galbraith straffte seinen Rücken trotz des Verbandes und stellte ruhig fest: »Hier kommt die *Halcyon.*«

Adam ging zur gegenüberliegenden Seite, er spürte, daß ihre Augen ihm folgten. Sergeant Bloxham stützte sich auf eine Muskete, bei der noch immer das Bajonett aufgepflanzt war. Midshipman Deighton hielt sein Teleskop noch immer auf die fernen Schiffe ausgerichtet, er kaute auf seiner Lippe herum, was seine gefaßte Haltung Lügen strafte.

Und da war noch Jago, der die sich langsam vorwärtsbewegende kleine Fregatte beobachtete und ihren Schmerz fühlte. Ihn teilte. Der Vormast war weggeschossen, die Segel waren von Kugeln durchlöchert, der Rumpf war von Geschützfeuer aus nächster Nähe durchlöchert.

Marpie folgte im Kielwasser. Sie hatte im dicksten Getümmel gesteckt, machte aber einen vergleichsweise unbeschädigten Eindruck.

Die zweite Nationale, welche die *Halcyon* gesetzt hatte, als das Flaggschiff das Signal zum Angriff gegeben hatte, war auf Halbmast heruntergeholt worden. Zu Ehren des Mannes, der Tyackes Midshipman am Nil gewesen war und der sein Schiff über alles geliebt hatte. Sowohl das Schiff als auch sein Kommandant hatten ihren letzten Kampf ausgefochten.

Adam kletterte in die Wanten, als ob etwas in ihm eingerastet wäre und ihn aus dem Zustand der eisigen Starre befreit hätte. Er brüllte: »Drei Hurras, Jungs! Gebt ihnen alles, was ihr habt!«

Er winkte und stellte sich vor, daß ein Teleskop vom zerfaserten Achterdeck der *Halcyon* auf ihn ausgerichtet wäre.

Dann kletterte er wieder an Deck und fühlte, daß ihn Jago am Arm stützte. Es mußte der Rauch sein. Der Kampf hatte den ganzen Nachmittag lang gedauert. Die Dämmerung würde bald hereinbrechen.

Er blickte sich um und registrierte die Schäden. Seine Gedanken wurden von dem wilden Geschrei seiner Männer getrübt, an das sich die Besatzung der *Halcyon* immer erinnern würde, sogar nachdem man sie auf andere Schiffe verteilt hatte.

Er sagte: »Lassen Sie bitte die Männer an die Brassen pfeifen.« Wenn nur seine Augen aufhören würden zu brennen.

Er blickte wieder über die Reede, die bereits im Qualm und Schatten verborgen lag.

Die *Unrivalled* war das letzte Schiff, das die Walstatt verließ. Wie befohlen.

Und morgen ...

Er hörte, wie Jago bemerkte: »Unsere Gig wird mehr

als ein Dutzend neue Planken benötigen, wenn wir nach Hause kommen, Sir.«

»Ja.« Er wagte nicht, mehr zu sagen.

Nach Hause hatte eine ganz neue Bedeutung für ihn bekommen.

Jago beobachtete ihn und war zufrieden.

So wie das Schiff, dachte er. Keiner ist besser.